艾鱼——著

上　册

青岛出版集团 | 青岛出版社

图书在版编目（CIP）数据

藏夏/艾鱼著. —青岛:青岛出版社,2022.6
ISBN 978-7-5736-0143-8

Ⅰ.①藏… Ⅱ.①艾… Ⅲ.①长篇小说－中国－当代 Ⅳ.①I247.5

中国版本图书馆CIP数据核字（2022）第056714号

CANG XIA
书　　名 藏　夏
作　　者 艾　鱼
出版发行 青岛出版社
社　　址 青岛市崂山区海尔路182号
本社网址 http://www.qdpub.com
邮购电话 18613853563
责任编辑 郭红霞
特约编辑 徐晓辰
校　　对 郭金乔
装帧设计 蒋　晴
照　　排 梁　霞
印　　刷 河北鹏远艺兴科技有限公司
出版日期 2022年6月第1版　2024年2月第3次印刷
开　　本 32开（880mm×1230mm）
印　　张 17
字　　数 522千
书　　号 ISBN 978-7-5736-0143-8
定　　价 65.00元（全2册）
编校印装质量、盗版监督服务电话 4006532017　0532-68068050

目录

上册

目录

下册

第一章

摘下他的笑

2009 年，8 月下旬。

虽然已过立秋，但属于夏季的余热犹存。

向暖昨天才跟着母亲向琳从兴溪来到沈城靳家。

从此，她多了一位继父，以及一个和她同岁的继兄。

大概是因为南方古城兴溪入秋后就一直阴雨连绵，气温不断下降，沈城的温度却与炎夏时节并无差异，所以向暖初来乍到，身体一时不适应，就发起了烧。

早上她还只是隐约感觉不舒服，到了下午就头重脚轻得厉害。明明身体在发烫，可她就是觉得冷意不断地顺着皮肤渗透进体内，脑袋昏沉不堪。

向暖关了空调，裹紧被子躺在床上昏昏欲睡。

窗外的火烧云大片大片地连着，在湛蓝的天空中缓缓移动。橘色光晕透过玻璃洒落进来，洒在她光滑的脸蛋儿上，脸色越发显得通红。

她闭着眼，模样恹恹的，带着病态的虚弱感，很惹人怜爱。

不知道这样迷糊了多久，一道男声突然霸道地钻进了向暖的耳朵。

她蓦地睁开眼睛，被惊得意识清醒。

“你们来我家玩，今晚靳爷请吃饭。”

那是她继父的儿子——靳言洲。

不知道对方说了句什么，向暖又听靳言洲狂傲不屑道：“老子的家姓靳不姓向，老子想怎么闹腾就怎么闹腾，跟那俩姓向的有什么关系？”

他非但没有压低声音，反而故意将声音扬得高高的。

向暖不开门都知道靳言洲就站在她的房间门口，这话就是他故意说给她听的。

“别废话，靳朝闻今早出差了，你喊上邱橙和夏哥，现在就过来，今晚玩个痛快，不来就绝交！”

靳言洲说完就挂断了通话，这才心满意足地回房间。关门声跟他讲话的声音一样，又重又响。

向暖重新闭上眼，倦懒地躺在床上没动。

如果没发烧的话，为了避免在晚饭期间和他们打照面，向暖肯定会提前出去。到时候她就找一家小餐馆解决晚饭，顺便在这座城市里逛逛，熟悉一下。但她生着病，实在没什么力气，也确实不想动。

他的朋友来就来吧，她不下楼吃晚饭就是了，反正也没什么胃口。这样自己也不会打扰到他们。向暖默默地想。

意识再次陷入混沌，她刚要沉进睡梦中，手机铃声却突兀地响起，再次把她惊扰清醒。

她的眼皮发烫，掀开时灼得眼球都热热的。

向暖摸过手机，看到来电显示，摁了接听键。

向琳的语气急切，经过听筒的电波处理，更显焦急：“暖暖，你帮妈妈从书房找份文件送过来。”

向暖撑起身体，感到喉咙和嘴巴都很干涩。她一开口，轻细的嗓音微微泛哑：“好，哪份？”

向暖保持着将手机举在耳边的姿势，在听向琳说话时，已经趿拉上拖鞋，头重脚轻地往门外走去。

“嗯，知道了。”

挂掉电话后，向暖在书房里找到了母亲要的那份文件，随即回房间拿了钱，又套了件外套，下楼换上鞋后出门。

知道向琳急用，所以向暖打车把东西送了过去。

向暖到的时候，向琳正在办公大楼外神色焦急地张望着等她。

一拿到文件，向琳就要急匆匆地进楼。

向暖突然开口喊住她，说："妈，今晚你带我在外面吃吧？"

向琳这会儿没空跟向暖讨论晚饭的事，蹙眉道："等妈妈忙完再说。"说罢，穿着职业套装的女人就风风火火地进了办公大楼。

向暖一个人站在办公大楼外。

办公大楼前很空旷，门口只有她一个人，看起来弱不禁风的，仿佛一吹就倒。

夕阳余晖洒落下来，柔和的光晕包围住她，却越发显得这道身影孤零零的。

向暖呆站了一会儿，才慢吞吞地转身。她打算去附近寻家药店，买点儿退烧药。

然而，就在她转过身往前迈步的瞬间，有三道骑着自行车的身影从她身旁飞快地掠过。其中一个男生动作灵敏地绕到了向暖身后，与她擦身而过。

他的车速很快，带起一阵风，将向暖披散的秀发吹起。柔顺的发丝在那一刻与他的皮肤贴蹭，轻细如风，并未让他察觉。

男生眨眼间就骑出去好几米远，向暖却僵在原地，惊魂未定，但因发烧而灼热的皮肤感受到了一瞬的凉爽。

等她回过神，扭头去看时，那道骑车的身影早已融入街道的人海中，模糊不清。

经过办公大楼后，余渡飞快地蹬着自行车，又凑到骆夏旁边，扬声调侃："夏哥你刚干吗呢？冲妹子突然秀车技？"

骆夏被气笑，没好气地说道："秀什么秀？"

要不是余渡这家伙把他挤到边上，他怕继续原路往前骑会剐蹭到人，至于突然绕到那个女生后面去吗？

骆夏用车把撞了余渡一下，警告道："别挨我这么近。"

向暖在药店买了退烧药后就去了一家便利店。

发烧不仅让她没胃口吃东西，连味觉都跟着变得迟钝。

为了不空腹吃药，向暖在便利店里买了几串关东煮，又买了一瓶水。

而后她就在店里寻了个位子坐下，一边慢腾腾地吃东西，一边消磨时间，等着母亲的回复。

后来就着水吞了药，向暖渐渐地被困意席卷，脑袋昏昏沉沉，最终趴在桌上睡了过去。

向暖再有意识时，是被手机铃声吵醒的。她睁开眼，惊觉已是晚上，面前干净的玻璃窗上点缀着一颗颗水珠。

黑沉沉的夜色里，城市的街景绚烂，璀璨的灯光像长在地上的星星。

向暖在淅淅沥沥的雨声中接起了母亲的电话。

“暖暖，”向琳有点儿愧疚地说道，“妈妈还有事情要忙，走不开。等你靳叔叔出差回来，咱们一家人再去饭店吃吧。”

向暖垂下眼皮，单单应了声“嗯”，没说别的，刚刚睡醒的嗓音还带着几分倦懒。

向琳听出来，问她：“刚睡醒？还没吃晚饭吗？你跟你哥商量一下吃什么，自己做点儿。”

向暖又应道：“知道了。”

电话被挂断。

她刚张开嘴巴，那句“妈，你也记得吃饭”终究没说出口。

向暖合上唇瓣，叹了口气。她把手机放到一边，抬手摸了摸额头——好像退烧了。然后，她就望着玻璃窗上映出来的自己，不由自主地开始发呆。

须臾，便利店的门被推开，三道身影小跑着闯了进来。

其中一个男生抱怨：“什么破天儿啊！从洲哥家里出来时还好好的，这雨说下就下起来了！”

女孩笑着回道：“今天是七夕啊，余渡，这会儿牛郎织女正鹊桥相会呢，当然要下雨了！”

他们说的话强势地钻进了向暖的耳中。

毕竟在他们没来之前，便利店里一直都很安静。

此时，店内也只有他们的交谈声。

“骆夏，你真的好爱养乐多。”邱橙看到骆夏拿了一排养乐多酸奶，忍不住调侃。

向暖本来只是背对着货架静静地听着，连头都没回。

但是……骆夏？！

在大脑反应过来之前，身体就已经有所行动。

向暖瞬间扭头向后望去，震惊地睁大眼眸。

余渡正在对邱橙说：“学姐你不知道，夏哥最爱这东西了，每天必喝。”说这话的时候，他还将手肘搭在了骆夏的肩膀上，笑着问：“是吧，夏哥？”

骆夏立在最外侧的货架旁，但刚好背对着向暖。

向暖只看到了他的背影。

男生穿着白色的T恤衫和蓝色牛仔裤，一头黑色的短发干净利落。

他的身形挺拔，瘦削却硬朗，像正在生长的白杨，抽枝拔节。

随后，男生爽朗的嗓音响起：“说得你很了解我似的。”说罢，他侧身，又拿了一条绿箭口香糖。

这下，向暖看到了他的侧颜。

她的心跳蓦地一滞，呼吸仿佛都停了一瞬。

男生正低垂着眼睑，便利店的灯光洒落在他周身，晕染开来，将他冷白的肤色衬得更明显。

骆夏转身要去结账，向暖立刻转过头，低垂下脑袋。

胸腔里的心脏很莫名地扑通扑通跳。

真的……是骆夏吗？

她忽然有点儿不确定。

向暖背对着他们，轻轻抠着手指，大脑已经一片空白。

余渡正追在骆夏身后，抑扬顿挫道：“咱俩从小学认识到现在，多少年的交情，你说！这么多年还不够我了解你的吗？”

骆夏似乎懒得理他，没说话。

他们三个人在收银台付钱时，向暖从座位上起身，走到货架边缘，假装自己在挑东西，然后稍微偏头望向收银台。

就在这时，等在骆夏旁边的邱橙注意到了向暖忐忑打量的视线。

邱橙偏过头，勾起唇来，偷偷轻笑着跟骆夏说："有个女生在偷看你。"

向暖正歪着头努力辨认这个男生到底是不是她认识的那个骆夏，被她关注的人就扭头朝她的方向看了过来。

向暖受惊般瞬间缩回脑袋，把自己藏在货架后。她胡乱地从手边抓了一把雨伞，然后折回座位，拿起手机和退烧药，慌慌张张地去付钱。

他们已经买完东西在距离门口很近的位子坐下了，大概是想等雨停了再走。

向暖把雨伞递给收银员。

"二十元。"

向暖从兜里掏出钱来放到收银台上。

然而……她出门就带了五十元钱，打车加买药和食物花了一大部分，现在有零有整只剩下十四元八角。

她尴尬得整张脸都涨红了，只好抱歉地轻声说："不好意思，我……我不……"

话还没说完，她的身后突然响起一道温润的男声："差多少？"

向暖顿时僵住，动弹不得。

收银员说："五块二。"

骆夏从钱包里拿出一张五元纸币，又捏了两个钢镚儿，递给收银员。

收银员收了钱，随即把伞递给向暖。

向暖愣愣地伸手接过，而后转身。

也是在这一瞬间，向暖终于确定，眼前这个高出她一头多的男生就是她认识的那个骆夏。不仅仅因为这副长开的面容上还隐约残留着童年认识的男孩的影子，更因为他的左耳耳垂上也有一颗痣。

骆夏收起钱包，正欲转身，向暖就局促地小声问他："我……要怎么还你钱？"

大概是她的声音太细弱温暾，骆夏没听清，他发出疑惑的"嗯"声的同时，朝她微微弯下腰凑近，但仍旧保持着适当的距离，体贴又绅士。

向暖的心脏因为他的靠近，倏地一紧。

她低垂着脑袋，脸颊泛红发烫，眼睫毛快速地扑闪着，呼吸却竭力地放轻再放轻。

向暖重新说了一遍，音量依旧很小，刚刚够他听清："我……该怎么还你钱？"

男生微弯起漂亮的桃花眼，低笑着说："没多少钱，不用还了。"

向暖有些恍神，甚至怀疑他是不是也认出了她。只不过，她还没来得及验证，骆夏就已经迈着长腿回到了他朋友那边。

向暖不好过去打扰，轻轻地抿了抿唇，朝便利店门口走去。

在推门离开的那刻，向暖又一次不经意听到了他们说话。

"夏哥你什么情况啊？"余渡好奇地问完，笑着揶揄，"英雄救美？"

闻言，刚走出便利店的向暖脚步微顿，她的手还抓着门扶手没有松。她忍不住抬眼望过去，同时刻意放缓松开门的动作。

男生姿态慵懒地靠在椅子里，眼帘微垂，喉结滚动，正在仰头喝养乐多。

旋即，向暖听到骆夏漫不经心地笑着说："她，靳言洲的继妹。"

秋雨突然猛落，豆大的雨点被风拍在向暖的脸上，凉飕飕的，也将她心中的期待一同浇熄了。

他们的说笑声在雨声中慢慢变得遥远，越来越模糊缥缈，但向暖勉强能听清。

邱橙惊讶地问："你怎么知道的？"

骆夏挑眉："他家客厅里有照片。"

客厅里确实有照片——昨天她们刚来到沈城，两个大人就带着她和靳言洲去照相馆拍了张家庭合照，把照片快洗出来后用相框裱好，放在了客厅的柜子上。

但……照片应该被靳言洲放倒反扣在了桌上才对。

女孩子仓皇地松开玻璃门。便利店的门合上，将她和他们隔绝。

向暖的世界里只剩下稀里哗啦的雨声。

原来是她自作多情，他根本不记得她了。

向暖庆幸刚才没有贸然喊他的名字，更庆幸没自报家门告诉他她是向暖。

她轻咬着唇，去撑手中的紫色雨伞。大概因为她太过心慌意乱，右手大拇指的指腹不小心被伞柄处的铁片割了一下。

虽然手指没破皮，但有一瞬钻心的疼，疼得她秀眉紧蹙。

她用食指的指甲用力按压着大拇指的指腹，缓慢地来回刮了几次。疼痛感被削弱，取而代之的是持久的麻意。

向暖撑起伞，放轻脚步踩着雨水走到路边，试图拦一辆出租车。

雨势比刚才大，经过的出租车也越来越少，而空车更是寥寥无几。

向暖虽然穿着外套，但在这么阴冷的雨夜里，依旧觉得寒凉。

一阵风吹过，调皮的雨滴趁机飘进伞下，有一滴甚至顺势钻进了她的衣领里，向暖被冻得打了个激灵。

好在她等了半个小时，终于有一辆空车停在了面前。

向暖伸出已经变得冰凉的手，拉开后车门。

在上车前，她问司机师傅："师傅，我能等您把我送到家后上楼取钱拿给您吗？到时候您跟我一起去家里拿钱也行。"她忐忑地补充。

司机见她是一个文静乖巧的小姑娘，说话还带着吴侬软语的腔调，而且这会儿雨越下越大，就没犹豫，爽快地说道："上车吧。"

向暖感激道："谢谢师傅。"

她收了伞，坐进后座，对司机报了地址，而后便望着车窗上不断滚动的雨帘，心不在焉地发起呆来。

十一年前的初夏，六岁的向暖随父母从南城搬家到江南古镇兴溪，住进了四合院的其中一户。

搬家的理由简单又现实。

因为母亲发现父亲精神出轨了其他女人，当时又刚好有个到兴溪工作的机会。为了断绝父亲和那个女人的往来，母亲毅然决然地搬家到兴溪。父亲心虚理亏，哪怕不情愿，也不敢多说一个字。

但搬家并不能抹掉他们婚姻里的污点。应该说，夫妻间的感情一旦有了裂痕，就再也无法修复成原本的面貌。

他们刚搬家到兴溪的那段时间，父母的关系可以用剑拔弩张来形容。

尽管母亲选择为了孩子保全家庭，却无法再信任背叛过自己的丈夫，所以每每说话，都阴阳怪气、夹枪带棒。

父亲忍耐过几次后也厌倦躁怒，加之找工作很不顺利，就开始嫌弃母亲，各种挑刺找碴儿。

两个人互看不顺眼，说话一旦超过三句，必定吵得不可开交，甚至会恶语相向。

每到这个时候，幼小无措的向暖就会被母亲推出家门，关到门外。

可他们的争吵声隔着门也能听到。

这样的剧情每天都在上演。向暖从一开始害怕哭泣，到渐渐麻木冷漠，其实也只用了二十多天的时间。

六月下旬的某天中午，向暖再一次被母亲向琳赶出门。

大概母亲当时情绪激动，没有收住力道，向暖踉跄着被推出门外后，身体在惯性作用下不受控地往前倾。

然后，她摔下了台阶。

双马尾辫在空中像秋千一样荡了荡，下一秒她就跌倒在青砖地上。

盛夏时节的正午，头顶的太阳灼热，连微微拂过的风都带着一波波令人窒息的热浪。

穿着白裙的向暖双手摁在地上，被砖地烫到，手指瞬间像蜻蜓扑翅般弹起，两条皮肤细嫩的小腿也被烤得不由自主地屈膝。

但她并没有立刻起身。

还没完全缓过神的向暖木着脸僵坐在地上。

明明头顶烈日高照，光线亮得晃眼，温度高得仿佛要起火，她却恍若坠入冰冷的地窖，没有光，寒气逼人。

就在这时，她头顶的阳光被一道人影遮住。

向暖呆呆地仰起头。

她的脸蛋儿被太阳炙烤得通红，漂亮的杏眼中蒙了一层晶莹的水光，像闪闪发光的宝石。

遮住她头顶阳光的阴影在她抬起头的那一瞬间就变成了无尽的光芒，而沐浴在明亮光芒下的，是一张陌生的面孔。

向暖泪眼模糊地望着站在她眼前的男孩。

他大概和她差不多大，头发短不遮眉，长相精致俊俏，那双眼睛清透如水，泛着光泽，左耳垂上还有一颗很小的痣。

男孩穿着白色的立领短袖和黑色的背带短裤，踩着黑色凉鞋，打扮得像个小绅士。

而他似乎就是一个小绅士。

因为，向暖看到他朝自己伸出了手。

而后，男孩扑闪着又长又密的眼睫毛开口，稚嫩的嗓音带着认真和关切："地上烫，你起来。"

向暖鬼使神差地把自己的手放在了他的掌心，随即被他用力拉起。

突然之间，她好像被人从阴暗冰冷的地窖拉到了地面之上。

向暖重新见到了光。

"姑娘？"司机停好车，喊在后座出神的女生，"姑娘，到了。"

向暖的思绪登时被强硬地从回忆中扯出来。

她慌忙开车门，对司机轻声说："师傅您等一下，我去拿钱。"

这场雨在她发呆的时候已经悄然停歇，此时空气中弥漫着一股雨后的青草味。

等向暖付了车费再折回家，才注意到客厅和餐桌一片狼藉，不用猜也知道是靳言洲和他那几位朋友的杰作。

向暖又不禁想到了骆夏。他居然是靳言洲的朋友。

她想到这里，骆夏在便利店说的那句话就突然从她的脑子里冒了出来："她，靳言洲的继妹。"

所以在他眼里，她不是向暖，是靳言洲的继妹。

向暖垂下眼帘，遮住眸子里一闪而过的失落之色，转身上楼。她刚走了几级楼梯，就听到靳言洲在房间里没好气地骂人。

他似乎在打游戏。

向暖没有停下脚步，径直回卧室。

她本不想管楼下的一片狼藉，但洗了热水澡暖过身子后，还是认命地下楼收拾。

因为她知道，这是靳言洲故意的。她也知道，如果她现在不打扫，母亲加班回来后也会收拾干净。

向暖不是在讨好靳言洲，而是不想让母亲那么累。

虽然她并不喜欢这种寄人篱下的生活，但更想母亲可以为了自己而活，而不是像以前那样，为了孩子选择委曲求全，维持着出现裂痕的婚姻，最后却还是走上了离婚的道路。

靳叔叔是母亲自己的选择，向暖不会干涉过问。

她只想等自己经济独立后搬出去住，时不时回来看看母亲。

向暖把楼下打扫干净，倒了杯水回了房间。

她并不知道，在她关上卧室门落锁后，靳言洲将门开了条缝儿，小心翼翼地挪步出来，走到楼梯口偷偷往楼下望了望。他只大概扫了一眼，然后就飞快地原路返回，进了房间。

正在 QQ 群里和骆夏他们聊天的靳言洲发消息。

靳小爷："我就说她会乖乖收拾。"

余生渡我："洲哥最牛！"

秋橙："我说你怎么不让我们帮忙收拾残局，原来是要欺负小姑娘！"

LX："幼稚。"

靳小爷："谁喝养乐多谁幼稚。"

LX："行，别再让我看见你喝。"

虽然退烧了，但为防反复，向暖在睡前又吃了一次退烧药，然后就上床睡觉了。

在出租车上被打断的回忆，在这晚强势地钻进了她的梦境。

骆夏将向暖拉起来后，并没有立刻松手，而是牵着她去了院子里的葡萄架下。

那里有一张木桌和几把竹椅。

骆夏让向暖坐下，自己小跑离开。再回来时，他一手端着一块小蛋糕，一手拿着两根老冰棍。

"今天是夏至，也是我的生日，这个分给你吃。"骆夏把那块生日蛋糕推到向暖眼前，又递给她一根老冰棍。

向暖受宠若惊，惊惶地望着他，说话的声音又软又轻，还带着几分甜："祝你生日快乐。"

骆夏在她对面坐下来，冲她一笑："谢谢。"

向暖并没有立刻吃，而是小心翼翼地说道："可是我没有礼物能

送你……”

骆夏眨了眨眼，随即问：“你会唱《生日快乐歌》吗？”

向暖点点头，乖巧地小声回答：“会的。”

“那你给我唱《生日快乐歌》吧，”骆夏特别善解人意，“这是我的心愿，你能满足我的心愿，会比送我礼物还让我开心。”

向暖立刻坐正，认认真真地给他唱了一首《生日快乐歌》。

那天中午，他们知道了彼此的名字。

“我叫骆夏，骆驼的骆，夏天的夏。你呢？”

“向暖，方向的向，温暖的暖。”

那块生日蛋糕特别甜，奶油入口即化。

那根老冰棍也很甜，冰冰凉凉的，沁透心脾，驱赶走萦绕在周身的热意。

直到现在，向暖都清晰地记得那种甜进心里的味道。

那是夏天的味道。

向暖半夜醒来时，向琳刚回到家。她躺在床上，听着向琳尽量放轻脚步回房，连开门的声音都很轻，似乎生怕吵到她和靳言洲休息。

向暖摸过手机，看了眼时间——已经是凌晨4点13分了。

人醒过来，梦里未完的回忆也跟着被牵扯出来。

向琳好像直接睡了。

周围一片安静，向暖却没了睡意。

万籁俱寂时分，窗外的夜色浓稠，好像还起了薄薄的雾，向暖透过玻璃窗看出去，景色朦朦胧胧的。

向暖披散着头发靠坐在床头，垂眸盯着明亮的手机屏幕，思绪还在接着梦境飘浮。

那天之后，住在她家对面的骆夏每次都会在她被赶出家门后到院子里陪她。

不下雨时，他们就相对坐在葡萄架下；下雨时，他们就并排躲在屋檐下。

他从不会因为她的家庭而费尽口舌安慰她，只跟她聊其他无关痛痒的趣事。

对向暖来说，骆夏这样的陪伴比口头安慰更能治愈她。

那个暑假对向暖来说本该成为她人生中最黑暗的时光，可因为突然出现了一个叫骆夏的男孩，就变成了她生命中最无可替代的光景。

十一年来，每年夏季，她都会把私藏在心里的那个夏天捧出来偷偷回忆。

每回想一次，他在她心里的印象就更深一分。

她记得他们在葡萄架下吃冰镇西瓜、喝橘子汽水、听蝉鸣蛙叫、看月淡星疏。

她记得电闪雷鸣、骤雨狂风时他们一起躲雨的屋檐，也记得他们在晴朗夜晚并排穿过巷子时，在皎洁月色下投射的两道影子。

她记得兴溪的那条河和跟他一起坐过的乌篷船，也记得她与他在街道昏黄的路灯下，互相踩对方的影子追着跑。

她记得那个夏天，也记得和他有关的属于那个夏天的一切。

她更记得他——骆夏。

可是那些她视如珍宝的回忆，对他来说好像没什么特别的。

那个夏天在他眼中似乎只是一个再普通不过的夏天，并不值得珍藏。

和她有关的一切，在他的记忆中都随着时间的洪流被冲淡印记，最终消失不见。

包括她。

向暖是在那个夏末才知道，骆夏只是在暑假期间到姥姥家暂住。

后来，夏天过去了，暑假结束了，骆夏也走了。

而后十一年，他们再无任何联系。

再见面，他们已是陌生人。

沈城一中要求高三生在 8 月 30 日返校上课。

当天，向暖起了个早。她洗漱完换好衣服下楼时，靳言洲的房门紧闭着，似乎还没起床。

忙了几天的向琳正在楼下放碗筷。看到女儿，她轻声招呼：“暖暖，快过来吃饭。”

母女俩相对而坐吃着早餐。向琳又对向暖略微抱歉道："妈妈一会儿要去公司，没办法送你和言洲去学校，你让你哥带你去班上。"

向暖想到昨晚向琳没回家前靳言洲对她说的话，没多讲什么，只点点头应下来："嗯。"

向琳吃过早饭就开车去上班了。

向暖起身收拾了她和母亲用过的碗筷，没动桌上给靳言洲留的早餐。而后，她上楼拿了书包，就率先离开了家。

昨晚，向琳加班没回家前，向暖在睡前下楼倒水，无意间听到靳言洲的房间里传来他烦躁的说话声。他似乎在打电话。

等她端着水杯踩着台阶上楼，就被靳言洲堵在了楼梯口。

他站在最高一级楼梯上，居高临下地垂眼看她，眼神冷漠又锋利，话语中透着厌烦。他警告似的说："明天我骑自行车去学校，不载人，你自己走，别跟着我。"

在转身回房间前，他又想到什么，冷冷地补充："还有，希望你明白，我没有兄弟姐妹。"

本来仰头看着他的向暖收回视线，语气平静地回答："知道了。"

靳言洲不屑地轻哼了一声，随即就迈着大步回了房间，将门摔上。

向暖怀疑那通电话是他父亲靳朝闻打来的。

但这些都不重要。

向暖迎着冉冉升起的朝阳，沐浴在明亮的阳光里，一个人走在路上。

前几天她在家附近转了转，已经熟悉了周围的街道和公交车站，所以知道该坐哪趟公交车去学校。

上车后，向暖寻了个靠窗的位子坐下。

经过五六站，走上来一个人。向暖正偏头望着窗外发呆，并没注意。

邱橙本来只是想往后排走走，没想到会意外看到那天在便利店见过的那个女孩。

哦，对，她是靳言洲的继妹。

正巧向暖旁边的是空座，邱橙就走过去，从肩上卸下书包，坐在了向暖的身旁。

旁边突然多了一个人，向暖回过头，下意识地看了一眼，然后就对上了邱橙笑盈盈的双眸。

向暖的记忆力并不差，她记得这个女孩子，所以在发现坐在自己旁边的人是那日和骆夏在一起的女生时，她的眼神微闪，很快撇开了视线。

邱橙比较自来熟，浅笑着说："你好，我们见过的。"

向暖只轻点了一下头，很小声地应道："嗯。"

邱橙又说："我叫邱橙，你叫什么呀？"

向暖回答："向暖。"

"向暖，"邱橙重复了一遍加深印象，而后笑着说，"记住啦！"

最后，两个人一同在沈城一中的公交车站处下车。

邱橙好奇地问向暖："你在哪个班？"

向暖虽然说的是普通话，但总有种江南女孩独有的吴侬软语的腔调，听起来格外温柔："高三（13）班。"

邱橙的眼眸霎时亮了一下，她惊喜地说："我就在高三（13）班。还有那天跟我一起的那两个男生，他们也都是高三（13）班的！"

向暖的心脏倏地一紧，呼吸都停了一瞬。

骆夏和她同班？

向暖还没缓过神，就听邱橙又道："靳言洲也在。"

向暖垂下眼，没接这句话，而是轻声问邱橙："你知道班主任的办公室在哪儿吗？"

邱橙很热心地说："我带你过去。"

向暖在跟着邱橙去办公楼的路上，从邱橙嘴里知道了不少事。

比如，邱橙其实大他们一届，是回来复读的。

比如，沈城一中的教学楼被划分为东西两栋。高三生独占东楼，高一和高二共用西楼。

教学楼的二层、四层都和对面的办公楼搭了连廊相通。向暖和邱橙就是从教学楼东楼进的，然后在二楼直接穿到了办公楼。

班主任杨其进是化学老师，办公室就在二楼。

邱橙把向暖带到办公室门口就回教室了，顺便还帮向暖拿走了书包，说可以帮向暖占座位。

向暖礼貌地敲了敲门，办公室里传来一声爽朗温和的回应："进。"

向暖推开门，看到一个戴着眼镜、看起来只有三十岁左右的男人坐在办公桌前。

她轻喊："老师。"

杨其进望向她，笑了笑，语气温和地问："你是向暖吧？进来进来。"

向暖走到办公桌旁，才看清杨其进桌上的一堆教材和辅导书，好像都是她要领的。

杨其进指着办公桌上放的东西对她道："两套校服，还有你接下来要用的书。沈城一中的教材和兴溪的不一样，很多知识点都有差别，而且这边复习进度快一点儿。你别着急，慢慢适应。"

向暖点点头，回道："好。"

杨其进捏着靳朝闻和向琳给她办转学时附的成绩单——从高一到高二，整整两年的大考、小考成绩都有。

他低头大致浏览了一下，若有所思道："整体成绩还行，就是物理单科……你原来就总是踩及格线的话，接下来想要跟上这边的进度会更费劲。这样，我跟物理老师打声招呼，让他对你多上点儿心。你自己在课后也多做点儿题巩固，各科有不会的就积极问老师和同学。"

向暖乖乖地说："好，谢谢老师。"

抱着一摞书和两套校服从杨其进的办公室出来后，向暖沿原路回教学楼。

刚刚邱橙跟她说了，高三（13）班就在二楼。

只是刚从办公楼转过弯，向暖就不得不停下，抬起一条腿来作为支撑，勉强又抱紧了些怀里的书。

最上面装在袋子里的校服已经开始歪斜，随时都可能滑下去。向暖小心翼翼地走着，试图用下巴将校服拉回来一点儿，但没走几步，校服又有要滑落的趋势。

向暖这次换了种方式。她将身体歪了歪，肩膀一高一低。

向暖正试图让快要掉落的校服回归原位，身后突然走过来一个人。爽朗的男声在她耳畔上方响起："需要帮忙吗？"

不知为何，明明是只在前几天听过一次的声音，向暖却瞬间就清晰地辨认了出来。

她的手一软，怀里的东西突然都噼里啪啦地掉在了地上。她手忙脚乱地蹲下来捡校服和书，长睫毛颤得像蝴蝶振翅。

骆夏没想到自己说句话会把人吓成这样，也俯身帮她捡书，同时道歉：“不好意思，吓到你了。”

向暖胸腔里的心脏扑通扑通地跳动着，声音震着她的耳膜。

她将头垂得很低，根本不敢抬头看他一眼，只很小声地回道：“没事。”

女孩子的高马尾辫滑向右侧，遮住了右耳根的一片通红，可左边泛红的耳根被暴露得彻彻底底。

旁边走廊的窗户大开着，一阵风灌进来，还没被捡起的书哗啦啦地翻着页，像极了被骆夏的出现搅乱心神的向暖此时的处境。

向暖伸出手去拿那本躺在地上乱了页的书，却没想到骆夏也同时伸出了手。

两个人的手指很轻地贴了一瞬，触感细微得如同羽毛拂过。

她甚至都没来得及感受他手上的温度，反应却大得像碰到了滚烫的沸水，指尖轻颤着瞬间缩回手。

骆夏根本没在意。他将书捡起来，放在最上面，而后就抱着他帮她捡起来的这堆书起身。

也是这时，他才发现这个女生是那天在便利店有过一面之缘的靳言洲的继妹。

向暖这次把校服垫在最底部，搬着剩下的书站起来。

她依旧低着头，垂眸不看他，努力想要让自己的声音听起来自然，可在开口的那一刻，还是染了微弱的颤音：“谢谢，帮我把书……”

她想说“把书放在这上面就行了”，还没说完，骆夏就道：“帮你搬过去。哪个班？”

向暖有一瞬的恍神，随后轻声道：“13 班。”

骆夏没再说什么，只挑了下眉，因为“13”这个数字。

骆夏率先往前走去。向暖跟在他的身后，这才敢慢慢抬头，望着他的背影不眨眼。

男生穿着蓝白色的校服，明明校服宽大又丑陋，可穿在他的身上，

意外地衬得他身姿笔挺。

连接两栋楼的长廊两侧每隔几步就有一扇窗，向暖看到从窗外泻进来的阳光随着他的脚步，一会儿铺满他的周身，一会儿又消失不见，忽明忽暗的，像落在他身上一闪一闪的星星。

后来，在这一年里有无数次都是这样。他在前面信步走，而她只敢默默地跟在他身后，偷偷仰望。

两个人刚进教室，骆夏还没问向暖把书放到哪儿，邱橙就率先挥着手冲向暖笑着喊道："向暖！这儿！"

向暖的心脏"咯噔"一下，头皮都绷紧了。

然而，她这么紧张，骆夏却根本没任何反应。

向暖沉下气，心也跟着倏地坠落。

虽然班上除了转学生向暖和复读生邱橙，其他人在高二时都是同班同学，但由于教室换到了东楼，大家这会儿都是乱坐的。

向暖和邱橙暂时成了同桌，在中间正数第三排。而骆夏在靠后门的最后一排，和靳言洲同桌。余渡在骆夏的前排，同桌是个女生。

没多久，预备铃打响。

沈城一中的传统，早上第一节和下午第一节的上课前三分钟，会响一次预备铃。

铃声一响，教室里就渐渐安静了下来。随后，杨其进抱着教材走进教室。

从分了文理班后就带这些学生的他放下课本，对都是熟面孔的同学们说："今天第一节上化学啊，我跟你们数学老师换课了。在上课之前，我们先认识一下两位新同学。"他说着，叫了向暖和邱橙的名字，"向暖，邱橙，你们上来做个自我介绍。"

邱橙率先走上讲台，大方地笑着说："大家好，我叫邱橙，之前是你们的学姐，现在开始我们就是同学了。当然，你们继续叫我学姐，我也很乐意。"

邱橙说完下来，换等在讲台下的向暖走上去。

被全班的人盯着，向暖很不自在，脸上的肌肉绷得特别紧，喉咙也发干。

她抿抿唇，轻细的声音带着软意响起："大家好，我叫向暖。"

她顿了一下，生出一股冲动，或许是不甘心在作祟，也可能受这几天萦绕在她心头耿耿于怀的念头驱使。

向暖视线飘忽地望向后门的方向，看着他，像试探又似提醒，继续道：“方向的向，温暖的暖。”

然而，坐在靠近后门外侧的骆夏并没有看她。他神色淡然，正偏头敛眸瞅着课桌上的一张卷子若有所思。

男生的左手支着脑袋，右手不紧不慢地转着笔，动作灵活又漂亮。

他根本没听她说话。

或者，他听见了，但不觉得哪里熟悉特别，所以才没有任何反应。

上课铃正式打响。

这阵铃声像一道沉重的审判，落在向暖的头上，彻底把她心中最后的一丝希冀无情地斩断。

可能对骆夏来说，她是新来的转学生，是靳言洲的继妹，是高中最后一年的同班同学，但不是向暖——那个给他唱《生日快乐歌》的向暖。

高三开学第一天，物理老师带着卷子来上课。

新学期的第一节物理课，老师就让学生们做试卷，美其名曰“随堂测试”。

“不记分，就看看过了一个暑假你们还记得多少。”物理老师这话一出，引来一片哀号。

“别唉声叹气了，”物理老师推了推眼镜，提醒，“就一节课的时间，下课我就收走，抓紧时间做题。”

这下没人再抱怨，大家全都低下头填试卷了。

向暖盯着眼前这张物理小测的试卷，脑子仿佛成了一团糨糊。

明明字都认识，公式里的字母含义她也大多背得出来，但……她就是不会。

正反面的整张试卷，十五道选择题，两道大题，她只对屈指可数的几道选择题有把握。

向暖抿紧唇，在草稿纸上写写画画，最终算出来的结果却不在选项里。她捏着笔的右手犹犹豫豫，最终凭直觉选了个答案。

时间似乎被按了加速键，以几倍的速度飞快地往前冲。

向暖刚把选择题蒙完，物理老师就提醒他们距离下课还有十分钟。

她慌乱地翻到大题的位置。等看完倒数第二道大题的题干，她已经因为着急和无力而出了一身薄汗。

十分钟眨眼就过，下课铃声准时响起。

试卷从后面传过来，向暖只能认命地把卷子放到他们这列的试卷里，再把试卷继续往前传。

每列的试卷被传到第一排的同学手中，对折成一沓，被物理老师收走。

后来向暖才知道，沈城一中的学生平常都是这样交作业的。因为这样发卷子时很方便，只要看一眼其中一张试卷上的名字，就知道这沓该放在哪列，从第一排往后传就行了。

熬过上午，向暖和邱橙在吃过午饭后去了学校的生活超市。

向暖其实不知道买什么，只是被邱橙拉过来的。但当她转到乳饮品的货架前，看到养乐多的那一刻，脑海里闪过那日她在便利店听到的一句话——

“骆夏，你真的好爱养乐多。”

向暖伸出手，刚拿起一排养乐多，邱橙就抱着小零食走了过来。

看到向暖手中的东西，邱橙讶异道：“你也喜欢养乐多啊？”

向暖伪装得格外淡定，含含糊糊地应道：“嗯。”

但她忘了，最正常的反应应该是好奇地问邱橙：“还有谁喜欢养乐多？”那个“也”字肯定会让人想要问回去，而她跳过了这一步。

只因为，她心里知道那个人是谁。

邱橙并没有捕捉到这个微小的细节。她从向暖手中拿过养乐多放回货架，说：“回去我拿给你喝，别浪费钱再买这个啦，你买别的吃。”

就在这时，向暖听到身后那排货架后传来两个女孩子的说话声。

“这儿有折千纸鹤的彩纸，还有装千纸鹤的玻璃瓶！”

“据说折一千只千纸鹤，就能实现一个愿望！准确地说，应该是每折一只就能承载一份祝愿，折满一千只就可以许个愿望。”

“我要买回去折千纸鹤，送给我喜欢的男孩子！”

千纸鹤，许愿。

向暖从零食架上拿了几根棒棒糖。

等那两个女生走开，她就绕到后排的货架前，找到了她们说的玻璃瓶和正方形彩纸，然后买了下来。

向暖抱着东西回教室的时候，邱橙贼笑着问她是不是有暗恋的人才要买彩纸折千纸鹤。

“不是。”向暖垂着眼帘，佯装镇定，淡然地轻声回道，然后有些心虚地解释，“想许愿高考能考好。”

邱橙本来就是随口一说，更像在逗向暖，听到向暖的解释，便笑着打趣：“你好虔诚啊向暖，提前一年就开始准备为高考祈愿。”

向暖微微牵动了一下嘴角，浅笑着没说话。

到教室后，邱橙没回自己的座位，径直往后门走去。

向暖回到座位上，把玻璃瓶和彩纸收进课桌抽屉里，然后就看到了上午第二节课做的随堂小测试的试卷被发了下来。

满试卷都是红色的斜杠，对钩寥寥无几。

最后一道大题她都没写，空白的答题区域被物理老师打了一个鲜红的问号。

同桌邱橙的试卷摊在桌面上，看起来正确率不低。至少正面的选择题只有一题出错。

偏偏这个时候，向暖的耳朵灵敏得过分，将其他同学低声感叹的话都听了进去。

物理课代表说：“我刚才去拿试卷，老师跟我说，这次小测骆夏当时只用了二十分钟就答完了。老师在上课时就当场看了他的卷子，全对。”

另一个男生接话：“夏哥根本就不是人。我从初中开始就跟他一个学校，这几年他始终霸占年级第一，几乎每次数理化都是满分，而且每年都参加数学和物理相关的竞赛，还都拿了奖。”

“不怪我们女孩子都喜欢他，”崇拜骆夏的女生佩服道，“他是真的值得！又高又帅又有教养，关键成绩还贼棒！这样的男生谁不爱呀！”

“拜托，别说女生了，我一男的都很崇拜他，夏哥太招人喜欢了。”

这下，本来就被成绩打击到的向暖更挫败了。她怔怔地望着手中鲜红得刺目的卷子，心里的落差大到让她快喘不过气来。

骆夏本来趴在桌上打算睡午觉，结果就被邱橙一掌拍在背上。

他偏了一下头，将埋在臂弯里的脸露出来，对邱橙不满道：“吵人睡觉犯法。”

邱橙直接开口要东西：“养乐多！养乐多！”

骆夏将一只手伸进课桌抽屉里，摸了一瓶出来，放到桌上。

邱橙比了一个胜利的手势，骆夏更加不满：“你打劫啊？”

虽然这样说，但他还是又掏出一瓶给她。

邱橙一手抓着一瓶养乐多，笑嘻嘻地对骆夏说：“找你哥报销。”

骆夏懒得说话，正要继续埋头睡觉，邱橙又突然把两瓶养乐多搁到他的桌上。

她盯着走廊上的一道身影，飞快地说道：“我看到一个老同学！骆夏你帮我拿回去，给向暖一瓶啊！”

骆夏无语，用手肘拐了旁边的靳言洲一下，嗓音倦懒道：“你去。”

靳言洲冷淡道：“学姐让你去。”

骆夏说：“给你妹的。”

靳言洲的脸色更沉，他回击：“又不只给她，学姐还是你嫂子呢。”

靳言洲说得一点儿都没错。

邱橙和骆夏的表哥关系很好，本来两人今年都能上大学的，结果邱橙因为没和对方考进同一所大学，非要回来复读。

指使不动旁边的人，前桌余渡这会儿不在教室，骆夏只好认命地起身，捏着两瓶养乐多往前排走。

他停在正数第三排的课桌旁，一眼就扫到了女孩子试卷上多得要命的斜杠。

骆夏对别人的成绩不感兴趣，把两瓶养乐多放在向暖的课桌上，话语简洁：“给你和邱橙的。”

向暖先是愣了一瞬，随即就慌乱地想要把惨不忍睹的试卷藏起来。

心跳紊乱的她将试卷塞进课桌抽屉，手却笨拙地碰到了课桌边缘，传出一声沉闷的撞击声，惹得她的眼泪都要涌出来了。

向暖没想过邱橙说的给她养乐多是找骆夏要。她梗着脖子，盯着被他放在桌上的养乐多，声如蚊蚋地道谢：“谢……谢谢……”

骆夏已经转身回去了，并没有听到她的道谢。

向暖呆坐在座位上，左手覆在右手的掌骨处，被碰这一处的痛觉还没消退，火辣辣地疼，像有什么东西在这块骨头上不断地碾着，火烧的感觉一路蔓延，燎到心里，灼烫又难受，让她的喉咙也跟着哽住。

她用力地睁了睁酸胀的眼睛，茫然地想：他刚才有没有看到她的试卷？他会不会觉得她很笨？

向暖耷拉下脑袋，一边揉着右手上被磕到的那块骨头，一边强忍眼泪。

她一时间居然分不清这么难过到底是因为成绩太差，还是因为被他撞见成绩太差而感到羞愧，抑或是他太优秀，而她又太普通。

这天不仅物理老师对他们进行了随堂测试，数学和英语也都做了小测。

向暖的成绩都不太理想，她有很多不会的知识点。

而骆夏，物理满分，数学全对，英语也没错。他就像同学们口中传的那样，是一个让人望尘莫及的人。

下午的第三节课还是物理课，物理老师拿着上午随堂测试的试卷来讲题。

“十五道选择题，其中有五道是多选题。我不说这里面有多选题，你们就全都当单选题做是吧？”越说越气的物理老师推了一下眼镜，继续道，“全班几十号人，就三个同学看出来有多选题，填了正确选项。除了骆夏、靳言洲、邱橙这三位同学，剩下的人做题时都不带脑子吧？那么明显的正确答案都不填！”

物理老师一边训斥一边讲题，最后话训完了，题也讲完了。

向暖整节课都在努力跟着老师的思路走，但还是有不少地方跟不上。班主任说得没错，她学起来真的很费劲，尤其物理这门课。

下课铃响，物理老师说了“下课”。

神经紧绷了一节课的向暖还没松口气，突然就听物理老师叫道：“向暖。”

向暖蓦地抬头，只见物理老师对她招招手，说：“你跟我来。”

而后老师就拿着试卷讲义和保温杯率先走出了教室。向暖慌张起身，忐忑地跟在老师身后，去了物理办公室。

“你们班主任跟我提了你物理偏科，但我没想到你这么偏。就算教材不同也不至于考得这么差啊。”物理老师私下脾气倒没那么暴躁，对待向暖还算温和，只是语气颇为无奈，“你这情况，我建议你找个家教补补课。趁现在还有时间，打好基础最重要，不然非但跟不上系统复习的进度，还会越拖越差。”

向暖抿紧嘴唇，绞着双手，难堪得说不出话。

虽然她在兴溪上学时物理成绩也差，但至少可以及格，再加上其他几门课的成绩弥补，也可以在班上名列前茅。可来了这里之后，她才发觉沈城一中复习的进度比兴溪快不少，而且学的知识点也比兴溪难，每道题都像是她之前接触过的题型的更深层次的变形题型。

她根本吃不透。

物理老师在纸上写了一个姓名和一串电话号码，递给向暖，叹气道：“你要是有意向，就打这个电话。这是今年从学校毕业的理科状元的号码，他高考理综满分，之前也得过很多竞赛奖，现在就在沈大读物理系。我已经问了他，他有空做家教，你需要的话就联系他。”

向暖接过，低头看了一眼，稍怔。这个理科状元的名字叫……秋程？居然和邱橙的名字完全同音。

随后向暖轻声道谢：“谢谢老师。”

物理老师喝了口水润嗓，又叹了一口气，安慰说：“去吧，你也别太灰心，这才刚开学，还有一整年的时间呢。”

从办公室出来，向暖捏着纸往教室走。

秋风从长廊的窗户里灌进来，吹得她额前的碎发凌乱。

向暖踏着上课铃声进了教室。

从前门进来的她一眼就看到了靠近后门最后一排的座位空着——骆夏和靳言洲都不在。

下午最后一节课是自习。向暖回到座位上，抽出物理试卷，开始在改错本上订正错题。

四十五分钟后，铃声响起，放学。

向暖和邱橙同路，收拾了书包一起往外走。

她到底忍不住，问了邱橙：“下午第四节课可以不上吗？”

为什么骆夏整节课都不在？

邱橙反应过来向暖指的是骆夏和靳言洲，还以为向暖在意靳言洲逃课，毕竟他是向暖名义上的哥哥。

邱橙笑道："你说骆夏和靳言洲啊，他俩去竞赛班了。"

向暖茫然，然后才被邱橙告知，沈城一中没设实验班，但为在年级里成绩拔尖的同学成立了竞赛班。

每天下午第四节课他们不会在自己的教室里上自习，而是去楼下的竞赛班听老师讲更难的知识点。

这拨人都是参加竞赛的老手。

"就骆夏，蝉联三年省物理竞赛冠军。去年全国性的竞赛，物理和数学他都参加了，一个一等奖、一个二等奖。"

向暖不由自主地感叹："他真的好厉害。"

邱橙笑道："能不厉害吗？他爸是沈大的物理系教授，他妈妈跟他爸爸同校教书，是数学系教授。光家庭熏陶都能把他熏成半个学霸了。"

向暖恍惚了一阵，而后又有点儿羡慕邱橙这么了解他，跟他的关系还特别好。不然邱橙怎么知道骆夏的家庭情况，还能让骆夏主动送养乐多到她们的座位上？

"邱橙，你跟骆夏是不是很熟？"向暖刚问出这句话，抓扯着书包肩带的手就紧张地攥紧了。

邱橙歪头乐起来，大方道："很熟啊！虽然我本来大你们一届，但……"

她骨碌碌地转了转眼珠，凑近向暖，在向暖的耳边小声说："我跟他表哥关系不错，所以和他也比较熟。"

向暖愣住，一时间没反应过来，还傻乎乎地轻声问："跟他表哥？"

邱橙倒是一点儿都不害羞，笑盈盈地自豪道："就是今年的高考理科状元。"

经邱橙一提醒，向暖想起了物理老师给她的那张纸，惊讶地睁大杏眼，不太确定地问："你是说……秋程？秋天的秋，前程的程？"

邱橙顿感意外，语气里还透着一丝骄傲："咦，他的名气这么大吗？你才转学过来就知道啦？"

向暖解释："物理老师建议我找家教补课，给的联系方式就是他的。"

“原来是这样，”邱橙笑起来，拍拍向暖的肩膀，也极力推荐他，“那就让他给你补补，他讲课很厉害的。众所周知，并不是所有学习好的人讲题都好，但他是。”

向暖本来就想接受物理老师的建议，这下更加坚定了要找家教补课的想法。

骆夏那么优秀，她得拼命奔跑才有可能缩短他们之间的距离。

两个女孩子刚绕过教学楼前的花坛，就看到骆夏和靳言洲一人推着一辆自行车往校门口走。

向暖一直默默地注视着他出了学校大门，蹬上车。

下一秒，余渡不知道从哪里冒出来，直接就蹿上了骆夏的自行车后座。

骆夏握着的车把左右摇晃了一下，车子路线在拐过蛇形线后又平直起来。骆夏向后偏头，看了一眼在后座上晃着腿蹭车回家的余渡，不知道笑着说了句什么。

这一刻，向暖的心跳骤停，她的世界里只剩下了视野里的那个男生——

夕阳光晕橙红，穿着蓝白色校服的少年骑着自行车，笑容明朗而干净。

哪怕在好几年后，向暖都还会时不时地想起这充满青春色调的一幕。

骆夏大概永远不会知道，他是她枯燥单调的青春里，最浓墨重彩的一页。

这晚，向暖本想和向琳说找家教帮她补课的事，然而向琳迟迟没回家。

向暖坐在书桌前，面前摊着让她头疼的物理试卷，旁边放着骆夏给她的那瓶养乐多——她还没舍得喝。

打算装千纸鹤的玻璃瓶被她带了回来，彩纸一半被留在了教室的课桌抽屉里，一半被拿回了家。

向暖盯着一道题都写不出来的物理试卷好半天，最后拿了四张彩纸，分别写了几句话。

2009 年 8 月 26 日，那天七夕，他弯下腰来听我讲话，却不认识我。

2009 年 8 月 30 日，高三开学，他帮我搬书。我从未见过那样好看的手。

2009 年 8 月 30 日，养乐多。

2009 年 8 月 30 日，想要把他在夕阳下的微笑偷偷摘下来，永久保存。

空了一整天的玻璃瓶里，在这天深夜，多了四只纸鹤。

向琳到后半夜才回家。

向暖本来已经睡着了，但她睡眠浅，听到动静就醒了过来。

她怕早上母亲走得早，她们碰不上面，就起身下床，从书桌上的课本中翻出那张纸，捏着走出了卧室。

向琳刚上二楼，就看到女儿从房间走了出来，登时愧疚地小声问："吵醒你了？"

向暖摇摇头，轻声说："妈，我想找个家教。"

向琳微怔，还未说话，向暖就压低声音平静地道："我跟不上这边的进度，尤其是物理。"

向琳一直忙于工作，忽略了刚转学到新学校的向暖学习上的状况，这会儿听到女儿这样说，心里感到一阵酸涩难受。

向琳立刻答应："好，妈妈给你找家教。"

向暖把手中的纸递给向琳："这是我们物理老师给的，说这位是今年毕业的学长，理科状元，拿过很多物理竞赛的证书。"

向琳接过，应下："知道了，妈妈会尽快联系他的。"

"你快去睡吧，"向暖说，"睡不了几个小时又该起床了。"

向琳欣慰地笑了笑："你也睡。"

"嗯。"向暖应声，转身回了卧室。

早上睡醒后，向暖果然没有碰见向琳。

当晚，向琳难得没有加班，准时回家做了晚饭等她和靳言洲一起吃。

靳言洲本来话就少，在家就更沉默了，不喊向琳，也不搭理向暖。向琳对他好，给他盛饭或者拿水果时，他才会蹦出一句极其冷漠的“谢谢”。

吃过晚饭，靳言洲就钻进了卧室，紧闭房门。

向暖帮着向琳收拾碗筷。母女俩在厨房洗碗时，向琳对向暖说：“我联系秋程了，他答应给你补课，但得等到 9 月 15 日之后才行。他刚开学，要军训半个月。”

向暖应道：“嗯，好。”

向琳关心地问：“这半个月会不会耽误你的学习进度？”

会是肯定的，高三的学习进度飞快，沈城一中又是重点高中，不仅进度快，对向暖来说知识点还都是难点。

向暖还没说话，向琳就又道：“秋程说要是你觉得学起来费劲，他可以让他表弟先帮你补补。听说他表弟就跟你在一个班，常年是年级第一。”

向暖本来平静的心脏猛地一跳，满是泡沫的碗突然从手中滑落，掉在了洗碗池里。

向琳想过女儿会有反应，但没想到反应这么大。她倒是理解这个年纪的小孩儿自尊心强。

女儿刚转学过来，人生地不熟，成绩还跟不上，本来心理上就有点儿自卑，这下再让同班同学帮她补课，大概只会让她更抬不起头来。

向琳连忙解释：“妈妈没直接答应，跟秋程说回来和你商量商量，问问你的意见。你要是不愿意，咱就等半个月后……”

向暖低垂着脑袋，绷紧的额角不受控地突突跳着。她张了张嘴，说出来的话隐约发颤：“好。”

向琳愣了一下，没想到女儿都这么在意了还会答应。最终，她还是尊重向暖的决定，说：“那我就跟秋程说，麻烦他表弟这半个月先带你补习了？”

向暖咬紧嘴唇，轻轻地“嗯”了一声。

等向琳在客厅和秋程打完电话，把薪资和补课时间的事情谈好，再回到厨房时，向暖还在捧着那个碗洗。

向琳叹气，刚要说话，被这声轻叹拉回神的向暖就放下了这个碗，继续洗其他的。

向暖低着头，盯着水流在碗和她的指间冲刷着，忽然没头没尾地问向琳："妈，你还记得我六岁那年暑假，院子里的那个男孩吗？"

向琳正在规整洗干净的碗，闻言问道："谁？"

"就是那年夏天经常跟我一起玩的男孩。"向暖咬了一下嘴唇，等着向琳的回答。

向琳皱眉思索了片刻，若有所思地说："好像是有这么个人，但记不清了，姓什么、叫什么、长什么样子都没印象。"

那段时间她每天都陷在和丈夫的争吵中，情绪暴躁易怒，经常疑神疑鬼，疑心丈夫又偷偷跟哪个女人好了，对向暖都不怎么上心，更别说去关注其他孩子了。向琳根本没那个闲情逸致。再者，那都已经是十一年前的事了，就连和前夫的记忆都淡了很多，她又怎么可能记得一个毫不相干的孩子。

向暖忽然叹了口气。

大家都不记得了，只有她一个人记得很清楚。

或许，像他们一样，记不得才是正常的。

骆夏正在房间里拼 nanoblock（河田积木）的微型拼装积木模型，放在旁边的手机突然响起了铃声。他伸手点了接听键，同时打开免提，修长的手指继续在一堆微型的积木块上扒拉着。

"哥。"骆夏盯着自己拿起来的那块迷你积木，喊了秋程一声。

秋程爽朗的声音从手机中传来："夏，帮我给你同学补课半个月。"

骆夏蹙眉，仿佛听错了，确认道："我帮你？给我同学？补课？半个月？"

秋程说："嗯，你班上的，叫向暖。"

骆夏想起向暖那张惨不忍睹的物理试卷，了然地"啊"了一声，毫不留情地拒绝："不帮。"

秋程就知道他会这么说，便使出撒手锏："半个月工资归你……"

骆夏又不缺钱，刚要继续拒绝，就听到表哥继续道："外加一套

nanoblock 的‘世界名胜’系列积木。”

对骆夏来说，钱没诱惑力，但积木有。

“行，”骆夏为了积木答应下来，“时间呢？”

“周一到周五晚 8 点到 10 点，周六下午 1 点半到 5 点半，周日上午 8 点到 11 点。时间不用卡得很死，只要达到工作日两个小时、周六四个小时、周日三个小时就行。”秋程又补充道，“你们不是同学吗？时间上商量着来。”

骆夏应道：“嗯，知道了。”

向暖一晚没睡好，总是不由自主地想起骆夏要给她补习半个月这件事。

她说不清楚自己是什么感觉，心情从来没有这么复杂过。

她一边期待着能借此机会可以和他稍微拉近一点儿距离，多一些时间相处，一边又自卑地忐忑不安，怕自己成绩太差招来他的嫌弃，也怕和他交流时自己会控制不住露出破绽。

向暖几乎失眠一整夜，在黎明时分才勉强睡了两个小时。她再醒来，是被一声震天响的关门声惊吓醒的。

向暖感到眼皮沉重，勉强眯着眼睛看向闹钟……快 7 点半了！！！

向暖立刻一骨碌爬起来，手忙脚乱地穿上校服，洗漱过后下楼，看到靳言洲正在低头吃早饭。

刚才那道关门声就是他关卧室门时弄出来的吧？

不过也多亏了那声响，否则她不知道要睡到什么时候。

靳言洲骑车去学校，不用遭受堵车的苦，哪怕 7 点 40 分出门，只要他铆足劲儿骑快一点儿也不会迟到。

但向暖不同，公交车八分钟来一趟，还要把堵车的可能算进去。她根本没时间吃早饭。

向暖拎上书包就往外跑。没一分钟，她又跑回来，匆匆上楼。

外边阴天，乌云压顶，天色昏暗，估计要下雨。

向暖拿了那把紫色的雨伞从楼上下来，离开时提醒靳言洲：“可能要下雨，你骑车的话记得带雨衣。”

靳言洲没吭声。

靳言洲骑车上路时，向暖还立在公交车站等车。

女孩子穿着一身校服，背着黑色的书包，握着伞柄，长柄伞戳在地上。她低垂着头，像在发呆，面色平静，看起来完全没了刚才着急的样子。

其实向暖已经确定自己绝对会迟到，放弃挣扎了。

靳言洲在向暖身后停下，犹豫了一瞬，还是什么都没说，径自骑车走了。

向暖不出所料地迟到了。她到教室门口时，第一节课已经开始十多分钟了。

偏偏今天第一节还是物理课。

物理老师正背对着她讲课，而同学们的视线齐刷刷地落过来，像几十道射线照到她的身上。

向暖白皙的脸一瞬间涨得通红。她站在前门门口，声细如蚊地喊了声“报告”。可是很奇怪，在向暖自己听来，她的声音很大。

物理老师没听见。

向暖登时更窘迫，攥紧握着伞柄的手，强迫自己喊出来：“报告！”

而她以为的喊出来，听在别人耳中只不过是正常音量——她说话的声音向来比较轻。

物理老师终于听见，转过身来。

向暖的脸颊红得像要滴血，她犯了错般嗫嚅道：“对不起老师，我迟到了。”她的声音听起来颤颤的，像带了哭腔。

物理老师没说别的，只道：“进来吧。”

向暖如蒙大赦，立刻快步走向座位。

也是这时，她不受控制地飞快望了一眼教室后门那儿的最后一排。

骆夏正在和靳言洲低声说话，嘴角噙笑，还抬了抬眼皮，看了她一眼。

他好像在谈论她，在笑她。

向暖根本不敢和他对视，在他掀起眼皮的那一刻，就匆忙收回了视线，转身坐到了座位上。

她本来就难堪，这下更难过了。

向暖在想：她是不是很狼狈？她刚才打报告老师没听到，被晾在一

边的场景是不是真的很好笑?

因为他那个笑，她一整节课都没能整理好情绪。

向暖根本不知道，她在意得要死要活的事情，在骆夏那里根本不算什么。

上课迟到而已，再常见不过。

他当时和靳言洲谈论的对象确实是她，不过不是在笑她。

靳言洲透露自己骑车来学校时经过公交车站，看到了向暖还在等车，但没有载她。

骆夏听完后就笑靳言洲幼稚，说他总搞这种小学生行为。

靳言洲冷言反驳："我已经很仁慈了，要不是我用门震她，她现在都到不了学校。"

骆夏低下头，边做笔记边漫不经心地笑着回道："你既然都这么仁慈了，再仁慈点儿怎么了？你就是幼稚。"

靳言洲冷哼一声，不说话了。

什么事都只有亲身经历过才会长教训。

大课间的时候，向暖和邱橙结伴去了趟卫生间。回来时，两个人顺路从后门进了教室。

骆夏正在座位上趴着，没骨头似的，看起来是想闭眼睡会儿。

邱橙却不管他有没有休息，直接拍桌震他，开口要东西："养乐多！"

骆夏叹了口气，把手伸进课桌抽屉里拿养乐多时，无语道："我的养乐多都不够你祸祸的。"

邱橙乐不可支："我不是说了吗，找你哥报销。"

骆夏抓出两瓶养乐多，递给邱橙。

邱橙转手就给了向暖一瓶，挽着邱橙手臂的向暖默默接过来。

这几天都是如此。邱橙每天都会向骆夏要养乐多，而他的课桌抽屉好像就是生产养乐多的秘密基地，不管邱橙什么时候要，他都能拿出来。

余渡和靳言洲正好进教室。看到骆夏在给两个女孩子分养乐多，余渡立刻就凑过来，无赖似的挂在骆夏身上，嚷着："夏哥，我的呢？"

骆夏抬高肩膀往后抵，挣开余渡的扒拉。他的嘴角挂着淡笑，爽朗的声音有些慵懒：“没了，最后两瓶给她们了。”

邱橙在后门儿口喝完养乐多，然后将空瓶子精准地投进了垃圾桶。

随即，拿着养乐多没喝两口的向暖就要和邱橙回座位。

就在向暖转身的那一刻，骆夏忽然喊了她：“向暖。”

向暖的脚步蓦地一顿。她僵硬地戳在原地，像是被钉住了。

须臾，向暖神情恍惚地梗着脖子慢慢扭头，目光飘忽，根本不敢看向他那双勾人的桃花眼。

她的胸腔里仿佛装了一只小鹿，此时此刻正在胡乱地四处冲撞。

心跳声震着耳膜，余渡和邱橙又说起了话，但向暖完全听不清。

明明处在通风的地方，她却觉得周围空气稀薄，仿佛下一秒就有可能缺氧。

骆夏看着脸色通红的向暖，语气稀松平常，说：“留个联系方式，方便敲定补课的具体时间和地点。”

向暖怔怔地点头。

而后她羞涩地低垂下眉眼，发着颤的声音格外细微：“好……好的。”

第二章

雨伞像葡萄

直到上第三节课，向暖还是恍惚的。

她不断地想起骆夏递给她笔并把笔记本往前推的画面。

男生那么随性自然，并没有刻意耍帅。明明是很普通的动作，可落在她眼里，他的一举一动都透着无法言说的帅气。

本子上还写着他的班级和名字：0713，骆夏。

龙飞凤舞的书法字体颇为大气。

她握着他的笔，要在他的本子上写联系方式时，忽然又顿住，不知道要留手机号还是 QQ 号。

她只好开口问："手机号还是 QQ 号？"

她的声音一如既往地轻，加上邱橙和余渡在旁边叽叽喳喳，支着脑袋的骆夏只知道她说了话，但没听清她说的是什么。

他放下托着脑袋的手，微微凑近了她一些，还特意侧头让耳朵靠近，低声问："嗯？"

他的侧脸突然近在眼前。男生的睫毛又长又密，侧脸的线条流畅，鼻梁高挺，左耳耳垂上的那颗小痣也很明显。

他的侧颜真的堪称完美无瑕。

她登时屏息，心脏几乎要直接穿破胸膛蹦出来。

她涨红了脸，声音越发细弱："是留手机号……还是 QQ 号？"

骆夏这次听清了她的话，并适时退离，拉开了他们之间的距离，淡然地回道："都留一下吧。"

她本想说"好"，但最终什么都没说。

他搭在桌面上的手就在本子旁边，她无法不注意。男生修长的手指自然地弯曲着，指节分明，白皙的手背上青色的血管很清晰，真的特别好看。

她用他的笔在他的本子上写了她的手机号和 QQ 号。

他的笔格外顺滑好用，她的手指却控制不住笔尖。

她写出来的字迹跟他的一比，就像丑小鸭在白天鹅面前献丑。她的字平常还算清秀工整，可偏偏这次连一串数字都写得有点儿歪斜别扭，跟他的字在同一页，仿佛在自取其辱。

向暖正一边暗自懊恼叹气，一边跟着老师讲课的内容做笔记，邱橙就把一个小本子推了过来。

向暖定睛看了看，就见上面写着两行字，分别是"手机号"和"QQ 号"。

显然，邱橙是让她填联系方式。

向暖莞尔，在邱橙的小本子上写了两串数字，然后盯着这两行数字更耿耿于怀了——她这次就写得很流畅、漂亮。

向暖觉得自己真的很不争气。她抿抿嘴巴，把本子还给邱橙，继续听课。

中午，向暖和邱橙吃过午饭，在回教室前结伴去了趟卫生间。

两个人走到后门时，余渡正在幽幽感叹："这天儿阴的，让我有种已经到了晚上该睡觉的错觉。"

骆夏正喝着新买的养乐多，优哉游哉地转笔。

听闻余渡的话，他笑着调侃："那你睡呗！"

余渡摇头："那不行，下课睡觉浪费人生，我得等上课伴着老师的'催眠曲'睡，那才叫享受。"

骆夏哼笑，揶揄道："享受一年你就直接成'家里蹲'了。"

余渡假装没听见，岔开话题说："哎，也不知道会不会下雨，我没带雨伞。"

"夏哥，洲哥，你俩带了吗？万一下雨，让我蹭个伞。"

骆夏耸肩："没哦。"

靳言洲一如既往地冷淡："没。"

邱橙抓住机会笑了他们三个没伞的家伙一顿，而后就拉着向暖回了座位。

"向暖，我加你 QQ 了，你通过一下！"邱橙趁午自习的铃还没响，偷偷地捣鼓着手机。

向暖把静音的手机从书包里掏出来，偷偷在桌子底下摁着键。

打开 QQ 后，她发现有两条好友添加请求：一条是邱橙的；另一条的昵称是 LX，备注写的是"骆夏"。

向暖的心"怦怦怦"地跳着，如擂鼓一般。

她的手指微微颤抖着摁了键，通过了他的好友请求。

这一刻，时间停在 2009 年 9 月 1 日中午 12 点 53 分，距离午自习铃响仅七分钟。

下午果然下了一场雷阵雨。

狂风夹杂着豆大的雨点噼里啪啦地砸着教室的玻璃窗。

有几扇窗还开着通风透气，这会儿猛烈的风灌进来，钻进他们的校服中，不少同学桌上的书本被风吹得哗啦啦地翻着页。

向暖今早出门急，只穿了校服短袖，没有拿校服外套，这下被风一吹，冷得打了个哆嗦。临窗的同学立马关上窗户，向暖搓了搓胳膊，才慢慢地缓过来。

下午第三节课上完，刚下课，闷在教室里的学生就鱼贯而出。

向暖正在座位上翻找一会儿自习该整理的错题试卷，一道人影忽地遮住了她眼前的光。

因为阴天，教室已经开了一整天的灯。

这会儿她的座位被阴影笼罩，头顶的光都被遮住了。

向暖微蹙着眉仰起头。

与此同时，拎着书包停在她的座位旁的骆夏开口，和她确定时间：“今天放学就开始吗？”

向暖蒙了一瞬，而后反应过来他在说补课的事，连忙红着脸点头。

“在哪儿？”他若有所思地问，“图书馆？”

向暖听他说着话，脑子都转不动，只会点头。

骆夏见她没什么异议，就道：“那到时候图书馆门口见。”

向暖轻声应允：“好。”

骆夏把地点定在学校图书馆，是因为她家的方向和他家相反，学校算是他们两家的中点，在学校补课路程最短。

因为他这句“图书馆门口见”，向暖整节自习课心跳都比平常快。

她从未如此期待过放学，也从未像这样对放学充满紧张感和忐忑感。

时间像沙漏里的沙，不紧不慢地流淌过。

临近放学，又开始淅淅沥沥地下起雨。

过了一会儿，铃声准时响起，大家立刻收拾了书包，飞快地逃离沉闷乏味的教室。

邱橙知道这半个月由骆夏给向暖补课，也听到了骆夏和向暖放学后约在图书馆见，所以并没多问什么，只笑着对向暖挥挥手说：“向暖，我先走啦，你加油呀！”

向暖冲邱橙浅笑点头，应道：“好。”

然而，当背起书包拿了雨伞要往教室外走时，她深呼吸了一口气才能迈步。

天色比早上还要阴沉昏暗，乌云就盘旋在楼顶上，直直地往下压。

冷空气侵入皮肤，只穿着短袖的向暖一出教室就被冻得打了个激灵。

等她撑着伞找到图书馆，骆夏正立在门口。

男生的短发微潮，身形修长。他单肩背着黑色的书包，耳朵里塞着耳机，白色的耳机线弯弯曲曲地蔓延到他双手插着的校服外套的兜里。

向暖停在台阶下，隔着薄薄的雨雾仰头望着他，仿佛看到了从漫画里走出来的少年。

骆夏似乎察觉到了有视线落在自己身上，轻撩眼皮，望过去。

两个人的目光猝不及防地相撞，向暖瞬间就慌乱地移开视线，低下头迈步踏上台阶。

“不好意思，我来晚了。”向暖收伞时轻声道歉。

骆夏在她走过来时就摘了一边的耳机。他并没有一丝等待的不耐烦感，爽朗的声音平和大度：“没事，我也没来多久。”

两个人一前一后进了图书馆。

骆夏随意找了张桌子把书包放下，向暖跟着他走过去，也卸下书包。

骆夏找的位子靠窗，她就把长柄伞挂在了窗台上。因为伞面潮湿，她没有系摁扣将伞绑紧。

向暖刚坐下来，骆夏就拉开她身侧的椅子落座。她在这一刻下意识地屏了一下呼吸。

骆夏压低声音对她说：“辅导书给我。”

如此近的距离，这么低的声音，像是他特意在她耳边低语。

向暖僵着身子从书包里拿出物理辅导书，本来发冷的身体不知不觉就泛起热。

她乖乖地坐在椅子上，看着他翻开书，放在腿上的双手紧张地绞在一起。

男生熟练地给她勾了几道同类型的题，把书推给她，依旧低声说：“你试着做做，我待会儿给你讲。你要是实在没思路，就提前跟我说。”

向暖的心脏扑通扑通地、鲜活地跳动着。她胡乱地点点头，开始按照他勾的题写解题步骤。

骆夏坐在她旁边，重新戴上耳机，从兜里摸出 MP3（音乐播放器），摁了几下，又揣回兜里。

过了好一会儿，他站起身，挪步到窗边，推开了窗户。

蒙蒙细雨中，清凉的风柔柔地灌进来，冲淡了封闭空间的闷热。

向暖听到开窗的声响，本能地抬头看了一眼。这一眼，再也没收回去。

男生慵懒地倚靠在窗边，校服敞开，耳机戴在耳朵上。他把玩着耳机线，白色的细线缠绕在他修长的手指上。

他向外偏头的那一瞬，屋内的灯光将他的脸切割得半明半暗。光影间，他脸上的线条格外明晰立体。

而挂在他旁边的那把紫色雨伞，突然就像多年前葡萄架下一串熟透的紫色葡萄，还挂着晶莹的水珠。

向暖看得入神，忘记收回视线。

骆夏回过头来时，就看到她盯着他。

男生还以为她不会做题想求助，问："怎么？"

向暖瞬间有种偷看被抓包的尴尬，脸颊顿时涨红，视线飘忽，眼睫毛止不住地颤抖。

紧张之下，大脑一片空白，她也不知道抽了什么风，轻声回他："雨伞像葡萄。"

骆夏稍愣，随即低头看向挂在窗台上的那把紫色雨伞——是她那次在便利店买的那把，当时她的钱不够，还是他帮忙垫付的。

像什么？葡萄？

骆夏轻皱眉头，而后又舒展开，由喉间溢出很轻的一声笑。

"你的想象力挺好。"他评价。

向暖一时分不清他在夸她还是在调侃她，窘迫地低下头去做题，根本不敢再看他一眼。

后来，他给她讲的题她都会认真听，也都仔细地做了笔记，但耳边总是不断地回响着他那声短促的轻笑，还有那句"你的想象力挺好"。

向暖不知道，自己说雨伞像葡萄的时候，骆夏的耳机里正放着他最喜欢的歌手唱的一首歌。

歌名就叫《葡萄成熟时》。

补习结束时，雨早已停了，向暖和骆夏在校门口分开。

在公交车站等车的向暖默默看着马路对面，映在她眼中的骆夏骑上自行车，渐渐离她远去。

睡前，向暖照例拿了几张彩纸，写下几句话。

> 2009 年 9 月 1 日，重逢后他第一次叫我的名字。我用他的笔在他的本子上写了我的联系方式。
>
> 2009 年 9 月 1 日，中午 12:53，我和他成了 QQ 好友。

2009 年 9 月 1 日，放学后，图书馆，他给我补课，雨伞像葡萄。

2009 年 9 月 1 日，他说——你想象力挺好。

周五早上，向暖醒来后感觉空气潮湿，像下雨前酝酿的那种闷热感，但天气预报显示今天没有雨。

以防万一，向暖还是将那把紫色雨伞放在了书包旁边，洗漱完后一起拿着下了楼。

吃饭时，靳言洲一如既往地没出现在餐桌上。

坐在向暖对面的向琳开口对她说："今晚你靳叔叔回来。"

向暖"嗯"了一声，而后又听向琳说道："我们打算带你和言洲出去吃。你靳叔叔知道你喜欢吃海鲜，特意提前三天在那家很难订位子的尚佳鲜汇预约了包间。"

向暖几不可见地抿了抿嘴唇，又很快松开。她轻声细语地问向琳："那我今天是不是不能在放学后补课了？"

向琳笑道："不碍事，时间上不会冲突。你靳叔叔 7 点半落地，大概 8 点多才能到饭店，你完全可以补完课再到吃饭的地方，来得及。"

向暖倏地松了一口气。

这几天来，她每天最期待的时光就是放学后的两个小时，因为能够和骆夏在图书馆的一隅独处。

尽管他们除了做题、讲题之外基本没有多余的交流，但仅仅安静地坐在他身边，她都觉得无比开心。

"到时候你和言洲……"向琳似乎想起什么，改口说，"你补课结束后就去饭店。你知道怎么走吗？"

向暖平静地说道："我搜一下路线就行。"

向琳没再说话。须臾，她歉疚地喊向暖："暖暖……"

向暖抬起眼，看向母亲。

向琳望着她，欲言又止，但最终只是起身，走开之前摸了摸她的脑袋。

向琳其实在向暖转学的第一天就知道了向暖和靳言洲没有同行。

那日，向暖一个人去公交车站等车时，向琳正堵在拥挤的路口，离家并不远。她亲眼看到女儿自己上了公交车。

后来有一次，她难得不加班，比两个孩子还要早回家。那晚，向暖率先到家，几分钟后，靳言洲才骑车回来。

向暖和向琳都清楚对方知道，只不过谁也没说出口，心照不宣。

大概是向暖多虑，这天直到下午第三节课下课都没有下雨。

一整天太阳都忙着跟云较劲，一会儿被云挡了光，一会儿又不甘示弱地露出来。阳光像调皮的孩子，躲起来又出现，引起注意后再躲起来。

天色也因此变得忽明忽暗。

骆夏和靳言洲照例提前收拾了东西，拎起书包下楼去竞赛班。

在往竞赛班走的时候，靳言洲对骆夏说："待会儿你帮我跟她说，我不会等她一起走。"

骆夏知道靳言洲嘴里的"她"指的是谁，但并不代表他愿意帮这个忙："自己说。"

靳言洲木着脸，语气冷淡："我没她的联系方式，说不了，你替我说。"

骆夏哼笑："我给你，你要 QQ 号还是手机号？或者你现在返回教室当面跟她说也来得及。"

靳言洲烦躁又郁闷，不爽地说："都不要，我就不想搭理她。靳朝闻居然还想让我骑车带她过去，做梦！"

骆夏轻叹，没再多说什么，只是拍了拍靳言洲的肩膀，应道："行吧。"

"告诉她去尚佳鲜汇。"靳言洲说，"别到时候不知道去哪儿，靳朝闻又怪我。"

骆夏调侃："我说了她可能也找不到。"

毕竟这家饭店藏在小胡同里，哪怕是本地人，不熟悉的话也很难找。

两个人正说着话往竞赛班走，身后忽然传来一道清甜的女声："骆夏！"

骆夏和靳言洲齐齐扭头，看到宋欣朝他们跑来。

“昨天那张试卷你怎么做的？那么变态的题都全对。”宋欣的语气里藏不住对骆夏的崇拜之意。

骆夏还没说话，宋欣又问：“笔记能不能借我‘膜拜’一下？我昨天有好几处没跟上，想抄抄笔记，今晚回去啃一下。”

她说得诚恳，骆夏点了下头，直接拉开书包拉链将笔记本掏出来给了她。

宋欣瞬间眉开眼笑：“谢了！”

向暖利用下午第四节的自习课写了一部分当天的课后作业。

下课后，她立刻收拾了东西去图书馆，但依旧比骆夏晚到。

自从他们约好在学校图书馆补课，她每天傍晚都会在图书馆前仰起头，趁他不注意偷偷看一眼在门口等她的他。

今天也不例外。

然而，就在向暖抬脚要上台阶的那一刻，她的身后突然传来一声很甜的嗓音：“骆夏！”

向暖顿住脚步，僵在原地，怔怔地看着一个女孩子背着粉色的书包擦着她的肩膀而过，快速地踩着台阶上去。

宋欣用双手把抱在怀里的笔记本递给骆夏，笑得明媚，轻快地说：“谢谢你的笔记，我写完啦！还给你！”

骆夏随手接过来，爽朗的声音还有些慵懒，听起来稍稍漫不经心：“没事。”

“不过今天老师讲的竞赛题也好难哦。”宋欣轻轻蹙眉，有点儿苦恼地说，随后又很快浅笑起来，“以后可能还要借你笔记。”

骆夏点了一下头。

这下，宋欣连眼睛都弯成了漂亮的月牙形。她开心地说：“有空请你吃东西呀！”

台阶有六级，他站在最上端，而向暖停在最底下，连第一步都没迈出去。

向暖仰头望着他们，像被钉在了原地。

他身侧的女孩子长相很漂亮，像洋娃娃般精致，身材也很好。哪怕她穿着校服，都能看得出玲珑有致的曲线，腿长腰细，肤白貌美。

关键是，她也在竞赛班。

也只有和他一样优秀的女孩才敢这样坦然自若地面对他，跟他说笑吧？

向暖目光茫然，神思混乱。

而最让她感到不堪的，是在强烈的羡慕心情中，竟然掺杂了一丝忌妒心。

向暖慌忙羞耻地低垂下头，咬紧嘴唇。

骆夏没有回宋欣要请他吃东西的那句话。他发现向暖明明到了却不上来，似乎是因为他正在和同学说话而特意停在台阶下，便喊她："向暖。"

向暖蓦地仰起头，猝不及防撞进他那双仿佛会发光的桃花眼中，心神情不自禁地微荡。

骆夏问："站那儿干吗？不补课了？"

向暖立刻快步上了台阶。

宋欣听到"补课"两个字，眸色微闪。她扭头看向面色微红的向暖，对向暖弯唇笑了笑，而后冲骆夏挥手："那我先走啦，再见！"

向暖跟在骆夏身后进了图书馆。

还是老位子，她掏出辅导书，骆夏照例给她画题。

"靳言洲让你补完课后去尚佳鲜汇。"他低着头，视线落在书上，笔在他的指间旋转得游刃有余。他的语气稀松平常，真的只是在帮好朋友传达消息，仅此而已。

向暖点了点头，没说别的，只轻声应下："好。"她随即又说，"谢谢。"

骆夏"嗯"了一声，把书推给她。

和之前几天一样，前四十分钟骆夏会让她做题，测她的水平，之后的时间用来给她讲她没掌握的知识点和薄弱的地方。

他这次没起身去窗边，而是直接趴在桌子上，闭眼假寐起来。

向暖总想看他一眼，再看他一眼。她强忍着心中蠢蠢欲动的念头，暗自定目标，决定写完一道题就偷偷瞅他一次。

然后，向暖第一次提前十分钟就将题做完了。

骆夏并没睡着，听到她在纸上写字的沙沙声停止后，就睁开了

眼睛。

向暖正仗着他睡着在盯着他，结果就被抓了包。

她瞬间慌乱地瞥向别处，脸颊一下子晕开一层薄薄的绯色。

骆夏直起腰，低声问："写完了？"

向暖心跳紊乱地咬着唇点头。

他抬起手腕看了一下时间，有些意外地笑道："今天做题的速度快了不少。"

向暖不敢说话，只耷拉着头，尽量不让他看出什么端倪。

骆夏拿过她写的解题步骤，一道题一道题地看，而后将出错的地方标出来，给她讲解。

他讲到一半时，外面突然传来轰隆隆的闷雷声。紧接着，闪电和雷声交替而至。

骆夏不由得往窗外看了一眼，有些无奈地"啧"了一声。

向暖本来想提前结束，让他赶紧回家，然而雷阵雨的速度比她的话还要快。豆大的雨点说来就来，噼里啪啦地砸上了玻璃窗，本来明净的窗户上瞬间挂了一层雨帘。

骆夏继续给向暖讲题，她不敢懈怠，努力跟着他的思路走，一边转动大脑一边记笔记。

这场雷阵雨后来变成了阵雨，只不过始终没有要停的样子，甚至起了风。

骆夏是不可能骑自行车回去的，幸好向暖有雨伞。

她鼓起勇气对骆夏说："你跟我一起去公交车站，我上了车你就把雨伞拿走吧。"

骆夏单肩背起书包，没有回答她这样行不行，只是问："你知道去尚佳鲜汇的路吗？"

向暖的声音很小，带着几分温暾感："我搜了路线，坐 72 路车在丰桥站下车。"

"我回家正巧要经过那儿，"骆夏看了一眼窗外的瓢泼大雨，"这样，我把你带到尚佳鲜汇，然后雨伞借我带回家，可以吗？"

怎么不可以？向暖简直受宠若惊，因为他说要送她去饭店。

"好……可以。"她又不争气地紧张起来。

两个人一出图书馆，向暖就冷得打了个哆嗦。今天早上天气闷热，她就没拿外套，只穿着短袖校服来了学校。谁知真的会下雨，温度也一下子降了下来。

雨伞在骆夏手中，他轻松地撑开，举高。

见向暖用双手把书包抱在胸前，愣在原地没动，骆夏主动靠过去，把伞遮在她头顶，语气自然地说道："走吧。"

向暖心跳如擂鼓，心跳声大得几乎要把她的耳膜震破。

她慌张小心地走在他身侧，浑身紧绷着，一寸骨骼都不敢松懈。

他们都没说话，只有雨点打在伞面上的声音混着他们的双脚踩进雨水中的声音清晰可闻。

向暖的帆布鞋渗进水，渐渐地湿透，但她全然未觉，甚至感觉自己回到了那个夏天。

下雨时，她和骆夏躲在屋檐下，只把脚伸出去淋雨。

每次两个人都把脚弄得湿乎乎的，踩在干燥的地上，留下两串小脚印。

虽然骆夏尽可能地把伞往向暖那边偏，但一阵一阵的风吹过，她的身上还是不免沾了雨水。

从图书馆走到公交车站，骆夏的半边身子已经被雨水浸透，向暖也没好到哪里去。好在他们运气不错，刚到车站，就来了一辆 72 路公交车。

只不过因为下雨天，公交车上人满为患。

向暖和骆夏一前一后上车，投完币往车厢后面走，但走到中间位置，就再也走不动了。

向暖额前的发丝潮湿，胸口也不知为何被雨水浸透，上半身有好几块地方稀稀拉拉地都沾了雨水，导致布料变得有些透明，透明到她里面穿的内衣颜色和样式都隐约可见。

旁边有个中年男人频频瞥眼往向暖身上瞟。

向暖敏锐地察觉到，心里格外不舒服，又不敢说什么，只能抱紧怀里的书包，不动声色地遮挡。

那个中年男人挪动脚步，艰难地走到向暖身后，他的眼睛仿佛钉在了向暖白皙泛粉的耳根上，随后又目光赤裸地在向暖脊背上打量起来。

哪怕向暖背对着对方，都能感觉到有道令人恶心的视线黏在了自己身上。她心惊胆战，害怕自己下一秒就会遭遇“咸猪手”。

就在这时，她突然被挤得不得不往前倾身。

骆夏的声音从她身后传来：“不好意思。”

话是说给她听的，也是说给周围其他乘客听的，但不包括那个猥琐的中年男人。

骆夏强硬地挤过来，挡在那个中年男人和向暖中间。他把自己半湿的校服外套脱下来，递给向暖。

随后，他的声音就在她头顶上方低低地响起：“穿上。”

向暖顾不得多想，急忙把胳膊伸到了他的校服外套里。直到拉链拉到最上端，她才终于松了一口气。

不知不觉间，她的眼睛已经酸胀不堪。向暖低垂着头，用力睁了睁眼睛，强忍泪水。

她的鼻尖几乎碰到立起来的衣领。旋即，向暖就闻到了一股似有若无的香味，很淡很淡，像是家里最常用的洗衣粉的清香，令人着迷又安心。

到了丰桥站，向暖和骆夏下车。

这时，雨势小了一些，风也没那么猛。

向暖被骆夏带着往前走，一不小心踩了个水洼，不仅弄湿了自己的鞋和裤腿，水也溅到了骆夏身上。

向暖慌忙忐忑地道歉：“对不起……”

骆夏根本不在意这点儿水渍，平和爽朗地说道：“没事。”

她跟着他七弯八拐，终于到了藏在胡同里的尚佳鲜汇。

进了院子，骆夏一路把向暖送到屋门口。

她踩上台阶，转身看向立在台阶下的骆夏，轻声说：“谢谢你送我过来。”如果是她自己的话，真的找不到饭店。

“还有刚才在车上……”向暖咬了咬唇，认真诚恳地说道，“真的谢谢你。”

说着，向暖想起自己还穿着他宽大的校服外套，立刻就手忙脚乱地脱下来，递给了他。

骆夏拿过校服的同时很随意地把伞给向暖：“帮我拿一下。”

她抬手接过，在抓伞柄的那一刻，不经意间和他的手指触碰了一下，凉凉的触感让她一怔。

向暖帮他撑着伞，看着他把她穿过的外套又穿在身上，脸一下子就热起来。

骆夏没拉拉链，就这样敞着，随性又自然。他拿过雨伞，走之前轻微晃了一下雨伞，笑着对她说："也谢谢你。"

说罢，男生转身，踏进了雨幕中。

向暖愣在原地，目不转睛地望着他高挑挺拔的背影。

他越往前走，隔在他们之间的雨雾越浓重。

他的身影渐渐模糊，最终淡出了她的视线。

这晚的海鲜特别好吃，但向暖已经记不得味道。

让她印象深刻的，是和他共撑一把伞在雨中行走，是在她有危险时他挺身而出，是他潮湿的校服外套上那抹洗衣粉的清香，是他微凉的指尖，还有那道雨雾中撑着紫色雨伞的挺拔背影。

2009 年 9 月 4 日，和他共撑那把紫色的雨伞，仿佛和他躲回了当年的葡萄架下。

2009 年 9 月 4 日，穿了他的校服外套。他让惊慌害怕的我无比安心。

2009 年 9 月 4 日，想变得优秀，和那个女生一样，能够坦然大方地站在他面前。

这场雨淅淅沥沥地下了一夜。

向暖第二天早上醒来后打开窗，一股清新的雨后味道就扑鼻而来。气温略低，但凉爽宜人。

她洗漱完下楼去吃早饭，碰上靳朝闻，礼貌地轻声道："靳叔叔。"

靳朝闻亲切地朝她笑笑，语气温和道："暖暖醒了？"然后他起身，要去厨房给她盛早饭。

向暖连忙制止他，快速道："我自己去盛。"说完，她就钻进了厨房。

等她小心翼翼地端着粥碗从厨房出来，靳朝闻正巧把剥好的鸡蛋放进干净的盘子里。

向暖走过去，在向琳对面坐下。

向琳把鸡蛋拿给她："你靳叔叔给你剥的。"

向暖低垂着眼睑，温声细语地道了谢。

靳朝闻意识到他在这里向暖不自在，于是起身，对向琳说："我去书房找找文件，你陪暖暖吧。"

向琳点了点头。

等靳朝闻离开，向琳问向暖："暖暖，我和你靳叔叔打算国庆节带你和言洲出去玩，你有想去的地方吗？"

向暖轻蹙眉，摇头。

向琳轻叹，而后笑道："也不急，还有快一个月的时间呢，你想想？"

向暖没说什么，点了点头，应道："嗯，好。"

"最近补课怎么样？"向琳关切地问，"你那同学讲得可以吗？"

向暖心口蓦地一滞。哪怕不提骆夏的名字，只要指的是他，都能让她心跳失序。

也不知为何，邱橙曾经评价秋程的话突然在向暖耳边响起："众所周知，并不是所有学习好的人讲题都好，但他是。"

她觉得，这句话用来评价骆夏也是再合适不过的。

她低头抿了一小口热粥，回答向琳："挺好的。"

"那就行。"向琳像是稍微松了口气，而后又安慰女儿，"补课的成效也不是一朝一夕就能看出来的，你不要着急，也别给自己太大压力，慢慢来，知道吗？"

向暖牵起一抹淡笑，应道："知道了。"

向琳这才起身，对她说："妈妈要去上班了，午饭你和言洲商量商量，看看要吃什么。"

"好。"

等向琳上楼喊了靳朝闻，两个人一起下来要离开时，靳朝闻往向暖的手边放了些钱。

他温声说："中午不想做饭就出去吃，别饿着。"

向暖的声音仍然温软，但语气并不亲近。她只是很礼貌地说道：“谢谢靳叔叔，靳叔叔再见。”

靳朝闻笑笑，夹着手包和向琳一同出了门。

客厅里只剩下向暖时，她才轻轻地呼出一口气来。

吃过早饭，把碗洗干净，收拾好餐桌，向暖就上楼回了房间。这时，她才看到骆夏不久前发过来的 QQ 消息。

LX：“今天学校图书馆不开，去省图书馆可以吗？离学校很近。”

向暖控制不住地心跳加速，甚至都能看到指尖在随着心跳一下下轻弹。

她咬住唇，慢吞吞地摁键，回复他：“好。”

下一秒，他的消息蹦出来：“下午 1 点半开始？”

温暖的方向：“好。”

LX：“嗯。”

而后他又发一条：“你平常上学坐的那路公交车，学校的下一站就是省图书馆。”

向暖再一次回复：“好。”

聊天结束，她翻看着他们第一次的聊天记录，发现自己只词穷地重复一个字——“好”。

向暖挫败又低落，恨自己不争气，明明那么想和他多说几句，却在有机会和他聊天时，一个字都蹦不出来，除了“好”，不会说别的。

他会不会觉得她惜字如金？或是他以为她不愿意跟他聊天？

向暖捧着手机无比懊悔刚才没有多说几个字，希望他不要介意聊天时仿佛很冷淡的她。

她真的是太紧张，忘记了说别的，只知道对他百依百顺。

上午，向暖在房间里写了其他科的作业，并背了一篇英语范文，还默写了下来。中午，她并没有出去吃，而是自己做了午饭。吃完饭后，她就打算去省图书馆。

出门前，她拉开衣橱，拿了条漂亮的长裙出来想要试，又觉得太刻意打扮，而且会冷。最终，她还是选了粉色的连帽卫衣搭配牛仔裤。

向暖装上和物理有关的书和试卷，还有笔记本等东西，蹬上白色的帆布鞋就出了门。

自始至终，她都没见靳言洲从房间里出来——他大概是不愿意看到她。

向暖在家门口的超市里买了一排养乐多放进书包，然后乘坐公交车在省图书馆站下车。她穿过有白鸽的广场，到了省图书馆的台阶前。

骆夏就站在台阶旁不碍事的位置。他穿了浅蓝色的卫衣和牛仔裤，脚踩黑色帆布鞋，单肩背书包，还拿了一把紫色的雨伞。

向暖脚步微顿，稍稍出神地望了他几秒。在他的视线不经意扫过来的那一刻，她才慌忙抬脚向他走去。

待她走近，骆夏说："雨伞我带过来了，补课结束后你拿回去吧。"

向暖轻轻点头，轻声道："好。"

他并没有当下就把雨伞塞给向暖，而是率先转身踏上台阶。

向暖在他身后，跟着他的脚步往上走。

进了省图书馆，骆夏带向暖寻了一个僻静角落的靠窗位子。

他坐下来，将书包放到旁边，又将雨伞挂在桌沿上，等着向暖拿东西给他。

向暖把辅导书和试卷都拿出来。在他低头给她画题的时候，她把手藏在书包里犹犹豫豫。

她想把那排养乐多给他，又不敢。

万一他不要，拒绝了怎么办？

最终，直到骆夏给她勾完了题，她都没能拿出养乐多。错过了合适的机会，她只好作罢。

向暖在他旁边的位子坐下来，开始认真解题。

骆夏这才不紧不慢地拉开书包拉链，先拿了本数学竞赛真题出来，又拿出一个保温杯来。最后，他掏出两瓶养乐多，没说话，将其中一瓶放在向暖手边。

向暖受宠若惊，立刻慌张地道谢："谢谢……"

骆夏淡笑："不客气。"

他只是自己想喝而已，分给她是出于最基本的礼貌和教养。就连小孩子都被教导要懂得分享，更别说家庭教育极好的骆夏。

向暖艰难地啃物理题时，骆夏轻轻松松地解着数学竞赛真题。等他写完一张正反面试卷，向暖才勉强做完他给她勾的题。

骆夏便开始一边看向暖的解题步骤，一边喝养乐多。

男生时而低头，握着笔在她解的题旁做标注，时而仰头喝一口养乐多，每每这时，他的喉结就微微滑动一下。

向暖每次都忍不住偷偷地瞟一眼，再飞快地挪开视线。

等他喝完养乐多，也到了该给向暖讲题的时候。

做题半个小时，讲题需要一个小时。讲完后，骆夏趁热打铁，又给向暖勾了几道类似的题型让她做，检验通过刚才的讲解她掌握了多少。

安排好向暖后，骆夏拧开保温杯喝起水来，随后起身，要去接热水喝。

往前走了两步，骆夏回头看了向暖一眼，旋即就离开了这寸安静的地方。不多时，他拿着保温杯回来，一坐下就往向暖那边放了瓶矿泉水。

正在写题的向暖无时无刻不在关注着他的行动，这下直接愣住。她抬起头，眸子里闪过惊讶，却没敢开口问是不是给她的。

她总怕自作多情。

倒是骆夏，语气淡然平常："给你的，渴了就喝。"

得到了肯定的答案，向暖的心脏一下子扑通扑通地跳得极快。

这次她不仅仅是受宠若惊，而是几乎要欣喜若狂了。

他居然能细心到看出她没有带水来，还给她买了矿泉水。在此之前，向暖根本无法想象一个男生能心细到如此地步，但骆夏总能做到。不管是体贴细心，还是温柔绅士，他一样不差。

向暖不知道别的女孩子喜欢他什么，但她对他的情愫，始于当年对她来说像光一般突然出现在生命里的交集，如今陷于十七岁的骆夏优良的人格品质。

他不仅学习成绩让人望尘莫及，刻在骨子里的教养也非常人能比。他干净得不染纤尘，是高悬天上独一无二的太阳。

而她，顶多只能算得上花田里时时刻刻围绕着太阳转的一株向日葵。她普通得如同一个路人甲，毫不起眼。

思及此，向暖心中酸涩，连眼睛都跟着发胀。她放下笔，伸手拿起那瓶水。

向暖低垂着眉眼，手指在他握过的瓶身上轻轻摩挲。须臾，她却在

拧瓶盖时遇到了困难。

她用尽了力气，把手磨得泛红，火辣辣地疼，都没有拧开瓶盖。

两次过后，她一边祈祷骆夏没有注意到她拧不开瓶盖，一边尴尬窘迫地红着脸想要试第三次。

结果下一秒，骆夏的声音就在她的身侧响起："握好瓶身。"

向暖立马听话地用双手握紧矿泉水瓶。

男生将骨节分明的手覆到瓶盖上，修长的手指微弯，轻巧一转，就拧松了瓶盖。随即他就抽回了手，继续写自己的题。

向暖不仅脸红耳热，而且全身都在发烫。她的心里像是掀起了一场飓风，而她正处在风口。

向暖神情恍惚地仰头喝了一小口矿泉水，居然觉得……很甜。

这天直到补课结束，向暖都没能把藏在书包里的那排养乐多送给他。

但回家的时候，书包里比来时多了一瓶喝了一半的矿泉水，手中多了一把紫色雨伞。

向暖迎着傍晚的夕阳下了公交车，意外看到了难得一见的美景——远处天际粉蓝光晕相接，像极了她和他今天穿的卫衣的颜色。

她无意识地笑弯眼眸。

向暖已经好久没有这么开心过了。喜欢一个人大概就是这么傻，明明是毫不相关的事物，但她总能七弯八拐地联想到他。

2009 年 9 月 5 日，第一次和他在 QQ 上聊天，我却词穷到只会说"好"。

2009 年 9 月 5 日，他第一次单独送我养乐多喝。

2009 年 9 月 5 日，大概是我的味觉出了问题，不然怎么会尝到他买的矿泉水好甜。

2009 年 9 月 5 日，看到了特别漂亮的粉蓝色天空，很像今天我和他穿的卫衣的颜色。

周一早上，同坐一班公交车的向暖和邱橙结伴走进教室时，正巧听见余渡在大呼小叫："这啥啊，洲哥？"

靳言洲睨了他一眼："不认字？"

余渡念出声："全国高中数学联赛。"然后他又看了一眼自己另一只手上的卷子，"全国中学生物理竞赛省级赛区。"

骆夏拿过去，瞅了瞅，对靳言洲说："待会儿我去找老师复印一份拿来做做。"

"嗯。"靳言洲应道。

刚进后门的邱橙好奇地凑过去，从余渡手中拿走剩下的那张竞赛试卷，一边浏览一边感叹："这是五大学科竞赛省级赛区的题吗？咦……看着就很有难度。"说完，她就把试卷放到了骆夏的课桌上。

向暖没说话，在邱橙把卷子放下后就一起回了座位。

她从书包里拿书本时忍不住问邱橙："他们没有参加竞赛吗？"

邱橙笑道："前两年参加了，但现在不是高三了嘛，肯定以学习为重。"

"那……那个竞赛班……"既然他们不参加竞赛了，为什么还天天去竞赛班？

"向暖，你怎么这么单纯？"邱橙又乐，笑得肩膀直颤，而后解释道，"虽然名字叫竞赛班，前两年也确实是为他们这些竞赛选手特意设立的，但现在到了准备高考的关键阶段，那个班就成了年级尖子生的班级，就类似实验班，你懂吧？老师给他们讲的题，跟给我们讲的题的难度完全不在一个层次。"

向暖了然，点了点头。总之是她达不到的高度。

上午大课间的时候，余渡就大呼小叫地指着他后排那俩人说："不是人啊不是人，你俩要参加竞赛的话，第一、二名就没别人啥事了！"

向暖正在座位上改错题，闻言回头向后门望了一眼，就看到骆夏正在笑。

男生的嘴角微微扬着，棱角分明的线条在阳光下被勾勒得流畅柔和。那双桃花眼仿佛天生就这样微微弯着，带着零星笑意，让人沉醉痴迷。

余渡趁机说："这不得干瓶养乐多庆祝一下？"

骆夏似乎哼笑了一声，语调轻快地回道："你去买。"

余渡装模作样地要去买，在走到骆夏身后时，突然压在骆夏身上，

贼笑着把手伸进骆夏的课桌抽屉里，然后就掏出一瓶养乐多来。

骆夏挣开他，笑骂："就知道抢！"

余渡满足地喝了一口，笑嘻嘻地说："抢来的才更好喝。"

骆夏又拿出两瓶来，递给靳言洲一瓶。在靳言洲要接过去的时候，他却缩回手，自己揭了瓶口的锡纸，仰起头喝起来。随即，他坏笑着揶揄："喝养乐多幼稚，你别喝。"

靳言洲一时语塞，于是把另外一瓶没拆封的养乐多拿过去，当着骆夏的面撕开锡纸仰头就喝。

骆夏噙着笑调侃："靳幼稚。"

骆夏的声音不大，向暖和他隔着距离，并没有听清他说什么，但将他的动作和表情尽收眼底。

她忽然发现，他在好兄弟面前也会暴露这个年纪的男生隐藏在骨子里的爱玩爱闹的本性。

他有点儿痞，有点儿坏，爱开玩笑，但懂分寸，让人无法不为他着迷。

向暖向后偏头出神时，骆夏又从课桌抽屉里拿出最后两瓶养乐多，递给刚刚喝完的余渡。

余渡感动地道谢："夏哥你真好，呜呜……"

话还没说完，骆夏就笑了一声，不给面子地打击道："你想多了，不是给你的。"他随意地看向向暖的方向，同时对余渡微抬下巴，说，"给邱橙和向暖拿去。"

向暖和骆夏的视线猝不及防地交会，心脏倏地一紧，她瞬间扭回脸，耷拉下脑袋，盯着面前摊开的错题本，但一个字都没看进去。

吃人嘴软的余渡认命地拿起养乐多往向暖的座位旁走。

向暖听到脚步声越来越近，不自觉地抿紧嘴唇，胸腔里的心脏越跳越快，几乎要直接穿破胸膛蹦出来。

她的左手在错题本的边角处一下一下地蹭，试图抚平折角。她表现得若无其事，可握着笔的右手早已经因为太过用力而指节发白。

余渡把两瓶养乐多放到她的桌上，语气如常地笑道："夏哥给你和学姐的。"

向暖全身紧绷的神经突然间齐齐松开，她的心跳逐渐平和，挺直的脊背缓缓弯下些许，手也不再乱动。

向暖放下笔，没有抬头，语气自然地对余渡说了句“谢谢”，音量也正常。

余渡豪爽地回了句“客气啦”，而后走开。

这天下午第四节课，竞赛班的老师给聚在这个班里的尖子生发试卷，让他们做最新出的省级竞赛题。已经提前做完并对了答案的靳言洲和骆夏则收到老师单独给的其他试卷。

放学铃响，靳言洲收拾了东西要走，骆夏则照旧要去图书馆。

走出教学楼时，靳言洲语气淡淡地问骆夏：“国庆节你有什么打算？”

骆夏微微皱眉，随后失笑：“这才几号，你现在就想安排国庆节？”

靳言洲拢紧眉头，说：“靳朝闻说要一家人出去旅游，我肯定不会去，谁要跟他们一起旅游？”他缓了口气继续道，“你要是到时候没什么事，我就去找你玩。”

骆夏应允：“行，那就先这样打算吧，等我回去问问我家人有没有安排。”

靳言洲随口说：“你就不能一口答应跟我约一波？”

骆夏开玩笑，问他：“我跟你很熟吗？”

正巧两个人走出教学楼，不再同路。

靳言洲故作冷漠地说：“一点儿都不熟，我不认识你。”说完，他就朝着车棚走去。

正在笑的骆夏突然想起什么，扬声对靳言洲说：“明早顺路帮我带俩蟹黄包来！”

靳言洲家和学校之间有家老店，蟹黄包是招牌，骆夏格外喜欢吃，但因为自己不顺路，所以这几年时不时就拜托顺路的靳言洲帮他买蟹黄包作早餐。

靳言洲回头，嘴角微勾：“你谁啊？”

男孩子之间的友情总是以父子关系相称，骆夏和靳言洲也不例外。但鉴于自己有求于人，骆夏没和往常开玩笑时那般说“你爸爸”，而是保险地说：“你哥！”

靳言洲微笑，扭头就走。

骆夏知道靳言洲明早肯定会帮自己买，低笑了一声就往图书馆走去。

向暖难得比骆夏早到一次。

她站在台阶上，望着信步走来的男生，根本挪不开视线，又不敢看得太直接。她的目光总是不由自主地移开一点儿，再落回他身上，再移开些，又继续望向他。

来回几次后，骆夏已经一步两台阶地跨上来，语气轻松如常地对她说道："进去吧。"

向暖没吭声，点点头就跟在他身后进了图书馆。还是往常的位子，两个人并排坐。他给她画同类型的几道题让她做，然后再给她讲。

只不过这次的补课才开始几分钟，骆夏刚要戴耳机听会儿歌放松一下，有个人就站在了他对面，似乎想和他跟向暖共用一张桌子。

骆夏抬起眼皮看了一眼对方，这才发现是同在竞赛班的宋欣。

女生开心地笑着偷偷冲他挥手打招呼，骆夏碍于图书馆内安静，没开口说话，只是冲她点了一下头。

宋欣没有立刻坐下，而是往前倾身，拉近和骆夏的距离，很小声地软着嗓音问："我能坐这儿吗？"

向后靠着椅背的骆夏低低"嗯"了一声。

其实她根本不必问他。图书馆不是他家开的，桌子是四人大桌，对面两个位子都空着，就算她不询问，直接落座，骆夏也管不着。

向暖虽然一直没说话，但将一切都看进了眼里，包括宋欣冲他笑得那么甜、和他挥手，甚至大胆地倾身靠近他。她内心酸涩不堪，却知道自己根本没有吃醋的立场。

向暖低垂眼皮，努力让自己的心绪平静下来，全神贯注地做题。但不知道是不是真的受了影响，她做不到专心，解题速度也变得十分缓慢。

而宋欣已经拿出了自己的试卷，翻了几下后，又一次前倾上半身，小声喊道："骆夏？骆夏！"

向暖混乱地想，自己在心中默念过无数遍"骆夏"，然而到现在都没勇气喊他一次，其他女生却能轻而易举、落落大方地叫出口，语气再稀松平常不过。

她根本控制不住自己，稍稍扭头，看了过去。

低头摁手机的骆夏听到宋欣喊自己，不解地抬起眼皮，同时伸手摘了耳机。

宋欣把试卷推过去，指了指错的那道题，浅笑着轻声问道："能不能给我讲讲这道题呀？我看了解析，还是不太懂。"她微微蹙眉，语气苦恼。

骆夏没有立刻回答她，把 MP3 从兜里掏出来，将耳机线一圈圈缠绕上去，放到桌上，随即起身对宋欣说："出来一下。"

宋欣立刻放下试卷和笔，脚步轻盈地跟着骆夏往外走去。

被丢在座位上的向暖满心低落难过，但只能自我排解。

她感到眼睛有点儿酸，转头望向窗外。她本来只是想看看远处，缓解一下眼里的胀热感，可是好巧不巧，刚好看到站在台阶边缘处的骆夏和宋欣。

两个人面对面，女孩子仰头笑望着面前的男生，男生垂眸看着言笑晏晏的女生。他们都那么优秀，像青春剧里的男女主角，般配又合适，散发着耀眼的光。

这下，她非但没有排解掉即将涌出来的眼泪，反而招惹了更多的泪珠一起往外溢。

向暖慌忙收回视线，抬手揉了揉眼睛，睫毛顿时被沾湿，手上也潮湿一片。

她没勇气再看过去，只好耷拉着脑袋，低头盯着有点儿模糊的字迹，用力而快速地眨着眸子，拼命地想要把不争气的眼泪逼回去。

不知道他们在外面说了什么，向暖只知道宋欣回来后就收拾了东西要走。但宋欣并不见一丝不高兴的表情，反而似乎比刚才更开心。

在背起书包后，宋欣还特意对骆夏莞尔道："那我先走咯，你要说话算话！"

骆夏的声音很低，也辨不出情绪，他只从喉间发出一个字："嗯。"

向暖红着眼眶，僵坐在座位上，思绪从没这么混乱过。

书本上的字她都认识，可看进眼里，就像被直接过滤掉般，都没有

进入她的大脑中。

突然，一只手出现在她眼前。男生修长的手指轻捻，一声轻响随之而来。

向暖被他的响指惊回神，眼神慌乱，视线飘忽。

骆夏低声道："发什么呆？十多分钟了，一道题都还没写完。"

向暖不知道该说什么，讷讷地道歉："对不起……"她的声音不争气地染了颤音，隐约有点儿哭腔。

骆夏说："没训你，继续写吧。"

向暖低下头，握着笔，却还是迟迟没动笔，脑子里不由自主地回放着他打响指的场景。

为什么他随随便便一个动作都能让人情不自禁地沉沦？

这天，向暖的做题效率异常低下，好在后来骆夏讲题时她基本能跟上。

因为宋欣，向暖回到家后一整晚都不在状态。

而向暖根本不知道，骆夏把宋欣叫出去，仅仅是告诉宋欣他不能给她讲题。

"我能问为什么吗？"宋欣睁大眼睛，看起来楚楚可怜的。

因为他在帮表哥做家教，向暖的家长付了薪资，他就得保证在补课时间内只全心全意辅导她一个人，这是最基本的礼貌和尊重。

骆夏平静道："这会儿我的时间属于向暖。"

他继续说："抱歉，你着急的话可以请教老师或者其他同学。"

"不着急！"宋欣急忙回复，而后问，"你什么时候有空？"

骆夏如实告知："短期内没空。你要是不介意，就拿我的笔记看，都一样的。"

宋欣立刻点头，眼睛发光，欣然应允："好。"

"今天没带出来，明天给你。"骆夏补充道。

"嗯！"宋欣满脸笑意，语气格外轻快。

在回图书馆之前，被心里的猜测折磨的宋欣咬咬唇，鼓起勇气小心忐忑地问骆夏："骆夏，你和向暖在……交往吗？"

不然他为什么会说自己的时间属于向暖？

骆夏轻皱眉头，没有犹豫地直接否认："没，只是在给她补课。"

隔天早上，向暖和邱橙照常结伴到教室。一进后门，她们就看到三个男生正在吃蟹黄包。

余渡伸手向包装袋摸去，被骆夏一巴掌拍在手背上。

骆夏气笑：“剩下的这个是我的！”

余渡不要脸地又哼又求，就看上最后那个蟹黄包了。

骆夏吃完一个，拿起最后一个蟹黄包，伸手递到余渡嘴边。余渡立刻喜笑颜开，还不忘吹捧一波：“我就知道夏哥最好了！”而后他张嘴——咬了个空。

骆夏坏笑着缩回手，自己津津有味地吃起来。

向暖注意到包装袋上的字——李记蟹黄包。她微微出神，总觉得在哪儿见过这个名字。

邱橙看到骆夏和余渡幼稚地为一个蟹黄包闹来闹去，调侃道：“幼稚鬼。”

正吃着包子的骆夏弯眼笑，把嘴里的食物咽下去后才开口说：“拜托，是他抢我的。我都还没吃饱。”

邱橙也笑：“多买几个不就好了。”

“洲哥就买了六个，一人俩，”没吃饱的余渡嚷嚷，“孩子根本吃不饱！”

在旁边一直没出声的靳言洲目光凉飕飕地瞥了一眼余渡，冷冷道：“猪都能喂饱。”

余渡苦哈哈地说：“洲哥，我就是饭量稍微地超出常人一点儿，倒也不必说我比猪还能吃。”

骆夏在旁边一边吃一边笑，乐不可支。

向暖终于记起来自己在哪儿见过这家店——在来学校的路上。这些天她每天都坐公交车来来回回从那家店门前经过，曾不经意瞅过几眼。

她的视线落在骆夏身上，又快速地移开。

他……很喜欢吃这个吗？

向暖在抬脚走开之前，又偷偷地瞧了正吃蟹黄包的骆夏一眼。

他弯着眉眼，一口一口地吃，不紧不慢的，像在享受什么世间美味，似乎是很喜欢。

向暖在心里默默记下了这一点。

周日，要去省图书馆补课的向暖没有在家吃饭，而是坐公交车在临近李记蟹黄包的那站下车，去店里吃了份早餐。

向暖一个人坐在餐桌前，小口地品尝着骆夏钟爱的蟹黄包，不知不觉就弯了眉眼。

真的尝到后，她才知道，这食物不愧是被他喜欢的，真的很好吃。

从此，向暖也爱上了蟹黄包。

月中那天是周二，是骆夏给向暖补课的最后一天。

从明天开始，秋程就会接手这份家教工作。

或许是因为今天过后就再没有正当的机会能跟骆夏独处，向暖从早上睁开眼起，心情就略微沉重。

她照常吃过早饭，坐公交车去学校。

在车上的时候，邱橙对向暖提起这周六晚上一起吃饭的计划。

“叫上秋程和骆夏他们。”

向暖本来有点儿心不在焉，然而突然听到“骆夏”这两个字，思绪就瞬间被拉回来，登时扭头看向邱橙。

可能是她的反应过于明显，邱橙诧异地和她对视了一眼，而后就恍然大悟，说：“靳言洲……他……其实他人不坏，就是嘴巴比较毒。”邱橙试探地问向暖，“你是不想跟他吃饭吗？”

向暖已经恢复了往常平静的神色，稍稍弯唇浅笑，摇头说：“没有。”

“我们都知道他嘴硬心软，要是他说了什么不中听的话，你不用跟他一般见识。”邱橙对向暖说。

“嗯。”向暖莞尔，而后关切地问，“那到时候都有谁啊？”

邱橙歪头笑道：“就我和你，还有骆夏、靳言洲、余渡，再加上秋程。”

向暖缓慢地点头。

有骆夏。她无意识地轻轻翘了下嘴角，心跳也不自觉地加快了。明明只是在讨论阶段，她就已经无比期待又紧张了。

邱橙问向暖：“暖暖，你想吃什么？我们商量一下！”

向暖也没什么主意，说不出个一二三来。

正巧到站，两个人聊的话题就暂时被搁置，但向暖郁闷和酸涩的心情因此被冲淡了些。

大课间的时候，她和邱橙去生活超市买东西，正巧碰上骆夏和靳言洲他们。

邱橙只顾着挑零食，根本没有注意到站在另一排放满饮料的货架前的三个男生。他们相距并不远，也因此，向暖把他们说的话都听进了耳朵里。

骆夏对靳言洲说："我国庆节不能跟你约了，我爷爷奶奶要带我回港城。"

靳言洲沉默了须臾，只"嗯"了一声。

余渡冲骆夏开心道："夏哥！特产！！！"

骆夏无语失笑："你就知道吃。"

余渡笑嘻嘻地说："人生嘛，胃口最重要咯！"

向暖躲在放有各种糖果的货架前，低垂着头，脑子里记下了两个字——港城。

回……港城？骆夏难道是港城人吗？

邱橙终于发现了骆夏他们。她猫着腰凑过去，突然一跳，并大喊一声，吓得余渡差点儿把手中的饮料丢掉。

"学姐！"余渡不满地叫笑得前俯后仰的邱橙。

邱橙笑够了才扭头问骆夏："你刚才说要回港城？"

"嗯，"骆夏问，"有要带的东西吗？"

邱橙歪头想了想，摇摇脑袋："暂时没想好，到时候再联系你吧。"

"行。"骆夏应下。

他们已经选好了东西要去付钱，邱橙也抱着一堆零食，扭头寻向暖。

"暖暖！"邱橙望着向暖的方向扬声喊她，问道，"挑好了吗？"

向暖从货架边缘露出一颗脑袋，看过去时发现站在邱橙身后的骆夏也正瞧着自己，目光霎时变得飘忽不定。她红着脸回道："我还……还没好。"

邱橙没听清，向暖只能硬着头皮喊："我还要再等会儿！"

她喊完后，不仅胸腔里的心脏怦怦跳，额角也开始突突地跳着。

其实她的音量也没多大，刚刚够他们听清而已。

邱橙扭头对三个男生说："你们先走吧，我等等暖暖。"

向暖其实早就挑好了——一排养乐多、三根棒棒糖。

等骆夏他们付完钱离开，她才肯挪步，和邱橙一起去结账。

从超市出来，邱橙对向暖说："暖暖，你有什么想在港城买的东西吗？骆夏国庆节去港城，可以让他捎带。"

向暖摇摇头，说"没有"，随后佯装淡定自若地问："他是……港城人？"

邱橙笑起来，解释道："不算啦。他奶奶是港城人，当年为爱嫁到这边。"然后她又跟向暖八卦，"他奶奶是位钢琴艺术家呢。当然，他爷爷也很有地位，是最厉害的华人建筑设计师之一。我没去过他家，但听程哥说，他家就是他爷爷亲自设计的。"

向暖惊讶得说不出话。

这么好的家世，怪不得能养出这么优秀的骆夏。

这天放学后，向暖接受骆夏辅导的最后一次补课。

两个小时眨眼就过去了。

向暖慢吞吞地往书包里收东西时，骆夏语气淡然地对她说："从明天开始就是我哥带你了，补课的时间和地点你跟他商量着来。"

向暖低垂着头，伸手去抓试卷，抿着唇声如蚊蚋地应道："嗯。"

她把东西都装进书包里，手却藏在里面没有立刻抽出来。

她的手指触碰到冰凉的养乐多，心脏几乎要从胸腔内蹦出。向暖浑身僵硬，就连脸都像在被人往两边硬扯似的绷紧了皮肉。

骆夏正在缠耳机线。向暖的眼角余光看到了他修长白净的手指。

如果错过这次机会，这些就真的送不出去了。

她咬紧唇，手微颤着把今天在超市买的养乐多和棒棒糖抓出来，推到他那边。

因为手臂脱力，手指发抖，她还一不小心把养乐多推倒了。

向暖的脸烫得像被摁在了滚水里，她耷拉着脑袋，声音几不可闻，嗫嚅着说："谢谢你这段时间帮……帮我补课。"

说罢，她根本不给骆夏说话的机会，抓起书包抱在怀里就快速地离开了图书馆。

向暖一边小跑一边背上书包。

她不敢停，也不敢回头，一路跑到校外的公交车站才终于停下，大口大口地喘气。

骆夏无奈地看着被她撂在桌上的东西，只能装进书包带走。

他最后留了根棒棒糖没装起来，单手捏破包装，将糖含进嘴里。

一股葡萄和牛奶的味道在嘴里化开，甜甜腻腻的。

这天晚上，向暖在马路对面等公交车时，看到骆夏骑着车从学校里出来。

昏黄的路灯下，男生的周身镀了一层薄薄的光晕，看起来近在眼前，却又觉得遥不可及。

他用脚撑地，等正在出校门的一辆车过去再拐弯前行。而他的嘴里，叼着一根棒棒糖。

向暖的心蓦地一跳。她怔怔地望着他，嘴角不自觉地扬起了些许，心里欢快得仿佛有头小鹿在撒欢儿。

公交车靠站停下，挡住了向暖的视线。她这才回过神来，连忙上车投币，顺着车窗往外望去。

男生已经踩上脚蹬，背对着她的方向骑行。

他们背离对方，距离不断被拉远。

直至再也看不到他的身影，向暖才慢慢收回视线。不知道想到什么，她将脸埋进抱在怀里的书包上方，浅笑了一下。

2009 年 9 月 15 日，他最后一次给我补课。

2009 年 9 月 15 日，又从橙子口中多了解了他一点儿，怪不得他这么优秀耀眼。

2009 年 9 月 15 日，他吃了我送他的棒棒糖。葡萄味的。

2009 年 9 月 15 日，无比期待这个周六晚上的到来。

周三下午大课间。

向暖坐在座位上，双手捂着耳朵，微低着头，闭眼轻喃出声。她正

在利用碎片时间极其小声地背英语。

忽然，后门处传来一道清甜的声音："哎，同学，能不能帮我喊一下骆夏呀？"

向暖被骆夏的名字牵扯，心脏倏地一紧，蓦然睁开眼睛，随后慢慢地转过头。

倒数第二排的余渡扭头看向后门，发现是老同学宋欣，一边吃着小零食一边对她说："夏哥不在，你找他有事？"

宋欣微弯眼眸，抬手晃了晃手中的笔记本，浅笑着回他："还他笔记。"

"你们下午第四节课不是都要去竞赛班吗？到时候还他就行，还非要跑上来一趟。"余渡虽然这样说着，但已经抬手敲了骆夏的桌子，对宋欣说，"这就是他的座位，放桌上就行了。"

"好。"宋欣自动忽略掉余渡的前半段话，稍微踏进教室后门一点儿，小心地把男生的笔记本放到桌上，又忍不住看了看骆夏的课桌。

而后她才往后退，嘴角轻扬，冲余渡挥挥手："那我回去啦。余渡，麻烦你帮我跟他说一下！"

余渡闻言点点头，爽快地答应："嗯嗯。"

向暖还保持着望向后门的姿势，就听身侧的邱橙笑道："余渡那傻瓜，居然还问人家为什么特意上来一趟。这女生一看就对骆夏有意思，非得现在还笔记，肯定是想借机会多和骆夏产生些交集啊！"

向暖回过头，没说话。她当然也能看出来。

邱橙轻叹，感慨道："不过像她这样的还真不多，大多数喜欢骆夏的女生都只默默地喜欢着，甚至不敢让骆夏知道吧。"

向暖突然觉得心口发疼，因为自己就是邱橙口中的"大多数"之一。她佯装淡定，自然地接话："为什么？"

邱橙眨了眨眼，笑了一下，回道："因为他太优秀啦！不管是家庭还是个人，他都在巅峰。对绝大多数普通的女孩子来说，骆夏就是天之骄子，可望而不可即。喜欢上一个这么优秀的男孩子，她们肯定会变得自卑，也不敢靠近，甚至不敢让他知道自己喜欢他。"

邱橙托着下巴，想起去年自己追秋程的经历，嘴角的笑意扩大，对向暖小声说："说实话，我都觉得如果不是我和秋程的名字同音，他根本不会看我一眼。”

向暖忽然有点儿明白为什么邱橙会把喜欢一个人的心态说得那么准了。

她有些意外，又不太确定，轻声问：“橙子，你也会自卑吗？”

邱橙乐了，大方地承认：“不然你觉得我为什么会以复读生的身份坐在这里？”

原来大家都一样。喜欢一个人，会低到尘埃里。

向暖垂下眼帘，盯着英语笔记本上的范文例句，目光茫然得快要失去焦距。

只是几秒钟后，向暖就努力让自己的情绪平复下来，拼命摒除脑子里的杂念，继续背英语。

这天放学铃响后，向暖和邱橙一前一后地下楼，走出教学楼后，正要往图书馆走的向暖被拉了一把。

邱橙失笑揶揄：“干吗去啊？还想去图书馆呢？”

向暖登时涨红了脸。她目光闪烁，眼神飘忽，窘迫却故作镇定地小声道：“忘记了……”

她忘了从今天起不再是骆夏给她补课，习惯了每天放学就去图书馆见骆夏。

就在这时，手机忽然发出振动的声响，暂时把她从尴尬的境地中解救出来。

向暖立刻摸出手机，发现是之前就存进联系人里的秋程的号码。她连忙接起来，忐忑地喊道：“秋……老师。”

秋程没在意她叫他什么，温和地问：“向暖，待会儿在哪儿见？”

向暖眨了眨眼，答道：“家里吧。”

秋程应道：“好，我四十分钟后到。”

“嗯，好。”

向暖刚要挂电话，旁边的邱橙就凑过来，对着手机扬声笑问：“程哥，我能不能过去找你啊？”

秋程沉默了一下，仿佛有些惊讶。

向暖很贴心地把手机给了邱橙，自己挪到一边。

“不能，”秋程直接拒绝，随后语气宠溺道，“我做完家教后再过去找你，好不好？”

邱橙撒娇般不满地“哼”了一声：“可我想立刻见你，就见一下下！见了我就走。”

向暖格外震惊。要不是亲眼所见，她根本想象不到平常豪爽大方、看起来很“大姐大”的橙子也会有这么……娇俏小女生的一面。

“小橙子。”秋程无奈地喊邱橙。

“好嘛。”邱橙鼓鼓嘴巴，“我不过去就是啦！”

通话结束后，邱橙把手机还给向暖。

向暖问她：“你跟我回家等秋老师吗？”

“他不让我过去。”邱橙不高兴地撇嘴。

“算啦，”邱橙舒了口气，像是安慰自己，“反正就算我不过去，他做完家教后也会去找我的。”

结果到了校门口，她们遇上了靳言洲和骆夏。

邱橙见骆夏要跟靳言洲同方向走，不解道：“你不回家吗？”

骆夏仿佛很高兴，嘴角噙笑说：“去靳言洲家里等我哥，我要拿个东西。”

邱橙一听，蹙紧眉头。本来就不满的她这下更不开心了：“凭什么你能去我不能去？我也要去。”

骆夏皱眉：“你说什么呢？什么你能去我不能去的？”

邱橙扭头拉过向暖，说：“暖暖，咱俩蹭车去你家吧！”

向暖的呼吸一滞，心跳瞬间加快，节奏变得紊乱。她僵硬地戳在骆夏的自行车旁，几乎发不出声音。

“啊？”她听到自己干巴巴地开口，嗓音实在说不上好听，语气还硬邦邦的。

邱橙还没说话，靳言洲就冷淡地说道：“我不载。”说完，他就要蹬上车子离开。

邱橙一把抓住他的后座架子：“靳言洲，你等等！”

于是，靳言洲也没再执意离开。

邱橙把骆夏从自行车上赶下来，扬扬下巴对他说：“你跟靳言洲一辆，我用你的车载向暖。”

骆夏的语气颇为无奈："行吧。"随后，他就长腿一跨，坐在了靳言洲的自行车后座上。

在向暖还没反应过来的时候，两个男生已经率先走了。

邱橙让向暖坐到后座上，蹬上车就往前骑去。

自行车和晚风互相追赶着，向暖的高马尾辫和额前碎发被风吹起。她坐在自行车的后座上，神思混沌地想，这大概是她距离他最近的时候了吧——

毕竟她坐在了他的自行车后座上。

虽然面前骑车载她的人不是他，但向暖只要一想到这个经历也许是独一无二的，就足够让自己满心欢愉。

夕阳的光芒明亮，将街景都镀上了一层橙红色的光晕。

向暖小心翼翼地探身，歪头看向她们斜前方的那辆自行车，男生穿着蓝白色校服，坐在后座。他敞着外套，双臂张开，头微微仰起，正在迎接晚风。

向暖收回视线，坐正，抓紧了冰凉的后座支架，闭上眼，也缓缓地仰起头。

风在亲吻脸颊。

他们正在被同一阵风亲吻着脸颊。

向暖的嘴角轻轻翘起。

四个人到靳家时，靳朝闻和向琳都还没回家。

不久，秋程也到了。秋程和骆夏一样，生着一双含情的桃花眼，穿着白 T 恤衫、黑裤子，外搭黑色外套，脚踩白色运动鞋。他也是一头干净利落的短发，单肩背着黑色书包，手中还拎着一个纸袋，像是装了什么礼品。

似乎没想到邱橙会出现在这里，秋程进来后一看到她，神情稍怔，旋即就露出无奈的表情。

邱橙一点儿都不扭捏，直奔秋程而去，仰头诚恳地认错："我就想来见见你。"语气却更像撒娇。

骆夏坐在沙发上，似乎对这种场景见怪不怪，只道："哥，我东西呢？"

秋程走过去，把袋子递给骆夏。骆夏立刻一盒一盒地往外拿东西。

向暖看到盒子上无一例外都写着一串英文字母——nanoblock。她不玩积木，所以并不知道这是一个微型拼装积木的牌子。直到骆夏将一块块迷你的积木倒在茶几上，她才认出这是微型积木。

靳言洲显然识货，问："这就是'世界名胜'系列？"

骆夏扬起嘴角，神采奕奕地应道："嗯。"虽然只有一个单音节，却丝毫掩盖不住他语气中的明朗和开心。

向暖有些出神地望着他。在这一刻，她眼中的少年的眸子里盛满了光。

"帮忙补课半个月就能拥有一套 nanoblock，"靳言洲中肯道，"确实很值。"

靳言洲并不知道，自己不经意间说出的话让旁边的向暖直接僵在了原地。

靳言洲的意思是……骆夏之所以帮秋程给她补课，是为了让秋程送他这套积木？

胸腔忽然酸胀不堪。明明知道骆夏当然不可能没有理由就好心地做这种费时费力的事情，可在听到真实原因的这一刻，向暖还是很难过。

也就是说，如果秋程没有答应骆夏送他这套积木，她根本没机会借着每天补课和骆夏独处一段时间。

或许，在她期待着每天放学补课的光景时，在她不舍地数着骆夏帮她补课还有几天时，骆夏正煎熬地期待着这半个月的代班赶紧结束。

向暖垂下眼帘，抿紧嘴唇。她盯着茶几的一角，努力睁着眼睛，拼命克制着落泪的冲动。

"向暖？"秋程见向暖盯着茶几发呆，又喊了一遍，"向暖？"

向暖这才回过神。她快速地眨了几下眼睛，勉强缓解了些许胀热感，随后眼神慌乱地瞅向秋程，轻声道："在书房补课吧。"

秋程点头答应："好。"

上楼前，秋程扭头看了一眼凑到骆夏那边去的邱橙，眉宇间尽是温柔笑意。

两个小时后，秋程在补课结束时给向暖留了两道课后题让她做。随后两个人一前一后地出了书房，从楼上下来。

向暖没有在客厅里看到骆夏，茶几上的积木也没了。他已经在她不知道的时候走了。

邱橙倒是还在。见他们下来，她立刻站起来，笑着问向暖："暖暖，怎么样？秋程讲题的水平不错吧？"语气里还透着一丝骄傲。

向暖轻牵嘴角，点点头，浅笑着回道："很棒。"

"那我和我哥谁讲得更好点儿？"骆夏的声音突然从卫生间的方向传来。

向暖心头猛跳。她扭头看过去，就见男生洗过手，正拉开卫生间的门走出来。

骆夏轻抬眼皮，似笑非笑地看着向暖。

她突然浑身紧绷，顿时垂下眼，根本不敢看他，有一瞬间丧失了语言的能力。

须臾，手指抠紧的向暖张开嘴。她听到自己的声音微微变调，带着隐隐的颤音，违心地回答他："都好。"

2009 年 9 月 16 日，我和他被同一阵晚风亲吻脸颊。

2009 年 9 月 16 日，他喜欢 nanoblock。

2009 年 9 月 16 日，不是"都"，是"你"，你好。

没有谁比你好。

第三章

听陈奕迅的歌吗？

向暖被邱橙拉进了一个 QQ 群里。

因为邱橙想和他们一起商量一下周六晚上聚餐吃什么，结果发现向暖还不在群里，于是就邀请了向暖。

余生渡我：“程哥呢？”

秋橙：“他都可以，我能代表。”

LX：“啧。”

靳小爷：“啧。”

秋橙：“暖暖，你想吃什么？”

一直在默默窥屏的向暖这才打字回复。

温暖的方向：“我没什么想法……”

余生渡我：“火锅！”

靳小爷：“烤鱼。”

LX：“烤串。”

秋橙：“跟烤串！”

少数服从多数，他们就定了去吃烤串。

接下来的几天放学后，向暖再也没有见过骆夏来家里。她每天跟邱橙结伴坐公交车，然后各自回家。

周五这晚，秋程给向暖补完课后离开。

向暖抱着自己的书本回房间。她把东西放到书桌上，走到窗边打算拉上窗帘，结果意外看到邱橙站在楼下，正在等秋程。

男生出去后径直走到邱橙面前，很自然地牵起她的手，两个人拉着手往前走去。

不知道他们交谈了什么，邱橙歪头笑得格外开心。女生仰着头，望着身侧高大挺拔的男生，眉眼弯得像此时天上的月牙。

向暖目送着他俩越走越远，心里无比羡慕。

自己喜欢的人也恰好喜欢自己，大概是这个世界上最幸福的事了。

或许是这一幕对向暖的刺激太大，当晚她便梦到了骆夏。

这还是重逢以来她第一次梦到他，也是他第一次以身姿挺拔的少年模样出现在她的梦中。

之前她偶尔会梦见他，但梦中的他都是小时候的样子。

梦境中很安静，他们谁都没说话。两个人牵着手，一步步并肩往前走。然后也不知道怎么的，他们就都转了身，面对着彼此。

向暖看着他弯腰凑近。

她紧张地闭上眼睛，突然听到胸腔里的心跳声格外清晰，几乎要震破耳膜。

安静的世界被剧烈的心跳声占据。

旋即，她的唇瓣好像被侵占了。

早上醒来后，向暖因为这个梦羞耻地把自己埋进被子里装鹌鹑。直到呼吸不过来，她才肯顶着乱糟糟的头发和红得要滴血的脸下床去洗漱。

向暖根本记不得梦中他吻她时的感觉，也无从想起。因为她根本没有经历过，并不知道接吻到底是一种什么样的感受。

补课的时间在下午，向暖一早就背起书包出了家门。她在李记蟹黄包吃了早餐，然后去了省图书馆学习。

直到中午，向暖才回家。

下午补课四个小时，结束时已经到了傍晚。

秋程要接女朋友一起去吃饭的地方，而靳言洲是绝对不会和她同行的。向暖就换了身衣服，率先赶往聚餐的地点。

按照路线上的指示，向暖乘坐公交车，又换了一趟车，最终在正确的车站下车。她沿着路寻找他们在群里提过的那家店，在走了四五百米后，看到了那家店的招牌。

然而，下一秒，她的视线顺着牌匾下移，倏地微顿。

骆夏已经到了，正在门口等着。

男生戴着黑色棒球帽，穿着纯白短袖T恤衫，宽松的黑裤子上挂着两条背带，堪堪挂在肩膀上。白色的耳机线从他的耳朵处开始，弯弯曲曲地延伸到他揣在裤兜里的手中。

他身上充满了属于青春的随性和恣意色彩。

在那一刻，向暖恍若突然看到了当年那个穿着背带裤出现在她面前，冲她伸出手的小绅士。

她似乎被钉在了原地，望着他动弹不得。

须臾，骆夏似乎察觉到了有视线落在自己身上，轻抬眼皮看过来。

两个人的目光猝不及防地相撞，向暖像是被灼到了般，瞬间偏开头。

在别开脑袋的一刹那，她的余光刚好注意到了他那张薄唇——红的，润的。

向暖的脑海中猛地浮现昨晚梦境里的某个场景。她登时浑身热起来，像在被火烧，心口也被燎得发麻。她轻咬着嘴巴里的软肉，顶着微微泛红的脸颊，慢慢地挪动脚步，僵硬地向他靠近。

最终，她停在他身边。

骆夏在她走过来时就摘掉了耳机。

向暖就立在他身侧，甚至能轻微地感知到他平稳的呼吸。他身上还是那种清清淡淡的洗衣粉味道，特别好闻。

向暖拽不住要飘起来的思绪，不由自主地想，他总是这么细致礼貌，会适时摘掉耳机，哪怕并不说话。甚至，他会特意提早来等大家。

这样一个把教养刻在骨子里的少年，根本无法让人不为他沦陷。

不知道附近哪家店在放歌，低沉磁性的男声用标准的粤语唱着：

“谁都只得那双手靠拥抱亦难任你拥有，要拥有必先懂失去怎接受……”

随即，向暖听到她身侧的男生也跟着轻声地唱起来：“谁能凭爱意要富士山私有……”

他的声音并不低沉，是十几岁的年纪才有的清澈爽朗的嗓音，但完美地融进了原唱中。而且，他唱的也是粤语，标准到不输原唱的粤语。

骆夏还在跟着歌曲轻唱，自然又随意。

可他旁边的向暖已经因为他的歌声陷入了风暴中。她的心脏扑通扑通地跳，才降下去温度的脸又一次不知不觉地发起烫来。

向暖只觉得自己的耳朵在不断地熔化。她忍不住，偷偷抬手揉了一下泛热的耳朵。

怎么能这样？他唱粤语歌怎么能这么性感？

向暖虽然有点儿惊讶，但因为之前就从邱橙口中知道了骆夏的奶奶是港城人，所以对他会粤语并没有特别震惊。

只是……他唱粤语歌真的好好听，是形容不出来地好听。

其他人都还没来，而她，有幸成为他唯一的听众。

向暖安安静静地听完了他和着原唱唱的这首粤语歌。

这首歌结束后，另一首流行情歌开始播放。

骆夏没再跟着唱，而是突然扭头问向暖：“听陈奕迅的歌吗？”

向暖没想到他会突然主动找话题跟她聊天，受宠若惊之余，一时没反应过来，迟疑了一下，才有点儿窘迫地红着脸摇头。

她听过这个歌手的名字，但没听过他的歌。

骆夏嘴角噙着笑说：“刚才那首歌就是他的。”

向暖语调略带颤音，温软道：“很好听。”

你唱的，很好听。

随即她又鼓起勇气，像是没话找话般轻声问他：“你很喜欢陈奕迅吗？”

骆夏在她开口时稍微弯了弯腰，勉强在情歌中听清她的话，然后扬起笑来，回她：“嗯，很喜欢。”

少年说这话时，眉宇间尽显明朗，桃花眼中盛满深情。

不知道的人，还以为他在向她告白。

向暖从他嘴里听到“喜欢”二字，心脏像是着了魔，疯狂地回

应着。

他明明不是在说喜欢她。

之后，他们再无言。

向暖无比懊恼自己之前没有了解过陈奕迅。如果多了解一点儿，她会不会就能在他抛出这个话题时和他多聊一些？

毕竟，这是他第一次在他们独处时主动抛话题找她聊天。

可她并没有把握住机会，还蹩脚地问了句似乎是废话的问题。

好在其他四个人不久后就陆陆续续地到了。

六个人进了店里，围着长桌相对而坐。邱橙和向暖面对面坐在最里面；靳言洲把余渡推进去，把他隔在了自己和向暖中间；邱橙这边是秋程和骆夏。

因为骆夏坐在最外侧，和向暖就成了对角线的位置，距离最远。

点菜、点饮品都由骆夏负责。他点的大多是羊肉串，也点了一些其他的，但并不多。

秋程和邱橙说要喝酒，骆夏就要了些瓶瓶罐罐的饮料，又给他们点了几罐啤酒。

等烤串时酒水先被端上来，骆夏起身给大家分啤酒和饮料。最后剩一瓶汽水，他摸过桌上准备的开瓶器，把瓶盖撬开，将彩色的吸管插进瓶口，这才递给向暖。

向暖轻咬下唇，伸出双手捧过，而后就着吸管轻吸了一小口，汽水凉凉的，甜甜的。

她忍不住又吸了一口，同时佯装不经意地望向骆夏，刚好看到男生单手拉开易拉罐的环。

明明是很随意很熟练的动作，一看就是他平常也这样开易拉罐，可还是让她情不自禁地心神一荡，觉得他又帅又酷。

后来，一盘盘烤串被放到桌上，大家都拿自己喜欢的，一边吃一边聊。

向暖其实是吃不了羊肉的，但定下吃烤串后没有人问忌口的事，她也没主动提。

这会儿，她就吃别的。除了羊肉，其他的她都能吃。

只不过其他烤串骆夏点得并不多，再加上另外几个人也会吃，所以向暖还没吃多少就快没了。

骆夏突然放下易拉罐，起身离了座位，很快又折身回来。

邱橙问他：“你干吗去了？”

骆夏说：“再点一些。”

邱橙指着桌子上的羊肉串：“还有好多呢！”

骆夏笑了一下：“点了些别的。”

不知道为何，向暖的心跳蓦地停滞了片刻。

她忍不住多想：细心如他，是不是看出她不吃羊肉了？可是……又怕自己自作多情。

直到服务生端着盘过来，骆夏起身接过，然后把有羊肉串的盘子往外侧拉了拉，将新上的其他串放在距离向暖和邱橙近的位置。

骆夏从始至终都没明说，但所有的细微动作都表明，他应该是看出她不吃羊肉串，所以才特意又去点了别的。

向暖独自心潮翻涌。

她性格内敛慢热，也不太擅长说笑，在人群中很容易被忽略，可他不会。他能细心周到地照顾好每个人，包括并没多少存在感的她。

她明知道他做的一切都只是出于良好的教养和餐桌礼仪。

她心底清楚：他并不是对她特别照顾，更不会对她有任何想法。

她知道自己在他的眼中只是一个很普通的女生。

可她就是无法控制胸腔里的心脏。她就是，喜欢他。

如果要列举喜欢他的理由，向暖能写出一篇八百字的作文，比高考范文还能打动人，但她想不出不喜欢他的理由。

他太美好了。就像美好的东西人人都会追逐，骆夏作为美好本身，根本不会有人不喜欢。

至少，向暖很喜欢。

这晚，向暖回到家后在网上搜索了两个小时的陈奕迅，了解了他的全部经历，听了他所有热门冷门的歌，并且知道了骆夏傍晚在店门口唱的那首粤语歌叫《富士山下》。

而他当时开口唱的第一句，是“谁能凭爱意要富士山私有”。

没有人。就像我爱你，而我无法将你私有。

我只能仰望着你，拼命努力朝你奔跑，试图去追赶你。

2009 年 9 月 19 日，他穿着白色短袖 T 恤衫和黑色背带裤，我一度以为回到了十一年前的那个夏天。

2009 年 9 月 19 日，他的一句“谁能凭爱意要富士山私有”，让我从此爱上了陈奕迅。

2009 年 9 月 19 日，只有他看出来我不吃羊肉。

2009 年 9 月 19 日，我好像……越来越喜欢他了。

隔天周日，向暖从上午补课到中午才结束。

她没有在家里吃午饭。和昨天一样，她收拾了书本，背上书包坐公交车去省图书馆，打算下午都在那里自习。

在公交车经过李记蟹黄包店附近时，向暖下车，去了店里吃午饭。她独自坐在靠窗的位子上，不紧不慢地吃蟹黄包、喝温热的汤。

须臾，快吃完的她不经意间抬头瞥向窗外，目光突然顿住。

向暖怔怔地望着马路对面那个篮球场。靠近铁网的长凳旁站着几个男生，而她的眼睛像是装了属于骆夏的雷达系统，只一眼就能捕捉到他的身影。

少年穿着白色的篮球服，球服中央是黑色的数字“17”。他的手腕处戴着黑色的护腕，修长的小腿下，脚踩着白色运动鞋。

不知道他们在说什么，惹得骆夏笑起来。

距离太远，向暖只知道他在笑，大致能看出男生的桃花眼弯着，嘴角上扬，露出几颗洁白的牙齿。

正午的阳光正灿烂，洒落下来，铺满他的周身。他线条流畅的脸被光晕衬得越发精致，就连额前潮湿的发梢都仿佛在闪着细碎的光芒。

如此明朗的他，像极了小时候他第一次出现在她眼前时那般，让她觉得，少年如光耀眼，与光同在。

向暖心里蠢蠢欲动。她小心翼翼地抬起双手，隔着干净的玻璃窗，伸出食指和大拇指——左手掌心朝内，右手手背朝内，两只手的食指和大拇指相碰，拼接出一个长方形的“相框”。

她用这个手制的“相框”，把藏在心底喜欢的男生，偷偷地圈了起来。

骆夏已经抱起篮球跟同伴一起往场内走，向暖的“相框”就随着他的身影一点点移动。

在他跃起扣篮的那一刻，向暖透过用手指合成的“相框”，目不转睛地盯着他，像要把这一幕深深烙印在心底深处，偷偷地私藏。

要是有相机就好了，那样她就能在假装拍风景的时候偷偷拍下他意气风发的模样。

2009 年 9 月 20 日中午，她和他只隔着一条马路的距离。

他在篮球场上和朋友们奔跑驰骋，尽情地挥洒着汗水。她就安静地坐在餐馆里，在他不知道的角落里，贪婪地看他打篮球。

向暖不懂篮球，但也能看出他很厉害。因为她眼中的那个男孩，每次都能让手中的篮球完美地落入篮筐。就像他一次又一次，精准地击中她的心脏。

因为骆夏在马路对面的篮球场，向暖这天中午在餐馆消磨了一个多小时才肯起身离开。

国庆节临近，也预示着高三第一次月考即将到来。

向暖才转学不到一个月，并不了解沈城一中的考试安排，还是已经经历过一次高三的邱橙告诉她，沈城一中高三年级自行组织的考试都会压缩时间。

向暖问：“压缩时间？”

邱橙点头：“高考的标准时间不是两天吗？学校自行组织的考试会压缩到一天半，甚至在一天内考完。”

向暖简直不敢相信：“一天？时间够吗？”

“够是够，就是很紧张，早上很早开始考试，晚上放学也比平常晚一些。”邱橙对此习以为常。

“等到下学期的模拟考，才会严格按照高考的标准考。”邱橙笑道。

两个人刚聊完，班主任杨其进就拿着卷子和讲义来到教室。

随后，上课铃响起。

“讲课前先给大家说一下月底月考的安排，”杨其进将双手摁在讲桌边缘，瞅着一教室的学生，温声说道，“这次月考安排在 9 月 28 日和

29 日。”

向暖微微松了口气，还好不是一天考完。

杨其进还在说：“9 月 28 日上午考语文，下午是数学和英语，9 月 29 日上午是理科综合。具体考试时间我就不多说了，我把这个留给班长，班长下课后记得贴墙上，大家看清具体的考试时间，到时候合理安排答题时间。”

说完，他拿起卷子，在要讲题的前一秒，又抬起头来，不放心地嘱咐：“考试的时候遇到不会的题……”

“先跳过去！”班上不少同学异口同声地接话道。

“选择题不会也要……”

“蒙上！”大家又一次齐声回答。

而后大家就笑起来。

“大题没思路写个……”

“公式也好。”大家连语气都模仿得惟妙惟肖。

教室里的笑声更响了。

这套说辞杨其进不知道说过多少遍，听得他们都能倒背如流了。

杨其进被他们气笑：“都挺会说，怎么一到考试就继续犯错呢？不长记性！行了，别笑了，翻开上节课做的卷子，第四道选择题我讲了几遍了？没五遍也有三遍了吧，还有人错……”

向暖为了多些时间准备考试，考试前的周末就没有让秋程给自己补课，打算用整整两天的时间把各学科都系统地复习一遍。

周六一大清早，向暖在家吃过早饭，正要出门去省图书馆复习，难得没有去公司加班的向琳突然叫住她：“暖暖，之前跟你说的国庆节出游的事，你有想去的地方吗？”

向暖眨了眨眼，如实说：“没有。”

向琳轻叹，有些无奈道：“那我和你靳叔叔看着来？”

向暖点点头，应下：“好。”

其实向暖都不知道自己要不要出去玩。她对自己目前的学习情况多少能估摸出个大概，情况并不理想。或许……利用假期补课学习才是最好的选择。

和往常一样乘坐公交车到了省图书馆，向暖径直去了曾经和骆夏补课待的那个位置。这段时间，每次她都坐在这儿。

向暖拿出书本和笔记本，沉下心来开始认真复习，一页又一页努力将知识点记牢。

不知道过了多久，她有些乏累，不由自主地伸了个懒腰，却没想到，会看到骆夏的身影。

向暖一时间愣住，因为伸懒腰而举高的双手停滞在半空。她怔怔地盯着背对着她的骆夏，眼中闪过意外和震惊之色。她慢慢地落下手，茫然地瞅着他。

男生穿着简单的黑卫衣和黑裤子，身形挺拔修长。虽然才十七岁，可他的身高目测已经有一米八了。

他正在将推车上的书按类别和编号整理归位。

这……都要考试了，他不复习，却来省图书馆当义工吗？

向暖虽然从一开始就知道他非常人能及，但还是第一次这么清晰地意识到，自己和他有多大的差距。她甚至已经预料到，这次月考他会稳拿第一，哪怕他这会儿还在图书馆做义工。而她，就算这两天拼命地复习，都进不了班级前二十名。

这就是横亘在他们之间很现实的差距。

她正胡思乱想着，骆夏就转过了身。向暖立刻低下头，假装自己在认真地看书。

他推着推车向她走来。

向暖的心脏“怦怦怦”地敲着胸腔，震耳欲聋。

男生徐徐地从她身旁走过，并没有停下一秒，当然也不可能跟她打招呼。

向暖咬紧嘴唇，目不转睛地盯着笔记本上的字，却越来越看不清，视线变得模糊不堪。她抬手揉了揉眼睛，将蒙在眸子上的水雾揉散，然后拿起笔，继续复习。

后来骆夏又从她旁边经过一次。向暖没抬头，只低垂着眼眸瞥向过道，看到了他的一截小腿和双脚。

她像个卑劣的偷窥者，不敢看太久，很快就收回视线，努力平复因为他在她身旁路过而泛起涟漪的心跳，将心思投入到学习中。

骆夏暂时得了空，准备休息一会儿，于是从书架上抽了本书打发时间。

他在的位置正好在向暖的斜对面。

男生靠着窗边的墙，白色轻薄的窗帘被风吹起，飘飘扬扬地把他的脸挡住，又很快荡回去。

向暖不经意看到这一幕时，刚好在仰头喝水。

窗外阳光明媚，少年沉静淡然的面容被光照得分外精致，在纯白的帘间若隐若现。

画面美得像极了动漫里才会出现的场景，让向暖挪不开眼。

骆夏被飘动的窗帘打扰到，抬手拨开窗帘，用细带固定好。而后，他就意外地和向暖撞了视线。

其实，他刚刚就看到了她在那儿认真学习，因为怕打扰她，所以没打招呼。

这下两个人的目光交会，他合上书，正打算去她那边，衣角却突然被扯了扯。

骆夏低下头，看到一个扎着双马尾辫的小姑娘，大概只有五六岁。

小女孩的大眼睛水汪汪的，特别清澈。她声音稚嫩地说："哥哥，帮帮忙。"

骆夏眉头轻蹙，疑惑道："嗯？"

小女孩指着书架高处的一本童话书，声音虽然很轻，但特别脆："麻烦哥哥帮我拿那本《一千零一夜》。"

骆夏轻笑，走过去抬手将那本书抽出来，弯腰递给小女孩："给。"

小女孩立刻开心地用双手抱住书，眼睛弯弯地笑起来，有礼貌地道谢："谢谢哥哥。"

骆夏已经在小姑娘面前蹲下，眉眼间含笑，目光温柔似水，抬手在小姑娘的脑袋上摸了摸，压低的声音都掩盖不住爽朗的笑意："不谢，去看吧。"

等小女孩走开，他才起身把刚才看的书放回原位，然后朝向暖走去。

向暖本来在他们的目光猝不及防相撞的那一刻就想收回视线的，可是后来出现了一个小姑娘，他没再看她，她也就得以多看了他一会儿。

此时发现他正在往自己这边走，她瞬间就低下了头。胸腔里的心脏活蹦乱跳，她完全控制不住。

直到他停在她的座位旁，稍微弯腰，低声问："有不会的？"

向暖在闻到他身上的清香味时呼吸一滞，大脑还没理解他说的话，就已经本能地点了头。

骆夏轻挑眉梢，刚才见她双眼一眨不眨地瞅着自己，就觉得她大概是遇到了难题，想找自己求助，一问果然如此。

他自然地拉开椅子在旁边坐下，问："哪道？"

向暖这才意识到，他之所以过来是因为误以为她有题不会做，想向他求助。可她已经无法顾及太多，几乎无法思考的她只能硬着头皮在试卷上指了一道之前做错的大题。

骆夏看了两眼，大致浏览了题目后，发现他给她讲过同类型的题。但他丝毫没有觉得不耐烦，开始给她讲："这道题就是考摩擦力……"

给向暖讲完题，骆夏就被喊走继续整理图书了。

临近中午，向暖还在复习，桌旁突然停下一个人。

她仰起头的那一瞬间，骆夏的声音就在她头顶上方响起。

男生压低声音问："还有不会的吗？"

向暖很想点头，但到底没有撒谎，红着脸眼神慌乱地摇了摇脑袋。

骆夏说："那你继续复习吧。我走了，再见。"

他过来只是出于良好的教养和礼貌，在走之前要和认识的人打声招呼。

向暖轻咬住嘴里的软肉，轻声回道："再见……"那声"骆夏"哽在喉咙里，她还是没能喊出口。

下午和隔天，骆夏都没再出现。

向暖一个人在省图书馆复习，只在偶尔歇歇脑子的时候，会望向他捧着书靠墙站过的那扇窗旁。

白色窗帘又在随风飘动，但那个眉眼精致的少年已经不在了。

周一，高三第一次月考拉开序幕。

因为向暖没有在沈城一中的成绩，只能当作缺考生，被安排在最后一个考场的最后一名。而骆夏，在第一考场的第一个位子。

他们之间，隔着整个高三年级的三千二百八十五名同学。

为期一天半的考试很快就结束了，但学生们还需要在学校上一天半的课才能迎来国庆小长假。

在这接下来的一天半里，各科老师会着重讲月考的试卷，并尽快批改试卷。

向暖是从邱橙口中得知，他们的成绩单会在放假前打印出来，发到他们每个人的手中。

向暖咬了咬唇，不太想面对成绩单。她心里清楚，自己这次考得并不好。

她有不少题不会做，尤其是物理，说明她有不少知识点还没掌握透彻。

然而，该来的总会来。

国庆假期的前一天，下午大课间时，班长抱着一沓成绩单走进教室，按列数好从前往后传。

向暖拿到白纸黑字打印出来的成绩单后，第一眼就看到了排在第一的名字——骆夏。

她快速扫了一眼他的成绩：语文 135 分，英语 140 分，数学满分，理综满分。总分 750 分，他只丢了 25 分。

向暖的心脏扑通扑通地跳，脸上的肌肉都绷紧了，额角不受控制地突突跳。

她继续往下看。

第二名，靳言洲，总分 718 分。

…………

第十名，邱橙。

…………

她的手指一点儿一点儿地往下滑，滑到第二十五名的时候都没看到自己的名字，再往下——

第三十名，向暖，总分 485 分。

如果说语数外她还勉强能跟上，那理综真的就是惨不忍睹。300 分的理综试卷，她只拿到 147 分，一半都不到。而这其中，物理丢分最严重。

向暖虽然一早就知道这次考试的成绩不会好，但在看到这惨不忍睹的分数时，还是有些承受不住。

眼睛霎时酸胀不堪，眼眶里盈满了泛热的液体。视线因此变得模糊，有泪珠落在成绩单上，晕染开一片字迹。

邱橙他们正在后门处兴奋地讨论让骆夏帮自己带什么东西。

向暖不停地抠着手指，僵坐在座位上，耷拉着脑袋，情绪低落。

最让她难过的是，成绩单人手一份。她那点儿分数，细致到每一科，骆夏都能知道。

就在这时，一只骨节分明的手出现在她的眼前。男生食指弯曲，用指节在她的课桌上轻敲了两下。

随即向暖就听到骆夏的声音在自己的头顶响起："向暖，要捎带东西吗？"

向暖的眼里还蓄着泪，她怕他发现自己在不争气地哭，根本不敢抬头，也不敢出声，只轻微地摇了摇头回应。

骆夏瞥到她面前那张成绩单上潮湿的那块，于是说道："还没到最后一战，还有时间。"

向暖的呼吸倏地一滞，心脏不受控地扑通扑通剧烈跳动起来，心跳声几乎要将她的耳膜震碎。她怔怔地仰起头，可骆夏已经往回走去。

向暖向后扭头，望着他挺拔清瘦的背影，贪恋得挪不开眼。

而本来像塞了一团棉花般的胸腔，仅仅因为他这句稀松平常的安慰，就轻易地平静轻松下来。

她还有时间。

2009 年 9 月 30 日，他总分 725 分，班级第一，年级第一。我总分 485 分，班级第三十名，年级第一千九百九十八名。我和他之间隔着 240 分的巨大鸿沟。

2009 年 9 月 30 日，他说："还没到最后一战，还有时间。"

2009 年 9 月 30 日，要努力跑起来啊，向暖。

这天放学后，向暖和邱橙随着人流往校外走，周围的同学都在兴致勃勃地讨论国庆节要怎么过、去哪儿玩。

邱橙问向暖：“暖暖，国庆节你准备去哪儿啊？”

向暖咬了咬嘴唇，轻声说：“应该哪儿也不去。我想在家好好复盘一下这次的试卷，然后利用假期多学一点儿东西。”

邱橙知道向暖这次考得不好，情绪低落，安慰说：“没事啦，这才第一次月考，后面还有数不清的各种考试。你一定要以平常心对待，没到最后的高考，谁也不知道结局如何。”

向暖点点头。须臾，她扭头问邱橙：“橙子，国庆节你会和秋老师一起过吗？”

邱橙眨巴眨巴眼，笑着回道：“不会啊，我跟我爸妈去临市的海边，那边有几个景点挺不错的。”

“那我待会儿问问秋老师，国庆期间能不能帮我补课。”向暖轻喃。

邱橙从心底佩服向暖，因为向暖难过归难过，难过完了会立刻收拾好情绪继续和学习抗争。这种坚忍的意志不是谁都有的。

邱橙忍不住叮嘱向暖：“暖暖，你别给自己太大压力，劳逸结合，学习的效率才会高，记得让自己喘口气歇歇。”

向暖浅笑点头：“嗯，我知道。”

回到家，向暖就和来做家教的秋程去了书房。

今天，秋程着重帮向暖分析了每科的月考试卷。

向暖显然已经大致复盘过了。她会坦白哪道题是真的不会做，哪道题是会做但做错了，并且给出做错的原因。

秋程把她不会的题分类，着重讲解，然后又给她找了同类型的题，让她课后练习，看看自己有没有掌握他讲过的知识点。什么时候她能灵活运用了，才是真的吃透了某个考点。

在补课结束收拾东西时，向暖抓住机会问秋程：“秋老师，国庆期间你有空过来给我补课吗？”

秋程沉吟了一下，温声说：“有是有，但不能每天都过来。3、4、5日我有事，剩下四天可以来。”

向暖点头应道：“好，那就四天。”

秋程背起书包，和向暖一前一后走出书房。

要下楼时，他回头叫住抱着书本要回卧室的向暖，温和地说：“向暖，你会厚积薄发的。”

向暖受到鼓舞，轻扬着嘴角点头。

将书本放回房间后，向暖下楼。因为她补课，家里的晚餐都推迟了。

靳言洲随后从房间里出来。

吃饭的时候，靳朝闻开口说："你们俩都没说要去哪儿，我跟向琳就定了去古镇玩几天，明天一早开车出发……"

他的话还没说完，靳言洲就冷淡地打断："我不去。"

靳朝闻脸色一沉，刚要斥责靳言洲，向暖就适时说话："叔叔，妈，我也不去了。"

这下，靳朝闻和向琳双双愣住。

向暖继续说道："我跟秋老师说好了，国庆假期他会过来给我补课的。"

向琳听到这个理由，无奈叹气，只好应下来："好，那你在家补课吧。"

靳朝闻也贴心地说道："暖暖，别逼自己太紧，慢慢来。"

"嗯，好。"向暖点头，而后又轻声道，"谢谢叔叔。"

坐在她旁边的靳言洲默不作声，快速吃完饭就撤，直接上楼回房间。

晚饭结束后，向暖帮着收拾餐具。

在厨房里只剩下向暖和向琳后，向琳关切地问："暖暖，你是不是因为月考成绩焦虑了？"不等向暖回答，她又道，"别太在意这一次的成绩，你才转学过来一个月，在进度都跟不上的情况下能考出这个成绩，妈妈觉得你很棒。"

低着头洗碗的向暖突然热泪盈眶。

向琳在旁边把向暖洗好的餐具依次归位放好，温柔又坚定地再一次对向暖说："暖暖，你真的已经很棒了。"

向暖强忍眼泪，翘起嘴角，重重地点头应道："嗯！"

说好的国庆节一家人出游，最后只有靳朝闻和向琳去了。

向暖和靳言洲在家，各自做各自的事。他们偶尔会在客厅打照面，靳言洲全程目不斜视，连看都不看她一眼，冷漠得恍若根本不认识的合

租室友。

国庆节第二天，向暖在书房等秋程的时候，打开电脑放起了陈奕迅的歌。这段时间她一有空就听陈奕迅的歌，然后喜欢上了那首《葡萄成熟时》。

她起初注意这首歌并不是因为旋律，而是因为歌名——《葡萄成熟时》，总能让她轻易地想起那个夏天，那个夏天的葡萄藤，还有葡萄藤下的男孩。

后来听着旋律看歌词，第一句一出现，她就彻底爱上了这首歌。

因为这首歌的第一句是："差不多冬至。"

冬至。

1992 年，她就出生在冬至——12 月 21 日。

不过，后来大多数年份的冬至都在 12 月 22 日。

向暖这会儿放的歌正是《葡萄成熟时》。

秋程一推门进来，就看到坐在椅子上的女生托着下巴，目光专注地看着电脑屏幕，嘴唇翕动，溢出很轻的哼唱声。

她像是试图跟着唱粤语，却又不知怎么说粤语。

向暖在秋程出现后就立刻闭了嘴，刚才无人时的放松状态也倏地消失。

秋程笑了笑，走过去，在她旁边拉开椅子坐下时，随口闲聊说："你也喜欢这首歌？"

向暖很意外，抬眼看向秋程，刚要问他是不是也喜欢，就听秋程说道："这首歌是骆夏的最爱。"

向暖的心蓦地一颤。

骆夏的……最爱？！

她百里挑一选中的歌，也是他的最爱？

向暖突然无比欣喜，仅仅因为，他们爱同一首歌，就是这样简单。

这晚，向暖戴了一夜的耳机。耳机里循环播放着这首他们都爱的歌，一直到天明。

接下来三天向暖都没有补习的安排，便一个人早出晚归。

她每天清早就背着书包出门，先去李记吃蟹黄包作早餐，然后去省图书馆学习一上午，中午在省图书馆附近找家店吃午饭，下午继续一个人学习，直到省图书馆闭馆。

10 月 5 日傍晚，正在省图书馆看书的向暖接到了邱橙的电话。

她握着手机来到馆外接听："橙子？"

"暖暖，"邱橙的语调高扬，开心道，"今晚一起出来吃饭吧！"

向暖感到意外，问："你没在临市？"

邱橙笑道："我提前和程哥一起回来啦！今晚一起去吃烤鱼呀！"

"好。"向暖笑着应道，而后又说，"靳言洲他……"

邱橙乐道："放心啦，程哥叫他了。"

"哎，对啦，听靳言洲说你不在家，"邱橙问道，"你在哪儿呀？我们看看能不能顺路接上你。"

向暖如实告知："我在省图书馆。"

"那成！"邱橙说，"我们正好经过省图书馆。你稍微等一会儿，我和程哥十几分钟后就到。"

"好。"向暖答应。

挂了电话后，向暖就收拾了东西，背着书包出了省图书馆。她在白鸽广场找了个坐的地方，暂时休息。

在等邱橙的时候，向暖百无聊赖地伸出双手比了个"相框"，慢慢转动着角度，透过"相框"去看周围的风景。

近处的白鸽，远处的红霞，耸立的高楼，漂亮的街景，还有来来往往的行人。

向暖真想把生活中一切平淡或美好的景色都用相机拍摄下来。

如果她有相机的话。

忽然，向暖的手突然顿住。她盯着一抹白衬衫配黑色背带裤的高挑清瘦的身形，目不转睛。

向暖缓慢地放下手，直勾勾地望着对方。

直到那个男生被一个女生从身后抱住，笑着转头，看到他面容的向暖突然清醒——他并不是骆夏。

她自嘲地轻声叹气，感觉自己魔怔了。

明明知道他这个假期去了港城，可她还是从心底抱有一丝期待，期待着会和他不期而遇。

不久，向暖再次接到邱橙的电话。

和邱橙成功碰面后，向暖坐上了出租车的副驾驶座，和他们一起去烤鱼馆。

三个人到的时候，靳言洲已经在烤鱼馆了。

依旧是对排坐的餐桌，这次靳言洲没得选择，只能坐在向暖的旁边。

他们点了剁椒和豆豉两个口味的烤鱼。向暖不太能吃辣，剁椒的吃了两三口就不再吃，之后只吃豆豉口味的。

餐桌上，她和靳言洲依旧没什么交流，但是她需要纸巾时，只要说一声，靳言洲就会递给她。不过他并不言语。

也是吃饭的时候，向暖才得知，秋程这几天去了临市找邱橙。两个人逛完了景点，邱橙就提前跟他一起回来了。

晚餐结束时，邱橙让靳言洲载向暖回家。

“大晚上的，暖暖一个人打出租车不安全，坐公交车也不方便。”

这次靳言洲没有拒绝。坐在自行车座上的男生脚踩地，扭头瞅着向暖，语气和他的眼神一样冷淡，带着些不耐烦地问：“上不上？”

之前在晚上乘坐公交车时遭遇过一次不好的事，哪怕已经过去一个月了，向暖一想起来仍心有余悸，所以并没拒绝。

她轻轻抿唇走到自行车旁，面朝一边坐上去，还不忘很小声地对他说：“谢谢。”

邱橙眉眼弯弯地笑着冲他们挥手：“拜拜！”

向暖也朝她挥了挥手。

下一秒，自行车向前移动，向暖立刻抓紧了支架。

两个人一路无言，一直到家附近的超市前。

向暖眼尖地看到超市门口摆放着榴梿。最爱榴梿的她鼓起勇气小声问靳言洲：“我能买个榴梿吗？”

靳言洲直接冷冷地拒绝：“不能。”

那好吧。向暖恋恋不舍地望着自己的最爱，只能过过眼瘾了。

然而，靳言洲突然停了下来。

向暖茫然，刚要问他怎么了，就听到面前这个男生语气硬邦邦地说道：“买回去关在厨房里吃，别让我闻到味道。”

向暖意外地睁大杏眼，没想到他最终还是同意了。她立刻跳下自行车后座，难得开心地高扬了语调：“好，谢谢你。”

向暖往回小跑了一段路，买了一个榴梿拎回来。她再次上车，被靳言洲一路载到家门口。

回到家后，向暖放下书包就躲进了厨房，开始弄榴梿吃。

向暖很少特别喜欢什么，榴梿是之一，那首歌是之一。

骆夏，也是其中之一。

晚饭吃得饱，又独自吃下去一个榴梿，向暖已经好久没这么撑过。她把垃圾拎出去扔掉，洗干净手，抓起书包上楼。

吃了最爱的水果就像给自己充满了电，向暖感觉自己能多刷一套卷子。

到了二楼，向暖踩在铺了地毯的走廊里，几乎没有脚步声。

经过靳言洲卧室门口时，男生打电话的声音透过虚掩的门钻进了向暖的耳朵里。

“骆夏，你是不是故意的？”靳言洲语带不满。

门外本无意听他讲电话的向暖倏地停下脚步。她戳在原地，双腿像是被封印住了一般，迈不动一步。

靳言洲大概是在玩游戏，房间里断断续续传来敲键盘的声音。

随即，骆夏隐约带笑的声音就从开了免提的手机中传过来：“你晚饭吃的是什么？”

“哪有你吃得好？”靳言洲说，“和她一起被学姐和程哥叫出去吃烤鱼了。”

不等骆夏说话，靳言洲就继续唠叨：“学姐让我载她回来，好，我载。结果她居然问我能不能买榴梿，那么臭的东西！”

“哪里臭了？”骆夏笑着反驳，然后问，“你让买了没？”

靳言洲“哼”了一声，语气冷淡：“我实在不想看她天天因为愁学习愁得用一张苦瓜脸对着我……”

对靳言洲无比了解的骆夏直接打断他的解释：“啊，让了。你也就嘴硬，让了就直接说让了呗，不知道解释就是掩饰吗？”

靳言洲被拆穿，有点儿恼羞成怒，硬邦邦地转移话题：“你俩都爱吃榴梿，干脆让她当你妹妹好了！直接打包送到你家！”

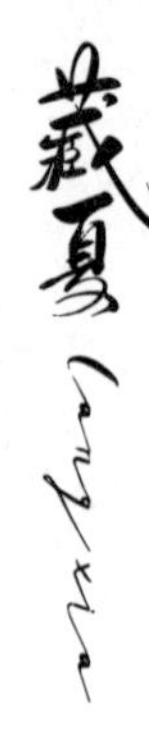

骆夏漫不经心地笑："这倒也不必，你做我弟弟我还能考虑考虑。"

靳言洲低骂："滚吧你！"

向暖再一次见识了骆夏私下在好哥们儿面前痞坏的模样。他就像个多面体，随着时间流逝，他们的交集逐渐增多，他在她心里就越来越立体、鲜活。

而他的每一面，都让她喜欢。

向暖神情不明地回了房间。她怔怔地想，骆夏居然……也喜欢吃榴梿。然后，她就因为他们拥有这个相同点，不由得感到开心，连嘴角都无意识地扬了起来。

随即，向暖拿过一面小镜子摆好，正对自己的脸。她左瞧右看，都没感觉哪里愁眉苦脸，怎么就是苦瓜脸了？

向暖小声地自言自语："向暖，笑一个。"

她翘起嘴角，露出一抹浅笑。而后，女孩子将两根食指分别戳在嘴角，又往上扯了扯。

你要保持快乐啊。

向暖数着日子过的国庆节七天假终于结束。

10 月 8 日早上，她和往常一样在公交车上遇到邱橙，两个人一起去学校。

到教室时，靳言洲和余渡都还没来。骆夏倒是已经在了，只不过正埋头睡觉。

尽管这样，向暖还是一眼就看出来，他的头发剪短了一些，一头柔软的黑色短发干净又利落。

教室里好些同学都跟他一样，无精打采地趴在桌上，像是被假期榨干了精力，得了"节后综合征"。

邱橙用手指敲骆夏的课桌，喊他："上课了！别睡了！"

骆夏稍微动了动，没起身，声音透过臂弯传出来闷闷的："学姐，别吵。"

邱橙更乐，拍着他的桌子闹他："我的东西呢？！"

骆夏偏头枕着课桌，邱橙拍桌子的声音对他来说比平常更震耳。他被轰了起来。

始终没出声的向暖垂眼望着他，就见男生坐直身子，微微耷拉着眼皮，因为趴在课桌上睡，他的侧脸被压出了一条红印，整个人散发着一股慵懒的气质。

骆夏从书包里给邱橙拿东西的时候，靳言洲和余渡一前一后地从后门走进教室。

看到骆夏正在给邱橙递她的礼物，余渡瞬间就嗷嗷扑了上去，兴奋地嚷道："夏哥，我的呢？！我的零食！"

骆夏把给余渡的零食推到余渡怀里，气笑道："闭嘴！"

余渡瞬间就开开心心地合上嘴巴拆零食。

而后，骆夏又从书包里拿出一个手办，放到靳言洲桌上："是这个吧？"

靳言洲拿起来看了看，点头："嗯。"

邱橙还挽着向暖的胳膊。向暖不动声色地抽出手臂，正要默默地回座位，骆夏突然喊了她一声："向暖。"

男生爽朗的嗓音微微泛哑，是睡醒不久才会有的倦懒感，却格外勾人心。

向暖蓦地滞住，僵在原地。她梗着脖子望向他，心跳在他唤她名字的那一刻就已经彻底紊乱。

骆夏从书包里抽出手，递给她一盒东西，说："给你。"

男生解释道："他们都说了自己要什么，你没说，我就顺手买了盒这个，你别嫌弃。"

向暖能明白他的意思。大家都很不客气地让他捎带了东西，只有她没有。那么到了分礼物的时候，也只有她不会有。他不想让她两手空空的，觉得尴尬，所以给她带了盒糕点。

他说是顺手，却刚刚好，买的是她最爱的榴梿口味的糕点。

如果她那晚没有听到他和靳言洲通电话，她或许真的会将此归结为"缘"。

向暖的内心已经掀起了猛烈的飓风，她几乎要被卷入强大的风暴旋涡中。

向暖勉强让自己看起来还算自然，手指微微发抖地接过那盒榴梿糕点，嗓音轻软细糯，带着一丝颤音，道谢："不会，我……很喜欢，

谢谢。”

骆夏终于分完礼物，如释重负地松了口气，又倒在课桌上，有气无力地闭着眼喃喃道：“你们别再缠着我了，让我睡会儿。”

尽管已经如此心动，但向暖依旧有自知之明。

她知道他送她糕点，哪怕是她最爱的榴梿口味，也不过是他刻在骨子里的修养让他本能地这么做。

向暖理解得一点儿都没错。骆夏确实只是在顺手帮她带糕点前，恰好从靳言洲口中得知她喜欢榴梿。如若不然，他当然也会给她带份糕点，但很大可能不是榴梿口味，而是随手拿一盒他并不在意是什么口味的糕点。

2009 年 10 月 2 日，和他喜欢上了同一首歌，想亲耳听他唱《葡萄成熟时》。

2009 年 10 月 5 日，在白鸽广场看到一道白衬衣黑背带裤的高挑身影，还以为是他。已经五天没见了。

2009 年 10 月 5 日，原来他也喜欢榴梿。好开心。

2009 年 10 月 8 日，他送了我榴梿糕点。只是顺手。可我还是……好欢喜。

隔天，下午最后一节自习课。

因为班长提前通知这节课班主任会过来调座位，所以本该去竞赛班的骆夏和靳言洲留在了教室里。

不久，班主任杨其进领着一名女生来到教室。

他走上讲台，拍了拍手，提醒正在自习的学生。他面带笑容，温和道：“同学们，先停一下。咱们班又来了一位新同学，来认识一下。”

而后他扭头，对站在讲台下的女生笑道：“周佳，过来做个自我介绍。”

邱橙早在杨其进开口说话的那一刻就低声惊叹：“天哪，什么情况？”

向暖微微蹙眉，扭头疑惑地看向邱橙。

邱橙小声告诉向暖：“她和我是一届的，高考成绩特好，仅次于程哥，考上了清大王牌的建筑专业。她怎么回来复读了？”

向暖还有些茫然，一头栗色波浪长鬈发的女生已经从容不迫地踏上讲台。

她落落大方，目光坚定又自信，声音清亮道：“大家好，我是今年的毕业生周佳。其实我已经上了一个月的大学了，回来复读是因为实在不想读之前选的专业。”

周佳，班上很多同学对这个名字都不陌生——今年高考毕业生中的全校第二名，仅在状元秋程之后。而且众所周知，周佳是被清大录取的。

班上有胆大的男生好奇地问：“学姐，我知道你是被名牌大学录取的，能不能说一下你之前是什么专业，让你不惜从清大退学回来复读啊？”

周佳笑了笑，回道：“建筑。”

教室里登时一片唏嘘。

清大的建筑专业！清大本就是国内顶尖学校，建筑专业更是王牌专业，从清大建筑系毕业的学生多少大公司抢着要。无数学生挤破脑袋都考不上的学校和专业，结果这位学姐居然放弃了大好前程回炉重造。

这就是学霸的自信吗？

这就是世界的参差吗？

最后排的靳言洲托着下巴，朝骆夏微微偏头，在满教室的嘈杂声中，压低嗓音小声说道：“你的第一志愿。”

骆夏微微勾唇，挑挑眉，没说什么。

周佳见大家这么惊讶，解释说：“清大的建筑系很好，真的特别好，只不过我发现不适合我，所以……与其接下来痛苦五年，不如回头再选择一次。这次我会更加认真、慎重地选择。头发是上大学时弄的，待会儿放学后我就去拉直染黑。大概就这样，希望接下来能跟大家相处愉快，一起努力。”

她自我介绍完，杨其进重新登上讲台，开始说其他事。

“还有两件事要说一下。第一件是下周要举办的运动会，我把报名表给班长，想参加的同学找班长报名。大家都积极点儿啊，咱们该学的时候就好好学，到了玩的时候就玩得痛快，好吧？还有，虽然学校那两

天允许你们不穿校服，但也不能穿奇装异服。还有一点，要参加比赛的同学到时候一定要注意安全，安全第一。”

对于沈城一中这所重点高中到了高三还有运动会这件事，向暖挺惊讶的。

不过听邱橙说，之所以没取消运动会，是因为学校的领导和老师觉得高三任务再重也该适当放松一下。

“第二件事，我已经把座位表打印出来了，班长上来帮着安排一下，大家趁这节课把座位调好。记得尽量保持安静，不要吵到别的班自习。”

班长立刻起身去了讲台，从杨其进手中接过全新的座位表，然后开始从第一排第一列念名字。

向暖的心跳不自觉地加快，她有点儿紧张地抿住唇。

旁边的邱橙碎碎念：“祈祷老班不要把咱俩调开！”

向暖也轻声说道：“我也希望不要。”

她在班上最要好的朋友就是邱橙了，真的不希望新同桌变成别人。

然而天不遂人愿。向暖在第三列第四排，同桌是新来的转学生——周佳。而邱橙去了挨着教室后窗的那列，同桌是老熟人余渡。

骆夏和靳言洲依旧是同桌，也依然在最后一排，只不过往教室里侧挪了挪。

骆夏成了向暖这列的最后一个。

座位排好后，向暖还在整理课桌上的东西，周佳就自来熟地和她打招呼：“嗨，同桌，你叫什么啊？”

向暖的嗓音一如既往十分轻细，透着南方姑娘独有的软糯感：“向暖。”

周佳笑盈盈地说道：“你好你好，我叫周佳，你喊我佳佳就好啦！”

向暖抿嘴浅笑，应允：“好。”

“对啦，”周佳问，“你有没有月考的成绩单啊？我想看看。”

向暖找出自己叠好的成绩单，递给周佳。

周佳弯眸笑着道谢，而后就展开成绩单看了起来。

“骆夏这么厉害啊，比他表哥还厉害。”周佳低声说，“秋程去年第一次月考分数都没这么高。”

向暖心里五味杂陈，因为自己成绩不好而自卑，却又因为她喜欢的男孩子如此优秀而暗暗高兴。她甚至有些隐隐地骄傲，无比肯定自己的眼光。

自己喜欢的人被夸了，她比被夸的当事人还要开心。

向暖微微扬了扬嘴角，轻声回答周佳："嗯，他很厉害。"

周佳自信地说："我的目标就是骆夏了。"

向暖的心脏猛地一沉，像被人用力拉扯往下拽去，握着笔正要写字的手也倏地顿住，不知道要如何下笔。

须臾，她才反应过来，周佳的意思应该是指学习上的目标是骆夏，想要赶超他。

她忍不住羡慕，但也只能羡慕。

周佳有的不仅仅是勇气，还有可以与骆夏匹敌的实力。

但她没有，至少现在她还配不上他。

从这天开始，向暖和骆夏的名字总会出现在同一沓试卷中，有那么几次还刚好挨着。

其实，是她在交试卷时，特意把自己的试卷夹在了与他相邻的位置，仿佛这样就能离他近一点儿。

向暖和周佳做了一周同桌，感觉还可以。但不知道是不是因为她的性格慢热，她总觉得自己和邱橙做同桌时更亲密。尽管周佳也是豪爽的性子，甚至平常很乐意主动帮她讲题。

运动会那天是周四。

学校不要求必须穿校服，向暖就没穿。她穿了粉色的卫衣和修身的牛仔裤，脚踩着白板鞋。

和往常一样，向暖跟邱橙坐同一辆公交车到学校。

她俩都没报项目，但向暖听邱橙说，骆夏和靳言洲他们都报了项目。

邱橙只是不经意地提了一嘴，向暖就记住了骆夏参加的两个项目，一个是跳高，另一个是男子组四百米接力赛跑。

到教室后，向暖特意看了一眼贴在墙上的运动会时间安排表——骆夏的比赛时间分别在上午 9 点半和下午 3 点半。

邱橙放下书包就喊向暖一起去操场看比赛，向暖却坐在座位上，拿

出了昨天的测试卷，对邱橙认真地说道：“橙子，你先去吧，我先看会儿题。”

邱橙知道向暖学习很努力，也很自律，并不强行拉着向暖去玩。她笑着和向暖挥挥手，扬声道：“那我先去啦！待会儿你去找我，找不到就偷偷用手机联系我！”

向暖莞尔，点头答应：“好！”

空荡的教室里，除了她没有别人。

向暖安静地翻着试卷，一道一道地改错题，理解知识点，然后把错题改正到错题本上，再从辅导书中找类似题型做几道。

时间一分一秒地溜走。

等沉浸在学习中的向暖暂时从题海中抽离出来时，挂在教室正前方的挂钟指针已经指到了 9 点 28 分。

向暖惊得一下子弹起来，扔下笔就往教室外面跑——还有两分钟骆夏参加的跳高比赛就要开始了。

向暖急急忙忙往楼下奔的时候，迎面遇上两个女生。其中一个女生被另一个扶着，脸色苍白，看起来很虚弱。

“你来‘姨妈’反应怎么这么大啊？要不要去看医生？”

向暖听到了这句话，脑子里突然闪过一件事——她上个月没来例假。

大概是转学之后被学习搞得焦头烂额，压力太大导致例假推迟了。可是这都推迟一个月了。

向暖一边往操场小跑一边心想：等周末去看看医生，或许得借助中药调理一下。

她呼吸不稳地赶到跳高的场地时，比赛正好刚刚开始。

向暖终于松了一口气。

10 月中旬，天气已经没那么热了。

骆夏穿着修身黑色长裤和白色圆领无帽卫衣，胸前贴着他的参赛编码，0917。

男生站在队列里，正等着上场。他微低着头，脚尖在原地打转，像在活动脚踝。

天气晴朗不燥，阳光洒在他的周身，给他镀了一层薄薄的光晕，看起来很耀眼，但不刺眼。

围观比赛的好多女生的目光都落在骆夏身上，却只有极少数几个敢窃窃私语，偷偷地咬耳朵，不断地说“骆夏好帅”。

这极少数的女生，就包括和骆夏同在竞赛班的宋欣。

绝大部分女孩子更像向暖，只敢默默地站在人群里，把自己隐藏起来，在不起眼的地方安静地仰望着他。

向暖这才真切地感受到他的的确确被很多女生暗暗喜欢着。但也如邱橙所说，没几个人敢让他知道。

毕竟，普通的向日葵数不胜数，而耀眼的太阳是独一无二的。

向暖在骆夏抬眼的瞬间垂下脑袋。她不知道他有没有发现自己，可心跳已经扑通扑通地如擂鼓。

向暖掩饰似的佯装自然地摸出手机，正欲联系邱橙，突然就被人一把挽住了胳膊。她蓦地抬头，发现周佳正冲她笑。

“你也来看骆夏跳高啊？”周佳扬着语调问。

这句话也招来离向暖不远的宋欣的注视。

向暖佯装镇定，努力不让自己的目光飘忽不定。她盯着一处地方不挪眼，淡然地回道：“我在找邱橙。”

周佳指了指跑道那边：“她在看短跑。”

向暖心中不舍离开，却又下不来台。

她正要硬着头皮走，可刚挪脚步，周佳就拉住她，笑道：“短跑等一会儿才开始，你先陪我看看跳高嘛！骆夏跳高很厉害的！前两年都是第一，去年还打破了前年自己创下的纪录。”

向暖知道，之前邱橙已经对她透露过了，所以才更想看看他跳高的英姿。

他一定很帅很酷。

事实证明，向暖是对的。

因为周佳的挽留和自己的私心，向暖待在原地没有动，就站在人群中，亲眼看到了骆夏跳高。

男生那双桃花眼中只有跳高杆，目光无比认真、坚定。而后是标准的起跑、助跑，脚下像是装了弹簧，身体轻盈一跃，高出横杆一截距离飞过。他落在垫子上后做了一个帅气的翻滚，随即就站了起来。

向暖全程都没有眨眼睛，生怕错过每一个细微的动作。

她好想有一台相机，抓拍下他弹跳起来越过横杆的那一刻，那肯定会是无与伦比的画面。

周佳在旁边感叹：“帅哥跳高好迷人！”

向暖没有说话。她很佩服周佳，因为自己连说出这句话的勇气都没有。甚至从重逢到现在，她都没有开口喊过他的名字，一次都没有。

骆夏。向暖望着他，默默地在心里叫了他一声。

他当然听不到，也不会有任何回应。

向暖眼中的他，此时正在和另一名参赛选手笑着说话。

她真的好想把他的笑摘下来偷偷保存啊。要是有相机就好了，向暖不知道第几次生出这个愿望。

向暖一直守到跳高比赛结束。在骆夏去录成绩时，她才转过身，准备回教室继续看书。

对向暖来说，她的世界里只有学习和骆夏。

然而，她并没察觉，在她转身一步步往操场外走的时候，不远处的男生三三两两地笑起来，还在低声说什么血之类的。

向暖听到了，但对他们说的话没在意。她低着头，沉浸在骆夏刚才的最后一跳中。

虽然碰掉了杆，虽然并没有打破他自己的纪录，但他依然那么意气风发，朝气蓬勃得让人挪不开眼。

骆夏录完成绩后就听到了不少男生的闲言碎语，顺着他们指指点点的方向望过去，眉心瞬间皱紧。

“很好笑吗？”骆夏难得脸色阴沉，犀利地问他们，“懂尊重女性吗？”

他说完不管这群男生是什么反应，立刻就跑去找了靳言洲。

骆夏拉住刚买水回来的靳言洲，凑近他低声说了句话。靳言洲闻言，眉头霎时拧成了一团疙瘩。

骆夏推他，催促道：“快去！”

靳言洲却没动，直接把身上的外套脱下来塞到骆夏怀里，语气别扭道：“你去！”

骆夏不满地提了一口气，想要骂靳言洲几句，但因为事情紧急，最终忍了下来，一个字都没吐出来。

骆夏抓着外套就朝穿过操场往外走的向暖飞快地跑去。

“向暖！”骆夏在后面边跑边扬声喊她。

向暖突然听到骆夏爽朗的声音，脚步一顿，人还没反应过来，身体就本能地转了过去。下一秒，她看到骆夏正朝她奔跑而来。

向暖像做梦般，直接僵在了原地，心脏剧烈地扑通扑通直跳，胸腔仿佛快要迸裂了。她目光茫然地望着他，直到他停在她面前，把手中的外套递给她都没理解，当然也没有任何动作。

到底事关女孩子的生理期，骆夏难得犹豫了一下，才低声开口委婉提醒：“你的裤子脏了，用外套遮一下。”说话间，他的耳朵不自觉地泛了红。

向暖愣了一下，随即反应过来。她的大脑都来不及思考，手已经飞快地抓过了骆夏递过来的外套。

向暖的脸颊涨得通红，似乎能滴出血来，全身像在被火烧火燎一样难受。

她很难堪，难堪得想哭。

她怎么弄到了裤子上？还被他知道。

眼睛不争气地蒙上了一层水雾，向暖梗着脖子不敢抬头。明明四肢可以自由活动，她却仿佛被紧紧捆住了，双手僵硬地发着抖。

向暖手忙脚乱地把外套绕到身后，想抓住袖子在腰间系结。结果越慌越乱，手脱力般没攥好袖子，让外套掉在了地上。

她立刻就要弯身去捡，骆夏先她一步。

男生从地上拾起衣服。

向暖浑身都在颤抖，表情难看得像在哭。

恍惚间，操场上的加油声、呐喊声都变得遥远。在不断飘远的嘈杂喧闹声中，她听到他似乎很低很短促地叹了口气。

然后，骆夏就干净利索地给她打好结，又快速收回手退开一步。

“先回教室，我让学姐去找你。”他安慰道。

向暖怔怔地仰起头，眼神涣散地望向他。有液体从眼角掉落，她模糊的视线终于清晰。

向暖看到面前的男生沐浴在明亮的光芒中，连眼睫毛上都点缀着细

碎的光晕，一如十一年前他第一次朝她伸出手时那般夺目耀眼。

“没什么好哭的，又不是你的错。”他说。

你让我怎么不喜欢你?

骆夏给向暖送衣服的同时，靳言洲去找了邱橙。

邱橙听完靳言洲的话立刻就跑了过来。她到的时候，刚巧听到骆夏说的那句“没什么好哭的，又不是你的错”。

“骆夏说得对，暖暖别哭。”邱橙也急忙接话安慰道，而后挽住向暖的胳膊，语带安抚的意味，试图让向暖安心，“我陪你回教室。”

在往教室走的时候，邱橙又忍不住关切地问道：“你感觉怎么样?肚子疼不疼? ”

向暖吸了吸鼻子，勉强忍住眼泪，摇头。要是肚子疼，她也不至于把血弄到裤子上都不知道。

向暖去了一趟卫生间，再回到教室后，邱橙就拎起两个人的书包陪她回家。

这两天运动会，学校管得不严，可以趁门卫不注意偷偷溜出去。

向暖的裤子已经脏了，总得换掉。

一到家，向暖就躲进卧室换衣服，然后把自己的脏衣服用水泡起来，先着手洗那件黑色的外套。

她认得这件外套，是靳言洲早上穿的那件。

邱橙倚靠在卫生间的门框上，对向暖说：“这衣服是靳言洲的吧? ”

向暖点了点头，轻声应道：“嗯。”

“也是他找的我，让我赶紧去看看你，不然我都不知道你出事了。”邱橙轻叹，“其实他人还挺好的，对吧? ”

向暖又点头。靳言洲就是嘴硬心软的那类人，看起来很凶很不好相处，说话也经常咄咄逼人，但心不坏，甚至可以说是良善。

“别不开心啦，暖暖，”邱橙安慰向暖，“没什么大不了的，大家都有这种时候。人一辈子有几十年那么长呢，谁能保证一直顺顺当当，一次差错都没有，一次丑都没出过?根本不可能的。所以你不用太在意，放宽心。”

向暖深深地呼了一口气："我知道的。"

她都明白，可邱橙不知道她心里藏着骆夏。

那群男同学的指指点点和嘲笑固然让向暖难堪，但更让她难受的，是她出丑的样子被最喜欢的男孩看到了。

最让她心酸的是，跑过来提醒她、帮助她的人也是他。

他是那么好的一个人，她知道他肯定不会在私下笑她，但就是感觉没脸再见他了。

因为这件事，向暖下午没有去学校。骆夏参加的男子组四百米接力赛，她自然也就没能看到。

邱橙陪向暖吃完午饭就回了学校。

下午放学的时候，邱橙想搭靳言洲的顺风自行车去靳家："我再去看看暖暖！"

靳言洲眼神嫌弃地看着她，直接拆穿："还是想看程哥？"

邱橙笑道："看破不说破，懂不懂啊你？！"

靳言洲"哼"了一声，允许她坐在了自行车后座上。

临近深秋，一早一晚气温低不少。

本来靳言洲还有件外套，这下只剩一件短袖T恤衫。再加上骑自行车，他冷得要命。

邱橙穿着卫衣坐在后座，即便还能被靳言洲挡点儿风，都感觉不太暖和。她忍不住问："你冷不冷？"

靳言洲嘴硬："不冷。"

邱橙说："你就算说冷，我也帮不了你。"

靳言洲一时语塞。

"其实你并不讨厌暖暖吧？"邱橙又问。

靳言洲没说话，好像因为风太大没听见。

邱橙也不执着问，扬了扬嘴角，又忍不住揶揄他："靳言洲，你但凡脾气好点儿，待人温和一点儿，女生缘也不至于和骆夏差这么多。"

靳言洲冷声反驳："我也不稀罕。"

看来上一句他是故意装听不见。

这回答忒有个性。

邱橙抿嘴笑，心想：姐姐就看你这臭脾气以后怎么找女朋友。

向暖情绪不好的时候喜欢用睡觉缓解，麻痹自己。

下午睡了一觉，再醒来时，她感觉好受很多。

秋程到了后，被等在靳家的邱橙一个熊抱扑上来，而后才得以上楼给向暖补课。

不知道是例假作祟，还是今天的事对她影响太大，向暖这次补课不怎么在状态。

秋程也不急，放下笔对她温声道："休息几分钟。"然后他找出向暖喜欢的那首《葡萄成熟时》，点了播放。

前奏响起时，秋程在向暖诧异的目光里和她商量道："给你一首歌的时间调整状态。听完这首歌，注意力不能再分散了。"

向暖抿抿唇，点了点头，轻声答应："好。"

她闭上眼，听着低缓富有磁性的男声响起，心情慢慢地平复下来。

直到歌曲快要结束，向暖听到那句"我知日后路上或没有更美的邂逅"，突然情绪就失控了。

虽然还没经历以后，可向暖已经肯定，将来再也遇不到像骆夏这样美好的异性。

闭着的眸子微微湿润，向暖又不由自主地想起今天在操场的那一幕，喉咙都不免发哽。

或许真的是歌有魔力，向暖在一首歌的时间里快速调整了状态，再投入到学习中时，已经可以做到专注。

这晚睡觉前，向暖在 QQ 上对着和骆夏的聊天界面发呆。

他们上次聊天还在 9 月 5 日那晚，他和她约定周末去省图书馆给她补课，而她词穷到只会干巴巴地应一个"好"字。

纠结犹豫良久，向暖拿出了仅有的勇气，给骆夏发了一条消息。

温暖的方向："今天谢谢你。"

不多时，一直捧着手机等待对方回复的向暖收到了骆夏的回复。

LX："不客气。"

LX："外套是靳言洲的。"

向暖慢吞吞地摁着键盘回复他："嗯，好。"

隔天清早，向暖下楼吃饭时，难得见靳言洲起得比她早。

昨晚没有找到机会，这会儿餐桌上只有他们两个人，向暖诚恳地道谢："昨天谢谢你的衣服。"

靳言洲似乎懒得理她，径直起身拎起书包就往外走。

在家门被关上的那一刻，向暖仿佛听到了几声咳嗽。她微愣，而后咬住唇。

运动会的第二天是篮球赛。

向暖和邱橙到学校后，邱橙把自己的书包递给向暖，让向暖帮她拿回教室，她直接去卫生间。

向暖刚坐到座位上，周佳就兴致勃勃地对她说："向暖，你知不知道，昨天骆夏在接力赛上都能'封神'了！"

向暖不知道。

她还没说话，周佳就继续兴奋地给她讲述："咱们班第一棒的那个男生不小心摔了一跤，导致第一棒成了最后一名，但是骆夏在第四棒奋起直追，最后追到第三名！"

周佳的语气激动又开心："虽然不是第一名，但是第三名也很厉害了！骆夏可真帅！"

向暖不知道要怎么接话，还在思索，周佳就起身要拉着她去篮球场。

"向暖快走，我们去看篮球赛，今天有骆夏的篮球赛！"

向暖轻轻挣开周佳的手，淡笑着回道："你先去吧，我还要等一下橙子。"

周佳没在意，笑着冲向暖挥挥手，语气轻快道："那我先去啦！你到了可以去找我！"

等周佳离开，向暖才轻吐出一口气。

这会儿教室里没人，她把装在书包里的感冒药拿出来，走到教室最后排，塞进了一个课桌抽屉里。

随后向暖就听到邱橙的声音在后门口响起："暖暖，偷偷给你哥塞什么好东西呢？"

向暖被吓了一跳，而后因为邱橙的话红了脸，眼神躲闪，很小声地

说："感冒药。"

邱橙歪头笑，没再逗向暖，只说："走啦，去看球赛。"

向暖这才挽着邱橙的胳膊出了教学楼。

在去篮球场前，她们先到生活超市逛了一圈。邱橙买了几根棒棒糖，向暖买了瓶水。

邱橙见状，又忍不住闹她："不会是给靳言洲买的吧？"

向暖淡定地摇头，语气却没这么从容，透着一股微弱的心虚意味："我自己喝。"

向暖并没有拉着邱橙去找周佳，她们俩随意找了两个相邻的位子坐下来。

球赛还没开场，向暖望着场边球员聚集的地方，仍旧只用一眼，就精准地捕捉到了骆夏的身影——还是那套篮球服，熟悉的数字"17"印在胸前和背后。

她发呆似的盯着他的方向，嘴里开始轻喃，将要熟背的知识点一遍遍地背诵出来巩固加深。偶尔打磕巴忘记了，她就从兜里摸出随身带的小线圈本看一眼，上面是她记的各种公式和知识点。

旁边的邱橙看到向暖在篮球场都不忘学习，忍不住感叹："暖暖，你是学魔怔了吧？"

向暖暂时收回目光，对上邱橙震惊的视线，浅笑了一下，语气轻快地说："我不够聪明，只能多努力了。"

她只能拼命努力去追他的背影。

邱橙佩服地对向暖竖了个大拇指。

"我就没见过比你还用功的同学，"邱橙笃定道，"下次考试你一定会进步很大。"

向暖又笑："借你吉言！"

哨声响，篮球赛拉开序幕。

向暖的视线重新回到球场上，始终追逐着那道17号白色球衣。

她看过他打篮球，在那家李记蟹黄包店铺旁。

他在球场上恣意挥洒汗水，和队友配合默契，完美投篮。他的骨子里透着张扬的光芒，却毫不狂傲。

上半场最后几秒钟，骆夏一个三分远投，漂亮得分。

随后哨声吹响，到了中场休息时间。

骆夏开心地高举双手绕着球场奔跑，看台上好多女生都在喊他的名字。她们撕裂嗓子般地呐喊，像追星的粉丝一样疯狂。

邱橙也站起来，为骆夏的完美发挥兴奋地高呼。

整个篮球场的气氛热烈沸腾，欢呼声与叫喊声融成一片，大家都热血到了极点。

向暖觉得自己身体里的血液流速被这种振奋人心的氛围带动起来，飞快地在血管里横冲直撞。心跳也失了规律，紊乱不堪。

可哪怕这样，向暖都没勇气张开嘴，将他的名字喊出来。

其实她喊一声，也不会有人在意。但“骆夏”这两个字，对她来说，分量实在太重了。沉甸甸地占满了整颗心的名字，她不敢轻易叫出口。

可能是，她有多喜欢，就有多胆怯。

中场休息期间，骆夏刚一到场边，一群女生就一窝蜂地拥上去，几乎要把他包围起来，争先恐后地给他递水。

宋欣和周佳都在其中，而且都挤在很前面。

骆夏被吓了一跳，连退三步。

邱橙在看台上忍不住哈哈大笑，揶揄道：“骆夏一点儿长进都没有。三年运动会，每次篮球赛他都被女生这样围堵，次次都能被吓得后退。”

向暖却忽然觉得，这样微微惊慌失措的他，暴露了一点点……可爱。

原来他也有无法掌控局面、不能游刃有余的时候。

她坐在座位上，抿唇望着那群往他身边挤的女生，攥紧了手中还没开封的矿泉水。

其实这是买给他的，她也想给他送水喝，但恐怕也只是想想。

骆夏谁的水也没要。他走到场边，从包里拿出自己准备的矿泉水，仰头大口大口地往嘴里灌。

男生细长的脖颈上，喉结不断地上下滚动，格外性感。

耗时将近一天的校篮球赛，向暖在骆夏上场时就安安静静地看他打球，在心里默默为他加油。骆夏不上场的时候，她就坐在看台上，抓紧时间记知识点。周围的环境一点儿都不会影响到她。

下午4点左右，运动会落下帷幕，各班学生都陆陆续续地回了教室。

向暖拿了一整天的矿泉水，没开封喝一口。她坐到座位上，把东西放下，然后从课桌抽屉里摸出一张正方形彩纸，写下一段话，再折成千纸鹤。

周佳回到座位时就看到向暖做这件事。

随即，向暖起身，要去卫生间。周佳从后面追上来，笑道："向暖，等等我！"

向暖无奈，只能和她同行。

两个人结伴从卫生间回来时，正在等班主任来开班会的教室里吵吵嚷嚷的，大家还沉浸在运动会的亢奋情绪中无法收心。

邱橙和余渡围在靳言洲和骆夏的课桌旁，四个人也正在聊天。

向暖并没打算加入。因为昨天出了糗，她目前还不是很想出现在骆夏面前。然而，打算回座位的她都没反应过来，就突然被周佳拉着凑了过去。

"你们在聊什么啊？"周佳好奇地问。

虽然邱橙和周佳同届，但同年级的人很多，她俩也不在一个班，顶多就是互相知道对方的名字，并没有多熟。

邱橙回道："聊刚才的比赛啊！"

周佳立刻就夸赞："这是我见过最热血的篮球赛了，在大学里看的球赛都没今天的让人激动。"

邱橙笑了一下，没多说什么，随后就听到周佳提议："距离老班过来开班会还有点儿时间，不如我们几个人玩个游戏？"

余渡是个游戏迷，好奇地问："什么游戏？斗地主还是国王游戏？"

"都不是，那多没意思啊，"周佳随手拿了骆夏桌上的一支笔，轻轻一转，接着说，"我们就转笔，笔头朝着谁，谁就是输家，需要拿出课桌抽屉里的一样东西给大家看。"

周佳的话音未落，向暖就蹙紧了眉头，心跳也加快了速度。

她的课桌抽屉里有才折好的千纸鹤，被发现千纸鹤倒也没什么，但万一要被拆开……

她惊慌失措到极点，正要拒绝这个游戏，就听到有个人率先出了声。

说话的正是骆夏。男生倚靠在桌边，拿着喝了一半的养乐多，姿态随性，有点儿慵懒之意。他本来低垂的眼皮轻翻，看向周佳，微勾嘴角，沉声道：“我觉得，课桌抽屉是每个人私有的小空间。”

骆夏淡笑着，却那么认真，一字一顿地说：“玩游戏，我可以；惩罚内容侵犯个人隐私，我不行。”

向暖愣怔地望向骆夏。本来就失控的心跳这下直接如脱缰一般，剧烈的心跳声快要震破她的耳膜。

她虽然明白他并不是特意帮自己解围，可他确实在不经意间说出了她想要说的话。她无法不折服于他的分寸感、主见和正直的三观。

这个年纪的男孩子，很少有他这样能事事都恰到好处、从不逾矩的。

有那么一刻，向暖忽然理解了灵魂共振到底是怎样一种经历。尽管……她和他的灵魂共振只是单向的而已。

向暖觉得自己真的没救了。因为，就连他拒绝对方，她都觉得他太过让人着迷。

周佳有点儿尴尬，刚要补救解释，向暖也开口了。

向暖的语气淡然，但无比坚定。她直接拒绝说：“我也不行，我不玩。”

2009 年 10 月 15 日，在他面前出了丑，却也是他帮了我。我遇到了这个世上最绅士、最温柔、最有教养的男孩子，而我知道，此生再也不会遇到第二个。

2009 年 10 月 16 日，给他买了矿泉水，但我拿了一整天都没有送出去，就像我一直没能喊出他的名字。我是个胆小鬼。

2009 年 10 月 16 日，我有无数个喜欢他的理由。比如，他那令人舒适的分寸感就是其中之一。

第四章

差不多冬至

在周佳提出游戏规则后，不仅向暖和骆夏觉得不妥，邱橙、靳言洲和余渡也都瞬间皱了眉。所以向暖拒绝后，他们也跟着开口。

邱橙冷淡地说："我也不玩。"

靳言洲的语气比平常还要阴沉几分："不玩。"

余渡说："我觉得夏哥说得很有道理，可以换个惩罚方式。"

周佳的神色略显尴尬，她连忙道歉："对不起对不起，我没想那么多，是我冒失了，真的不好意思。"

话音刚落，班主任杨其进就拿着讲义进了教室。

他用黑板擦在讲桌上敲了敲，本来在各处乱窜的同学们纷纷回到自己的座位，乱哄哄的教室也霎时安静下来。

杨其进将双手摁在讲桌上，语气似调侃又像揶揄："运动会这两天都玩疯了是吧？进了教室还这么闹腾。"

随后，他翻开刚刚开会记录的内容，对学生们说："行了，运动会结束了，也该收收心了。咱们学校高三年级期中考试的时间安排已经定下来了，就在下个月 5 日和 6 日上午，跟月考一样，为期一天半。时间不多了，该抓紧时间学习了，同学们。”

向暖低头在心里算了算，距离期中考试还有三周的时间。

“还有时间。”骆夏之前对她说的话突然冒了出来，向暖本来有些焦虑的心就莫名地安定下来。

不要急，我还有时间。

这天放学时，向暖把放在课桌抽屉里的彩纸和折好的千纸鹤都装进书包里，打算带回家，再也不留在教室的课桌抽屉里了。

邱橙喊向暖一起走，向暖刚背好书包，就听到周佳扬声喊道：“骆夏！”

正要和靳言洲、余渡一起出教室后门的骆夏闻言回头，周佳连书包都没收拾就朝后门小跑过去：“骆夏，你等一下！”

向暖因为“骆夏”这两个字心尖微颤，不由得也转头望了过去。

邱橙挑挑眉，拉着向暖的手从前门出了教室，却往教室后门的方向走。

“我们假装不经意路过，听听她要跟骆夏说什么。”邱橙笑嘻嘻地说，活像个八卦探子。

向暖没说话，只是轻咬着下唇。她每往前走一步，就离骆夏和周佳越近，心也就跟着往下沉一分。

向暖不知道是不是每一个心中有喜欢的人的女孩都和她一样直觉敏锐，几乎一眼就能看出还有谁喜欢他，比如宋欣，比如周佳。

靳言洲和余渡已经走出去几米，在隔壁班的走廊上靠着栏杆等骆夏。

“刚才上课的时候我认真地反思了一下，觉得你说得特别对，我经常说话不过脑子，当时也只是觉得这样玩比较刺激，不是故意想看别人隐私，你别介意。”

周佳的长发才拉直染黑不久，特别柔顺。这两天学校对仪表管束略松，她没有把头发扎成马尾辫，而是随意披散着，此时被晚风吹得发丝飞舞，颇有种凌乱的美感。

骆夏垂眼，目光平静地望着正抬手拢头发的周佳，说：“知道不妥就好，不用道歉两次。”

周佳又略带期待地问：“那我请你吃饭吧？”

骆夏皱眉：“吃饭就不必了。我朋友还在等我，先走了，再见。”

邱橙憋着笑，假装只是恰好经过，拽着低眉顺眼的向暖往前走，刚巧和从后门口踏出来的骆夏一前一后。

骆夏就走在向暖身后，距离很近。

向暖不由自主地绷紧了脊背，脖子梗着，半分都不敢松懈。

余渡不解道："周佳干吗向你道歉两次啊，夏哥？上课前不是已经道过歉了吗？"

骆夏还没说话，和向暖一起走在前面的邱橙就扭头笑话余渡："这你都看不出来？都这么明显了！"

余渡茫然挠头："啊？"

邱橙叹气，给他解惑："特意再找骆夏单独向他道歉，肯定是多少有点儿那个意思呗！"

骆夏反驳："学姐，别乱说。"

邱橙撇嘴："我说的是事实嘛。不过女孩子看女孩子最准，我觉得她不太行，看起来大大咧咧性格豪爽，但总有种耍心眼儿的感觉。"

邱橙忽然心血来潮，好奇地问他："哎，对了，骆夏，你被这么多女生喜欢，也没见你跟谁好，你有没有理想型？是什么样的？"

向暖的心跳倏地停滞片刻，而后就不受控地扑通扑通乱跳。她咬嘴唇咬得越发厉害，身体里的每一寸神经每一块骨骼都被强硬地扯紧拉直。

向暖甚至觉得自己走路都同手同脚了，不然怎么会这么机械别扭。她默默地支棱起耳朵，等着骆夏的回答。

须臾，男生不紧不慢地淡然道："没想过。"

邱橙了然，说："那就是还没遇到了，要是遇到了，你肯定能说出个一二三来。"

还没遇到。

明明是很合理的答案，可她的胸腔里顿时变得酸酸胀胀的，连呼吸都困难。

向暖的眼眶热胀，视线渐渐模糊。她用力地睁着眼睛，才勉强憋回眼泪。

运动会短暂放松过后，大家再一次投入到紧张的学习中。

向暖比之前还要刻苦努力，上课学，下课也学，遇到自己解决不了的题就画出来，不是问邱橙，就是等补课的时候问秋程，但基本不会请教周佳。

可能人与人之间也是有磁场的，向暖觉得自己和周佳无法互相吸引，更做不到像和邱橙那般推心置腹地当知心朋友，顶多是关系普通的同桌。

10月的最后一个周五，向暖在放学前最后一节自习课时被物理老师叫走。她跟着物理老师进了物理办公室，然后被老师递了一把椅子。

向暖规规矩矩地坐下，浑身僵硬，紧张地攥紧手指，大气都不敢出。

物理老师翻找出她上午的物理小测试卷，徐徐开口："这次测验你的进步很明显，说明你这部分知识掌握得还行。秋程也在跟我定期汇报你的补课进度，"物理老师习惯性地推了推眼镜继续道，"他说你很用功，但容易给自己施加压力。这个……有压力是好事，不过也不能太过，记得适当让自己放松一下。"

向暖心中诧异，没想到秋程居然还会把她的情况告诉物理老师。怪不得物理老师最爱在课堂上提问她，而且问的问题基本是前两天秋程给她补课辅导过的知识点。

她心里感激他们对自己如此上心，听话地点头："好的，老师。"

"向暖，我能看出来你身上有股韧劲儿，"物理老师温声鼓励她，"再坚持坚持，你会越来越好的。"

向暖露出浅浅的笑："嗯。"

"这是我给你出的题，"物理老师递给她一张手写的纸，上面有几道大题，"虽然看起来跟你做过的题不同，但来来回回就那些定律和公式，你要是真吃透了知识点就能做出来。你试着做做，做完后我直接批改，测测你哪部分薄弱。"

向暖双手接过，应道："好。"

然后，她就开始做物理题。一时间，办公室里安静得只有向暖写字的沙沙声和物理老师敲击键盘的声音。

时间一分一秒流逝，等向暖做完题给物理老师看，又听物理老师给她讲完错题，早已过去将近一个小时。

"行了，去吧。"物理老师在向暖起身要走时又说，"还有几天就期

中考试了，知道你努力，好好复习的同时也要劳逸结合。”

“嗯，知道了，老师。”向暖轻声说，“我会的。”

她从办公室出来，穿过长廊，发现放学后十几分钟的教学楼已经空了。

邱橙今天没有等向暖，因为要去找秋程。而向暖今天也没了补课，所以并不着急回家。

向暖到教室后没有立刻收拾东西离开，而是将刚才做错的题又仔细地通读解答了一遍，感觉差不多了，就把题干抄在错题本上，打算睡觉前再做一遍。

做完这些，向暖又默写了一篇英语范文，然后才收拾东西打算回家。然而，她一出教室就愣在了原地。

怎么……下雨了？

向暖微蹙着眉，慢慢地挪到栏杆前，双手抓住布满水珠的栏杆，略向前倾身，低头看了一眼楼下的地面，只见不太平整的红砖路上已经出现不少泛光的水洼。

虽然秋雨连绵，但这会儿雨势并不算小。

向暖并没带伞，有点儿犯难，戳在栏杆处纠结起来。她伸手去接飘落的雨点，犹豫着要不要冒雨去公交车站。

她不经意一瞥，视线倏地顿住。

向暖的视线穿破雨雾，怔怔地看向办公楼的门口。

男生穿着米白色毛衣，外搭的校服外套敞着。他在台阶上，倚墙而立，单肩背着书包，正在低头撕养乐多瓶口的锡纸。随后，他仰起头，喝了口养乐多，脖颈上凸显的喉结滚动。

天色早已黑了，但他头顶的声控灯亮着。秋雨柔化了他的轮廓，柔和的灯光朦朦胧胧地铺洒在他的周身，像在梦里才有的虚化效果。

少年干净明朗，安静温柔。

向暖有种恍惚入梦的错觉。

她怔怔地望着他，忘记了自己的手还伸在栏杆外。冰凉的雨点滴答滴答地落在她的掌心里，像在一下下敲打着她的心口。

旋即，男生轻抬眼皮，目光淡淡地瞥过来，向暖和他隔着氤氲的雨帘遥遥相望。

一秒不到，向暖就飞快地偏开视线。

他那一眼让她呼吸霎时停滞，胸腔里的心脏仿佛化成了小鹿，惊乱地四处冲撞，让她一阵心悸。

等她再偷偷地看过去时，办公楼的门口已经空空如也。

他走了。

向暖的心瞬间下沉到谷底，她咬住唇，慢慢地收回接雨水的手，盯着他刚刚在的方向不眨眼睛，茫然的眼神里闪过低落。

然而，一道脚步声由远及近，徐徐响起。

向暖听到脚踩在地板上的声音，本能地扭头，顿时僵在原地。她惊讶地瞪着已经来到她眼前的男生，受宠若惊般说不出话，沉寂下去的心脏也突然变得鲜活。

“你怎么没走？不用补课吗？”骆夏不解地随口问道。

他第四节课在竞赛班，并不知道向暖被物理老师叫去了办公室。

不同于他的坦然淡定，向暖的手紧紧握着湿漉漉的栏杆，整个人紧张得呼吸不畅。她的目光飘忽起来，眼睛往各处瞟，就是不敢将视线落在他的身上。

“秋老师今天和学姐有事，不补课。”向暖听到自己的声音隐隐发颤，像是从喉咙里硬生生往外挤字。

骆夏了然。

“你……你呢？”她嗓子发干地问出这句话后就抿紧了嘴巴，呼吸急促。

他并没有吝啬话语，很自然地回答：“跟数学老师讨论题目，一不小心忘记了时间。”

向暖觉得自己该说些什么，又不知道要说什么。她紧抓着栏杆的双手垂落，潮湿的掌心相贴、轻搓，心好像也跟着软塌塌地湿润了一片。

最终，她只是闷闷轻轻地“嗯”了一声，声若蚊蚋。

骆夏偏头看了一眼越下越大的秋雨，又问：“你也没带伞？”

“嗯……”向暖低垂下头，盯着自己紧紧绞在一起的双手，神思微微混乱，僵硬机械地回答着他。

“要不要我给你补会儿课？”骆夏主动提出。

向暖呼吸一滞，猛地仰起头来望向他。

他耸了耸肩膀，笑道："反正现在也走不了。"

向暖不由自主地做了个吞咽口水的动作。她努力隐藏着开心和激动不敢外露，嘴角的弧度却不受控地微微上扬，她立马答应："好。"然后她又轻喃着补充，"谢谢你。"

骆夏像在开玩笑："不用，过后我会找我哥要报酬。"

向暖接不上话，紧张地咬着唇跟在他身后进了教室。

向暖在自己的座位上坐下，而骆夏回到他的座位，把他的书包放在课桌上，拉开拉链从书包里拿了一样东西，随后搬着椅子过来，坐在过道上。

他把一瓶养乐多放在向暖眼前，爽朗又温和地说："饿的话充充饥。"

向暖心绪如浪潮翻涌。她握住小瓶子，干巴巴地道谢："谢谢。"

之后的半个多小时，她听着他清润的嗓音里混着窗外滴答的秋雨，像听到一首《秋日私语》钢琴曲那般动听。

这场补课结束在雨停的那一刻。

向暖收拾了东西和骆夏离开教室。他给的养乐多她还没舍得喝，一直攥在手里，瓶身都被她攥得温热。

出了教学楼，湿冷的风裹挟而来，风里，雨后的清新味道中混着泥土中的草腥味。

地面湿乎乎的，脚踩上去，痕迹模糊。

两个人并没有并排走，向暖总是落后骆夏半步。

他们的影子在昏黄的路灯下被拉长又缩短，却总有那么一瞬，会重叠在一起，恍若……在拥抱。

在这一瞬过后，影子又渐渐被分割开。

某一次影子重叠时，向暖突然抬腿，在骆夏往前走的前一刻，迈出一大步，在他要挪动的影子上踩了一下，就像他们小时候踩影子那样。

骆夏看到突然蹦到他身侧的女生，失笑不解地问："干吗呢你？"

向暖突然觉得自己很幼稚，涨红脸，目光躲闪开，心虚地嗫嚅："有水洼。"

骆夏没在意，只短促地轻笑了一声。

向暖被他笑得脸更红了，浑身都跟火烧般发热。

到了路口，骆夏要拐弯去车棚推自行车，而向暖继续直行，出学校去坐公交车。

两个人分开，朝着不同的方向走。几步后，向暖停下来，向后扭头，目光贪恋不舍地凝视着骆夏的背影。

身形挺拔高挑的男生信步前行，并没回头看一眼。

2009 年 10 月 16 日，不知道将来哪个女生这么幸运，能被他喜欢，成为他心尖上的人。

2009 年 10 月 30 日，仅和他隔着朦胧雨雾对视一眼，我的心里就下起了滂沱大雨。

2009 年 10 月 30 日，没有什么比“我以为他走了的下一秒，他却突然出现在我眼前”更让我惊喜。

2009 年 10 月 30 日，他主动提出帮我补课，我原以为再也不会有这种机会了。

2009 年 10 月 30 日，时隔十一年，又踩了他的影子。他什么时候能回头看我一眼？

11 月 5 日，高三上半年的期中考试如期而至。

这次的考场位子是按照上一次月考的成绩排的，向暖和骆夏中间隔着一千九百九十六个考生。

在去各自考场的路上，向暖和邱橙照旧说好考完就不去想了，绝对不对答案影响下一科考试。

周佳在她们后面不远处，刚巧把这番对话听进去。

一天的考试下来，脑袋空空的向暖头昏脑涨，背着书包跟随人流缓慢挪动，终于出了教学楼，拥挤的人群瞬间散开。

向暖在花坛边等邱橙一起回家，结果邱橙还没来，周佳就突然扬声喊了她的名字：“向暖！”

向暖扭头看过去，周佳笑着小跑到她面前，张嘴就问：“数学最后一道大题第二问的最小值是不是 30 啊？”

向暖瞬间皱眉：原来最小值是 30 吗？她只写了一半，并没有算出最后结果。

她抿抿唇，淡淡地对周佳说："我不知道，我没写出来。"

周佳"唉"了声，随后道："其实我也是瞎写的，不知道对不对。"听起来像是她在好心安慰向暖，希望向暖的心里能好受点儿。

话音刚落，一道冷淡的声音就响起，打击道："不对，最后结果是32。"

周佳和向暖瞬间扭头，就见靳言洲和骆夏不知何时走了过来。说话的正是靳言洲。

向暖的目光飞快地掠过骆夏，根本没敢停留。她瞬间垂下头，眼帘微颤。

靳言洲眼神淡漠地瞥了一眼周佳，特意"好心"提醒："你算错了。"

周佳表情微僵，但并没怎么显露。她不信靳言洲，将目光放在旁边嘴角噙笑的骆夏身上，语气略期待地问："骆夏，你算的结果是多少啊？"

"啊？哦。"突然被叫到的骆夏似乎有点儿心不在焉，疑惑了一下才反应过来，礼貌地回答周佳，"和靳言洲的一样。"

周佳这下有些讪讪，佯装淡定地掩饰尴尬，语气有些遗憾，低落道："那我写错了，唉。"

正好邱橙走了过来，几个人就散了。

在去自行车棚取车的路上，骆夏终于笑出来，揶揄靳言洲："护犊子啊？"

靳言洲没好气地低骂："护个屁！"

骆夏不恼，笑得更甚，调侃道："那是你妹妹。"

靳言洲沉着脸，嘴硬："老子是独生子，没兄弟姐妹。"

这天回到家后，向暖一进客厅刚好看到靳言洲，就叫住了他。

"谢谢。"她轻声诚恳道谢。

向暖是性格慢热内敛，不擅长表达，但并不傻。靳言洲面冷心热，大概是不想看到她被周佳打击，才难得多嘴主动开口说了两句，把周佳噎了回去。

要上楼的靳言洲步子微顿，冷哼了一声就踩着楼梯回了房间。

第二天上午，理综考完后已经接近中午。

向暖从考场回到教室的时候，教室里乱哄哄的，大家都在忙着恢复座位。向暖把自己的桌子和椅子拉过来放好，又去帮邱橙摆好桌椅，就去了卫生间。

而这时的卫生间也人满为患，向暖排队等了好久，再回教室时，已经过去了大半个小时。

她从后门走进教室，一眼就看到骆夏桌上摆放着用微型拼装积木拼好的东京塔。而他和靳言洲的位子都是空的，两个人都不在。

向暖知道这个积木的牌子是 nanoblock，之前注意到骆夏喜欢这个后，就在网上搜过。

教室里充斥着刚刚考完的放纵喧哗的声音，大家说说笑笑、追追闹闹。

向暖还没有近距离地观赏过这种积木，于是原本要回座位的她在经过骆夏的课桌时停了下来。

向暖只是短暂地停下步子，扭头好奇地多看了一眼这个东京塔，却没料到，下一秒她就被跑过来的人狠狠撞了一下。

向暖的身体霎时失去平衡，她本能地想要抓住身边的课桌，但手不听使唤，脱离了控制，不小心把东京塔给弄到了地上。

在向暖跌坐到地上的那一瞬间，东京塔支离破碎，积木变得零碎，噼里啪啦地掉落一地。

然而，也是在这时，骆夏出现在了教室后门处。

撞倒向暖的周佳连忙蹲下来，捧起散乱的迷你积木块放回骆夏的课桌上，心疼道："天啊，碎了。"

僵坐在地上的向暖在仰头和微敛眼帘的骆夏猝不及防视线相撞的瞬间泪眼蒙眬了，不知道是被撞倒在地身体的疼痛多一些，还是被他看到后心里的难受更多些。她立刻低头躲开他的注视，心里慌乱、难过又歉疚。

向暖吸着鼻子努力想要起来，可手刚刚摁到地面上就又立刻轻弹开，掌心火辣辣地疼。而且她刚刚摔倒的时候腿磕在了椅子上，这会儿麻意没过，比抽筋还难挨。

感觉自己在骆夏面前出尽洋相的向暖仿佛浑身被火烧般煎熬，涨红了脸，咬紧嘴唇，强忍着疼痛要起身。

这时，骆夏走了过来。他弯下腰，没提一句积木怎么样，而是低声问她：“还好吗？”

还在捡积木的周佳这时才急忙关切地问向暖：“对不起对不起，向暖你没事吧？我刚才和体委追着跑得太猛了，没刹住车。”

她说着，就要过来扶向暖。

向暖不动声色地偏了偏身，手也躲了一下，不管周佳尴不尴尬，没让周佳碰她。

她的心跳如擂鼓，鼻尖发酸，视线已经模糊得看不清眼前的任何事物。不是因为周佳，而是因为骆夏——她弄碎了他最爱的积木，他第一句问的却是她好不好。

向暖酸涩的心里就这么被他喂了一点儿甜，却让她更难过。

她还没回答他，就听到他又问：“能不能起来？”

向暖拼命遏制着快要冲破喉咙而出的哽咽，不断点头，慢慢地离开地面，改为蹲着。可眼泪还是流了出来，她快速眨了眨眼睛，竭力将剩下的泪珠逼回去。

向暖耷拉着脑袋，小心地把还在地上的零散积木一块一块捡起，给他放回课桌上。她低着头不敢抬眼看他，僵硬地戳在他面前，声音发着颤，带着哭腔道歉：“对不起，我把你的东京塔弄碎了。”

骆夏无所谓地笑道：“没事，本来就要拆掉的。”像在安慰她，让她不要这么在意难过。

向暖攥紧手，手指抠着细嫩的皮肉，浑浑噩噩地回到座位上。她呆呆地坐着，低头看着左手掌心，上面有一道渗血的红痕，是刚刚被课桌侧面微微翘起的铁皮划伤的印记。

邱橙一进教室后门就被收拾积木的骆夏拦住，他不知道对邱橙说了些什么，邱橙立刻就让他交出养乐多，顺手还拿走了骆夏放在课桌上的一包纸巾。

向暖用右手不断地在左手的划痕边缘轻轻摁着，想要以此减轻痛感。突然，她的左手被人拉起。

邱橙皱紧眉头，骆夏刚跟她说了大概情况，还告诉她向暖的手可能受伤了。

果然。邱橙仔细看了看，倒是不严重，但肯定疼。这种划痕像极了不小心被纸割破手指那般，不会流多少血，可就是会持续地痛。

她用纸巾给向暖轻轻擦掉伤口处的一点点血迹，然后又用纸巾把向暖的手掌裹起来，简单地用胶带固定。做完这些，邱橙急急忙忙回了座位，很快又来到向暖旁边，把一只半指手套给向暖戴在左手上。

“手套分你一只。”说完，邱橙冲向暖晃了晃她戴着手套的右手。

向暖本来就眼睛酸胀，这下直接热泪盈眶。她撇了撇嘴，眼尾晕开一片红。

邱橙知道她委屈，俯身凑近小声安慰：“下周一成绩出来后就重新调座位了，不用再挨着她。”

向暖点头。她吸吸鼻子，冲邱橙微微笑了一下，轻声道：“我没事。”

邱橙也笑了笑，没说别的，只是把放在向暖桌上的两瓶养乐多拿起来，塞给她一瓶：“喝你爱的养乐多心情就会好起来了。”

向暖攥着养乐多的小瓶子，低垂下眼帘，长长的睫毛轻颤。她的脑海里又想起了刚才的一幕——

他走过来，弯下腰，低声问她还好吗。

不好，我一点儿都不好。可我怎么敢让你知道？

又过了一会儿，从前门进教室的靳言洲从她课桌旁目不斜视地经过，给她扔下一盒创可贴。

向暖愣了一下，随即就拿着这盒创可贴抿了抿嘴巴。

尽管靳言洲正常到好像只是单纯地路过，但这一切还是被刚回到位子上的周佳看到。周佳好奇地问向暖：“暖暖，靳言洲是不是喜欢你啊？”

靳言洲看起来性格很冷，不像是会主动的人。昨天在她拉着向暖对答案的时候，他却主动开口说出正确答案打击她，今天又偷偷给向暖创可贴。他这么关心，是看上向暖了吧？

向暖被周佳的问题弄得皱紧眉头。

全学校除了骆夏、余渡和邱橙，没有第四个同学知道她和靳言洲的关系是继兄妹。虽然平常因为她总和邱橙一起，看起来跟骆夏他们的交集挺多的，但向暖的存在感并不强，靳言洲和她也没有太多的接触和交流，在此之前根本没人怀疑她和靳言洲有什么关系。

而且，靳言洲不讨厌她就已经是极限了吧？送她创可贴估计也只是碍于她给他买过一次感冒药。

向暖语气冷淡，严肃地回道："不可能。"

周佳觉得很奇怪："为什么？你怎么这么肯定？"

向暖没再说话。

周佳的问题被无视，她无语地耸了耸肩膀，也没再说话。

这天晚上补完课，向暖暂时放松紧绷了一晚上的神经，随手打开了贴吧。

她在暗恋的贴吧里看到有一个帖子，楼主问："你暗恋的那个人，哪一刻最让你心动？"

向暖脑海里首先浮出了时间最近的今天，他弯腰问她还好不好的那一刻。

随即，时间开始往回倒——

昨天，他站在靳言洲身边，嘴角噙笑，眼眸干净又清亮；

一周前，秋雨绵绵的夜晚，他在她以为他走了的那一刻，突然又出现在她眼前。

时间继续回流——

运动会，他亲自给她把衣袖打好结；

国庆结束后开学，他送她榴梿糕点；

…………

重逢那天，他帮她垫钱解围，绅士地弯腰听她讲话；

最终，回到那年那个夏天，他沐浴在阳光下，朝她伸出手："地上烫，你起来。"

她的夏天自那一刻，永不停歇。

向暖的手指缓缓敲击键盘，打出几个字，发送——

"每一刻。"

2009 年 11 月 6 日，意外弄碎了他的东京塔拼装积木，他却弯下腰，开口问我"还好吗"。他是这样好的男生。

2009 年 11 月 6 日，我暗恋的他，每一刻都让我心动。每一刻都是如此。

周一开学，期中考试的成绩就登了出来，依旧是人手一份成绩单。

向暖慌乱地在成绩单上浏览着——

第一名，骆夏，总分728分。年级排名，第一名。

成绩比上次还多了三分。

第二名，靳言洲。

…………

第五名，周佳。

第八名，邱橙。

而后一路往下，随着手指的滑动，向暖越来越紧张。

最终，她的目光一顿，仿佛不可置信般愣住。

第二十名，向暖，总分530分。年级排名，第一千三百一十七名。

总分比上一次提高了45分，而这其中，理综比上次高了30分，大部分还是之前偏科最厉害的物理提上来的。

虽然成绩依旧不突出，但对付出很多努力的向暖来说，已经开始看到回报了。

“啊啊啊啊啊啊！”邱橙直接奔过来，一把抱住坐在座位上的向暖，比她自己进步还要激动开心，“暖暖，我就说你能进步！年级排名往前爬了快七百名！！！”

因为沈城一中是全国知名的重点高中，每年高三的基数都很大。今年光应届班就有三十多个，本校学生复读就会跟邱橙和周佳一样被安插在应届班，外校过来复读的学生会另外开设复读班，而这一届的复读班的数量差不多快赶上应届班的了。

所以，尽管向暖在班级只进步了十名，年级排名进步却是巨大的。

向暖缓缓露出浅笑。

530分，第一千三百一十七名。

她和他的距离又拉近了一截。下一次，她要冲进前一千名，必须要冲进前一千名。

在向暖和邱橙开心的时候，周佳在座位上唉声叹气，低声碎碎念：“唉，发挥失常，才第五名。”

邱橙和向暖对视了一眼，她凑近向暖的耳边，用只有她们两个人能听到的声音对向暖说："暖暖，别听她炫耀，你是最棒的！"

向暖莞尔，笑得杏眼都弯了起来。

她并不在乎周佳为什么这次才考第五名，是在大学待了段时间心没收回来也好，还是没适应回高三的快节奏也罢，都与她无关。

她只在意自己的成绩，关注自己和骆夏的差距。

余渡给向暖和邱橙送养乐多过来的时候都忍不住感叹："向暖你可以啊！进步也太大了吧！你大概是咱们班进步最大的一个了。你有没有什么窍门教教我？我也想尝尝进步巨大的滋味。"

邱橙嫌弃地睨余渡，挖苦道："就你这只满脑子除了吃就是睡的'小猪崽'，不退步就不错了。暖暖每天下课都利用碎片时间背书、做错题，晚上除了做作业还要补课，能用的时间都被她用来学习了，只这一点，你能做到，肯定也能进步这么多。"

闻言，余渡吓得把养乐多放到向暖的课桌上就连连摇头拒绝："那还是算了吧，太痛苦了。"

因为要总结期中考试，杨其进在下午第四节的自习课开了班会，骆夏和靳言洲自然也就没有去竞赛班。

杨其进在班会上特地表扬了向暖，并给她和另外几个有明显进步的同学发了奖品——一本线圈笔记本——虽然并不值多少钱，但跟自己买的在意义上有着巨大差别，向暖格外喜欢。

杨其进洋洋洒洒地说了一大堆关于期中考试的总结，最后要结束班会时提起调座位的事，说："我最近忙，这次就先不调座位了，等下次月考再安排座位。"

向暖本来喜悦的心情顿时被浇灭一大半。

不调座位，意味着她还要跟周佳继续做同桌。向暖不喜欢她，但也只能继续挨到下一次月考成绩出来了。

前两天才立了冬，天气也越来越冷，现在大家都在校服外面套棉服御寒保暖。

向暖左手上的划伤结了一道细长的痂，已经不痛了，也不怎么明显，可伤就在那儿。即使过几天连痕迹都消失了，但曾经有过伤口，她始终都会记得。

这天放学，向暖和邱橙结伴正要下楼，却在走到楼梯口时，不经意间瞥到通往办公楼的连廊拐角处站着两个人——一个是骆夏，另一个是周佳。

可能是向暖太过注意骆夏，眼睛总能精准地捕捉到他在哪儿。

邱橙就没看到，挽着向暖的胳膊踩着楼梯下楼。

向暖在收回目光的前一刻，看到周佳伸手递给骆夏一个什么东西。而骆夏不仅收了，还微微笑着对周佳说了句什么。

向暖的心蓦地下坠，胸腔里的酸胀感像气球一样被撑破，四散到身体各处。

她的每一根神经和每一块骨骼都紧绷起来，她动作僵硬地跟着邱橙一步步下楼。但因为思绪飘浮，心不在焉，她突然踩空，不慎崴了脚。

邱橙吓得急忙扶住向暖，担忧地问："崴到了？还能走吗？"

向暖低垂着头，敛着睫毛，遮住眼眸中的低落之色。她怕一开口就会暴露情绪，便没有吭声，只是点了点头。

向暖在邱橙的搀扶下一瘸一拐地走下楼梯，脚上的酸麻才慢慢缓解过来，得以正常走路。

大概是因为向暖崴脚后下楼梯用时长了些，她刚和邱橙走出教学楼，忽然就听到身后传来靳言洲的声音。

"这次是为打碎的东京塔积木向你道歉？"

骆夏说："不是，还我积木块。那天的积木少了一块。"

靳言洲皱眉问："怎么会在她那儿？"

骆夏淡然道："她说那天她值日捡到的。"

靳言洲"哼"了声，冷笑道："鬼才信。"

骆夏笑了笑，但没说什么。

走在前面的向暖和邱橙离他们不远，甚至因为男生步子大，距离一直在被缩短。

向暖能听清，邱橙自然也听到了。

邱橙回过头对身后的骆夏说："我也不信，没准儿是她那天故意顺走的呢？目的就是搞现在这么一出，不仅能趁机接近你，还让你说不了她什么，甚至得反过来感激她。"

骆夏挑了下眉，不置可否。

去了一趟卫生间的余渡从后面追上来，好奇地问：“感激谁？谁啊？”

邱橙敷衍这个头脑简单的傻瓜：“感激你，感激你。”

余渡又和邱橙日常吵吵起来，而向暖的思绪早已经飘走。

原来他刚才收下的不是周佳送他的礼物，而是本就属于他的积木块。

闷闷的胸口突然就毫无预兆地舒畅起来，连带着呼吸都变得轻快。

因为他，她总是很轻易地被情绪牵着走，独自心慌意乱着。她懦弱自卑，没勇气让他察觉，又羡慕其他女生敢表露出来让他知道，同时还害怕他会答应某个女孩。她最怕的是，那个女孩和他同样优秀到让她望尘莫及，连意难平的资格都没有。

这场暗恋的滋味透着无尽的苦涩和酸楚，可又总会在某个不经意的瞬间让她品到一点点甜，像那年夏天的生日蛋糕和老冰棍的味道。

她舍不得。

因为看到了付出的回报，向暖学习更加认真用功。

她的的确确不是很有天赋，也不算很聪明，但勤能补拙。

脑子都是越用越灵光的，向暖深信只要自己坚持下去，一定能够一点儿一点儿地往前赶。

不到最后，谁也不知道她能不能追上他。也因为还没到最后，她才拥有期待和希望。

入冬后的气温直线下降，靳言洲和骆夏也不再骑车上下学，而是加入了乘坐公交车的队伍。

校园里除了针叶松，其他的树木全都只剩光秃秃的枝丫。凛冽的寒风呼呼刮着，卷起地上凋零的落叶，随着时间不断盘旋着往前冲。

11 月过完，预示着安排在 12 月 17 日和 18 日上午的第二次月考越来越近。

从刚开学时每科都跟不上，到现在能跟着老师的思路积极思考、回答问题，向暖能明显地感觉出来自己有了不小的进步。

而这一切，都不是她平白无故得来的，归功于秋程和骆夏帮她补课，归功于各科老师的关照提点，还有自己足够刻苦自律，能抓住每一分每一秒学习。

班主任杨其进几乎每次班会都会跟他们说，高三的时间虽然紧张，但就像海绵一样，挤挤总会多出来不少。

向暖有切身体会。

为了让自己在下一次考试挤进年级前一千名，不算在学校里的时间，她早上5点就起来在房间里背书，晚上补完课后一直学习到深夜12点才会上床睡觉。

安排在周四和周五上午的第二次月考，伴随着沈城干燥的冷空气而来。

周五中午，考完的向暖和邱橙一起吃过午饭回教室。

刚走到教室的后门口，向暖突然流了鼻血。猝不及防间，她本能地捂了一下，结果血渍弄到了手上。

向暖不清楚自己记事前有没有流过鼻血，但自记事以来，这还是她第一次流鼻血，还是毫无征兆的。

大概因为北方的沈城冬季气候干燥，她第一次在这里过冬，身体不太适应。毕竟兴溪的冬天很湿冷。

向暖低下头，怕把血迹弄到地上，只能用双手接滴落下来的血。

旁边的邱橙手足无措，跟着着急。她看到骆夏趴在桌上睡觉，直接喊："骆夏！纸巾！！！"

向暖的心一紧，突然感觉很难堪的她要往后退，想躲开，却被邱橙拉住，动弹不得。

骆夏被喊起来，本来不满地想让邱橙不要总大呼小叫，结果却看到向暖戳在后门处，正在流鼻血。他轻皱眉头，立刻拿出纸巾起身走过去，递给邱橙。邱橙急忙抽出纸巾给向暖。

向暖在他朝自己走来的那一刻，脸颊就变得通红。

明明天气很冷，可她浑身燥热，仿佛在被烈火灼烧，煎熬又难耐。

向暖手忙脚乱地擦鼻血时，听到骆夏从容不迫地低声对她说："捏住鼻子。"

她快速眨了眨热胀的眼眸，听话地捏住了鼻子。

"可能是天气太干燥了，应该没多大事。捏一会儿看看还流不流血。"骆夏一边说着，一边从邱橙手中抽了张纸巾塞到向暖满是血迹的手中，继续道，"不流就不用堵鼻子，流的话就用纸堵一下。"

邱橙本来因为向暖的突发状况有些不知所措，却被他三两句话安抚下来，频频点头，替向暖应道：“好。”

然后她就拉着向暖往卫生间走：“暖暖，我带你去洗一下。”

向暖浑浑噩噩地被邱橙握着手腕往前走。她一路保持着微微前倾身子、略低头的姿势，泪水落到地面上，无人察觉。

向暖不知道自己竟然这么容易哭。明明她之前不是爱哭的人，可只要一和他有关，就无法掌控情绪，反而轻易地被情绪主导。

她其实只是不愿意让他看到她狼狈的时候，但好像每次都会被他撞见。不管是例假，还是她连同他的积木一起摔在地上，抑或是这次猝不及防地当着他的面流鼻血。

向暖咬紧唇，神情呆滞地在水龙头前机械地清理鼻子和血迹。

学校水管里的水冰凉刺骨，向暖洗干净时，双手已经被冻得通红，甚至有点儿麻麻地发热发胀。

好在血止住了，她不必用纸团堵鼻子。

向暖和邱橙回到教室，一进后门就看到骆夏坐在座位上。男生一只手撑下巴，桃花眼微垂，另一只手在把玩桌上的一瓶养乐多。

向暖在他望过来的那一瞬移开视线，目光飘忽地落向别处。

她和邱橙在骆夏的座位处分开。她要拐弯从他的座位左侧经过，邱橙要直接从骆夏身后的过道往前走。

哪怕只是单纯地从他的座位旁边经过，她的心都不可控制地剧烈跳动起来，呼吸也不自觉地屏了一瞬。

然而，下一秒——

“向暖。”骆夏声音爽朗地唤她，语气格外自然。

向暖倏地停下脚步，心跳也跟着猛滞了一瞬。她浑身紧绷地僵在他的课桌旁，垂落在侧的双手默默攥紧，指甲几乎要嵌进掌心肉里。

骆夏伸手将那瓶养乐多递给她，语气淡然沉静：“可以用这个敷脸，防止再流鼻血。”

冬天连养乐多都是冰冷的，像放在冰箱里冷藏过一样。

向暖梗着脖子机械地转过身，受宠若惊地低头看着他骨节分明的手指，还有他手中那瓶养乐多。

骆夏又往前递了递。

向暖轻咬嘴巴里的软肉，表情呆滞地接过来。她的双手被冷水冻得通红，在握住养乐多的那一刻，她竟觉得手里的这瓶养乐多是温的，就像骆夏一般，有着让人感觉舒适的温度。

向暖感到喉咙发紧，声音隐隐发颤，轻声道谢："谢谢……"

已经快回到座位的邱橙见状，扬声问："骆夏，我的呢？"

骆夏笑道："就剩这一瓶了，等我下午买了再分你。"

邱橙笑着比了个"OK（好）"的手势。

只剩这一瓶了，他却给了她。向暖觉得自己的心尖都在颤。

她知道，他是因为她流鼻血才拿出了最后一瓶养乐多，目的也是让她拿去敷脸，并不是其他乱七八糟的原因。

可她的心还是在那一瞬间落进了大海，被汹涌的海浪簇拥着，摇摇晃晃，摇摇晃晃，久久无法平静。

周一开学，第二次月考的成绩已经有了结果。

向暖拿到成绩单后不自觉地抿紧唇。

最上面一排的名字依旧是骆夏，总分 730 分，年级第一名。靳言洲依旧紧随其后，周佳这次在班级第三。

邱橙已经稳步上升到第五名，这是她第一次挤进班级前五。

没往下滑太多，向暖就看到了自己的名字。

第十四名，向暖，总分 588 分，年级排名第七百二十一名。

邱橙真觉得自己复读的这一年，是在见证一个尖子生的诞生。她不知道向暖为了学习每天早上 5 点就起床，直到凌晨才睡，但向暖在学校时充分利用课间埋头学习的样子，她都看得清清楚楚。

邱橙高兴地从刚买了养乐多回来的骆夏手中抢了两瓶，直接跑到向暖的课桌旁，给了向暖一瓶。她撕开锡纸，对向暖开心道："干杯干杯！祝贺暖暖又迈进了一大步！"

向暖笑盈盈地揭开锡纸，和邱橙碰了碰养乐多的瓶身。

冰凉的养乐多味道酸酸的，但又带着一点点甜味。

最初 240 分的差距，已经被她慢慢缩短到只有 142 分。

向暖知道，到达一定阶段后提分会越来越难，但总要全力以赴试试看，才知道自己到底行不行。

她已经期待着下一次自己闯进年级前五百名了。

这次终于重新调了座位。

靳言洲和骆夏回到了靠近后门的老位置，向暖也和邱橙做回了同桌。

而让向暖窃喜又紧张的是，这一回，她就在骆夏的前排。

向暖把课桌拉过来和邱橙的对好，一坐下来就不自觉地挺直绷紧脊背。

他们的座位从未如此近过。她离他这么近，甚至都能听到他在和靳言洲低声讨论数学题。

男生刻意压低的声音依然爽朗温润，他不紧不慢地吐字，清晰利落，像哼歌一样悦耳动听。

靳言洲言简意赅地说了另一种解题思路，骆夏随即就打了个响指，轻扬的语调里透露着笑意："可以啊你！"

向暖仿佛被他这个响指带回了几个月前他给她补课时，那天因为宋欣的出现，她的注意力无法集中，他就在她眼前打了个响指。

向暖放在桌下的手偷偷地捻了一下，并没有任何声音。

她再试一次，还是不行。

她学不会。

邱橙今天特别高兴，不仅仅因为他们几个都考得不错，就连余渡那个不上进的"小猪崽"都进步了几名，更因为她和向暖坐回了同桌，而向暖也终于摆脱了继续和周佳当同桌的命运。

邱橙侧身，背靠墙，扬声对他们三个说："待会儿放学我们一起去撮一顿吧！庆祝庆祝！今天我可太开心了！"

骆夏笑着应道："好啊。"

靳言洲说："随便。"

向暖最后才开口，轻声细语地说："我都可以。"

邱橙嘿嘿乐："余渡那家伙肯定乐意，有吃的他就举双手双脚赞成。"

最终，几个人约好了放学后去吃饭，然后再去 KTV（练歌房）唱两个小时的歌。

向暖给秋程发了条短信，说今天请假一天不补课了，因为要跟邱橙他们吃饭唱歌。

秋程回复了“好”，随后又发了条短信，麻烦向暖到时候把唱歌的地址告诉他。

下午第四节课结束，五个人结伴出了校门。在附近搜罗饭馆时，他们发现各家餐馆的门上无一例外都贴着张纸，上面写着推出了什么馅的饺子、多少钱一份。

余渡不解地说：“怎么都是饺子啊？”

骆夏沉吟了一下，回道：“明天是冬至。”

本来低头握着手腕默默数心跳的向暖蓦地抬眼。

明天是冬至？那今天是……12 月 21 日，她的生日。

这些年向暖从没特意过过生日。偶尔赶上母亲在家，母亲就给她做几道菜，买个小生日蛋糕，但也只有一两次。

大多数时候，她的生日这天都和平常无两样——放学回到家，家里没人，母亲加班，锅是空的冷的，她就自己随便做点儿饭吃，然后回房间做作业，睡觉。

她出生的那年，冬至那天是 12 月 21 日。

向暖听母亲说过好几次，说她出生在冬至那天，所以她对“冬至”这个词比对“12 月 21 日”这个日期更敏感。

也因此，在骆夏说出“明天是冬至”这句话后，她才突然意识到今天是自己的生日。

邱橙听了骆夏的话，同他们商量：“要不然咱们今天就吃饺子？就当提前过冬至，明天就不特意再聚一次了，怎么样？”

大家都没异议，五个人就进了一家饺子馆。

小餐馆里人不算多，他们找了张六人桌，三个男生坐在一边，向暖和邱橙坐在另一边，最后一个空位用来放他们的书包和大衣。

脱掉颜色各异的羽绒服，五个人的穿着就变成了统一的蓝白色校服。

向暖和骆夏依然是在对角线的位置，距离最远。

在等饺子被端上桌的时候，几个人说起各个地方冬至吃什么。

余渡说：“难道不是北方饺子南方汤圆吗？”

骆夏回他："也不全是。"

邱橙想起向暖之前不在沈城，有点儿好奇地问向暖："暖暖，你之前不是在南方吗？你们那儿冬至吃什么啊？"

向暖浅笑着回道："馄饨。冬至馄饨夏至面。"

正说着，五盘饺子被陆陆续续端上桌。

向暖吃不得羊肉，也不喜欢肉水饺，就要了份素的。

在她低头咬热腾腾的饺子时，骆夏出声问："你们要不要醋？"

"我要！"余渡立刻回道。

邱橙也说："要。"

靳言洲淡淡地回："不要。"

骆夏的视线落到向暖这边。隔着袅袅白雾，两个人的视线交会。

朦胧间，向暖立刻低下头，匆匆摇了摇头，轻声道："不了。"

骆夏起身去拿醋碗时，向暖才敢抬眼，假装不经意地望了他的背影一眼。她拿着筷子的手有点儿僵硬，饺子夹了三次都掉回盘里。

他吃饺子爱蘸醋。她又了解了他一分。

向暖在骆夏端着醋碗转身回来的那一刻又耷拉下脑袋，心脏扑通扑通地跳。

她张嘴咬了一口饺子，却被烫到，口腔里瞬间疼痛发麻，惹得她生理性热泪盈眶。

吃完晚饭从饺子馆出来，几个人就直奔 KTV。

到了包间，邱橙和余渡跑去点歌，向暖在沙发的一端坐下，掏出手机给秋程发了条短信，告诉了他地址。

在邱橙和余渡抱着话筒扯着嗓子唱歌时，骆夏起身去了点歌台前，手指在屏幕上滑着。

过了一会儿，骆夏扭头问靳言洲："你不过来点两首？"

坐在沙发上的靳言洲仿佛根本没兴趣，摇头拒绝："不。"

骆夏就笑，没再说什么。

几首歌的时间流淌过，终于轮到骆夏点的歌。

邱橙把话筒递给他。男生接过，从容地坐在沙发另一端，和向暖分隔在包间的两头，距离最远。

屏幕上显示出歌名——《葡萄成熟时》。

向暖的眼眸中霎时闪过惊喜和期待的神色。她不自觉地坐直身体，准备好聆听他唱歌。然后又忽地想起什么，她立刻翻找到手机上的录音功能，点了开启录音。

在前奏结束的瞬间，骆夏举起话筒，凑近嘴边，跟着旋律开始唱："差不多冬至，一早一晚还是有雨，当初的坚持现已令你很怀疑……"

歌曲没有开原唱，只有旋律伴奏，但他唱得很好听，粤语也格外标准。少年的嗓音爽朗温和，不同于原唱的低沉磁性，却别有一番味道。

骆夏盯着屏幕看歌词，向暖就坐在这个不起眼的角落里，望着他。他唱到后面时，她情不自禁地跟着很轻很轻地哼起来。

向暖不会粤语，所以只能哼调子。她哼的声音小，音乐声又很大，除了她自己，没有人能听到。但她也算和他合唱了一首歌吧。

那句她最爱的"我知日后路上或没有更美的邂逅"从他嘴里唱出来时，向暖的心里突然盈满说不上来的酸胀感，闷闷的，快让她喘不过气来。她失神地凝视着他，红润的嘴唇渐渐抿直。

或许是被歌声牵动，也可能是因歌词触动，她的情绪不受控制地翻涌，如同翻江倒海。

他就近在眼前，却如邱橙之前所说，是让人可望而不可即的存在。她就只能远远地看着他，无论多么渴望，大概都得不到。

须臾，一首歌结束，她也按了停止录音的按键。

向暖将这首歌保存，备注改为"十七岁的生日礼物"。

后来骆夏又唱了好几首歌，大多是他喜欢的陈奕迅的歌，也有轻快的小甜歌。而向暖发觉，他丰沛的情感在唱歌时体现得淋漓尽致。歌曲想要表达的情绪，他全都能抓住，并精准地通过演唱表现出来。

他唱低缓伤心的歌会让她很想哭，唱关于青春和初恋的暖甜情歌又会让她觉得自己也谈了场甜甜的恋爱。他的声音仿佛有种魔力，能把人拉扯到他用歌声构造的世界里去，跟着他一起在歌声里难过抑或开心。

"暖暖！"邱橙突然扬声喊向暖，"你也唱一首嘛！等骆夏唱完，你就接上啊！"

向暖顿时脸颊发热，有些慌乱道："我还是算了……"

邱橙死活不同意，直接说："你不唱，今晚不走了。"然后她又笑嘻嘻地问，"你唱什么呀？过来点一首嘛！"

向暖实在无奈，只好起身走过去，点了一首。

她站的位置离骆夏不远，感觉自己浑身的神经都绷成了拉满弓的弦，格外不自在。就在她想转身走开时，刚好唱完的骆夏伸手，把话筒递了过来。

向暖倏地顿住脚步，戳在原地，低垂的眼帘微颤，咬着唇从他手中拿过话筒，轻声说了句“谢谢”。

她点的歌已经响起前奏，向暖仿佛被人钉住了双脚，迈不开腿。

她就僵硬地站在他坐的位置旁边，怔怔地盯着屏幕，开始跟着旋律和节奏轻唱起来：“七月的风懒懒的，连云都变热热的……你和我的夏天，风轻轻说着……”

向暖的喉咙发紧，很轻很浅的声音不受控制地微微颤抖着，听起来像要哭似的。

骆夏似乎看出来她紧张。在间奏响起时，向暖正拼命缓解干涩的嗓子，就听到坐在旁边的男生温和地给她肯定和安抚：“很好听，别紧张。”

向暖腾一下红了脸，慌乱地点着头，却不敢吱一声。

两个小时过去，几个人穿好衣服拎起书包从 KTV 出来，这才发现外面一片银装素裹，地上已经铺了一层厚厚的白毯。

他们在 KTV 里抱着话筒唱歌放松时，2009 年沈城的第一场冬雪悄然而至，此时雪花还在簌簌地飘落。

邱橙一到 KTV 前台就看到了来接自己的秋程，两个人一起走了。这下只剩向暖一个女生。

从 KTV 出来，几个人还要同行一段路，才会在路口拐向不同的方向。

三个男生走在前面，向暖落后一点儿。她低着头，在路灯昏黄的光晕中，透过飘落的雪花看着骆夏的影子。

男生的脚踩在雪地上，留下一串脚印。向暖就踩着他的脚印，沿着他开出来的路往前走。

大概是刚刚在 KTV 里用嗓过度，这会儿谁也没说话，安静得只有脚踩在雪地上发出来的咯吱咯吱的声音。

他们每往前走一步，就距离他们要背对而行的路口越来越近。

向暖在心里默默念：“骆夏，回头；骆夏，不回头……”

她一边期待着，同时又一点点地觉得失落。

这条路有几百米长，她踩着他的脚印走了一千多步，在心里唤了五百多次他的名字，但直到路口，都没等到他转身回头。

而他们在雪地上留下的脚印被大雪覆盖，了无痕迹。

到了路口，她和靳言洲向左转，骆夏和余渡往右拐。

虽然知道不可能，但向暖还是暗自许了一个不切实际的愿望——

“十七岁的心愿，希望骆夏能在某天回头看我一眼。”

这时的向暖并不知道，十年后，二十七岁的她，终究实现了十七岁的心愿。

2009 年 12 月 21 日，这次他总分 730 分，年级第一名；我总分 588 分，年级第七百二十一名。我和他的距离已经缩短到了 142 分，中间隔着七百一十九个同学。

2009 年 12 月 21 日，跟他一起吃了饺子，听他唱了《葡萄成熟时》，我擅自把这顿饺子当成十七岁的生日餐，把这首歌当作他对我的生日祝福。

2009 年 12 月 21 日，生日快乐，向暖。时间不多了，要继续努力往前跑。

向暖从 KTV 回到家时已经快晚上 10 点了。

向暖洗了个澡，用毛巾裹着湿漉漉的长发出来，在房间打开吹风机吹头发，吹了半个多小时才勉强不滴水。她将及腰的长发梳顺，披散着自然风干，然后摁开书桌上的台灯，又从书包里拿出书本，开始看书学习。

向琳和靳朝闻回来时已经将近凌晨 0 点。

从门外看到两个孩子的房间都还亮着灯后，向琳和靳朝闻就分别把向暖和靳言洲都叫出了房间。

到了一楼，向暖看到桌上放着一个燃着蜡烛的生日蛋糕，脚步一顿，微微愣住。

向琳拉着她到桌旁，含笑的话语温柔却略带歉意：“暖暖，生日快乐。抱歉，妈妈这么晚才有空赶回来给你过生日。”

靳朝闻在一旁对向暖说：“这个蛋糕是你妈早上就在蛋糕店预订好的。本来我们都计划好了，今晚早点儿下班回家，亲自烧菜和你俩一起吃晚饭，但公司出了些事耽误了。暖暖，不要怪你妈妈。”

向暖根本就没怪过向琳。她知道母亲工作不容易，也理解母亲的忙碌。而且，她早就习惯不过生日了，更别说这次母亲还特意地订了生日蛋糕。

她其实很受宠若惊，也挺开心的，哪怕就只是这样过生日。

向暖杏眼轻弯，语带笑意：“谢谢妈妈和靳叔叔，我很开心。”

向琳听到女儿这么说，笑吟吟道：“那趁还没到0点，暖暖赶紧许愿。”

于是，向暖把在回家路上默默许的心愿在心里重复了一遍：

“希望骆夏能在某天回头看我一眼。

“希望有一天，我能变得足够优秀，被他看到。”

靳言洲始终没说话，但难得给面子地吃了块生日蛋糕才回房间。

向暖吃着甜腻的奶油蛋糕，不由得想起小时候骆夏请她吃的那块生日蛋糕。要是再有根老冰棍就更完美了，虽然现在是极冷的冬天。

简单地过了生日，向暖回到房间后继续埋头学习。直到她打瞌睡，都快要睁不开眼睛了，才肯爬上床裹紧被子睡觉。

隔天早上，向暖在起床后梳理才洗过的柔顺的头发就耗费了好几分钟。她用黑皮筋将头发绑成马尾辫，然后穿好校服外套，拎着书包下楼。

一家四口难得齐聚在早餐桌上，向暖和靳言洲吃过早饭后就一前一后地出了门。

从家到公交车站会经过不少店铺，包括向暖买榴梿的那家超市，还有超市旁边的理发店。

向暖经过理发店门口时，店长姐姐正在用钥匙开门，打算营业。

向暖抬手摸了摸规规矩矩扎成一束的高马尾辫，手指从皮筋处一路滑到发尾。

头发已经好长了。她留了三年。

她暗自咬了咬嘴巴里的软肉，没有停下脚步，跟在靳言洲身后继续往前走。

到公交车站时，平常乘坐的那个时间点的公交车正好经站停靠。

靳言洲已经抬脚迈开腿上车。

向暖站在车门前，在要上车的前一刻，突然又缩回了脚，往后退了一步。她咬了咬牙，对靳言洲说：“你和橙子先去学校吧！”

而后公交车关门，向暖也已经转身往回小跑而去。

向暖刚才抬起脚要上公交车的那一刻，脑海里突然闪过自己和骆夏的分数和名次。他们之间还有不少差距，她需要更多的时间学习，去提高自己的成绩，而把长发剪掉可以节省一大把时间。

向暖不给自己反悔的机会，一口气跑进理发店，对店长姐姐说：“您好，我想把头发剪短。”

“打算剪多短？”店长姐姐笑着问她。

“不用扎起来的……”到底不忍心剪成齐耳短发，向暖轻声说，“及肩短发就可以。”

向暖坐到椅子上，店长姐姐给她系好围布，将她的长发散开。如瀑的黑发柔顺有光泽，没有烫染过的发质格外好。

店长姐姐在下剪刀之前，再一次向向暖确认：“真的要剪吗？”

向暖看着镜子里的自己，抿了抿嘴巴，随后应道：“嗯，剪吧。”

随后，向暖听到剪刀剪断头发的“咔嚓”声，瞬间皱紧眉头，闭上眼。她委屈不舍得喉咙都在发哽，却只能死死咬着嘴唇。藏在围布下的双手绞在一起，互相扯着手指。

剪完头发后，向暖慢慢睁开眼睛，望着镜子里已经变成及肩短发的自己，感觉陌生又不适应。

等店长姐姐把围布解下来，向暖起身，冲镜子里的自己露出安慰的浅笑——

没关系的，向暖。

没关系的，长发以后还会有。

现在最重要的是争取更多的时间去学习，去努力追赶他。

向暖付了钱，谢过理发店的店长姐姐，拎起书包就往外跑。

她到教室时，靳言洲正在水房接热水，邱橙去了卫生间，只有骆夏在座位上，似乎正趴着睡觉。

向暖调整了一下呼吸才进后门，低垂着眼从他身后走过，又从他身

侧经过，最后坐在他的前方。

明明知道他闭着眼睛，向暖却还是不由自主地绷紧脊背坐着。

她放下书包后，不知道第几次抬手去摸已经被剪短的头发，到底还是有些不适应。

周佳从外面一进来就看见向暖的座位上坐着一个短发女生，直勾勾地看了几秒，直到走到向暖座位旁边才真的敢认。她惊呼道："向暖，你把头发剪啦？"

向暖不太想和周佳交流，只淡淡地"嗯"了一声。

周佳打量向暖，惋惜道："及腰的长发就这么剪了，好可惜啊。"

向暖说："没什么好可惜的，又不是不能长了。"

"也是。"周佳笑了笑，随后话锋一转，对向暖说，"可能是我突然看你短发不习惯，感觉不太好看呢。你还是适合长发，显得特别温柔文静。"

这番话可谓"直言不讳"，格外让向暖不舒坦，怎么听怎么刺耳。

向暖抿抿唇，刚要开口说话，身后就突然传来一道略沙哑的慵懒声音："挺干练清爽的，哪里不好看？"

骆夏说这话时，正慢吞吞地直起上半身。

周佳没想到骆夏会帮向暖说话，登时表情微僵，但尴尬的神色转瞬即逝，很快恢复如常。她讪讪地笑着附和说："是挺干练清爽的，我可能就是没看习惯。"

骆夏抬起眼皮看向周佳，平静自然的神色间透着些许漫不经心的意味。他的眼睛清亮透彻，目光坦荡地望着她，明明没多犀利，但就是让周佳瞬间头皮发紧。

不知道是因为上一次骗他说那块积木是她值日时捡到的而心底发虚，还是怕他因为这个插曲反而讨厌自己，周佳没再说什么，扯了扯嘴角就转身快步回了自己的座位。

骆夏又没骨头似的趴回课桌上。向暖从始至终都没有敢往后看一眼。

在他的声音响起的那一刻，在他评价她新发型干练清爽的那一刻，向暖就忘记了自己要回怼周佳什么。

她呆滞地盯着自己的课桌边缘，嘴巴像被胶带封住了，喉咙也发不出声音，耳边教室里的喧哗吵闹声渐渐变得遥远，不甚清晰，只剩下一颗心脏，扑通扑通地活蹦乱跳着，几乎要将整个左胸腔都撑破。

此时，她还挺直脊背僵坐在座位上，满脑子都是他那句“挺干练清爽的，哪里不好看”。

他是真的这么觉得，还是……只是想帮她解围？向暖忍不住忐忑地胡思乱想起来。

就在这时，后面又传来他倦懒的声音：“别理她的话。”

向暖的心跳蓦地一滞，呼吸都停了一瞬。

她的长睫毛快速地颤着，眼里闪过惊愕的神色，旋即眼睛慢慢弯起来，像盛满了璀璨星辰的宇宙。

受宠若惊的向暖登时满心欢喜，抿嘴笑着轻声应他：“好。”

过了不一会儿，邱橙和靳言洲一前一后地回来。

邱橙一看到向暖就震惊道：“暖暖，你怎么把头发剪了？”

向暖浅笑着回她：“冬天洗头、吹头发太费时间了。”

邱橙瞬间了然，又问：“这样省下来的时间就可以用来学习？”

向暖认真地点点头：“嗯！”

邱橙佩服得五体投地：“暖暖，你对自己是真的狠，那么长的头发说剪就剪，太有勇气了。”

向暖轻叹了口气，只笑了笑，没说什么。但凡有选择，她也舍不得把留了好几年、已经及腰的头发剪短。

靳言洲在看到向暖的及肩短发时，就明白她今早突然跑回去干什么了。他没说话，把骆夏的水杯递给骆夏。

趴在课桌上的骆夏低声说了句谢谢，然后满足地抱过水杯暖手，继续睡觉。

至于刚才的事情，骆夏没跟任何人提及。他帮向暖出声，是因为清楚周佳的为人。而且，即使向暖平常存在感再弱，也是他们这五个人当中的一员，就算看在邱橙或者靳言洲的情分上，他也不能任她被周佳挖苦却袖手旁观。

骆夏敢肯定，如果当时邱橙或者靳言洲在场，肯定也会帮向暖说话，甚至会回怼得更狠。

当晚，在学习乏累时，向暖给自己一首歌的时间放松。

她戴上耳机，听着手机里唯一一段录音，在少年清朗的歌声中往彩纸上写字。

2009年12月22日，我剪掉了留了三年的长发，他说“挺干练清爽的”，还说“别理她的话”。

2009年12月22日，替我说话的他那么帅，像骑马执剑保护公主的骑士，但遗憾的是，我不是他的公主。

冬至过后，紧接着便是平安夜和圣诞节。

向暖一心埋头想要提高成绩，完全没意识到节日来临。她是到了学校，看到班上其他同学拿着苹果互相交换后，才突然意识到，今天是平安夜。

向暖登时懊恼，同时又很有自知之明，清楚地知道哪怕自己准备了“平安果”，大抵也不会送出去。因为她胆小怯懦，根本没勇气给骆夏。

可是看到其他女生趁骆夏不在纷纷把苹果放在他的课桌上，向暖又蠢蠢欲动地想去学校超市买一个回来。她也很想和她们一样，偷偷地把苹果放在他的课桌上。

只要不署名，他就不知道是她给的。

然后，向暖就真的独自跑去了超市。她花了好几块钱，买了一个包装精美的红苹果回来。

向暖偷偷地将苹果带回教室，藏进课桌抽屉里，打算等周围没人时悄悄放在他的课桌上。

因为要做这件事，她紧张到整节午自习心跳都没有慢下来。

午自习刚结束，教室里的大家还没活动开，本该在楼下的宋欣突然出现在后门外。女孩子捧着包装起来的红苹果，笑盈盈地喊骆夏：“骆夏，你出来！”

向暖登时心中一紧，呼吸都变得不畅。

每次她都会羡慕宋欣能够这样坦然自若地喊他的名字，自信满满地同他说话，自己却无法做到。

骆夏起身到教室外，就在后门口旁边和宋欣面对面。

“怎么了？”向暖听到他语气平常地问。

宋欣眉眼弯弯地把手中的苹果递给他，语调上扬：“给你，记得吃。平安夜快乐！”

骆夏没接，淡淡地笑着回道：“平安夜快乐。苹果我不能收。”

宋欣仰头看着他，水汪汪的眼睛里闪过委屈和失落的神色，但脸上依旧维持着笑容：“为什么啊？只是一个苹果而已，也没多贵重。”

骆夏认真道：“但我还是无法承受，抱歉。”

他的话并不直白，但不论是宋欣，还是恰好能听到他们说话的向暖，其实都懂，他其实是在借苹果拒绝宋欣。

等宋欣失魂落魄地离开，骆夏刚回到教室，看了一出好戏的邱橙就八卦地问他：“那你课桌抽屉里那些没署名的苹果怎么处理？”

骆夏叹气，似乎有些困扰，无奈地回她：“还能怎么处理？”

正巧余渡经过，听到他俩的对话，紧接着插话道：“等放学后，夏哥会拿去分给老师，一个不留。往年他也都是这么干的。”

邱橙乐不可支，对骆夏比了个大拇指：“不愧是你。”

旁听的向暖本来就在因为宋欣的插曲而动摇，这下直接僵在了座位上。仅有的零星勇气像火星一样被扑灭，她突然有些无措，甚至有那么一瞬间特别后悔去超市买了苹果，哪怕她并没有宋欣这么大的勇气，从一开始就只是想偷偷地放在他的课桌上。

就在向暖不知道要怎么处理课桌抽屉里的苹果时，邱橙忽然拿出一个盒子包装的“平安果”，放到向暖的桌上，笑道：“给暖暖‘平安果’！暖暖有没有‘平安果’给我呀？”

向暖咬了咬嘴唇，把藏在课桌抽屉里的“平安果”拿出来，塞到邱橙手中。她微牵嘴角，勉强笑着假装镇定：“给。”

她第一次鼓起勇气想偷偷送他东西，最终还是因为胆怯而退缩了。

向暖心想：或许，她的这份喜欢只能这样藏匿着不让任何人察觉。

因为，她对他的暗恋，本就是她一个人的事，与他无关。所以她不该打扰他，至少不能给他带去困扰，就像那满课桌抽屉的苹果之一。

尽管向暖心里都明白这些道理，但感情上还是不免低落难受。

直到这天放学，向暖的心情像坐过山车一样，突然又从谷底直接荡到了高空。

因为，她很意外地收到了迟来的生日礼物。

邱橙把一副可爱的挂脖毛线手套递给向暖，同时嗔怪道："冬至前一天是你生日，你怎么都不说呀？"

向暖突然收到礼物，诧异又惊喜。她弯起漂亮的杏眼，轻声回邱橙："因为没怎么过过生日，感觉也没什么特别的，就没说……"

余渡递给向暖一本精美的笔记本，笑道："生日快乐，向暖！不要嫌弃晚啊！"

向暖连忙说："不会的，谢谢你。"

靳言洲微微皱眉，像是没什么耐心，直接把一本高考易考题型集放在她的课桌上，一个字没说。

向暖知道他的性子就这样，主动开口，诚恳道："谢谢。"邱橙他们会知道那天是她的生日，恐怕也是靳言洲透露的。

随后，骆夏交给向暖一个盒子，向暖立刻慌乱又惶恐地接过。

她不敢看他，低垂着脑袋，眼睫毛不断轻颤，很小声地对他说："谢谢……"

"生日快乐！"骆夏的声音带着笑意，一如既往地爽朗，"里面是个茶杯加湿器，感觉应该对你有点儿用。"

向暖的心跳猛地滞住。

她前几天才因为不太适应这边的干燥气候流了鼻血，他今天就送了她加湿器。

他为什么总是这样，总是这么好？

向暖微抿嘴巴，嘴角却不自觉地上扬。她宝贝似的抱紧怀里的盒子，从来没有在收到生日礼物时这么欣喜，心里比小时候吃到最爱吃的糖还要甜。

这晚，向暖戴着耳机用一首歌的时间往彩纸上写字时，书桌上多了一个正在运作的粉色的茶杯加湿器。

2009年12月24日，想送他"平安果"，但最终还是胆怯退缩了。

2009年12月24日，意外收到了迟来的生日礼物。他送了我茶杯加湿器，还亲口对我说了生日快乐。我已经很久没这么开心过了。

2009年12月24日，骆夏，平安夜快乐。

虽然沈城一中是重点高中，平常老师们也会狠抓学习，但对于让学生们适当放松心情、缓解压力的集体活动，校领导也向来支持。

比如秋季运动会，还有这次的元旦联欢会。

元旦联欢会的举办时间在元旦假期的前一天下午。

整个下午的时间都是属于元旦联欢会的，学生虽然不能自由出入学校，但可以随意在学校里走动，校方在元旦联欢会期间不会管束他们。

每年的元旦联欢会，学校都要求每个班级必须出一个节目。可表现优秀也没有奖金，只有班级荣誉。所以除了真正热爱舞台表演的学生，没有谁愿意去干这种差事，至少高三（13）班就找不出这么个人来。

最后杨其进实在无奈，点名让骆夏弹首钢琴曲，骆夏只好应下来。

向暖也是这时才得知，骆夏会弹钢琴。

其实也没什么大惊小怪的，他奶奶是钢琴艺术家，他会弹钢琴太正常不过了。

向暖甚至觉得，就算骆夏没有一个钢琴艺术家奶奶，像他这样的天之骄子，肯定也会从小就接触乐器，德智体美劳全面发展。

元旦联欢会这天下午，向暖并没有一开始就去礼堂看节目。

她提前看了贴在教室里的超长节目单，骆夏在下午5点左右才会登台。这就意味着，她有一下午的时间可以自由学习。

一到玩的时候，大家都很积极，除了向暖始终都在教室，偶尔有几个同学只是回来一下，很快又离开了教室。

靳言洲倒是中途在教室里待了三四十分钟，似乎做了套卷子，然后就撂下笔出去了，再没回来。

在座位上认真学了几个小时，向暖起身前把没解决的难题勾出来，打算晚上补课的时候问问秋程，而后就出了教室，穿过偌大的操场，向礼堂走去。

冷冬的凛凛寒风，扑面而来刮得人脸生疼。向暖往上拉了拉围巾，遮住大半张脸，只露出一双清澈的杏眼。

快到礼堂入口时，向暖注意到旁边有人在偷偷摆摊卖小礼品，也不知道他是怎么溜进学校的。

摊位上那一堆字母挂件让向暖驻足片刻，随即她就被吸引过去。她随意地在竹篮子里瞟了瞟，就看到了挂着字母“X”的钥匙扣。

向暖在“X”上轻轻摩挲了几下，然后把这个钥匙扣买了下来。

她一边把玩着钩在手指上的钥匙扣，一边快步往礼堂走，嘴角不自觉地挂上了浅笑。

X，X。

向暖在礼堂门口正巧碰见打电话结束的邱橙。邱橙自然地挽住向暖的胳膊，正要拉着她进礼堂，就注意到了她手中的钥匙扣。

“咦？”邱橙好奇地拿过来放在手中看了两眼，疑惑道，“X？”

向暖的心倏地一滞，神经紧绷起来。

随即邱橙就笑道：“向？”

悬在半空摇摇欲坠的心又瞬间落地，向暖暗自松了一口气，含糊地点头应道：“嗯……”

邱橙根本没多想，把钥匙扣还给向暖后，就带着她从后门进了礼堂。

此时礼堂里人满为患，两个女孩子踩着向上的台阶来到最后一排座位后面，靠墙站立。

邱橙随口笑道：“你来得正是时候，就快到咱们班啦！”

向暖莞尔，没说话。

大概没有第二个人知道，她之所以这么准时地出现在这里，不是因为刚好复习完，也不是因为班级表演的时间就快到了，仅仅因为，她暗恋的少年即将登台。

哪怕他和她不同班，她也会在他要上台前出现在这里，只为看他一眼。

台上的主持人报幕：“接下来请欣赏高三（13）班骆夏同学带来的钢琴曲《卡农》。”

礼堂里顿时响起一阵热烈的掌声，甚至有不少女生压着嗓子激动地尖叫起来。

邱橙也在鼓掌，脸上挂着兴奋的笑容。

哪怕根本没有人注意，向暖都没敢很用力地拍手。她轻轻地为他鼓着掌，欢迎他上台。

向暖目不转睛地盯着舞台上。

灯光骤亮的那一瞬间，原本空荡荡的舞台上多了一架崭新的黑色三角钢琴。随后，一阵不疾不徐的脚步声响起。

身穿白色礼服的骆夏从舞台一侧信步走到舞台中央的钢琴旁，站定后，左手扶钢琴边缘，自然地微笑着面对台下黑压压的人群，随即右手抬起，轻压胸口，缓缓对着台下鞠躬。

他优雅得像一位绅士。

骆夏侧身在琴凳上坐下后，并没有着急地立刻弹奏，而是酝酿了两三秒，双手才摁下黑白琴键。

起初，音符跳动略慢，像蝴蝶小心翼翼地试探着，一下下轻触花蕊，而后进入舒缓的节奏，如同蝴蝶开始绕着花朵翩翩起舞，继而渐渐悠扬，仿佛蝴蝶飞上半空，最后一点点慢下来，又似蝴蝶找到了地方得以栖息。

舞台上的少年穿着纯白色的西装礼服，衬得身材高挑挺拔。

从向暖的角度只能看到他的侧脸，又因为距离远，无法看清他的表情。哪怕这样，向暖都无法挪开视线。

偌大的舞台上，只有身处中央弹奏钢琴的他身上落满光芒，其他地方都陷入了黑暗。男生沉醉地弹奏着，修长的手指灵活地在钢琴的黑白键上游移穿梭，双手像一对飞舞的精灵。

所有人都陶醉在他弹奏的钢琴曲中。

鬼使神差般，向暖慢慢地抬起双手，又一次对着他在的方向比了个“相框”。

钥匙扣的圆环挂在左手大拇指上，此时因为她的动作，坠在尾端的“X”不偏不倚地滚落进她的掌心，像极了她心中悄悄藏着一个他。

“咔嚓”。

向暖假装给他拍了张照片。而她，早已经把他镌刻进了脑海中，留下深深的烙印。

“哎，好看吧？”邱橙依旧望着舞台，用胳膊轻轻撞了撞向暖。

向暖立刻慌乱地垂下手，抓紧手中的钥匙扣，不解地轻声回道：“嗯？”

“骆夏穿的这套西装礼服啊！这可是他为了上台，特意从家里拿来

的自己的衣服。”说到这里，邱橙忽地笑了一声，“我揶揄他还挺重视这次元旦联欢会，他说他只是在尽自己最大的努力，认真做好每件事。”

尽自己最大的努力，认真做好每件事。她再一次为他的处事态度而深受触动。

向暖抬眼望向刚刚弹奏结束的男生，他正起身。

骆夏再一次左手扶琴，右手放在胸口处，缓缓对着台下鞠躬，把舞台上的礼仪展现得淋漓尽致。

少年嘴角噙笑，目光坦荡自信，气质从容温雅。

他是如同太阳般的存在，不仅自己发着光，还能给别人带去光。

骆夏的表演结束，整场元旦联欢会也差不多进入了尾声。

向暖和邱橙手挽手从礼堂出来。邱橙要去卫生间，让向暖等她几分钟。向暖就站在靠近礼堂后门的走廊栏杆旁，低垂着头把玩手里的钥匙扣。

须臾，向暖忽然听到一道很甜很软的女声：“学长！骆夏学长！”

换下礼服穿回校服的骆夏正拎着衣袋往前走。他本来没在意对方喊的是谁，直到听到自己的名字，才停下脚步，不解地转过身。

此时，男生外面穿着一件黑色半身羽绒服，身姿修长挺拔。

在骆夏后侧方的向暖也循着声音望了过去。

只见一个扎着马尾辫、长相甜美的女生抱着一盒巧克力小跑到骆夏跟前，随后就红着脸，扑闪着眼睫毛，把手中的巧克力递给他，特别大胆地说：“学长，请跟我交往！”可是，她捧着巧克力盒子的双手都在发抖。

骆夏似乎没想到会突然被表白，愣神了片刻，而后才无奈地低叹道：“抱歉，我无法答应。”

到底是十几岁的姑娘，再假装勇敢也还是会在被拒绝的那一刻感觉难堪。

女生的眼中霎时蒙上了一层水雾。她强撑着不让自己掉眼泪，佯装轻松地问：“学长是不喜欢我这种类型的吗？那学长喜欢什么样的女孩子？我可以改变……”

骆夏没让她把接下来的话说出口，温声打断道：“同学，不要为了任何人改变你自己。”而后，他又认真地说，“至于你问的问题，我根本没想过，所以也不知道答案到底是什么。”

他真诚地说道：“对不起，祝你学习顺利。”

骆夏说完，转身往向暖所在的方向走去。

目睹了全程的向暖立刻耷拉下脑袋，故作自然地一下一下揪着钥匙扣。

他说不知道答案，也就是，他也不清楚自己将来会喜欢上什么样的女生。

就在这时，邱橙回来了。她看了一眼快走到面前的骆夏，又注意到骆夏身后捧着巧克力盒子僵在原地的女生，瞬间八卦起来，笑着揶揄骆夏：“怎么回事啊你？”

骆夏叹了口气，略苦恼地说：“就是你看到的这样。”

向暖亲眼见到他拒绝了一个女孩，对他的喜欢却更无法自拔。

就连拒绝交往，他都格外礼貌周到，措辞严谨恰当，温和又谦逊有礼，流露出刻在骨子里的修养。

她根本做不到不喜欢这么好的他。

但向暖也因为目睹了他拒绝低年级女生的全程，越发不敢表露出对他一点点喜欢的心思。她生怕他知道后，会像拒绝别人那样拒绝她。到时候，他们恐怕连现在的距离都无法保持了。

当天深夜，向暖把坠着字母“X”的钥匙扣挂在了书包的拉链上。

2009 年 12 月 31 日，他还是个钢琴王子。

2009 年 12 月 31 日，他拒绝了低年级学妹的表白，却那么绅士温柔，告诉对方不要为了任何人改变自己，还祝对方学习顺利。

2009 年 12 月 31 日，X——夏。

别人都以为“X”代表的是“向”，向暖的向。

只有我自己知晓，我买下它，是因为它对我来说，指的是“夏”。

骆夏的夏。

第五章

愿前程似锦

元旦联欢会是上半学期最后一次放松心情的活动。进入公历 2010 年，预示着期末考试就要临近。

元旦过后的第三天，向暖去办公楼交物理老师留给她课后做的几道题。

当时正好上完班主任的化学课，杨其进夹着书本讲义在前面走。从小敬畏老师的向暖根本不敢走快一点儿超过老师，只好安静地跟在后面。

拐过弯，进入通往办公楼的连廊，杨其进遇到其他班的男老师，两人顺路交谈起来。

男老师好奇地笑问：“老杨，你们班那年级第一打算冲清大还是沈大啊？”

杨其进笑道：“清大。之前我问过他，他说他就想报清大建筑系。”

“全国第一的名牌学校的王牌专业，”男老师感叹，“挺好，有理想有抱负。就他这成绩，不出差池的话，肯定能直接被保送。唉，说起来，他爷爷骆老当年就是在清大建筑系本科毕业的吧？”

杨其进回道："对，骆老当年本科在清大，后来去了国外进修。"

两位老师后面说了什么向暖都没听进去，她的脑子里只剩下了一句话，"他说他就想报清大建筑系"。

她记得邱橙说过，骆夏的爷爷是最厉害的华人建筑设计师之一。看来他也想做建筑设计师。

清大，建筑系。

向暖低垂着头，抿紧了嘴唇。

她有点儿怀疑地问自己：向暖，你可以吗？

可能是那天无意间从班主任口中听到了骆夏的志愿，向暖仿佛受了刺激，每天更加闷头苦学，恨不得整个人钻进书本里，甚至有好几次都不打算去吃午饭。

第三次的时候，邱橙不容分说地把她拉出教室，强硬地带她去吃饭，同时还半揶揄道："吃饭不积极，思想有问题！这位小同志，你怕是要走火入魔啊！"

教室外面气温很低，本来学习学得头昏脑涨的向暖被凉凉的空气一包围，瞬间就感觉舒爽清醒不少。

她笑了笑，回邱橙："离走火入魔还远着呢。"

邱橙笑道："我看未必，你这架势仿佛要跟学习拼个你死我活。"

向暖幽幽地低叹："不知道月底的期末考能考多少名。"

邱橙语气笃定道："你就别担心啦，只要正常发挥，你绝对还是那个进步巨大的人。我就没见过比你还刻苦的同学，我要有你这股劲儿，可能就不用回来复读了。"

"但还是不够啊。"向暖轻声说。她还没追上他。

"这还不够？"邱橙好奇地问，"暖暖，你的目标大学是哪儿？要多优秀才够？"

向暖的脸颊上漾开一片浅薄的红晕，不太明显，在白皙皮肤的映衬下，倒显得脸蛋儿粉嫩嫩的。她扑闪了几下眼睛，佯装镇定，自然地说："清大建筑系。"

她的目标是跟随他上同一所大学。她要和他一样优秀，要被他看见。

骆夏并没有刻意跟其他人提起过自己要报哪所学校、什么专业，只有关系最好的靳言洲清楚，所以邱橙并不知道这是骆夏的理想专业。

邱橙眨了眨眼，沉吟了几秒才回道："那确实还不够，你得继续往上爬。爬进年级前五十名绝对稳，前一百名可能都有点儿悬，毕竟建筑系是清大的王牌专业。"

邱橙说完，拍了拍向暖的肩膀，鼓励道："不过我有直觉，你能行。暖暖，你有很大潜力挤进去。"

向暖抿了抿唇，没说话。

只有五个月了，她跟骆夏的差距还很大。她甚至都没进年级前五百名，更不要说前五十名。

向暖心里的紧迫感更加强烈，压力也在无形之中倍增。

1 月中旬，各大高校的自主招生考试陆陆续续拉开序幕。

骆夏和靳言洲，甚至连周佳，都早就过了材料审核，去各自的考点参加了笔试。

他们考完回来的第二天，沈城下了近一整天的雪。

当天下午大课间，向暖正在座位上认真刷题，突然被人用笔戳了戳背。

向暖本能地以为是坐在她后排的骆夏戳她，登时身体僵硬，脊背绷得笔直，握着笔的右手甚至不受控地在试卷上画出一道痕迹。

她咬着嘴巴里的软肉，佯装镇定自若，梗着脖子慢慢扭头看向后面——骆夏的座位是空的，并不是骆夏戳她。

与此同时，向暖对上了靳言洲冷漠的视线，而他手中正拿着笔。紧绷的脊背一寸寸放松，她茫然地看向他，眼神有些不解。

靳言洲依旧冷淡，低声问她："你手机关机了？"

向暖并不清楚，立刻从书包里掏出手机摁了几下，没反应，这才点点头说："嗯。"

"你妈刚给我打电话，说联系不上你。"靳言洲别开头，也别开视线，看起来有点儿别扭，却要故作自然，继续说，"家里今晚停电到凌晨，她让你和我放学后去公司的会客室待着。补课暂停一天，她已经帮你跟程哥说了。"

向暖还是第一次听靳言洲一次性跟她说这么多话，虽然只是被迫转述电话内容。

“好，我知道了。那……”她点点头，在回过头继续刷题之前又问了句，“放学后在哪儿碰面？”

“教学楼门口。”靳言洲微微皱眉，像耗尽了耐心。

向暖没再多说什么，只回了句好。

他们刚结束聊天，周佳就从后门进了教室。

下午第四节课，靳言洲和骆夏依旧去了竞赛班。

放学后，向暖和邱橙走出教学楼时，靳言洲已经等在路边了。和他一起等的，还有骆夏。

正要下楼梯的向暖看到在跟靳言洲说笑的那道身影，动作蓦地滞了一下。

见向暖来了，靳言洲扭头就走，骆夏和他并行，正在说什么考题。

大概是昨天自主招生的题吧。挽着邱橙的手走在后面的向暖心想。

虽然雪已经停了，但地上铺了一层厚厚的白毯，脚踩上去，咯吱咯吱地响，甚至会有些滑，因此向暖走得小心翼翼。

和邱橙在校门口分开，向暖跟着靳言洲往另一个公交车站走，没想到骆夏居然也跟他们一道上了车。可向暖分明记得，骆夏平常坐的不是这路公交车。

所以他是……要跟他们一起去靳叔叔的公司的会客室吗？

向暖轻轻咬着嘴唇，抬眼看着公交车的玻璃窗，隐隐约约地，能看到她的左右后侧分别站着一个男生。

他们三个人像一个三角形，更准确地说，是他俩几乎把她围了起来，帮她隔绝掉了其他乘客，避免她被挤、被撞。

向暖抿紧嘴巴，目光呆呆地落到玻璃窗上映出来的那道挺拔的身影上。

他正偏头，笑着跟靳言洲说待会儿到了地方，互做对方的考题。

男生的眉宇俊朗，笑容明快，让向暖挪不开眼。

她就这么坦然自若地假装看窗外的街景，偷偷盯着他映在车窗上的模样看了一路。

在公司附近下车后，向暖走在最前面。他们俩不紧不慢地跟在她身后走，又闲聊起樱木花道和流川枫来。

尽管向暖不爱看动漫，也知道这是《灌篮高手》里的人物，因为太出名了。

她听着骆夏爽朗上扬的语调，耳朵像是被他的声音蛊惑了。不然为什么她明明对他说的话题根本不感兴趣，却还是能全部听进去？

向暖正默默地听他和靳言洲讨论动漫剧情，一不留神，脚滑了一下。

她眼看就要一个趔趄摔倒，甚至没来得及发出惊呼，就突然被扯住了胳膊。

男生的手指修长，掌心宽厚。他稳稳地提着她的手臂，把她硬生生地拉住了。

隔着厚实的羽绒服，向暖根本感受不到他掌心的温度。可莫名地，被他抓的那块地方火辣辣的，随即犹如星火燎原般，整个身体都像在被火烧。

“地滑，小心点儿。”骆夏随口对她说道。

心脏在胸腔里扑通扑通地活蹦乱跳，向暖没说话，只是胡乱地点点头。

骆夏嘱咐完就继续和靳言洲聊了起来，根本不知道被他扶了一把的女生，因为他的一个动作、一句话就欢欣得要飘飘然飞起来。

三个人到了公司，被前台姐姐领进了会客室。

关上门后，向暖就从书包里往外掏试卷，开始写题。

骆夏跟靳言洲一人拿出一个笔记本，凭借对考题的记忆，在本子上写出题干，然后交给对方去解。

虽然会客室里有暖气，但向暖的双手依旧冰冷得没有温度，几乎要冻僵，写字也不太能使得上力道，导致写出来的字有点儿歪扭，比平常写的字难看一倍。

骆夏和靳言洲写完后就压低声音交流，一边讨论解题思路，一边在草稿纸上写写画画。

向暖时不时把双手放在嘴边哈热气缓解寒冷。每当这时，她都会飞快地偷偷瞅骆夏一眼，然后就会看到正在讨论考题的男生神采奕奕，那种器宇轩昂的气质格外耀眼夺目。

过了一会儿，骆夏和靳言洲暂时讨论完。骆夏起身，拿起自己的水杯，又要了靳言洲的杯子，走出了会客室。

骆夏来到前台，礼貌地叫人，淡笑着问道：“姐姐，哪里能接热水？”

前台姑娘看到站在自己面前的男孩子穿着高中校服，长得高高帅帅，还会礼貌地叫自己姐姐，不禁心神一荡。她笑着给他指路：“往左走，拐弯第一间就是茶水室。”

骆夏临走前不忘道谢：“谢谢。”

接了两杯热水回到会客室，骆夏把两个水杯放到了向暖面前。

正低头看题干，同时搓着手哈气的向暖动作一顿。下一秒，她错愕地仰起头来，呆呆地望向他。

骆夏垂着眼睑，脸上挂着明朗的淡笑，平和又自然地说：“抱着暖手吧。”

说完，他就拿起笔继续和靳言洲交流考题了。

可向暖的心跳登时漏掉几拍，良久都没缓过来。

她咬住下唇，望着一左一右两个简单的水杯，欣喜若狂的情绪不断地在身体里蔓延，沿着血管奔向每一处，就连神经末梢都在兴奋地战栗。

向暖缓慢地伸出双手，左右掌心分别和两个水杯相贴。温热的感觉瞬间透过杯壁源源不断地钻进皮肤，冰冷的双手很快就有了温度，心口也热热的。

向暖不自觉地扬起嘴角，杏眼弯弯。

她好开心啊。他怎么这么好？

2010年1月16日，他去参加自主招生的考试了，祝愿他考试顺利。

2010年1月17日，他的声音能蛊惑我的耳朵，就像他能蛊惑我的心。

2010年1月17日，差点儿摔倒，被他扶住了。他真的让人很有安全感。

2010年1月17日，他让我抱了他的水杯暖手。

沈城一中高三年级上半学期的期末考试安排在1月的最后两天。

在上半学年的四次考试中，这次是学校唯一一次严格按照高考的时间要求学生答题。

为期两天的考试一结束，学校就立刻放了寒假。

向暖本以为会有好长一段时间不会再见到骆夏了，但是班主任说，四天后大家还得返校一次，来领期末考试的成绩单。

向暖在心里暗自开心，因为和他多了一次见面的机会。

然而，那天刚好是骆夏去参加自主招生面试的日子，所以向暖并没有见到骆夏。

成绩单被发到手中后，向暖有点儿紧张地咬住唇，一行行找名字。

第一名依旧是骆夏，总分725分。靳言洲雷打不动地排在第二名，周佳还是第三名，邱橙已经追到第四名。

而向暖自己，总分607分，班级第十名，年级第三百八十九名。

她虽然依旧在进步，但相较于前两次，进步的幅度在减小，这说明往后想要继续稳步提升，会越来越难。

而她只有四个月的时间了。接下来这四个月，想要从年级前三百多名提升到年级前五十名，就意味着，她得冲进班级前五名，才有可能达成目标。

但前方都是功底扎实的尖子学生，这个挑战对向暖来说实在很有难度。可她没有别的选择，只能尽可能做足准备，打好下半学期的一仗又一仗。

高三这一年，她就像在一路升级打怪。在高考这个“终极大魔王”前的模拟考都是“小怪”，她得通过打“小怪”赢金币、拿经验蓄力，把自己的装备升到最优，才能去迎接“终极大魔王”。

这个寒假，向暖几乎每天都在补课。

她现在的成绩比起初提高了不少，基本功也掌握得很扎实，已经到了巩固提升的阶段。

秋程帮向暖制订计划，每天都给她布置作业。向暖不仅按时完成作业，还会主动找同类型的题多刷几道。

临近年关，向琳和靳朝闻终于闲了下来，不再忙工作忙到见不到人影。

向琳知道向暖从小就自律懂事，在学习方面从没让她费过心，但现在看到女儿没日没夜地学习，不免心疼担忧。

别的孩子都会想尽办法趁假期多玩会儿，她的女儿却像个异类，整天在家，除了补课就是写寒假作业。

向琳实在怕向暖压力过大，在除夕前一晚去向暖的房间找她谈了谈。

“暖暖，你不要天天只知道学习，也适当放松放松，出去和朋友逛逛街、吃吃饭。”向琳温柔地说，“别把自己逼得太紧，你这半年来的努力妈妈都看在眼里，你的成绩一直在进步，妈妈也都知道。你已经很棒了，暖暖。你都不知道，妈妈因为有你这么优秀的女儿，心里有多骄傲？”

向暖感到眼眶泛热，浅笑着说：“我知道。我就是想趁现在还有时间，抓紧机会冲刺一下，离高考也没多少天了。”

向琳叹了口气，转而问：“你想考哪所学校？”

向暖垂下眼帘，咬了咬唇，才轻声回道：“清大，建筑系。”

向琳似是有些意外：“建筑系？”

向暖点点头：“嗯。”

“你不是对摄影很感兴趣吗？”向琳关心地问，“怎么突然想学建筑了？”

向暖把自己伪装得云淡风轻，话语间不露一丝痕迹，轻声细语地说：“摄影可以当爱好，建筑设计当专业，不冲突的。”

向琳知道女儿虽然看起来顺从乖巧，但其实心里的主意大得很，一旦决定要做什么事，谁说谁拦都没用。

向琳也没打算干涉女儿的志愿，对此也持支持态度：“暖暖，你知道自己想要什么就好。不管你怎么选择，妈妈都支持你。”

向暖笑得甜美，点头应道：“嗯！”

而后，向琳又试图劝说向暖：“过年这几天补课暂停，你也让自己好好歇歇，等年后秋老师给你补课再继续用功也不晚。”

向暖笑着应道：“好，我知道啦。妈，你别担心，我挺好的。”

向琳叹了口气，没再说什么。

隔天除夕，向暖还是认真学习了一整天。

只不过遇上两道拿不准的题，是高考难点，她得想办法弄明白。可大过年的，向暖又不好意思打扰秋程，最终只能拿着试卷敲开了斜对面的卧室门。

靳言洲拉开门，站在屋里，面无表情地垂眼看着向暖，冷淡地问："干吗？"

向暖仰头望着他，脸色微红，小声诚恳地问："你能不能给我讲两道题？"

靳言洲眉心拢紧："你学疯了吧？"大年三十，她让他讲题？

向暖表情忐忑，豁出脸面恳求道："就两道，不会占用你太多时间。我真的……"她不知道该找谁了。

"哪两道？"靳言洲打断道。

向暖立刻翻出试卷上勾出来的两道难题给他看。

靳言洲通读了题干后，伸手要过她的笔，边给她讲，边在草稿纸上简单地写下解题思路。

两个人就在靳言洲的房间门口待了十多分钟。

讲完题，向暖谢过靳言洲就回了房间，继续啃考点。一直到晚上要吃年夜饭，她才从房间里出来。

四个人还算其乐融融地吃了顿丰盛的年夜饭，向暖被向琳要求在客厅里陪她看春节联欢晚会。

向暖知道母亲是怕自己回到房间后又去啃题才这么做的，虽然她并没打算除夕夜也拼命学习。她心里暖融融的，浅笑着答应下来，在向琳旁边坐下。

但她对春节联欢晚会不感兴趣。百无聊赖下，向暖想计算一下距离高考还有多少天。在摁亮手机屏幕看到今天是 2 月 13 日时，向暖才蓦地意识到，这一年农历的第一天是情人节。

她正捧着手机发呆，QQ 群里就开始噼里啪啦地冒新消息。

向暖打开 QQ，点进和邱橙他们在的那个群，往下拉聊天记录。

余生渡我："除夕快乐！"

秋橙："除夕快乐呀。"

LX：“除夕快乐。”

靳小爷：“同乐。”

余生渡我：“哎，对了，你们俩不是都参加面试了吗？结果出来了吗？怎么样？”

LX：“前几天已经出结果了，保送清大建筑系。”

余生渡我：“夏哥厉害！夏哥请吃饭！！！”

秋橙：“啊啊啊！虽然早就猜到你会被保送，但我还是好激动啊，哈哈哈哈哈哈！”

秋橙：“我突然想起来，暖暖就特别想考清大建筑系啊！暖暖，你快出来沾沾喜气，让考神附体！ @温暖的方向。”

余生渡我：“向暖有志气！！！”

向暖因为邱橙透露了自己想考清大建筑系而心慌意乱，生怕他们看出什么。

但或许是邱橙话里话外都透露出向暖早就提过要考清大建筑系的意思，而骆夏并没对他们提过他中意的是清大建筑系，所以没有人多联想什么。

心中忐忑的向暖暗暗松了一口气。

群聊还在继续着。

秋橙：“哎，靳言洲你呢？出结果没？”

靳小爷：“还没，沈大的结果出得比较晚，得年后。”

秋橙：“我赌一个你也会被保送。”

余生渡我：“我赌一个你也会被保送。”

余生渡我：“然后洲哥再请一顿，美滋滋！”

秋橙：“暖暖呢？怎么都不出来？”

靳小爷：“被家长要求在楼下看春节联欢晚会。”

秋橙：“哈哈哈哈哈哈，怪不得连考神的喜气都不沾。暖暖学习疯魔到家长都看不过去了吗？”

靳小爷：“大年三十找我讲题了解一下。”

秋橙：“牛！活该她每次都进步！”

…………

向暖没有在群里发言。她拿着手机，手指不断地摁键，把聊天记录

倒回有骆夏消息的那页。

向暖呆呆地盯着他发的那条消息，眼睛里只剩下几个字眼——保送，清大，建筑系。

虽然早就清楚这么优秀的他肯定会被保送，但此刻她还是不免心绪骤然翻涌。

向暖心里登时既高兴又难过，高兴的是他被直接保送，难过的是自己可能真的很难达到这个高度。

清大的建筑系，全国第一的名校里的王牌专业，对她来说太难考了。

她一直想努力地追上他，所以拼命地向前奔跑着。哪怕这样，她连他的影子都没有追上。她还在半路精疲力竭，他早已轻轻松松地到达终点。

向暖突然很颓丧自卑。她终于无比清晰地意识到，他们从起点就不在同一个高度。考上清大建筑系对她来说难于登天，而他只要稍稍抬脚就能迈过那道门槛。

接下来的好几个小时，她都在坐着发呆，就仅仅是神思混乱地发呆。

就好像这段时间一直紧绷的神经在刚刚的某一刻突然断掉了，负面情绪来得无理又突然，她整个人陷入了无法排解的低落状态中，甚至开始怀疑和否定自己。

向暖觉得这样任由消沉的情绪不断扩散会很糟糕，便开始强迫性地给自己积极的暗示。

她一次又一次地在心里肯定自己：这段时间的努力不会白费，就像前几个月的努力都反馈在了成绩上一样，接下来的成绩也绝对会一次比一次好。

她告诉自己，只要咬牙坚持下去，哪怕最终还是无法达到他在的高度，也会比现在的自己更好。

只有拼尽全力去争取去努力，自己才会无悔无憾。

向暖花费了良久时间，才终于慢慢地将情绪拨回正常轨道。

此时也已经将近午夜 0 点。

向暖跟向琳打了声招呼就上楼回了房间。

她打开群聊，若无其事地发了一句“来啦，沾喜气”，而后切出去，点开了和骆夏的聊天框。

他们上一次的聊天记录，还定格在2009年10月15日运动会那天。她对他的绅士行为说谢谢，他回她外套是靳言洲的。

向暖对着聊天页面发呆了好一会儿，才慢吞吞地摁着键盘打字，敲出一句“新年快乐”，却不敢发出去。她又一个字一个字删掉，双手抱着手机，深深地吐了一口气出来。

满脑子都是“他被保送到清大建筑系了”。向暖摇了摇脑袋，像不甘心，再一次将“新年快乐”敲进输入框。

忽然，窗外响起一阵烟花绽放的声音。她抬起头，透过玻璃窗看到夜空被烟花点缀得异常绚烂。

向暖愣了片刻，垂眸扫了一眼书桌上摆放的闹钟——已经0点了。

她咬着唇，趁着身体里的那股冲动还在，不给自己留退缩的余地，大拇指微颤着摁下确定键。

消息发送。从这一刻起，向暖的心就提了起来。她捧着手机，目不转睛地盯着屏幕，等待他的回复。胸腔里的心脏跳得厉害，节奏已经全乱，连额角都变得紧绷，突突地蹦着。

向暖正紧张着，手机就响起了QQ来消息时的提示音，同时弹出一个含有新消息的气泡。

LX：“新年快乐。”

收到他回复的刹那，向暖无意识地弯了唇，不安的心开始躁动。趁这个机会，她鼓足勇气大着胆子又给他发了一条消息。

温暖的方向：“恭喜你被保送清大。”

他的回复依旧很快就传了过来。

LX：“谢谢，希望你到时候也能如愿考上。”

骆夏根本不知道，自己的一句话就让情绪颓靡了一晚上的向暖彻底重新燃起斗志。

向暖下定决心就要考清大建筑系。

她刚退出和他的私聊窗口，就看到群里蹦出一条新消息。

LX：“给沾。”

向暖的呼吸登时一滞。

2010年2月14日，知道他被保送到清大建筑系，已经先我很多很多步到达了终点。

2010年2月14日，向暖一定要考上清大建筑系。一定要。

2010年2月14日，骆夏，新年快乐，情人节快乐。

这时的向暖以为，高考就是终点。

但高中毕业后她才明白，对他们来说，高考不过是另一个起点。

而起点便意味着，在他们各自迈出第一步的同时，就已经走散了。

大年初六，靳言洲收到了被保送沈大计算机系的通知。

几个人立刻决定当晚一起去吃饭，庆祝骆夏和靳言洲被保送。

秋程也陪着女朋友到场了。座位和上次差不多，唯一不同的是，这次靳言洲没再把余渡推到自己和向暖中间。

在开吃时，骆夏突然起身，离开了饭桌。没多久，他拿着两个围裙回来，递给向暖和邱橙。正默默用手压着胸口前衣料的向暖意外又慌乱地接过，轻声对骆夏说了句“谢谢”。

饭吃到一半，邱橙开口问骆夏和靳言洲：“那你们到时候还参加高考吗？”

骆夏淡笑说：“我参加。”

靳言洲随后道：“参加。”

邱橙对他们竖了个大拇指：“要是我有这等好事，才不去参加高考。”

秋程笑着轻拍了一下她的脑袋，宠溺又无奈。

余渡跟着附和：“我也是！我要是被保送了，也不参加高考。”

骆夏说：“一生也就这么一次，该体验一下。”

邱橙幽幽道：“你在扎我的心吗？你是不是在扎我的心？”

骆夏笑着否认：“我没有。”

一直没说话的向暖大部分时间都在低头吃东西，但总时不时会抬眼瞅向骆夏在的方向。每次她都只敢飞快地看一秒就垂下脑袋，心跳紊乱不堪，却要继续维持着镇定吃饭。

这顿饭向暖也喝了些带酒精的饮料。

这是她第一次沾酒精，喝得不多，只是在大家碰杯的时候跟着喝两口，一顿饭下来也就喝了两杯，但脑袋有点儿晕乎乎的，脸也红通通地发着热。

向暖对自己的酒量大概有了认知。

聚餐结束后，骆夏去路边帮大家拦车。

拦到出租车后，他招手让靳言洲和向暖过去，同时替他们打开车门。

向暖在坐进后座时，跟站在车门边的骆夏有一瞬距离很近，甚至她的羽绒服衣袖似有若无地蹭到了他的衣服。

向暖不由自主地屏住呼吸，僵硬地坐进了车里。而后，靳言洲也坐进来。

在车旁扶着后车门的骆夏弯腰对靳言洲说："到家了说一声。"

靳言洲淡声道："知道。"

旋即车门被骆夏关上，向暖这才没再继续压轻呼吸，变得正常，手指在衣袖的位置轻轻摩挲了两下。

然而，这晚回到家，向暖就发现自己的脖子和胸前起了一片小红疹，感觉很痒，后背也痒痒的。

她酒精过敏了。

3月初，沈城一中开学。

开学当天，学校就为整个高三年级开了一场百日誓师大会。所有的高三学生按照班级排队，站在偌大的操场上激情澎湃地齐声宣誓。

在所有环节都走完后，百日誓师大会落幕，一操场的学生向着出口涌动。

周围人头攒动，大家摩肩接踵，时不时还要被挤两下。本来拉着手的向暖和邱橙也因此被迫松开，邱橙被人群挤到了前面，向暖被隔在了后面。

过了一会儿，已经和邱橙走散的向暖抬脚时不小心被后面的同学踩到鞋后跟，又很不巧地被往旁边挤去。她一时间稳不住身体的平衡，蓦地摔倒，坐在了地上。周围都是人，她摁在地上的手紧接着就被人踩了

一脚。

向暖疼得眼泛泪花，顿时变得混乱惊慌。她还没从地上爬起来，和她隔着几个人在不远处的周佳就冲后面喊了句：“靳言洲！你妹妹向暖摔倒了！”

向暖心下一惊，想不通周佳怎么会知道她是靳言洲的妹妹。

走在后面的靳言洲和骆夏听到向暖摔倒，急忙一边对其他同学道歉一边往前挤。

他俩奋力赶过来，骆夏立刻伸手挡着还要往这边涌的人群，扬声道：“麻烦往旁边走，这儿有同学摔倒，不好意思。”

靳言洲冷着脸俯身去拉向暖的胳膊。向暖被他拽起来，随后就听到他没好气地说道：“你是猪吗？走路都能摔倒。”

向暖还没缓过神来，吸了吸鼻子，眼眶通红，没说话，只觉得手背火辣辣地疼。

倒是骆夏，偏头说靳言洲：“向暖肯定也不想摔啊，你别说她了。”而后他又看向向暖，温声问，“怎么样？没事吧？”

向暖默默地把通红的手藏起来，摇了摇脑袋。

靳言洲抿紧唇，很不温柔地抓着她的胳膊拉着她往前走。

在嘈杂的环境中，脸色有些苍白的向暖小声地对靳言洲解释：“我不知道周佳为什么会知道，我没跟任何人说过……”

靳言洲烦躁地“嗯”了一声。他当然清楚不会是她说出去的。

直到出了操场出口，人流四散开，他才松开向暖。但下一秒，靳言洲就拽了骆夏一下，两个人往另一个方向走去。

骆夏茫然不解地问：“干吗去？”

靳言洲冷淡道：“医务室。”

“嗯？”骆夏疑惑完就反应过来，“向暖伤到了？”

“嗯，”靳言洲眉头紧锁，告知骆夏，“左手手背被人踩到了。”

“嘶，”骆夏倒吸一口凉气，“问她怎么不说？”

靳言洲也不懂：“鬼知道。”

和周佳一道的女生格外惊讶：“向暖居然是靳言洲的妹妹？！”

周佳勾唇笑道：“对啊，向暖亲口告诉我的。”

“可他们的姓氏不同哎，难道一个跟爸爸姓，一个随妈妈姓？”

周佳歪头凑近女生，悄悄地告诉对方：“他俩是继兄妹。”

女生震惊之余又好奇道：“那……向暖一直在进步，是不是靳言洲私下偷偷给她补课啦？”

周佳耸耸肩：“这我不清楚。”

和周佳说话的这个女生是班上出了名的大嘴巴，只要是被她知道的事情，几乎一天之内必定会被全班知道。靳言洲去医务室买药再回到教室时，就已经有不少同学在谈论他和向暖的关系了。

向暖不在教室，靳言洲把药膏扔在她的课桌上，随便其他人怎么说。

听他们的意思还挺有理有据的，因为大家都在传这件事是向暖亲口告诉周佳的。

靳言洲冷笑了一声：他们觉得他会信？

向暖在水龙头下用凉水冲了好一会儿手背，和邱橙从卫生间回来后，就看到课桌上放着药膏。

邱橙拿起来，惊喜道：“我正想去给暖暖买呢，靳言洲你动作挺快啊。”

靳言洲淡漠地说：“不是我买的。”

邱橙笑着揶揄：“不是你是谁，难不成还是骆夏啊？”

正在用纸巾擦手的向暖动作一顿，心跳也跟着停了一瞬。

她明明知道肯定是靳言洲买的，也能听出来邱橙这句话是玩笑话，可还是被“骆夏”这两个字扰乱了心神。

如果，真的是他就更好了。

骆夏在旁边笑说：“别，我可不邀功。”

邱橙在给向暖抹药的时候对靳言洲说：“听到班上的传闻了吗？都说是暖暖亲口告诉周佳的。暖暖根本没说过，靳言洲你可别信那些话。”

靳言洲抬起眼皮，嫌弃地看向邱橙，问：“我有那么傻吗？”好坏人他能分不清？

邱橙乐了：“行，你聪明。”

关于靳言洲和向暖是继兄妹的事，两个当事人都没怎么在意。一来这是事实，二来这种事情大家也就八卦感慨一下，过两天就都置之脑

后了。

高三学习这么紧张，距离高考都不足一百天了，冲刺高考才是最要紧的事，其他事情都只是紧张学习氛围中的调剂品而已。

因为临近高考，而骆夏和靳言洲都确定被保送，所以两个人从下半学期开始就不再去竞赛班了。

这天放学后，靳言洲特意等教室的同学都走得差不多，只剩下周佳和另外两个女生还有一个男生做值日时找到她。

靳言洲把周佳叫出教室，一点儿都不废话，直奔主题，面无表情地对她说："把你那点儿要人的伎俩收收。但凡把心思用在学习上，也不至于连我都考不过，毕竟学姐你比我多学一年。"

周佳的脸色登时难看起来，她还不至于听不出靳言洲言语间的挖苦意味。

靳言洲继续说道："向暖从没告诉过你我和她是什么关系，是学姐你偷听了我们讲话，知道我跟她是继兄妹，所以故意趁这次机会把这件事散播出去，还特意点明是她亲口告诉你的，想让我反感她，对吧？"

此时教学楼里格外空旷，每个班就剩几个值日生，靳言洲的声音一点儿都没收着，也就显得更加清晰。

教室里的其他几个值日生看似正在认真做值日，其实早就支棱起耳朵。他们越听越惊讶，最后从彼此脸上看到了同款震惊表情。

"我不反感她，"靳言洲一字一顿地认真说，"向暖很好，我妹妹人很好。倒是学姐你，一次又一次故意针对她，真是让我'刮目相看'。"最后四个字的音被他特意咬重。

"别再打扰她，不然我会替她和你把新账旧账一起算算。"靳言洲说完，单肩背上书包，转身就走。

周佳那点儿心思，他基本能猜中七八分。起初她就是看向暖能跟他们玩成一片，一边忌妒向暖，一边又想和向暖套近乎加入他们。

那次她提议的游戏被骆夏和向暖带头接连否决，估计心里存了怨气。后来就发生了积木事件，但她大概没想到骆夏那么大度，并不责怪向暖。

再之后，就是那日他跟向暖说家里停电要去公司会客室学习，被周佳听到，知道了他和向暖是继兄妹。

可能周佳察觉到了他对向暖别扭和冷淡的态度，觉得他不想被别人知道他跟向暖的关系，才这样挑拨离间，想让他讨厌向暖。

至于周佳为什么不针对邱橙。靳言洲觉得，应该是她知道邱橙的男朋友是骆夏的表哥，认为邱橙跟他们关系近很理所当然。还有个原因是，邱橙的性格比向暖看起来泼辣硬气，她可能以为向暖性格软，好拿捏。

但向暖只是看起来性子温软而已，骨子里坚韧刚强。

靳言洲怼周佳这件事，隔天就在班级里偷偷地传开了。

虽然大家明面上都没提及，可在私下聊得热火朝天。也因此，周佳的人缘儿差了不少。不过大家也没针对或孤立她，只是不再跟她那么亲近，疏离到一定距离，保持着普通同学的关系。他们大概是觉得这种人没办法深交。

邱橙和骆夏连带着余渡一起抓住机会笑靳言洲口是心非——明明嘴上对向暖的事一口一句“关我屁事”，表现得特别不耐烦，其实心里还是在意这个妹妹的。

向暖得知靳言洲为了自己特意去警告周佳，当晚回家后才在没旁人的时候诚恳地向他道谢，不过换来的是他的一句“我才不是为你”。

向暖知道他的性格就这样，顺着他说：“好，我知道，你是为你自己，我是被顺带的。”

她笑了笑，又说：“但还是要谢谢你，”她顿了顿，长长的睫毛微颤，小声地喊了他一声，“哥。”

靳言洲正抬脚往楼上走，结果被她这声“哥”惊到，差点儿绊倒在楼梯上。随即他立刻一步俩台阶，飞快地往二楼迈，瓮声瓮气道：“谁是你哥？”

高三下半学期的考试只有三次，叫模考。

第一次模考在3月底，骆夏依旧稳坐年级第一，总分高达735分。

骆夏时常被同学怀疑大脑的构造和其他人不一样，因为他的成绩实在太让人震惊了。高三开学以来，他每次的成绩都在700分以上，非常稳定。

而在学习面前几乎不分日夜的向暖也在稳扎稳打，成绩稳步提高。

这次她的年级名次直接跨进了前一百名，第九十八名。总分也继续往上提了几十分，已经达到 668 分。

相比骆夏，最让老师和同学们意外的是向暖。

这个开学时年级排名在第一千九百九十八名的女生，现在已经冲进了年级前一百名。如果她接下来能保持住，可以算得上是这届的黑马选手。

然而，4 月底的第二次模考，向暖没能稳在年级前一百名，一下子掉回了第三百二十二名。

这是她第一次经历退步。

对向暖来说，退步一名都是致命的，更不要说一下子退到了三百名开外。

杨其进也因为她的成绩波动，特意把她叫进了办公室，想跟她聊聊，了解一下她是不是因为最近压力过大才导致退步。

向暖坐在椅子上，不自觉地绞紧双手，低垂着脑袋，情绪低落又难受。

杨其进温声问向暖："我看了看你这次的各科成绩，其他科比上次低了一点儿，但不碍事，主要还是差在了物理上。你是什么情况？不会做还是失误了？"

向暖咬了咬嘴唇，如实回答："失误。"

"有没有分析过自己为什么会失误？"

向暖抠了抠手指，沉默了一会儿才轻声说："太想要考好。"

说完，她的眼睛就止不住地泛热，鼻子也开始发酸。

向暖感觉自己的心态好像出现了问题。她特别特别想要考好，尤其在上一次拿到年级第九十八名的好成绩后，这次的压力就比之前更大。

她怕自己退步，怕进不去年级前五十名，怕大家都觉得她上一次考进年级前一百名只是偶然事件，只是运气好，并不是真正有实力。

可越怕什么，就越来什么。她真的退步了，一下子掉到年级三百多名，距离年级前五十名很遥远。

杨其进叹了口气，安慰她："没什么的，这一次失误只是在给你提醒，从失败中获取教训。还有时间，向暖，你还能回到你本该有的水平，不到最后一刻，谁也不知道结果如何。别给自己太大压力，顺其自然就好。有的时候，你越在意、越强求，反而越得不到。保持平常心，该是你的就是你的，努力永远不会辜负你。”

向暖点了点头，强忍着要哭的冲动。

杨其进又和她聊了聊，帮她开解，然后才让她离开。

向暖从办公室出来，没有立刻回教室。

大概这段时间积蓄的压力确实太大，她实在无法遏制住眼泪，又不愿意回教室被大家看到她哭鼻子。

可在学校里想找个没人的地方实在很难。

向暖只好躲在从办公楼通往教学楼的连廊拐角，把自己藏在角落里，用眼泪缓解压力，发泄情绪。

虽然角落不起眼，但偶尔有经过的师生还是会往她这边看过来。

骆夏从数学办公室出来，走到这边时也注意到了躲在角落里耷拉着脑袋抽泣的女生，自然也注意到了路过的其他人频频瞅向向暖。

骆夏知道她为什么情绪失控。

向暖这次考得不好，应该说是比上一次差多了。

可能她有压力吧。他这样想着，抬脚走过去，压低声音喊她：“向暖。”

向暖突然听到骆夏的声音，惶然抬起头，又飞快地别开脸，抬手胡乱地抹脸上的眼泪。

骆夏温和爽朗地说：“我告诉你一个好地方。沿着办公楼的楼梯一直往上，那里有个天台。通往天台的密码挂锁的密码是‘2X21’。”

向暖红着眼眶望了他一眼，随即就垂下眼帘，哭过的声音里带着鼻音：“可是马上要上自习课了……”

“那就逃一节课。”骆夏笑道，“也没人查。我保证不会有第三个人知道你逃课。”

从小循规蹈矩的向暖从没有做过任何一件违反校规校纪的事情，但轻易地被骆夏说服了，按照他说的路线往天台走去。

到了最上面的楼梯，她果然看到了上了锁的门。

向暖把锁上的四个密码圆盘依次转动到 2、X、2、1，而后密码挂锁弹开。

她拉开门，上了天台。

这里没有其他人，很安静，安静到只有风声清晰地响在耳边。

天台上有张长凳，但向暖没有坐下，而是走到最边缘处，扒着半人多高的围栏望向远处。

风很猛，吹得她的头发胡乱飞舞，眼睛也变得干涩，哪里还有一滴眼泪。校服被吹得鼓鼓的，像充满了气。

刚刚哭过的向暖脑袋原本突突地疼，此时倒觉得缓解了一些，浑身舒坦不少。

骆夏来天台时，向暖正倚靠着墙，咬着拉到最上端的校服外套拉链发呆。

听到开门声响，她茫然地抬起眼，看到男生踏进这方天地。

他迎着肆意的风，在一片绚烂的火烧云下，信步朝她走来。

向暖没想到他也会过来，登时浑身僵硬，表情错愕地望着他。

天台上的风还在吹，她的头发凌乱地飘着，眼尾的红晕还没消退，咬着拉链的嘴巴微露牙齿，看上去很呆。

骆夏拎着一个袋子过来，温和地笑问："这里感觉怎么样？"

向暖在和他目光相对的那一刻就垂下了头，而后慌忙松开叼在嘴里的拉链，混着口腔里轻微的金属味道，词穷地小声回他："挺好的。"

这里很适合一个人躲起来发泄情绪。

"是吧？"他吸了口气，像是在享受这种光景，笑道，"这里莫名可以让人心情平和。"

向暖抿抿嘴巴，假装不经意地问他："大家心情不好的时候都会来这儿吗？"

骆夏随口答："不啊，别人不知道，你是第二个来这里的人。"

这个天台是他无意间发现的，密码挂锁也是他一点儿一点儿试开的。

自从发现了这个好地方，骆夏这几年时常会独自过来放空脑袋。

不管是谁，总有想一个人安静待会儿的时候。

向暖本就抱有一丝隐隐的期待心情，闻言心脏登时鲜活地跳起来。

她是第二个，没有别人知道，仿佛和他有了单独的秘密基地一样。

骆夏把东西放到她面前的长凳上，说："吃点儿东西，可能心情会更好些。"

透过透明的袋子，向暖隐约看到了装在里面的养乐多和葡萄味棒棒糖，好像还有薯片。

“那你自己放松会儿，我先回去了。”他没过多打扰她，放下东西就要走。

向暖在他转身后张了张嘴，最终只说出一句：“谢谢。”

骆夏停下来，扭头回她说：“不客气。”

“我……我以后还能来这里吗？”她问完就咬紧嘴唇，忐忑不安地等着他的回答。

骆夏笑了笑，应允：“当然啊，你想来就来。”

向暖目不转睛地望着他挺拔瘦削的背影，有那么一瞬间，好像看到了风，充满温柔但又恣意的风。

夏天，似乎要来了。

2010 年 4 月 30 日，考砸了，很难过，不该是这个水平的。

2010 年 4 月 30 日，偷哭被他撞见，他让我去了只有他自己知道的天台。从此我仿佛和他有了共同的秘密基地。

2010 年 4 月 30 日，长这么大第一次逃课，他说会帮我保密。

2010 年 4 月 30 日，我好像看到了很温柔的风，风在告诉我，夏天就要来了。

这年填报志愿的时间在 5 月 12 日至 17 日。

5 月 14 日，距离毕业不足一个月的他们拍了一张集体照。

向暖站在老师后面，骆夏和她隔着一排，站在她身后的身后。

傍晚，高三年级没有上最后一节自习课，学校组织了一场“喊楼”活动。

每个高三生都拿着一只写了自己最想去的大学和专业的纸飞机，围满了教学楼每层的走廊还有楼下的空地。

不知道是不是上天眷顾向暖，她的右手边正巧是骆夏。

因为整个高三年级都参加，人和人挨得很近，近到她和他稍微动一下就会碰到对方。

向暖也因此频频失神，心跳加速。

他们一起欣赏着远处美得像幅画的天空，白云飘在粉蓝中带橘色的天际，听着这群高三学子齐声高歌。

从“你是我最初和最后的天堂”到“最美的不是下雨天，是曾与你躲过雨的屋檐”；

从“你出现在我诗的每一页”到“我遇见你是最美丽的意外”；

…………

虽然是集体大合唱，但向暖依然能够在这么多人的声音中精准地抓住环绕在她身边的骆夏的声音。

他的歌声格外动情悦耳，爽朗温润的声音里仿佛藏了一整个浩瀚无垠的宇宙，囊括着所有的星辰大海。

男生的手肘不经意间和向暖的胳膊碰了一下，向暖的呼吸登时停滞，心跳也跟着漏掉几拍。胸腔里的心脏活蹦乱跳地四处乱撞，就连额角都突突地跳起来。

她像突然被他甩进了猛烈的飓风中心，而身侧的始作俑者那么风平浪静、云淡风轻。

向暖不自觉地抿紧了嘴巴，听到他声音爽朗地唱：“你是我唯一想要的了解。”

这场“喊楼”活动直到夜幕垂坠将学校笼罩起来时，才在大家扔纸飞机的高喊声中结束。

“我要考海大金融系！”

“孟佳宁要上沈科大计算机系！”

“北大中文系！”

“清大新闻系！”

…………

一声声拼尽全力的呐喊像在跟高考宣战。在空中盘旋飞舞的纸飞机承载着一个个沉甸甸的梦想。

向暖要上清大建筑系。

5 月 17 日周一开学，向暖交了志愿表后没多久，就被杨其进叫进了办公室。

杨其进拿着她的志愿表，问：“我看你第一志愿填的是清大建筑系，确定不改了吗？”

向暖点点头。

他温声提醒向暖：“向暖，老师知道你很努力，从高三开学到现在，你的进步大家也都有目共睹，但……不是老师打击你，只是想给你分析一下情况，你目前最好的成绩是年级第九十八名，这个成绩或许可以被清大录取，但肯定进不去建筑系这种王牌专业。你懂老师的意思吧？”

向暖咬了咬嘴唇，轻声说：“我知道。”

“不改？”杨其进问。

“不改了，老师。”向暖攥紧手指，声音很轻，但语气格外坚定。

杨其进叹了一口气，无奈道：“行了，你回去吧。”

距离高考越来越近，教室后面黑板上倒计时的数字一天天减少。

5月底，距离高考还有六天时，前几天考的三模成绩登了出来。

骆夏雷打不动稳坐第一名，分数也是出奇地高，直接上了740分。

向暖第一次冲进班级前五名，班里排名第四名，年级排名第五十四名，总分680分。

最后一次模考，让向暖知道，自己是有能力跨过清大的门槛的，只要她再少错一道题。

时值6月，初夏已至。

天气干燥炎热，教室里的空调一整天都不停歇地吹着冷气。

下学期班主任都没给他们调过座位，此时向暖还是骆夏的前桌。

向暖每天都像被钉在了座位上，除了吃饭和去卫生间，其他时间都在低头学习，今天也不例外。

余渡和骆夏还有靳言洲一同从外面走进后门。

余渡一进来就嚷嚷：“都得给我写同学录啊！班上每个人都有份！”

他一边说着，一边真的从第一排开始一张张地发起同学录的内页来。

骆夏站在自己的桌子后面，长臂一伸，把两瓶养乐多放在邱橙和向暖的课桌中间。

邱橙昨天熬夜学习，这会儿困得不行，正趁课间这几分钟赶紧养养精神，没察觉骆夏给养乐多。

但向暖发现了，本能地抬了抬眼眸，又很快低敛，小声道谢：“谢谢。”

她刚说完，靳言洲又往她们的课桌上放了两根棒棒糖。

向暖更意外了，又对靳言洲说了一遍“谢谢”。

余渡正好走过来，听到向暖的话，笑道：“儿童节快乐啊，向暖！”

向暖惊讶：儿童节？

哦，确实，今天是6月1日。

她弯了弯杏眼，回了余渡一句：“儿童节快乐。”

余渡给了她两张同学录的内页，说：“等学姐醒了给学姐一张，一定要帮我认真填啊！”

向暖笑着答应：“好。”

向暖看了看同学录要填的内容，就开始在其中一张上写起来。

> 最喜欢的颜色：紫色。
> 最喜欢的季节：夏季。
> 最喜欢的歌曲：《葡萄成熟时》。
> 最大的爱好：摄影。
> …………

她写着写着，笔就停下了。

同学录……或许，她也可以买一本。

隔天，向暖抱着新买的同学录进教室时，就看到余渡正在骆夏的座位旁，手中拿着一张同学录内页。

余渡不满地抱怨：“夏哥，你不地道！你就给我写了一句‘前程似锦’，还是和别人一样的！”

骆夏拿起桌上一沓花花绿绿的同学录内页给余渡看，无奈失笑道：“实在太多了，我一视同仁。”

余渡哼哼：“我能跟别人一样吗？我可是你从小学就认识的发小儿！”

骆夏叹气：“那我再给你添点儿。”说着，他从余渡手中拿走同学录内页，又写了几个字。

随后，刚回到座位的向暖就听到身后的余渡震惊道："你就添个'祝余渡'？！这和没添有什么区别？！夏哥，你失去我了，咱俩十多年的交情到此为止了。"

余渡说完正想走，就看到向暖买的同学录，立刻不跟骆夏闹脾气了，笑嘻嘻地问："向暖，你也买同学录啦！快给我一张，我来写！"

向暖有时候真的很感谢余渡这个神经大条又平易近人的男生。就像此时，她本来不知道要怎么开口，这下都不用开口了。

向暖打开同学录，拿出几张内页来，递给余渡一张，然后转身，给靳言洲一张，轻声问："要帮我写一张吗？"

靳言洲没说话，直接拿走了她递过去的同学录。

随后，向暖就把视线落在了骆夏那边。男生没等她开口问就淡笑着伸出手，她连忙把手中仅剩的一张交给骆夏。

她不知道自己的脸有没有红，但很心慌意乱，声音也变得细弱，快速又小声地对他说了句："谢谢。"

向暖说完就回过头，脊背绷直。她暗暗深呼吸了几下，然后又拿出一张，放在了邱橙的桌上。

邱橙上完厕所一回来就看到了桌上的同学录内页。

"咦？"她不解地问，"这是谁的？"

向暖急忙说："我的，我的。"

邱橙乐了，意外道："暖暖居然也热衷于收集同学录，我还以为你对这些不感兴趣呢。"

向暖佯装淡定地说："就……留个纪念。"

邱橙笑道："不错不错，等明天我也搞一本。"

上课前，骆夏就把写好的同学录内页给了向暖。

向暖拿着他还回来的同学录内页，一行一行认真地看。

她买的同学录和余渡的在内容上有点儿差别，并不完全一样。

姓名：骆夏。

生日：1992年6月21日。

…………

梦想：建筑设计师。

爱好：拼装积木、弹钢琴、唱歌。

…………

最喜欢的颜色：黑白。

最喜欢的季节：四季。

最喜欢的歌曲：《葡萄成熟时》。

最喜欢的歌手：陈奕迅。

最敬佩的人物：骆锦游。

她翻过去，祝愿留言板上面只有四个字——前程似锦。

这和他给别人写的并没什么不同。

向暖其实早就猜到了，但心里依旧会抱着侥幸的期待，希望他能给她写句别的，送她一句和别人不一样的祝愿。

但怎么可能？

她在他心里又没什么特别的，只是很普通的同班同学而已。

就算她被他算作朋友，也是交流很少很少的普通朋友。

一年一度的高考在 6 月 7 日如期而至，统一穿着夏季蓝白色校服的男生女生陆陆续续地进入各自的考场。

时间在笔落在试卷上的沙沙声中流淌而过。

教室内安静得落针可闻，空调一直运转着，冷气吹到每个角落里。

窗外阳光炽烈，繁茂的树下，夏蝉不知藏在哪处地方，不知疲倦地叫着。

两天的高考眨眼就结束了。

最后一场英语考完，各个考场的学生蜂拥而出，此前安静的学校瞬间变得热闹沸腾。

“毕业了！”

“我解放了！”

“我们毕业了！！！”

有同学一边扔东西一边高声欢呼。

向暖随着人流往楼下走，周围都是黑压压的人头，大家吵吵闹闹，一个比一个兴奋。当然，这之中也夹杂着因为没考好而颓丧甚至落泪的同学。

走出教学楼，人群四散开。

向暖站在楼前，望着花坛里盛开的五颜六色的花朵，深深地吸了一口气，再尽数呼出来。

高三这一年，她从没有哪一刻像现在这样轻松过，好似肩上背负的重担突然之间全部卸下，就连步伐都变得轻盈许多。

母亲和靳叔叔跟其他家长一样，特意放下工作，在学校外等了她和靳言洲两天。

向暖找到他们时，靳言洲已经坐在车里了。

一家四口下饭馆好好地吃了顿晚饭。

回到家，向暖把堆在书桌上的一摞摞书和一沓沓试卷都收进箱子里，清理过后的书桌顿时宽敞不少。

然后，她的视线落在已经装满瓶的千纸鹤上。

向暖拿起玻璃瓶，手指在瓶身上轻轻地点了点，而后浅笑着放下，找出睡衣去洗澡。

睡前，向暖在书桌前坐下，摸出最后一张彩纸。

他们说，每一只千纸鹤都代表一份祝愿，叠出一千只千纸鹤就可以许一个心愿。

我不敢太贪心，但也并不是无所求。

一千只千纸鹤，我用九百九十九只祝福你，最后一只偷偷留给我自己。

希望你能稍微地注意我、喜欢我，哪怕只有千分之一的概率。

2010 年 6 月 8 日，我们毕业了。毕业快乐，骆夏。

高考之后，随之而来的是各种聚餐聚会。

班级聚餐过后，他们五个人商量好去海边玩三天两夜，就当是毕业旅行。

骆夏说：“我可以提供车和住的地方。”

邱橙惊讶道：“你别告诉我你家在海边有别墅。”

骆夏忍不住笑道：“还真有。”

余渡在旁边插话：“夏哥提供的车是商务七座哦！”

邱橙不断点头，默默地竖了个大拇指，而后笑道：“我们有你这种豪气的朋友可太幸福了。”

几个人说走就走，当天就收拾好东西，动身前往海边。

开车送他们的是骆夏家的司机，骆夏坐在副驾驶座，余渡和靳言洲在中间排的两个座位上，向暖和邱橙在后排。

车子一路开，车载音乐一路放。几个人不知不觉就合唱起来：“给你我的心作纪念，这份爱任何时刻你打开都新鲜……你是夏天，有海风吹过棕榈的蓝天……就算整个世界都改变，也不改变为你勇敢的自己……”

车窗开着，他们的歌声随着夏日微风，飘向未知的远方。

到海边别墅时，刚好是景色最好的傍晚时分。年轻人精力旺盛，坐了好几个小时的车都感觉不到累，放下行李就奔向了大海。

向暖穿的是一条吊带碎花长裙，外搭了一件短款的透明长袖衫。她和邱橙在海边光着脚踩水玩，笑得停不下来。

不远处的余渡忽然大喊：“哎！夕阳！”

他惹得其他四个人的目光纷纷看向远处，只见橙红色的光芒晕开，将湛蓝的天空染成橘色，大片大片的火烧云正随着即将垂落隐匿的太阳缓缓地移动着。

余渡张开双臂，朝着夕阳的方向欢呼奔跑，随后又变成了他们五个人沿着海岸线追逐夕阳余晖。

他们一边跑，一边用脚扬沙。

骆夏回头飞起一脚，细沙冲着靳言洲飞去。但靳言洲动作利落地躲开了，而他身后的向暖遭了殃。

骆夏没想到会伤及无辜，本能地道歉：“对不起向暖，我……”男生说话时，嘴角的笑意还没散去，在夕阳下格外惹眼。

向暖也不知道哪里来的胆子，甚至感觉自己的脑子还没转动，脚就伸了出去——她也冲他扬了一脚沙。

猝不及防，骆夏没躲开，挽起的裤腿中登时藏了不少细沙。

向暖看到他嘴角的笑容扩大，露出几颗洁白的牙齿。

胸腔里的心脏扑通扑通地跳着，她脸红耳热地望着他，清凉的海风都无法消除她身上的灼热感觉。

向暖不自觉地跟着他笑起来。

“那边有自行车！”邱橙指着路边开心地喊，扭头兴奋地问他们，“我们沿路骑自行车吧！”

“去追夕阳！！！”

“走！”骆夏招了下手，率先朝着租自行车的地方跑去。

五个人骑上自行车，沿着海边的路蹬自行车，车轮飞快地碾过马路，几道身影跟风赛跑，竭尽全力追逐着黄昏的夕阳。

向暖骑车的速度比不过男生，只能望着骆夏的背影。她扬着笑，就只凝视着前方那道清瘦挺拔的身影。

她看到他松开了车把。男生张开双臂，迎接着海风，还高兴地欢呼：“哦——”

向暖慢慢地抬起一只手，伸出去一点儿。从她的角度看，像牵住了他的手。

一路骑到一个视野开阔的看台，几个人随意地把自行车放倒在旁边，走到看台的最前端，抓着栏杆眺望远方。

向暖在没有人注意时，扭头抬眼，隔着邱橙望了望骆夏。

男生的脸上挂着明朗的笑，在这一刻，他漂亮的桃花眼中仿佛盛满了璀璨的星空。

她无比渴望骆夏能低下头看她一眼，一眼就好，却又矛盾地觉得，他本就该这样。

她喜欢的少年，如盛夏时节的太阳，高悬云端，耀眼夺目。他的视野里就该满是对远方的憧憬，而不是流连脚下这片方寸之地。

晚饭几个人吃了一顿海鲜大餐。

因为白天玩得太疯，吃过晚饭没多久，几个人就回房间睡觉了。

女生一个屋，男生一个屋。

但不知道是不是因为今天太兴奋，向暖在邱橙睡着后很久还丝毫没有睡意。她在床上翻来覆去，最终穿上衣服，轻手轻脚地离开了房间。

这栋别墅有个视野极好的露台，露台上放着躺椅。向暖来到露台，躺到躺椅上，安安静静地望着头顶的一片星空。她不由自主地回忆起今

天和他一起度过的时光，越想，嘴角的弧度就越大。

他们一起追逐夕阳，沿着海岸线飞奔。

他们也迎着海风一路骑行，看同一片大海。

此时，头顶的星空就像另一片深蓝的海域。

向暖用手指比了个“相框”，对着夜空缓缓移动，寻找着最亮的那颗星星。

就在这时，她听到了一道很轻的脚步声。

向暖的手瞬间落下来。

她刚坐起身，骆夏就端着两杯水走了过来。他递给她一杯水，压低的声音里带着几分才睡醒的倦懒感，问向暖：“你怎么自己在这儿？睡不着吗？”

向暖连忙双手捧过他递过来的玻璃杯，垂着眼胡乱地点了点头，心跳在他出现的那一刻就已经紊乱。

骆夏在她对面的躺椅上坐下来，和她正对着。

向暖没想到他会选择坐下，呼吸登时滞住。

他仰头喝了口水。

露台上的壁灯一直亮着，光线有点儿昏暗。朦胧的光晕下，他的喉结滚动了一下，尤为性感。

骆夏没有再说什么。两个人就这么相对而坐，吹着夜风，安安静静地喝水。

向暖的目光总是不敢在他的身上停留。她每次瞥过去，下一秒就仓皇地别开头，生怕被他察觉到什么。

但骆夏根本没在意。他才睡醒，脑袋都不太清醒。他只是觉得渴了，出来喝杯水，没想到看到她这么晚了一个人在露台上，所以趁喝水的时间过来陪她坐会儿。

虽然谁也没说话，但向暖格外欢喜能和他有这样的独处时光。

向暖希望时间能停留在这一刻，停留在只有她和他，还有夏日海滩和温柔月色的这一刻。

但时间不会为谁停留。不多时，骆夏喝完杯子里的水起身，嗓音比刚才清亮了些，低声道：“我回房间了，你也早点儿睡。”

向暖再一次心慌意乱地点头，声如蚊蚋地应他：“嗯。”

等他离开，她才敢深深地吐出一口气，然而气息还没平稳，骆夏又折了回来。

向暖被他再次突然出现吓了一跳，心有余悸地将手按在胸口，清澈的杏眼中闪过惊慌之色。

骆夏没料到自己会吓到她，低声道歉："抱歉，吓到你了。给你这个。"他说着，把手中的毯子递过去，语气温和，"晚上凉，别吹感冒了。"

向暖咬住嘴唇，手指微颤着抱过他给她拿来的毯子，轻声说："谢谢。"

"不用，"骆夏说，"别待太晚。"

"好。"她的回答混在夜风中，飘忽到有些不清晰。

隔天晚上，向暖再一次去了露台。

不为别的，她只是不由自主地期待着他今晚也能在半夜出来喝口水，和她安静地坐会儿。

躺椅旁边的桌上有他们白天放在这儿的瓜子。向暖等了好久都等不到他出来，就一个人默默地数瓜子，一边数一边小声地念："来，不来，来，不来……"

直到她数完，他都没出现。

时间一分一秒地流逝，接近黎明，向暖依旧毫无睡意。她起身走到露台最前端，望向远处的海平线，那里隐约有了些许光亮。

黎明将至，日出也将随之而来。向暖已经不再期待骆夏会出来，反正也不困，就打算独自看个日出。

然而就在这时，向暖忽然听到一些轻微的声响，随即熟悉的脚步声响起。她微怔，下意识地咬住唇——她能辨认出他的脚步声。

向暖还没回过头，骆夏就发现了站在露台上的她。男生快步走过来。

"向暖。"他喊了她一声，语气有点儿急切。

向暖梗着脖子扭头，这才看到他手里拎着行李包。她顿时抿住唇，仰头看向他，话还没问出来，他就率先开了口。

骆夏的表情带着担忧，语气也隐隐地暴露了焦急的心情，但声音依

然镇定爽朗。他对向暖说："我家里有点儿事要先走，等他们醒了你帮我告诉他们一声。"

向暖一时没反应过来，只乖乖地点头答应："好。"

"白天司机会开车过来接你们。"他说完就又快又急地大步往外走。

向暖的大脑已经一片空白，脚不听使唤地跟着他走。

骆夏突然想起来什么，一转身，向暖就猝不及防地撞进了他的怀里。

两个人都瞬间退开一步。

向暖捂着被撞疼的额头，眼泛泪花，神志也因此清醒不少。

"对不起……"她喃喃道歉。

骆夏只说："我把钥匙放在这儿。"

向暖咬着嘴唇点头："嗯。"

随后，放轻的关门声响起。这趟毕业旅行骆夏率先离开。

向暖回到露台，看到他钻进了一辆出租车里。而后，车子渐渐地消失在她的视野中，连同他一起。

等另外三个人陆陆续续醒来，向暖把骆夏提前走的事告诉了他们。

几个人都没有心思再玩，气氛也没有再活跃起来。谁也没提及骆夏说的家里有事到底是有什么事，但大家心里都很担心。

向暖自骆夏走的那一刻起就很不安，其他三个人大概和她一样。

直到下午上车，余渡第一个忍不住，问了骆夏家里的司机。他们这才得知，是骆夏的爷爷生病住院了。

坐在最后排的向暖听到余渡闷闷地嘀咕："骆爷爷是骆夏最敬佩、最爱戴的长辈了，他不担心才怪。"

到了沈城要下车时，余渡问："我们要不要去医院看看骆爷爷啊？"

一直没怎么说话的靳言洲开口道："别了，万一打扰到他更不好，还是等骆夏的消息吧。"

邱橙点头同意："靳言洲说得对，我们现在先别过去打扰了。"

自这天之后，骆夏就再没有消息了。

一直到夏至那天，骆夏一大早突然在 QQ 群里发了一条消息。

LX："我不去清大了，改出国读医，今天就走。"

刚睡醒的向暖看到这条消息，傻在了床上。有一瞬间，她以为自己还在做梦。

向暖捧着手机来来回回地看他这句话，一个字一个字地抠。过了良久，她还是不敢相信，骆夏突然改变了志愿。

群里已经炸了锅，靳言洲问他为什么，骆夏说一两句解释不清。

余渡就说："那见面。"

邱橙也追着骆夏问他乘几点的飞机。

骆夏既然告诉他们，就没打算偷偷离开，几个人约好在机场见。

向暖始终没有在群里说话。

随后，她的房门被敲响，靳言洲的声音隔着门板传过来："醒了吗？"

"嗯……"声音紧绷得不像她的，向暖清了清嗓子，回道，"醒了。"

"骆夏要出国，你换衣服出来，我们去机场。"靳言洲的声音低沉。

向暖皱了皱眉头，强忍住眼泪，沉默了片刻，确定声音不会出纰漏，才答："好。"

向暖浑浑噩噩地洗漱换衣服，把那瓶千纸鹤装进粉色的双肩小背包里，然后就神情不明地跟着靳言洲出了门。

到了机场，她也不知道该往哪儿走，全凭靳言洲带路。

不知道是不是骆夏要出国学医这件事太令人难以接受，向暖总觉得像在做梦，也跟在梦中一样，时不时就跟经过的路人相撞。

靳言洲把她拉过来，没好气地说："你不看路啊？"

向暖被撞得肩膀疼，但又觉得有个地方比肩膀还要疼。

他们找到骆夏时，余渡和邱橙也刚到。

男生脚边放着一黑一蓝两个行李箱。他穿着白色短袖T恤衫，搭配黑色背带裤，脑袋上还扣了顶黑色棒球帽。

没有家人送行，就他一个人。

其实骆夏早在家里就和家人告了别，特意把这段时间留给了这几个朋友。

余渡和邱橙一个问题接一个问题，骆夏全都毫无保留地回答。向暖和靳言洲没说话，就只听着。

也是这时，向暖才从骆夏口中得知，那日他提前回家是他爷爷因为急性阑尾炎住院了。但由于老人对痛觉感知迟钝，送到医院时其实阑尾

炎已经发作了一段时间，导致腹腔感染，差点儿阑尾穿孔。

虽然最后手术顺利，但一家人依旧心惊胆战了好久。而骆夏的奶奶也因为丈夫生病，急火攻心病倒了，好在现在也慢慢地在恢复健康。

可这场经历让骆夏重新认真思索了接下来的路要怎么走。他不想沿着爷爷开辟出来的康庄大道往前走了。他知道如果自己选择建筑系的话，以后必定前途平坦开阔，也明白这个时候突然放弃保送清大出国学医有多难，但还是铁了心，决定走前路满是荆棘的道路。

在跟家人商量过后，骆夏得到了家人的支持。随后骆家跟清大校方联系，说明了情况，最终取得了对方的理解，将骆夏的保送资格取消。

至于为什么现在就要走，因为骆夏要提前去英国适应，提前进入学习。

他们说了好多好多。

向暖始终一声不吭，紧紧地抱着怀里的粉色双肩包，手指揪着拉链，脑子里混乱不堪。

也只有他，才敢做出这么大胆的选择吧。明明可以按部就班轻轻松松地学习、毕业、工作，可他毫不犹豫地放弃保送的资格，毅然决然地踏上了一条未知的道路。

有这种勇气和资格的，也只有骆夏了。

在骆夏要过安检时，余渡甚至抱着他哭鼻子，任性地问他能不能不走。

邱橙也红了眼眶，声音哽咽，却笑着说："既然这样，还有什么好说的？学姐支持你。你这么优秀，无论到哪里、学什么，肯定都能闯出一番天地。"

骆夏笑道："借你吉言。"

轮到靳言洲时，他走到骆夏面前，和骆夏紧紧地拥抱了一下。他们什么也没说，只是抱了抱彼此。

机场的广播在催促乘客登机。

骆夏说："我得走了。"

只有向暖自始至终没说一个字。就在他转身的前一刻，向暖才突然喊住他："骆夏！"

自重逢以来，她第一次叫他的名字，却是在他再次要走的时候。

向暖仰起头，撞进骆夏的眼眸中。她这才注意到，他的眼睛是红的，但他依然笑着，笑容依旧干净明朗。

她被他坦然的目光灼到，还是不争气地瞬间敛下长睫毛，试图遮住眼里快要泛滥的情绪。

“谢谢你。”她微微哽咽，很轻声地对他说。

谢谢你，在十二年前的今天出现在我的生命里，让我对今后漫长的人生有了些许期待。

谢谢你，去年再一次闯入我的生活，让我高三这一年有了往前奔跑的动力，不断地提升着自己。

谢谢你，如果没有你，向暖不会成为现在的向暖。

机场嘈杂，广播在响，她的声音又小，骆夏没听清。

他微微弯腰凑近她：“嗯？”

他还是这么温柔绅士。向暖难过的呜咽声在这一刻差点儿冲破喉咙。

她快速地眨着眼睛，勉强憋回眼泪，极力想要将声音放稳，缓了缓才说：“祝你……前程似锦。”

他轻笑，低声回她：“你也是。”

向暖的眼睛再一次发热，眼尾染尽红晕，视线也变得模糊。

他已经拉着行李箱转身往安检口走去。向暖死死地咬着嘴唇，耷拉着头，根本不敢看他渐渐远去的背影。

但她还是克制不住，抬起了头，目光锁定在了他的身上。

他高挑修长的背影在人群中还是那么惹眼，像一棵屹立的松树，笔直挺拔。

可再惹眼、再好辨认，他还是从她的视野中彻底消失了。

悲哀的是，她连为他流眼泪的资格都没有，只能默默地目送着他走远。

向暖抱紧藏在书包里的玻璃瓶，几乎要将嘴唇咬破，才勉强遏止要哭的冲动。

对十八岁的向暖来说，青春里最大的遗憾，是她还没来得及勇敢，骆夏就再一次离开了她的世界，她甚至连一句喜欢都没说出口。

这天傍晚，向暖独自回了学校。

她来到那个只有他们两个人知道的天台，一个人坐在长凳上，望着远处漂亮的粉蓝色天空发呆。

夏天的风夹着热浪扑面而来，可向暖丝毫感受不到夏季存在的痕迹。

明明他出国不是因为任何误会，也没有不告而别，可偏偏就是这样，向暖心里才更难受，说不上来地难受。

虽然没资格为他掉眼泪，但她还是没有稳住情绪，哭了。

很奇怪，这次的风无法吹干眼睛，连脸颊都很潮湿。她像淋了一场滂沱大雨，心也跟着湿了一片。

向暖恍惚觉得在做梦，这一年的光景就像在梦里和他重逢了一场。现在梦醒了，他也不见了。

2010 年的这个夏天，对向暖来说，结束得意外地早。

从学校回到家后，向暖把自己关进房间。她拿出同学录，找到骆夏写的那一张，在他给她留的那句“前程似锦”下面，提笔写了一句话：

“我偷偷把有你的夏天藏在我的每一天里。”

这样，我的每一天都是夏天，每一天里都有你。

我们在夏至遇见，又在夏至告别。

希望下一次再见，我可以鲜活地站在你面前，坦然自信地笑对你。

骆夏，十八岁生日快乐。

愿你我，前程似锦。

第六章

第三次相逢

骆夏出国后没几天就是高考成绩的放榜日。

查分数的时候，向暖紧张到敲键盘的手指都在抖，甚至输错了两次考号。

在页面加载出来的那一刻，向暖看到了自己的总分。

702 分。这是她高三这一年来考得最好的一次。

在向琳和靳朝闻还惊喜得说不出话来时，站在向暖身后的靳言洲就低声说："稳了。"

清大建筑系，她绝对没问题了。

向暖咬住下唇，眼睛酸酸胀胀的，又想哭又想笑。她情不自禁地想起此时已经远在英国的骆夏。如果他没走，他们就是同校同专业了。

随后靳言洲也查了自己的分数——738 分。

不久后，全省的理科状元被官方公布，是骆夏，总分 745 分。这个分数也是该省有史以来理科状元的最高分。

知道高考分数的这天，向琳和靳朝闻送给向暖一部相机。

向暖捧着心心念念已久的崭新相机，遗憾地心想：要是再早一点儿

拥有它就好了，那样的话，或许毕业照就不是她拥有的唯一一张骆夏的照片了。

高考尘埃落定，接下来是长长的暑假，向暖已经给自己安排好日程。

她报了一个舞蹈班和一个钢琴班，还应聘了一份家教兼职工作。每周一和周三学舞蹈，周二和周四学钢琴，周末就去做家教。

一周七天，她只有周五是空闲的。她便在这天拿着相机出门，去采风拍照，顺便放松心情。

这个暑假，骆夏还是会和他们在群里说话，只不过次数不多，而且隔着时差，大家的回复也不及时。

向暖踏着炎夏的热浪，在沈城走过了曾经走过的很多地方，也用相机拍下了一张张不用进行任何后期修饰的照片：

那家便利店，连接教学楼和办公楼的连廊，高三（13）班的教室，那个少年的座位和他座位上的养乐多；

学校图书馆靠窗的那张桌子和那扇窗，为了还原场景，她还特意带了那把紫色雨伞，再次把雨伞挂在了窗边；

一场滂沱大雨，和陷入夜雨中的城市；

省图书馆里复习的地方，还有纯白窗帘随风飘动的瞬间；

公交车站，烤串、啤酒、汽水，李记蟹黄包以及它对面的篮球场；

路灯下的影子，养乐多，棒棒糖，矿泉水和那瓶千纸鹤；

冬至那天他们吃饺子的那家小餐馆里他们坐的位置，还有当晚一起去过的 KTV 包间，以及那条向左向右的岔路口；

学校举办运动会的操场，开元旦联欢会的礼堂，公司的会客室；

堆满书本和资料的课桌，学校天台，还有“喊楼”的走廊；

毕业后去过的那个海边，属于那片海的黄昏和自行车，以及那晚的夏日海滩和温柔月色；

最后是他离开的机场。

暑假结束时，向暖用兼职家教的工资奖励了自己一套 nanoblock 的积木，剩下的钱给了向琳。

她想拍的照片在这个酷夏都拍完了。

去大学报到的前一晚，向暖开通了一个微博，ID（用户名）是

“2X21”。然后，她将这些摄影技术青涩的照片发布，相册命名为——《十七八》。

至此，她的高中时代彻底画上句号。

夏天的尾巴偷偷溜走时，曾经在同一间教室里学习的大家陆陆续续地去了各自的大学，分布在五湖四海。

邱橙和靳言洲都如愿进了沈大，余渡高考发挥正常，去海城读了一所二本学校，向暖则独自踏入了清大校园。

大一期间，向暖除去学习，不仅加入了学生会，还进了辩论社和舞蹈社。

除此之外，她依然保持每周两节钢琴课的报班学习，也坚持每周都会拍些照片，觉得不错的便发布在微博上。偶尔闲暇或者心情不好时，她就会拼积木。

这年的冬天，向暖去理发店做头发时，顺便打了一个耳洞。

她的发型依然是齐肩短发，只不过染了颜色。耳洞也只打了左耳，戴上了一颗很小的黑耳钉。但不久，她的耳洞就开始发炎，折腾了好久才慢慢好转。

那个五人 QQ 群在几个月的时间里迅速变得冷清，就像各自在不同校园生活的他们已经不常联系。

毕业后的大家都在不知不觉间渐行渐远，哪怕过年过节会聚餐聚会，但随着时间的沉淀，最后也只剩下客套的寒暄。

那一年的除夕，向暖再一次打开了和骆夏的 QQ 聊天界面。

他们上次的聊天记录还在去年除夕。

虽然已经在大学生活半年，她也一直在努力丰富自己的生活，想让自己越来越优秀，直到某一天可以闪闪发光。但向暖发现，一旦遇上他，还是无法控制地胆怯紧张，根本做不到坦然镇定。

向暖犹豫了半天，终于在临近午夜 0 点时又一次给他发了一句“新年快乐”。

对面的人不多时就回复了她：“新年快乐。”

向暖惊喜又意外，完全没想到他会这么快回复，因为他那边现在应该是凌晨 4 点多。

向暖的心脏扑通扑通地跳动着，呼吸都急促不稳起来。

她立刻敲字发送：“你居然醒着？”

LX：“嗯，刚起来洗漱完，正打算看书。”

向暖瞬间咬住嘴唇。

凌晨 4 点，他就起床看书。

她突然想到了一年前的自己，但他肯定比那时的自己压力更大吧。

早在骆夏出国的那晚，向暖就查了各种关于高中毕业后留学读医的信息。

骆夏到了那边要先学生物医学之类的专业，学几年后通过一个医学考试，才能读临床医学。

对骆夏来说，等于一切从零开始。

输入框里的字被向暖写了删删了写，最后只剩一句：“照顾好自己，新的一年平安顺利。”

LX：“你也是。”

而后聊天结束。向暖不敢多打扰他，骆夏也没有再发消息过来。

大一下半学期，向暖终于可以熟练流畅地弹出第一首钢琴曲——《卡农》，并在学校举办的校庆晚会上弹奏。

而自去年进入大学后，本就渐渐耀眼的她因此在学校一举成名。

不少其他专业的男生都知道建筑系有个女生长得很漂亮，有气质，又会弹钢琴又会跳舞，关键是学习成绩还好，在系里排名拔尖，并拿了一等奖学金。

这之后没多久，向暖又在一场辩论赛中赢得关注。因为作为一名非法学系的学生，她的临场表现格外出色。

在不少对向暖有意思的男生中，一个和她同在辩论社的男生率先迈出一步，试图追求她。

为了投其所好，他不动声色地通过各种渠道去了解她——给她买养乐多，请她吃蟹黄包，送她 nanoblock 的积木；为了迎合她的口味，他自己也开始吃榴梿；他甚至想带她去看陈奕迅的演唱会。

但向暖统统没有接受，一点儿都不拖泥带水地拒绝了这名男生。

可她也因此蓦然发觉，自己好像已经在不知不觉中迎合着骆夏的喜好生活，那些小细节早就悄然成为她的习惯。

习惯最不容易改掉。

她不由自主地打开电脑，登录 QQ，随即在只有他一个人的分组中看到了他的头像，是灰色的离线状态。

从这天起，向暖再也没有见过这个头像变成彩色。

她也试着给他发过几次消息，可全都石沉大海，再无回复。

可能大家都在忙自己的事，那个五人 QQ 群里已经很长一段时间没人说话了，其他三个人自然也就从没在群里提过联系不上骆夏。

她和骆夏就这样彻底失去了联系。

这一年，QQ 才推出的漂流瓶正火。

夏至那天，向暖买了一块小蛋糕带回宿舍，一边吃一边在电脑上打开 QQ，第一次百无聊赖地戳进了漂流瓶。

向暖随手点开一个真话瓶。

上面问题写的是：提到夏天，你第一个想到的是什么？

向暖拿着小叉子的手一顿，发起呆来。

她的脑海里突然闪过很多很多画面，但无一例外，都有同一道身影。

她将小叉子叉在蛋糕上，手指浮在键盘上方。

须臾，向暖的指尖在键盘上敲打了几下，给出答案。

只有两个字：骆夏。

她对着熟人藏匿得很深很深的情感，却能轻易地向陌生人吐露。

当时正是正午时分，学校广播站的点歌台正在放某同学点的歌。那是向暖熟悉的嗓音，属于陈奕迅的嗓音。

低沉磁性的男声缓缓唱着："我们的回忆没有皱褶，你却用离开烫下句点。"

向暖听得心里难受，不知道第多少次点开骆夏的 QQ——头像一直灰着。

2011 年 6 月 21 日，十九岁的骆夏，祝你生日快乐。

2012 年，邱橙不告而别出国。

向暖再次与一位好友失去联系。

渐渐地，余渡和秋程也在某天退出了她的生活。

大家虽然换了手机号，但依然有彼此的QQ，想联系自然能联系上，可他们再也没有联系过。

至此，向暖上大学之前的朋友，最终只剩下靳言洲一个。但向暖也只在放假前才会简单地跟他说一两句回不回沈城，平常很少闲聊。

好像自始至终都没有谁刻意去疏远谁，但他们就是慢慢地都走散了。

2014年秋，已经升入大五的向暖成为本科生中最年长的学姐。

刚开学，向暖就被大一的小学弟疯狂追求，一次次拒绝都浇不灭对方的热情。

室友夏晚在吃饭的时候和向暖谈起感情这档子事，好奇地问："暖暖，这几年你前前后后拒绝的男生都能打场篮球赛了，你就真没遇到喜欢的？"

向暖笑笑，微微耸肩："真没遇到。"

夏晚不信，一语破的："还是你心里有人啦？"

向暖拿筷子夹菜的手微顿，本来情绪也没多外露，却被夏晚捕捉住。

夏晚兴奋地笑道："你迟疑了！你肯定有喜欢的人！"

向暖轻叹，坦然承认："高中的时候暗恋过一个男生。"

夏晚眨了眨眼："一直喜欢到现在？"

向暖笑着问："我否认你信吗？"

夏晚说："我当然不信！你要是不喜欢他了，咱们学校那么多条件好、长得帅的男生追你，怎么一个都不答应？"

"可能就是单纯地对他们没感觉吧？"向暖笑道。

夏晚撇嘴道："对别人没感觉就是因为你还没放下他啊！有句话说得真没错，"夏晚慢悠悠地对向暖吐字，"年少时不能遇见太惊艳的人啊！"说完，她又立刻八卦，"哎，快跟我说说，他是个什么样的男生啊，居然能让这么优秀的你念念不忘？"

向暖眉眼轻弯，莞尔回道："是比我还要优秀好多好多的男生。"

"具体呢？"夏晚做出一副洗耳恭听的模样。

向暖沉吟片刻，忽然勾起一抹俏皮的笑："不告诉你。"

那些被她偷藏起来的和他有关的回忆，她甚至自私得不愿意同其他任何人共享。

2015年夏，向暖作为优秀毕业生从清大本科毕业，已经确定要去美国读研究生。

在出国之前，她回了沈城家里一趟，和家人一起待了两天。

也是在这两天里，向暖收拾了一下房间，把一些东西放进了收纳箱——那瓶千纸鹤、那本同学录、高三毕业照，还有他送她的茶杯加湿器。

她将收纳箱的盖子盖好，连同她的青春一起封存。

出国留学的生活强迫向暖改掉了一些烙印在骨子里的习惯。她吃不到蟹黄包和榴梿，去超市也不再刻意找养乐多买回去喝，但依旧听陈奕迅的歌，玩 nanoblock 的积木。

QQ 不再是她主要的聊天工具，微信才是。

当年只打了一个耳洞的她，又去打了另一个耳洞，这次没有发炎化脓。

整个大学期间保持的齐肩短发也开始慢慢蓄长。

向暖忙于学业和生活，坚持跳舞和弹琴，偶尔去参加同学举办的派对。

她变得越来越自信大方，也一直在向前看。随着时间的推移，“骆夏”这个名字似乎也离她越来越远。

2016年冬，英国。

骆夏深夜从医院回到和同医院的华人师兄合租的房子，一推开门就闻到了久违的饺子香味。

他换上拖鞋，立刻进了厨房，看到师兄贾诚正在往盘子里盛饺子。他诧异地问：“师兄，你从哪儿弄的饺子？”

贾诚乐呵呵地说道：“我跑了好多地方才买到的咱们国家的特色水饺。”他把装盘的饺子递给骆夏，笑道，“今天国内不是冬至嘛，咱也吃个饺子应应景。”

骆夏接过一盘热腾腾的水饺，脑海里忽然闪过一些画面，稍愣了一下。

贾诚看出他在发呆，问道：“想什么呢？”

两个人一前一后从厨房里走出来，在餐桌前坐下后，骆夏才淡笑着说：“也没什么，就是突然想起来，我认识一个生日在冬至的女孩。”

“冬至也不一定是12月21日。”贾诚随口说。

“她是。”骆夏毫不犹豫地肯定道。

他记得很清楚，她的生日也在21日，和他隔了半年。而他们出生的那年，冬至就在12月21日。

贾诚有些诧异地抬眸，随即眼神里就带上了戏谑之意。他笑问：“她是个什么样的女生？”

骆夏回忆了片刻，说：“胆子小，内敛慢热，容易受惊吓，说话经常会带哭腔，在人群中的存在感挺低的，一不留神就会被忽视。”

贾诚笑着揶揄：“听起来你们很熟。”

骆夏将嘴里的饺子咽下去才开口解释：“也不算很熟吧，其实我们基本没怎么闲聊过，她对我说得最多的两句话是‘谢谢’和‘对不起’。”

贾诚对此不敢苟同，反问：“不熟，你怎么来国外六年了对人家的印象还这么深？”

骆夏无奈轻叹，笑道：“因为她有个特点还挺让我欣赏的。”

贾诚感兴趣地问：“什么？”

骆夏说：“她很坚韧。看起来柔柔弱弱很爱哭的女孩子，骨子里总有种不服输的劲儿。我一直都觉得，做一件事，放弃不难，坚持才更不容易。她高三坚持了整整一年，年级排名从将近两千提升到前二十，最终考上了清大建筑系。”

“还挺励志的，”贾诚赞许地连连点头，然后若有所思地半开玩笑，“啊……师弟原来喜欢这种类型的姑娘。”

骆夏哭笑不得，纠正：“是欣赏。”

贾诚挑挑眉，给骆夏灌输观点：“喜欢的前提就是欣赏。”

骆夏对这个说辞无法苟同，但实在太累了，懒得费口舌跟师兄掰扯。

吃过饺子，刷完锅，骆夏洗了个澡，回卧室躺到床上。

手机里正放着陈奕迅的那首《葡萄成熟时》，他又一次想到今天是冬至，还正巧是向暖的生日，心血来潮地想跟她道声生日快乐。

可戳开微信他才意识到，早些年的同学只加了QQ好友，而他的QQ早就已经登录不上去了，也因此几乎和国内的朋友断了联系。

虽然他有靳言洲的手机号，不过因为有时差，加上他这几年一直忙着搞学业，两个人平常也不怎么联系。

骆夏拿着手机愣神片刻，最终把手机放到了旁边。

今晚，他们意外提起冬至，让他联想到向暖，也勾起了他对不算很久远的曾经的记忆。

骆夏突然很想念国内的一切。

他想家，想朋友。

他想念那里的三餐四季，还有阳光和风。

2018 年年初，向暖结束了硕士生涯，从费城飞回沈城。

靳言洲开车去机场接她。

隔天就是除夕，才勉强倒过时差来的向暖在年夜饭桌上被向琳追问有没有交男朋友。

向暖颇为无奈："学习那么紧张，哪里有时间谈恋爱啊？"

向琳说："这不是毕业了嘛，你也二十六岁了，该考虑考虑感情问题啦！"

向暖震惊地睁大眼，义正词严地纠正："妈，我才过完二十五岁生日，怎么就二十六岁了？"

"这不是除夕了嘛，等一会儿过了 0 点就是丁酉年了，丁酉年你可不就二十六岁了？"

向暖无语，明明距离她二十六岁生日还有将近一年的时间。

向琳又关切地问："要不……我跟你靳叔叔给你张罗张罗？"

向暖越发无语，她母亲真就三句话不离感情问题。

靳朝闻在旁边温和道："暖暖还小，不急，等过两年再说相亲的事也不晚。"

向暖立刻点头。

向琳却操心地说："都二十六岁了，不小了。"

向暖为了自保只能出卖队友："我哥比我还大几个月呢，等他找到女朋友，我就去找男朋友。"

向琳终于不再说什么了。

然而，默默吃饭的靳言洲闻言抬起眼皮，瞅着向暖，很轻地冷笑了

一声。

向暖带着歉意，用眼神向他道歉，想请他原谅自己拿他当挡箭牌。

结果这人轻飘飘地说道：“我有女朋友，不用找。倒是你，该找男朋友了。”

向暖顿时语塞。

这年夜饭还能不能好好吃了？

年后，沈城下了一场大雪，这是2018年的第一场雪。

向暖穿上衣服，把自己捂得严严实实，抱着相机出门去拍照。

雪后的街道银装素裹，冬日的阳光倾泻下来，明亮地洒在雪毯上，闪着细碎的光芒。

向暖打开相机，找准角度，摁下快门，拍了一张冷清安静的街景。

随后她就这样举着相机，透过镜头去看周围的景色。

忽然，有个穿着红色羽绒服的身影闯入了她的镜头。

在周围一片纯白的背景中，这抹红色格外鲜艳惹眼。

向暖直接摁了快门。

对方似是察觉，一抬头，两个人皆愣住。

邱橙还以为自己眼花了，不太确定地喊：“向暖？”

向暖怔怔地望着对方，呢喃：“橙子？”

随即，她就朝邱橙小跑过去，脚下的雪被她踩得咯吱咯吱响。

向暖停在邱橙面前，激动得差点儿就直接上手抱住邱橙。她惊喜地笑着问：“你什么时候回来的？”

邱橙拢了拢发丝，莞尔道：“夏秋交替的时候。你呢？”

“过年前呀，这才回来不久。”因为见到了多年没联系的好友，向暖惊喜不已，杏眼都弯了起来。

外面天冷，两个人找了家营业的咖啡馆坐下聊。

她们虽然好些年没有联系，但到底有很深的感情基础在，稍微聊了一会儿，刚见面时的拘谨气氛就消失不见，变得自然而放松了。

邱橙甚至对向暖透露，自己回国后被逼着去相亲，结果相亲对象是前男友秋程。

向暖讶异了一瞬，似乎没想到他们的缘分这么奇妙。不过，两个人的名字发音本来就是很奇妙的缘分了。

随即，她轻声问："橙子，你当年为什么跟秋学长分手啊？他为了找你还给我打了电话，问我知不知道你在哪儿。"

邱橙低垂下头，嘴角轻牵："感觉不合适。"

向暖知道肯定不是这个原因，但感情是很私人的事，她不方便多打听。

邱橙说完，旋即抬起头，笑着问向暖："你有没有被家里人催啊？"

向暖蹙眉，苦着脸叹气："催啊，吃年夜饭的时候我妈都在催我，让我觉得嘴里的肉都不香了。"

邱橙望着眼前的向暖，波浪长鬈发柔顺地披散着，耳朵上戴着漂亮的耳坠，精致的项链衬着性感的锁骨。

最吸引人的不是这些外貌打扮上的改变，而是向暖的气质。浅笑说话的向暖自然随性，落落大方，和高中时那个腼腆内向的向暖完全不同。

她变自信了，也因为自信而更美更耀眼了。

"暖暖，"邱橙感慨道，"你变了好多。"

向暖嘴角噙笑，也叹道："毕竟都八年了。"

其实向暖也看出来邱橙变了很多，最明显的是性格上的变化。

高中时期邱橙爱说爱笑，性子活泼开朗。而现在坐在她面前的邱橙沉静稳重，像被岁月磨平了棱角。

她们都不是从前的她们了。

余渡大概是从靳言洲嘴里听说向暖和邱橙都回国了，非得吵吵着要聚餐。于是几个人就选了个大家都有空的日子，聚在了火锅店。

秋程也到场了。

这次，几个人坐的位置略微发生了变化。向暖和邱橙挨在一起，三位男士坐在对面。

在等火锅汤底煮沸时，余渡随手拍了张他们都入镜的照片。

向暖正和邱橙聊衣服和首饰，没看镜头，也不知道余渡拍了照片。

余渡拍完就立刻把照片发给了远在英国的骆夏。

国内晚上 8 点，英国中午 12 点。

骆夏这会儿正在吃午饭，听到提示音，点开微信就看到这么一张照片。

照片里只有余渡自己看着镜头，他身侧的靳言洲在低头滑手机，旁

边的秋程正望着坐在对面的邱橙。而邱橙和向暖歪头凑近彼此，拿着手机不知道在说什么。

骆夏退出大图，下一秒又不受控地点开，再一次看了看这张照片。

每个人多多少少都有变化，但让骆夏一眼觉出变化巨大的，是向暖。

她曾经剪短的头发不仅长长了，还烫染了，此时被她用头花绑了个松松的低马尾辫，露出白皙的脖颈和粉粉的耳朵，以及耳朵上挂的耳饰。有一绺发丝垂落在她的脸侧，但遮不住她脸上盈盈的笑意。她穿着伏贴修身的藕粉色毛衣，衬得身材玲珑有致。

整个人看上去格外知性优雅，似乎跟他印象里的那个内敛胆小的向暖判若两人。

骆夏滑动手指，又一次退出大图。

然后，他就看到了余渡发来的消息。

余渡："夏哥，就缺你了。"

骆夏微勾嘴角，一边吃饭一边单手打字回他："明年应该可以。"

他在英国待了八年，没日没夜地学习进修，经常忙到焦头烂额，只是为了将年限尽可能地缩短再缩短，就想尽早回国。

余渡收到骆夏的回复后，立刻兴奋地告诉其他人："夏哥刚说他明年应该能回国！"

本来和邱橙在讨论裙子的向暖突然听到一声"夏哥"，心不受控地悸动了一下，手指也跟着抖了抖。

她像是早就有了肌肉记忆似的，只要提到他，记忆就会被唤醒，继而引着心脏悸动。

骆夏，明年，回国。

好像和她也没什么特别的关系，向暖轻轻地舒了口气。

曾经走散的朋友们再次相聚，也就意味着，"骆夏"这个名字会重新出现在她的生活里。

但也只是偶尔。

2019年，6月初，已到初夏。

回国已经一年半的向暖和在国外相识的师兄顾添合开了一家建筑设计工作室，目前工作室已经步入正轨。

这晚，工作室里的其他员工已经下班回家，向暖和顾添因为一个设计案临时需要改动，忙到深夜还没回家。

已经接连几天忙于工作而睡眠不足的向暖此时又累又倦。她端起水杯，声音有些沙哑地问顾添："师兄，喝水吗？"

顾添随口回："不了。"

向暖便拿着自己的玻璃杯往茶水间走去。

快到茶水间时，她的眼前黑了一瞬。向暖轻蹙眉头，摇了摇脑袋，以为是休息不够才这样，就没怎么在意。然而，在她接水的时候，眼前再次发黑。

向暖头晕目眩得稳不住身体，玻璃杯脱手而落。

随着一阵噼里啪啦的声音，向暖坐倒在地，摁在地上试图撑住上半身的左手扎进了不少碎玻璃碴儿，突如其来的疼痛让她登时清醒不少。

听到声响的顾添跑过来，就看到向暖坐在地上，她的左手沾着一掌心的玻璃碴儿，鲜血正往外流。

顾添皱紧眉头，急忙扶起向暖，低声问："这是怎么了？"

向暖忍着手上钻心的疼，皱了皱眉，无奈道："可能这几天没睡好，今晚又没吃饭，有点儿低血糖，没什么事。"

顾添知道她这段时间为了工作熬夜，甚至通宵都是经常的事，因为他也是如此。

看着她流血的左手，顾添也不敢贸然触碰，拉着人就风风火火地出了工作室，开车往医院赶。

掌心一直在持续疼痛，但也不至于让向暖跟上学时那样掉眼泪，就只是感觉痛得很不舒服。

"明天你在家休息吧，和客户见面的事我来。"顾添在路上对向暖沉声道。

向暖也不矫情，点头应下："好，那麻烦师兄了。"本来这个设计案该由她和客户联系的。

到了医院，顾添帮向暖挂号，带她去找医生。

到了门诊科室，一个护士去准备清创用的东西，另一个护士去喊值班医生。很快，穿着白大褂的医生推门而入。

向暖转身，和对方打了个照面。

在看到对方的面孔时，向暖胸腔里的心脏像是出于条件反射，蓦地一紧。

眼前这张脸轮廓硬朗，线条流畅。

相比十八岁的骆夏，二十七岁的他退去了独属于少年的青涩感，只剩下成熟稳重的气质。

明明他不太一样了，可她还是只一瞬间就将他认了出来。认出来后，她才看向他的左胸处。那里有他的工作证——

普外科医师，骆夏。

骆夏也正盯着向暖，两个人的目光交会后，眸中飞快闪过一丝意外之色。

旋即，他噙着淡笑，率先开口："好久不见，向暖。"

他笑起来依然干净明朗，眼睛亮亮的，声音里少了些爽朗，多了些低沉。

九年过去，向暖早已经不是当年那个连他的名字都不敢叫出口的胆小鬼。

她掩下眸中的涟漪，波澜不惊地轻翘嘴角，坦然大方地回他："好久不见，骆夏。"

那年在省图书馆，骆夏倚靠在有纯白窗帘的窗边看的那本书叫《挪威的森林》，是日本作家村上春树写的。

向暖后来独自一个人去过那里，找到了那本书，也看完了那本书。

书里有句话说："迷失的人迷失了，相逢的人会再相逢。"

那时，向暖其实不太确定自己是不是还能够和骆夏第三次相逢。

这世上，许多人一旦走散就彻底走散了，她和骆夏能重逢一次本就已经比大多数人幸运很多。

那些屈指可数能重逢两次的，大概都是被眷顾的宠儿。

直到今天，直到现在。

原来，我们也能成为被眷顾的宠儿。

原来，夏天周而复始，相逢的人真的会再相逢。

第七章

他仍是少年

护士已经推着推车进来。

骆夏没耽误，直接朝向暖伸出手，声音低沉温和：“手给我。”

向暖将手往前递了递。手指被他轻轻抓住的那一瞬间，她的心脏又不受控地猛跳了一下。

他的手温温的。

“可能会有点儿疼，稍微忍忍。”骆夏温柔道。

低垂的眼帘轻颤，向暖声音如常地应道：“嗯，好。”

在给向暖一点点取扎进掌心的玻璃碴儿时，骆夏微微弯着腰，凑近她受伤的手，轻轻地给她吹气缓解她的疼痛。温热的气息似乎从她掌心的伤口钻进了皮肉，顺着血管蔓延到身体各处。

向暖不自觉地微抿住唇。

他好像还是那个少年，那个温柔绅士的少年。

取完玻璃碴儿，骆夏用生理盐水给向暖冲洗掌心，这才微皱眉头问她：“你这是怎么弄的？”

向暖还没说话，从他们见面就发现了端倪的顾添率先开口说：“向

暖为了工作熬夜，甚至通宵好几次了，今晚又没吃饭，接水喝的时候因为低血糖摔倒了，手就摁在了那片玻璃碴儿上。”

骆夏眉心的褶更深了。他抬眼看了看微垂眸子的向暖，两个人的目光有一瞬交会，旋即以他低头查看她的伤口这一动作结束了这个短暂的对视。

之后，骆夏又用碘伏和双氧水给她冲洗。

虽然有那么一两个伤口有点儿深，但并没大碍，大多数伤口只在表皮。骆夏帮向暖包扎好后，又给她开了药单。

顾添急忙接过去，对他俩说：“我去取药，你们聊。”

向暖无语了一瞬。

骆夏似是没料到和她同来的男人会突然说这么一句，起初稍愣，而后就低笑了一声。

向暖被他低沉的笑声灼到了耳朵，抬手佯装自然地往耳后拢了拢头发。

在顾添往外走的时候，护士也推着推车离开了，此时诊室里只剩下骆夏和她。

骆夏嘴角噙笑，问她：“他是你同事？”

向暖浅笑回道：“算吧，合伙人，也是我师兄。”

骆夏了然地点点头，再无言语。

须臾，向暖打破沉默，没话找话般地硬聊：“你什么时候回来的？”

客套的语气像在对多年未见的老朋友疏离地寒暄。

“前不久。”骆夏拉过椅子，让向暖坐下，自己倚靠着办公桌，双手插在了白大褂的兜里。

“谢谢。”向暖礼貌地道谢，随即坐下来。

骆夏淡笑着继续说：“本来想忙过这几天再联系你们出来聚聚的，谁想到……”目光落到她身上，他又笑了一下，“会在医院提前遇到你。”

向暖眨了眨眼，半开玩笑地回道：“那我保密，不跟他们说。”

骆夏的眉梢微抬。他很意外向暖能这么自然地跟他随口说笑，感觉有点儿新奇。他记忆中的她很内敛，容易紧张，别说跟朋友开玩笑了，很多时候就连正常讲话的声音都小到需要他凑近去听。

骆夏垂眼望着向暖。

他眼前的女人杏眼雪肤，长发柔顺地披散着，隐约可见耳朵上坠的耳饰。她穿着一套白色的小香风职业套装，修身的黑色内搭配着宽松收腰的外套，垂坠感特别好的阔腿裤下是一双黑色的高跟鞋。

她看起来知性又干练。

向暖轻抬眼帘，发现他正瞅着自己，一眨眼，旋即冲他扬起笑，也不会慌乱地不敢同人对视了。

她真的变了好多，现在的向暖自信大方，完全没了年少时的内向温暾。

除了工作到低血糖晕倒这一点，会让他联想到当年为了高考拼命学习甚至剪掉长发的向暖，其他地方都已经没了那个腼腆少女的影子。

“留个联系方式吧。”骆夏突然开口道。

向暖欣然应允，随后他就把手机递了过来。

向暖接过，在拨号键盘上摁下自己的电话号码，拨通。待包里的手机响起铃声，她点了挂断，将手机还给骆夏。

“微信同号？”骆夏拿回手机时问向暖。

向暖点点头：“嗯。”

话音刚落，诊室的门就被人敲了敲。

旋即，顾添推开门，对向暖说：“取完药了。”

向暖起身，在往外走前镇定自若地对骆夏道谢：“今晚谢谢了。”

骆夏淡笑：“客气。”

“那……有空聚，我先走了。”向暖的嘴角微微上扬，“再见。”

骆夏对她微微点头。

在向暖走到门口的那一刻，身后的男人忽地又出声，唤她：“向暖。”

向暖倏地停下。正缓缓落地的心脏瞬间悬停在了半空，像个钟摆似的左右晃荡。她扭过头，神色自然地望向骆夏。

男人也正凝视着她，两个人的目光交织，谁也没躲。

他的眼眸灿若星辰，亮堂堂的。

骆夏温声道：“记得两天换一次药。”

向暖弯起杏眼，脸上漾开浅笑，点头应道：“好。”

从医院出来，夜风吹拂过脸庞，向暖在迈下台阶前，停下来深深地

吐出一口气。

顾添偏头看她，笑道："紧张了？还喜欢他？"

发丝被吹乱，向暖抬手拢了一下，一边下台阶一边回顾添："说不清。"

刚上大学那两年，她对他的喜欢依然隐秘而浓烈。她看不到其他男生，不管对方多优秀。

后来随着时间流逝，她对他的那份感情也在不知不觉中慢慢变淡。

从始至终，她都没有刻意等他，也早已接受她的暗恋无疾而终。

但不知道是不是这场独自经历的暗恋太过盛大炽烈，消耗掉了所有可以用来支撑爱情的精力和情绪，向暖此后对谈恋爱这件事毫无兴趣。

所以这九年来，她连一个男朋友都没交过。

顾添是向暖在国外读研时的师兄，也是唯一一个知道她暗恋过骆夏的人。

曾经夏晚让向暖具体说说骆夏，向暖没有透露半分。后来在国外的某一天，她和顾添在吃饭时，说起各自的高中生活。她很自然地就提到了骆夏，说自己暗恋过他。

"其实我和他六岁的时候结伴玩了一个暑假，但是高三重逢后，他已经不认识我了。

"他特别优秀，让人可望而不可即。我去喜欢他喜欢的东西，偷偷地把关于他的一点一滴记录下来，他爱吃什么、爱喝什么、喜欢玩什么……我都知道。

"我把他当作目标，每次考试成绩出来后，都暗暗计算我和他的距离还差多远，甚至连高考志愿都填了他被保送的学校和专业。

"我的高三除了学习就是他。回过头来想，那个时候的我又傻又莽撞。"

…………

也是那晚，向暖在对顾添说完关于骆夏的一切后，才恍然意识到自己好像不喜欢他了。

只有真的放下了，她才能够这么坦然地把那段过往说出口，而不是再独自抱着那些褪色的回忆不肯撒手。

可今晚他们重逢，向暖的心脏久违地泛起了涟漪，波澜阵阵。

她不知道这到底是因为心还记得她暗恋过他而本能地一紧一缩，还是别的什么原因。

上车后，向暖开口说："师兄，你送我回工作室吧，我的车还在那边。"

"成。"顾添应道，而后笑着揶揄，"今晚你还睡得着吗？"

"睡得着啊，"向暖靠在座椅里，没精打采地回道，"我很困的。"

向暖现在没住在靳家，而是自己搬出来住，租了一套两室一厅的房子。

她开车回家后，顾及左手不能沾水，就在浴缸里泡了个澡，然后倒床上就睡了。

睡是睡着了，但一整晚她都穿梭在梦里。

向暖在梦中回到了高三那年，又从头到尾把高三过了一遍。

酷热的夏天、吹冷气的空调、高三（13）班的教室、做不完的试卷和那群少年少女……

久远的记忆不再沉寂。

她在梦里没日没夜地拼命学习，因为他哭，也因为他笑。

他又一次成了她世界的天色，时时刻刻主导着她的喜怒哀乐。

那种少女青涩单纯的悸动再一次袭来，他的一句话、一个微笑都让她情不自禁地沦陷。

梦里的少年依旧那么温柔干净，阳光开朗。阳光追逐着他的背影，而她追逐着光。

她低着头，沿着他的脚印往前走，在心里一遍遍地念："骆夏，回头。骆夏，不回头……"

蓦地，走在前面的他转过身，唤她："向暖。"声音不再爽朗，变得低沉。

她倏地仰头，看到穿着白大褂的成年男人双手插兜，正冲她笑。

"好久不见。"他说。

向暖睁开眼，怔怔地盯着头顶的天花板。

室内的空调还开着，发出很轻微的声音。

意识慢慢归位，向暖沉沉地吐出一口气来。胸腔里的心跳也渐渐地

脱离梦境的桎梏，平缓如常。

她摸过手机，想看时间，然后就看到微信有条“新的朋友”的添加提醒。

向暖戳进去。对方的头像是一只可爱的猫咪抱着一瓶养乐多的照片，昵称叫“LX”。

向暖点了验证通过。

清早，下了夜班的骆夏迎着朝阳和微风开车回到家里，第一件事就是洗澡。

洗完澡换上干净清爽的衣服，再捞起手机，骆夏就看到他昨晚的好友申请被向暖通过了。

他戳进去，看到两个人的聊天页面有一条消息。

“2019 年 6 月 12 日 07:13，我通过了你的朋友验证请求，现在我们可以开始聊天了。”

骆夏什么消息都没发，点了退出。

他放下手机，下楼去倒水喝，没想到看到姥姥秋翡出现在了客厅，却穿着睡衣想要往外走。

家里的保姆正在做早饭，父母和爷爷奶奶都还在各自的房间，这会儿没人照看她。

骆夏急忙下楼，跑到姥姥面前，拉住她的手，温声问：“姥姥，您要干吗去啊？”

秋翡嘟嘟囔囔：“惟常要回来了，惟常今天回来。”

秋翡嘴里的“惟常”是骆夏的姥爷夏惟常。他和姥姥一样，是一位人民教师，但已经去世四五十年了。姥姥等了大半生，再也没等到姥爷回家。

骆夏还没说话，秋翡就仰头看着他，浑浊的眼中泛着泪光，抬手要去摸骆夏的脸，声音哽咽：“惟常……”

骆夏从国外回来后才得知姥姥这几年身体不好，患上了阿尔茨海默病。他知道现在姥姥错把他当成了姥爷，也并不反驳，配合地哄道：“我回来了。来，我们过来这边坐。”

秋翡被他牵着手领到客厅的沙发上。骆夏给姥姥倒了杯水，陪着她。

秋翡一直念叨："你送我的耳环，我一直在等你回来给我戴。我去拿来，你给我戴上。"

说着，老人就跟个孩子似的，步伐轻快地回了房间，又拿来一对金耳环。

骆夏被姥姥塞了一对耳环在手里，顿时有点儿不知所措。对给女性戴耳环这事，他实在是没经验。

在秋翡不断地催促下，骆夏被赶鸭子上架，先把姥姥耳朵上的耳环慢慢摘下来，又小心翼翼地帮她戴这对金耳环，动作格外生涩僵硬。

好不容易戴好，骆夏如释重负，轻轻地吐出一口气，温和地说："戴好了。"

"好看吗？"老人问。

骆夏笑着回道："好看，您最好看了。"

他陪着秋翡聊天，又帮她活动了一下筋骨。待家里的保姆做完饭，能够照看姥姥，骆夏才上楼去休息。

他再醒来时，已经是下午。

骆夏洗漱完，下楼吃了些东西，又陪姥姥待了会儿，然后回房间往包里装了套运动服，开车去健身房。

他常去的健身房在丰汇大厦二十一楼，这个楼层都是健身房和舞蹈房。

骆夏乘坐电梯到二十一楼后，正拎包沿着走廊往健身房走，忽然看到向暖正在前方倚靠着墙打电话。

女人将长发扎成了高麻花辫，穿着露肚脐的白色短款半袖T恤衫和黑色的舞蹈形体裤。白皙的腰腹平坦精瘦，双腿笔直修长，身材曲线玲珑有致。

她在的位置，是一家舞蹈房外面。

骆夏虽然无意，但刚好听到了她讲电话的内容，是关于工作的。

骆夏虽然没读建筑系，但从小就对这个专业感兴趣，加上爷爷之前也总会跟他谈论建筑设计，所以对这方面多少有点儿了解。

对方大概是和向暖在设计方案上产生了分歧，向暖很耐心地听取对方的意见，并时不时地回应，表示自己在认真听。

直到对方说完，她才开口，清晰又不失委婉地表达自己的观点，告诉对方哪里可以商量着改动，哪里不能接受意见，并给出合理的原因。

眼前的向暖自信从容，有自己的主见和原则，不会因为甲方的一句话就轻易改变方案，也没有不听对方意见一意孤行。而且，她从始至终都没有一丝不耐烦的神情，全程耐心又温和。

向暖和客户通完电话，刚挂断，就听到一声低唤："向暖。"

她蓦地扭过头，诧异地望着出现在自己面前的骆夏。

只一瞬间，向暖就掩去了眼中的情绪，意外地笑道："骆夏？好巧。"

曾经因为胆怯不敢叫出口的名字，她现在能够稀松平常地喊出来。

骆夏走近她，嘴角噙笑，问："没上班？"

"嗯，"向暖莞尔，"师兄给我放了一天假。"

向暖注意到他拎在手中的包，抬手指了指舞蹈房旁边的健身房，问道："你来这里是……健身？"

骆夏点头，随即问她："手怎么样？"

向暖摊开还被包着的左手掌，嘴角微翘道："还好。"

随之而来的是几秒的沉默。

须臾，低头摆弄手机挂坠的向暖抬起眼帘来，神态自若地笑道："那你快去吧，我也要进去了。"

"好。"他应。

待向暖回到舞蹈房，骆夏抬脚离开之前，隔着透明的玻璃看到她已经迅速进入状态，身体跟着音乐有节奏地律动起来。

跳起舞来的她莫名地飒爽又性感。

他偏头挪开眼，迈步往前走，拐进了旁边的健身房。

黄昏时分，向暖结束最后一段舞。她收拾好东西，单肩背上包从舞蹈房走出来。

下一秒，向暖倏地停在舞蹈房门口，杏眼中闪过一丝错愕之色。

骆夏同样单肩背着包，立在舞蹈房门外的墙边。

男人穿着运动服，双手插兜，身材挺拔颀长。在向暖出来的那一刻，他似有所觉般轻抬眼皮。

看到她后，骆夏那双桃花眼中浮出浅淡的笑意。

向暖被他这一笑晃了眼睛，呼吸轻滞。

“练完了？”骆夏自然地随口问。

向暖一时没缓过神，愣愣地点了点头。

骆夏坦然自若地注视着她，声音低沉温和道：“周五晚上有空吗？”

向暖被他问得猝不及防，本能地疑惑：“啊？”

她不动声色地攥紧了抓着背包肩带的右手。

骆夏说：“想请你们吃个饭。”

你们。

收紧的手指略微松动，向暖露出恰到好处的浅笑，语气自然地回他：“我可以，你问问他们几个。”

骆夏低笑了一声，说：“问过了，就差你了。”

今天下午在健身房锻炼时，他就给其他三个人挨个儿打了电话，确定他们都有时间。然后他又联系了表哥，对方也说可以。

所以，就差向暖了。

向暖失笑，又说了一遍：“我可以的。”

两个人边走边聊。

骆夏问她：“你有什么想吃的吗？”

向暖反问：“他们呢？”

刚好走到电梯前，骆夏和向暖不约而同地伸出手指去摁电梯按键。

两个人的指尖轻碰，向暖的长睫毛微颤。她瞬间收回手，垂落下去握成拳，用中指和大拇指把有点儿发烫的食指包裹起来。

骆夏摁了电梯按键，而后才回她：“余渡说想去家里吃火锅，其他三个人说吃什么都行。”

三个人……看来秋学长也去。向暖在心里琢磨完，开口说：“那就吃火锅吧。”话音刚落，她的补充又随着电梯门滑开的声音响起，“不过我不吃羊肉。”

骆夏稍意外地偏头看了她一眼，随即就扭回头，挑眉笑道：“嗯，知道。”

被她一提醒，他突然想起：高三那年他们第一次聚餐，吃的是他提议的烤串，但那晚她连一口羊肉都没吃。

可她没提过自己有忌口，不吃羊肉。

结合当时向暖温暾内敛的脾性，骆夏并不觉得意外，而现在的她可以直接说出来了。

向暖却因为他的话，心口倏地收紧了一下。

他知道？他……难不成还记得高三那年吃烤串的事吗？

她微微有些失神。

骆夏将手掌轻贴在电梯门的感应处，等向暖进了电梯后才踏进去。

这次，向暖没再伸手去摁键。

骆夏摁了“B1”，转过头问她：“你是开车来的，还是……？”

“开车，”向暖语气如常，“也去负一层。”

到了停车场，向暖率先走出电梯。

骆夏和她同行了一段距离，旋即道别分开，各自上车。

当天晚上，向暖的微信里就出现了一个新建的群聊，和当初的五人群相比多了一个秋程。

余渡建好群后就在群里发问：“商量好了吗？周五晚上吃什么啊？”

骆夏随后回：“正要联系你们，就来家里吃火锅吧。”

骆夏：“定位——秋亭苑。”

靳言洲：“好。”

邱橙：“可以。”

秋程：“嗯。”

向暖也回：“OK。”

余渡又一次灵魂发问：“食材怎么办？在夏哥家附近的超市买？”

邱橙：“到时候谁下班早谁去超市买吧。”

其他几个人都没异议，买食材的事就这么定了下来。

群聊结束后，向暖点开骆夏发的定位。

秋亭苑，虽然名字很有古风韵味，但其实是一个巴洛克风格的别墅小区。小区位置在二环，距离他工作的医院很近。

如果没记错的话，这个小区的总设计师是骆夏的爷爷——骆锦游，当时该别墅区还因为设计大胆被业界很多人讨论。

向暖点了右下角的绿色标识，页面跳转到手机地图，上面显示两地距离二十一千米，开车需用时三十七分钟，不算远。

两天后，周五傍晚，向暖准时打卡下班。

走出工作室的时候，她在群聊里发了一条消息：“你们有人已经下班去买食材了吗？”

她得到的回复全都是没有。

向暖轻笑着叹气，打字发送：“我下班啦！那我去买吧。”

知会他们后，向暖就开车去秋亭苑。

她的工作室比她家距离秋亭苑还要近些，但赶上了下班高峰，向暖花了快五十分钟才到小区附近。

她将车停在大型超市的停车场，去超市里买食材。

向暖一个人推着推车，走走挑挑。东西买了一半时，手机忽然响起了来电铃声。她从包里拿出手机，看见一串陌生的号码。

向暖微微蹙眉，狐疑地接起来，语气疏离礼貌：“喂，您好？”

电话那端的人沉默了片刻，随即传来熟悉的男声：“您……好？”

“您”字特意咬重，“好”字的尾音明显上扬，他像是很不可置信。

本来向暖低垂着眸子正在看推车里的东西，听到他的声音，瞬间抬起眼来。

向暖这才意识到，自己前几天跟他互换手机号后没立刻存到联系人改备注。当时她又累又困，回到家沾到枕头就睡了，后来就再没想起来。

“骆夏……”向暖咬了下嘴唇，声音因心虚微弱了些，像是有点儿不好意思。

骆夏短促地笑了一声，调侃道：“我还以为你会问我是谁，都做好了要告诉你我是谁的准备。”

向暖被他说得更窘迫，歉意道：“抱歉……”

“没事，”骆夏似是没怎么在意，问她，“你还在超市？”

“嗯，”向暖应道，“还没买完。”

“行，”他说，“那我过来。”

向暖微微睁大眼睛，手指抠了抠推车的扶手。她最终没说别的，只“嗯”了一声，然后告诉他：“我在果蔬区。”

“好。”

几分钟后，向暖正沿着货架推着推车慢慢走。

果蔬区的人有点儿多，向暖一不留神就会碰到。她正要推着推车拐弯，旁边一个男人无意间撞到了她，导致她的身体倾斜了一下。

下一秒，向暖的肩膀被人往回揽。

向暖穿的是黑色无袖连衣裙，温热的掌心切切实实地贴在了她的臂膀上，本来被超市的冷气吹得发凉的肌肤瞬间变烫。

向暖本能地扭头看去，眼中的惊慌之色还没完全退去。

男人穿着休闲的白T恤衫和黑裤，头发还有点儿潮湿，像是刚洗过澡，身上隐约有清淡的沐浴露味道。

骆夏扶好她就立刻收回了手，低声问：“没事吧？”

向暖摇摇头，脸颊微红，面色镇定地轻声说：“没事。”

“我来推。”骆夏伸手去推购物车，向暖立刻松开了手，往前走去。骆夏跟在向暖身旁，不紧不慢地逛。

旁边的货架上有榴梿，向暖的脚步没有停，目光却落了过去。时间过去这么久，她依然很喜欢吃榴梿。

“要买个榴梿吗？”骆夏问道。

向暖考虑到其他人都不吃甚至受不了这个味道，摇头笑道：“还是算了吧。”

但骆夏还是拿了一个，或许是打算等他们走了再吃。

向暖也没多说什么，往推车里放了草莓和荔枝。

等所有东西都买齐全，骆夏付完钱，和向暖一道去了停车场。

把东西都放进后备厢，他坐上副驾驶座，帮向暖指路，最终车子停在他家楼下。

骆夏住的这栋别墅的位置在小区里是最好的。

向暖跟着他进门。

骆夏在换拖鞋之前，弯腰从鞋柜里拿出一双崭新的女士拖鞋放在她的脚边，说：“换这个吧，在家里穿拖鞋舒服些。”

向暖应了声“好”，又说“谢谢”。

鞋柜还打开着，她看到里面还有四双新拖鞋，三双男士的，一双女士的——因为他们要过来做客，他特意提前给他们准备了新拖鞋。

向暖弯腰，钩起自己的白板鞋，放进了鞋柜。

就在直起身的那一刻，向暖看到骆夏把他换下来的黑色板鞋放在了她的鞋旁边，一黑一白，一大一小。

向暖轻抿了一下嘴唇，又很快松开，神色坦然自若地在他身后走进客厅。

向暖这才发现这栋别墅不仅在外观设计上很有巴洛克风格，就连紫檀木家具都是巴洛克风格的。

立式柜子上雕刻着繁复的花纹，沙发靠背的上端也做了华丽的雕刻设计，椅子侧边用了曲面，使线条变得柔和。就连门板、茶几甚至矮柜，全都有复杂的纹饰。

所有的家具都描金涂漆，看上去华丽高贵，像极了一整套艺术品。加上室内奢华的装修，让人恍然觉得步入了富丽堂皇的宫廷一般。

骆夏见向暖在打量房间里的一切，笑了笑，告诉她："这里其实是我爷爷送给我奶奶的结婚周年礼物。因为我奶奶喜欢这种华丽充满艺术的风格，所以他才大胆地把小区设计成了巴洛克风格，并且自留了一栋别墅，还特意按照我奶奶的喜好装修布置。"

向暖恍然大悟，而后笑着感叹："确实很华丽很艺术。"

骆夏微弯桃花眼，又说："小区的名字也是以我奶奶的名字命名的。"

"哎？"向暖惊讶，"你奶奶叫秋亭？"

虽然向暖接触过钢琴，但并没特意了解过国内老一辈的钢琴艺术家，顶多只知道当下正红的钢琴家，所以也不会把小区名字和骆夏奶奶的名字联系到一起。

"嗯，"骆夏说，"元秋亭。"

"好好听。"向暖忍不住赞叹。

两个人刚聊完，骆夏前脚进厨房，后脚门铃就响了起来，向暖便去开了门。

结果其他四个人都在外面。

她诧异地问："你们不会是一起来的吧？"

余渡一边进屋一边高兴地回向暖："我跟洲哥顺路，就一道过来了。我们在门口碰见学姐学长纯属巧合。"

“骆夏准备了拖鞋，在鞋柜里，你们自己拿。”向暖说道，“我去厨房整理食材。”

她刚说完，还没走，余渡就拉住她，特别善解人意道：“剩下的活儿我们来吧。”

余渡说着就往厨房冲，一边走还一边转着圈地打量客厅，忍不住感叹：“夏哥，这栋别墅里面居然这么豪华！”

向暖正笑着往客厅走，靳言洲来到她身边，皱眉问：“手怎么了？”

向暖抬起手，言简意赅道：“不小心被玻璃碴儿扎到了，没事。”

靳言洲的语气冷淡：“你是七岁小孩儿吗？”

向暖回他：“二十七岁的小孩儿。”

“真好意思。”靳言洲颇为无语。

骆夏正好端着一盘切好的鸭血出来，把东西放桌上，冲已经很久没见的靳言洲笑道：“你这嘴怎么还这么毒？就不能好好地说句关心的话？”

靳言洲“哼”了一声，否认：“谁关心她！”而后他就跟骆夏一起进了厨房。

正式开吃前，余渡抱着酒瓶绕饭桌挨个儿倒酒。

重逢以来，向暖跟他们吃饭向来滴酒不沾，也从未有人劝过她。但今天余渡太高兴了，忍不住要给向暖倒酒。

向暖刚要说自己酒精过敏真的不能喝，坐在她对面的骆夏就率先开口：“余渡，别为难向暖，她的手受伤了，不能沾酒。”

余渡大大咧咧的，没在意这茬儿，经骆夏一提醒，立刻不再劝向暖喝酒。

而向暖心生涟漪。她其实都没想到这一层，只是单纯地因为自己酒精过敏才拒绝喝酒的。

在所有人包括她都没有在意自己因为手上有伤口不能喝酒时，他为她说的话就显得尤为珍贵。

但向暖理智地觉得，这只是他刻在骨子里良好修养的一部分，他对每个朋友都可以做到这般细心周到。所以，她只是朝他投去感激的眼神，没有多想些什么有的没的。她已经过了爱胡思乱想的年纪。

时隔多年，几个人举杯。

就在他们碰杯的瞬间，窗外突然明亮无比，一道闪电划过，把黑夜硬生生衬成了白昼，轰隆隆的雷声随之而来。

“要下雨了？”邱橙瞥向窗外，疑惑道。

余渡不以为意地说：“夏天嘛，总是说变天就变天，雷阵雨等一会儿就过。”

其他几个人也都没当回事。

直到他们吃完晚饭，大家都以为这场雷阵雨不会来了，正打算再聊会儿就各自回家。结果，光打雷不下雨的天空突然之间暴雨倾盆，并且伴随着五级大风。

毫无预兆地，几个人被困在了骆夏家里。

别墅楼上有三间卧室，正好两个人一间。

明天不上班，余渡带头疯闹，缠着大家喝了一波又一波，最后自己醉倒，被靳言洲和骆夏架回卧室。

除了向暖，其他五个人都喝了不少，因此大家都睡得比较沉。

向暖的睡眠质量并不是很好，有时她半夜醒来就再也没有困意，这晚就是如此。

凌晨3点多她醒过来时，外面的风还在呼呼地刮着，雨点也依旧噼里啪啦地敲打着窗不肯停歇。

向暖有些口渴，但懒得动。她百无聊赖地躺在床上听了一会儿风雨声，越听越精神，最后索性起来，打算下楼去倒杯水喝。

怕惊扰熟睡的邱橙，向暖特意把动作放得很轻。

到了楼下，向暖去了靠近落地窗的吧台，摁亮一盏壁灯。她给自己倒了杯水，在高脚凳上坐下来，慢慢地喝水。

身侧的落地窗变成了巨大的雨帘，雨滴就是串成线的珠子。

她的左手掌心还缠着绷带，大概是今晚吃饭时不小心溅到了油滴，绷带看起来有点儿脏。向暖从旁边抽出一张湿巾，慢吞吞地试图把绷带擦干净点儿。

就在她认真擦拭绷带的时候，一道很轻的脚步声传来。

向暖扭头，看到骆夏正往这边走。

睡眼惺忪的骆夏也倒了杯水，看向她的同时仰头喝了口水。也因

此，他注意到了她手中的湿巾，还有绷带上的污渍。

男人的喉结上下滚动，在朦胧柔和的橘色灯光下显得尤为性感。

骆夏喝过水，嗓音依然泛着刚睡醒的低哑。他对向暖说：“别擦了，我重新给你包扎一下。”

向暖登时有些不好意思，脸颊微染红晕，手指攥紧了湿巾，指尖也变得湿湿凉凉的。

骆夏说完，转身去了洗手间，洗了把脸让自己彻底清醒，又用洗手液将手冲干净。出来后，他走到立柜前，打开柜门，从里面拎出一个家用医药箱，然后折回向暖面前。

骆夏在向暖旁边的高脚凳上坐下。

男人正不疾不徐地往外拿东西，向暖就打破了这份安静，压低声音询问：“我这个……能改成贴创可贴吗？周日我要回家，不想被我妈和靳叔叔知道。”

骆夏没直接答应，只是道：“我看看。”

说着，他就朝她伸出手。她慢慢地将左手递过去。

看着他低着头认真地给自己一点儿一点儿地拆缠在手上的绷带，向暖不自觉地咬住了嘴里的软肉。

骆夏把拆掉的绷带放到一旁，轻捏着向暖的指节，凑近仔细地查看她手掌心的一个个伤口。就见只伤到表皮的小伤口已经结痂，两处较深的伤口结的痂还没那么好，但也没什么大碍。

“看着没什么事，恢复得还算好，两处有点儿深的伤口也快完全结痂了，”骆夏微拢眉心，低声说，“我给你处理一下再贴创可贴。”

向暖小幅度地点点头，轻应：“嗯。”

他用棉签蘸了双氧水给她的伤口消毒，然后又细致温柔地帮她抹了外用药膏，最后才在她那还没结好痂的两处伤口上贴了两张创可贴。

“但是贴了创可贴你自己得注意，左手别过于用力活动，不然还没完全结痂的伤口可能会裂开。”骆夏一边收拾东西一边嘱咐向暖。

向暖乖乖地回他：“好。”

等他拎着医药箱、拿着要丢的绷带和棉签转身离开后，向暖就用攥在右手里的那块湿巾蹭了蹭左手的手指。

有伤口的掌心灼热，被他捏过的指节也烫。

湿巾已经不怎么湿了，但多少有点儿用处，勉强帮向暖驱赶了左手上快要燎原般的灼烧感。

骆夏去卫生间洗干净手，而后就进了厨房。

不多时，向暖正捧着水杯仰头喝水，忽然闻到一股榴梿味。她微愣，随即就看到骆夏端着一盘剥好的榴梿走了过来。

他把盘子搁在吧台上，递给向暖一副一次性手套。向暖接过，道了声谢。

在开吃之前，向暖非常利索地把长发绑成了低马尾辫。

两个人也没刻意地聊天，就这样沉默着，安安静静地一起吃榴梿。

十七岁的时候，向暖从没想过，将来有一天能够跟骆夏坐在一起吃榴梿，甚至连想都不敢想。那时他能多看她一眼，她都觉得是上天的恩赐。

向暖丝毫没察觉自己吃榴梿时嘴角漾开了满足的笑，但骆夏注意到了。

她微微前倾上半身，低头一口一口吃着喜欢的榴梿，精致的眉眼弯成月牙，看起来特别享受。有绺发丝垂落下来，在柔和的光晕下，又给她平添一丝温柔。

“果然是二十七岁的小孩儿，”骆夏低笑了一声，“你怎么这么容易满足？”

向暖一时没明白，茫然地抬眼看向他。

他补充：“吃个榴梿就这么开心。”

向暖莞尔，轻声回他：“因为喜欢啊。”

灯光下的她就连轮廓都是柔和的，笑意在橘色的光里，勾着人的心弦。

骆夏左胸腔里的心脏突兀地漏跳几拍，而后就失去了原有的节奏，不受控制地加速跳动。

这种反常的感觉来得突然，也让骆夏觉得很陌生。

因为喜欢。

喜欢。

他直勾勾地凝视着她，心跳还在不断地加快。

窗外的雨噼里啪啦地敲打着窗，像叩在了他的心上。

向暖被他盯得不自在，低下头躲开他的视线，佯装镇定地快速吃掉手中剩下的一点儿，就摘掉了一次性手套。

“我吃好了，你慢慢吃。”说完，她就跳下高脚凳，步伐略快地往前走去。

几步过后，向暖突然又停下来，转头看向背对着她的他，轻喊：“骆夏。”

男人稍稍动了动绷紧的脊背，随后才扭头望过来。

向暖有点儿窘迫地问：“你家有新牙刷吗？我想……刷个牙。”不然她回到房间肯定会被邱橙闻出味道来的。

骆夏立刻放下手中的榴梿，摘掉一次性手套，去给向暖拿家里备用的新牙刷。

向暖刷过牙就回了房间。她躺在床上，回想起刚才在楼下骆夏盯着自己的那种深情、温柔的眼神，心又一次止不住地扑通扑通跳起来，好像已经很久没感觉心脏如此鲜活过了。

向暖闭上眼，努力调整着略微急促的呼吸。须臾，她的双手捂在了左胸口。似乎这样就能压下那颗正活蹦乱跳的心。

这场罕见的暴风雨下了整整一夜，直到清早才结束。

骆夏后来没睡，把剩下的榴梿吃完，在风停雨歇后，打开了窗通风，又把家里的垃圾带出去。然后他看了看冰箱里还有什么食物，做了几份早餐。

除了向暖，其他几个人在早晨陆陆续续地醒来，一个接一个去刷牙洗脸，然后坐在一起吃早饭。

“向暖呢？”靳言洲问邱橙。

邱橙随口回道：“还在睡。”

直到他们吃完早饭打算各自回去了，向暖还没醒。

靳言洲叹了口气，拜托邱橙去喊醒向暖。

骆夏语气自然如常道：“今天周六，又没什么事，让她睡吧。”

他的话音未落，向暖就出现在了楼梯上。洗漱完的她神志清明，也清楚地听到了他的话。她垂下眼，遮住眸子里一闪而过的波澜。

向暖不紧不慢地下楼梯。她的长裙到脚踝，在下楼时需要稍微提着裙身，不然容易踩到裙摆。

站在吧台旁的骆夏拿着喝水的玻璃杯，抬眸瞅着她。

长发柔顺披散的她微低头，一步一步踩着台阶往楼下走，好像公主走下神坛那般养眼。

他无意识地勾起嘴角，眸中染着笑意偏头望向别处，故作自然地喝了口水，可下一秒目光又不受控地落回她的身上。

向暖吃骆夏做的早饭时，他们在旁边聊天，说下次聚会在什么时候。

余渡算了算日子，突然哈哈笑起来，激动道："下周！下周五！夏哥生日！"

刚刚吃完正用纸巾擦嘴角的向暖手指微顿。

骆夏轻挑眉梢，低笑道："行，那就下周。"

从骆夏家出来，一回到家里，向暖就在网上搜索送异性朋友什么生日礼物合适。

网友告诉她：那得看你跟他只是普通的朋友，还是你们是友人以上恋人未满的关系，或者他是你的男朋友？

向暖无语地继续往下看了看，都没什么实质性的帮助，索性关掉了网页。

须臾，向暖点开一个人的微信。

XN："嘉嘉，异性朋友过生日，送什么礼物比较好？"

陈嘉嘉："暧昧对象？"

向暖蓦地想起凌晨时分她跟骆夏在一楼吧台处的相处。尤其是他的桃花眼一眨不眨地凝视着她的那个时刻，在她脑海里不断地闪回。

向暖压下心中的波澜，回了陈嘉嘉。

XN："就……普通朋友。"

陈嘉嘉："那就很好说了，随便送个东西完事。"

那她也不能这么随便吧？

向暖还没回复，陈嘉嘉又发了一条微信过来。

陈嘉嘉："葡萄里 7 月 13 日晚 9 点有陈奕迅的歌友会，到时候我会上台唱歌，你来不来捧场啊？"

葡萄里是沈城的一家清吧。

向暖笑弯眼眸，回她：“必须去捧场！”

向暖和陈嘉嘉之所以会认识，就是因为陈奕迅。

两个人本来是线上偶然间认识的微博网友。陈嘉嘉喜欢向暖拍的富有青春和生活气息的照片，向暖发现陈嘉嘉是陈奕迅的“铁粉”，而且两个人同在沈城，一来二去，就聊成了朋友。

陈嘉嘉的副业是酒吧歌手，向暖只要有空，同时又赶上陈嘉嘉在葡萄里驻唱，就会去听她唱歌。

这下有陈奕迅的歌友会，向暖是肯定要去听的。

隔天是父亲节。

向暖给靳朝闻买了一双鞋，又买了一些吃的、用的，回了靳家。

向暖好不容易提前跟母亲商量好不在饭桌上提她感情的事，结果向琳等午饭一结束就开始念叨，非说让朋友给她介绍个条件不错的对象。

向暖垂死挣扎：“别麻烦人家了吧？”

“你要真知道麻烦人，就赶紧找个男朋友啊！也省得我操心。”向琳又补充一句，“我真是为你操碎了心。”

好像大多数子女到了一定的年龄，都会被父母用各种方式催婚。

向暖看到靳言洲接着电话下来，目光殷切地看向他，希望他能救自己一把。

靳言洲也确实接收到了她发来的求救信号，无视了电话对面骆夏问的那句“向暖要相亲吗”，语气淡淡地问向暖：“出不出门？”

他连出门的理由都懒得帮她找。

向暖立刻解脱般从沙发里弹跳起来，毫不犹豫地答应：“出！”

她今天特意带了相机，本来就打算吃过饭后去拍拍照，结果不知道第多少次被母亲拉着念叨个不停。

向暖利索地换上鞋，和靳言洲一起走了出去。

靳言洲还没挂电话，向暖听到他低声应：“嗯。待会儿见。”

等他掐断通话，向暖站在台阶上好奇地问他：“你是要去见谁啊？女朋友吗？那我不跟你一起……”

靳言洲无语道：“骆夏。约了打篮球。”他说完，没什么耐心地问，“你去不去？”

向暖一时无话可说。

向暖跟着靳言洲乘坐地铁去了篮球场，还是李记蟹黄包店铺对面的那个露天场地。

下午 3 点多，天气依旧很热，就连扑面而来的风都是灼烫的。

向暖出来得急，别说拿遮阳伞了，就连能够稍微遮遮太阳的棒球帽都没戴。

他们到篮球场外时，骆夏已经在场内了。他今天穿了一套篮球服，白色球服上绣着黑色的数字“17”，和高中时那套唯一的差别，是这一身更大些。

骆夏戴着黑色的棒球帽，正一个人在场内投篮。

也不知道为什么，他总会想起十多分钟前无意间从靳言洲电话里听来的向暖和她母亲的对话——她还没男朋友，但家里人似乎想让她相亲。

向暖随着靳言洲从入口走进场内，来到放了一个黑色背包的长凳旁。

骆夏看到他们，扬着笑一边拍球一边朝他们跑去。

男人沐浴在阳光里，身姿卓然矫健，奔跑起来带着微风，清清爽爽的，仿佛还是那个干净明朗如光一样的少年。

向暖收紧抓着相机的手指，没有贸然举起相机拍他。

等骆夏停在他们面前，靳言洲皱眉问：“就你自己？”

骆夏坦然点头：“余渡那家伙家里有事出不来，我哥陪着学姐呢。”

“行吧。”靳言洲无奈，把手机从兜里掏出来，放到长凳上，扭头对骆夏说，“那走吧。”

说完，他率先抬脚往场内走去。

这会儿场边的长凳刚好被附近高楼的影子遮住，有了片阴凉地方。

向暖正要坐下，骆夏就握住了她纤细的胳膊，阻止道：“等等。”

向暖手臂上的肌肤被他温热的掌心灼到，惹得她的眼帘轻颤了一下。

只一瞬间，骆夏就松开了手，然后拉开背包，从里面拿出一件雾霾蓝色的防晒衣，随意叠了几下，弯腰铺在长凳上。而后他直起身，对站

在旁边的向暖温声笑道："凳子还是烫的，你垫着坐，不然不舒服。"

向暖顿时心潮翻涌。她牵出一抹浅笑，对骆夏道谢："谢谢。"

骆夏笑了笑，把帽子摘掉放在包上。在转身去场内前，他又扭回头，垂眼望着已经小心地坐在他铺的衣服上的向暖，低笑问："向暖，方便的话，能给我拍几张打球的照片吗？"

向暖蓦地仰起头，和他对上目光。她没躲开视线，只是眨了眨眼，随即点点头，笑着答应："好啊。"

骆夏这才朝球场跑去。

向暖今天穿得比较随意，轻薄的雪纺衫配高腰超短裤，露出一截很长的腿。她坐在长凳上，用手轻轻触摸了一下旁边没有铺衣服的地方，是烫的。虽然阳光被遮蔽，但余热犹存。如果她刚才直接坐下了，大腿肯定会被热意烫得很不舒服。

他太细心体贴了。

向暖打开相机，抬眼望向篮球场。

他正灵活地运球躲避靳言洲，而后带球奔跑，三步上篮。篮球完美地从篮圈中掉落，又被他接住。

向暖恍惚间好像回到了十年前。

那个只敢在对面那家李记蟹黄包店铺隔着玻璃窗偷偷遥望着他打篮球的女生坐在了这里，光明正大地看他打篮球，光明正大地举起相机定格他每一瞬随意张扬的模样。

夏蝉躲在繁茂的枝叶中，伴着热浪滚滚的风，不知疲倦地鸣叫着。

向暖透过相机镜头，目不转睛地凝视着那道穿白色球衣的身影，把快门摁了一下又一下。

而她不知道，球场上的两个男人正在边打球边聊天。

骆夏忍不住问靳言洲："你家里在给向暖介绍相亲对象吗？"

靳言洲不答反问，语气怪异道："你什么情况？"

骆夏笑问："什么什么情况？"

"你太关心她了。"靳言洲一语破的，"先是让我问向暖来不来球场，然后又那么主动地给她往凳子上铺衣服，现在又问她是不是在相亲。"他顿了顿，直接问出口，"你喜欢她？"

其实不止这两点，但靳言洲没有全部罗列。

前天晚上骆夏主动替向暖解围说她不能沾酒，这件事如果还可以当作是医生职业的敏锐度，那……清早他纵容地让她睡懒觉算怎么回事？

骆夏因为靳言洲的最后一句话忽地恍神，动作随之慢了半拍，直接被靳言洲抢过球。

他站在原地，向后转身，眼睁睁地看着靳言洲带球上篮、得分。

等靳言洲走过来，他问："不可以吗？"

靳言洲偏头看着骆夏，神色冷淡，语气也很严肃，提醒道："谨慎。她容易当真，所以我拜托你，考虑好再行动，别伤害她。"

骆夏微微蹙眉，还想问什么，靳言洲就把球丢了过来。

骆夏稳稳接住。须臾，他语气认真地对靳言洲道："我会的。"

靳言洲哼笑了一声。

向暖拍了一些他们打篮球的照片，有骆夏单人的，自然也有靳言洲单人的。

过了一会儿，她起身，走向篮球场。在回身拍过铺了衣服的长凳后，她把镜头对准了篮球场对面——过去了十年，那家李记蟹黄包店铺依然在。

向暖在不妨碍他们打篮球的情况下，尽可能地去找完美的角度。

但要命的是这个方向她正迎着太阳，明亮刺眼的阳光让她不得不蹙紧眉心，微眯起眼睛。

站在阳光下实在太热了，向暖本能地抬手遮在眼睛上方。

下一秒，篮球从她脚边滚过，一路滚到场边的长凳处，骆夏紧接着从她身后跑了过来。他经过的那一瞬间，周围的风更热了。

向暖的发丝被他带来的风卷起，轻轻飞扬了一下。她扭头，看到他已经抱着球往回小跑，手中还拿了他的棒球帽。

向暖没想到骆夏会在自己面前停下来。

他额前的发梢微潮，脸上沁出了汗珠，有汗水直接从脖颈往下流，身上的篮球服已经半湿。

骆夏一靠近，向暖就瞬间感觉到了一股热浪扑面而来。他身上散发的强烈的荷尔蒙味道混在夏风里霸道地袭来，将她包围得水泄不通。

向暖戳在原地，动弹不得，眼睁睁地看着他略带笑意地抬手，把洁净干燥的棒球帽戴到她的头上。

向暖下意识地要去摘掉，但他隔着帽子轻轻地在她的头上拍了两下，没让她摘下来。

“戴着吧，这样就不会被阳光刺眼了。”骆夏的声音低沉含笑。

向暖的心脏扑通扑通地跳，心跳声大到几乎要将耳膜震碎。

她只能故作镇定，不动声色地稳住嗓音，对他说了句：“谢谢。”

等骆夏走开，向暖深吸一口气，再吐出来，然后才重新举起相机，对着马路对面的那家李记蟹黄包店铺拍了一张照片。摁下快门时，她的指尖还在几不可见地轻颤着。

她就当作十七岁的骆夏往那扇玻璃窗看过一眼，帮曾经的自己圆一份遗憾。

然后向暖离开了篮球场。她沿着路拍风景，一边拍一边不紧不慢地去了马路对面的超市，买了几瓶冰镇矿泉水搁在袋子里拎着。

在过马路之前，向暖又举起相机拍了一张骆夏打球的照片——十七岁的向暖眼中的骆夏就是这个样子的。

周围不知道哪家店正在放歌，歌里唱着：“许多年前，你有一双清澈的双眼，奔跑起来，像是一道春天的闪电……当我和世界初相见，当我曾经是少年。”

向暖望着篮球场上奔跑的身影，恍惚觉得自己看到了十年前的骆夏，那个明朗清澈的少年。

向暖回到篮球场时，骆夏和靳言洲正好也来到了场边打算休息。

她走过去，把袋子递给他们，笑道：“喝点儿水吧。”

骆夏拉背包拉链的手一顿。他重新拉好拉链，把自己带来的矿泉水彻底藏在了背包里。

“谢了。”他笑着接过她手中的购物袋，放到长凳上，而后拿出一瓶来，拧开瓶盖，很自然地递给了向暖。

向暖微怔，佯装淡定地接过。

布满瓶身的水珠沾在她的掌心，湿湿凉凉的，她的心口却在发热。

这天晚上，向暖回到自己住的地方。

洗完澡，她坐在电脑前整理今天拍的照片。分类过后，她把照片分别发给了靳言洲和骆夏。然后，她登录了微博，选中了四张照片。

第一张，是她在等着过马路时拍下来的他们打篮球的照片。

第二张，是她从篮球场方向拍的李记蟹黄包店铺的照片。

第三张，是那张长凳，以及长凳上的黑色背包、黑色棒球帽和那件防晒衣。

第四张，是戴着棒球帽的她映在路上的影子。

向暖把这个专辑命名为——《夏天的每个瞬间》。

须臾，向暖的手机弹出微信，是骆夏发来的。

LX："谢谢，拍得很棒。"

LX："我能发条朋友圈吗？"

向暖回他："当然可以。"

几秒后，向暖在朋友圈看到了骆夏刚刚发出来的动态。

他发的那张照片是她抓拍的他正巧冲镜头露笑的瞬间，而他配的文字是——

"喜欢。"

向暖的心蓦地一紧。

向暖不知道，骆夏最想表达的意思并不是大家表面看到的这样，而是——

喜欢你。

第八章

葡萄成熟时

周二晚上，向暖和顾添在工作室加班。

中途在茶水间喝水休息时，向暖注意到了手机上的日期。

距离夏至只有两天了，而她还没给骆夏准备礼物。

向暖一想起生日礼物就头痛得直叹气。

旁边的顾添抬眼看她，调侃道：“怎么？为情所困？”

向暖叹了口气，摇头，而后抱着一丝期待的心情问顾添：“师兄，你说……骆夏过生日，我送什么比较合适？”

顾添轻挑眉梢，漫不经心地说笑：“保温杯。”

“现在是夏天！”

顾添又说：“耳机。”

向暖无奈道：“你故意拿我送你的东西编派我呢？”

顾添开过玩笑，正色说：“你想送他什么，得先考虑清楚你们是什么关系。你们是什么关系啊？老朋友？暧昧对象？”

向暖不知道想到了什么，眼神微闪，神色却显得有些迷茫。过了片刻，她才说：“就……老朋友吧。”

“你看，”顾添慢悠悠地说道，“你自己也不确定。”

向暖叹了口气。本来她很确定他们只是朋友的，但……周日那天在篮球场经历的事，还有那晚他发的朋友圈，总让她忍不住多想。可她又矛盾地觉得，他一直都这样绅士温柔、体贴周到。那是出于骨子里的教养，而不是他因为喜欢才特意去做的行为。

两个人起身回办公室继续加班，顾添提醒向暖：“你还是先考虑清楚，你现在跟他是什么关系、想和他成为什么关系，再决定送什么吧。”

向暖没说话，坐到椅子上发了一会儿呆，还是想不到送他什么礼物好。

就在这时，被她搁在办公桌上的手机振动了一下。向暖拿起来，发现是骆夏发来的消息。

LX：“伤口有一个星期了，方便的话拍一下照片，我看看恢复得怎么样。”

向暖打开手机相机，拍了一张左手掌心的照片，直接发了过去。须臾，她收到了骆夏的回复。

LX：“你还在工作？”

骆夏看到了照片的背景是办公桌。

向暖打字回：“嗯，加班。”

LX：“一个人？”

XN：“和师兄一起。”

LX：“吃晚饭了吗？”

XN：“待会儿下班吃。”

骆夏终于知道她为什么会低血糖了，估计她下了班觉得太累就直接回家睡觉了，怎么可能吃东西？

LX：“疮痂已经开始脱落了，别抓挠。”

XN：“知道啦，我又不是小孩子。”

LX：“二十七岁的小孩儿呢。”

向暖无语了，心想他怎么又说，被困在他家里那晚他就这样调侃过她一次。

骆夏随后又发来：“好了，你忙，早点儿回家。”

向暖回了个“嗯”，结束聊天。

半个小时过后，有个外卖员拎着东西走进来，嘴里喊着："向暖女士？有位叫向暖的女士吗？"

向暖起身，茫然地问："怎么了？"

"您的外卖。"外卖员把东西递过来。

向暖更蒙了，跟对方说："我没订外卖。"而后她扭头问顾添："师兄，你订外卖了？"

顾添很无辜地回道："没有啊。"

外卖员说："手机尾号是 0910 对吧？"

向暖刚点头，对方就把东西放在了她桌上："那就是您的。"

等到外卖员离开，向暖捏着贴在包装袋上的外卖订单看了看。订单时间是半个小时前，订的是李记蟹黄包，还是双人份，有两副筷子和勺子。

而知道她和顾添正在加班的人，只有刚刚跟她聊过天的骆夏，时间也对得上。

可是……他是怎么知道工作室的地址的？她从没告诉过他工作室的名字。

向暖拿起手机，打开微信找骆夏。

XN："你帮我订了外卖吗？"

骆夏很快回了过来。

LX："嗯，记得吃。"

向暖一时不知道说什么，胸腔里的心脏仿佛变成了一头小鹿，活泼地四处冲撞。她有点儿失神地捧着手机立在办公桌前好一会儿，才给他回消息。

XN："谢谢。"

XN："你怎么知道我工作室在哪儿？"

骆夏说："想知道自然有办法。"

随后他就告诉了她："问了你哥。"

LX："好了，快去吃饭，吃完早点儿做完工作，早点儿回家。"

向暖轻咬嘴唇，手指在屏幕键盘上不断地点，最终删删减减，也只剩下很简单的一句回复："嗯，好。"

向暖放下手机，叫上顾添一起去茶水间吃东西。

骆夏给他们点的是两份冰粥和几个蟹黄包。

顾添知道这顿饭是骆夏给他们订的后，笑道：“这是怕你不吃饭再低血糖？”

向暖低垂着眼没说话，心里有点儿乱。

所以他在知道她加班没吃晚饭后，特意问了她是一个人还是跟同事一起，然后帮他们订了晚饭，还专门订了蟹黄包。

可他是怎么知道她喜欢吃蟹黄包的？

靳言洲确实知道工作室的地址，但她爱吃蟹黄包的事，大学之前的朋友都不知道。

难不成是周日那天他在篮球场注意到她对着马路对面的李记蟹黄包店铺拍照了？

向暖轻叹了口气。

骆夏到底在干吗啊？

顾添点到为止，没多说其他的。

吃完后，他收拾了餐具扔进垃圾桶，在离开茶水间前，对向暖笑道：“记得替我谢谢他，晚饭挺合胃口。”

向暖心不在焉地点点头，应道：“嗯。”

这晚回到家，向暖洗完澡才想起忘记替师兄向骆夏表达谢意。她捞起手机，在要给他发消息的前一秒又停住。

现在挺晚的了，她不方便打扰，那算了，有机会再说。

向暖刚要把手机放下，手中的手机就振动了一下。

LX：“回家了吗？”

向暖没想到他还没睡，但……也许他今晚在医院值班。

向暖回复：“嗯，回了。”

随即她又发一条：“师兄让我跟你说声谢谢，他说你买的饭很合他的胃口。”

骆夏问：“不合你的胃口？”

XN：“也合。”

LX：“那就好。”

下一秒，两个人同时发了消息给对方。

LX：“早点儿睡。”

XN：“你今晚值班？”

骆夏随后回她：“没有，我在家。”

向暖咬住下唇，手指悬在屏幕上方，怔怔地盯着屏幕，却不知道该回他什么。

他在家，这么晚还没睡。

她心里隐隐约约地感知到了什么，但不敢再往前试探。

向暖没有问他为什么还不睡，只回了句：“我要睡了。”

守着手机的骆夏无奈地轻叹。

LX：“嗯，睡吧。”

LX：“晚安。”

向暖也回了他一句“晚安”。

然而，向暖在床上躺了半个多小时都没睡着。她好不容易不让自己再想今晚外卖的事，又不由自主地为生日礼物发愁。

接下来的两天，向暖按部就班地上班。

骆夏在生日的前一晚把聚餐的地点发在了群里，并告诉了他们包间号。

夏至当日，天气晴朗炎热，最高气温直逼四十摄氏度。

向暖上午因为工作需要开车外出了一趟，中午一个人在外面的饭店吃了午饭。回程的时候，她顺路去商场取了要送骆夏的生日礼物。

向暖把盒子放进包里，刚从商场出来，撑开遮阳伞，就看到一个老人在烈日下颤颤巍巍地走着路，像是体力不支，随时都有可能摔倒。

向暖皱了皱眉，快走几步过去，把遮阳伞举在老人的头顶，好心地问她：“奶奶，您是不是身体不舒服？”

年迈的老人开口道：“找惟常回家，惟常回家。”

向暖小时候是见过秋翡的，但不知道她的名字。

现在距离 1998 年已经过去了二十余年，秋翡比那会儿苍老许多，皱纹爬满了脸，自然是另一副模样。

再加上当时向暖只有六岁，而记忆都是有保质期的，所以她并没辨认出眼前的老人就是当年会笑呵呵地请她去家里跟骆夏一起吃东西的秋姥姥。

“奶奶，您叫什么啊？家在哪儿？”向暖试图从老人嘴里得出点儿信息来，“您的家人呢？”

秋翡全都没回答，只是固执地要往前走，嘴里念着：“惟常，惟常还没给我戴耳环……”

向暖直觉老人的精神可能有点儿问题，刚拦住她，正要打电话报警，就发现老人的手腕上戴着一条红绳。红绳上穿着一块长形的扁木块，上面刻着一串数字，是手机号。

向暖试着拨打电话，打通后便向对方说明了情况。

对方非常激动，特别感激地向她道谢，并语气诚恳地请求她，希望她能再在原地陪老人一会儿，等他们过来。

向暖应允。挂了电话后，她试图哄着老人去商场里，有冷气吹着会凉快些。但老人特别执拗，甚至因为她的劝说有点儿情绪暴躁，她只能作罢。

最终，向暖好不容易让老人在商场旁边的长椅上坐下来等待。

中午，骆夏刚下班，就被家里人打电话告知姥姥趁人不注意自己出了家门，现在找不到她了。

他立刻脱掉白大褂出了医院开车沿街找，并打电话拜托了同科室的医生方凌下午和他换班，因为目前只有方凌有空。

找了将近两个小时都没结果，骆夏又急又担心，浑身弥漫着躁意。

忽然，家里人打来电话，通知他秋翡平安。

骆夏立刻问：“姥姥在哪儿？”听了地址后，他快速道，“我离得近，我过去吧。”

挂了电话，骆夏一刻都不耽误，在路口掉头，朝着商场飞驰而去。

二十多分钟后，骆夏把车停在商场路边的停车位，急急忙忙地下车，按照家里人告诉他的方向往前快步走，同时目光不断地搜寻着。

不多时，骆夏倏地停下来。他愣在原地，望着不远处长椅上的一老一少，紧锁的眉头不知不觉间渐渐舒展。

姥姥安然无恙地坐在那儿，而守在姥姥旁边的人是向暖。

向暖给秋翡举着遮阳伞，另一只手不断地帮秋翡扇风。她没有一丝不耐烦的表情，嘴角挂着浅笑，正在温柔地同秋翡讲话。

本来向暖还想给老人买水喝的，但老人坐下后就不动了。她又怕自己去买水回来后人丢了，也不敢走开，就只能陪在旁边，试图跟老人聊聊天，但老人不太搭理她。

她一边给老人扇着风，一边抬头张望，想看看老人的家人有没有到，结果，却意外地看到了骆夏。

向暖猝不及防地撞进他情绪暗涌的眸中，稍愣。

骆夏的目光和她惊讶的视线交会在一起，他抬脚慢慢地朝她走去。男人的眼神直勾勾的，视线一瞬都没从她的身上挪开。

她穿着一件简约的法式衬衫长裙，棕色的细腰带把她的腰肢勾勒得纤细无比，裙摆下方露出一截白皙紧致的小腿。长发被束起，在颈后用头花绑成低马尾辫，知性温柔又不乏成熟优雅。

待他走近，向暖从伞下出来，起身，但还在帮老人撑着伞。

她诧异地喊了他一声："骆夏？"

立在暴烈阳光下的骆夏垂眼凝视着眼前的她，心口不知不觉已经变得满满胀胀的。他从未有过如此强烈的冲动——想要抱她。

她不知道当他看到她那么热心温柔地对待姥姥时，心里有多触动。

那么酷热难熬的天气，她陪着姥姥在火一般的阳光里等着，一句抱怨都没有，反而那样温柔体贴地对待一个素不相识的老人。

她是如此善良温暖，只这一点，就已经让他深陷于她，无法自拔。

骆夏盯着她沉默了一会儿才开口，嗓音略微低哑："我来接人。这是我姥姥。"

他说着，在老人面前蹲了下来。

向暖震惊地愣在原地，呆呆地看向老人，真的没认出这是二十一年前那位秋姥姥。

可骆夏都亲口说了，这是他姥姥。

向暖一时缓不过神，呆愣地垂头看着他们。

骆夏握住秋翡的手，声音极尽温柔，轻哄说："姥姥，该回家了。"

秋翡望向远处的目光慢慢收回来，眼球混浊地看向骆夏。而后，她爬满皱纹的脸上的褶更深了些。

秋翡笑着说："惟常，你回来了。"

骆夏无奈，顺着她的话温声道："我回来了，我们回家。"

他把秋翡搀扶起来，看到戳在旁边的向暖神情茫然，解释说：“姥姥得了阿尔茨海默病，记性不太好了。”

向暖登时了解，轻声感慨：“这样啊……”

“今天谢谢你，”骆夏的语气诚恳而感激，“真的谢谢你，向暖。”

向暖对他笑了一下：“姥姥没事就好。”

“那我先走了。”骆夏看着她，欲言又止。

“嗯。”她轻扬嘴角，应了声。

走了两步后，骆夏突然又停下，扭头喊已经转身与他背向而行的向暖。

“向暖。”他低沉的嗓音里隐约含着一丝急切的意味。

向暖脚步停滞，转头望向他。

明媚的阳光下，男人轻牵嘴角，声音温和清朗：“晚上见。”

向暖也笑，轻弯着杏眼回他：“好。”

夏日微风拂过，弄乱她散落下来的一绺发丝，也让她的裙摆轻轻扬起。

她的声音被温热的夏风吹进他耳中：“生日快乐，骆夏。”

十八岁那年没有勇气说出口的“生日快乐”，现在我送给你。

向暖回到工作室，第一件事就是上网搜索阿尔茨海默病。

阿尔茨海默病，俗称老年痴呆，无法治愈，只能通过治疗延缓病情的恶化。

有的患者在发病时会记不得近期的事情，却对印象深刻但时间久远的事情记得很清晰。

向暖想了想，感觉秋姥姥就是这种症状。虽然她并不知道秋姥姥嘴里念叨的“惟常”是谁，但秋姥姥似乎等了这个人很久。

也许那是……秋姥姥的丈夫?

向暖支着下巴，目光茫然地落在电脑上，已然快要没有焦距，脑海里不由得浮现了骆夏搀扶着秋姥姥走时喊住她的场景。

男人立在阳光里，耀眼如斯，跟她说：“晚上见。”

晚上见。

向暖的嘴角无意识地轻轻翘起几分。

顾添端着水杯从茶水间走过来，就看到向暖微扬唇角，正盯着电脑发呆。

他走到向暖身后，突然出声："电脑屏幕上有花啊？还是你心里乐开花了？"

向暖被他吓到，抬手拍了拍胸口，蹙眉不满道："我强烈要求跟你分办公室，在中间加堵墙也行！"

当初开工作室时，两个人的资金有限，最后将就了些，两个老板共用一个办公室。不过屋子也不挤，空间还蛮大的。

顾添笑道："你去征得房产公司的同意，我就出钱给你加堵墙隔断。"

向暖也就是随口说说而已。其实他俩在一个空间做事，效率还挺高的，有什么情况直接就跟对方商量讨论了，都不用动一下。

"哎，师兄，"向暖靠在椅子里，轻微地左右转着转椅，对已经回到自己办公桌那边的顾添说，"今晚不管有什么事，我都不加班啊。"

顾添微微挑眉，调侃道："工作哪有骆夏重要？师兄了解，今天就算你早退我都赞成。"

向暖被他调侃得有点儿不好意思，脸颊染上一层薄红，但依然可以坦然笑着对顾添说："谢谢师兄！"

因为跟同事换了班，骆夏下午哪儿也没去，就在家里陪着秋翡。

一家人被秋翡走失这件事搞得心惊胆战，哪怕将人平安找回来了，也仍心有余悸。难得一家人聚在一起，他们索性就开了个家庭会议，最后一致决定再聘一位专门照看姥姥的护工，要寸步不离地跟着老人。

大家商量完秋翡的事情，骆夏就成了重点关注对象。

夏知秋对儿子说："我们学校有位老师的侄女跟你差不多大，阿夏你要不要去见见？"

骆夏微微皱眉，失笑道："我这才回来多久，你就想让我去相亲？"

夏知秋说："这不是你也到年纪了嘛，该考虑感情问题了。"

元秋亭也开口，用并不是特别标准的普通话对骆夏说："我也觉得哦，该去见一下。"

在骆夏成家这件事上，两位女性长辈明显比男性长辈更急切，骆锦游和骆钟元父子俩始终都没开口催促骆夏。

骆夏被母亲和奶奶搞得哭笑不得，回她们："好啦，我自己有打算，你们别给我安排相亲啊，我不去。"

夏知秋几乎一瞬就察觉到了儿子话里的意思，有点儿好奇地问："你是不是有女朋友了？"

骆夏摇头："还没，但有喜欢的人了。"

他似乎是想到了向暖，不自觉地弯了弯眼眸，温和地对家人说："你们别替我操心，给我些时间。"

夏知秋这下放心了，连连点头："好，好，不催你了，你慢慢追。"

秋翡回到家进屋睡了一觉。她的双脚因为走了太多路而磨出了水疱，骆夏不想打扰她睡觉，于是便等她傍晚醒来才给她处理。

这会儿的秋翡还算清醒，望着乖外孙，歉疚地说："我又给你们带来麻烦了。"

"哪有？"骆夏温柔地说，"姥姥，您别这么想。"

他帮秋翡处理好水疱后折身去卫生间洗干净手，而后回来给老人盖上毯子。他蹲在秋翡床边，仰头看着秋翡，淡笑着认真道："您不是麻烦，您是我姥姥。小的时候您照顾我，现在该我照顾您了，只是这样而已。"

秋翡混浊的眼睛里盈着水光。她抬手摸了摸骆夏的脑袋，特别遗憾地呢喃："我们阿夏这么好，惟常却没福气看你一眼。唉，近来越发想他了。"

骆夏没有说什么去安慰秋翡。他知道，安慰并不能让姥姥的思念减轻一点儿。

须臾，秋翡嘱咐骆夏："这件事阿夏不要告诉阿程。"

骆夏点头应道："好，不告诉他。"

"阿程最近在干吗？"

"出差去了。"骆夏给秋翡倒了杯温水，笑问，"您想他了？"而后他就温声道，"等他回来就会过来看您了。"

秋翡慢吞吞地喝着水，表情有点儿呆滞，像在想什么事情。要是她也离开了，阿程就真的是一个人了。

秋翡正发着呆，骆夏对秋翡笑道："姥姥，外面的晚霞很美，要不

要去看看？”

秋翡扭头往窗外望去，也笑了起来，答应骆夏：“去看看。”

但秋翡的脚才被包扎好，不便下地走动。骆夏就弯腰，轻轻松松地抱起她，将她带到院子里，让秋翡坐在秋千椅上，陪着她看夕阳和晚霞。

骆夏跟朋友约在晚上 8 点。

他先在家里跟家人吃了顿生日餐，但没有吃很多。

他本来是想吃过饭就去找朋友们的，但是秋翡又不太清醒，把他当成了姥爷，拉着他的手念念叨叨。

骆夏就耐心地陪着她，跟她聊天。

上一次他给她戴好的耳环大概是被她在清醒时摘了下来，这次她又拿出来让骆夏帮她戴。

一回生二回熟，骆夏的动作没有上次那么生涩僵硬。

他哄着秋翡吃下药，直到秋翡困倦，在床边等她睡下，才起身前往聚餐的地点。

包间里，除了正在出差的秋程没到场，就差寿星一个人。

骆夏订的包间很大，里面不仅有吃饭的地方，还有个圆舞台，上面放着一架白色的三角钢琴。相通的另一个房间里有三面绕墙的皮质长沙发，茶几上放着做游戏用的道具，甚至准备了投影仪，可以看电影。

“快 8 点半了，”余渡说，“夏哥迟到了快半个小时。”

“反正也不急，再等等吧，”邱橙接话，“今天寿星有特权，迟到也理所当然。”

余渡苦着脸说：“可是我饿啊！”

向暖闲得无聊，就坐到了琴凳上。

这些年她一直在坚持跳舞和弹钢琴，不过比起跳舞，钢琴练得少一些。

这会儿有架崭新漂亮的钢琴摆在眼前，向暖有些手痒，就坐了过来，想随便弹弹打发时间。

随即，一首耳熟能详的《小星星》回荡在包间里。

靳言洲往向暖身后的门口看了一眼，眉梢轻抬，对向暖说：“你弹首应景的。”

向暖对他比了个“OK”的手势，开始弹《生日快乐歌》。

欢快又舒缓的旋律响起，除了向暖外，其他三个人都发现了骆夏的到来，便开始跟着钢琴声哼唱：“祝你生日快乐……”

骆夏就站在门口，倚靠着门框，嘴角噙着笑。他的目光落在背对着他弹钢琴的女人身上，根本挪不开。

向暖下班后特意回家洗了个澡，换了一条刚刚及膝的黑裙。

从骆夏的角度看，只能看到穿着方领裙的她露出一小片肌肤白皙线条流畅的背。由于她的长发披散，他也只能隐隐约约看到一点儿。

但正是这样半遮半露，她才显得更性感。

他还是第一次见她弹钢琴，虽然只能看到背影，却格外迷人。

向暖丝毫没察觉骆夏已经到了，沉浸在钢琴声中，专注地弹完。

最后一个音符的尾音还没消，余渡就欢呼着拍着手起身，大声喊：“夏哥生日快乐！迟到了罚酒三杯！”

还坐在琴凳上的向暖蓦地扭头，看向门口。

骆夏比平时打扮得正式不少。他将头发梳得整齐，穿着一身黑色西装，衬出他肩宽腰窄腿长的完美身材。

男人身姿挺拔，正阔步朝她走来。

向暖登时收紧手指，又很快松开，假装若无其事地起身。

她还没走下圆舞台，骆夏就已经停在了台边。

不等他开口说话，余渡就已经拿着酒杯和酒瓶凑了过来，直接给骆夏满上，递给他：“来，夏哥，先喝三杯。”

骆夏无奈失笑，也不拒绝，直接就接过来，仰头将第一杯酒一口气干掉。

他喝酒的时候，下巴微扬，喉结不断地滚动着。

明明已经过了很多年，但莫名地，向暖想起了高中时的一些让她脸红心跳的画面。

他喝养乐多，喝矿泉水也如这般撩人心弦。对他来说很自然的一举一动，落在她的眼里，都像勾引。

向暖稍微失神时，骆夏已经喝完了三杯酒。

余渡心满意足地接过骆夏手中的酒杯转身往回走。

圆舞台比平常的台阶稍微高一点儿，上去的时候向暖没觉得，这会儿要下去才意识到。踩着高跟鞋的她刚要小心翼翼地下圆舞台，一条手臂就出现在了她的视野中。

向暖动作微顿，她没有抬眼看他，只轻咬住嘴巴里的软肉，努力压着胸腔里加快的心跳，佯装大大方方地接受了他的好意。

“谢谢。”她坦然自若地抬了手，轻握住他的手臂作为依靠和支撑，迈步走下圆舞台。

在松开他的那一瞬间，向暖听到走在她身侧的男人压低声音说：“谢谢你弹的《生日快乐歌》，这是我最喜欢的一版。”

顿了顿，骆夏又开口，这次用只有他们两个人才能听清的音量，温声道：“钢琴很美，很衬你。”

向暖的心蓦地一缩，呼吸也跟着一窒。

因为骆夏的那句话，向暖直到吃饭时才彻底平复心底那抹荡漾的涟漪。

骆夏在家里吃过一些，这次也没吃很多，大多时候都在聊天。

至于今天下午的事情，他跟向暖都只字未提。

吃生日蛋糕的时候，向暖寻了个靠窗的地方坐，一边吃一边望着窗外的夜景。

骆夏走过来，在她对面落座，并在她手边放了杯果汁。

向暖轻抬眼皮，浅笑着对他说了句“谢谢”。

骆夏却瞅着她的嘴角笑。

向暖意识到大概是自己吃蛋糕不小心弄到唇边了，立刻抬起手，没想到他已经拿着纸巾伸手过来。随即，她的指尖就触到了他的手。

向暖立刻收回手指。

在骆夏给她轻揩嘴边的奶油时，向暖垂落下来的双手手指紧张地绞在一起。她绷直了脊背，茫然地瞅着他。

骆夏的眼中染了笑意，动作轻柔地帮她擦干净嘴角，他就收回了手，把纸巾放在桌上。

他只是望着她笑，也不说话，但向暖从他的神情中读到了他又想拿那句她评价自己的话调侃她——“二十七岁的小孩儿”。

向暖捧起他给的果汁抿了一口，快速眨了两下眼，故作随性自然地对他笑道："别说了，我知道。"她自己说出口，"二十七岁的小孩儿。"

骆夏将手肘搁在椅子扶手上，歪头将握成拳的手抵在唇边，由喉间溢出一声性感的低笑。

"可不就是二十七岁的小孩儿？"他还是说了这句话，语气竟然让向暖莫名觉得宠溺。

向暖又喝了口果汁，像在掩饰不自然的神情。

她偏开头，想去看窗外的夜景，却透过干净到一尘不染的玻璃，看到了自己晕开薄红的脸颊。她清晰地感觉到，自己不仅脸红耳热，就连心跳都在失控，身体也变得滚烫如发了烧一样。

另一边的余渡看着窗边相对而坐的一男一女，莫名地问："他俩干吗呢？怎么感觉气氛那么不自在？"

邱橙揶揄他："能让你这种神经大条的人察觉到不自在，还真是不容易。"

靳言洲扭头问邱橙："你是什么时候感觉到的？"

邱橙挑眉："被困在骆夏家里那晚。"

她当时做噩梦惊醒，觉得口渴，想去喝水，结果就无意间看到了吧台旁的两道人影。她不忍打扰，便忍着渴意直接原路返回了。

余渡听着他俩的对话，又瞅瞅窗边那俩，终于明白了过来。

"你们是说……夏哥和向暖？"余渡又傻乎乎地问，"那……谁追谁啊？"

邱橙嫌弃地瞥眼看他，反问："这你都看不出来？你夏哥都那么主动了。"

余渡讷讷地感慨："我一直觉得夏哥铁定会是被追的那方，从来没想到他也会追人！"

"嘁，"靳言洲哼笑，"能不追吗？"骆夏再不追，向暖都要被向姨按头相亲去了。

"这有什么想不到的？"邱橙抿了口酒，继续道，"男人遇见了自己喜欢的人就会主动。"

他们三个闲聊的时候，向暖已经生硬地岔开了话题。

"姥姥嘴里念的'惟常'，是你姥爷吗？"她真的是纯属接不住他的

话，想到什么就说了什么。

骆夏点了点头，告诉她：“夏惟常，竖心旁的惟，日常的常。”

“夏惟常，”向暖弯了眉眼，感叹说，“这个名字也好好听。”

骆夏由胸腔发出一声短促的低笑，又跟她说：“我姥姥的名字叫秋翡，秋天的秋，翡翠的翡。”

原来秋姥姥的名字叫秋翡。

“怎么一个比一个好听？”向暖是真觉得他家人的名字都好好听。

骆夏的脸上浮着淡笑，眼中的笑意更深浓，他继续道：“我妈叫夏知秋，春夏秋冬的夏秋，知道的知。我爸叫骆钟元，和我妈一样取了父母的姓氏，中间的钟字是钟爱你的钟。”

他说“钟爱你”时，深情的眼眸直勾勾地凝视着她。

向暖败下阵来，佯装自然地移开了视线，拒绝和他对视，心底却已经被他那句“钟爱你”弄得情绪泛滥。

“我爷爷，你应该知道，骆锦游。”

向暖点点头，笑道：“真的都好好听，念起来特别舒服。”

骆夏话里有话道：“我告诉你他们的名字，不是想听你说这些名字好听。”

向暖微怔，旋即就听他接着上一句话往下说：“我是想向你介绍一下我的家人。”

向暖一时语塞。她不是没被追过。这些年来，追她的人也不少，但没有哪一个，能跟骆夏一样，让她频频接不住他抛过来的信号。

他直白却又不唐突失礼。

她被他撩拨得完全招架不住，但并没有一丝不舒服的感觉。

向暖是真的说不出话来，所以沉默着。

骆夏再次开口：“最后是我，骆夏，名字由父母的姓氏组成。”

向暖轻笑了一声。

“真的一个比一个好听吗？”他问。

本就被他闹得脑子有些乱的向暖没反应过来，也没察觉这句话哪里不对，本能地点头：“对啊。”

她回答完后，骆夏就低笑出声：“那我就当你在说我的名字在我家里是最好听的了。”

胸腔里的心脏猛地一跳，向暖感觉自己全身都在不动声色地一点点紧绷。她又一次战术性地喝果汁，没点头也没摇头。

那他就这么认为吧。

其实，向暖一直都觉得他的名字是最好听的。不仅限于在他家人中，在所有名字里，“骆夏”最好听，她是这样觉得的。

后来几个人挪步到隔壁房间，打算玩玩游戏。

虽然只有五个人，但余渡还是吵吵着要玩国王游戏，其他几个人都无所谓，就先玩了这个。

第一局的国王是邱橙。

邱橙说：“那就 1 号和 3 号深情对视十秒钟吧。”

余渡哈哈笑：“我是 4 号，你们谁中了？”

几个人亮牌，骆夏是 1 号，向暖是 3 号。

“哦——”已经知道他俩之间有点儿什么的余渡开心地起哄，一副不嫌事大的模样看好戏。

向暖白皙的脸上晕开绯色，但她也只能遵从游戏规则，和骆夏对视。

两个人隔着半米的距离站在彼此面前。他长得很高，哪怕向暖穿着高跟鞋，平视也只能看到他的下巴，所以她得微仰起头才能跟他对视。

邱橙给他俩掐点数数字：“一、二、三……”

数到后面，邱橙突然不再出声。因为骆夏猝不及防地往前挪了一步，霎时距离向暖更近了。

向暖眼睁睁地看着他凑到自己眼前，双腿却像冻住了，完全迈不开。

男人周身的气场清润温和，但也透着一股不容抗拒的强势。

向暖扑通扑通的心跳声震耳欲聋，脸也在不知不觉间红透，就连耳朵都红扑扑的。她绞紧双手，几不可见地咬了一点儿嘴巴里的软肉。

向暖偷偷用指甲掐了掐虎口，试图让自己保持清醒，不要沦陷在他深情温柔的眼神中。

骆夏垂眸，眼睛一眨不眨地凝视着向暖。他看到她清亮的杏眼里干净澄澈，却又隐隐掺杂着羞怯之意，像在故作镇定地强撑。

忽地，男人轻弯桃花眼，不自觉地笑了。

他想看她慌乱，想看她不知所措，很想看。

骆夏感觉自己的心口在被她轻轻地抓挠，痒痒的。他克制着想要俯身吻她的冲动，只往前走了一步，距离她更近些。

他想以此告诉她：她是吸引他的，是能够让他情不自禁靠近的那个人。

向暖确实在故作镇定。早在他俩对视的那一刻，她就心慌意乱到极点了。

迟迟等不到结束，向暖遵守游戏规则，依旧保持望着骆夏的眼睛的姿势，忍不住开口问："到时间了吗？"

靳言洲率先开口，淡淡地说："到了。"

下一秒，她就立刻别开头，跟骆夏拉开了距离，而后暗自深吐几口气，才勉强让萦绕在周身的燥热感退去一些。

几个人玩了几局国王游戏，觉得有点儿累。主要还是人太少了，导致每个人"中枪"的概率都很高。他们最后决定再玩一局，就换个游戏。

最后一局的国王是余渡，他提出来的惩罚是要紧紧地拥抱对方。结果翻开牌，又是骆夏和向暖受惩罚。

向暖不是很想完成这个惩罚。她很看重拥抱，尤其是跟"喜欢的人"的"第一个"拥抱，如果就这样给了游戏惩罚，可能会遗憾终生。

向暖没勉强自己，直接说出口："这局的惩罚我完成不了。"

骆夏笑着望了向暖一眼，也随之坦言："我也不行。"

跟她的第一个拥抱不该这么随便地借游戏惩罚完成。

"喝酒代替可以吧？"他看向余渡。

余渡并不为难他，只伸出三根手指，说："三杯。"

骆夏点头，开始倒酒。

向暖不能喝酒，刚要开口说明，骆夏又道："一人三杯？"

"对啊！"随后余渡就笑嘻嘻地问，"难不成夏哥你想要一人一杯半？"

骆夏只说："向暖的三杯我替她喝。"

她今晚在饭桌上都没喝酒，不管出于什么原因，肯定是不想喝的，那就由他替她喝。

向暖张了张嘴，没说出话来。都这样了，就算她说自己酒精过敏，余渡也肯定会让骆夏替她喝掉。

她暗暗轻叹了一口气，眼睁睁看着骆夏干了六杯啤酒。

几个人商量着接下来玩什么游戏的时候，骆夏坐在旁边开始拆礼物。

他最后一个拆的是向暖送的礼物。那是个狭长的盒子，骆夏没打开前大概就猜到了里面应该是钢笔。他打开一看，果然是派克卓尔的黑金钢笔。

骆夏轻挑眉梢。

几个人还没商量出到底玩什么游戏。骆夏看到旁边有本子和笔，便提议："那不然就玩我写你猜吧。写的人往纸上写答案，并给出一句提示语，猜的人可以随便问问题，写的人每次只能回答'是'或者'不是'。猜的人三次没有猜中，就算输。"

得到全票同意后，他们就准备开始第一局。

猜谜的余渡背过身等待。

负责写答案的骆夏没有用包间里准备的笔写字。他动作娴熟地加好墨水，拿向暖送他的钢笔写下了第一局的第一个猜谜答案。

标准漂亮的楷体书写出来的，是——

向暖。

将这一切看在眼里的向暖屏息片刻，眼睫毛止不住地颤了颤。心也跟着失了控，漏跳几拍之后，又剧烈而鲜活地跳动起来。

他写了她的名字。

你的名字，是我写下的第一个词。

这晚散场前，向暖去了一趟卫生间。

她洗了手擦干再出来，发现骆夏正在走廊里站着。

黑衬衫上的领带被他扯下来缠绕在手上，衬衫最上面的两颗扣子松散着，隐约露出一点儿冷白色的肌肤，扎紧的皮带勾勒出男人性感的腰线。

走廊里吊灯的光是柔和的橘色，打下来，在他周身晕开一层朦胧的

光晕。

向暖没想到他会跟过来，在看到他的那一刻就停下了脚步。

本来垂眸的骆夏抬眼，看到是她后唇边瞬间就染了笑。光这一抹淡笑，就让向暖的心神不由得微微荡了荡。

“向暖。”他唤她，声音略低，像在耳畔呢喃那般温柔。

向暖被他叫得心口酥麻。她微仰着头，同他泛起波澜的双眸对视着。

两个人的目光交织，谁也没立刻说话，但向暖似乎能隐约猜到他接下来想说什么。

“我——”

骆夏刚说出一个字，向暖就打断了他的话。

她的声音有些轻：“谢谢你帮我挡酒。喝了那么多会不会头晕？”

骆夏微愣，而后笑开。

成年男女之间，有时候话不必说得太明白，你知我懂就够了。

向暖说得委婉，不过骆夏已经明白了她的意思。她大概是怕他现在喝了酒一时冲动告白，明天酒醒后不认账，又或许是觉得他们有九年没见，现在就确定关系过于早。

是他欠考虑了，不该这么快就忍不住想挑明的。

骆夏没再往下说，只低笑着对向暖温声道：“走吧。”

骆夏的确猜对了。向暖心里是忐忑的，尤其是今晚他喝了酒，曾经还忘记过她一次。

尽管当年他们重逢时，距离初见已有十一年，他忘记她再正常不过。但向暖不想在被忘记一次后，再承担一次告白不作数的风险。

她胆小、慎重，可要求并不多。

她只希望他能跟她好好说清楚，在绝对清醒的状态下。

从聚会地点回到家里时已经过了 0 点。

向暖洗了个澡，睡觉前习惯性地拿起手机来，看到有微信的新消息。

LX：“到家了吗？”

时间在半个小时前。

向暖回他："到了。你呢？"

LX："也到了。"

LX："不早了，去睡吧。"

向暖回了句"好"，骆夏紧接着给她发了"晚安"。

向暖也回了他一条"晚安"，而后就放下手机，上床睡觉。

后半夜下了场雨，向暖在凌晨3点多醒过来的时候，雨下得正猛，雨点噼里啪啦地砸着窗户。

她关掉空调，翻了个身，闭上眼继续睡，却陷入了一场梦中。

梦里她跟骆夏还是高中生的模样，在夏季的暴雨夜晚，共撑一把伞走在路上。

脚踩在布满雨水的地面上，偶尔还会溅起水花，像极了她忽上忽下的心情。

路灯过了一个又一个，他始终没说话，却贴心地把他的校服递给了她。

潮湿的校服外套有点儿沉甸甸的，透着湿冷。可向暖感觉浑身热烫，脸都要烧起来。

倏地，场景像万花筒似的忽变，他们已经变了模样。

穿着黑衬衫的他立在她面前，嘴角噙笑，喊她："向暖。"

下一刻，向暖被闹钟吵醒。她皱了皱眉，睡眼惺忪地去关闹钟。

向暖不知道为什么会梦到他昨晚在走廊里等她的场景。难不成……是因为她内心深处其实特别期待？

向暖抬手，用手掌轻轻揉了揉眉心，随后下床去洗漱。

向暖上午在家里收拾了一下卫生，10点半左右换衣服出门，开车去舞蹈房。

虽然昨晚下了雨，但天气依然炎热，温度丝毫不减。

向暖今天打扮得非常运动休闲。

刚到二十一楼，电梯门一打开，向暖的脚就顿了一下。

她意外地看着等在电梯前似乎要下楼的骆夏，自然平常地跟他打了个招呼："来健身？"

骆夏望着她，嘴角微勾着点了点头，但在她出来后没有立刻进电梯，而是问："吃午饭了吗？"

向暖感到心猛地一跳，如实回答：“还没。”

骆夏就直接发出邀请：“我正要去吃饭，要一起吗？”

向暖的眼睫毛轻颤了一下，她淡然地笑道：“我去把包放下。”

本来她打算来了后先跳会儿舞，晚些再下去吃饭，但碰到了骆夏，又被他邀请，那早一点儿也没关系。

骆夏的脸上漾开笑意。他温声应：“去吧，我等你。”

我等你。

明明是他随口说出来的字面意义上的“我等你”，可还是惹得向暖为这几个字心悸。

等她捏着手机折身回来，骆夏才伸手摁了电梯，两个人一前一后踏进去。

在电梯缓缓往下降时，骆夏就从电梯门的镜子里看向暖。

她今天是一身紫色的装扮——紫色的棒球帽，紫色的短款半袖T恤衫，搭配着紫色的宽松束脚运动长裤，只有鞋子是白色的。

她的长发没有被绑起来，就这么披散着，柔顺地从帽子边缘处垂坠下来。

很休闲日常的打扮，虽然随性简约，但依旧那么养眼。

因为打算在附近找家餐馆吃饭，所以他俩从一楼出了电梯，直接往外走。

沿着道路往前走时，骆夏忽地轻拉了一下向暖的手腕。

在被他触碰的那一瞬间，向暖的呼吸几乎要停止。她屏息了一瞬，发觉他不是想牵她的手，只是把本来走在外侧的她拉到了道路里侧，而后就适时地松开了手。

这下，成了他走在道路外边。

向暖轻咬了一下嘴唇，努力忽视手腕处残留的温度。

他怕她被过往的非机动车不小心剐蹭到，便把她护在里侧。他连这种微小的细节都能注意到。

两个人去了附近一家商场里的日料店解决午餐。

吃过午饭后，骆夏和向暖原路返回。

刚走了一段路，他们就看到前面不远处有个中年男人突然倒地。

骆夏几乎没思考，在周围人都被吓愣没反应过来的时候，就已经奔了过去。他拍着男人的肩膀大声喊对方，对方没有任何反应。

骆夏跪在地上，神色凝重地平视着患者的胸腹——没有起伏，是心源性猝死。他当机立断，语速极快地对跟着他跑过来的向暖道：“向暖，打急救电话。”

说着，骆夏已经开始给男人实施心肺复苏。

他的双手十指相扣，手臂伸直，一下一下对男人进行胸外按压。按压三十次的时候，骆夏捏住男人的鼻孔，为男人进行了两次人工呼吸。

向暖已经快速地对急救中心说明了情况：“你好，这里是体育大街丰汇路汇鑫商场西侧大概一百米的地方，有位中年男人突然晕倒，过路的医生正在对他进行心肺复苏，麻烦救护车尽快过来。”

急救中心的接线人员确认地点：“体育大街丰汇路汇鑫商场西侧大概一百米的地方是吗？”

“对。”向暖垂眼看着拼命救人的骆夏，眉心紧蹙。

对方回道：“好的，我们这就派救护车过去。”

挂掉电话，向暖浑身紧绷地站在原地，愣愣地看着骆夏。

强烈的太阳光下，他跪在地上不断地给患者做急救。

她想帮忙。

她想帮帮他。

忽地，她突然想起了什么，拔腿就往商场跑。

向暖从回国后就在这边的舞蹈房跳舞，因此会经常在周边闲逛吃饭，对这边的商场熟悉。她记得她在商场里见过配置的急救设备——AED（自动体外除颤器）。

向暖拼尽全力跑进商场找到安装AED的位置，在监控下立刻扫码取出仪器，拎着东西就往外跑。

已经好多年没有这么疯跑过的向暖即使双腿发酸，依旧咬着牙奔过去，在骆夏身边停下来。喘气剧烈的她气息短促：“骆夏……AED……”

AED比人工心肺复苏更有用。

骆夏一刻都不耽误，让向暖帮忙立刻打开仪器的同时，去解男人的衣扣，使其露出胸膛。紧接着，他在AED的声音提示步骤中熟练地给患者贴好电极，随后把电极板插头插好，摁下“分析”键。

他往后退了退，也让围观群众后退，保证谁也不会触碰到患者，让

AED 自动分析患者的心律，然后就是放电、除颤。

向暖在旁边不断地平复着急促的呼吸，眼睛录下了骆夏做的一切。

他已经被晒得额头沁汗，鼻尖上的汗珠凝成一颗颗直接掉落。身上的衣服已经湿了大半，尤其是后背，像是被泼了水般，白色的 T 恤衫变得半透明，隐约可见他的脊背线条。

他的双手因为刚刚不停歇地胸外按压像充了血般发红，手臂上的青筋暴起，纹路格外明显。

十多分钟过去，一直在被骆夏进行急救的患者终于有了自主心跳，救护车也在这时赶到。骆夏在帮医护人员把患者推上救护车的过程中，快速简洁地告知了自己刚才的急救情况。

等救护车拉着患者离开，骆夏终于松懈下来，深深地吐出一口气。他转过身，看到向暖就在他身后，站在原地望着他。

骆夏走过去，停在她面前。

阳光普照的夏日正午，微风裹挟着热浪拂过。

她和他不约而同地相视一笑。

事情得到解决，骆夏此时满脑子都是向暖冷静地打急救电话时的声音，还有她拎着 AED 奔跑到他身边帮他的那一瞬。

向暖想的却是他救人时的模样。

男人的神情凝重，他从容地对患者进行急救，哪怕时间过去那么久都没有放弃，直到对方重新有了自主心跳。

不管过去多少年，他好像总是她眼中最闪耀的一束光。

原来，救死扶伤的骆医生，这么、这么帅。

大概是风太热，吹得向暖的眼睛都热热的。她的心脏甚至比刚才奔跑时跳得更快，拎过 AED 的那只手到现在还在不受控制地微微颤抖。

向暖用另一只手用力握住这只手，想让颤抖的手稳下来。

浑身都是汗的骆夏拼命克制着想要上前拥抱她的冲动，只隐忍地低笑唤她：“向暖。”

“嗯？”她轻声应道。

“你很棒。”

向暖微微睁大漂亮的杏眼，而后扬着浅笑说：“你也是。”

时间仿佛倒流回了几年前。

他出国那日。

她祝愿他："祝你前程似锦。"

他笑着说："你也是。"

大一的那个新年。

她给他发消息："照顾好自己，新的一年平安顺利。"

他回她："你也是。"

你所祝愿我的，我愿"你也是"。

周末两天，骆夏都泡在健身房。他其实更多的是想和向暖多些交流。

这两天的午饭和晚饭，他俩都是在丰汇大厦附近吃的。

周日晚上吃过晚饭，他们一起去停车场打算各自回家时，骆夏问向暖："你每周末都会过来吗？"

向暖说："不加班，没其他事就会过来。"

骆夏了然地点了点头，随即又有些好奇道："你学舞蹈多长时间了？"

向暖歪头想了一下，笑着回他："九年吧，高考结束后就报班学习了。"

"然后就一直到现在？"

向暖轻扬着嘴角说："对啊。"

骆夏再一次欣赏她的毅力和坚忍的意志，能把一项兴趣爱好坚持这么多年着实不容易，尤其在步入社会参加工作后。

也因此，他好像更喜欢她了。

周二，骆夏和方凌都在科室。

骆夏在医院餐厅吃午饭的时候，方凌端着餐盘走过来，在他对面坐下。

正在微信上问向暖有没有吃午饭的骆夏摁灭手机，将其反扣在桌上。他抬眼，对方凌淡笑着打招呼："方医生。"

方凌用半开玩笑的语气问骆夏："骆医生，前几天我帮了你的忙，你是不是该请我吃顿饭？"

周五那天骆夏为了找姥姥，紧急和方凌换了半天班，于情于理确实该请客答谢。

他便答应：“好，你想去哪儿吃？”

方凌笑道：“真请啊？那我就不客气了！”

骆夏点了点头，微笑着认真说：“该请的。”

“不过我对去哪儿吃没什么要求，你看着来吧。”方凌开心地说。

“也没忌口？”

骆夏问这句话的时候，脑子里闪过的是向暖不吃羊肉，嘴角不自觉地翘了翘。

方凌被他的笑容晃了一瞬，而后才连忙说：“没有。”

“行。”骆夏应道。

随后他就趁这会儿吃饭的空当，在手机上搜索了一下，发现有家新开的鲁菜店评价还不错。

骆夏问方凌：“吃不吃鲁菜？”

方凌瞬间两眼发光，兴奋地回他：“吃啊！吃的！我的家乡菜！”

“那下班后店里见，”骆夏起身时告诉方凌地址，“光华路的那家海参馆。”

方凌心里有点儿失落，因为骆夏没打算开车带她过去。

她把车送去保养了，本来还想着正好趁今天自己没车，坐他的车去吃饭，然后再被他送回家。

唉，算了，一步步来，她先和他一起吃顿饭再说。

方凌笑盈盈地望着骆夏的背影，心里格外激动欢喜。

骆夏吃完饭，在午休的时候收到了向暖的回复。

XN：“在附近吃了凉粉。”

骆夏想起今晚的饭局，问向暖：“你晚上跟谁吃？”

向暖被他问得怀疑他想约她，刚要告诉他不加班的话回家吃，加班就在工作室吃。

然而，他根本没等她回他，很快又发了消息过来。

LX：“我晚上要请一个女同事吃饭。”

LX：“姥姥走丢那天拜托她跟我换了半天班，欠个人情。”

LX：“所以要请她去光华路的海参馆吃饭。”

向暖看着聊天界面一条接一条弹出来的消息，一时间稍愣，而后像是反应过来，嘴角不自觉地染了浅笑。

她回他："嗯，好。"

骆夏又回："你晚上吃什么都好，但是得吃。"

LX："别再低血糖了。"

向暖轻抿嘴巴，唇边的笑意却压不住："知道了，骆医生。"

骆夏失笑轻叹，甚至都能想象得到她要是亲口说这句话，该是多么无奈的语气。

她这是嫌弃他啰唆了吗？

LX："向设计师休息吧，午安。"

XN："骆医生，午安。"

他们刚结束聊天，顾添就从外面走了进来，对向暖说："晚上请你吃饭吧。"

向暖微微诧异地抬眼看向他，笑道："为什么要请我吃饭？"

顾添语气轻松散漫："感谢你又为工作室完成了一个优秀的设计案。"

向暖在转椅里左右转了转，矜持地说："作为工作室的二把手，应该的。"

"你就别推辞了，"顾添语调微扬，"我听说光华路开了一家海参馆，请你去尝尝。"

光华路，海参馆。

向暖微愣了一下，在心里意外事情居然会这么巧。

而后她就微微无奈地叹气，直接告诉了顾添："师兄，你知不知道，就在你跟我说的两分钟前，骆夏跟我说他今晚要跟一个同事去那里吃饭？"

顾添讶异，笑道："那我们也去。"说完他又好奇地问，"他同事是男的女的？"

"女的。"

顾添不嫌事大地说："那我们更要去了。"

向暖无语。

顾添随后又一语道破："啊，骆夏可以啊，这还没跟你在一起呢，

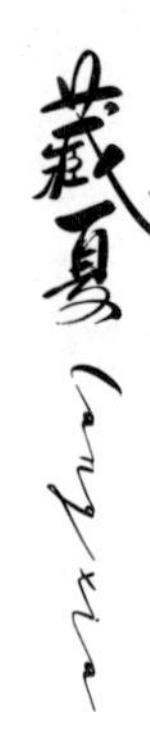

就开始事无巨细地汇报行踪了？不错不错，这个男人很靠谱儿。”

向暖再次无语，被他说得脸颊都泛了红。

当晚，向暖还是被顾添带去了光华路这家海参馆。

因为她的车限号，她是坐顾添的车过去的。

他们刚到，正被服务生领着往座位那边走，骆夏就注意到了向暖。

她穿的是他们重逢那天穿的小香风职业套装，长发被绑成略松的低马尾辫，隐约露出耳垂上挂的坠饰。

骆夏歉意地对方凌道：“你先吃，我看到了熟人，过去打个招呼。”

方凌应道：“好。”

目光却在骆夏起身的那一刻就跟着他挪动，直到他停在和他们隔着几桌的斜对面的一桌旁。

方凌敏锐地注意到骆夏对那个穿着白色职业套装的女人很关注，因为他的视线总落到她的身上。

“你们也过来吃饭？”骆夏问这句话时，桃花眼弯成好看的弧度，垂眸瞅着向暖。

向暖感觉自己有点儿说不清，正想简单地应一下，顾添就替她开口回了骆夏：“对啊，我听说这家新开的店很不错，就叫了向暖一起过来尝尝。怎么样？味道还行？”

骆夏笑说：“我不太喜欢吃海参，不能给参考。”

向暖突然很意外地看向他。她也不太喜欢吃海参，但师兄因为骆夏在这儿非要过来，他们才来这里吃饭的。

骆夏似乎读懂了她的眼神，对向暖略一挑眉。

顾添在旁边又说：“骆夏，一会儿吃完饭你方便吗？”

骆夏疑惑道：“嗯？怎么了？”

“向暖的车今天限号，但是我吧，还要回工作室，你要方便的话……把她送回去？”

骆夏欣然应允：“好。”

被安排得明明白白的向暖一脸无语。

“那你们吃，”临走前，骆夏又将含笑的目光落到向暖身上，凝视着她，声音低沉温和，“不着急的，你慢慢吃。”

向暖暗自叹气，点头：“好，谢谢。”

等骆夏从向暖那边回来，方凌问：“骆医生，那是谁啊？看起来好知性好干练。”

骆夏笑弯眼，语气轻快道：“我的一个老同学，认识有十年了。”

原来只是老同学。

方凌刚要松一口气，就听骆夏又坦然说：“我正在追她。”

方凌一口气差点儿噎住。她咬了咬唇肉，低下头去吃饭。

接下来两个人很沉默，方凌不再找话，骆夏也没多说。

吃完饭，骆夏和方凌一起走出海参馆。

方凌鼓起勇气问：“骆医生，我今天没开车，你方便送我一趟吗？”

方凌对他存了什么想法，骆夏其实心里清楚得很。

他直接礼貌而果断地回道：“对不起，方医生，我还有事，不太方便送你回去。我帮你叫辆车吧。”他说完，就在路边拦了辆出租车。

仅存的一丝侥幸心理被浇灭，在骆夏帮她开了后门后，方凌心灰意冷地坐了进去。

骆夏从钱包里拿出二百元钱，放在空空的副驾驶座上，对司机道：“师傅，麻烦把这位女士送回家，地址她会告诉您。”

等方凌离开，骆夏来到自己的车旁，从兜里掏出手机，给向暖发微信。

LX：“我在车旁等你，吃好了再出来。”

须臾，向暖回了一句：“好。”

结束微信聊天不到十分钟，向暖就从海参馆里走了出来。她站在台阶上左右张望，寻找着骆夏的身影。

骆夏喊她：“向暖，这儿。”

向暖循着声音扭过头，在看到他后弯眸浅笑，随即下台阶走了过去。

骆夏帮她打开副驾驶座的车门，向暖坐进去，系好安全带。

骆夏随后上车，在启动车子的时候问她：“你住哪儿？”

向暖说：“锦帆小区。”

“啊……知道。”骆夏连导航都没开，直接上路。

两个人在路上闲聊，他问：“你怎么吃得这么快？”

向暖如实告知："我不太喜欢吃海参。"

骆夏忽然低笑。其实早在他说不喜欢吃海参的时候，他就从她的反应中看出来她也不喜欢了。

向暖扭头看他，轻声问："怎么了？"

他明明知道她知道，可还是又对她说了一遍："我也不太喜欢。"

向暖抿嘴笑了笑，没说话。

过了一会儿，安静的车厢里响起骆夏低沉温柔的声音："想听歌的话直接点播放就行。"

向暖点了点头，应道："好。"

她点开车载音乐播放器，然后就看到列表里大多是陈奕迅的歌。

向暖随口轻声感慨："你还在听陈奕迅的歌啊？"

骆夏"嗯"了声，回她："在听。"

之后两个人谁也没开口讲话。

向暖随手戳了一首播放。

她想到高三那年他们第一次聚餐，在饭店门口，他第一次同她闲聊，问的是："听陈奕迅的歌吗？"

她当时很窘迫地摇头，故作镇定地问他是不是很喜欢陈奕迅。

他为了听清她的话，微微弯腰凑近了她，而后笑着回她："嗯，很喜欢。"

这么多年过去，向暖依然清晰地记得他笑起来时眉宇间的明快笑意。

向暖不知道，骆夏也想起了那个场景。

那时的她说句话都透着怯意，声音细小的得让人弯腰凑近才能勉强听清。现在想来，当初的她很像时时刻刻都会受惊的小兔子，还挺可爱的。

车里播放着陈奕迅的一首粤语歌。

向暖虽然听了这么多年粤语歌，但在不看歌词的时候依旧无法全部听懂，不过这首歌的歌词她都记得。

尤其是最后两句，对她来说，无比深刻。

"你六岁当天，已是我偶像。"

向暖甚至觉得这两句歌词就是在说她。

骆夏在他六岁生日的当天，成了她晦暗人生中的偶像。

行驶到半路，骆夏突然把车驶入停车位，旋即停车。

向暖莫名地看向他，不解地问："有事？"

骆夏微微挑眉，笑道："嗯，你在车里等会儿。"

向暖没多想，点了点头。

不多时，男人拎着一个蛋糕盒子回来。他一上车，就把买来的东西递给了她。

向暖微微诧异地接过，还没说话，骆夏就道："怕你没吃饱，给你买了块蛋糕。"

向暖登时心生涟漪。

她露出浅笑，坦然收下了他的心意："谢谢。"而后她语气轻快地半开玩笑说，"要是没这块蛋糕，我回去还得下厨做饭。"

"做什么？"骆夏好奇地问。

"面条吧，简单饱腹。"向暖认真回答。她是真打算回去下点儿面条吃的。

骆夏声音带笑，但语气正经地温声道："等以后有机会，我做饭给你吃。"

向暖微愣了一瞬，心软塌塌地陷下去一块。

须臾，她努力让自己镇定下来，莞尔道："那就……等有机会吧。"

骆夏低笑了一声，没再说什么。把向暖送回家，他就驱车回家了。

到家停好车后，他一只手拿手机的同时另一只手去推车门，结果手机不慎从手中滑落，掉在了副驾驶座下方。

骆夏弯身去摸手机，意外捡到了一只耳坠，是向暖今晚戴的其中一只。

骆夏一挑眉，调出手机相机，摊开掌心拍了一张耳坠的照片给向暖发过去。

向暖回到家，刚放下包包脱掉外套，就接到了一通工作上的电话。

她一边接电话一边单手拆蛋糕盒子，里面是一块榴梿千层蛋糕，她最爱的口味。

向暖不自觉地扬起唇来，心情也不知不觉变得更好。

这通电话持续了半个小时，向暖挂断电话，再慢吞吞地把吃了一半的蛋糕消灭掉，然后就想摘掉耳坠去洗澡。

结果她这才发现左耳上的那只耳坠不知道什么时候掉了。

她皱紧眉，正摸着空空的左耳耳垂沉思，回想耳坠可能掉在了哪儿，手机突然振动了一下。

向暖被拉回神，拿起手机打开微信，看到了骆夏发来的那张照片。随后，他的下一条消息也传了过来。

LX："给你送过去？"

向暖觉得大晚上的因为送耳坠让他特意跑一趟不值当，便回："别了，太麻烦。等下次见面给我吧。"

向暖本以为下次见面会在周六，但不巧的是，她周六有事没去舞蹈房，自然就没有见到骆夏。

而向暖周日要回家。每个月的最后一个周日，她跟靳言洲都会回去陪两位长辈吃午饭和晚饭。

周六晚上，向暖接到了骆夏的电话。

男人的嗓音经过听筒处理更加低沉。他温声问："我听你哥说，你们明天回家？"

向暖自然地轻声回道："嗯，对。每个月的最后一个周日都会回去的。"

骆夏似乎低笑了一声："那……能跟我见个面吗？我顺便把耳坠还你。"

向暖的心跳蓦地一滞。她屏了屏呼吸，不动声色地回他："好。在省图书馆碰面吧，我借的书要到期了，得过去还书。"

骆夏有些意外她会在省图书馆借书看，但没多说什么，只答应道："嗯，行。"随即，他含笑的声音压低了些，听起来比平常还要更温柔几分，"明天见，向暖。"

向暖轻轻上扬着嘴角，轻喃："明天见。"

时间太早会热，于是向暖和骆夏约了下午 4 点在省图书馆见。

向暖不仅要还书，还想趁机拍些照片，就提前一个小时动身，乘坐公交车去了省图书馆。

到省图书馆还完书，向暖来到旁边的白鸽广场。她找了一张长椅，坐下来后，在微信上给骆夏发消息。

XN："我在白鸽广场西侧的第二张长椅上。"

骆夏没有立刻回复，向暖也没特意等他的回复。

她举着相机，拍下一群白鸽，又将镜头对准远方，锁定那片湛蓝的天空。

忽然，一只鸽子腾飞，正巧闯入她的镜头。

向暖扬起嘴角，毫不犹豫地摁了快门，白鸽和蓝天就此定格。

向暖继续抱着相机拍照。

她将镜头对准正前方，在镜头里看到一对情侣相拥走远时，想起自己曾经在这里错把一个男生当成了骆夏。

那是十年前的国庆节，他当时在港城。

向暖的神思微恍之际，有道骑车的身影猝不及防地闯入，霸道地占据了镜头。

穿着白T恤衫和牛仔裤的男人坐在车座上，一只脚踩脚蹬，另一只脚稳稳撑地。他低垂着头，手指在手机屏幕上戳了几下，而后就偏头望过来，冲着镜头扬起笑容。

与此同时，向暖搁在腿上的手机振动了一下。

向暖没理会振动的手机。她微微睁大眼眸看着镜头里的他，稍稍愣住。旋即，在他抬起拿着手机的手向她挥手时，她的唇边无意识地漾开浅笑。

她眼中是蓝天白云、风和少年。

有那么一瞬，她仿佛看到了那年穿着蓝白色校服的骆夏。

快门被她摁下。

向暖拍完后拿着手机起身。在手机屏幕亮起来的那一刹那，她看到了两分钟前来自他的新消息。

LX："我来了。"

我来了。她的心里被这三个字搞得波澜不断。

骆夏已经骑车来到她的身侧。

向暖若无其事地收起手机，抬眸看向他，笑着问："你怎么骑车过来了？"

“距离不远，骑车方便。”他微笑道，“不是说下午 4 点，怎么来这么早？”

骆夏垂眼凝视着向暖。今天的她打扮得很随性休闲，戴着白色的渔夫帽，穿着浅粉色的 T 恤衫搭配纯白色短裙，脚踩白板鞋。耳朵上没戴耳坠，而是戴了很简单的黑色耳钉。除了脖颈上挂着相机，肩上还斜挎了一只不大的白色包包。

向暖笑道：“想拍会儿照，就提前过来了。”

“书还了？”他问。

“嗯，”向暖点了点头，“还了。”

“还要在这儿继续拍吗？”骆夏嘴角噙笑道，“或者我带你去别的地方拍？”

向暖沉吟了片刻，才说：“不在这儿拍了，但是我想……”她指了指那群白鸽，“喂喂鸽子。”

骆夏眉梢微抬。他从自行车上下来，把车停好，临走开前对向暖说：“在这儿等会儿。”

向暖扭头看向背对自己小跑的他，眨了眨眼。

他去卖鸽粮的地方买了一小包鸽粮回来，递给向暖，含笑的语气莫名有些宠溺：“给，去喂。”

向暖莞尔，从他手中拿过鸽粮。

在去喂鸽子前，她想把相机摘下来，但单手不好操作，差点儿扯到渔夫帽。骆夏就抬起手帮她摘了相机，又给她整理好渔夫帽。

向暖努力压轻呼吸，心口轻颤着抬眸看了他一眼，又很快地移开视线，然后就转身到广场上喂鸽子去了。

向暖一过去就被白鸽围绕，她猝不及防地往后躲了躲，而后才笑着给它们撒粮食。

拿着相机的骆夏望着开怀笑的向暖，打开相机，把镜头对准被白鸽环绕的她，给她拍起照来，中途还偷偷用自己的手机拍了几张。后来，他把相机调成录像模式，朝她走过去。

向暖毫无察觉，还沉浸在被可爱的白鸽围绕的快乐里。

一阵风袭来，吹松了她的渔夫帽，向暖下意识地抬手轻压住帽顶。

就在这时，她听到身后传来一声温柔的低唤：“向暖。”

向暖本能地向后扭头，脸上漾起的笑容还没退去。微风带着她的发丝飘动，她笑弯的眼睛干净澄澈，亮晶晶的，仿佛盛满了星辰。

似乎是没想到他用相机对着她，向暖露出一瞬的惊讶神色，旋即笑意更甚。她没有羞怯地躲开，而是大方地面对镜头，露出了更灿烂的笑容。

骆夏透过相机镜头看到她回眸一笑，心脏蓦地狠狠悸动了一下，不自觉地也跟着她笑起来。

从白鸽广场离开，骆夏骑车带向暖去了其他地方拍照。

一直到傍晚，承载着他们两个人的自行车拐过向暖熟悉或陌生的大街小巷。

黄昏时分，向暖看了看时间，跟骆夏说她得回家了。

骆夏没有挽留她再多消磨一会儿，也没邀她吃晚饭。他知道她晚上是要同家人一起吃饭的。

“走吧，”他率先坐到自行车的车座上，对向暖说，“送你回去。”

向暖走到他身后，侧身坐到了自行车的后座上。

他沿原路返回，回到省图书馆，经过学校，朝她家骑去。

前方的路越来越熟悉。

晚风肆意吹着，亲吻着向暖的脸颊。她坐在后座上，望着天边异常漂亮的紫色晚霞，微微失神。

她还记得那年唯一一次坐在他的自行车后座上，而骑车载她的人并不是他，但现在是了。

向暖默默打开相机，拍了今天最后一张照片。

不是晚霞，不是街景，而是他的后背。

距离太近，她拍出来只有一片白。因为他的T恤衫是白色的。

骆夏把向暖送到家门口，向暖自然地冲他挥手，说了“再见”。

向暖往前走了两步后，突然又转过身喊住了要离开的他。

“骆夏，”向暖往回小跑，停在他面前时脸色薄红，故作镇定地笑着提醒，“我的耳坠……你带了吗？”

骆夏也是这时才想起来。他忽然觉得好笑，这下真的是顺带还耳坠了。

骆夏从兜里摸出一个很小的盒子，递给向暖。

向暖似是没想到他会用小盒子把她的耳坠装起来，微微讶异了一瞬，而后从他的手里拿过东西，轻笑道：“谢谢。”

当天晚上，向暖回到自己住的地方，把相机里的照片和视频都存到了电脑里，想整理一下。

她点开那段视频，看到镜头离自己越来越近，而自己毫无察觉。直到他那道低沉温柔的声音出来，“向暖”。

视频里的他这样唤着，却让视频外的她心跳失序。

向暖把这个视频单独存在了一个文件夹里，命名为——向暖。

这天过后，向暖和骆夏都有自己的工作要忙，工作日没有见面，但时常会用微信聊天。

7 月的第一个周六，向暖临近中午到了舞蹈房。此时还没其他人来，偌大的舞蹈房里只有她一个人。

向暖放下包，稍微活动了一下身体，就打开音乐开始跳舞。

大概是热身不够，过了一会儿，向暖的右小腿就抽筋了。她急忙停下来，难受地坐在地上。她正想去揉小腿时，舞蹈房的门被人从外面敲响。

旋即，门被推开，单肩背着背包的骆夏出现在门口。

“抱歉，我直接进来了。”他略带歉意地快速说着，已经迈着大步朝她走来。

骆夏今天来得晚一些，经过舞蹈房时，看到只有向暖一个人在。他刚想抬脚走开，就发现她因为小腿抽筋不得不停下来坐到了地板上。

骆夏在向暖面前蹲下时，把包摘掉丢在旁边。他伸出手握住她紧致的小腿，开始缓慢地按揉。

向暖的心跳猛地一滞。她咬住下唇，怔怔地垂眼凝视着他。

男人神色认真，眉头微微蹙起，一边给她缓解抽筋一边低声道：“热身很重要，以后注意些。”

向暖轻声应道：“嗯。”

他的力道不轻不重，让她渐渐觉得没那么难受。但……他宽大掌心里的温度源源不断地通过皮肤传递过来，灼得她的右小腿不断地升温发烫。热度一路蔓延，最后惹得她脸红耳热。

骆夏帮向暖缓解抽筋后就站起了身。下一秒，他又微弯腰，朝她伸出了手。

坐在地上的向暖愣了一瞬。她仰起头，望向他。

高大挺拔的男人略俯身，正注视着她，桃花眼中带笑意，目光很坦然。

视线交会的那一刹那，向暖眨巴了一下眼睛，随后就不动声色地把手递给了他。

他握住，嘴角露出笑，稍一用力，就把她从地上拉了起来。她的手对他来说很娇小，软软的手指纤细白皙。

两个人忘了松手。

他嗓音清润带笑地问她："去吃午饭吗？"

向暖点了点头："好。"

下一秒，舞蹈房的门被人推开。

"向……"陈嘉嘉刚发出声音，就被眼前面对面还拉着手的男女震惊了。

"你们……"她惊得睁大眼。

向暖这才意识到哪里不对，倏地把手从他的掌心抽回。

手中突然变空，骆夏默默收紧手指，似乎这样就能将那抹柔软的触感留久一点儿。

这是他们第一次牵手。

短暂，但永生难忘。

骆夏突然想起来，那年她摔倒在他的座位旁，眼中噙满泪水坐在零碎的积木中。

他碍于身为高中生的他们男女有别，没有贸然朝她伸手，只弯腰凑近，问了她一句"还好吗"。

明明左手受伤了，很不好，她却对他胡乱地不断点头。

她大概以为他没注意到，她的左手在摁到地上的一瞬间就轻弹开了。

但他知道的。

陈嘉嘉知道向暖今天在舞蹈房练舞，刚巧路过这儿，所以过来找向暖，打算跟向暖一起吃个午饭。

谁知……她好像来得不是时候。

陈嘉嘉眨巴着眼干笑，说："那什么，你们继续，就当我没来过。"

向暖被陈嘉嘉说得脸色微红，嗔怪道："嘉嘉！"

向暖正要朝她走过去，陈嘉嘉就先一步快速地溜了，只给向暖留了一句"拜拜"在空气中飘荡。

向暖失笑，忍着刚才忘记松手的不自然，佯装淡定地跟骆夏说："那是我的朋友，叫陈嘉嘉。"

骆夏笑着点了点头，而后弯腰从地上捡起他的背包，对向暖说："我把包放下，咱们去吃饭。"

"好。"向暖应道。

两个人和往常一样在附近寻餐馆吃饭。

走在路上时，骆夏已经习惯性地把向暖护在里侧。

吃饭的时候，骆夏帮向暖掰开一次性筷子，确定没有细刺后才递给她。

"我明天值班，"骆夏提前对向暖汇报行程，"不能过来了。"

向暖点头道："嗯，好。"

他想起今天碰巧看到她小腿抽筋的那一幕，又忍不住嘱咐了她一遍："以后跳舞前热身的时候，一定要活动开。"

她轻叹，笑着说："知道了，骆医生。"

骆夏被她这声"骆医生"搞得哭笑不得，怀疑向暖嫌弃他啰唆。

"好了，不说你了，吃饭吧。"他无奈的语气中隐隐含着宠溺的意味。

向暖抿嘴笑，低头去吃东西，不动声色地掩饰自己脸上的笑意。

夏季的天说变就变，骆夏和向暖没想到，他们吃顿饭的工夫，本来多云的天已经下起雨来。

豆大的雨点猛烈地往下砸，浸湿道路，地上没多久就积了雨水。

两个人没带雨伞出来，暂时被困在了餐馆里。

在他们等雨停的时候，向暖接到了一通电话，是向琳打来的。

"喂，妈。"向暖喊道。

向琳开门见山地对她说："暖暖，妈妈给你安排了一场相亲。"

向暖愣住，不敢相信，疑惑道："啊？"

向琳继续道："就在明天中午，你去见见。"

向暖皱眉，很不情愿地咕哝："我去见什么啊？"

"见男方啊见什么，你说见什么？"向琳叹气，然后对向暖说，"待会儿我把地址、对方的姓名和手机号发你微信上。你可一定得去啊，我都答应人家了。"

向暖不由自主地抬眸看了坐在她对面的骆夏一眼，但仿佛只是很自然地扫过而已，随后就望向了别处。

"你以后别再弄这些了。"向暖头痛道。

"你以为妈妈想啊？"向琳也很无奈，说道，"还不是你不找对象。你要自己搞了对象，我还操心这些？"

挂掉电话后，向暖深深地吐出一口气。她没主动对骆夏说要去相亲的事，骆夏也没开口问。

过了一会儿，骆夏对正陷入沉思的向暖说："雨停了。"

向暖没反应。

他好笑地盯着她，发现这人居然在发呆。

欣赏了几秒她出神的模样，骆夏伸手，在她眼前打了个响指。他看到向暖蓦地被他打断神思，失焦的目光茫然地撞进他的眸中，再慢慢变得清明。

骆夏似笑非笑地问："你想什么呢？我说话都没听见。"

向暖轻轻摇头，短暂地脱离相亲烦恼，转而想起了他之前也这样打响指让她回神过。

那还是在他代替秋学长帮她补课的时候。她清楚地记得，她当时因为宋欣那么坦然自信地笑对着他而心生自卑酸涩的心情。

两个人起身离开餐馆。

外面的天依旧有些阴，透着压抑的暗黄。

地面湿乎乎的，脚踩上去，甚至能听到一点点鞋底沾有水渍的声音。

向暖正在心里打算过会儿就给对方打电话拒绝这次的相亲，迎面就驶来一辆电动车，而他们前面有一个和道路宽度相同的水洼。

骆夏几乎没思考，就转身挡在了向暖身前。

想事情的向暖没注意路况，被他突然戳在她眼前的行为弄得有些莫名。

她刚一抬眼，还没张开嘴问骆夏怎么了，驶过的电动车就溅起一片水花。那些水花有不少落在了骆夏的裤子上，形成颜色较深的斑点。

向暖望着他，愣住。胸腔里的心脏扑通扑通的，如擂鼓般剧烈。

两个人短暂地对视了一秒，骆夏就自然地退离到她身侧。

有些回不过神的向暖轻声对他道谢："谢谢。"

骆夏低叹，终于忍不住，有些无奈地失笑说："你还是这么喜欢跟我说谢谢。"

当年她对他说过的最多的两句话，就是"谢谢"和"对不起"。

向暖笑道："因为你总帮我。"从原来就是。

回到丰汇大厦，两个人分开。向暖去跳舞，骆夏去健身。

中途休息时，向暖出去打了通电话。

"是陈深先生吗？我是向暖。"向暖礼貌地向对方道歉，"不好意思，相亲的事是我妈擅自安排的，我个人没有相亲的打算，所以明天不能赴约，抱歉。"

挂掉电话，向暖深深地松了一口气。她想过跟对方撒谎说自己要出差，但思来想去，还是觉得直接说开更好。

向暖既然敢拒绝，就做好了被向琳唠叨的准备。果不其然，当晚向琳的电话就打了进来。

正在玩积木的向暖接通电话，打开免提，任向琳说了个痛快。

她拒绝向琳的话颠来倒去只有一句："我不相亲。"

"你是不是心里有人了？"向琳见她态度这么坚决，不免怀疑。

向暖拿着积木块的手一顿，她沉默了片刻，回母亲："你就当我心里有人了。"

向琳没再说什么，最终叹了口气，说："随你吧。"

向琳挂电话之前嘱咐向暖："但是，暖暖，你记住，真喜欢你的人是不会让你等太久的。"

不知为何，向暖想到了骆夏生日那晚他俩在走廊里的场景。

她轻笑了一声，回向琳："好，我知道了，妈。"

隔天晚上，向暖在睡前收到了骆夏的微信消息。

LX：“你去相亲了？”

他怎么知道的？

因为向暖直接干脆利落地拒绝了这场相亲，也就没跟骆夏透露这件事。

肯定又是靳言洲告诉他的。

向暖回：“没有啊，我没去，拒绝了。”

骆夏倏地松了口气，捧着手机突然不知道给她发什么。

刚刚被靳言洲叫上游戏连线，他才得知向暖今天有个相亲饭局。骆夏哪里还有心思打游戏，直接退出游戏找她。

还好是虚惊一场。

删删减减多次，他才发送过去一条。

LX：“在干吗？”

他问得像废话。可他真的想知道她在干吗。

向暖如实说：“打算睡觉了。”

骆夏就道：“好，那你睡。”

LX：“晚安，好梦。”

生日那晚两个人心照不宣的举动让骆夏更慎重。他怕他们还没相处太久，他的告白会让她觉得他只是随便玩玩，所以这段时间他一直在克制着那股想要向她坦明心迹的冲动。

可……骆夏觉得不能再等了。

他得找个时间跟她告白。

几天后，周五晚上，向暖在睡前日常收到了骆夏的微信消息。

他再次提前向她告知自己的工作安排。

LX：“我明天有两台手术，不能去健身房了。”

向暖回他：“我明天得加班，也没办法去跳舞。”

骆夏说：“那你记得按时吃饭。”

XN：“好。”

就在向暖关掉灯闭上眼后，手机突然又振动了一下。

LX：“后天有时间吗？”

向暖回道："嗯，会去舞蹈房。"

骆夏很快回过来消息："能不能不去舞蹈房？"

紧接着他又发来一条："我想约你去个地方。"

向暖的心跳控制不住地加快，扑通扑通的声音一下下地震着耳膜。直觉隐隐作祟，她大概明白他为什么要约自己。

向暖回他消息的时候，指尖都在剧烈心跳的带动下微微颤抖。

XN："好。"

LX："那我到时候提前联系你，过去接你。"

XN："嗯，好。"

本来向暖还想问问骆夏明晚要不要去葡萄里听陈奕迅的歌友会，但……他有两台手术，还不知道要忙到几点，肯定也很累，她就没开口提这件事。

隔天，7 月 13 日晚上 9 点至 11 点，葡萄里有陈奕迅的歌友会。

早上，向暖要开车去加班时发现车表面有点儿剐蹭掉漆，便直接把车开去 4S 店排队补漆。因为明天才能取车，所以从工作室加完班出来后，她叫了辆出租车去葡萄里。

她到的时候快晚上 9 点了，歌友会正要开始。

向暖不能喝酒，就点了杯果汁，又要了一份清汤面和两片面包。她一边吃东西，一边听歌。

不多时，还没上台的陈嘉嘉看到了她，便走了过来。

音乐很响，两个人在卡座里挨着坐，还得凑近耳朵说话才能听清。

陈嘉嘉好奇地问向暖："那天那个男的是谁啊？"

向暖沉吟了一下，笑着回她："朋友。"

陈嘉嘉一点儿都不信，偏头在向暖耳边喊："都牵手了就只是朋友？我都怀疑我要是没打扰，你们就亲上了！"

亲上？

向暖被调侃得脸热，眼神嗔怪地推了陈嘉嘉一下，语气严肃道："别瞎说。"

陈嘉嘉哈哈笑，在向暖吃面包片时伸手撕了一小块塞进嘴里，然后又说："他不会就是那个你曾经提到过的喜欢听陈奕迅的歌的男人吧？"

向暖低头喝了口面汤，没回答。陈嘉嘉心里就大概有了答案。

“你怎么不喊他过来一起玩啊？”

向暖抬眸，对陈嘉嘉扬声说：“他今天有手术。”

陈嘉嘉反应了一秒，问：“医生？”

向暖点点头，陈嘉嘉竖了个大拇指。

两个人坐在一起一直聊到将近10点半。就在陈嘉嘉起身对向暖说要去准备上台的时候，桌旁忽然站了一个人。

骆夏看着长发披散、一袭黑裙坐在卡座里的向暖，意外地扬声喊：“向暖？”

向暖蓦地仰头，撞上他的视线。

清吧里的光线昏暗且暧昧，跳跃旋转的灯光落在他的周身，光影斑驳。

男人穿着很简单的黑T恤衫和黑裤子，清清爽爽的。

向暖也很诧异：“你怎么……”话说到一半，她改口问，“手术做完了？”

台上乐队的音乐声有些吵，骆夏没听清她说的话，弯腰凑近了些。

向暖也已经起身，前倾身体，几乎要凑到他耳边，把说话的音量抬高了些，问：“手术做完了？”

清楚地听到她的声音，清晰地感受到她说话时的热气扑过来，骆夏无意识地弯了眼眸，对她点点头。

陈嘉嘉特别有眼力见儿，急忙给骆夏让地儿：“你过来坐。”

骆夏微颔首，淡笑道：“谢谢。”

陈嘉嘉自我介绍：“我叫陈嘉嘉，向暖的歌友。”

骆夏礼貌道：“你好，我是骆夏。”

陈嘉嘉故意笑着问：“你跟暖暖是什么关系啊？”

骆夏偏头看了一眼向暖，她正在瞪不嫌事大的陈嘉嘉，神态莫名娇俏。

骆夏脸上噙着笑，回陈嘉嘉：“目前是朋友。”

“目前。”陈嘉嘉捕捉到重点，拉着长音意味深长地“哦”了一声，随后就笑嘻嘻地说，“你们聊，你们聊。”

旋即她看向向暖，大声对向暖说：“我先过去啦，暖暖！”

向暖点了点头：“去吧！”

等陈嘉嘉离开，骆夏和向暖挨着坐下来。

下一秒，向暖手机里传进来两条消息。

陈嘉嘉：“他果然是那个你嘴里喜欢听陈奕迅歌的男人！”

陈嘉嘉：“等等！暖暖，你不会是因为他才听陈奕迅的歌的吧？”

向暖轻抿嘴巴，没回陈嘉嘉，把手机放到了桌上。

向暖面前的空餐具早已经让服务生收走，此时桌上只剩下一杯快见底的果汁。

骆夏叫来服务生，扭头凑近向暖，在她耳边问：“要什么？”

两个人距离很近，角度错位让他们看起来像快要拥抱在一起。

向暖摇头，也偏了偏头，附在他耳边对他说：“我刚才吃过啦。”

“吃什么了？”他问。

“面包片和清汤面。”

骆夏“嗯”了一声，退回原位，点了一份清汤面和一个果盘，然后又问向暖：“喝酒吗？”

向暖继续摇头，刚准备开口，骆夏就偏身，主动将左耳凑到了她的嘴边。

向暖微怔，近距离地看到了他左耳耳垂上的那颗痣。只一瞬间，她就别开了目光。

左胸腔里的心脏怦怦怦失控地跳着，向暖表面佯装淡定，如实告知他：“我对酒精过敏，不能喝酒。”

骆夏的眼中闪过诧异之色，似乎因为她酒精过敏而意外。既然她不能喝酒，他就要了两杯果汁。

骆夏来得晚，歌友会最后半小时也没几首歌了。

不久后陈嘉嘉上了台，唱的是《无条件》。

“仍然我说我庆幸，你永远胜过别人。”

向暖最爱这首歌的这两句。

她望着台上动情演唱的陈嘉嘉，白皙光滑的脸蛋儿上漾着浅笑，而骆夏就偏头望着她，满目温柔深情。

她酒精过敏。他又多了解了她一分。

点的东西被服务生送上来，骆夏把果盘放在向暖面前，又递给她一杯果汁。

向暖莞尔道："谢谢。"而后她随口问，"你没吃饭？"

骆夏点头道："手术将近晚上 10 点才结束。"

他从医院出来，回家洗了个澡，换上干净的衣服就过来了。

骆夏并不知道向暖在这里。他是听说有家叫葡萄里的清吧今晚有陈奕迅的歌友会，想过来听听歌，放松一下紧绷的神经。他没想到会这么巧，在这儿碰到了她。

但骆夏现在一时分不清向暖是喜欢听陈奕迅的歌，还是仅仅因为过来给朋友捧场。

中途骆夏吃饭时，一个穿着红裙子的女孩子走过来，有点儿不好意思地笑着对向暖说："你好，能加个微信吗？我玩真心话大冒险输了……"

向暖没多想，点头答应："好。"

她扫了对方的微信二维码，点了"前往验证"。

骆夏抬起头，目光一直随着往回走的女生移动，最后看到那个女生回到他们那桌后，把手机递给了一个男的。

骆夏轻皱眉头，扭头问向暖："加了？"

向暖眨了眨眼，回他："啊。"不等他说什么，她就笑说，"从这里出去后就会删的。"

她只是单纯地想帮那个女生一下。

骆夏只是"嗯"了一声，没跟她说那微信是个男人的。

但向暖察觉到了。因为自从加上好友，对方就一直试图跟她聊天，在她一条都没回复的情况下还开口问她要照片。

向暖根本没等到他们离开清吧再删人，在打开手机看到那些消息后就直接当场把对方拉黑了。

今晚歌友会的最后一首歌是《葡萄成熟时》。这首歌前奏响起时，向暖正在吃果盘里的葡萄。

她安静地听着。明明台上的歌手唱得也很好，向暖却总觉得差点儿感觉。

她说不清哪里不对胃口，可就是没有她当年用手机录下来的那个版本有味道。

身边的骆夏正跟着低声哼唱。向暖暗暗放轻呼吸，努力想要再听清些他的声音。

上一次他唱这首歌，他们两个各自在包间的两端。

这一次，她就坐在他的身侧，离他很近，近到他们的手臂时不时就会擦到彼此。

向暖听清了骆夏的声音。耳朵像被他抓住轻轻摩挲般，酥酥麻麻的。

唱到最后几句，骆夏在跟着唱完那句“我知日后路上或没有更美的邂逅”后，就没再继续唱。他沉默下来，目不转睛地敛眸看着身侧的女人。

骆夏突然很喜欢这句歌词，就好像……在这一瞬间真正懂了其中的含义。

歌友会结束，两个人也没继续在葡萄里消磨时间。

走出酒吧大门，向暖一边往前挪步一边低头摁手机。

旁边的骆夏怕她踩空台阶，伸手握了她的胳膊一下，出声提醒：“走路还看手机？”

被他握住胳膊的向暖心头微颤，听话地收起手机，对骆夏的嗔怪只是笑，没反驳。

“车停哪儿了？”骆夏问她。

向暖说：“车在4S店，我打车回……”

她的话还没说完，骆夏就被她气笑了，说道：“我在这儿呢！”

向暖上了骆夏的车。

送她回去的路上，骆夏提起她不能喝酒的事来，说：“我记得你高三似乎喝过一次，过年那会儿。”

向暖很意外他居然记得之前的事，侧头望了他一眼，旋即就收回目光，神色如常地回他：“嗯，就是那次发现的。晚上回家后身上起了红疹。”

怪不得她一直不沾酒。

她还有什么是他了解的？

骆夏很想再往前进一步，再靠近她一些，再多了解她一些。

他好像连明天都等不到了。

把向暖送到楼下，两个人下车。

“谢谢你送我回来。”向暖浅笑着道谢。

“开车回家注意安全。”她抬手对着他挥了挥，“拜拜。”

然而，在向暖转身的那一刻，她的手突然被身后的他紧紧扯住。

“向暖。”他唤她，声音很低。

向暖的心脏蓦地一跳，垂落的另一只手不动声色地收紧。她转过身，努力让自己看起来淡定自然，强装镇定地仰头和他对视。

骆夏的眼眸中情绪翻涌，双瞳乌黑清澈，直勾勾地盯着她。

“我今晚没喝酒。”

“嗯。”她轻应。

“你别去相亲，也不要乱加别人微信。”

骆夏的喉结滚动了一下，他再开口时嗓音变得有些低哑：“到现在为止，我们重逢了三十二天，我明确意识到自己喜欢你只有二十八天。

“时间很短，但我没有一丝不慎重，我很认真地想让你做我的女朋友。

“我知道你爱吃榴梿，不喜欢吃海参，不吃羊肉，喜欢摄影和跳舞，会弹钢琴，就在刚刚，又得知你酒精过敏。”

骆夏顿了顿，继续说道：“你的每一面都很吸引我，我想了解你更多。”

向暖听着他的话，心彻底乱掉了。她身体紧绷地僵愣在原地，眼睛一眨不眨地望着他。

眼前的男人看起来很镇定，可是，抓着她的手已经微微沁出细汗，喉结也在不断地滑动。

他居然……也在紧张。

骆夏又一次无意识地滑动喉结，一字一顿地告诉向暖：“我很珍惜跟你在一起的时光。有你的每一刻，我都想拉长成一天慢慢度过。”

她被他的这句话说得心瞬间软绵绵地塌陷下去。

骆夏突然往前迈步，就像之前他俩对视十秒钟时那样忽然靠近她。他身上的清冽气息铺天盖地般蔓延过来，将她的思绪裹挟得水泄不通。

依旧仰头望着他的向暖登时微屏呼吸。

骆夏注视着她，眼眸中的深情几乎要溢出来，声音低沉而温柔，像呢喃般问：“向暖，你能不能给我个机会？给我机会，让我爱你。”

向暖的眼中蒙上了一层水雾。

她咬紧唇，没说话。

艾鱼 著

下 册

青岛出版集团 | 青岛出版社

第九章

7月13日23时54分

当初，她的青春都被他占据。

她热烈而隐秘地暗恋着他，希望他能看到她，又怕他察觉端倪。

那时候他是天之骄子，而她普普通通，平平无奇，没有什么闪光点可以让在神坛之上的他低下头来看她一眼，更别说让他记住她。

因为喜欢上一个如此优秀的男生，她自卑到了极点。

十七岁的向暖不止一次想过：以后谁会拥有他？谁会成为他的公主？他喜欢的女生会是什么样子的？

十七岁的向暖不知道答案，十七岁的骆夏也不知道答案。

但现在，二十七岁的骆夏告诉她：你可以拥有我，你是我的公主，我喜欢的女生就是你这样的。

十七岁的他无法给出的答案，二十七岁的他给了。

时间飞速流逝，她记忆中的那个穿着蓝白色校服的明朗少年蜕变成了儒雅稳重的成熟男人，而她也早就不再是那个自卑胆怯的向暖。

十年好长，他们好像错过了很多，但又似乎刚刚好。

向暖的杏眼中盈着水光，她紧咬着嘴巴里的软肉，眼睛一眨不眨地

望着他，怕一眨眼眼泪就会掉出来。

向暖脑子里乱糟糟的，神思跟着灵魂出窍了一般，飘浮起来。被他抓着的手指轻微地动了动，像在他掌心里抓挠。

向暖浑浑噩噩地把手从他的手心抽离，垂落。

大脑已经彻底转不动的她茫然地无法控制自己的言语和行为。

她感觉自己的身体想要转动，与此同时，听到自己的声音隐约在颤抖，轻声道："我……需要考虑一下。"

向暖转身背对着骆夏，迈开步子，慢慢地往前走去。

身后的骆夏站在原地望着她纤瘦的背影，一点点收紧空落落的手，左胸腔处有点儿说不上来的酸闷感觉。

车的前照灯开着，使他俩置身于两簇明亮的灯光中。

向暖是真的想回家冷静一下。可她每往前迈一步，就仿佛跟着倒退回一年前。

2018 年，再次听到了他的名字，我的心脏不受控地猛坠了一下，像极了属于他的名字的专属识别器。

2017 年，骆夏彻底消失在了我的世界。

2016 年，我已经很少想他了。

2015 年，出国让我改变了很多小习惯，也让我变得不会那么频繁地想起他。

2014 年，我还是会想他。

2013 年，我依旧暗恋着他。

2012 年，我仿佛做不到不喜欢他。

2011 年，他的 QQ 头像变成灰色了，我们唯一的联系方式丢失，我连一句新年快乐都无法告诉他。

2010 年，我和骆夏没逃过走散的命运，在这个夏天，骆夏离开，我的青春就此结束。

2009 年，我又遇见了骆夏，我暗恋他。

向暖停在了第十步。

她就停在了那儿。

骆夏在后面凝望着她，视线始终没挪开。

他的心像被吊在半空，不断地晃荡，找不到任何可以依附的地方。

向暖，回头。

回头。

时间仿佛静止在了此刻，一切都像被摁了暂停键。空气不再流通，他和她也都一动不动。

而在这短暂的时间内，向暖的脑海中闪过这段时间发生的种种。

他对朋友说她的手受伤不能喝酒；他大半夜帮她重新处理伤口；他适时借给她手臂让她更稳当轻松地下台阶；他把他的家人名字介绍给她；他用她送他的钢笔写她的名字；他帮她按揉小腿，缓解抽筋；他把她护在道路内侧，甚至替她挡溅过来的水花……

和他有关的一帧帧画面，在她脑海里霸道地横冲直撞。而每一个瞬间，都让她无法自拔地心动。

他细心体贴、温柔绅士，每一个恰到好处、有分寸感的举动，向暖都记得清清楚楚，无论是从前还是现在。

过了片刻，向暖仿佛听到了骆夏的祈祷声，慢慢地转过了身。

2019 年，我又一次和骆夏重逢。我还是，喜欢他。

飘忽混沌的神志正在慢慢清醒，向暖迎着车灯，望着站在车前逆光的他，心潮剧烈地翻涌着。

她的转身让骆夏心里期待又忐忑。

他紧张到声音都变得绷了起来，哑声问：“考虑好了？”

向暖抿住唇，认真地回：“嗯。”

“那我过来了。”话音未落，骆夏就已经抬脚迈着大步朝她走来。

向暖眼睁睁地看着他逆光而来，一如从前那般耀眼。

骆夏很快就阔步走到她跟前，而后，毫不犹豫地一把将她拉进怀里拥住。

第一次想抱她是她帮了姥姥的那个午后，他当时恍然发觉，她比阳光还要温暖。

第二次是她协助他一起救心源性猝死的路人的那个瞬间，他一转身，就看到她在他身后，脸颊微红地和他对望着笑。

这次，他终于抱到了她，好娇小香软。

骆夏紧张的情绪在此时终于松懈缓解。

因为心情大起大落，他的呼吸有些急，也有些重。他收紧手臂，用

力地抱着她。

向暖也慢慢地抬起双手，小心翼翼地环住他劲瘦的腰身。她窝在他的怀里，有些情绪失控地热泪盈眶。

向暖鼻子发酸地咬住唇，任由眼泪往下落。

骆夏抬手，看了一眼手表。

向暖清晰地听到他胸腔里的心脏跳动得极快，怦怦怦，隔着衣服不断地响在她的耳边。

就在这时，一道温柔的低喃混在他的心跳声中钻入她的耳中。

“7 月 13 日 23 时 54 分。”

向暖茫然地睁着眼睛，旋即又听到他低声说：“你答应做我的女朋友的时间。”

眼角还挂着泪珠的向暖弯了弯嘴角，轻轻应道：“嗯。”

车灯的光芒铺洒过来，把相拥的他们包围住。

他的胸膛厚实而温暖，这样近距离贴靠着才闻得到一股似有若无的淡香，像清爽的沐浴露味道。

向暖也不想哭，但眼泪不太听话，像积蓄了很久终于可以发泄似的，争先恐后地往外涌。

不多时，本来无声掉眼泪的她没克制住，轻微抽噎了一下，被骆夏发觉。他稍稍退离，捧起她的脸，微微弓着腰，垂眸望着她。

骆夏看到她满脸泪痕的那一刻，心脏像被人狠狠抓住，疼得呼吸都难受。

他紧张地轻皱眉心，低声温柔地问：“怎么哭了？”

向暖的眼神飘忽不定。她快速地眨了眨眼，没有说话。

骆夏轻叹说：“还和原来一样爱哭。”

高中的时候她就很爱哭，像水做的，总有流不完的眼泪。

她第一次月考哭，运动会哭，摔在他的座位旁哭，二模退步躲在角落里哭……

他一边用指腹给她揩去眼泪，一边无奈地宠溺道：“小哭包。”

向暖吸了吸发红的鼻子，又露出笑容来。

眼角还坠着晶莹泪珠的她忽然扬唇浅笑，出其不意地惊艳到了他。

骆夏低头望着向暖，心被她的笑融化得软绵绵的。

他再次拥住向暖，一下一下地抚摩着她柔顺的长发，低沉的嗓音染着笑，说：“本来想明天再挑明的，”他情不自禁地抱紧她，呢喃，“但我真的等不及了。”

向暖的情绪已经慢慢平复下来，但心跳依然剧烈。

听到他的话，她有点儿好奇地问：“你本来想约我去哪儿？”

声音中隐约含了些许鼻音。

骆夏低笑，同她商量：“虽然今晚提前告白了，但明天还是不去丰汇大厦了吧，我带你去本来明天要去的地方。”他顿了顿，又说，“那里也很适合拍风景，你可以拿上相机。”

向暖被他说得越发感兴趣，欣然应允：“好。”

他们又抱着温存了一会儿，向暖小声提醒：“不早了。”

骆夏低声“嗯”了一声，不过没有松开她。

向暖仰起头来，倏地撞上他的视线，她的身体微僵，愣在他怀里一瞬。

在他有所行动前，向暖率先抬手抵在他的肩上，轻轻地推开了他。

她佯装淡定地拢了拢耳边的发丝，稳住声音不露出破绽，对他说：“那我上去了，晚安。”

向暖说完就转过身往前走去，结果没迈两步，就被身后的人追上。

骆夏从后面圈抱住向暖，偏头凑在她的耳边温柔呢喃：“晚安。”

他温热的唇似有如无地擦过她的耳郭，让向暖情不自禁地轻缩了一下。

骆夏适可而止，说完就松手，放向暖走，目送她进楼。

向暖在拉开门进去时，隔着玻璃门回头看了骆夏一眼，看到他还在原地望着她。她冲他扬起笑，挥了挥手示意他回去。

骆夏嘴角噙笑，轻抬下巴回应她。等她消失在他的视野中，他也没立刻上车走。他回到车边，在车前站了一会儿。

须臾，他掏出手机，打开微信给向暖发消息。

LX：“到家了吗？”

向暖秒回：“到啦。”

随后她又给他发来新消息。

XN：“你快回去休息吧。”

骆夏微挑眉，在微信上问她：“看到我了？”

XN：“嗯，看到啦。”

站在车前的他仰起头，看向眼前这栋高楼。他不知道向暖在哪个窗口，但她能看到他。

骆夏轻笑，嘴角扬起明显的弧度，而后做了件很傻的事。他慢慢张开嘴巴，无声地做了几个口型。

或许她在的楼层很高，根本看不清他的嘴巴张开，也或许她能看清，却辨别不出他用口型说了什么，但都没关系。

骆夏又低头，给她发消息。

LX：“那我回了，明天见。”

他不知道向暖就住在五楼。车灯很亮，她看到了他做的口型，也读懂了他的话。他说的是——

我，喜，欢，你。

她捧起手机，手指悬在屏幕键盘上方犹豫了两秒，轻咬着嘴唇回了他。

XN：“我也喜欢你。”

XN：“明天见。”

刚坐进车里的骆夏有些意外地低笑出声。他放下手机，发动车子离开。

骆夏到家后先给向暖说了声他已经到家，而后难得发了一条朋友圈，只有一个简单的日期和时间点。

骆夏：“7 月 13 日 23 时 54 分。”

发完朋友圈，骆夏就进了浴室去洗澡。

向暖已经洗漱完躺在床上好一会儿了，但一点儿睡意都没有。她拿起手机无聊地翻朋友圈时，他的动态突然出现在了最上方的第一条。

向暖盯着这个日期和时间点，不由得想起他在楼下搂着她说这句话时的语气——低沉的、很温柔的语气。

她情不自禁地莞尔，给他点了个赞。

点完赞，向暖就戳进了他的朋友圈主页。

他的动态很少很少，而在寥寥无几的朋友圈中，除了今晚这个日期和时间点，还有那次他发的她拍的照片，配了“喜欢”两个字的动态，剩下的都是他转发的与医学相关的文章或新闻。

向暖退出微信，感觉自己越发精神。大脑活跃得不像话，总是会回想起他告白的场景。

向暖在床上躺了快一个小时，最终放弃睡觉。

她爬起来，打开音乐软件，播放收藏的歌。

向暖听着歌开始摆弄积木，一边跟着哼歌一边拼积木，试图让自己静下心来。结果积木都拼好了，她依然不困。

这会儿歌曲正播放到特别应景的一首。

> 想起我不完美，你会不会逃离我生命的范围。
>
> …………
>
> 幸福的失眠，只是因为害怕闭上眼，如何想你想到六点。
>
> …………
>
> 想起我的时候，你会不会好像我一样不能睡。

被完全戳中心思的向暖安静地听完歌，想把这首歌分享到朋友圈。但当页面跳转到微信后，她又点了取消。

这么做好像有点儿矫情。

向暖最终没有分享，而是打开电脑，开始整理照片，把高考结束后拍的那个系列和最近一个月在相同的地方拍的照片放在一起。

九年前的照片就像九年后的照片的背景图。

向暖一张一张不紧不慢地整理着。

那个露天篮球场，以及九年后出现在那儿打球的人。

那个白鸽广场，还有骑自行车闯入镜头明朗笑着的人。

填充这些背景的，是那个曾是少年、仍是少年的男人。

以后，应该会有更多吧。

向暖单手托着下巴，望着电脑屏幕上的他，抿嘴笑弯了眼。

骆夏洗完澡出来，发现有不少朋友圈消息。

他点进去看了一眼，注意到向暖也点了赞。他轻勾嘴角，返回微信列表，给她发了句“晚安”。

向暖没有回消息，骆夏以为她睡了，并没在意。

而这晚，骆夏跟向暖一样失了眠。

他想找人说话。

不能打扰向暖休息，骆夏第一个想到的人是靳言洲。

他在微信上问靳言洲：“还醒着吗？”

靳言洲过了一会儿回复：“干吗？”

骆夏直接道：“上号说。”

靳言洲：“没空。”

须臾，靳言洲又发了一条消息：“能让你大半夜兴奋的，也就向暖，有什么好聊的。”

骆夏思来想去，打了一个视频电话到大洋彼岸。

这会儿英国才下午 6 点，贾诚刚下班，正走在路上。

接到骆夏的电话，贾诚还很意外，毕竟这会儿国内可是大半夜。

他一上来就问：“怎么了，师弟？工作上遇到难题了？”

骆夏笑道：“没有。”

贾诚说：“不是工作上的事，那就是感情上的？”

“师兄，”骆夏调侃，“你不要太懂。”

贾诚挑眉，饶有兴致地问：“看你这状态不像是告白被拒绝失恋的。那……是你告白成功了，还是有人跟你告白你答应了？”

骆夏靠在椅子里，笑眼看着屏幕里的贾诚，坦然说：“我告白成功。”

贾诚更好奇：“哪个姑娘竟然这么有本事，能入了你的眼？”

骆夏低笑，深眸中光芒流转，如实道：“你知道的，我跟你提过她。”

贾诚几乎是一瞬间就想起来了：“那个生日在冬至的姑娘？”

“嗯。”骆夏点头，“是她。”

“啧，”贾诚开始揶揄骆夏，“你不是说不喜欢那姑娘，只是欣赏吗？”

骆夏轻挑眉梢：“当时确实是这么认为的。”

贾诚就乐：“后来发现师兄说的话还是有道理的？”

“嗯。”骆夏笑着抬手摸了摸鼻子，还是坦言说了出来，“我好像比较后知后觉。回国后再见到她，我总会想起以前和她有关的事，然后才意识到，她好像在高中的时候就不知不觉给我留下了很深的印象，但高中的时候我一点儿都没觉得。”

贾诚不由得笑他：“你就是没琢磨那事！”

贾诚说：“哎，既然能让师弟你回国一个月就主动告白，这姑娘铁定不赖。”

骆夏嘴角的弧度就没落下来过，他听到贾诚这样说，他纠正：“是很好。”

“OK。”贾诚不跟陷入恋爱的人计较这种鸡毛蒜皮的事情。

“等你回国，我带她见你。”骆夏说。

贾诚扬眉：“成！”

两个人难得都有空，聊了很多，从骆夏的感情聊到工作，聊到当初的同事，洋洋洒洒地说了两个小时才挂视频。

骆夏顿感心情舒畅，身子向后靠着椅背，抬手伸着懒腰低笑出声。

只要一想到向暖成了他的女朋友，他就开心得想要昭告全世界。

贾诚说他后知后觉是没想过这事。

也许是吧。

高中的时候他太受瞩目，在学校里的一举一动、一言一行都被人关注。当时他也确实只想着把眼前该做的事都做好，比如保送考试。他不是没被人告白过，从小到大也不缺人喜欢。但，他自己不考虑。

那时候，他对向暖的印象就是内敛慢热，她看起来挺娇弱，动不动就哭，可骨子里很坚韧，学习特别用功，吃得了苦，也耐得住寂寞，几乎每次考试都能往前迈一大步。

他后来出国，因为之前没有学习医学相关的知识，要从头开始，每天都泡在学业中，没日没夜地学习，哪里有心思谈恋爱？他在国外最想要的就是将求学的年限缩短，尽快回国。

直到他学成回来，工作落定，和她重逢。

那晚，他胸腔里那颗沉寂了二十多年、从没为谁悸动的心，终于起了不安分的波澜，变得自信大方的她无形之中散发出来的气质吸引了他。

而对她越了解，他就陷得越深。

他爱她对人温暖善良，也爱她遇事沉着冷静。

他爱她工作时耐心，也爱她私下温柔。

向暖，向暖……她就是他此生所向往的温暖。

黎明，4 点，天际泛白。

骆夏洗漱完，在衣帽间里选衣服，选了十多分钟才定下来。

在正式的西装和随性的休闲装里，骆夏选了休闲装，用清爽的浅蓝 T 恤衫和牛仔裤搭了套蓝调服饰。

他站在穿衣镜前，仔细地拨弄着额前的短发，认认真真检查无误后，才拿上车钥匙出门。

骆夏把车停在向暖家楼下，等着清晨到来。

向暖晚上失眠，直到黎明才回到床上去睡觉。她再醒来时，是早上 6 点半。

她摸过手机，回了骆夏的那条晚安。

XN：“早安。”

下一秒，骆夏就打了电话进来。

睡眼惺忪的向暖看到他的来电，登时清醒了些。她点了接通，还没说话，心就先替她开了口，扑通扑通地跳起来。

旋即，他温润带笑的声音就顺着听筒钻进了她的耳朵：“醒了？睡饱没？”

向暖“嗯”了一声，但因为刚睡醒，她的嗓音还有些哑，听起来慵懒而性感。这声音传入他耳中，就像小猫在轻声叫唤，抓挠得他心口泛痒。

骆夏被她的声音勾得身体紧绷了一瞬，喉结滚动，努力维持着镇定，淡然的语气中混着轻哄：“我在你家楼下，要出来吃早饭吗？”

向暖微怔，立刻撑起身体坐在床上，说道：“好，你等我一会儿。”

说话时，向暖就跑去窗边拉开窗帘朝下看了一眼。

他穿着和天空一样颜色的浅蓝色短袖 T 恤衫，配着休闲的牛仔裤，站在楼下的车边。

“嗯，”骆夏笑道，“不急，你慢慢来。”

“好。”向暖笑着答应。

挂断电话，她转身跑去卫生间洗漱，然后就是挑衣服和化妆。

向暖花了半个多小时才打扮好自己。等她下楼去找他时，已经 7 点多了。

向暖从楼里走出来，脚上的白色细带高跟凉鞋跟地面碰撞，发出轻微的声响。

等在车边的骆夏抬起双眼，望过去。

向暖今天特意精心打扮了一下。她选了一条藕粉色的连衣裙，衬得腰肢纤细，肌肤白皙。长发没有特意梳起来，自然柔顺地披散着。脸上的妆容淡淡的不明显，只有涂了口红的嘴唇能看出来她化了妆。

向暖挎着白色的包包，拎着相机走到他跟前。

骆夏由喉间溢出一声短促却撩人的低笑。他抬手，轻轻地在她的发顶摸了摸，语气自然地说道："早。"

向暖意外被他摸头，受宠若惊地微微睁大了眼睛，旋即就莞尔道："早啊。"

他俩都不知道对方跟自己一样，失眠了整夜。

骆夏替向暖打开副驾驶座的车门。在她上车的时候，他的手贴心地挡在车门上方，防止她碰到头。

等上了车，骆夏问向暖："有没有特别想吃的？"

低头摁手机的向暖没抬眼，只是摇了摇头，语速很快地说："没有，你定吧。"

骆夏听出她语气中的敷衍意味，没发动车子。他偏头瞅着她，希望她能注意到自己、抬眸看看他，但她毫无所觉。

正在回陈嘉嘉消息的向暖根本没注意到骆夏在盯着自己。

陈嘉嘉继昨晚那两条消息后，就在刚刚，又给她发了新的消息。

陈嘉嘉："我那浑蛋前男友居然来清吧堵我！气死姑奶奶了！"

向暖从陈嘉嘉口中听过一点儿她前男友的事情，当时觉得这个男人没担当也不负责任，还很无赖，对他的印象并不好。

这下听到陈嘉嘉被前男友堵，向暖不免担心她的安全，上了车看到消息就立刻打字回她："你怎么……"

一句话还没打完发送，向暖的周身突然被清冷中泛着温柔的男士香水味道侵略。

向暖还没反应过来，就感到有两片柔软的触感贴在了自己的左脸

上。虽然他一触即离，可还是让她的呼吸倏地停滞了一瞬。

向暖猝不及防，睫毛受惊般地轻颤了几下，杏眼中闪过错愕之色。

身体绷紧的她僵在座位上，梗着脖子微微偏头，抬起波光流转的眸子，故作镇定地望向近在咫尺的骆夏，其实大气都不敢出。

胸腔里的心跳声震着耳膜，吵得向暖几乎听不到其他声音。

“肯看我了？”骆夏低声说着，帮她拉过安全带，从容地扣好。

两个人的呼吸交错，惹得她微咬住唇，屏息了片刻。

向暖被他突然亲了一口脸颊，此刻大脑还在宕机，一时没明白他为什么会突然说这么一句话，眸子里闪过一丝茫然。

紧接着，她又听到骆夏似笑非笑地问了句：“手机好玩吗？”

向暖这次终于听明白了他话里的意思，这是他觉得她只顾着玩手机冷落他了。

只是……

她目光讶异地望着已经退回原位的骆夏，万万没想到，他竟然这么幼稚，会跟手机争风吃醋，这跟他平常在人前显露出来的成熟稳重的气质实在差别很大。

向暖一时觉得好笑，嘴角不受控地扬起来。

不过她还是跟他解释了一下：“嘉嘉出了点儿事，我在问她的情况。”

正在发动车子的骆夏微微挑眉，嘴角噙笑地应了句：“嗯。”

向暖这次学会了提前告知他，说：“我刚才没发完，还得问问她。”

骆夏失笑，无奈道：“问吧。”

向暖这才继续低头打字。

向暖：“你怎么样啊，嘉嘉？”

陈嘉嘉回过来：“我没事，他还不能把我怎么着。”

那就好。向暖松了口气。

骆夏听到她呼气，又忍不住看了她一眼，见她眉目舒展，他的嘴角也跟着扬起来。

陈嘉嘉：“就是怪气的，我一看到他就想起以前的自己有多蠢！”

陈嘉嘉：“哎，算了，我也没必要气。要是没他，我也不会是现在的我，我还得感谢他呢。”

向暖回了陈嘉嘉一个摸摸头的表情包。

因为陈嘉嘉的话，向暖有点儿恍神。

“要是没他，我也不会是现在的我。”

向暖跟陈嘉嘉的不同之处在于，陈嘉嘉在教训中醒悟成长，而她比较幸运，遇见的他是个很好的男生，他的存在一路激励着她变得更优秀。

向暖收起手机，偏头看向骆夏。

骆夏在她望过来的第一时间就感觉到了，但因为需要注意着路况，没有扭头去看她。直到遇到红灯，他暂时停下车，才侧头对上她清透的眼眸。

向暖在和他对视上的那一刻眨了下眼睛，而后就漾开浅笑，嘴角轻扬，杏眼微弯。

骆夏没忍住，抬手轻轻捏了捏她的脸颊。软软的，手感格外舒服。

被他猝不及防捏脸的向暖眼中闪过一丝惊愕之色。在他收回手继续开车前行时，她抬手摸了摸被他捏过的地方。

他的手指残留的温度似乎还在，蔓延到了她的指尖。向暖立刻垂下手，捻了捻手指。

“昨晚睡得好吗？”骆夏突然开口问道。

向暖抬起眼皮又敛住，不好意思跟他说她失眠了，只含糊地应道：“嗯……”而后她佯装自然地回问，“你呢？”

“我？”骆夏低笑，坦然道，“我没睡着。”

向暖登时抬起眼眸，扭头看向他。

骆夏的脸上浮着明显的笑意。他跟她说：“我把咱俩的事告诉我师兄了。”

“师兄？”

“嗯，之前跟我合租的华人师兄，目前还在国外。”骆夏笑问，“等他回国，你跟我一起和他吃顿饭，好不好？”

向暖轻眨眼睛，莞尔回道：“好啊。他什么时候回国？”

“今年 8 月，快了。”昨晚和贾诚聊到后来，骆夏特意问了贾诚的回国时间。

向暖点点头，应道：“好。”

两个人没再说话，向暖点开车载音乐播放器。

过了一会儿，她发现车窗外的街景越来越熟悉。

向暖正意外，骆夏就把车缓缓停了下来。而车外，是那家李记蟹黄包店铺。

向暖推开车门下去。因为只是吃早餐，也没打算拍照片，向暖就把相机留在了座位上。

她刚关好车门，已经绕到她身边的骆夏就牵住了她的手。他的动作自然流畅，没有一丝不自在。

向暖的手指被包裹在他的掌心里，温热的触感让她的眼帘不自觉地颤了颤。落后他半步的她轻咬住嘴里的一点儿软肉，仰头望向他。

朝阳升起，明净的光落下来，在他的周身铺展开，男人流畅的侧脸线条在光芒的勾勒下尽显完美。

向暖又低头看了看他们交握的手，嘴角无意识地扬了起来。

骆夏牵着向暖走进店里寻座位。很巧的是，他拉着她去了她曾经坐的那个位子。

向暖再一次坐在了相同的位子上，这次骆夏就坐在她的对面。

向暖心起波澜。

或许，这就是命运的安排，让他们来这里，让他们坐在这里。

她轻翘嘴角，突然很想用手机拍下有关他的照片。

骆夏正在低头点餐。

向暖打开手机的相机，将手机横过来，把镜头对准他。在拍之前，她偷偷伸出自己的左手，在镜头的左下角比了个剪刀手。

就在她暗暗拍完的那一刻，抬头想问她吃什么的骆夏注意到了她在拿手机偷拍他。男人一笑，也伸了个剪刀手，两根手指的指腹分别和她的对上。

向暖举着手机的右手还没挪动，但因为他的举动，悬浮在手机相机快门键上方的右手大拇指不受控地颤了颤。

大拇指指腹触到屏幕的那一瞬间，就定格了一张有他明朗笑容和他们指腹轻贴画面的照片。

向暖缩回手，捧住手机，垂眼去看刚才拍的照片。

骆夏这才问她："要什么粥？"

向暖没看菜单，随口道："杧果冰粥。"

骆夏轻挑眉梢，一边拿笔在菜单上勾画一边说："你果然很喜欢这家店。"

上次在对面的露天篮球场，他发现她把相机对准这边好久，就猜测她喜欢吃这家李记蟹黄包，所以那次外卖给她点了这家的。

现在看来，他没点错，这家的食物确实合她的胃口。

向暖轻抿嘴唇，又很快松开，轻笑应道："嗯，很喜欢。"

骆夏把菜单递给服务生，一下一下地摁着手中的笔。在"咔嗒咔嗒"声中，他含笑的嗓音响起："我也喜欢。"

向暖抬眸看向他，只笑，没说话——

我知道。

吃饭的时候，向暖也不闲着，偏挑他低头吃东西时用手机拍他。骆夏无奈失笑，倒也不阻止，甚至还很配合，任她拍。

这次她没再隔着玻璃窗拍对面的露天篮球场，因为她想拍的那个人就坐在她对面，在一个很普通的清晨，和她一起吃着早餐。

吃过早饭后，向暖要去4S店取车，骆夏就开车带她去了4S店。

取完车，两个人得各自开车。

骆夏问她一会儿放下车要不要去看电影。向暖沉吟几秒，摇头，提议道："不去电影院，我们在家看。"

骆夏轻抬眉梢，笑问："你家还是我家？"

这话问得……她单独听这一句，还以为是要为做什么少儿不宜的事选场所。

"你家？"向暖也不太确定。

骆夏点头应了下来："那先开车去你家把你的车停好，我们再去超市一趟就回家。"

打开车门正要上车的向暖闻言，不解地问："去超市干吗？你有要买的东西？"

站在她身侧的男人垂眸低笑，提醒："不是说好有机会的话我给你做饭吃吗？"

向暖诧异，抬眼对上他染笑的深眸。

"你不会觉得我只是说着玩的吧？"骆夏被她惊讶的目光弄得哭笑

不得。

“没有，”向暖不动声色地抓紧了车门，扬起笑说，“只是没想到会这么快……”

她没想到会这么快就等到了那个机会。

“那你要不要吃我做的饭？”他笑问。

“要。”向暖脱口而出，回答得毫不犹豫。

骆夏挑眉，满足了。他抬了抬下巴：“上车吧。你在前面，我跟着你。”

向暖笑弯了眼眸，点头轻应：“嗯。”

接下来的一路，骆夏的车都在向暖的车后跟着，一直到她家。

向暖把车停好，折身回来，上了他的车。

因为不经过超市，骆夏就先把车停到了车库，然后两个人手牵手走着去了超市。向暖还特意拿上了放在车里的相机。

他们去的还是骆夏家附近的那家大型超市。

骆夏牵着向暖的手，一进去就推了辆购物车。和上次不同的是，他俩不必再拘谨地保持适当的距离。

向暖挽着骆夏的胳膊，一边摆弄相机一边跟着他走走停停。在他低头买菜时，她就在旁边用相机拍他。

看着镜头里认真挑食材的骆夏，向暖才意识到他好像还挺会买菜的。

后来走到果蔬区，骆夏又问：“买个榴梿？”

向暖这次没说“不要”，开心地笑着点头，骆夏便挑了一个。

他们拐过弯，货架上摆放的是青提、红提和葡萄。

骆夏歪了歪头，像是想起了什么，随即拿起一盒紫葡萄。

向暖还没说话，他就开口揶揄道：“雨伞像葡萄？”

向暖微怔，而后有些意外地笑问：“你怎么还记得？”

骆夏把这盒葡萄放进购物车，伸手揽住她的肩膀，轻搂着她往前走，低沉的语气显得愉悦：“那年你说这句话的时候，我耳机里正放着陈奕迅的那首《葡萄成熟时》。我也是第一次听到这样的比喻，所以印象很深。”

向暖抿着嘴巴，嘴角却控制不住地扬起。

原来不是她一个人记得。有些事，他也记得。

买完食材，骆夏带向暖去了零食区。

“吃不吃薯片？”他问。

“要这个味的。”向暖伸手拿了青瓜口味的薯片放进购物车。

“要不要果冻？”

“买那个可以吸的，”向暖正蹲在地上捧着相机拍货架上的果冻，盯着镜头，连眼皮都不抬一下，直接指定口味，“葡萄味的。”

骆夏帮她拿了两个，而后就站在旁边耐心地等她。

向暖拍好要起身的时候，骆夏立刻朝她伸出手。她脸上漾开笑，把手放到他的掌心，被他拉起来。不知道他是不是故意用力，她直接撞进了他的怀里，被他趁机抱了一下。

向暖听到他愉悦的笑声，耳根泛红，从他怀里退出来。

后来到了乳酸饮品区域，骆夏看到养乐多后，拿起一排，随口说：“好久都没喝这个了。”

向暖在旁边拿起另一排蓝色包装的，问：“还有低糖的。要哪个？”

骆夏从她手中拿过那排低糖的养乐多，同他手中的那排一起放进购物车里，嘴角噙笑道：“不做选择，我们都要。”

买完东西，向暖跟着骆夏去结账。

从超市出来，他拎着两个袋子。

向暖把相机挂到脖子上，对他伸出手，想要帮他拎一个袋子，骆夏却把自己的手放在了她的掌心上。

向暖被他弄得好笑，手已经被他握住。

她轻嗔：“我是要购物袋！”

骆夏笑说：“不想给你。”

向暖没再说什么，只是抬眸看了他一眼。只见他轻勾嘴角，脸上漾着淡笑，一如从前那般明朗干净。

明明已经过去十年，可他似乎还是那个温柔的少年，一直没变。

向暖低垂下头，嘴角的弧度又上扬了几分。

她的手指在他的掌心动了动，而后，五指主动滑入他的指缝，同他扣紧。

骆夏察觉到，有点儿意外地垂眸看向他们十指相扣的手。随即，他

拉着她的手向上抬。在向暖不解地扭头看过来的那一刻，他低下头，带着温度的唇印在她白皙的手背上。

他自然而虔诚地吻了吻她的手。他的吻灼烫了她的手背，惹得向暖的指尖轻微弹动了一下。她被他亲过的地方像着了火，热度一路蔓延，很快就到了脸上。

向暖脸红耳热地别开头，心跳紊乱地抿嘴笑了笑。

他们俩就像街上的每一对普通情侣一样，买了东西牵手回家。

到他家里的时候已经是上午 10 点多了，他们在玄关换掉鞋，她的细带白色高跟凉鞋和他的白板鞋挨着。

向暖想起上次来他家里时，他俩的鞋也是这样挨着，一大一小。其实……看起来还挺配的。

骆夏将零食放在茶几上，对她说："你歇会儿，我去做饭。"

向暖没歇着，跟着他进了厨房："我给你打下手吧。"

骆夏没推辞，拿了围裙给她戴。

向暖在系后腰上的带子时，刚要转过身去，就被骆夏拥住。他弯着腰，就这样抱着给她系好了结。而后他才起身，帮她把长发从围裙颈带中弄出来，动作格外轻柔。

向暖故作镇定地抬手，用手腕上的皮筋把长发束成低马尾辫。

下一秒，骆夏递过另一条围裙来。

"帮我。"他坦然地笑道。

向暖抬眼看了他一下，又很快垂下眸子。她伸手接过围裙，展开，双手捏着颈带凑近他。与此同时，骆夏微微俯身，弯腰靠了过来，低头让她把颈带挂到他的脖子上。

向暖让他转身，骆夏就乖乖转身。她在他身后帮他系好结，然后抬手飞快地搂了搂他劲瘦的腰身，算是礼尚往来。

骆夏回过身看她时，她已经躲到洗菜池那边去洗菜了。

他由喉间溢出一声短促却撩人的低笑，在厨房这有限的空间里显得格外清晰，惹得向暖耳根发麻。

她看都不看他，佯装认真地洗菜。骆夏也没闹她，在另一边处理肉。

向暖洗完菜后，就拿了菜刀开始切洋葱。刚切下去一刀，眼睛就被呛得忍不住要流眼泪。

向暖吸吸鼻子，拼命忍着，继续切。但洋葱太滑了，她一不小心就被刀划伤了手指。她疼得“咝”了一声，倒吸一口凉气，本来因为切洋葱而噙在眼眶里的眼泪也忍不住落了下来。

向暖放下菜刀，还没来得及做其他动作，骆夏就放下手中的东西疾步走了过来。他将自己的手洗干净才抓过向暖的手查看。所幸刚才她只是滑了刀，菜刀擦着左手食指表皮划了一下，伤口不深，但还是出血了。

骆夏拉着向暖走出厨房，让她坐到沙发上，自己去拿医药箱。

骆夏拎着医药箱过来，打开它，从里面取出碘伏和棉签、创可贴。他半跪在地上，低头认真地为她手指上的伤口消毒，动作小心翼翼的，一边用棉签擦碘伏一边给她吹气缓解疼痛。

向暖垂眸望着他，视线因为没有擦掉眼泪还有点儿模糊。

骆夏从容地给她处理好伤口。在给她贴创可贴时，他皱眉低声说：“左手怎么总受伤？”

向暖笑了一下，刚要说这次没什么事，就听到骆夏又道：“高中划了掌心，一个月前扎了玻璃碴儿，这次又破了手指。”他给她贴好创可贴，仰起头来看向向暖，无奈地叹道，“你能不能保护好自己？”

向暖没觉得哪里不对，只是意外他竟然还记得高中的时候她的手受过伤。

她以为骆夏当时知道她的手受伤，是因为看到了她那几天包扎了的手，或者是听邱橙或靳言洲他们说的。她不知道，他才是发现她的手受伤的那个人。邱橙之所以会去找她查看伤口，就是他告诉邱橙的。

向暖用贴着创可贴的食指冲骆夏左右摆了摆，笑盈盈道：“过几天就好啦。”

骆夏叹了口气，把东西收进医药箱，起身将医药箱放回去。折回来收拾茶几上用过的棉签等东西时，他对正要起身的向暖说：“好好坐着。”

向暖只好自己在客厅玩，等着他把午饭做好一起吃。

骆夏做了三菜一汤——青菜虾仁、干锅土豆、红烧肉还有罗宋汤。

向暖没想到骆夏做的饭还挺好吃，饱饱地吃了一顿。

吃过午饭，她协助骆夏将厨房收拾干净。

两个人回到客厅，骆夏用遥控器合上客厅的窗帘，偌大的空间登时一片昏暗。他打开投影仪，问向暖看什么电影。

向暖想了想，说：“《海街日记》吧。”

骆夏找到这部影片，点击播放，而后来到她身侧坐下。

他拿过薯片，撕开包装，捏了一片喂到她的嘴边，向暖就张嘴吃下去。

骆夏看到她乖乖的模样，忍不住抬手摸了摸她的脑袋，而后手臂绕到她身后，将她揽进怀里。

向暖一边看电影，一边被他喂零食，吃了薯片吃果冻。

电影里的四姐妹喝梅子酒时，向暖和骆夏正在讨论原味的养乐多和低糖的养乐多有什么区别。

骆夏喝的是原味的，向暖拿的是低糖的。

“低糖的更酸一点儿吧？”向暖也不太确定。

骆夏没喝过低糖口味，瞅了瞅向暖手中的养乐多，问：“是吗？”

向暖说：“我感觉是。你尝尝，对比一下。”

“我尝尝？”他挑眉，似笑非笑道。

向暖突然语塞。

骆夏已经凑了过去，低声问：“不给我尝？”

桌上明明还有好几瓶没开封的……向暖虽然这样想着，但还是把手里的这瓶凑到他的嘴边。

骆夏就着她的手抿了一口，状似正经地评价：“好像还好？”

向暖却握着手里的养乐多，脸都在发烫。过了一会儿，她默默地继续喝剩下的，越喝越觉得，好像真的不是很酸。

“要是我能喝酒，我也要尝尝梅子酒。”向暖吃饱喝足，依偎在骆夏怀里呢喃。

电影里的梅子酒看起来真的好好喝啊。

骆夏低笑：“想喝？”

向暖应道：“嗯，想尝尝味道。”

但是不行啊，她喝了会起红疹。

骆夏没再说什么，只是笑了一声，然后用从她身后绕过去的手臂搂着她，大手握着她的纤手把玩。

过了一会儿，骆夏感觉怀里的人呼吸均匀，也不再说话了。他垂眸，发现她不知什么时候已经睡了过去。

骆夏肆无忌惮地盯着她恬静的睡颜。她的睫毛好长，鼻子小巧又挺直，唇型也好漂亮，脸好小。

他伸出一只手凑近她的脸比了比，果真是巴掌脸。

骆夏瞅着她看了片刻，慢慢地偏头凑近，在她光滑白皙的前额上轻吻了一下。

她不是昨晚睡得挺好的吗？怎么又睡了？说好的跟他一起看电影呢？

骆夏失笑，又这样跟她待了一会儿，然后就轻手轻脚地起身，弯腰将她打横抱起，把人抱进了卧室。

向暖昨晚没睡好，这下睡得比较沉，对这一切都毫无所知。

等她再醒来，已经是将近下午 5 点。

向暖睡眼惺忪地撑起身体，坐在床上眯着眼打量这间卧室。

陌生的，不是她上次住的那间。

向暖正茫然地坐着，大脑还没启动运作，房门突然发出轻响，从外面被人很轻很慢地推开。

骆夏出现在了门口。

他在她睡觉时洗了个澡，换了身衣服，这会儿穿的是简单的白 T 恤衫和黑裤子。

骆夏看到向暖醒了，便走进去，嘴角噙笑，温柔地问："醒了？正要叫你起床。"他停在床边，弯了腰凑近她看，眼眸中染着笑，"起来洗洗脸，带你出门。"

向暖点点头，声音还泛着刚刚睡醒的慵懒，轻声应道："嗯，好。"

向暖在房间自带的卫生间里洗脸的时候，才意识到这间卧室应该是骆夏住的那间。那她今天……睡在了他的床上。

向暖的脸颊微红，她低头掬了一捧水拍在脸上。

因为条件有限，她只能偷偷地用他的洗面奶清洗脸。她没带其他东西，也没办法再化妆了，只能涂个口红提提气色。

向暖对着镜子将口红抹匀，确定整体还好，才开门出去。

骆夏正坐在床尾凳上等她，手里除了她的相机，还拿了一件薄外套。

“好了？”他起身问。

向暖点了点头：“嗯。”

“那走吧。”他朝她伸出手来。

向暖垂眼看着他骨节分明的修长手指，浅笑着把手递给了他。

她被他牵着手，出门，上车，去往他想带她去的地方。

直到车子停在沈城一中校外，向暖的心蓦地一跳。

她下了车，又被他牵住手。

两个人在门卫处登记了一下，踏入学校。

进门就是一座巨大的花坛，正对着教学楼。

向暖的内心已经无法平复下来，胸腔里的心脏扑通扑通地跳着。

随着他们走进教学楼，穿过教学楼，沿着台阶一步步往上走，向暖的呼吸越来越不稳。

最后，他们停在了通往天台的那扇门前。

骆夏把密码挂锁的转盘旋成“2X21”，开锁后，带向暖上了天台。

天台上风很大，向暖刚踏上来，骆夏就把拿在手中的薄外套展开，让她穿上。

向暖穿上他的薄外套，被他拉着手往前走。她咬着唇，眼睛泛热。

他知不知道，他真的很过分？

向暖感到鼻子发酸，用力睁了睁眼睛后，又快速地扑闪着眼睛，想要把在眼眶打转的泪水逼回去。

两个人坐在长凳上，骆夏偏头笑问向暖：“这里的风景是不是很适合拍照？”

向暖没说话，只是点了点头。

须臾，情绪稍微平复的她嗓音微哑地问他：“你为什么想在这里……告白？”

“也没什么特别的原因，”骆夏说，“就是想来这里，感觉这里挺适合告白的。”

有风有云，景色迷人。

“而且，”他低声道，“只有我们知道。”这才是重点。

向暖眨了眨眼，望着远处的天空，深深地舒了口气，唇边漾开浅笑。

只有我们知道。

她从他手中拿过相机，打算拍照片。

就在这时，向暖忽然轻哼了声，随即就抬起手来开始不断地揉左眼。

骆夏皱紧眉，拉下她的手，看到她的左眼被揉得通红，担忧地问："迷眼睛了？"

"嗯。"向暖试图睁开眼睛，但又很快闭上。

眼皮里面像是多了个东西，磨得难受，还忍不住想流眼泪。

骆夏捧住她的头，小心翼翼地翻开她的一点点上眼皮，凑近她慢慢地给她吹眼睛。

他的气息温热，比吹过的风还烫，灼得她的睫毛止不住地轻颤。

过了好一会儿，向暖才感觉眼睛里没了东西。

"好了，"她眨了几下眼睛，对他轻喃，"不难受了。"

骆夏却捧着她的脸没有退开。

向暖微仰头望着他，被他充满柔情的目光吸引住，挪不开视线。她眼睁睁地看着他离自己越来越近，他的呼吸都扑洒在了她的脸上。

而后，在向暖闭眼的那一瞬间，骆夏轻柔的吻落在了她通红的左眼处。他稍稍起开，向暖睁眼，又一次撞进他情绪翻涌的桃花眼里。

骆夏低敛眼睑，一寸一寸地慢慢靠近她。

在他们的鼻尖碰到的那一刻，向暖紧闭双眼，稍微扬了扬下巴去迎合。旋即，她的唇上覆了一抹柔软。

向暖的心跳仿佛在那一刻停止，呼吸也跟着停了。她拿着相机的手霎时抓紧，在白色细带高跟凉鞋中的脚趾用力抓地，想要蜷缩着藏起来。

周围的风肆意吹过，天上的云随风而飞，粉蓝天空中的灿烂晚霞动人心魄。

骆夏的一只手已经揽住了向暖的腰身，另一只手依然停留在她发烫的脸上，轻捧着。

向暖在微微张开嘴的那一瞬才觉得自己又得以呼吸，却是从他那里

汲取氧气。

骆夏迟迟不肯结束这个吻。到最后向暖实在受不住，抬手抵在他的胸前，没什么力道地推他，他才意犹未尽地慢慢退离。

骆夏用指腹在她的唇边轻擦了两下，而后就把人抱进了怀里。

两个人的气息同样的急促沉重。两颗心脏隔着几层薄薄的衣料，不甘示弱地较着劲，一颗比一颗跳得快。

身体发软的向暖将下巴搁在他的肩膀上，微仰头望天空，在他怀里努力平复着呼吸。须臾，她偏过头，将红晕还没消失的脸颊埋到他的颈侧，想让自己靠得更舒服些。

就在这一刹那，她清晰地闻到了他身上那种清清淡淡的沐浴露香味，好像闻到了属于夏天的味道。

空气中未消的余热被天台上的风吹散。不知道楼下哪棵繁茂的树中藏了蝉，还在不知疲倦地叫着。夕阳余晖洒落，橙色的光芒像一片橘子海。

向暖突然没头没脑地在他的耳畔处呢喃："夏天来了。"

搂着她的骆夏正轻轻顺着她的长发，抚摩她的后背。

他听到她的话，短促地低笑了一声，嗓音比拂过的晚风还要温柔："夏天早就来了啊，傻瓜。你忘了？夏至都过了。"

向暖没说话，伸手环紧他的腰身，回抱住他。

我没忘，我当然记得夏至已经过了。

我的意思是，我的夏天，来了。

片刻后，向暖感觉到骆夏将她耳边的发丝轻轻拨开。

他偏头在她粉粉的耳朵上吻了吻，嘴唇就这样贴着她的耳郭，缓慢地对她温柔道："我喜欢你。"

虽然已经说过了，你也答应我了，可我还是想在这里再对你告白一次。

"骆夏喜欢向暖。"他又一次低声说。

向暖再度听到骆夏的告白，心跳的剧烈程度一点儿不亚于昨晚。

她慢慢地从他怀里起身，脸颊泛着红，佯装镇定自然地轻声对他说："我也是。"

骆夏笑，明知故问道："你也是什么？"

向暖抿着嘴巴，飞快地瞪了他一眼。

她没有回他的话，低下头去拿相机，开始摆弄。而后她起身，走到天台最前面，举起相机对准远处的天空。

"我也喜欢你。"向暖突然开口回了他。

她用拍照掩饰自己的紧张情绪，让自己看起来不那么不自然。

已经起身的骆夏刚把手揣进裤兜里，就听到了这句话。他不由得低笑，唤她："向暖。"

向暖扭头，看到他把揣在裤兜里的手抽出来，手中多了一个小盒子。她意外地看向骆夏，慢慢地转过身。

骆夏又往前递了递，示意她拿着。向暖便把相机挂到脖子上，从他手里接过那个盒子。

她打开盒盖，微微愣住。

里面放着一对金色的流苏耳坠，每只上面有五条流苏耳线，每条耳线上串有三颗极光淡水珍珠。每颗珍珠都正圆光亮，毫无瑕疵，光泽可以达到镜面效果。

骆夏温柔道："告白礼物。"

向暖抬眼看向他。两个人对视了片刻，她忽地抿嘴笑开，说："你帮我戴吗？"

"好。"骆夏欣然应允。

在向暖熟练地把耳朵上戴的耳坠摘下来时，骆夏从盒子里捏起一只流苏耳坠。她将长发拨开，拢到另一边，歪了歪头。骆夏凑近，指腹触碰到她柔软粉白的耳垂，慢慢地将耳坠给她戴上去。

被他触到的地方泛着痒，微微发热。向暖的耳朵不知不觉变得红通通的。

等骆夏帮她把另一只流苏耳坠也戴好，向暖抬手摸了摸，有点儿好奇地问他："你什么时候准备的？"

"捡到你的耳坠后。"骆夏如实道，"就某一瞬间，突然很想买一对耳坠，等告白的时候送给你，所以就买了。昨晚临时告白，礼物没带在身上，所以还是在今天送给你。"

向暖浅笑着，眉眼轻弯。她走上前，抱了抱骆夏，语气轻快道：“谢谢，我很喜欢。”

骆夏温柔地摸了摸她的长发，低笑了一声。

后来向暖继续抱着相机拍照，骆夏就在身后圈住她，从她手中拿过相机，就着背后抱的姿势也拍了几张黄昏时分的天空。

向暖微微向后靠着他的胸膛，盯着相机里的一片橘色海轻声感叹：“我已经好久没这么放松认真地欣赏过落日了。”

上一次觉得天空好美，好像还是她第一次注意到天空真的可以是粉蓝色的那日。

那天是一个周六，他帮她补课。

傍晚从省图书馆回家，她下了公交车就撞见一片粉蓝粉蓝的天空，像极了她和他那日穿的卫衣的颜色。

骆夏拍下一张照片，抓住她的手上抬，把相机还给她。

他拥着她，微弓着腰，将下巴搁在她瘦削的肩膀上，偏过头认真地问：“要不要找个时间，我们去看日出？”

“好啊！”向暖拿着相机的手垂下，开心地应允。

在她笑着回头去看他的那一瞬间，嘴唇突然被他轻啄了一下。向暖被亲得猝不及防，愣了一秒，旋即别开头，唇边笑意扩大。

两个人在天台上从傍晚待到夜幕笼罩住整座城市，才悠闲地踩着洒满一地的月光，牵着手走出学校。

上车后，骆夏问向暖：“中午买的食材还有，要去家里吃吗？还是在外面吃？”

虽然很想把女朋友拐回家吃饭，但他还是给了她选择。

向暖又不傻，当然听得出来他更倾向于回家做饭吃，偏偏她确实又很喜欢吃他做的饭。

“去你家吃吧。”向暖毫不掩饰地表达对他厨艺的认可，“我喜欢吃你做的饭。”

她这句话让骆夏很受用地笑出了声。

到家后，骆夏不准向暖靠近厨房半步，自己去了厨房里忙。

向暖将客厅的灯调成昏暗的光线，开了投影仪，看了另一部电影《步履不停》。

半个多小时后，骆夏从厨房里出来，走到玄关，一边换鞋一边对向暖说：“向暖，家里没有料酒了，我去超市买。你帮忙看着锅，三分钟后将火调到最小就行。”

向暖暂停了电影，点点头应道：“好。”

她拿起手机，看了一眼时间，又怕自己忘记，索性定了一个三分钟后的闹钟。

又坐在客厅里看了三分钟的电影，向暖在闹钟响起来的那一刻暂停了电影的播放，起身去厨房将火调到最小。她看了一眼台上放的各种食材，有排骨、西蓝花、胡萝卜，还有没用完的菠萝和苦瓜。

虽然把火调到最小了，但向暖也不敢去看电影，就在厨房守着锅，偶尔垂眼滑几下手机。

一直到骆夏回来，拎着东西进了厨房，就看到向暖正守在锅前。

骆夏好笑地问：“怎么还戳在这儿？出去吧。”

他将手搭在她的肩膀上，把人往外推。

向暖不死心地问他：“要我帮你吗？我的手没事……”

“不用，”骆夏说，“去看电影。”

向暖只好走开。

她又看了半个多小时的电影，骆夏喊她吃饭。向暖再次暂停了电影，起身走过去帮他端盘子。

而她暂停的那个画面上的台词是：“每个人都有想要躲起来听的歌。”

向暖往厨房走的时候还在心里默默地想：她躲起来听的歌是《葡萄成熟时》，不知道他听的是哪首。

骆夏做了糖醋排骨、西蓝花炒胡萝卜、菠萝苦瓜鸡肉汤，还有一份蒸蛋。

在吃饭前，他特意帮向暖把暂停的电影继续播放，跟她一起看着电影吃晚餐。

电影情节很日常，从头到尾都没有波澜，始终淡淡的。导演很会拍，将人生的平淡琐碎展现得淋漓尽致。

骆夏是从中间看的，但丝毫不影响他对这部片子的肯定。

看着电影吃完晚饭，向暖又被骆夏喂水果。他将剥好的榴梿和洗干

净的葡萄端过来，放到她面前，捏了一颗葡萄送到她的嘴边。

向暖含进嘴里，一咬，满口登时都是葡萄的酸味。

她被酸得蹙紧眉，忍不住说："好酸，我不吃了，太酸了。"

骆夏拿过今晚顺路买回来的梅子酒，刚打开瓶盖，就看到向暖被酸得整个人都激灵了一下。他没忍住，笑出声来。

向暖看他一点儿都不意外，甚至还有点儿幸灾乐祸的样子，终于反应过来——他知道葡萄酸，但就是要喂她，想看她被酸到的样子。

向暖鼓了鼓嘴，默默地把葡萄推远。

就在她要戴一次性手套拿榴梿吃的时候，骆夏走过来，凑到她身边问："想尝梅子酒的味道吗？"

向暖扭头，只见他仰头喝了口酒，喉结一滚，咽了下去。

他怎么这么幼稚，明明知道她不能喝，还要故意凑到她旁边来喝？

然而，下一秒，她被他捧住脸。男人低头，吻了上来。

带着梅子和酒精味道的唇夺走了她的呼吸。向暖头晕目眩地望着近在咫尺的这张脸，抬起来的手蜷了蜷，揪住了他胸前的衣料。

胸腔里的心脏几乎要迸裂，身体一点儿力气都没有，越发软绵绵的。

他浓烈的气息霸道地侵略着她，将她占据包裹。

这个吻让向暖的神思混沌了好一会儿，味觉也出现了偏差，导致她后来吃榴梿都没怎么尝出味道来。

吃过饭后水果，向暖提出要回家，骆夏去送她。但骆夏喝了一口酒，保险起见，是向暖开的车。

到向暖租住的房子楼下，骆夏叫了代驾，向暖陪着他在楼下消磨时间等代驾过来。

过了一会儿，骆夏看了一眼手机，突然将拉着他一只手把玩的向暖抵在车门前，又索要了一个吻。

向暖被他亲得眼神迷离、脸颊绯红，连腿都在发软。

她推开他，靠着车门平复了一下呼吸，然后才看到代驾已经过来了。

向暖站直身体，声音中含着未退去的娇意："我上去了，晚安。"

意犹未尽的骆夏看着她红润的嘴唇，嘴角噙笑道："晚安。"

向暖强装淡定一步步走进楼里，直到独自进了电梯才彻底松懈。她偏身靠着电梯侧面，抬手摁住胸脯，快速地呼吸了几下，缓解着过快的心跳。

向暖到家后第一件事就是给骆夏发微信消息。

XN："到家后告诉我。"

然后她放下手机，摘掉他送她的耳坠，小心地放在梳妆台上，拿了睡衣去浴室洗澡。等她再出来，骆夏已经回了她。

LX："到了。"

LX："安心。"

向暖的唇边漾开笑。她打字回复："好。"

随后她又发："早点儿睡，明天还得上班。"

骆夏回道："嗯，你也早点儿睡。"

两个人又互道了一次晚安，才结束聊天。

这晚，向暖又一次梦到了骆夏亲她。

梦境一开始，他们还穿着蓝白色校服，手牵着手往前走。即使在梦里，向暖都在想，这个场景她之前梦到过。

她和他牵着手一步步往前走，谁也不说话，安安静静的。然后也不知道为什么，两个人就转身面对着彼此。他弯腰凑过来，不断地靠近她。

梦里的向暖还在诧异自己居然做了两次同样的梦，然而下一秒，就在梦中的她紧张地闭上眼睛的前一刻，看到自己眼前的人换成了成年后的骆夏。

男人穿着简单的白T恤衫和黑裤子，和白天的打扮一模一样。她也不再是穿着蓝白色校服的少女，变成了穿着藕粉色连衣裙的女人。

他们在梦里接吻，温柔而肆意，毫无顾忌。

直到向暖醒来，感觉身体还处在接吻后的反应中没调整过来。她躺在床上，茫然地盯着天花板。

向暖隐约记得，高三那年自己也做过一个这样的梦。好像是因为那晚她无意间在窗前看到了秋学长和橙子走在一起，然后就梦到了自己跟喜欢的他接吻。

当时醒来后，她完全不记得接吻是什么感觉，这次却知道了。

向暖抬手捂住微微发烫的脸，一闭上眼脑海里就全是昨天他亲她的画面。

在天台上，在家里，还有在车边。

藏在手掌下面的红唇无意识地扬了起来。

“骆夏喜欢向暖。”

他的话仿佛又一次响在耳边。

向暖掀开手，揉了揉耳朵，坐起来。

她在下床洗漱前习惯性地摸过手机看了一眼——半个小时前有一条微信消息。

LX：“醒了吗？早安。”

向暖回他：“刚醒，早呀。”而后，她放下手机去洗漱。

吃饭期间，两个人又闲聊了一会儿，随即各自去上班。

向暖穿着轻薄的无袖立领白色雪纺衫和垂坠感超强的黑色裙裤出现在工作室。

在经过员工办公区域时，才到不久的两个女实习生看到她，忍不住夸道：“向总，你今天比之前还要漂亮哎！”

“耳坠真好看呀！在哪里买的？”

将长发用头花绑成低马尾辫的向暖闻言，抬手摸了摸耳朵上的珍珠流苏耳坠，笑道：“我不太清楚，这是男朋友送的。”

“噫！”两个女孩子不约而同地发出羡慕的声音，“向总，你大清早的就喂我们‘狗粮’。”

向暖的脸上漾着笑意，她像个大姐姐一样温柔道：“不喂‘狗粮’，中午给你们订奶茶。”

“谢谢向总！”

“我最爱你啦！”

向暖好笑地走进办公室。顾添已经在座位上了，此时正捧着杯子喝茶。

向暖把包放到办公桌上，心情不错地问：“师兄，我今天戴的耳坠好看吗？”

顾添抬眼看了看她，回了句：“不是跟原来的一样吗？”

向暖：“师兄，你知道你为什么没女朋友吗？”

顾添放下杯子，笑起来："我故意的。你这话一问出口，我就知道这耳坠肯定是骆夏送你的。"

顾添托着下巴，一边开电脑一边抬眼看向回到办公位的向暖，问："怎么？你们俩进一步了？"

向暖自然坦荡地回答："对啊。"

"啧，"顾添揶揄，"我说你怎么一进来就满面春风的。"

向暖忍不住轻笑："有吗？"

"不能再明显。"

投入工作的向暖没什么时间找骆夏聊天，骆夏也一样。

中午，向暖趁吃饭的时候给他发了消息，但没有收到回复。一直到下午4点多，骆夏才回过来消息。

LX："做了台手术，刚拿到手机。"

向暖有些心疼，说："快去吃点儿东西。"

骆夏回："再过会儿能直接吃晚饭了。"

XN："多少先吃点儿，晚饭再继续吃。"

LX："好，知道了。"

简单地说了几句，向暖就继续忙起设计案来。

两个人再联系，是当晚10点多。

向暖刚洗过澡护完肤，正想躺床上拿手机找骆夏，他就率先打了电话过来。

向暖在看到来电显示是骆夏时，唇边漾开浅笑。她趴到床上，用手肘撑起上半身，接通电话。

"喂。"向暖的声音含着笑意。

骆夏问："在干吗？"

"没干吗，刚刚收拾完。"她没说自己就要睡觉了。

骆夏低沉的嗓音通过听筒的处理显得更加有磁性，他温声说："你的车不是周二限号吗，我明天开车过去接你，然后送你去工作室。"

向暖愣了一下，没想到他居然连这个都记得。明明只是那次师兄顺嘴提了一句而已，他却认认真真记在了心里。

向暖翻了个身，仰躺在床上，眼睛里盈着水光，嘴角开心地翘着，

像感慨般轻喃：“你还记得啊。”

骆夏笑了声道：“记得啊，记得很清楚。明早想吃什么？我给你带。”

向暖不想让他特意跑去哪家店买什么早餐，便说：“我不怎么挑的，你过来的时候顺路买点儿就行。”

骆夏似乎叹了口气，没说别的，应道：“行，那我看着买吧。”

周二清早，梳洗打扮好的向暖接到骆夏的电话就立刻下了楼。

她穿了一身黑色的小香风职业装，没有特别正式，看起来知性又随性。

骆夏立在车边，手中拎着给她买的早餐。向暖一出现，他就注意到了她的耳朵上戴着他送的那对耳坠，不禁勾唇。

等向暖走过来，他迎上前，微弯腰抱了抱她，语气温柔：“早啊。”

向暖仰头，杏眼弯弯地回他：“早安。”

骆夏把早餐递给她，向暖拿着有李记蟹黄包标志的袋子，惊讶地问转身给她开车门的骆夏：“你特意过去买了这个？”

骆夏语气自然：“嗯。早餐很重要，不能对付。我想让你吃你喜欢吃的。”

向暖的心霎时软得一塌糊涂。

她坐上车，单手抓着安全带扣好。等骆夏也上车，她问他：“你有没有吃早饭？”

“吃了，”他嘴角噙笑道，“你吃你的。”

向暖抿抿嘴巴，又问了句：“你几点起的？”

“不是很早。”他正在发动车子，眼睛看着路，腾了一只手伸过来，在她柔软的发顶上轻摸两下，“好好吃饭。”

他不肯说，向暖就没再问什么，低头吃起东西来。

在半路把早餐吃完，向暖用湿巾擦干净手，打开车窗散了散味道。

到了她的工作室楼下，骆夏停好车，和向暖一起下车。他从她的手中拿过吃完早餐后剩下的垃圾袋，走到一旁扔进垃圾桶。

骆夏折身回到车边，向暖还立在那儿。

她望着他，等着他走近，停到她面前，才开口道：“那我上去啦。”

骆夏却拉住了她的手。

向暖刚要迈出去的脚微顿，没挪动。她仰头，和骆夏的眸子对视到一起。

向暖轻咬嘴里的软肉，在他似笑非笑地凝视中败下阵来般错开目光。下一秒，她就被他揽住腰，不得不往前移动。

旋即，唇就被他堵住。

向暖的上半身后仰，手抬起来轻抵在他的胸前，但她并没有推开他。

骆夏克制着冲动，只亲了亲她，就适时松了手。向暖的脸又红又烫，嘴巴也麻麻的。

“晚上我过来接你。”他微弓腰身，前额抵着她的，低沉的嗓音略哑。说完后，骆夏才松开搂着她细腰的手。

向暖点点头，唇边弧度上扬，应道：“嗯。”

等她转过身，就看到工作室的那俩实习生姑娘手挽着手，一边偷笑一边正不断地往这边看。

向暖佯装镇定，不紧不慢地往大楼里走。两个实习生看到她，仿佛比她还不好意思，瞬间小跑着进了楼。

结果三个人还是在电梯口遇上了。

“向总早。”两个姑娘乖乖地打招呼，装得一脸乖巧。

向暖对她们一笑，点头说：“早。”

等进了电梯，向暖摁了楼层键后，其中一个比较活泼大胆的姑娘对她说：“向总，你男朋友和你好般配哦！男帅女美！我看小说都没这么激动！这也太般配了！”

向暖的心情已经平复下来了，听到小姑娘这么说，她开玩笑地问：“说实话，是不是又想让我给你们点奶茶了？”

“没有，我是认真的！”小姑娘做出一脸义正词严的模样，正经道，“是真的好般配啊！”

另一个女生见气氛不尴尬也不严肃，也好奇地问了句：“向总，你男朋友是做什么的啊？”

正巧到了工作室的楼层，电梯门打开。

向暖抬脚走之前浅笑回道：“医生。”

他是救死扶伤的骆医生。

而后，她踏出电梯。

在往办公室走时，向暖不由自主地想起那次他在大街上对心脏骤停的路人进行急救的事。当时的他那么从容冷静，拼尽全力跟死神争分夺秒，很帅。

向暖到了办公室，在微信上给骆夏发消息，让他到医院后告诉她一声。

半个多小时后，骆夏回了她。

LX：“安心。”

她正捧着手机不自觉地笑，顾添就走了进来。

刚刚路过员工办公区域时，顾添无意间听到那两个实习生正在兴奋地讨论向暖和她的男朋友，就问了几句。

两个小姑娘被他一板一眼的模样唬住，透露得差不多了。

顾添这会儿到了办公室，就揶揄向暖：“有了男朋友就是不一样啊，还有专车接送服务。”

向暖早已习惯了顾添动不动就开她的玩笑，坦然地笑着说：“还有早餐呢。”

“啧，”顾添说，“咱俩分办公室吧，我不想天天被塞‘狗粮’。”

向暖调侃他：“你找个女朋友就解决了。”

顾添叹气：“女朋友这种生物，可遇不可求。”

向暖轻挑眉梢，不置可否。

骆夏下班后在微信上跟向暖说他现在过去。

向暖回他：“我的设计案还有一些没弄完。”

LX：“没事，慢慢做。”

等到了她工作室楼下，骆夏下车绕到副驾驶座那边，又给向暖发了条微信消息。

LX：“我到了，你忙完下来就行。我等你，别着急。”

十多分钟后，倚靠着车门的骆夏听到手机有提示音，从兜里拿出来手机。

XN：“来了来了。”

须臾，他就看到向暖踩着高跟鞋往自己这边一路小跑。

骆夏将手机收进兜里，大步朝她走去，提醒道："别跑，慢慢走。"

说着，他就已经把奔过来的女人搂住了。

向暖撞进他的怀里，抬手环住他的脖子，唇边漾着笑。

骆夏微微皱眉，无奈道："跑什么？崴到脚怎么办？"

向暖只是笑，乖乖受训。

骆夏牵住她的手，带她上车，开车去他预订的餐厅。

这是一家法式餐厅，骆夏订的桌位很好，位置靠窗，可以边吃饭边欣赏夜景。

吃饭期间还有钢琴演奏，优美的钢琴曲缓缓流淌，让晚餐更加有情调。

骆夏想起向暖在他生日那晚弹了钢琴，笑着说："以后要不要试试四手联弹？"

向暖欣然应允："好啊。不过我没跟人联弹过，可能不太熟。"

"没关系，有我。"骆夏低笑说。

过了片刻，向暖有点儿在意地问："你跟别人联弹过？"

骆夏从容点头："嗯。"

向暖没再说话，低头吃东西。

虽然知道他这么优秀，跟人联弹过甚至交过女朋友都正常不过，但她心里还是不免酸酸的。

虽然向暖并没怎么显露，但骆夏还是察觉到了她的情绪不太对。

"跟我联弹的是我奶奶，不是别人。"骆夏好笑地解释，而后又对向暖说，"在你之前，我没交过女朋友。你是第一个，"他顿了顿，"也会是唯一一个。"

向暖轻抿住唇，嘴角却不受控地扬了扬。

须臾，她回他说："你也是。"

你也是我的第一个男朋友，也将会是唯一一个。

骆夏似是明白她指的是什么，轻抬眉梢。

这晚过后，向暖和骆夏按部就班地生活，还有谈恋爱。

平常两个人各忙各的，每周二成了骆夏接送向暖上下班的日子。

周末他们都有时间的话，骆夏就开车带向暖去丰汇大厦，她跳舞，他健身。有时会遇上她加班，有时会撞上他值班或有手术，没事的那个人便自己去丰汇大厦。

时间一晃就过去了将近半个月。

7 月的最后一个周六晚上，两个人在外面吃完晚饭后，骆夏送向暖回家。

她今天跳舞，穿了件白色的抽绳连帽短袖卫衣，配了条超短裙。

这会儿在车上，向暖闲得无事，戴着衣服上的帽子，拽着抽绳松松紧紧地玩。

“明天我要回家陪我妈和靳叔叔吃饭，你回不回你家啊？”向暖扭头问骆夏。

骆夏摇了摇头，温声说：“回不去，明天我要在医院值班。”

向暖有点儿遗憾，但很理解，所以也没说什么。

骆夏把她送到楼下，向暖松开拽着连衣帽上抽绳的手，没有摘掉扣在脑袋上的帽子。下车后，她又拉开后座的车门，拿出自己的包，拎在手里。

骆夏已经绕到了她这边。向暖把包单肩背好，主动抱住他的腰身，轻笑说：“那好像只能周二见啦。”

说完，向暖松开手，继续道：“我上去了，晚安……”

话音未落，骆夏突然拉住她连衣帽上的抽绳，拽紧。

向暖的连衣帽有点儿大，平常戴着可以完全遮住脑袋，被这样拽紧后，帽口也跟着收紧，直接将她的眼睛蒙住。

“骆夏！”瞬间什么都看不见的向暖娇嗔地叫他的名字，话音还没落地，嘴巴上就贴了抹柔软的触感。

她登时一僵，怔在原地。

骆夏拽着抽绳，弯着腰，不断地亲着她，一点点地攻克、侵占。

向暖微微扬起下巴，试图尽量迎合他，跟上他的节奏。她缓慢地抬起手，摸到他的手臂，抓紧。

到后来，骆夏松了抽绳，但并没有松开收紧的帽子。他把她抱在怀里，低头肆意地吻。

直到这个绵长的吻结束，骆夏才帮向暖松了帽口，直接把帽子从她头上摘了下来。

向暖的杏眼中波光流转，脸颊尽染绯色，嘴唇红润润的，整个人像颗熟透的樱桃。

骆夏垂眼笑望着故作镇定的她，温柔地帮她一点儿一点儿理好微微凌乱的发丝，这才哑声性感地对她说：“晚安，周二见。”

隔天清早7点，还在睡觉的向暖被来电铃声吵醒。

她睡眼惺忪地看了看手机，微微蹙眉地接起来。

“靳叔叔。”向暖声音微哑地叫了他一声。

在电话那端，靳朝闻的语气有点儿着急：“暖暖，抱歉，叔叔打扰你休息了。你妈妈的身体有点儿不舒服，但她不肯去医院。你今天能不能早点儿过来，来劝劝她？”

向暖登时皱紧眉，没多说别的，只道：“我这就过去。”

向暖挂了电话后立刻洗漱穿衣服，而后开车回家。她到的时候，只有靳朝闻在客厅等她。

向暖低声问：“我妈在房间里？”

靳朝闻点了点头。

在往楼上走时，向暖忍不住问道：“怎么回事啊，靳叔叔？”

“你妈从黎明就开始肚子痛，我说带她去医院检查一下，她不听，非说休息一天就好了。”

靳朝闻叹了口气，压低声音对向暖说：“唉，今天你跟言洲都回来，一家人一个月就团聚这么一天，你妈不想因为她折腾去医院错过跟你们一起过周日。”

向暖听得心里难受，抿了抿唇，没说话。

到了门口，靳朝闻小声说道：“你进去劝劝她，我就不进了。”

向暖点点头，敲了门后推开，走进去，喊躺在床上的人：“妈。”

向琳听到向暖的声音，诧异地抬头看了看：“你怎么这么早就过来了？”

她说着就坐了起来，尽量让自己看起来很正常。只不过她在起身的时候，手还是摁了摁腹部，眉心也痛苦地拧紧。

向暖全都看在了眼里。她坐到床边，担忧地问：“你哪儿不舒

服啊？”

向琳笑盈盈地说：“我没有不舒服啊，挺好的。”

向暖皱紧秀眉，像说小孩子似的说她：“你别强撑。身体不舒服咱就去医院看病，干吗拖着不去让自己难受啊？”

向琳还是嘴硬：“妈妈真没事。”

“今天吃不成饭，改天再吃也是一样的。”向暖缓和语气，顿了顿，又有点儿愧疚地低喃，“以后我会多过来陪你，你别让我担心你。”

向琳嗔怪道：“你工作又忙又累，不用总过来，来回跑也折腾。”

向暖没跟她在这件事上较劲，只坚持道：“你先起来跟我去医院。不听话的话，我以后再也不回来了。”不等向琳说话，她就佯装生气地威胁。

向琳这下不再说什么，终于听了向暖的话，同意去医院做检查。

上午近9点时，骆夏正在科室值班，突然接到了向暖的电话。

他有些意外地接起来，低沉温和的声音含着笑：“向暖。”

向暖此时正开车带向琳和靳朝闻去医院。

她戴着蓝牙耳机，直接说：“骆夏，有件事我想问问你。我妈从黎明开始腹痛，持续性的，胃口不好，还有点儿恶心，身体也没什么力气。”她把向琳的症状一一说出来，然后忐忑不安地问骆夏，“她这是什么病的症状啊？”

骆夏敛去笑意，语气严肃了些，告诉向暖：“听你描述，像是急性阑尾炎。你先带阿姨过来做个检查。”

向暖回他：“我们在路上了。”

“行，”骆夏不忘叮嘱向暖，“别慌神儿，注意安全。”

“嗯。”向暖抿唇应道。

“待会儿见。”

“好。”

向暖和靳朝闻扶着向琳刚进医院，等在旁边的骆夏就快步走了过来。

“这边，跟我来。”骆夏没说其他的，直接带着他们进诊室。

他让向琳躺到病床上，温和地对向琳说：“阿姨，我要找一下您的疼痛部位在哪儿，摁到哪里疼，您就告诉我。”

向琳点点头，声音有点儿发虚：“好。”

骆夏在向琳的上腹部轻轻摁了一下，向琳没什么感觉，又移到脐周，她还是摇头。

然后，骆夏的手轻摁了摁向琳的右下腹。

“疼……”向琳皱紧眉。

骆夏转身去开诊单，对他们说：“右下腹麦氏点有压痛，初步判断是急性阑尾炎，再做个血常规和B超，确诊一下。”

向暖刚拿过诊单，骆夏看到向琳要起身，主动去搀扶她。

“我带你们去吧。”他是看着向暖说的，像在征询她的意见。

向暖牵了下嘴角，对骆夏说了句“谢谢”。

做完血常规和B超后，向琳回到诊室躺在病床上休息，由靳朝闻陪同。

向暖在影像科的走廊外等结果，骆夏立在她身侧。

虽然向暖什么都没说，但骆夏还是能感觉到她不在状态。他轻叹了一声，没说什么，只抬手摸了摸她的头。

过了一会儿，向暖平静地问了个很傻的问题：“如果确诊了，是不是得做手术？”

骆夏耐心地温声回她：“一般情况医生都会建议做手术，特殊情况的只能保守治疗。”

半个小时后，B超和血常规都出了结果。骆夏拿着结果，在回诊室的路上边走边看。

须臾，他提前对身边的向暖说：“是急性阑尾炎，单纯性的，没化脓。”

向暖的脚步稍微顿了一下，而后她才若无其事地继续往前走。

骆夏伸出手捏了捏她的手指，安慰道：“别担心，有我呢。”

向暖点了点头，轻抿住唇，“嗯”了一声。

回到诊室，骆夏就把做手术的必要性和手术的风险等一系列事情都告知了他们，在得到同意手术的回答后才敲定向琳的手术时间。

因为是急性的，手术的时间就安排在了今天下午3点。接下来需要

做一些术前的相关检查，骆夏就带他们去给向琳做各项检查，又陪着向暖给向琳办住院手续，最后跟她一起把向琳送到病房。

安顿好一切，骆夏才从向琳的病房离开，向暖随后跟了出来。

“骆夏。”向暖在后面喊他。

骆夏转过身，向暖已经走到了他跟前。

她伸出手环住他的腰身，在他的怀里轻声说：“谢谢。”

骆夏低叹了一声，回搂住她，还没说话，身后就传来一声轻咳。

两个人分开，而后就见到赶来的靳言洲走到他们面前，神色淡淡地问：“向姨怎么样？”

“急性阑尾炎，下午做手术。”骆夏说。

“你做？”靳言洲看着骆夏，问道。

“我做。”骆夏从容淡定地回道。

靳言洲微一挑眉，点了点头，而后说：“你俩继续，我去病房看看向姨。”

向暖看了一眼骆夏，对他轻声道：“我也回去了。”

“嗯，”骆夏点了点头，“去吧。”

向暖跟在靳言洲身后回到病房。

向琳对靳言洲说没多大事，随后就把话题转移到了向暖身上。

她关心地问向暖：“暖暖，刚才那位骆医生是你朋友？”

向暖没藏着掖着，直接坦白：“男朋友，他叫骆夏。”她顿了顿，垂下眼补充，“骆驼的骆，夏天的夏。”

向琳虽然隐约猜到了，但听到女儿亲口承认，还是有些惊讶，一时没能说出话来。须臾，她才欣慰地笑道：“挺好的，挺好的。”

过了一会儿，靳言洲收起手机，起身道：“去不去吃饭？”

向暖刚要说她留下来陪母亲，靳朝闻就率先道：“我就不去啦。你带暖暖去吃，给我买点儿回来就行。”

向琳下午要做手术，这会儿已经不能进食了。

靳言洲“嗯”了一声，转身往外走之前喊向暖：“走了。”

向暖只好拿上手机跟着他一起出了病房。

在乘坐电梯下楼的时候，靳言洲问她：“你俩什么时候开始交往的？”

脑子有点儿混沌的向暖闻言，反应了几秒才回：“半个月前。”

靳言洲敏锐地察觉到向暖不在状态。不擅长安慰人的他沉默了片刻，生硬地对向暖说：“一个小手术，不会有什么事。”

向暖扭头看向他，没说话。

电梯到一楼，门缓缓打开。

两个人踏出电梯的那一瞬间，向暖忽地喊他：“哥。”

靳言洲动作微顿，微微皱眉，语气略不耐烦：“干吗？”

“我们以后有空多回家几次吧，”向暖把想说的话说了出来，而后又道，“多回家看看他们。”

靳言洲的喉结滚了一圈，随即他应道：“嗯。”

走出住院部，向暖一眼就看到了立在台阶下的男人。

骆夏还穿着白大褂，双手插在兜里。他站在阴凉处，时不时就抬头望望住院部大楼门口，这一次，他终于看到了她出现。

骆夏的脸上瞬间浮出淡笑。他迈步走过去，停在台阶下，眼睛望着向暖，话是说给他俩的：“带你们去餐厅吃饭。”

向暖终于后知后觉地意识到，是骆夏让靳言洲带她出来吃饭的。

其实骆夏跟靳言洲说的是，问问向暖出不出来吃，不出来的话也没关系，他会买好送过去。

骆夏毫不避讳地当着靳言洲的面牵起了向暖的手。

到餐厅后，骆夏用餐卡刷了他们三个人的饭钱，随后他们找了张空桌坐下。

这顿饭和平常并没什么差别。向暖随口说了句红烧肉还挺好吃，骆夏就把他盘里的也夹给了她。

向暖登时哭笑不得：“我吃不完，你别给我了。”

对面的靳言洲看着他俩，一脸嫌弃的表情。

几个人吃完午饭，又给靳朝闻打包好一份。

靳言洲拎着饭说：“我先回去了。”随后他就迈着大步去了住院部。

向暖被骆夏拉着没走成。

他垂眸看着她，压低声音，语气温柔地问她：“是不是在担心？”

虽然吃饭的时候她努力让自己吃了不少，也有说有笑的，表现得挺轻松，但骆夏还是能感觉到她的不安。

今天上午在医院见到她的那一刻，骆夏就敏锐地捕捉到了她的情绪不好。

向暖被他说中心思，抿直嘴巴，轻点了一下头。

虽然只是一个很小的手术，可她还是控制不住担心，心里总是七上八下的。

向暖仰头看着骆夏，轻声地问："你不紧张吗？"

骆夏失笑："不紧张。"

"我妈知道你是我的男朋友了。"她坦白。

骆夏仿佛很高兴，脸上瞬间漾满笑。他低笑着说："那等我白天不上班的时候过去看看阿姨。以你男朋友的身份。"

他不是要在上班时顺便过去看看，而是要等到没工作的时候特意去探望。

他总是这样，让人无法不喜欢。

向暖目不转睛地望着他，心跳因为他的这句话瞬间紊乱。

"好。"她微笑着应下。

下午临近 3 点时，向琳被推往手术室。

向暖寸步不离地跟着手术推车，一直到手术室门口。她眼睁睁地看着母亲被推进去，手术室的门关闭，自己却只能停在外面。

向暖低下头，眨了眨泛热的眼睛，让自己看起来若无其事。

须臾，"手术中"的红色指示灯亮起。

向暖抿唇，坐立不安地等着。虽然只是一个小手术，可她还是提心吊胆的。

骆夏说阑尾炎微创手术大概需要一个小时，向暖从没觉得时间走得这么慢，好像每一秒钟都被拉长成了一个世纪那般漫长，难熬得让人望不到尽头。

在这一个小时里，向暖脑子里想了很多有的没的，从小到大的很多记忆争先恐后地往外涌。

她才记事的时候，母亲是个家庭主妇，照顾她，照顾父亲，打理家里的一切，但对自己很不上心。那时候的母亲给她和父亲花钱眼睛都不眨一下，但从来舍不得把钱花在自己身上。

她六岁那年，父亲出轨，母亲在那段时间好像变成了怨妇，看周围的一切都不顺眼，但依然在好好爱她。哪怕后来两个人离婚，母亲成了单亲妈妈，也很努力地想让她尽可能开心快乐地长大。

她上学那些年，母亲为了生活拼命工作，很多时候早出晚归，忙得见不到人。现在母亲终于闲了下来，忙碌的人却变成了她。

这么多年，她跟母亲在时间上好像一直都在不断地错过又错过。两个人从来没好好地出去旅游过，甚至连一起逛街都没有过。

尤其是她高中毕业后，将近十年都在外求学，回家的次数屈指可数，陪母亲的时间更是少。

向暖忽然很难过。她从来没意识到自己在慢慢长大的同时，母亲也在慢慢变老。随着时间的流逝，她能陪母亲的机会只会越来越少。

向暖神思混沌了良久，直到“手术中”的红色指示灯灭，手术室的门被打开。

穿着绿色手术服的骆夏走出来，摘掉口罩，看了看向暖，对她露出淡笑，随即说：“手术很成功，阿姨稍后就会被送回病房。”

从早上被电话叫醒后就一直紧绷的神经在这一刻突然松懈下来，强撑了快一天的情绪也几近崩溃。眸子里盈了层水光，向暖快速地眨了眨眼，将液体逼回去。而后她抬起脸，对骆夏露出浅笑。

“谢谢，”向暖努力克制着带了颤音的声音，“谢谢你，骆夏。”

骆夏笑望着她，无奈地低叹了一声，只说：“快去看看阿姨吧。”

向暖回到向琳的病房不一会儿，重新穿上白大褂的骆夏就走了进来。

他把术后的正常现象以及注意事项逐一告知，而后才笑说：“大概就是这些，有什么事直接叫我。”

靳朝闻连连点头道谢。

等骆夏离开，守在病床边的向暖怔怔地瞅了向琳片刻，然后默不作声地出了病房。

向暖在走廊里给顾添打了个电话，告诉对方她得请两三天假。

在顾添问她原因的时候，向暖哽咽了一下，才若无其事道地：“我妈得阑尾炎住院，我得陪床照顾。”

这通电话打完，向暖没回病房。她一路快步往外走，乘坐电梯下楼

到停车场，然后找到自己的车，上去。

在车门关闭的那一瞬间，向暖就控制不住地抽噎出声。

她待在这方狭小封闭的空间里，将积蓄了将近一天的提心吊胆和忐忑不安，甚至愧疚自责，统统发泄了出来。

哭出来后，向暖的心里登时舒畅不少。她深深地吐了口气，将眼泪擦干净，推开车门下车，一抬头，就看到穿着白大褂的骆夏站在车后方。

她不知道他站在这儿多久了，但肯定不是刚刚过来。

向暖才哭过的眼睛通红，眼尾处的红晕还没退去。她一下车就猝不及防地撞见他，登时愣在原地。

骆夏走过来，什么都没说，只是伸出手，把她揽进了怀里。

向暖眨了眨眼，眸子又开始发酸。

须臾，骆夏才开口，嗓音低沉又温柔，说：“以后想哭的时候，能不能来找男朋友？你可以躲在他怀里掉眼泪的，向暖。”

向暖抿了抿嘴巴，带着鼻音乖乖答应：“好。”

接下来的三天，向暖都在医院陪床。

也因此，这几天每到吃饭时间，她都会被骆夏拉着去餐厅吃饭。有时遇到骆夏的同事，向暖不免被问是他的什么人。

每当这时，骆夏都会牵起她的手给别人看，笑着回答：“我女朋友。”

坦荡的语气中隐隐含着炫耀之意。

很快，整个普外科都知道了她是骆夏的女朋友。

虽然这几天骆夏每天都会往向琳的病房跑，但是一直到向琳出院当日，恰好白天休息的他才买了礼品，特意去了向琳的病房探望。

很少穿西装的他今天穿了一身黑衬衫配西装裤，衬衫下摆束在裤腰里面，裤腰用皮带扎紧，勾勒出性感的腰线。

向琳这会儿已经恢复得精神很好了，一见到他就笑盈盈的，热情地说道：“骆医生，快坐。”

骆夏走过去，把东西放到旁边，表现得从容镇定，语气诚恳地说：“叔叔阿姨好，很抱歉之前我每次过来都在工作，也怕打扰阿姨休息，就没特意介绍自己。今天正好没班，我就过来看看您。”

向琳连忙回道：“没关系，理解。”

“我是向暖的男朋友，叫骆夏。”骆夏说这句话时，偏头望向站在旁边的向暖，眸子里染上笑意。

“骆夏，”向琳笑说，“你快坐。”

等骆夏在病床边的椅子上坐下，向琳就笑吟吟地问：“骆夏，你跟暖暖认识多久了？”

骆夏坦然地回答：“十年了。我们是高三同班同学。”

向琳和靳朝闻都有些意外。

“那你也认识言洲啊？”

骆夏嘴角噙笑，回道：“认识，我跟他是很好的朋友。”

向暖靠着床头柜，看了看骆夏，又扭头望了望母亲，嘴角牵出一抹无奈的笑。

她早已不再对他们都不记得二十一年前就见过对方这件事耿耿于怀了。毕竟时间真的过去太久，二十多年可以改变一个人很多很多，容貌、声音、身高体形，甚至生活习惯，不记得才正常。

况且，骆夏连她这个经常一起玩的小伙伴都不记得，更不要说当初没见过几次面的母亲。

是她太在意，把他当成了晦暗生活里的光，想要紧紧抓住，所以印象深刻。

因为向琳，向暖这周末也没去丰汇大厦跳舞，而是开车回家陪了向琳两天。

骆夏也因为有手术，没在周末休息。

七夕节那天是周三，骆夏很不巧地有台手术，到晚上 9 点半才结束。

向暖已经提前跟他约好，等他下班后到她家里吃饭。之前她尝过骆夏的厨艺，这次想做饭给他吃。

向暖下班后就去买食材，然后开车回家准备晚饭。

忙碌到晚上 9 点多，所有的饭菜都被她端上了桌。

向暖将家里收拾得干干净净，甚至贴心地给他准备了男士拖鞋。

她窝在沙发里抱着平板电脑看剧打发时间，等着骆夏。

10 点过一刻，门铃响起。

向暖立刻放下平板电脑，跑去给他开门。

她拉开门的那一刻，看到了一束紫色的满天星，像极了那把他们曾经共撑的紫色雨伞的缩小版。

骆夏把花递给她，愧疚地说："抱歉，久等了。"

向暖弯起杏眼，开心地抱过花，轻快地说道："没事，不必抱歉。以后也不用感到抱歉，医生的职业性质如此，我都理解的。"

她捧着花闻了闻，语调上扬："鞋柜里有拖鞋，你自己拿。"

"好。"骆夏打开柜子，看到里面崭新的男士拖鞋，不禁眉梢轻挑。

他穿上拖鞋去客厅的时候，向暖已经把花插进了花瓶里，正爱不释手地摆弄着，还举着手机不断拍照。

须臾，她转身小跑过来，拉开餐椅，在他对面落座。骆夏在动筷之前先盛了一碗豆腐鲫鱼汤放到她手边。

向暖忍不住说他："你别管我啦，你自己吃。"

骆夏只笑不语，又帮她往杯子里倒好果汁才低头吃饭。

向暖有点儿紧张，眼睛一眨不眨地盯着他，观察着他的反应。

须臾，她见男人翘起嘴角，噙着笑说："很好吃。"

得到了他的肯定，向暖心满意足地笑起来。

"你这周六还去不去丰汇大厦？"骆夏喝了口汤，问向暖。

向暖沉吟了一下才说："去吧，白天去丰汇大厦，晚上回家跟我妈和靳叔叔吃饭。"

骆夏点了点头，提醒向暖："周日记得带阿姨去医院复查。"

向暖莞尔，应道："知道的。"

她说完，夹起一只虾仁刚要吃，放在桌边的手机突然响起了来电铃声。

向暖拿起来，看到来电显示的是房东的电话号码，微微蹙眉，接通。

"杨阿姨。"她礼貌地喊人。

"小向啊，"对面的女人有点儿不好意思地说，"阿姨想跟你商量一件事，就是我租给你的那套房子吧，不能继续租了……"

“可是还没到期啊。”向暖拧眉道。

“我知道。我会把剩下的房租和押金都退给你，”对方语气和态度都还算诚恳，“但是下周之前你得搬走了。抱歉啊，姑娘，我这边实在是着急，最晚只能等到下周一。”

向暖叹了口气，对方都说到这份儿上了，也没必要再多说什么。

她回道：“好，我知道了。”

挂掉电话，微信上登时就收到一条转账信息。向暖没有说话，点了收款后闷头儿往嘴里塞了块肉。

她现在心里堵堵的。

她本来很高兴的，因为能跟骆夏一起在七夕节晚上吃饭。这下因为突然要重新找地方租住，她觉得很烦躁。

虽然她倒也不会无家可归，最差的情况不过就是找不到合适的房子，回家去住，但那样距离工作室实在太远，通勤要两个小时。

“向暖？”骆夏声音温润地唤她。

向暖撇嘴，将嘴里的肉囫囵咽下去，低落地呢喃：“嘴里的肉都不香了。”

骆夏没有问她怎么了。她接电话时他都听到了，虽然对方的声音听不太真切，但也听了个大概。

须臾，她呼了一口气，重新扬起笑，若无其事地说道：“没事，这里不能住了我再找房子就好，还有好几天呢。不过这样的话……周六我就没办法去丰汇大厦了，我到时候得去看房。”

骆夏凝视着她，微微压低了些眉眼，欲言又止，但最终只是点了点头。

吃过晚饭，骆夏去洗碗刷锅，收拾厨房。

向暖窝在沙发里，已经开始在租房软件上寻找工作室附近的房源，但找房子租住真的有太多因素限制，短时间内很难找到自己中意的。

向暖筛选了好半天，都没找到一家合适的。

骆夏从厨房出来，坐到向暖身侧，看到平板电脑上的房源界面，又抬眼望向她。半晌，他开口低声问她：“要是在这么短的时间内找不到合适的房子，你怎么办？”

向暖没抬头，毫不犹豫地回他说：“那就只能暂时回家住了，就是

通勤时间长一点儿。”

骆夏不是不知道靳家和她的工作室距离有多远，时间长了可不止一点儿，是从半个小时变成两个小时，长了三倍。那样她该多累。

她是不是忘了他跟她说过的话？

她答应过他，委屈了可以找男朋友哭，那么有困难为什么不找男朋友帮忙？

骆夏心里有点儿说不上来的郁闷情绪。他突然从她手中抽走平板电脑，捧起她的脸低头吻住她。

向暖微微蹙眉，轻推了他一下，没推开，反而把他惹得越吻越凶。

向暖还从没被一贯温柔的骆夏这么猛烈地亲过，一时蒙掉，无从招架。她愣了片刻，就轻易地被他勾着沦陷，坠入了他的亲吻中。

绵长又激烈的一吻结束后，向暖靠在他的怀里平复呼吸。

骆夏搂着她，低沉的嗓音微微泛哑，在她耳畔说：“我是你的男朋友。”

向暖茫然，有些不能理解他为什么突然强调这件事。

而后她就听到骆夏继续低声说：“所以你有任何困难，有任何委屈，都可以第一时间找我。”

骆夏认真地一字一顿道：“我希望我是被你需要的，而不是出了什么事，你都想不起我，独自强撑着一个人去扛、去面对。你懂我的意思吗，向暖？”

向暖的眼眶登时发酸泛热。她快速地眨着眼睛，努力将蒙在眼睛上的那层水雾消掉。

视野渐渐地重新清晰起来，发紧的喉咙却一直哽住，久久发不出声音。

向暖没说话，只点点头，然后抬手环紧了他的腰，将脸埋进了他的胸前。

这么多年来，她早就习惯了一个人。

父母离婚后，她就已经养成了独立的性格。

那几年母亲起早贪黑地工作养家，她知道母亲很辛苦，所以懂事地不吵不闹，一个人吃饭，一个人上学，一个人睡觉。

后来母亲再婚，把她带到了靳家。她当时其实有种寄人篱下的感觉，也一直在尽量避免给靳言洲造成困扰。

因为太过独立，向暖总会下意识地避免给周围的人带去麻烦。出了任何事，她的第一反应不是求助，而是自己解决。

但奇怪的是，前段时间母亲生病，她及时联系了骆夏，那是唯一一次例外。

就在向暖慢慢消化着情绪的时候，骆夏再次说了话。

他轻轻地吻了吻她的秀发，用商量的语气温柔地说道：“你想找房子，我陪你一起找。但是如果到周末还找不到中意的房子的话，你能不能考虑一下，先搬去我家住？”

你能不能考虑一下？

他为什么连措辞都这么温柔？

向暖被他一句话弄得热泪盈眶。

须臾，她吸了吸鼻子，乖乖答应了他：“好。”

第十章

所愿皆所得

周六看房并不顺利，最终向暖听了骆夏的话，决定先搬去他家住。

但周日白天骆夏要值班，向暖上午也要带向琳去医院复查，两个人便说好等他下班后去帮她搬行李，也给向暖留了一下午的时间收拾东西。

当天傍晚 6 点多，从医院下班的骆夏开车到了向暖家。

他敲开门，看到堆在客厅里的大包小袋，微微讶异了一下，随口调侃道：“行李还挺多。”

向暖在把东西打包之前也没想到会有这么多，有点儿不好意思地笑道：“我也没想到会有这么多。”

两个大行李袋，两个大行李箱，外加四个纸箱子，还有三个小一点儿的包，剩下的就是电脑、相机之类的东西。

他们一人一辆车，放完这些东西，车内的空间还是绰绰有余的。

骆夏不让向暖上手搬重的大件，大行李袋、大行李箱，还有装书的箱子，全都是他自己搬上车的。向暖只管负责将轻便易拿的小包放进车里。

搬完东西，向暖把钥匙留在了玄关柜子上，跟着骆夏一起下楼，而后开车离开锦帆小区。

到了秋亭苑，骆夏帮向暖把行李都搬到二楼。

在向暖开口问自己住哪个房间之前，骆夏就率先对她温声笑道："你住主卧吧。主卧有独立卫生间和衣帽间，这样你方便些。"

向暖心里像是有石子坠入的平静湖面，霎时荡开一圈又一圈的涟漪，久久无法平静。

因为她是女孩子，所以他把自己设施齐全的大房间让给她住。

骆夏说完，就帮向暖推开了主卧的房间门，嘴角噙笑说道："房间都重新打扫过了，床单被褥也都换了全新的。你要是不喜欢这种风格，我们就去买你喜欢的回来换上。"

向暖推着大行李箱走进主卧，望着大床上崭新整洁的蓝白色大方格四件套，唇边漾开笑。她回眸看向倚靠着门板的骆夏，语调轻快地说："不用买别的，我很喜欢这个。"

骆夏垂眼凝视着她，眸子里染了笑意。

须臾，他直起身，低沉的嗓音里透着愉悦，说："那你慢慢收拾，衣帽间空出来了，衣服放进那里面就行，不常用的东西可以放到书房去。我去做晚饭。"

向暖点点头，浅笑应道："好。"

她把大行李箱一路拉到衣帽间，将自己的衣服、鞋子、包包等东西都放到合适的位置规整好。弄完这些，她就开始收拾其他的东西。最后剩下几个纸箱子，里面装的是书和其他乱七八糟的东西。

向暖实在太累了，不想一点儿一点儿拿出来收拾，索性都弄进了书房，把箱子堆在了不碍事的角落里，打算等以后有空了再慢慢整理。

向暖从书房折回卧室，看到放满瓶瓶罐罐的梳妆台，还有躺了好几只可爱毛绒布偶的大床，以及被她铺了柔软毯子的大飘窗，心满意足地扬起了笑容。

她托着腰伸了伸，随后去卫生间洗了手和脸。神清气爽地出来后，她就倒在了舒服的大床上。

做好晚饭的骆夏上楼去喊向暖，走到主卧门口，发现卧室的门没有关。房间里的灯开着，亮堂堂的。他抬眼望过去，就看到向暖侧身横躺

在床上，脸埋进了她抱着的那只恐龙布偶中，不知道是不是睡着了。

骆夏没有冒昧进去。他站在门外，伸出手，用指节叩了叩门板，低声唤她：“向暖？”

正昏昏欲睡的向暖被这声温柔的低唤喊醒，蓦地睁开眼，随即就坐了起来。她茫然地看向门口，对上了骆夏沉静的眸子。

她呆呆的模样像极了刚刚睡醒的小猫，眼神茫然又无辜，惹得骆夏一笑，心脏仿佛被小猫爪子轻轻挠了一下。

他略带歉意地说道：“抱歉，打扰你休息了。”

向暖摇了摇脑袋，声音微哑，慵懒道：“没事。”

他听到她软绵绵的嗓音，心脏又被挠了一下，痒痒的。

骆夏克制着生理上的欲望和冲动，不露声色地说：“晚饭做好了，下楼吃饭吧。”

“好。”向暖应着，双腿开始慢吞吞地从床上往下滑。

而后她起身，脚步有点儿虚浮，摇晃着身体朝他走去。

骆夏直直地望着她，看她一步步走近，心口那种被抓挠的酥痒感越来越明显。

直到向暖走到他面前，骆夏还是没忍住，抬手捧着她的脸，微微弓着腰，低头在她有些干涩的唇瓣上轻啄了一下。

向暖瞬间杏眼睁圆，原本还有些惺忪的眼神突然变得清明无比。

骆夏极其克制，只蜻蜓点水般吻了吻她，然后拉着她的手，牵着她下楼。

走到餐桌边，向暖看着一桌子丰盛的菜肴，受宠若惊地问：“怎么做了这么多？”

骆夏嘴角微勾：“你搬过来的第一顿饭，该丰盛些。”

向暖登时无奈又好笑。

饱饱地吃了一顿晚餐，向暖要包揽洗碗刷锅的活儿，骆夏不让。两个人僵持不下，最后一起进了厨房。

将厨房收拾干净，向暖冲洗完手，一转身就落入了站在她身后的骆夏的怀抱中。

男人故意就着这个姿势开水龙头洗手。哗哗的水流声在向暖身后响起，格外清晰。

向暖的心脏仿佛也在被水流不断地冲刷着，根本无法平静。她靠在他的怀里，被他揽着。

两个人的手都很潮湿，谁也没去触碰对方，只得悬空着。

骆夏关了水龙头，周围霎时格外安静。

他用双臂夹抱着她，低头去看她，低声问："累不累？"

向暖如实点头。她确实很累，搬家实在太累了。

骆夏笑了一声，说："那今晚早点儿休息。"

明明是很正经的关心，但不知为何，向暖莫名被他这句话搞得脸红耳热。

脸颊染了些许红晕的她佯装淡定地点头，乖乖应道："好，我这就去洗澡睡觉。"

骆夏却一本正经地问："洗了澡还出来吗？"

向暖被他问得茫然不解，但还是回答了他："出来，我要出来喝水的。"

她洗完澡有喝水的习惯。

骆夏便低笑说："那等你出来再说。"

向暖直觉他有事要跟她说，点了点头，应道："好。"

这句话之后，两个人谁也没讲话。他们互望着彼此，空气中充满了安静和暧昧。

下一刻，向暖鼓起勇气踮脚，红唇飞快地碰了碰他的嘴角，然后推开他。

在往厨房外走的时候，她头也不回地低声说："我回房间了。"

骆夏望着她故作镇定落荒而逃的身影，眼眸中染尽笑意。

他跟在她身后上楼，回房间拿了要换的衣服，去另一间卫生间洗澡。

骆夏洗完澡，穿上宽松的灰色短袖T恤衫和同色系的抽绳运动裤，去楼下的客厅里倒了杯水，边喝边等向暖出现。

又过了半个多小时，穿着宽大的白色T恤衫和灰色运动短裤的向暖不紧不慢地踩着台阶往楼下走来。

骆夏立在吧台旁，手肘撑着台子的边缘，另一只手端着水杯。他的眼睛一直锁定着她，动作却自然地往水杯里添了水。

素面朝天的她长发还微微潮湿，柔顺地披散着。宽大的白色T恤衫几乎能将灰色运动短裤全部盖住，露着的两条白皙光滑的长腿，又细又直。

向暖径直走过去，停在他身旁。她刚要伸手去倒水，骆夏就把手中的杯子递了过来。

向暖低头瞅着送到眼前的水，想起她回房间洗澡前，随口提过她洗完澡会出来喝水。

胸腔里的那颗心脏仿佛不受控制般，开始左冲右撞。

她抿嘴浅笑了一下，从他手中接过水杯，仰头喝水。

骆夏垂眸凝视着她，看着她一口一口地将水喝下肚。直到她喝完水，他都没挪开眼。

向暖仰头望向骆夏，霎时间撞进他直白又深情的目光里，她的瞳孔像触电般缩了一下。

向暖心跳如擂鼓，但语气如常地问："你想跟我说什么啊？"

骆夏没说话，直接单手扣住她的后脑勺，弯腰吻住了她因刚刚喝完水而变得红润的唇瓣。

向暖本能地往后仰了一下，愣愣地眨了眨杏眼，旋即闭紧杏眼。

她端着水杯的手攥紧杯壁，寻摸着想要把杯子放到吧台上，却不小心触碰到他摁在吧台边缘的那只手。

骆夏没退开，就这样吻着她，从她手中拿走玻璃杯推到一边。他的掌心覆到她抓在吧台边缘的手背上，而后牵住了她的手指。

他的手触摸到的她的发丝是湿湿潮潮的，嘴唇贴碰到的她的唇瓣是凉凉软软的。

怀里的女人柔若无骨，香香的、甜甜的。骆夏认真地感受着属于她的每一个细微的点，想抓在手里，印在脑中，刻在心尖上。

过了良久，他才意犹未尽地放过她。

向暖的脸红扑扑的，发着热。

她发软地依偎在他的怀里，气息不稳地大口呼吸着，而后听到他回答了她接吻之前的那个问题。

"想跟你说晚安。"骆夏的嗓音低哑，听起来越发性感。

所以，这就是他"说"的晚安。

一个绵长温柔到几乎要将她溺死的晚安吻。

“在这儿安心住着，别再找房子了。”他低头亲了亲她的发顶，低声温和地说。

向暖的呼吸还没平复。她点点头，声若蚊蚋般“嗯”了一声。

骆夏耐心地等着向暖平复呼吸。

他温柔地一下下轻抚她的后背，很有闲情逸致地问：“明早想吃什么？”

向暖的脑子无法转动思考。她开口，声音中娇意未散，软软地说：“都行。”

骆夏由喉间溢出一声低笑，问她：“那我看着做？”

“嗯，”向暖点点头，回答，“好。”

过了好一会儿，骆夏才牵着她上楼，各自回房间睡觉。

向暖躺在舒适的大床上，盖着轻薄柔软的被子，鼻息间萦绕着被罩和枕套上的清淡香味。

这种香味和骆夏身上的一样，她像在被他抱着睡似的。

向暖不自觉地笑起来，闭上眼睛，很快就有了睡意。

一觉睡到天亮，向暖爬起来去洗漱换衣服。等她梳洗打扮好下楼，骆夏刚好把早餐端上桌。

在看到他从厨房里走出来的那一刻，向暖心里忽地生出一种过日子的错觉，细水长流般平平淡淡而温馨。

高中的时候，向暖从来没想过，将来有这么一天，她会跟他住在同一个屋檐下，亲眼看到他沾了烟火气的模样。

她甚至不敢奢望，自己会成为他的女朋友。

但她全都拥有了，拥有了他，就拥有了一切。

骆夏摘掉围裙，看她还站在原地，好笑又无奈地说道：“过来吃饭啊。”

向暖这才抬脚往前走，却没直接坐到餐椅上。

她把包随手放在沙发上，脚步没停，一路走到他面前。

刚拉开餐椅，手还搭在椅背上的骆夏垂眼看着她，正要问怎么了，向暖就伸手环住了他的腰身。她轻轻揪住他腰间的衣料，踮脚，抬起下巴去吻他。

在她的唇瓣触碰上来的那一刻，骆夏的眸子里浮出笑意。

向暖只是想啄一下就退离，但骆夏没打住，在她要往回撤的时候，直接把人摁进怀里，转守为攻地索要了一番才放过她。

向暖被他亲得脸红耳热，眼神迷离。

在这方面，她永远敌不过他。明明两个人都是第一次谈恋爱。

一起吃过早饭，两个人去车库各自开车上班。

工作的时候没什么时间聊天，向暖只在下午收到了骆夏的微信消息，说他有手术，晚上回家晚，让她先吃饭，不用等他。

对之前常年独居的她来说，这种消息很新奇。

因为原来不会冒出这样一个人特意跟她说会晚回家，不用等他吃饭。

这让向暖觉得，像极了……婚后生活。

她回了骆夏一句："好。"

但当晚，向暖回到家做好了饭菜，还是没有一个人先吃。她要等他回来一起吃饭。

在等他回家的时候，向暖闲着没事，慢悠悠地参观起他的家来。

她第一次来的时候没有参观。昨天刚搬过来，因为太累，她也没好好地看看其他房间。这会儿没其他事可做，向暖就一间屋子一间屋子地打量了起来。

从一楼转到二楼，略过他的卧室，推开另一扇门，向暖意外地发现，这是一间琴房。

琴房的布置依然华丽无比，像误入了宫廷，就连三角钢琴都是紫檀木的。

钢琴腿上雕刻着繁复精致的花纹，谱架也采用了镂空雕刻设计。和普通的钢琴相比，这架钢琴看起来更豪华贵重，跟这间琴房的风格非常相配。

向暖虽然有点儿手痒，想弹弹钢琴，但并没有贸然进去。

她在门口歪头打量着琴房和房间里的钢琴，不由得想起前段时间她和骆夏约定好有机会要四手联弹的事来，唇边漾开浅笑。

就在这时，身后传来男人低沉温和的声音："怎么不进去？"

向暖瞬间回头，骆夏已经走到了他的卧室门口。

向暖惊讶地望着出现在这里的他，因为她完全没听到开门关门声。

骆夏像看懂了她眼里的诧异之色，失笑地径直走过去，伸手揽过她。

他似乎有些疲累，倚靠着墙，垂眼问："不是让你先吃？"

向暖坦然回道："想等你回来一起吃。"

骆夏的双眸一眨不眨地凝视着她。他没说话，但心潮翻涌。

这些年他在国外独立惯了。虽然他是跟师兄合租的，但由于两个人日程不同步，也很少能赶在一起吃饭。

所以大多数时候，他都是一个人。一个人吃饭，一个人睡觉，一个人去学校去医院，他也早就习惯了一个人。

但现在他不是了。

其实今天下午进手术室前给她发消息的时候，骆夏心里就有种新奇的感觉。现在，亲口听到她说想等他回来一起吃，他终于捕捉到了那种感觉到底是什么——是欣喜和高兴。

因为家里有个人在等他回来一起吃饭，而不是像从前那样，他加完班做完手术回到家，只有一片漆黑，冷冷清清的。

没人等，也没饭吃，强撑着精神洗完澡后，大多数时候他就直接睡了，根本不会再特意开火做饭。

骆夏微微俯身，捧起她的脸，在她的前额处轻吻了一下，笑着说："我先去洗个澡。你想弹琴就进去弹，不用拘着，家里的一切你都可以随意支配。"

向暖莞尔："好。"

骆夏松开向暖，回了房间拿衣服去洗澡。

而向暖，终于踏进了这间琴房。

她在琴凳上坐下来，不知道要弹什么，但当手指落在黑白琴键上的那一刻，旋律就帮她做了决定。

向暖专注地弹了一首《梦中的婚礼》。一曲结束，她没有停，而是直接继续弹奏下一首。

骆夏洗完澡换上干净清爽的衣服走过来时，就听到向暖在弹《卡农》。他微挑眉梢，没打扰她，只是倚靠着门框，安静地听着她弹的钢琴曲旋律，注视着她。

上一次他只看到了她的背影，这次看到了她的侧脸。

沉浸在音乐中的她面容恬静而陶醉，鸦羽般的长睫毛时而轻垂，时而掀起。游移在钢琴黑白键上的手指灵活得如同翩翩起舞的蝴蝶。

明明穿的是再普通不过的白T恤衫和牛仔短裤，但落在他眼中，她就像坠落人间的公主，优雅而从容，怎么都挡不住她身上的气质。

向暖一首《卡农》弹完才发现立在门口的骆夏。

她扭头望着他，看到他嘴角噙笑地凝视着她，忽然感觉有点儿羞赧。

向暖故作镇定地主动开口问："要一起弹吗？"

骆夏轻抬眉梢，低笑着回道："求之不得。"

向暖偏开头笑了一下。

骆夏在向暖左侧落座，说："就弹刚才那首吧。看你弹得很熟。"

向暖的心脏倏地颤了颤，呼吸也跟着滞了一瞬。

她眨了一下眼，不动声色地答应："好。"

心已经开始活蹦乱跳起来。

骆夏起旋律。男人修长的手指在黑白琴键上缓慢流畅地移动，跳跃的音符随之流淌而出。

向暖坐在他身侧，仿佛回到了那年的元旦联欢会。

台下坐满了观众，而她不再是仰望他的观众之一。

随即她抬起右手，单手和着他的旋律。在又一个小节之后，向暖的左手也触碰到了黑白琴键，两个人完美地弹奏着舒缓优美的旋律。

他右手的小拇指和她左手的小拇指像两只追逐试探的蝴蝶，总是在即将要触碰到的时候飞快躲开。

中途，向暖的左手臂和骆夏的右手臂交错，她的手臂悬在他的上方，偶尔肌肤相蹭一瞬，都让向暖心神微荡。

直到这首曲子收尾，他们都没有出一丝差错。

两个人的手离开琴键，垂落。

轻快优美的钢琴声渐渐消散在空气中，向暖也慢慢回了神。

第一次合奏就没有出差错让向暖很开心，她笑着站起来，想跟他说下楼去吃饭。

这时，骆夏突然起身把她堵在了钢琴前。他什么都没说，直接就低头贴上了她的唇。

向暖猝不及防，一只手摁在了黑白琴键上，登时发出一声低沉的琴响，惹得她的心也跟着猛地一颤。

虽然来势汹汹，但是他吻得温柔。向暖向来抵挡不住他的温柔攻势，于是没有抗拒推搡，而是抬手环住了他的脖子，轻仰着头回应他。

向暖不知道别人恋爱时会不会对接吻上瘾，但她会。

她很喜欢被骆夏亲。那种头晕目眩、心脏狂跳到整个人都飘忽迷离的感觉，让她完全无法拒绝他。

骆夏从来没觉得自己能跟谁如此契合：喜欢吃一样的水果，不喜欢吃一样的食物，三观一致，相处舒服，就连弹钢琴都能在一点儿都没沟通的情况下做到极致完美，仿佛灵魂早已达到了某种程度上的共鸣。

过了良久，向暖喘不过气，才将手抵在他的肩膀上轻推。

骆夏稍稍退离，听到她娇软黏腻地小声道："晚饭都凉了……"

骆夏由喉间溢出轻笑，低沉的声音很是性感。

他的喉结微动，而后他在她的耳边略沙哑地说："我去热。"

接下来半个月，同住一个屋檐下的他们仿佛提前过上了婚后生活。

每天早上一起吃过早餐后各自开车上班，遇上周二向暖的车限号，骆夏就开车送她过去。

白天各自忙各自的，偶尔在微信上聊聊天，不管能不能按时下班都会告诉对方。

谁先回家谁做饭，只要不是夜不归宿，不管对方多晚下班回家，都要等着对方一起吃。

每天睡前，他们必定会有一个晚安吻。

周末没其他事，两个人就去丰汇大厦，向暖跳舞，骆夏健身。

他们就这样忙碌而平淡地过着每一个与众不同的日子。

直到 8 月 26 日，骆夏带向暖去见回国发展的师兄贾诚。

因为当天骆夏没班，早上他便开车把向暖送到了工作室。

傍晚，在工作室楼下接到女朋友，骆夏就开车带她去了吃饭的地点。

向暖挽着骆夏的手臂到包间的时候，贾诚已经在等他们了。

根本不用骆夏介绍，贾诚就笑道：“你好你好，我叫贾诚，是骆夏的师兄。”

向暖也笑着落落大方地介绍说：“师兄好，我是向暖。”

贾诚意外地挑了挑眉，又瞅了瞅骆夏。他没感觉这姑娘哪里内敛慢热，这不是挺自信大方的一个姑娘吗？

随后贾诚就想明白了，都这么多年过去了，人家有变化再正常不过。

吃饭的时候，骆夏哪怕在跟贾诚聊天，也能及时照顾向暖，给她夹菜，给她剥虾，杯子里的果汁还没见底，他就会给她添满。

后来骆夏接到一通工作上的电话，起身出去打电话，于是包间里只剩下向暖和贾诚。

自来熟的贾诚随口笑着问向暖：“弟妹觉得我这师弟怎么样？”

向暖被他这句“弟妹”弄得脸颊微红，不过对于他的问题，没有吝啬表达，坦率大方地说：“我从未见过比他更优秀的人。”

“他过于优秀吸引了你？”贾诚好奇道。

向暖莞尔：“不只。”

“那还有什么让你喜欢？”

他有什么让她喜欢？向暖想了想。

骆夏对人温柔绅士，做事说话极有分寸感，渗透在日常生活里的一举一动，都流露出他刻在骨子里的优良教养。

他像天生的王子那般斯文高贵，却从不高高在上，不会因为自己优秀而去睥睨轻视他人。

虽然他已经是一位成熟稳重的男人，但是身体里还流淌着少年人的意气风发。

在某些方面，他从未改变。

这属于他的一切，她都喜欢。

须臾，她认真地笑着回贾诚：“全部。”

贾诚被秀了恩爱，半开玩笑地说：“果真情人眼里出西施。”

“你现在应该是建筑设计师？”贾诚又问。

向暖愣了一下，而后想起可能是骆夏说的，便笑着点了点头。

看出她眼中闪过不解和意外，贾诚就解释说：“之前骆夏跟我提过你，说你高三一年特别努力用功，好像是从年级两千名……是两千名吧？逆袭到年级前二十名，最后直接考上了清大建筑系。”

向暖这下彻底怔住。她受宠若惊般僵坐在座位上，脑子有点儿发蒙地问贾诚：“他……”

刚一开口，向暖就发现自己的声音因为喉咙发紧而微微泛着哑。

她不由自主地做了个吞咽的动作，而后才继续出声问：“他什么时候提的？”

贾诚皱眉思索了片刻，说：“2016 年？是 2016 年。那年冬至正好是 12 月 21 日，我俩难得吃了顿饺子，他说那天是你的生日。”

向暖的心脏跳动快速到几乎要直接迸裂。

她感觉自己身体里的每一根神经每一寸骨骼都苏醒了过来，争先恐后地活跃叫嚣着，血液流动的速度越来越快，几乎要沸腾。

向暖的心里仿佛突然掀起了一阵飓风，可越是这样，她表面就越平静。

向暖只听到自己问贾诚：“骆夏还说别的了吗？”

贾诚狐疑地看了看向暖，如实道：“说你内敛慢热，容易被忽视，容易受惊吓，有点儿爱哭。不过我现在看你好像跟他口中说的有很大出入，变了很多。啊，他还说了你很坚韧，他很欣赏你。”

他很欣赏你。

向暖微微垂下头，眼眶微微发热。她快速地眨了眨眼睛，将温热的液体逼回去。

这晚回家的路上，向暖安静地听着车载音乐，脑子里不断地回想着贾诚无意间透露出来的话，神思一直飘忽不定。

2016 年冬至，在她终于能够慢慢不去想他的时候，他正在跟他身边的朋友谈论着她。

她以为他不会记得她，毕竟她那么普通又不起眼。

可原来，他记得的。

他记得她的生日在 12 月 21 日，有时会赶上冬至。

他记得她性格内向，也记得她高三那一年的付出和努力。

他说，他很欣赏她。

就这一句话，已经足够她开心好久好久。哪怕对当时的他来说，他

对她仅仅是欣赏。

向暖忽然发现，他其实看到了她，在她不敢想的时候，只是她不知道。

车外不知何时落了雨，细细密密的雨点砸在车窗上，成了一道道雨帘。雨刷开始左右滑动，伴着车载音乐的旋律。

向暖突然想起来，十年前的今天，是2009年的七夕节。

那天，他们因为一场雨在那家便利店重逢。她买伞的钱不够，是他好心帮忙垫付的。垫付的数额她到现在都记得清清楚楚——五元二角。

她也永远不会忘记，他当时温柔绅士地弯下腰听她讲话的样子。

到家，车子停在平层车库。

向暖和骆夏从车上下来。他绕到她这边，伸手将人揽进怀里。

感觉到她的手臂冰凉，骆夏低头看向她，温柔地问："胳膊怎么这么凉？冷不冷？"

说话的那一刻，他就注意到了向暖的脸颊透着不正常的红晕。不等她回答，他的手已经摸上了她的额头。

随即，骆夏皱紧眉低叹："好像有点儿低烧。"

向暖根本没感觉到自己在发低烧，听到他的话，有些茫然，也抬手摸了摸自己的额头。

下一秒，还没反应过来的她就被骆夏直接打横抱起，一路回了卧室。

向暖直到被骆夏动作轻柔地放到床上、盖好被子都是蒙的。

骆夏已经迈着大步急匆匆地去楼下拿额温枪。

她坐在床上，靠着被他竖起来垫在背后的枕头，认真地回忆自己大概在什么时候受了凉。

她思来想去，好像也只有吃过饭后那段时间。他们从饭店出来要跟贾诚分开各自回家前，站在外面聊了一会儿。

那会儿温度就已经降了下来，风也吹了起来。

向暖正回想着，骆夏就一手拿着额温枪一手端着一杯温水走了进来。他把温水递给向暖，然后就给她测了体温——接近三十八摄氏度，低烧。

骆夏叹了口气，让她把水喝完。

“去洗个热水澡，能缓解一下。”骆夏对向暖说。

向暖点头，说道：“好。”

骆夏拿着额温枪和水杯出去，走到门口时不忘给她带好门。

向暖找出要换的衣服，进了浴室洗澡。而骆夏下楼后，便抓了车钥匙冒雨开车出门。

向暖被哗哗的淋浴水声包围，外面又下着雨，根本没听到车开走的声音。

她冲了澡出来，下楼去喝水，这才发现客厅里很安静，骆夏好像不在家。

向暖刚倒了杯水，还没来得及喝，骆夏就出现在从车库通往客厅的门那儿。他T恤衫的肩膀处和后背等地方都因为湿掉而颜色变深，发梢也潮潮的。

骆夏快步走进来，顾不上用毛巾擦干自己，就拉着向暖上楼，让她躺到床上去休息。

他拆开刚买回来的降温贴，往她的额头上贴了一片，低声嘱咐：“躺一会儿，我去给你沏杯清热解毒的冲剂。”

说完，他就起身要走。

向暖拉住他的手指，提醒道：“你先去擦一下，洗洗澡，别感冒。”

骆夏回头垂眸冲她露出淡笑，安抚道：“好，我知道了。”

他从她的房间里出来，用清热解毒的冲剂给她沏了杯水。水温太高，需要等些时间才能喝，骆夏就进浴室冲了个热水澡。

到底是身体不舒服，向暖躺在床上，浑身乏力，昏昏欲睡。

不知道过了多久，她在几乎要睡熟时，被一道低沉温柔的声音唤醒：“向暖？向暖？”

骆夏见她睁开了眼睛，把她扶起来，将那杯凉好可以喝的水递给她，轻哄：“把这杯喝了。”

向暖接过杯子，听话地把它喝完。

骆夏从她手中拿过空玻璃杯放到床头柜上。他用指腹轻轻地给她揩去嘴角的水渍，然后捧着她的脸，低头温柔地吻了吻她的唇瓣。

今晚的晚安吻很克制，他没像往常那般拉着她吻个不停，而是适时

退开，摸摸她的脑袋，低声说道：“好好睡，睡一觉就好了。”

向暖却有点儿不满足，抓着他的手指没松，随后抬手勾住他的脖子，主动亲了他。

骆夏无奈，又被她撩拨到心起波澜，最终还是没控制住，亲了她好一会儿才罢休。

在向暖乖乖躺下要睡觉的时候，骆夏蹲在床边，凑近她温和地说道：“今晚我会过来看你几次，提前告诉你，你不要怕。”

向暖怕他休息不好，软声道：“你好好睡，不用特意过来。我睡一觉，明早就退烧了。”

骆夏的嘴角轻扬了几分。他捏捏她的脸蛋儿，没再跟她争，只说：“睡吧，晚安。”

“晚安。”向暖已经困得不行了，说完就闭上了眼，很快便没了意识。

骆夏定了好几个闹钟，每三个小时过去给她测一次体温。中途，在降温贴到时间后帮她拿掉，他还特意用酒精给她擦拭了几下颈动脉帮她降温。

向暖当时迷迷糊糊地醒过来，抓住他的手哼唧：“干吗呀？”

半梦半醒的她说话似娇似嗔，撩人得紧，撒娇般的嗓音落到骆夏的耳中，就像勾引。

骆夏无奈又好笑地问：“你以为我想干吗？”

向暖又要昏沉地睡过去，没有接话。

他一下一下地用酒精给她擦拭颈动脉处，回答她：“给你物理降温，会舒服些。”

她又哼了两声，跟小猫伸出爪子轻轻挠手心似的，听得他心口泛痒。

骆夏哭笑不得，又觉得她实在可爱，忍不住俯身轻轻地在她的嘴唇上啄了一下。

好在黎明的时候，向暖的体温终于恢复正常。

骆夏刚用额温枪给她测完体温，还没来得及离开，向暖就睁开了眼睛。

她躺在床上，睡眼惺忪地望着坐在床边的男人，以为自己在做梦。

看到他要起身离开，神志不清的向暖本能地拉住了他的手。

“别走。”她伸出手抱着他的脖子，又闭上了眼，就这样靠在他的怀里继续睡。

骆夏有些意外地被她拥着，小心翼翼地将额温枪放到床头柜上，回搂住怀里的女人，嘴角轻勾。

过了好一会儿，等向暖再次睡熟，骆夏才慢慢地把她放回床上，给她盖好被子。他起身走出卧室，下楼去做早饭。

向暖醒过来后，把黎明时黏着他的事错记成了自己做的梦，对骆夏只字没提。

吃饭的时候，骆夏问她要不要在家休息一天。向暖摇摇头道：“不用了，已经不烧了。”

骆夏尊重她的决定，没多说，吃过早饭就把人送去了工作室。

时间一分一秒地往前撵，随着开学季的来临，秋天不知不觉地踏入生活。

向暖和骆夏每天按部就班，但因为两个人工作都很忙，时间上大多数又错开，所以除了周末去跳舞健身，他们也没怎么出去玩过，约定的一起看日出也始终没机会落实。

9 月中旬的周二晚上，骆夏开车接向暖下班。

在回家前，两个人去了趟超市，买了些食材，又买了点儿零食。

后来经过女性用品专区，向暖默默松开挽着骆夏手臂的手，一个人转身拐到放卫生巾的货架前。

过几天“大姨妈”要来，但她记得家里没存货了。

向暖找到常用的那款卫生巾，拿了一包夜用款、两包日用款。然后她一转身，就见骆夏站在她身后。

向暖眨了眨眼，从容地把卫生巾放到购物车里。

骆夏笑了一下，自然地伸手揽住她的肩膀，搂着她往前走。

他俩谁都没讲话，却同时想起了高三那年的一件事。

2009 年 10 月秋季运动会那天，她忘记了自己的生理期，不小心把血弄到了裤子上，被操场上的几个男生嘲笑。

他拿了靳言洲的外套跑去追她，还因为她惊慌失措、手忙脚乱拿不

住外套，直接帮她打结系好。

那是向暖高中记忆中，他唯一一次朝她奔跑而来。

也是那次，她第一次清晰地意识到，在以后那么长的人生中，再也不会有这样一个人，能让她如此喜欢。

因为年少时遇见的他给了向暖足够的尊重和保护，向暖从此无法忘记这个叫骆夏的少年。

有很多人一生也遇不到这么美好的人，而她当时，庆幸又难过——庆幸她此生遇到了，难过他并不属于她。

其实那个经历对骆夏来说也是仅有的一次，他长那么大，在她之前从未给女生往腰上系过外套。因为对十七八岁的他们来讲，这种亲昵的行为应该只有男朋友才可以做。但当时情况紧急，他只能快速地帮她打结系好。

骆夏在自助付款机前结账，向暖就在旁边等着他。

等他付了钱，将东西拎在手中，她主动拉住他的另一只手，手指滑入他的指缝间，与他十指相扣。

骆夏垂眼笑了笑，回握住她的手。

两个人牵着手从超市出来，上车回家。

晚上吃过饭，向暖把客厅的灯关掉，用遥控器合上窗帘，开始和骆夏一起看电影。

今天买了袋瓜子，向暖拆开，一边看电影一边剥，但又不吃。

骆夏看到她将剥好的瓜子仁放在一旁，等到攒够一堆，就捧在手心里，一口吃下去。

“早知道就给你买瓜子仁了。”他低声说。

向暖扭头看他，咀嚼着瓜子仁，冲他摇头。

等她将嘴里的瓜子仁吃下肚，才开口小声说：“直接买瓜子仁就没这种乐趣了。”

骆夏搞不懂女人的心思，但也不需要搞懂，只需要给她剥瓜子。

向暖撕开一瓶养乐多的包装，仰头喝了几口。

虽然尝过了低糖的，但她还是最爱原味的。

不一会儿骆夏就剥了一小堆瓜子仁，然后拉过她的手，让她摊开掌心，把剥好的瓜子仁都给她。

向暖惊讶又开心，捧过瓜子仁又一次填进嘴里。她满足地笑开，连眼睛都弯了起来。

一部电影时长将近两个小时，看完也到了该去睡觉的时候。

两个人都没有动。客厅依然关着灯，合着窗帘，只有投影仪开着，投在墙上有一些微弱的光亮。

向暖早已经从沙发上滑了下来，坐在了地毯上。她没骨头似的靠着骆夏的腿，姿态懒散得像只猫。

须臾，她直起上半身，认真地开口说："骆夏，有件事我想跟你说一下。"

骆夏疑惑道："嗯？什么事？"

"就是……关于国庆节的安排。"向暖抿了抿嘴巴，轻声细语道，"国庆节我想带我妈和靳叔叔去外省旅游，拉上靳言洲一起。"

骆夏点头应："好。"

"你要一起吗？"她有点儿期待地问。

骆夏无奈道："没办法一起。"

他国庆节期间有轮班，到时候车票机票都紧张，去不了外省。

骆夏离开沙发，蹲到坐在地毯上的向暖身旁。他抬手摸了摸她柔软的发顶，善解人意地温声说："你先好好陪阿姨和叔叔，我们有的是时间和机会。等国庆假期后，找个我们都休息的周末，我带你去玩。"

向暖扭头望着他，唇边漾开笑，欣然应允道："好。"

骆夏勾起嘴角，凑过去在她唇瓣上轻柔地啄了一下，而后又覆上去，细致地吻。

国庆假期，向暖叫上靳言洲一起，陪着两位长辈去外省游玩。

她特意带上了相机，拍了不少照片，有风景，也有人。

每天晚上回到酒店的房间，向暖都会和骆夏开视频聊天。

这是他们在一起后第一次和对方分开。虽然没住在一起之前，他们有时也会几天不见，但至少人在本地，而现在他们暂时异地。

假期第四天，向暖刚和家人走到人山人海的景点，正在给向琳和靳朝闻拍照，就忽然被人拍了一下肩膀。

向暖扭头，看到一张不算陌生的脸。

男人笑道："向暖，果然是你！"

向暖也很意外："佟科？"

佟科挑了挑眉，揶揄道："难为你还记得我。"

佟科就是大学时追向暖的那个法学生。

当时他俩同在辩论社，多少会有点儿交集。向暖不知道对方怎么得知了她的习惯和喜好，每次出击都像捏准了她的"七寸"，非常投其所好。但因为她当时满心装的都是骆夏，其他人根本入不了她的眼，所以就果断地拒绝了佟科。

佟科也不是纠缠不放的人，被拒绝后过了几天又找过向暖一次，确定自己是真的一点儿机会都没有，就断了念想。

"你跟谁来这儿旅游？"

佟科刚问完，买水回来的靳言洲就走了过来，递给向暖一瓶，然后转身去了长辈那边，给两位长辈分水。

佟科瞅了瞅这个冷淡的男人，有点儿好奇地问："他不会就是你心里喜欢的那个人吧？"

当年因为佟科不死心地追问，向暖就明确地告诉了对方，自己心里有喜欢的人。

向暖扭头看了一眼正仰头喝水的靳言洲，哭笑不得地说道："他是我哥。"

"抱歉抱歉，草率了。那你现在……"佟科不露声色，佯装随意地问，"跟你喜欢的他在一起了吗？"

向暖弯了眼眸，点点头，语气轻快愉悦："在一起啦。"

"挺好。"佟科笑了笑。

向暖没看到，靳言洲拍了张她和佟科的照片直接发给了骆夏。

这天晚上向暖和骆夏视频的时候，他似笑非笑地问："今天见到谁了？"

向暖一开始没明白，茫然地问："见到谁？"

骆夏轻抬眉梢，从喉间发出一声"嗯"。

语气很肯定，仿佛知道她见过谁似的。

向暖越想越不对劲，过了好一会儿才明白过来，应该是靳言洲跟他提了她和一个同学偶遇聊天的事。

向暖没直接回答骆夏的问题，而是瞅着视频里坐在吧台旁时不时就仰头喝一口水的男人，好笑地问："干吗，你吃醋啊？"

骆夏放下水杯，望向手机屏幕，直勾勾地看着她，反问："不明显吗？"

向暖轻笑出声，跟他解释："那就是一个大学校友，连同学都算不上。大一的时候，我和他都是辩论社的成员。后来我退了辩论社，就没跟他联系过。今天能遇见完全是偶然。"

向暖笑着说："哎，对啦，我给你买了个小玩意儿。"

"什么？"骆夏本来正单手托着下巴，百无聊赖地转着杯子玩，听到她的话后抬眼瞅向屏幕，有些好奇地说，"给我看看。"

"不给看，"向暖神秘兮兮地，"等回家给你。真的就只是个小玩意儿，不值钱，到时候你可不能嫌弃。"

骆夏无奈地挑了挑眉，笑道："嗯，肯定不嫌弃。"

两个人又聊了一会儿，就挂掉了视频。

向暖拿着手里的小东西，唇角上翘。

国庆假期结束当晚，洗完澡的向暖在下楼喝水时，把给骆夏的小礼物拿了出来。

男人正在吧台旁等她，手里端着给她倒好的水。

向暖走过去，习以为常地从他手中接过水杯，同时递给他一个钥匙扣。

向暖仰头喝水的时候，骆夏一直垂眼盯着手里的东西。

钥匙扣的挂坠很简单，只有两个字母——LX，是他的名字的首字母缩写。

骆夏噙着笑，把钥匙扣攥在手心，然后和往常一样，抱着向暖亲了好一会儿。

晚安吻结束，他附在呼吸不稳的她的耳畔，压低声音说："礼物我很喜欢。"

向暖漾开浅笑，又抱紧了他几分。

早在 2010 年元旦的前一天，在无意间买到那个"X"的钥匙扣时，她就很想买一个有"L"和"X"的钥匙扣送给他当作元旦礼物。

十七岁的向暖不敢做的事，二十七岁的她做了，并得到了他的回应。

他说很喜欢这个礼物。

这一切对向暖来说，都是最好的安排。

国庆节后的第一个工作日，向暖因为工作，临时安排了明天出差。

下午定下出差的事宜后，她就在微信上提前告诉了骆夏。

骆夏一直忙到下班才看手机，也是这时才知道她明天要出差。

骆夏给她回了消息就开车上路回家。车钥匙上挂了她送他的那个“LX”的钥匙扣。

他到家的时候，向暖正在房间里收拾行李。

骆夏倚在门口，偏头看着她，问：“要去海城几天？”

向暖不太确定地回道：“两三天吧，最晚周五就回来。”

她看到他一直站在门口，轻叹了一声，无奈道：“你别戳在那儿啦，进来坐会儿。”

得到她的许可，骆夏才踏进去。

他拉过椅子坐下，紧绷了一天的身体终于稍微松懈下来。

向暖在他面前来来回回。几次过后，骆夏终于忍不住对她出了手。他拉住她的手腕，不容分说地把人拽进怀里。

向暖猝不及防地跌入他的怀抱，直接坐到了他的腿上。她的手中还拿着防晒喷雾，攥着瓶身的手不自觉地收紧。

向暖扑闪了几下眼睛，毫不避讳地跟他对视。

几秒后，安静的卧室里空气仿佛都不再流通，凝滞的氛围中染上了一层暧昧。

向暖主动凑过去，在他的嘴巴上亲了一口。

骆夏稍稍得到安慰，但还不够，远远不够。

他在她第二次啄他的嘴唇时直接扣住了她的后脑勺，没再让她退开。

向暖藏在拖鞋里的脚趾微蜷，心脏仿佛触电了一般，蓦地滞住。

她的腰被他紧紧揽住，整个人都被摁在了他的怀里。

向暖几乎动弹不得，身体逐渐发软。

过了良久，骆夏终于肯放过她。

他慢慢地收住这缠绵缱绻的一吻，嗓音低哑性感："这周末要不要去海边？"

向暖的声音黏腻发甜，她软声答应："好啊。"

骆夏勾起嘴角，又在她的鼻尖上亲了亲，笑道："好，到时候带你去看日出。"

向暖抬手环住他的脖子，笑弯杏眼："嗯。"

周三，向暖乘坐飞机去了海城。

这天傍晚，骆夏准时下班回到家，简单地做了顿晚饭吃。

晚上洗过澡后，闲来无事，他就去了书房，想找本书看看打发时间。

在沿着书架找书的时候，骆夏无意间看到了被向暖堆在角落里的几个箱子。这几个箱子自她搬过来后就一直放在这儿，谁也没将里面的东西整理出来。他记得有个箱子里是书。

骆夏左右没事干，打算帮向暖把堆在箱子里的书收拾出来放到书架上。

然而，他拆开一个箱子，见里面只放了几套 nanoblock 的积木和一个塑料收纳箱。骆夏微微意外向暖居然也玩 nanoblock，而后将目光落到了那个收纳箱上。

蓝色的箱身，白色的箱盖。

骆夏将收纳箱左右两边的搭扣掰开，掀开箱盖，看到了放在里面的一些东西。

最让他熟悉的，是那个粉色的茶杯加湿器。他记得这是 2009 年平安夜那日，他送给她的迟到的生日礼物。

因为她在生日前不久的某天，因为身体一时受不住沈城冬天的寒冷干燥而流了鼻血，他觉得这个比较实用，对她有帮助，所以就送给了她。

除了这个茶杯加湿器，箱子里还有一本同学录、一瓶千纸鹤。

骆夏的心突然莫名地往下沉了沉。他将这几样东西都从塑料收纳箱里拿出来，放到宽大的书桌上。

骆夏拉开椅子坐下来，开始翻看同学录，一直翻到他写的那张，才停下翻页的动作。他垂眼看着自己写给她的同学录，嘴角无意识地露出笑容。

他看完正面，将纸页翻过来。背面是留言板，他记得他写的是“前程似锦”——他给所有让他写同学录的同学都留的是这句话。

然而，骆夏的手突然顿住，低敛的眼眸怔怔地盯着多出来的那行字，大脑有那么一瞬变得茫然空白。

我偷偷把有你的夏天藏在我的每一天里。

这行字的笔迹娟秀，骆夏对它并不陌生，出自这本同学录的主人之手。

骆夏也不知为何，感觉呼吸开始不知不觉变得急促。他的胸口快速地起伏着，手胡乱地前后翻着。

整本同学录，找不出第二张被她添加了字迹的纸。她偏偏在他写的这张纸上，留了这么一句话。

骆夏靠在椅子里发呆了片刻，忽然想起了什么，从兜里掏出手机给余渡打电话——他记得向暖给余渡写过同学录。

点击屏幕时，他的指尖都在不受控制地微微颤抖。

电话拨通，余渡很快就接了起来。

“喂，夏哥，”余渡兴奋地道，“是要聚餐吗？”

骆夏闭了闭眼，喉结滚了一圈，稳住声音后才开口问余渡：“你高三时让全班同学填的那本同学录还留着吗？”

余渡“嘿嘿”地笑：“那能不留着吗？我让我妈把所有的书本都当成废品卖了，只留下了这本同学录。”

骆夏语速飞快地问道：“在你手边吗？你能不能把向暖写的那张同学录拍下来发给我？”

余渡不明所以，但还是答应下来：“你等我找找，在箱底呢。”

余渡挂了电话后就立马去找同学录了。

骆夏在等余渡给他发照片的空当，注意到那瓶千纸鹤里好像有其他东西。他拔掉瓶塞，试着用手指去够，但那东西一直往下沉，隐匿在一堆千纸鹤中。

迫不得已，骆夏只能把瓶子里的千纸鹤都倒了出来。

随千纸鹤一起掉在桌上的东西发出一声轻响，他的呼吸登时停了一瞬。

眼前的钥匙扣，是向暖高三下学期一直挂在书包拉链上的那个字母“X”。骆夏看到这个东西就认了出来。

X。

他在此之前从没多想过，一直以为“X”指的是她的名字里的“向”字。可现在看来，好像不是他想的那样。

“X”，是……“夏”吗？

骆夏捏着这个钥匙扣正失神之际，余渡的消息传了过来，被他放在书桌上的手机“嗡嗡”振动了两下。

骆夏即刻拿起手机，点开余渡发过来的大图。

第一张是同学录的正面。

> 姓名：向暖。
>
> 生日：1992年12月21日。
>
> …………
>
> 最喜欢的颜色：紫色。
>
> 最喜欢的季节：夏季。
>
> 最喜欢的歌曲：《葡萄成熟时》。
>
> 最大的爱好：摄影。
>
> 最喜欢喝的饮品：养乐多。
>
> 最喜欢吃的水果：榴梿。

她喜欢紫色。

骆夏也说不清缘由，突然就想起了那把紫色的雨伞，还有她那年说的那句“雨伞像葡萄”。

他问过她听不听陈奕迅的歌，当时的她摇头。可为什么，她最喜欢的歌曲是陈奕迅的《葡萄成熟时》？

她最喜欢夏季，和她写在他那张同学录上的话有什么联系吗？

还有养乐多，骆夏一直以为是碰巧她也喜欢喝而已。

可他现在忍不住回想起他们第一次见面时，在那家便利店里，学姐和余渡调侃他特别爱喝养乐多，没过多久，他就被学姐小声告知向暖在偷偷看他。

她是真的喜欢喝，还是听到他喜欢喝，所以才喜欢的？

骆夏第一次大脑空白。一向聪明的他此时此刻完全无法思考，感觉自己好像明白了一切，又仿佛什么都不确定。

片刻后，骆夏点开第二张大图，那是向暖留给余渡的毕业祝愿。

熟悉的字迹娟秀而工整，留言区只有七个字——

祝你所愿皆所得。

骆夏握着手机，盯着屏幕上她写的同学录的照片，思维迟钝到失神发呆。

书房里空气凝滞，安静到他连自己的呼吸声和心跳声都听得清清楚楚，仿佛就响在耳边。

良久，骆夏直愣愣的目光终于从手机上移开。他的大脑一片空白。他控制不住生理本能地眨动了一下眼睛，缓解那抹酸涩感。

可就是这一瞥，骆夏的视线顿在了旁边一只紫色的千纸鹤上。

千纸鹤的翅膀中央有两端折过来的纸没覆盖住的一条缝隙，而这缝隙里，有黑色的字迹。

骆夏放下手机，拿起这只千纸鹤，一点点地拆开。随即，一句话赫然出现在他的眼前。

2009年10月15日，在他面前出了丑，却也是他帮了我。我遇到了这个世上最绅士、最温柔、最有教养的男孩子，而我知道，此生再也不会遇到第二个。

左胸腔里的心脏像是突然被人狠狠地攥住揉捏，骆夏有一瞬间感觉无法呼吸。而后心跳就彻底紊乱，扑通扑通如擂鼓一般剧烈，仿佛要从胸腔中蹦出才肯罢休。

他控制不住双手，开始拆千纸鹤。

2010 年 1 月 17 日，他让我抱了他的水杯暖手。

2009 年 9 月 19 日，我好像……越来越喜欢他了。

2009 年 10 月 30 日，仅和他隔着朦胧雨雾对视一眼，我的心里就下起了滂沱大雨。

…………

被他倒在桌上的千纸鹤早已被打乱了顺序，骆夏只能全部拆开，再按照时间重新排好。在这期间，他的眼睛其实已经扫过不少信息，思维却始终飘浮着，大脑根本无法转动。

一千只千纸鹤，他一只一只地拆开。每一张彩纸上都有她写的话。

骆夏不知道自己拆了多久，又按年月日排了多久。

他将整整一千张彩纸排列好，望着这些五颜六色的正方形彩纸，深深地呼出一口气，心情却无法平静半分。

他从最初的那张开始，一张一张认真地看下去。

2009 年 8 月 26 日，那天七夕，他弯下腰来听我讲话，却不认识我。

他不认识她？什么意思？

2009 年 8 月 30 日，养乐多。

她果然是因为听到他喜欢喝养乐多才喜欢的。

2009 年 9 月 1 日，重逢后他第一次叫我的名字。我用他的笔在他的本子上写了我的联系方式。

重逢？骆夏眉心的褶加深。

她为什么会说他不认识她，还说重逢？他们之前见过吗？

2009年9月1日，中午12:53，我和他成了QQ好友。

他从没想过她的心思能细腻到这种程度，连他们成为QQ好友的具体时间点都记得清清楚楚。

2009年9月1日，放学后，图书馆，他给我补课，雨伞像葡萄。

2009年9月4日，和他共撑那把紫色的雨伞，仿佛和他躲回了当年的葡萄架下。

葡萄架，当年。

骆夏猛地一怔，脑海里倏地闪现出一个很久远的记忆中的模糊身影。

小小的、穿着白裙子扎着双马尾辫的女孩子，和他一起坐在葡萄架下。

那是……她吗？

所以她才觉得雨伞像葡萄，不仅仅因为都是紫色的，还因为都跟他有关。

2009年9月4日，穿了他的校服外套。他让惊慌害怕的我无比安心。

2009年9月4日，想变得优秀，和那个女生一样，能够坦然大方地站在他面前。

2009年9月5日，第一次和他在QQ上聊天，我却词穷到只会说“好”。

2009年9月5日，看到了特别漂亮的粉蓝色天空，很像今天我和他穿的卫衣的颜色。

随着她的一条条记录，骆夏的脑海中像在放电影般，一帧帧地不断闪过他们经历过的各种大大小小的事情。

2009 年 9 月 7 日，骆夏，骆夏，骆夏。

这一天……发生了什么？

骆夏皱紧眉头努力回忆，都想不起来 2009 年 9 月 7 日那天到底有什么特殊的事情发生，能让她将他的名字写了一遍又一遍。

2009 年 9 月 15 日，他吃了我送他的棒棒糖。葡萄味的。

2009 年 9 月 16 日，我和他被同一阵晚风亲吻脸颊。

2009 年 9 月 16 日，他喜欢 nanoblock。

她玩 nanoblock 的积木，也是因为他喜欢。

2009 年 9 月 16 日，不是“都”，是“你”，你好。

原来她那天撒了谎。在她心里，她觉得他讲题比表哥要好。

2009 年 9 月 19 日，他穿着白色短袖 T 恤衫和黑色背带裤，我一度以为回到了十一年前的那个夏天。

十一年前的那个夏天，是 1998 年的夏天，他在暑假去了兴溪的姥姥家。在那里，他遇见了一个女孩子。

所以，那个女孩子是……向暖。

2009 年 9 月 19 日，他的一句“谁能凭爱意要富士山私有”，让我从此爱上了陈奕迅。

2009 年 10 月 2 日，和他喜欢上了同一首歌，想亲耳听他唱《葡萄成熟时》。

骆夏抿紧嘴唇。

怪不得，怪不得她的同学录上会那样写，她果然是因为他才……

2009年10月5日，原来他也喜欢榴梿。好开心。

他和她有那么多相似的喜好，只有榴梿不是她因为他而喜欢的。

2009年10月16日，给他买了矿泉水，但我拿了一整天都没有送出去，就像我一直没能喊出他的名字。我是个胆小鬼。

2009年10月16日，不知道将来哪个女生这么幸运，能被他喜欢，成为他心尖上的人。

2009年10月30日，时隔十一年，又踩了他的影子。他什么时候能回头看我一眼？

不认识她，重逢，葡萄架，十一年前的夏天，踩影子……

骆夏被这些彩纸一次又一次地提醒，像她在给他一块又一块有线索的碎片。碎片拼拼凑凑，隐约勾勒出不太完整的图案，却足以将他尘封许久的记忆唤醒。

骆夏终于记起了一些话：

“祝你生日快乐。

“可是我没有礼物能送你……”

“我叫骆夏，骆驼的骆，夏天的夏。你呢？”

“向暖，方向的向，温暖的暖。”

向暖，方向的向，温暖的暖。

原来，那个小女生就是向暖。这一切她都记得，记得清清楚楚，他却忘了那么久。若不是看到这些话，他根本想不起来，更不会把她和当年那个小女生联系在一起。

2009年11月6日，意外弄碎了他的东京塔拼装积木，他却弯下腰，开口问我“还好吗”。他是这样好的男生。

2009年11月6日，我暗恋的他，每一刻都让我心动。每一刻都是如此。

她说——我暗恋的他。

2009 年 12 月 21 日，跟他一起吃了饺子，听他唱了《葡萄成熟时》，我擅自把这顿饺子当成十七岁的生日餐，把这首歌当作他对我的生日祝福。

骆夏忍不住想，六岁那年，是她给他唱《生日快乐歌》。几个月前他二十七岁生日，也是她用钢琴给他弹《生日快乐歌》。他却从未在她生日当天，对她说一句“生日快乐”。

2009 年 12 月 22 日，替我说话的他那么帅，像骑马执剑保护公主的骑士，但遗憾的是，我不是他的公主。

他看到这条时，满心酸涩。她当时是以怎样的心情，写下这番让人这么难过的话。

2009 年 12 月 24 日，意外收到了迟来的生日礼物。他送了我茶杯加湿器，还亲口对我说了生日快乐。我已经很久没这么开心过了。

这个傻姑娘，怎么这么容易满足？

2009 年 12 月 31 日，他还是个钢琴王子。

她弹钢琴也是因为他吗？

2009 年 12 月 31 日，X——夏。

真的是“夏”，而不是“向”。

2010 年 2 月 14 日，知道他被保送到清大建筑系，已经先我很多很多步到达了终点。

2010 年 2 月 14 日，向暖一定要考上清大建筑系。一定要。

骆夏的心脏像被人揪住了。

她因为暗恋他、喜欢他，拼了命地想要跟他上同一所大学。到最后，她考上了，他却没去。她该多么难过。

2010 年 4 月 30 日，偷哭被他撞见，他让我去了只有他自己知道的天台。从此我仿佛和他有了共同的秘密基地。

2010 年 4 月 30 日，我好像看到了很温柔的风，风在告诉我，夏天就要来了。

直到最后一张。

2010 年 6 月 8 日，我们毕业了。毕业快乐，骆夏。

骆夏的眼睛无法控制地发胀发酸。

她的暗恋无人知晓，却淋漓盛大。

无意间发现了她的秘密，骆夏一时受到巨大冲击。他对着这些彩纸沉默了许久，脑子里乱糟糟的。

向暖从高三就暗恋他。

他和向暖早在 1998 年就认识了。

这两个消息就像两个重磅炸弹，把骆夏炸得魂游天外，回不过神来。

她喜欢养乐多，喜欢 nanoblock，喜欢陈奕迅，甚至拼命考清大建筑系，都因为他，都只是因为他。

高三一整年，和他有关的每一件事，小到连他自己都会忽略、毫不在意的细节，她都当作宝贝统统记了下来。

她的喜欢如此浓墨重彩，却又不动声色。

骆夏拿着手里的彩纸，靠在椅子里平复了好一会儿，大脑才终于慢慢地重新启动运转。

他拉开抽屉，拿出那支她送他的钢笔，加好墨后，开始往彩纸上写字。

2009年8月26日，那天七夕，他弯下腰来，听我讲话。却不认识我。

2019年10月10日，我想起你来了。

2009年9月7日，骆夏，骆夏，骆夏。

向暖，我在。

2009年10月2日，和他喜欢上了同一首歌，想亲耳听他唱《葡萄成熟时》。

好，我唱给你听。

2009年10月16日，不知道将来哪个女生这么幸运，能被他喜欢，成为他心尖上的人。

我心尖上的人是你。还有，我才是幸运的那个人，向暖。

2009年11月6日，我暗恋的他，每一刻都让我心动。每一刻都是如此。

我爱你。

2009年12月22日，替我说话的他那么帅，像骑马执剑保护公主的骑士，但遗憾的是，我不是他的公主。

你是我的公主。

2010年4月30日，偷哭被他撞见，他让我去了只有他自己知道的天台。从此我仿佛和他有了共同的秘密基地。

你猜对了，那里是我们的秘密基地，我从未告诉过其他人。除了我，只有你知道。

2010年6月8日，我们毕业了。毕业快乐，骆夏。

余生每天都要快乐，向暖。

骆夏写完，又把彩纸按照折痕折成一只只千纸鹤，装进玻璃瓶里，连同那个“X”的钥匙扣。

在同学录上她写的那行字下面，骆夏又提笔写了一句话给她。

他把这些东西重新放回塑料收纳箱里，离开了书房。

骆夏收拾了一套衣服，拎上包就开车出门。

在去机场的路上，他打电话找科室的男同事换了班，空出了周四的时间。

在飞机上，骆夏乱七八糟地想了很多原来的事情。

他们其实都没有特意主动地去跟对方产生交集。哪怕她暗恋他，也从未试图千方百计地接近他。大抵是，越喜欢就越不敢靠近。

他俩全凭共有的朋友在中间牵扯，才能够维持一份比普通同学要好一点儿的普通朋友的关系。

如果没有靳言洲、学姐还有表哥，他们连普通朋友都做不了，估计一整年下来都只是连话都没说过的同班同学。

他说她说话经常带哭腔，仿佛下一秒就能掉眼泪。可现在想想，她对着别人的时候根本不是这样。

她能跟邱橙有说有笑，能和余渡正常聊天讲话，甚至完全不怕靳言洲的臭脾气、烂性格。偏偏对着他时，她总是小心翼翼，时刻紧张，仿佛全身的神经都绷成了拉满弓的弦。

原来只是因为她太在意他，所以才会在面对他的时候那般忐忑不安。

思维跳跃的骆夏忽然想到，重逢后他要追她的时候，靳言洲曾跟他说过要谨慎。

靳言洲说，向暖容易当真，让他别伤害到她。

骆夏不太确定地觉得，靳言洲也许知道些什么，所以才这样提醒他。

一路胡思乱想，思绪一直飘忽到他在海城落地，骆夏才冷静下来。

来这里只是因为他想见她。

他知道她最晚周五回家，但他等不到，想立刻见到她。所以他就来了，什么都没考虑，更不要说提前查看这边的天气。

骆夏叫了辆出租车，对司机报了向暖住的那家酒店的名字。

他坐在车里，望着车窗外暴雨如注，不受控制地想起十年前他给她补课的那天。

晚上补完课要离开学校时，雨下得也像这样大。她穿了他的外套，他借了她的伞。

那晚，他们踩着雨水走了很长很长的一段路，从学校图书馆走到学校门口的公交车站，又从丰桥站走到她要去的尚佳鲜汇。

那好像是他们高三那一年单独走过的最长的一段路。

半晌，骆夏从回忆中抽离，掏出手机给向暖发消息。

LX："醒了吗？"

此时已经是周四上午近9点，但因为天气不好，海城的天空昏暗阴沉，一片片乌云压顶，天色仿佛快要入夜。

向暖没多久就回复了他。

XN："嗯，醒啦。今天海城下雨，我被困在酒店没办法出去工作，只能周五回去了。"

而后她又发来一条消息，语气似调侃。

XN："骆医生这会儿居然有空聊天？"

骆夏的嘴角无意识地翘了翘。

LX："有空，多聊会儿。"

向暖看到他回的消息，微微蹙眉失笑，感觉有点儿奇怪，便问："你今天怎么有点儿怪怪的？"

LX："有吗？"

XN："嗯，有呢。"

LX："想你了。"

向暖顿时感觉更怪异，心想：他该不会是工作上遇到了什么事吧？

就在向暖犹豫着怎么回复更能安慰到他的时候，骆夏忽然又发来一条。

LX："来酒店前台。"

向暖的心蓦地往下坠去。她的手指飞快地打了几个问号过去，又问道："什么？"

骆夏直接拨打了视频通话。

在视频接通的那一刻，向暖就认出了他在的地方就是酒店大厅。

向暖睁大杏眼，一边换鞋一边开心又激动地问："你不是要上班吗？"

骆夏说："跟同事换班了。"

"你等一下，我马上就下去。"向暖说着就拔了房卡，拿着房卡坐电梯下去找他。

骆夏本来是想先开房办入住，然后过去找她的，但酒店前台很抱歉地告诉他，房间都满了。骆夏无奈，只能让向暖下来。

向暖很快就到了一楼大厅。她从电梯里踏出来，一眼就看到了立在前台处的男人。

骆夏穿着白T恤衫、黑裤子，身上沾了些雨水，衣服有点儿潮湿。他单肩背着一个黑色的书包，身形颀长挺拔地站在那儿，像棵笔直的松树。

向暖扬起笑，飞快地朝他小跑过去。

她一把搂住他的腰身，仰头开心地问："你怎么突然过来了？"

正在看其他酒店有没有房间的骆夏摁灭手机，垂眼望着她，眸底深处翻涌过凶猛的浪潮。

他回抱住向暖，淡笑道："想你啊。"

向暖目光探究地盯着他，总觉得哪里不太对。可她这会儿完全被惊喜冲昏了头脑，没有深想。

"你住哪儿？"向暖问他。

骆夏如实道："这家酒店没房间了，我待会儿看看别的酒店。"

旁边的前台小姑娘好心地提醒骆夏："先生，这种天气，其他酒店也不会有房的。"

"那你登记一下，"向暖拉着骆夏的手说，"跟我回房间吧。"

骆夏低敛的睫毛微动，胸腔里的心脏也控制不住地剧烈跳动起来。

他点头"嗯"了一声，把身份证给了前台登记。

登记过后，向暖和骆夏十指交扣着走进电梯上楼。

到了楼层，向暖拉着骆夏来到她住的房间门前，用房卡刷开门走进去。

她刚要把房卡插到卡槽里，就突然被骆夏从身后拥住，手中的房卡不慎掉落在地。他随意地将书包放在玄关柜子上，手臂收得很紧很紧，勒得向暖生疼。

旋即，他灼热的吻就从身后铺天盖地地往下落。

向暖今天穿的是轻薄的雪纺长袖衫和修身的牛仔裤。

骆夏从后面亲她的后颈，而后挪到侧颈，再往上吻住她没戴耳坠的耳垂。

向暖的耳朵敏感，她忍不住瑟缩，往后扭头，想要喊他："骆夏……"话音未落，嘴巴就被他堵住。

她慢慢地转过身正对着他，抬手环住他的脖子，踮脚仰着头同他接吻。

骆夏一反常态地不温柔，十分急切，亲吻也前所未有地激烈。向暖很快就无力招架，直接被他抱起来，坐到了玄关的柜子上。

他来到她跟前，肌肤隔着薄薄的衣料和她紧紧相贴。

过了良久，向暖才能够呼吸新鲜空气。然而意识几乎涣散的她还没回神，就被他抱到了床上。

向暖不是不懂。他们都是成年人，就算之前没谈过恋爱，对一些即将要发生的事也心知肚明。其实在她主动说让他来自己的房间住的时候，她就知道会有这么一刻。

他们是男女朋友，是很普通的正常人。别人有的七情六欲，他们也少不了。

两个人相爱，在一起，本就是互相吸引。

他们共处一个屋檐下几个月都没逾越那条线已经极为克制，现在要住同一间屋子，不发生什么好像才不正常。但她没想到他这么迫不及待。

向暖始终抱着他的脖子不撒手，后来就紧张地揪住他的短发。

时间一分一秒地流逝，房间里光线昏暗，完全看不出具体时间。

因为房卡没有放进卡槽，屋里没有电，空调也没开。屋内闷热不透气，导致身上汗津津的。

到底还是理智占据了上风，骆夏克制住了肖想已久的事。

向暖推开他，红着脸躲进浴室去冲澡。骆夏就坐在床边，想起她刚才脸颊泛红、目光失焦的娇俏模样，嘴角忍不住染了笑。

从浴室出来时，向暖还有点儿浑身无力。她裹着浴袍，双腿微微发软，坐到床边。

看到从始至终衣冠整齐的骆夏，向暖默默偏开头，关心地问：“你……要不要去冲个澡？”怕他多想，她急忙补充，“刚刚淋了雨，又出了汗，不洗澡容易感冒。”

骆夏嗓音微哑地低笑应道：“嗯。”

而后他起身，在进浴室洗澡前，走过去弯腰亲了亲向暖的前额。

向暖红着脸，眼睛扑闪。

等他拿着衣服进了浴室，水声哗哗地响起，向暖立刻打开手机的照明灯，找到掉在地上的房卡，插进卡槽。

开了灯后开空调，房间里登时明亮又凉爽。

向暖从行李箱里找了一件宽大的卫衣和一条超短裙换上，然后坐到沙发上，打开电脑，开始着手做工作的事情。

骆夏洗完澡，换了清爽干燥的衣服出来，看到向暖在忙，就没出声打扰。

向暖却扭过头问他：“你饿吗？要不要吃点儿东西？”

骆夏走过去坐到她身侧，低声温柔道：“你先忙你的，我让他们送上来。”

向暖莞尔，点头道：“好。”

因为下雨，两个人一整天都在酒店房间里消磨。

大多数时候，向暖有工作要处理，骆夏就坐在她旁边瞅着她，并不打扰。可他只坐在她身边，就已经将她的心扰乱了。

这样安静平淡的光景像极了当年他给她补课时的场景。

晚上下楼去酒店餐厅吃饭的时候，向暖问骆夏：“你明天跟我一趟飞机回吗？”

骆夏无奈摇头，低沉的嗓音含着歉意：“我明天早上之前必须到沈城，白天要去医院。”

向暖有点儿遗憾，因为她周五傍晚才能回家。

虽然稍微失落，但随即她就若无其事地笑道：“那就明晚在家里见吧。你能突然飞过来找我，我已经很开心了。”

骆夏嘴角噙笑，搂着她的腰走进餐厅。

晚上骆夏没睡。

向暖困得睁不开眼，沾了枕头就睡着了。

他就坐在床头，搂着靠在他臂弯里熟睡的女人，十分珍惜地守着她睡觉，看着她的睡颜看到半夜动身离开之前才罢休。

要走的时候，骆夏轻手轻脚地下床，而后弯腰小心翼翼地在她的唇瓣上吻了一下，指腹摩挲着她的脸蛋儿，呢喃道："家里见。"

向暖再醒来的时候已经天光大亮，骆夏在她不知道的时候回了沈城，留了一张字条在床头柜上。

"早安。看你睡得香就没叫醒你，我先回医院上班，今晚家里见。——LX"

向暖弯着眼眸笑，摸过手机给骆夏回了一句早安。

当天傍晚，向暖拖着行李箱到家。

她一路上到二楼，把行李箱里的东西都拿出来，该放哪儿放哪儿，最后拿出甲方送的一个小摆件。

向暖在卧室里比画了半天，还是觉得放书房的书桌上最合适，于是拿着小摆件走进书房。她刚把东西放到书桌上，还没来得及收回手就突然顿住。

桌上放着……她的那瓶千纸鹤。

向暖愣愣地扭头看向原本堆了箱子的角落，那里一个箱子都没了。

她又抬起头，望向书架。本来有几层空着的架子上整整齐齐地放着书，其中一本格格不入地凸出来一截——那是她的同学录，旁边的架子上还放着他送她的茶杯加湿器。

茶杯加湿器早就坏掉不能用了，但她一直都留着。

向暖的呼吸滞了一瞬。她忽然感觉有些缺氧，脑子里不由自主地想：昨天骆夏突然去海城找她，各种行为都那么反常，该不会是……知道了她从未对任何人说过的那些事？

向暖慢慢走到书架前，把同学录拿出来，一直翻到他写的那页。

正面没什么不同，向暖翻开背面，瞳孔倏地一缩。

她的那句话下方，多了一行漂亮大气的楷体字——

你的每一天里都会有我。

向暖的心脏似乎停跳了几秒，而后开始近乎疯狂地快速搏动。

就在她失神茫然的时候，回到家的骆夏已经来到她身后。他伸手将人圈在怀里，从后面紧紧地拥抱住她。

男人微微弓身，嘴唇贴在她耳边，低喃：“抱歉，没经过你的同意，擅自看了你的秘密。同学录、千纸鹤，我都看完了。对不起……对不起，我当年没有认出你，”他歉意地说完，顿了顿，继续道，“谢谢你喜欢我，向暖。能被这么好的你喜欢，我深感荣幸。”

向暖咬住唇里的软肉，眼眶湿热，喉咙发哽，说不出话来。

“千纸鹤里给你留了话，”骆夏不紧不慢地说，“不过不需要你再去拆开看，我亲口跟你说。”

他吻了吻她泛红的耳朵，缓慢认真地温柔道：

“2019 年 10 月 10 日，我想起你来了。

“你不需要羡慕别的女生，在我眼里你就是最优秀的那一个。

“你想听什么歌，我都唱给你听。

“我心尖上的人是你。

“你就是我的公主。

“学校天台只有你和我知道，那里是我们的秘密基地。那天让你翘课的事，我一直保密到现在。

“以后你的每个生日、每个新年、每个情人节、每个七夕节、每个夏至冬至，每一个每一个节日，每一天每一天，我都陪你。

“不只夏天，四季皆在。

“我爱你。”

第十一章

让我成为你的夏季

向暖低垂着头，眼里蒙了一层水雾，将她的视线笼罩住，变得模糊不清。旋即，并没眨眼睛的她视野变得清晰。

泪珠倏地掉落，直直地砸到他青色血管明显的手背上。

骆夏登时感到手上多了一丝凉意。他转过她的身子，想要帮她擦拭眼泪，向暖却突然抬手抱住了他。

她的双臂紧紧地环着他的腰，大半张脸埋在他的肩上，肩膀不断地颤动着，细微地抽噎出声。

骆夏回抱住向暖，微弯着腰，温柔地轻轻抚着她瘦弱的后背。

向暖没想过要把自己高中暗恋他的事情告诉他。她暗恋他，只是她一个人的事，那一年也只是她一个人的兵荒马乱的时光。

向暖自然也没奢望过某一天会得到他的回应。她虽然总是想让他回头看她一眼，但心底再清楚不过，骆夏是不会回头看的。他那样能力超群、抱负远大的天之骄子，目光只会投向未知的前方。

其实重逢后能跟他谈恋爱、在一起，对向暖来说，已经是自她年少暗恋他起得到的很好很好的回应了，虽然隔了十年，但终究是一个圆满

的结局。

可他做的不止这些。

他无意间发现了她曾经暗恋他的秘密，然后认认真真地一句一句地回应着她。

他回应着十七岁的向暖，同时，也是在对现在的向暖告白。

向暖起初有些慌乱无措，但听着他一句一句的极其温柔的话语，渐渐地坦然平静。而后她便无法抑制情绪，眼泪不听使唤地啪嗒啪嗒往下掉。

她的心被他填得满满的。

她曾经真的很羡慕以后会站在他身边、亲昵地挽着他手臂的女生。他那么好、那么温柔、那么有教养，能被如此绅士的他喜欢的女生，肯定也会很幸福很幸福。

原来，兜兜转转，当初她羡慕的人正是后来的自己。被他放在心尖上的人是她，成为他的公主的人是她。

向暖的眼泪很快将骆夏穿的白衬衫肩前的地方打湿。

这两天，骆夏工作之余就忍不住会想和向暖有关的很多事。此时再回忆一些事时，他才察觉到被自己忽略的端倪。

姥姥走丢那次，他出现后告诉她，她帮助的老人是他姥姥，她当时分明特别震惊地愣在了原地。

那会儿骆夏以为向暖只是单纯地觉得巧合与意外，反应才会那么大，现在想想，她应该同时在讶异自己没认出姥姥，毕竟她小的时候见过姥姥，还去姥姥家吃过东西。

还有他告白那夜，她其实有些反常。

骆夏能明显察觉到她对自己也很倾心，但在他表明心迹后，她慌乱而犹豫地说要考虑一下。尤其是她答应后，他把她抱在怀里时，她在哭。

他当时没多想，还说她是小哭包，其实是那时的他不懂她。

骆夏垂着眸，收紧手臂，用力地抱着怀里的女人。

过了好一会儿，他捧起她的脸。看到向暖的眼睛通红，骆夏登时心疼得紧，怜惜地凑过去吻她被泪水打湿的睫毛。

“不哭了，”他像哄小孩子般宠溺地轻声哄她，“向暖，不哭了。”

向暖抿抿嘴，眼泪还是控制不住地从眼角滑落。

骆夏就将她的一颗颗泪珠含进嘴里，尝尽咸咸涩涩的滋味。

这大概很像她高中暗恋他时心中的味道。

骆夏温柔地拥着向暖，陪着她，耐心地等她的情绪慢慢平复。

过了良久，向暖终于不再掉眼泪。

骆夏搂着她纤细的腰肢，垂头看着她，压低的嗓音透出难以言说的温柔："想吃什么？"

向暖哭得眼睛难受，脑袋也疼。她吸吸鼻子，摇头。

骆夏低叹，抬手在她泛红的脸上轻轻摩挲几下，商量道："那我去超市买些食材回来做饭，你回房间泡个热水澡缓解缓解。"

"嗯。"向暖听话地点点头。

骆夏把人揽进怀里抱了抱，然后牵住她的手，将她送回卧室。替她关好房门后，他才下楼，出门买东西。

向暖泡在浴缸里，闭着眼睛，太阳穴突突地疼，脑中却不受控地不断回想起今晚在书房的事。

他说的话依然一句一句地回荡在她的耳边。

"我想起你来了。"

…………

"我心尖上的人是你。

"你就是我的公主。"

…………

"每一天每一天，都有我陪你。

"不只夏天，四季皆在。

"我爱你。"

…………

向暖抬手捂住脸，藏在掌心里的嘴角无意识地扬了起来。

她在浴缸里泡了很久，等她换好衣服慢吞吞地下楼时，骆夏已经做好了晚餐。

同住了好几个月，骆夏早已摸透了向暖爱吃什么，今晚做的全都是她喜欢的菜。

向暖哭了一场，精力耗费很大，所以晚饭时被骆夏不断投喂，吃饱

后恢复了不少精神。

两个人一起收拾了厨房，而后向暖就关灯合帘，找了一部电影开始播放。

骆夏闲下来，上楼去浴室洗澡。等他换了舒适的T恤衫和运动裤再下楼时，窝在沙发里的向暖已经抱膝缩成一团。

他走过去，在她身旁坐下，这才发现她在哭。

她怎么有那么多眼泪，跟水做的一样？

骆夏低低地叹了一声，拉开她的胳膊，将人抱到自己腿上。

他动作轻柔地给她擦着眼泪，低声问："哭得头不疼吗？"

向暖撇了撇嘴，带着哭腔的声音显得更委屈："疼。可是这电影太煽情了……"

骆夏哭笑不得："给你换部轻松的喜剧看？"

她摇头，还不让换。

骆夏无奈，在她的脸上轻轻地掐了一把。

向暖抓下他的手，捏着他的手指玩。男人的手指修长，骨节分明。高中的时候她就被他的手迷倒，现在依然喜欢。

向暖不知道想到了什么，翘起嘴角。

眼角还挂着泪珠的她忽地一笑，加上此时昏暗柔和的光线，莫名令人惊艳。

向暖把他的手拉到自己嘴边，而后将唇瓣印在他的手背上。

她在学他吻手背。

明明她的动作很生涩，透出一股傻傻的笨拙感，可还是让骆夏的心跳蓦地一滞。

旋即，他低下头，精准地寻到她的唇，吻住。

向暖拉着他的手的双手倏地攥紧，搁在沙发上的莹白脚趾也勾了起来。

随着这个绵长的吻越来越激烈，他的攻势几乎要收不住。

其实骆夏也没想收。

昨天在酒店不是不想做些什么，他是想给她一个准备的时间，所以才没动真格的。

他呼吸沉重地抵着快喘不过气的向暖，低沉的嗓音泛哑而性感：

“准备好了吗？”

向暖被他撩拨得情动，没有说话，只是凑过去继续吻他。

骆夏拥紧主动把自己送过来的女人，而后抱着她轻松起身，大步流星地上楼。

客厅里的投影仪还在运作，电影还在播放，但已经无人观看。

向暖陷进柔软的大床中。

意识半涣散时，她看到骆夏撕开一个包装袋，声音软绵地问：“你什么时候买的？”

骆夏低笑，回她：“今晚。”这是他今晚去超市买东西的时候特地买的。

室内开着空调，冷气一波一波地铺洒下来，但依然冷却不了不断升温的气氛。

向暖被骆夏拉起来抱进怀里，她的长发被他拢到一边。骆夏低下头，温柔地在她的后侧颈印下一个又一个吻。

许久，骆夏抱着身体软成一摊水的向暖进了浴室。

洗过澡，两个人在床上相拥。

向暖疲累地窝在他臂弯中昏昏欲睡，骆夏却毫无睡意。

他轻轻地拨弄着她的发丝，温声问：“明天去海边吗？在那儿住一晚，后天黎明可以看日出。”

向暖闭着眼睛，但还没完全睡过去，听到他的话后倦怠地应道：“好。”

骆夏见她真的困了，没再拉着她说话，俯身在她的额头上亲了亲，嘴角噙笑，低喃：“睡吧，晚安。”

“晚安。”向暖很快就没了意识，在他的怀里睡熟。

后半夜，沈城落了一场雨。

向暖迷迷糊糊地醒来，听到淅淅沥沥的雨声，意识还处在半梦半醒间，很久后才稍稍清醒。

向暖呆呆地坐起来，想下床去倒水喝。但她还没动，骆夏就睁开了眼。

他跟着她坐起来，手覆到她摁在床上的手上，嗓音透着刚睡醒时的慵懒与沙哑，问：“怎么了？”

向暖轻声说：“去倒水喝。”

“等着。”骆夏说着，已经下了床，穿上拖鞋往外走去。

不多时，他端了杯温水回来，坐到床边，搂住向暖的肩膀喂她喝。

向暖困乏地闭着眼，就着他的手喝了小半杯水。

骆夏喝完她剩下的水，把水杯放到床头柜上，回到床上和她一起躺下。他从身后拥着她，完全把人圈在怀里。

“在下雨。”向暖嘀咕。

“嗯。”骆夏搂紧她，亲了亲她的耳朵。

就在向暖再次昏昏沉沉地要睡熟时，肌肤上落下点点火星。

向暖很快就被骆夏扯进了欲望的旋涡中。

他的手顺着她光滑的手臂寻到她的，手指滑入她的指缝，同她十指紧扣。

向暖起初意识混沌半梦半醒，后来清醒了片刻，又很快沉沦入梦。

她娇软地唤了他几次：“骆夏……”

骆夏每次都温柔地低声应：“嗯，我在，在这儿。”

外面的雨声哗哗，雨越下越大，豆大的雨点噼里啪啦地砸着窗，锲而不舍。

紧合的厚重窗帘里侧挂了一层轻薄纱帘，被屋内的空调冷风吹得不断轻荡。

向暖一觉睡到快中午。

她睁开眼时，发现自己在骆夏住的那间卧室，但他们昨晚明明是在她住的主卧睡的。

身体有些陌生的不适感，向暖忍着酸疼慢吞吞地坐起来。因为没穿衣服，她起身时下意识地抬手将薄被捂在胸口上。

向暖正犹豫着要怎么回房间拿衣服，忽然看到床边整齐地叠放着她经常在家穿的宽大 T 恤衫和运动短裤。她立刻摸过 T 恤衫来套在身上，然后就看到 T 恤衫和运动短裤中间居然藏着她的贴身衣物。

向暖的脸发烫，耳朵也变得热热的。

昨晚发生的事情不受控地在她的脑海中浮现，像超清电影画面那样清晰。

她咬住唇，默默地穿好衣服，回到了自己住的那间主卧。

进去后，向暖注意到床上铺的四件套都被换了新的，脸颊登时又热了几分。

向暖躲进卫生间，在洗漱时用冷水给自己的脸降温。

骆夏把洗干净的床单、被罩等物件挂起来晾好回到卧室时，发现床上的人不见了，就转身去了主卧。

听到卫生间里有水声，骆夏走过去，轻轻地敲了敲门。

“向暖？”

刚平复下来的心脏登时仿佛跳到了嗓子眼儿，向暖佯装镇定地回道：“嗯？”

“洗漱完下楼吃午饭。”骆夏低沉的嗓音染着笑意。

向暖弯腰低头掬了一捧冷水泼在脸上，而后才故作平静地应道：“嗯，好。”

她下楼时，骆夏正在摆碗筷。向暖走过去，男人转身，眸中带笑，直勾勾地注视着她。

向暖被他看得不自在，刚走过去，就被他捞进了怀里。她的呼吸一滞，眼帘飞快地颤动，手抬起来抵在他的胸前。

骆夏神色正经，关切地问：“还疼不疼？”

向暖的脸“噌”地就红透了，几乎要滴出血。

她眼神飘忽地躲开他的目光，强撑着淡定的表情，声若蚊蚋地回他：“还……还好。”

骆夏由喉间溢出一声短促的低笑，弯腰亲了亲她的嘴巴。向暖的手指下意识地揪住了他的衣料。

骆夏没缠着她亲起来没完没了，适时地松手，放过她，愉悦地说道：“吃饭吧。吃完收拾一下东西，我们出发。”

向暖弯眸浅笑，点头道：“好。”

午后，天气晴朗，阳光普照。因为黎明之前下了雨，今天的空气很好，还有清凉的风。

向暖坐上副驾驶座，和骆夏一起去海边。

在路上，向暖打开了车载音乐播放器。骆夏说她点哪首歌他就给她

唱哪首，向暖毫不犹豫地点了《葡萄成熟时》。

骆夏失笑，一边开车一边给她低声哼唱。

除去那次在酒吧里跟着歌手哼唱，他上一次这么认真地唱这首歌还是高三那年的冬至前夜。

虽然她当时在场，亲耳听到了，但那次到底不是他专门唱给她听的。

这次，他特意唱给她听，只给她一个人听。

向暖偶尔也会跟着他哼两句。她的杏眼弯着，嘴角上翘，心情格外愉悦。

因为车载音乐播放器的蓝牙连着骆夏的手机，向暖就拿了他的手机点歌。她搜出当年在 KTV 唱的那首《夏天的风》，点了播放。

在页面自动跳转到歌曲主页后，向暖盯着代表已收藏的实心红心图标愣了愣。她退出歌曲主页，戳到屏幕右下角的“我”那栏，然后就看到最近播放的歌单只有一个，名为《陈奕迅》。而在这个歌单上方，有个“喜欢”的列表，数字显示的是“1”。

向暖点进列表，看到了正在播放的这首——他只收藏了这一首。

向暖忽然想起之前她看的那部电影里的一句台词：“每个人都有想躲起来听的歌。”

向暖没问他什么，唇边噙着笑，退出软件界面，关掉屏幕，把他的手机放回了储物格。

骆夏其实是在跟她告白那晚把这首歌收藏起来的。

那晚在酒吧的时候，他跟着台上的歌手哼唱着《葡萄成熟时》，脑子里却一直闪过当年她在 KTV 双手握着话筒、紧张得声音都止不住颤抖地唱歌时的情景。

她唱的歌叫《夏天的风》。

骆夏当下就点开手机，搜索出这首歌，点了“喜欢”。

那是他唯一一次点“喜欢”这个心形图标。

到了海边别墅，骆夏把行李搬到楼上的卧室，向暖跟着他进去，打量起房间来。

上次来的时候，还是高三毕业后，当时她和邱橙住在另一间卧室里，这间卧室的床比较大，是三个男生住的。

“我提前让人过来打扫过房间了，床单被褥也都是新的。”骆夏随口告诉向暖。

“嗯。”向暖点点头应道。

骆夏把行李放到不碍事的角落里，然后坐到床尾，拧开矿泉水喝了一口。

向暖已经去了半圆形的室内阳台，隔着单向落地玻璃望着窗外。蔚蓝的大海和湛蓝的天空在远处交接，海滩上有不少游客。

骆夏走过去，立在她身侧，偏头垂眼笑着看她。

向暖的眼神倏地波动了一下，就像平静的湖面突然泛起了涟漪。

骆夏循着她的视线望过去，只见海边有几个少年少女正在追逐嬉戏。

他捕捉到这些身影时，有个女孩子不小心撞到了一个男生身上。女生急忙往后退了一小步，男生却低头笑着看向她。

在女孩子羞赧地小跑开的那一瞬，骆夏和向暖都注意到了男生那只想做什么却又什么都没做的手。那只想去牵女孩子的手，最终没敢伸出去。

在最美好的青春岁月里喜欢上一个人大概就是这样吧，明明很想靠近，却又没勇气靠近。

向暖正笑着，就被身旁的男人牵住手，继而扣紧。她扭过头，仰头看向他。

两个人相视一笑，默契十足地拿上相机牵手出门，去沙滩玩。

刚走出门，在向暖身后的骆夏就伸出手，把他带来的墨镜给向暖戴好。

向暖扭头，用手指往下拉了拉墨镜，不解地看着他问：“你自己不戴，给我戴墨镜干吗？”

骆夏低叹，无奈地笑道：“本来就是帮你拿的。海边风大，怕你眯眼。”

她的心脏猛地收紧。

原来他带墨镜就是因为她之前在天台上被风眯过眼睛。

他真的再细致体贴不过，连这种小事都能顾及。

向暖还没回过神，就被他拉着往沙滩走去。她落后他半步，被他紧紧地牵着手。

向暖垂眸看看他们交握的手指，又仰头望向他，而后脸上漾开笑。

他是真的把她放在了心尖上。

虽然骆夏说不用再特意拆千纸鹤，但向暖还是把那个玻璃瓶带了过来。

晚上睡前，她将千纸鹤一只一只地拆开，看他都写了什么，时不时还用相机拍几张照片。

最后，向暖坐在一堆五颜六色的彩纸中，眼睛里盈着潋滟的水光，嘴角却上扬着，笑得开心。

骆夏拿过相机，给她拍了一张照片，然后走过去，在她身边蹲下。

骆夏找了片刻，拿起一张彩纸，问她："这天为什么写了好几遍我的名字？"

他手中拿的那张彩纸上写的是：

2009 年 9 月 7 日，骆夏，骆夏，骆夏。

向暖扭头和他对视，眨了眨眼，开口问："你不记得啦？"

骆夏微微蹙眉："9 月 7 日，我在给你补课。"

"嗯。"向暖点头，从他手中拿过彩纸，沿着折痕慢慢叠成纸鹤，轻声说，"那天宋欣去图书馆找你。"

她顿了顿，抿嘴笑开，坦然地继续道："我很羡慕她，羡慕她能那么自然地将你的名字唤出来，我却做不到。"

那时，他的名字是她无法宣之于口的秘密。

骆夏只记得那天给她补课了，对于宋欣出现的那个插曲，如果不是她提醒，完全不会想起。

骆夏伸手，揽她入怀。向暖拿着手中叠好的纸鹤，抬手回抱住他。

"是不是很遗憾？"骆夏有些心疼地低声问。

向暖笑了笑，大方地承认："嗯，很遗憾。"

骆夏把她抱起来，起身走到床边坐下。

向暖就坐在他的腿上，一只手臂揽住他的脖子，垂眼摆弄手里的这只小纸鹤，嘴角噙着笑，不再掩饰："也不止这一个遗憾。高三一整年，我都没有喊过一次你的名字。"

在要离别的机场，她才鼓起勇气唤他一声"骆夏"。

因为当时觉得，她再不喊出来，可能真的就再也没机会了。

"也很遗憾运动会那天我出了糗，中午就回了家，没看到你下午在赛道上奔跑的样子。"

骆夏抬手，轻轻地帮她将散落的发丝拢到耳后。

"还有吗？"他低声问。

她还有什么遗憾？

向暖不自觉地抿了抿嘴巴，平静地轻声回道："最遗憾的大概是，我终于考上了你被保送的大学和专业，但还是阴错阳差没能跟你上同一所学校吧。"

她轻描淡写地说完，抬眸看向骆夏，冲他笑了笑。

骆夏沉默着没说话，只是探身过来吻了吻她的唇瓣，像在温柔地安抚她。

"其实也没什么，"向暖早就对这些青春里的遗憾释然了，语气轻松地说道，"有遗憾的才是青春吧，大家都一样的。你肯定也有你的遗憾，比如没有按照原定计划读建筑系。"

"嗯。"骆夏同意了她的话，随即又说，"但我最大的遗憾是，你的遗憾都跟我有关。"

向暖愣了一下，而后就笑着捧住他的脸，凑过去轻轻地亲亲他，语调微微扬起，说："现在这样就很好，我们在更高处相见了，骆夏。你是更好的你，我也是更好的我。"

骆夏失笑，捏了捏她的脸蛋儿，宠溺地调侃："活得还挺通透。"

向暖被他夸得小小地骄傲了一下，歪了歪头，莞尔："这是实话实说。回头想想，高三那一年，我过得还挺酣畅淋漓的。"

我有越来越好的成绩，有三五个真心相待的朋友，还有一个我特别喜欢的男生。

暗恋很酸涩，跟我们小时候在葡萄架下摘下来吃的紫葡萄一样酸，但偶尔也会遇到一颗甜的。

那一点点甜味，足以冲散我之前品到的所有酸味。

我还是很喜欢紫葡萄，也依然很喜欢你。

“你接下来的人生，也会过得格外酣畅淋漓。”骆夏眉间带笑，低声温柔地对向暖说。

向暖笑着回他：“你也是。”

我们都会拥有一个酣畅淋漓的人生。

隔天凌晨4点，骆夏就把向暖喊醒，要带她去看日出。

向暖昨晚被累到了，困得睁不开眼，骆夏就亲自上手给她一件一件地穿好衣服。怕她受凉，他在出门前又拿了件外套帮她穿好。

骆夏带上她的相机，在天边还没露鱼肚白之际，就骑车载着向暖出发，沿着海岸线去了他们曾经去过的那座高台。

高台上的视野绝佳，在那里看日出再好不过。

向暖坐在自行车后座上，抬手抱着他的腰，懒懒地靠着他的脊背。起初她还闭着眼睛睡意蒙胧，但海风微凉，很快就让她彻底清醒过来。

向暖看到海的那一边，天色正逐渐由深蓝变成橙红。

到了目的地，向暖从自行车后座上下来。骆夏将自行车撑好停到旁边，把相机递给她。

向暖慢吞吞地调整、对镜头，通过相机去看浪花不断的海面，以及远处渐渐明亮起来的天空。

两个人在高台上迎着风等了半个多小时，太阳开始显露身姿。

橙红色的光芒不断地晕染天空，朝阳不紧不慢地上升，金灿灿的，倒映在海面之上，被蔚蓝色包围。

向暖抓住机会，一连拍了好多张照片，一边拍一边感叹：“哇，好美！好漂亮啊！这也太壮阔太有感觉了！”

骆夏立在她身侧，听到她止不住的夸赞，嘴角噙着笑偏头看向她。

风吹过来，拂乱她的发丝，向暖的眼睛里映着细碎而闪耀的光，漂亮的杏眸微弯，模样恬静又迷人。

骆夏摸出手机，给正在认真拍日出的向暖拍了一张侧身照。

等向暖拍够了，举着相机的手落了下去，一直在等她的骆夏才有了动作。

他一只手扶在她肩膀处转过她的身体，另一只手轻捏住她的下巴，而后低头吻住她的唇，随后搭在她肩上的手自然而然地滑到她的细腰上，轻揽住她。

远处明亮的光芒洒落，光芒在两个人之间形成一道细线。

他们沐浴在晨光之下，吹着柔和的海风，听着海浪拍打的声音，无言地接吻。

从海边回来后，向暖和骆夏跟往常一样各自上班，一起生活。

唯一的变化大概是他们同住在了主卧，骆夏的衣物也被收进了衣帽间，和向暖的挂在了一起。

时间跨进 11 月，天气越来越寒冷，不过他们在家里依然可以穿短袖短裤过“夏天”。

某个不上班的周六傍晚。

骆夏洗过澡，神清气爽地从浴室出来，向暖还瘫在床上不动。

他走过去，俯身亲亲她的额头，低笑着哄道：“我去做晚饭，你起来洗个澡。”

向暖懒洋洋地“嗯”了一声。等他离开，她又瘫了几分钟，才拖着身体下床。

向暖洗完澡就穿上了舒适的运动内衣，然后随手拿了他的白衬衫套在身上，简单扣了几颗中间的扣子，最上和最下的扣子都懒得系，最后又穿了条超短裤。

头发虽然吹了很久，但依然有点儿潮湿。向暖没再管，披散着长发下楼去厨房找骆夏。

他正在熬汤炒菜准备晚饭。向暖走过去，从身后环住他的腰，他挪一步，她跟一步。

骆夏无奈地笑了一声，关掉火，转过身用手臂夹抱住她，轻轻吻了一下她的唇瓣，刚要让她出去等着，门铃就响了起来。

骆夏松开向暖，温声说：“我去开下门，订的东西到了。”

向暖跟着他往外走，好奇地问：“你买什么了？”

骆夏笑道：“你跟我去看看。”

向暖狐疑地和他一起走到玄关。

骆夏拉开门。

然后，空气安静了一秒。

他看着站在门口的父母，眼中闪过意外之色。

仅微微讶异了一瞬，骆夏就语气如常地喊：“爸，妈。”

跟在他身后的向暖愣在原地。

站在门外的夏知秋和骆钟元也没想到儿子在住的地方藏了个姑娘，一时进也不是走也不是。

骆夏让父母进来，随口问：“你们怎么突然过来了？”

夏知秋和骆钟元都没动。

夏知秋只是笑道：“给你打了电话，没人接，我就和你爸过来碰碰运气。”

“我手机放在楼上的卧室里了，没听到。”骆夏说道，“你们进来啊，我正做饭呢，刚好可以一起吃。”

夏知秋特别怕打扰人家小情侣，连忙说：“我们就不进去了。”她让老公把顺路给骆夏买的一些食材递给他，又道，“怕你太忙，没时间买菜，给你随便挑了点儿。”

骆夏从父亲手中接过购物袋。

他本想等父母进屋再跟他们介绍向暖，此时见父母不进家门执意要走，就直接伸手揽过向暖的肩膀，自然地对父母介绍说：“爸、妈，这是向暖，我女朋友。”

向暖本来站在骆夏身后，被他挡住了几分。她刚摸到衬衫最下面的纽扣，正想不动声色地把散乱的扣子系上，就突然被骆夏搂进了怀里。

向暖只能佯装临危不乱，保持着得体的浅笑，淡定地喊人：“叔叔阿姨好。”

在门打开后看到向暖的那一瞬间，夏知秋就敏锐地察觉到了向暖身上穿的是儿子的衬衫。女孩子披散的长发还有点儿潮，似乎刚洗过澡。

她望着眼前这个生得俊俏、看起来也很面善的姑娘，笑吟吟地说：“你好。”

骆钟元冲向暖点了点头，温和地回道：“你好。”

“你们好好过周末，我跟你爸就回去了。”夏知秋对骆夏说完，在临走前又看向向暖，笑盈盈地说：“向暖，有空跟阿夏回家来玩，阿姨给你做好吃的。”

向暖受宠若惊，慌忙应道：“好的。叔叔、阿姨再见。”

等关上门，向暖僵直的身体才逐渐松懈下来。紧张情绪还没完全消散，心脏还在不受控制地扑通扑通跳，她沉沉地吐出一口气，轻轻拍了拍胸口。

骆夏抬手在她脑袋上揉了揉，失笑地安慰：“我爸妈很好相处的。”

向暖却捂住脸，懊恼地飖声飖气地说道：“我就穿成这样，披头散发、毫无形象地见你爸妈了……”

骆夏哭笑不得。他把购物袋放在玄关柜子上，伸手将向暖拥进怀里，温声轻哄说：“穿男朋友的衣服不是很正常吗？好了，真的没事。”

向暖窝在他的怀里，红着脸不说话。

骆夏轻轻抚着她柔顺的长发，不紧不慢地在她耳边说：“我爸妈一直都很尊重我、相信我，我喜欢的，他们也会喜欢。我很喜欢你，向暖，他们肯定也会特别喜欢你的。别紧张，也别担心。”

向暖被他安抚好，轻轻推开他，快速扑闪着眼睛说：“我去帮你把食材放进冰箱。”

说罢，她就提起购物袋溜进了厨房。

骆夏好笑地看着她匆匆忙忙的背影，抬脚跟了过去。

向暖把骆夏父母买来的食材分类放好，骆夏就在另一边继续做晚饭。

过了不一会儿，门铃声再一次响起，这次是骆夏订的东西到了。

向暖一打开门就收到一束娇艳欲滴的鲜花。她愣了愣，有些意外地抱过这束紫色的郁金香。

在签收完关门的时候，向暖突然想起，自己今天早上对着客厅的花瓶自言自语地说花枯了。

所以……就因为她随口提了一句，他就特意订了花送给她。

吃过晚饭后，骆夏上楼洗了个澡。再下来时，他把手机递给向暖。

正坐在吧台旁喝水的向暖不明所以，茫然地接过来，而后低头一看，倏地愣住，脸也一下子红透。

骆夏让她看的是两个小时前他母亲给他发的微信。

妈：“阿夏，向暖就是你那次说的喜欢的人吧？”

妈：“你记得跟向暖商量个时间，一起回家来吃饭！不要让我们等太久哦。”

他的母亲还在后面发了一个小猫翘首以盼的表情。

向暖呆呆地仰起头，看向站在旁边的骆夏，语气惊讶又意外：“你什么时候跟你家人说了喜欢我？”

“姥姥走丢那天。”骆夏的语气有些无奈，“那天下午家里人讨论完姥姥的事，就开始劝我去相亲。我说我有喜欢的人，让他们别操心，给我些时间。”

向暖眨巴了一下眼睛，把手机还给骆夏，掩饰般地仰头喝了口水。

“现在安心些了吗？”骆夏笑问，然后语气十分笃定地说道，“我爸妈会很喜欢你的。”

向暖轻抿嘴巴，嘴角却不受控制地扬了扬。她好像确实安心了些。

骆夏把手机放到吧台上，走到她身后，双手轻掐在她侧腰处，弯腰去亲她粉粉的耳朵。

骆夏把脸埋在她的颈侧作乱，向暖被他下巴上生出来的一点儿胡楂儿扎到了。

她感觉微微的刺痛中又泛着痒，忍不住偏头躲，轻笑着说：“你的胡楂儿好扎。”

骆夏听她这么说，偏要仰起下巴去蹭她细嫩的肌肤。

向暖被闹得咯咯笑，从高脚凳上跳下来要逃，但没跑成，直接被他握住手腕堵在了吧台。

向暖跟骆夏回他家的日子定在了 11 月的最后一天，那是一个周六。

当天傍晚，向暖和骆夏牵着手走进了骆家。

早在高三的时候，向暖就听邱橙提过，骆夏家是他爷爷亲自设计的，现在终于亲眼见识了这座建筑。

建筑外观是白色城堡，顶端有个圆形尖塔，线条流畅简洁，整体看上去又不乏宏大壮观。室内采用典型的欧式风格，家具都有雕镂工艺，每一处都精雕细琢。超大面积的别墅内，浓郁的深色系配上精致的装修设计，突显出浪漫雅致的情调。

来到客厅，向暖看到骆夏的家人，不免心生紧张，下意识地攥紧了骆夏的手。骆夏感受到她的情绪，不动声色地握了握她的手，回应着她，让她安心。

他把买的东西放到桌上，开始温声给向暖介绍："这是爷爷、奶奶。"

向暖面露浅笑，乖乖叫人："爷爷、奶奶好。"

骆夏随后又拉着向暖来到秋翡面前："姥姥。"

向暖杏眼含笑地跟着他喊秋翡："姥姥好。"

剩下两位骆夏不用再说，向暖就主动喊人："叔叔、阿姨好。"

而后骆夏才搂过向暖的肩膀，笑着对家人介绍向暖："我女朋友，向暖。方向的向，温暖的暖。"

元秋亭率先说道："我喜欢这个名字，听着就很温暖。"

向暖笑弯了眼眸，真诚地说："我也很喜欢奶奶的名字。"

元秋亭笑眯眯地对向暖招招手："来，过来坐。"

向暖就松开骆夏的手，坐到了元秋亭身侧，很快就和她谈论起钢琴来。

骆夏眉梢微抬，唇边的笑扩大了些。

她哪里用得着他时时刻刻照顾？她自己就能应对一切。

吃过晚饭，向暖先后被夏知秋和元秋亭叫到身边。她们一个送了她玉镯，一个给了金坠子。

向暖推辞不掉，只好诚惶诚恐地收下。

在离开骆家之前，向暖让骆夏带她去了姥姥的房间。

因为秋翡的状态不是很好，今晚向暖也没跟她多说几句话，所以向暖想在临走前多陪陪姥姥。

她被骆夏拉着手，来到坐在桌前椅子上的秋翡身旁。

骆夏弯腰，缓慢而认真地、一字一顿地告诉秋翡："姥姥，我跟向暖要回去了，临走前来陪陪您。"

秋翡仰头，表情茫然地望向骆夏，眼球有些浑浊："向暖？"

她显然已经忘了吃饭前骆夏才给她介绍过向暖。

骆夏耐心地重新给她介绍："我女朋友向暖。您认识的，兴溪四合院里的那个小女孩，暖暖。"

向暖因为他这句"暖暖"，心脏倏地漏跳几拍。

秋翡终于有了反应，语气急切地说道：“暖暖……暖暖、阿夏，快帮姥姥找找耳环，很重要的金耳环……掉哪儿了啊？”她站起来，焦躁地在屋子里打转，嘴里念叨，“你姥爷送的，我一次都没戴过，怎么就找不到了？”

向暖看到秋翡焦急难安的样子，毫不犹豫地伸出手握住老人布满皱纹的粗糙双手，温柔地轻声安抚：“姥姥，姥姥您别急，我跟骆夏帮您找。”

当年确实有这么一回事。

秋翡找不到耳环，让她和骆夏在屋里帮忙翻找，最后耳环是向暖在一个犄角旮旯里翻出来的。

那天找到耳环后，秋翡把冰在水桶里的西瓜抱出来，切开给他俩吃。

向暖记得清楚，因为她和骆夏一起吃了特别甜的冰镇西瓜。

骆夏已经拉开抽屉，把秋翡珍惜的盛放耳环的盒子拿过来递给了秋翡。

秋翡慢慢打开盒子，终于平静下来，脸上也露出笑：“找到啦，找到啦。”

她开心得像个孩子，话语柔和：“暖暖，阿夏，吃西瓜……”她说着就要出去给他俩切西瓜。

骆夏急忙拉住她，温声耐心地说：“姥姥，您别去忙了，我和暖暖自己过去吃，您休息。”

在牵着向暖的手往外走时，骆夏暗自叹了口气。

然而，就在走到门口要出去的那一刻，他们身后的秋翡突然出声：“阿夏。”

骆夏的脚步瞬间顿住。他转过身，向暖也跟着回身。

秋翡望着他们笑了笑，脸上的褶加深了些。

“是暖暖吗？”清醒过来的她缓慢地问，“你的女朋友是暖暖？”

骆夏抿唇，轻牵嘴角，嗓音清润：“嗯，是暖暖。”他拉着向暖回到秋翡身边，对老人说，“姥姥，这就是暖暖。”

向暖不知为何，眼眶泛热，变得湿润。她在秋翡身旁蹲下来，仰头笑望着秋翡，轻喊：“姥姥。”

“一晃都二十多年没见了，”秋翡摸了摸向暖的头，感慨，“小姑娘长这么大啦，真漂亮。”

秋翡并不记得那次走丢后帮助她的人也是向暖。

秋翡双手分别拉着向暖和骆夏，然后把他俩的手放到一起，缓缓地说道：“你们要好好的啊。”

向暖热泪盈眶，不断点头。

骆夏直接紧紧握住向暖的手，语气郑重而认真地答应秋翡：“好。姥姥您放心，我们会好好的。”

秋翡非要出门送他俩，亲昵、欢喜地拉着向暖的手从卧室出来。

骆夏对在客厅的父母和爷爷奶奶说：“爸、妈、爷爷、奶奶，我跟向暖要回去了。”

几个人起身，想把两个孩子送上车。被向暖挽着走的秋翡忍不住念念叨叨：“暖暖和阿夏在一起了。你们也有二十多年没见了吧？”

向暖笑着回：“不是的，姥姥，我们俩中间见过的，是高三同学。”

旁边的夏知秋闻言，不免好奇：“暖暖跟阿夏很早就认识？”

秋翡对女儿说：“这是我在兴溪住的时候四合院里的一个小丫头，跟阿夏玩过一个暑假呢！”

夏知秋没想到这俩孩子还有这等缘分，格外诧异。

她正惊讶的时候，走在前面的骆夏回头，添了句：“那次姥姥走丢，打电话通知家里，还在原地陪着姥姥的人就是暖暖。”

不知道是不是受姥姥和母亲的影响，他又喊了她一次“暖暖”。

这下一家人全都震惊了。

当时他们都因为秋翡的事心有余悸，在骆夏带秋翡回家后只问了问有没有感谢帮忙的人，见骆夏“嗯”了一声，就都没多过问。谁知会这样巧，帮秋翡的正是骆夏喜欢的姑娘。

秋翡握着向暖的手，嘴里连连说：“好孩子，暖暖好孩子。”

向暖乖巧地笑道：“这都是我应该做的，姥姥。”

在上车离开骆家后，向暖习惯性地打开了车载音乐播放器。

骆夏笑着问她：“感觉怎么样？”

向暖也笑，如实回答：“你的家人都很好。”

骆夏挑眉，不置可否。

“那……”向暖偏头笑着瞅他，语调微微扬着，“你什么时候跟我回家见我的家人？”

骆夏的唇边漾开笑容，他爽快地说道：“随时。”

向暖别开脸望向车窗外，却看到了自己映在车窗上的笑脸。

车里的歌正放着：“一次次失去又重来，我没离开，陪伴是最长情的告白……未来多漫长，再漫长，还有期待，陪伴你一直到故事给说完。”

向暖和骆夏没说话，安安静静地听着歌。

当晚，骆夏拥着向暖睡觉。

关了灯后，他突然压低声音问她：“你的‘大姨妈’是不是已经走了？”

向暖眨巴了一下眼睛，没有直接回答，而是转过身背对他，有点儿调皮地笑道：“你猜。”

“你确定让我猜？”骆夏似笑非笑，随即就把人禁锢在怀里，温热的嘴唇贴着她的耳郭，嗓音低沉含笑，“我猜……”

向暖几乎要把头埋进被子里。她闷笑着推他，娇嗔：“骆夏，骆夏！”

骆夏紧紧地抱着向暖，呼吸沉重，发哑的声音听上去格外性感：“暖暖。”

向暖被他这声“暖暖”弄得心脏猛跳了一下。

须臾，她忽然轻声说：“我发现，你的家人都管你叫‘阿夏’。”

骆夏低头吻下来。

黑暗中，向暖听到他用只有他们两个人才能听到的声音告诉她：“你也能这样叫。”

骆夏又亲了亲她，声音低哑地说道：“你也会是我的家人，暖暖。”

向暖抱住他劲瘦的腰，莞尔。在他又一次吻上她的唇瓣时，向暖微微抬起下巴回应他。

“阿夏……”向暖声音黏黏糊糊地唤了他一声，娇俏俏的。

骆夏心头微跳，低声应道：“我在。”

向暖生日那天是周六，今年她的生日依然在冬至前夜。

时间一到12月21日凌晨，骆夏就附在向暖耳边对她说了一句“生日快乐”。

只不过向暖正在睡觉，回应他的是她被打扰到后发出的哼唧声。骆夏无奈失笑，亲了亲她后就没再吵她。

当天晚上，两个人正在一起准备晚饭时，向暖接到一通工作电话，只能上楼进书房去临时忙急事。

骆夏不紧不慢地把晚餐准备好，然后出门，去附近的蛋糕店取向暖的生日蛋糕。

外面天寒地冻，地上已经积了一层雪。骆夏摸出手机，忍着寒冷给向暖发微信消息。

LX：“暖暖，下雪了。”

向暖直到忙完工作才看到他这条消息。她拿着手机下楼，没看到骆夏，就猜他去蛋糕店拿蛋糕了。

向暖套上大衣，换了鞋出门。她沿路往前走，脚下的雪咯吱咯吱作响。

向暖低着头，一边迈步一边数数，想看看走多少步能跟骆夏遇上。

沈城的冬天干燥又寒冷，此时夜晚的凛风阵阵，吹得人感觉风直接刺进了骨头里。

向暖忘记戴围巾，寒风直直地往她的脖领儿里灌，冻得她忍不住缩了缩脖子。

下一秒，她听到熟悉的脚步声越来越清晰。骆夏走路的声音，她一听就能听出来。

就在向暖笑着抬起头的那一刻，带着温度的灰色围巾被他挂在了她的脖颈上，一圈一圈地缠绕好。

向暖笑弯眼眸，对骆夏说：“三百八十九。”

“什么？”

“我从出家门到遇见你，走了三百八十九步。”

骆夏蹙眉失笑，随即单手扯住自然垂落在她肩两侧的围巾两端，把人往前拉了拉。

向暖猝不及防，直接撞到他跟前，几乎和他贴住，刚仰起头，就被

低了头的骆夏在唇边轻咬了一口。

向暖吃痛地皱眉，哼了一声，而后就听到他责怪道："这么冷的天，出门不戴围巾，想在过生日的时候生病？"

向暖理亏，抿嘴笑着不说话。她转过身，挽住他的胳膊，和他一起并肩往家里走。

素白的雪地上留下两串脚印，一大一小。十年前的这天，她只敢默默地踩着他的脚印一步步前行，每走一步，都在默默地期待着他能回过头来看看她。

两个人回到家，在玄关换鞋时，都自然地帮对方拍掉落在身上的雪花。

骆夏把生日蛋糕的包装拆开，将蛋糕端到餐桌中央放好，小心地点燃二十七根蜡烛，旋即用遥控器关掉家里的灯。

烛光摇曳的这段时间里，骆夏从兜里摸出要送向暖的生日礼物，亲自打开紫色的丝绒盒。盒子里面放着一枚钻戒。

向暖愣了一下，靠近餐桌的那只手不由自主地抬起来抠了抠桌边，又很快无处安放般垂落。

她胸腔里的心脏仿佛突然脱离了控制，开始不断加速跳动。

骆夏目光深情地凝视着向暖，低声认真地说道："谢谢你那晚给我机会，让我这几个月来，每一天都更加地了解你，也因此，我每一天都更加爱你。你喜欢夏季，我也知道夏天对你来说意义非凡，那……"他单膝跪地，仰头望着她，乌黑清亮的眸子里满是温柔与坚定，"暖暖，你愿不愿意，让我成为你的夏季？"

向暖轻咬住唇，垂眸和他对视，却泪眼蒙眬，看不清他的面庞，心脏已经狂跳到她的呼吸都不通畅。

须臾，眼泪从眼角滑落，唇角漾着笑，她轻喃："我……愿意。"

骆夏执起向暖的左手，将钻戒戴到她的无名指上，而后低头在她的手上轻轻落下一吻，像忠心耿耿的骑士虔诚地亲吻着她的公主。

骆夏起身，拥住向暖，愉悦地低笑着在她耳畔呢喃："生日快乐，暖暖。"

向暖在他的怀里笑着掉眼泪。

骆夏稍稍退开，拉着她到生日蛋糕前，让她许愿。

“可以许三个吗？”向暖有点儿贪心地扭头问他。

骆夏宠溺地说道：“可以。”

她便开心地双手合十握紧，闭上眼睛，真诚地许下二十七岁的三个生日愿望。

一愿，我们的家人朋友平安健康、开心快乐。

二愿，我们大家事业顺利、生活如意。

三愿……

向暖许完愿，弯腰凑近生日蛋糕，一口气吹灭所有蜡烛。

三愿，向暖和骆夏，年年岁岁，长相厮守。

我们的夏天，长存四季，永无尽头。

骆夏特意给向暖订了榴梿口味的奶油蛋糕。

在向暖许完愿望后，他把蜡烛一根根拔掉，给向暖切了一块蛋糕放到她的面前，然后就坐到向暖的对面，戴上一次性手套，不紧不慢地帮她剥虾。

等骆夏摘了手套，用湿巾擦干净手，把放有虾肉的小盘子递给向暖时，就看到她吃蛋糕吃得嘴角沾了奶油。

骆夏瞅着她，嘴角浮出笑意。向暖被他看得莫名其妙了一瞬，旋即从他纵容的目光里意识到了什么。

她正要用舌尖将嘴角的奶油卷进嘴里，男人就站起来，弯腰倾身到她眼前，伸手轻抬她的下巴，而后大拇指落到她的唇边。随即，他的指腹上就传来一抹湿润的柔软触感。

想给向暖揩去奶油的骆夏动作顿住，身体也突然绷紧。他微抬眼皮，看向她清澈的杏眼。

向暖也没想到事情会搞成这个样子，瞬间缩回舌尖，抿住嘴巴，愣愣地望着他。

骆夏俊朗的脸上漾开淡笑，手指从她的嘴边挪开。

向暖以为他要坐回座位，结果下一秒他的手落到她的后脑勺上，随即扣紧，于是她不得不往前倾身。

向暖上半身凑近他，在他低头轻吻下来时，抵住餐桌边缘的手往下滑，最后用手指抓住了桌边。

向暖真切地感觉到他一点儿一点儿地吻掉她唇边的奶油。她在他手指上留下的那种湿润柔软的触觉，他全都还给了她。

胸腔里的心脏扑通扑通地跳，如鸦羽般的睫毛不断地颤动着，她的脸飞快地热起来。扶着桌边的手指骨节泛白，向暖情不自禁地微微仰起下颌去回应他。

骆夏微扬嘴角，又吻得深了些。

缠绵的亲吻结束时，向暖像喝醉了似的双颊泛红，浑身发烧一样泛热。

骆夏满目柔情地看着她这副娇俏的模样，笑着调侃："二十八岁的小孩儿。"

因为情动，他低沉的嗓音微哑，听起来格外抓耳，性感至极。

向暖红着脸垂下头吃东西，佯装镇定。

骆夏也不再闹她，坐回去，给自己倒了杯红酒。

向暖不能喝酒，骆夏给她在旁边放了几瓶养乐多。

吃完生日餐，骆夏在起身收拾餐桌之前，将高脚杯里剩余的红酒一饮而尽。

正靠着椅背喝养乐多的向暖看到他仰起头，喉结上下滚动了一下，杯子里的红酒就被他喝完了。

骆夏喝完酒放下玻璃杯，抬眼就看到向暖正盯着他，笑道："暖暖，过来。"

心里格外想尝尝红酒味道的向暖扑闪了几下眼睛，一边听话地起身一边问："嗯？干吗？"

骆夏就只是笑，不说话。等向暖走到他面前，他一把拉过她的手。向暖猝不及防地跌入他的怀抱，被他揽住腰抱紧。

下一秒，骆夏就堵住了她的嘴巴，连同她即将溢出口的惊呼声一并吞没。

他的唇带着酒香，浓郁又热烈。

向暖揪紧他肩膀处的衣料，仰头承受着他落下来的亲吻。

红酒的味道从他的嘴里蔓延进她的口腔，向暖闭着的眼眸微微睁开一瞬，看了看近在咫尺的他的脸，很快又闭紧。

身体不断地发软，向暖整个人都贴着他的胸膛，仿佛醉得不轻。

等她剧烈的呼吸渐渐平复下来，骆夏才抱着她站起来。

他把向暖放在沙发上，摸了摸她的脑袋，声音沙哑而温润地说道：“我去洗碗。”在起身走开前，他贴心地问向暖，“要给你放部电影吗？”

向暖摇摇头，说出来的话软绵绵的：“先不了。”

骆夏从喉间溢出一声短促的低笑，应道：“好。”

他慢条斯理地收拾餐桌，向暖就窝在沙发里，脑子里总是不由自主地回想起刚刚他吻她时那只作乱的手。

向暖隔着衣服在腰间轻轻揉了一下，仿佛还能感觉到他掌心的温度。她垂下头，脸颊泛红地抿嘴笑。

骆夏把厨房收拾完，洗过手后出来，看到向暖背靠沙发一端的扶手，正捧着手机玩。他走过去，抬起她伸直的双腿，坐下来后，把她的腿放在自己的腿上。

向暖把目光从手机屏幕上挪开，看向他。

“骆夏，”她的脸上挂着笑，声音退去了情动时的软媚语调，听起来明快清甜，“元旦假期你要不要跟我回家？”

骆夏轻挑眉梢，笑着答应：“好啊。”

向暖往他身边挪动，想坐过去一点儿。

骆夏直接伸手揽住她的后背，另一只手绕到她的膝窝处，轻松一抬，就把人抱到了自己的腿上。

向暖坐在他的怀里，把手机举给他看，笑着说：“我妈说，靳言洲正巧也要带女朋友回家。”

骆夏瞥了一眼她和她母亲的聊天内容。

向琳给向暖打了一笔钱，然后发消息说：“生日快乐，女儿。”

向暖回她：“谢谢妈妈。”

然后她又对向琳说：“妈，我想元旦带阿夏回家吃饭。”

向琳：“那当然好啊。你这孩子，终于肯带男朋友回家了。”

向琳：“我突然想起来，你哥也要在元旦带女朋友回来。”

向琳：“这下家里终于热闹些了。”

向暖放下拿着手机的手，好奇地问骆夏：“你有没有见过靳言洲的女朋友？”

骆夏失笑：“我怎么会见过？这几个月不是我忙就是他忙，我连他

都没见过。”

他顿了顿，如实道：“不过我听到过他女朋友的声音，在跟他连线打游戏的时候。那姑娘问他……”骆夏看到向暖眼巴巴的、一脸好奇的模样，故意停顿了一下，才继续往下说，“问他能不能一起睡觉。”

向暖震惊地睁大眼，而后就笑：“靳言洲喜欢主动的啊？不过他那种嘴硬的人，就算想主动也会让对方变成主动的那个。”

骆夏强忍着笑，对向暖说：“就是他故意给人家看恐怖片，把人家吓得大半夜睡不着，人家才找过来问能不能一起睡的。”

“都二十八岁了，靳言洲怎么还是这么幼稚？”她嫌弃道。

“不说他了，”骆夏调笑，“倒是你，跟人家学学。”

向暖眨巴了几下杏眼，佯装听不懂，明知故问：“学什么？”

“主动。”骆夏挑明，掐着她的腰，让她跪坐在自己面前，抬手拨弄她散落的发丝，嗓音低哑，“主动一次。”

向暖咬住嘴里的软肉，故作镇定地同他对视。他的目光直白露骨，在她的脸上流连，暗示意味明显。

两个人无声的对视让暧昧氛围飞快地充满这方空间。

最终还是向暖败下阵来。

她低下头，将发烫的脸埋在他的颈边，羞赧地呢喃：“回屋，或者……关灯。”

骆夏摸过遥控器，摁了一下。家里所有的灯霎时灭掉，旋即，客厅的窗帘也缓缓合上。

这下，周围一片漆黑，几乎伸手不见五指。

向暖抬手，指尖微颤着去解他衬衫上的扣子。

从浴室出来后，向暖裹紧被子昏昏欲睡，虽然很口渴，但完全不想动。

骆夏套上长裤出了卧室，不多时，端着一杯温水回来。

骆夏坐到床边，低声温和地喊向暖：“暖暖，起来喝点儿水。”

向暖睁开眼，慢吞吞地坐起来。骆夏搂住她的肩膀，让她靠在自己怀里，端着水杯喂她喝。

喝过水后，向暖就窝在柔软的床上睡了过去。

骆夏不紧不慢地收拾着他俩换下来的衣服，将衣服放进脏衣篓，拿去洗衣房，然后又跟靳言洲在微信上聊了几句，告诉靳言洲他也会在元旦跟向暖回靳家见家长。

等他把洗完的衣服晾好再回卧室的时候，向暖已经不在床上。

卫生间的门关着，里面亮着灯。须臾，穿着睡衣的向暖从里面走出来。

她看到骆夏，丝毫不羞窘地坦言："我'大姨妈'来了。"

骆夏关切地问："肚子疼吗？"

向暖摇了摇头，只蹙眉轻喃："家里没有夜用的了。"她有点儿为难地说，"我用了日用的，但怕……"

"我去买。"

骆夏之前见过她在超市拿的卫生巾是什么牌子，这几个月同居也早就清楚她用什么了。

向暖说："一起去吧。"

休息了一个多小时，她已经缓了过来。

大概是生理原因作祟，向暖突然很想出去透透气，虽然现在是深更半夜。

骆夏微蹙眉心，不想让她出门："外面很冷。"他抱了抱她，温声用商量的语气哄道，"在家等我回来，好不好？"

向暖妥协，点头答应："好。"

骆夏安抚地摸了摸她的脑袋，穿上衣服临出门时又亲了亲她的额头。

雪还在下，向暖站在落地窗前望着外面飘落的雪花看了一会儿，突然转身回了楼上。她穿上保暖的长款羽绒服，围好围巾，戴上柔软的针织帽，最后在玄关换上厚实加绒的马丁靴，拉开了家门。

夜风不断地吹着，裹着雪花打着旋儿往地上落。周围安安静静的，她甚至能清晰地听到雪落下来的声音，那是很轻微的簌簌声。

向暖望着家门前的皑皑白雪，觉得它像一尘不染的白毯。她踩着台阶下来，踏上柔软的雪地的那一瞬，脚往下陷了一点儿。

向暖将大半张脸埋进围巾里，双手插兜，在家门前一步步地来回走。

骆夏拎着给她买的东西回来时，远远地就看到门前那抹红色的身影。他停顿了一下，旋即继续往前走，步子比刚才迈得更大、更急。

向暖刚踩完雪就听到他的脚步声渐近。她仰起头，望着他笑。

骆夏走近，正要训斥她不好好在家待着非跑出来挨冻，就看到她站的那片雪地上的印记。

正对着他的，是她一个脚印一个脚印踩出来的字——暖夏。

“暖”和“夏”中间，还有一个心形。

她就站在心形里面，正冲他弯眸浅笑。雪片落下来，在她身上添了几分素白。

骆夏本来冲到嘴边的责怪一个字都吐不出。他低低地叹了声，走过去，踏进她画的心形里面。

向暖伸出手，抱住他的腰，踮脚亲了亲他的下巴。

随即她又钩住他的脖子，继续踮起脚尖，吻住他微凉的薄唇。

有你在，冰天雪地都如同暖夏。

第十二章

新婚快乐

圣诞节那天晚上，向暖和骆夏去了葡萄里。

今晚陈嘉嘉会上台唱歌，所以提前问了向暖有没有空，让向暖没事的话可以过去玩。

向暖的确没什么事，便跟骆夏一拍即合，开车去了清吧。

两个人手挽手走进去后，找了个视野好的座位，在落座前脱掉大衣放到了旁边。他们刚坐下没两分钟，一道人影就很不把自己当外人地在他们这桌坐下来。

向暖和骆夏是在沙发里挨着坐的，骆夏的手臂从向暖背后绕过来，搂着她的腰。向暖正抓着他的手，捏他的指腹玩。

在对方坐到他们对面的那一刻，他俩同时抬眼看了过去。

余渡把手肘搁在桌上，双手托着下巴，冲骆夏和向暖笑得意味深长。

“我还是第一次见来酒吧谈恋爱的人。”余渡揶揄道。

骆夏哼笑，反问：“你来这儿干吗啊？”

余渡唉声叹气：“暂时逃离苦难的生活。不瞒你们说，我是被家里

催婚逃出来的。我也没不去相亲啊。我相亲相得可勤了，一周得见两三个，见完了还主动催着我爸妈赶紧给我继续找相亲对象。遇不到合拍的对象，我有什么办法？我总不能直接在大街上拉一个陌生人跟人家领证去吧？”

向暖听着余渡倒苦水，又心疼又好笑。

以一周见两三个的频率都找不到合适的对象，他也太惨了。

骆夏根本不忍着，直接笑出声。

他叫来服务员，要了一瓶酒，又给向暖要了一杯果汁。

余渡说向暖：“喝什么果汁啊？都来酒吧了，喝点儿酒呗！”

向暖笑着摇头，还没说话，骆夏就道：“暖暖酒精过敏，喝不得酒。”

自从骆夏生日过后，大家都各自忙工作，很难找到几个人都有空的时候，所以也就没再聚。

余渡一直不知道向暖对酒精过敏，听到骆夏这么说后，惊讶了一瞬，而后道：“那是不能喝，容易出事。”

三个人正聊着，陈嘉嘉就走了过来。

“向暖！”陈嘉嘉扬声跟向暖打招呼，随后又笑着对骆夏点了点头：“你好。”

骆夏也微微颔首，笑道：“你好。”

陈嘉嘉一过来就看到两个人姿态亲昵地搂在一起，顿时心里跟明镜似的，所以即使沙发上还有空位，她也没凑过去坐在人家小情侣那边。

她扭头，看到坐在另一边的余渡，又回头看向骆夏和向暖，笑着问：“你们的朋友啊？”

“嗯，”向暖介绍说，“余渡，认识十多年的老朋友了。”随即她对余渡介绍陈嘉嘉：“陈嘉嘉，我朋友，这家清吧的驻唱。”

余渡起身和陈嘉嘉握了一下手，两个人同坐一侧。

服务员把骆夏点的酒水端过来，向暖接过骆夏递给她的果汁。

陈嘉嘉突然低声惊呼：“向暖，你们！咦——”她笑着拉长音，调侃道，“这大钻戒，比头顶的闪光灯还闪。”

余渡这才注意到向暖左手无名指上的戒指，震惊道：“夏哥，你求婚了？你俩发展得这么快吗？”

正在倒酒的骆夏微微蹙眉，失笑道："快吗？"

余渡说："你 6 月才回国联系我们，现在 12 月，就已经求婚了？"

骆夏先递给陈嘉嘉一杯酒，然后给余渡倒酒，最后才给自己倒。

闻言，他嘴角噙笑道："半年了，不快。"

余渡说道："我还在痛苦地相亲，你们就要结婚了。我先预定一个伴郎的位子，没准能在你婚礼上沾沾喜气，遇见了我媳妇儿呢！"

向暖笑出声。

随后几个人碰杯。

陈嘉嘉笑着半开玩笑道："这杯酒，就提前祝你俩新婚快乐吧！"

余渡嚷道："这就新婚快乐了？我真要成'柠檬精'了。"

陈嘉嘉好笑地说："这不是婚都求了嘛，婚礼肯定不远了。"

向暖只笑，没说话。骆夏听着他俩你一句我一句，也不言语，笑着碰杯后，将杯子里的酒一饮而尽——因为陈嘉嘉提前祝他和向暖新婚快乐。

余渡抬眼问骆夏和向暖："你们打算什么时候办婚礼？"

骆夏笑着回道："等定下来告诉你，让你当伴郎。"

"成。"余渡举杯，又单独跟骆夏碰了一下。

后来陈嘉嘉要上台了，就先离开了。

不久后，余渡就看到站在舞台上的陈嘉嘉跟乐队配合默契，台风十足地掌控全场。她的嗓音并不细软，反而很醇厚很有特点，略微有点儿烟嗓，唱起歌来格外好听。

余渡歪了歪头，瞅着陈嘉嘉，望了她好一会儿。

陈嘉嘉唱完下台，不一会儿就回到了他们这桌。

余渡主动地真心赞美："你唱歌还蛮好听的。"

陈嘉嘉笑道："我也这么觉得。"

余渡没想到这姑娘挺不谦虚的，稍愣了一下，而后笑了笑。

陈嘉嘉说完就倒了杯酒要跟他碰杯。余渡端起酒杯，和她碰了碰，在仰头要喝掉时，听到她说："谢谢夸奖。"

今天葡萄里给客人开放上台唱歌的权限，但是要收费。

骆夏凑在向暖耳边，几乎吻着她的耳朵跟她低声说话。然后他就起身，暂时离开了座位。

陈嘉嘉和余渡不解地看着脸上盈满笑意的向暖。

余渡问："夏哥干吗去了？"

向暖冲舞台抬了抬下巴，对他俩示意。

陈嘉嘉和余渡扭头，就看到骆夏已经站在了舞台上，正背对着他们跟酒吧的乐队交谈着什么。须臾，他转过身，将立式话筒调高。

骆夏垂眸望过来，只看着向暖。他对她笑，满目温柔。

向暖也笑，耳边仿佛还萦绕着他刚才离开前说的那句话。

"下一首歌，是我送你的圣诞礼物。"

骆夏回头，对乐队的几位老师微一颔首，前奏响起。

"差不多冬至，一早一晚还是有雨……"

他低沉的嗓音一响起，标准的粤语和动听的歌声就吸引了酒吧里的不少顾客。

向暖的眼睛一眨不眨地望着他，嘴角漾开浅笑。

男人身姿挺拔地站在舞台中央。他穿着灰色的高领羊毛衣，肩宽腰窄，长腿被裁剪得体的黑色休闲裤包裹，整个人透着一股淡淡的慵懒气息，又有一种说不出的温雅斯文的气质。

"一千种恋爱一些需要情泪灌溉，枯萎的温柔在最后会长回来……我知日后路上或没有更美的邂逅……"

骆夏全程同向暖对视，那双漂亮的桃花眼中闪着细碎的光芒，清亮的眸中映出来的只有她的模样。

他想登台的原因很简单，因为他还从未站在某个舞台上给她唱过一次歌。

他想唱给她听，认认真真地唱。

所以这次的歌是骆夏唱给向暖听的，其他听到的人，都只是沾了她的光。

这首歌唱完，向暖以为骆夏要下台了，结果他望着她，笑道："下一首，是给你的惊喜。"

他没特意说明"你"是谁。

虽然酒吧里的其他人不懂，但向暖知道，旁边的余渡和陈嘉嘉也知道——

骆夏口中的"你"，是向暖。

向暖的杏眼中闪过惊讶。她恍神的这一瞬，骆夏已经在乐队奏出的旋律中唱起了第二首歌。

“那一天，那一刻，那个场景，你出现在我生命。从此后，从人生，重新定义……与你相依的四季，苍狗又白云，身旁有了你……”

向暖听过这首歌，是五月天的《如果我们不曾相遇》。

前面都是按照原歌词唱的，直到最后一小段，骆夏不动声色地将歌词改动了一下。

“每一天，每一刻，每次呼吸，我们不会再分离，而我的自传里，一直有你，没有遗憾的诗句。”

向暖在座位上跟着他轻声哼唱，到最后那部分时，一度以为自己记错了歌词。她拿过手机，低下头去搜索这首歌的歌词，然后发现，他真的改了几处地方。

原歌词明明是：“某一天，某一刻，某次呼吸，我们终将再分离，而我的自传里，曾经有你，没有遗憾的诗句。”

向暖回想了一下他唱的歌词，心跳难以抑制地加快。

他在借歌告诉她，她以后的每一天都有他，他们不会再分离。

歌曲已经结束。

向暖抬头，目光随着骆夏移动。

他诚挚地鞠躬谢过几位乐队老师，而后从容下台，阔步朝她走来。

他刚回到桌边，还没落座，有个女生就停在了他的面前。

“帅哥，能不能加个微信？”女生笑盈盈地问，而后很直白地夸道，“你刚才唱歌真好听，尤其是粤语，唱得好性感。”

骆夏礼貌地拒绝：“不好意思。”

“就认识一下嘛，交个朋友。”女生不死心地笑着说。

骆夏直接道：“不必了。”

随后他拉起默默看戏的向暖，语气无奈：“走了，回家。”

向暖站起来，任由骆夏给她穿外套系围巾，两个人的相处自然又亲昵。

余渡看着还没离开的女生，说：“别不甘心了，姑娘，他‘名草有主’‘英年早婚’，回吧。”

等那个女生离开，陈嘉嘉笑出声：“英年早婚？”

余渡耸耸肩，无辜地说：“四舍五入也算是吧。”

骆夏给向暖穿好大衣后，弯腰拿起自己的穿上，对还坐在座位上的两个人说：“我们先回去了。”

陈嘉嘉点头：“好。”

余渡冲他俩挥挥手：“拜拜，我再消遣会儿。”

向暖挽着骆夏的胳膊从酒吧出来。

到了车旁，骆夏把车钥匙递给向暖。向暖开了锁，拉开驾驶座的车门。

坐进车里之前，她忽然转过身，对骆夏笑道：“我发现藏在歌里的惊喜了。”

骆夏挑眉，嘴角露出笑。

向暖的一只手还抓着车门，另一只手拽住他的灰色围巾，让骆夏朝她低头凑近。

她踮脚，在他泛凉的唇上亲了亲，笑道：“圣诞快乐，阿夏。”

元旦当日，天空有些阴沉昏暗。

向暖坐在车里，透过车窗看着几乎要压下来的天空，感叹了一句：“天好昏暗。”

骆夏随口接道：“天气预报说有雪。”

“咦？”向暖意外，而后浅笑，“又要下雪啦？”

骆夏想起上次下雪时，她大半夜在家门口踩了一个中间夹着心形的“暖夏”出来，嘴角不由得勾了勾。

虽然第二天早上他起来后再去看时，她踩的印记早已经被大雪覆盖，了无痕迹，但那个场景他会永远记得。

向暖和骆夏到靳家的时候，靳言洲和他的女朋友已经在家了。

把礼品放下，跟长辈打过招呼，骆夏和向暖就把目光移到了站在靳言洲身旁的女人身上——娇小玲珑的身材，一双鹿眼清澈明亮，生得精致可爱，如同洋娃娃一般。

靳言洲言简意赅地介绍：“向暖，骆夏。”而后他又对他们说：“初杏。”

骆夏简单礼貌地淡笑着说了句“你好”，向暖弯眉浅笑：“嫂子好。”

初杏被她叫得一下子红了脸，眨巴了几下眼，莞尔回道："你们好。"

一家人吃午饭的时候，向琳和靳朝闻不免问起他们打算什么时候结婚。

靳言洲语气淡淡地回了句"再等等"。

向暖和骆夏对视了一眼，随后骆夏就率先开口说："叔叔、阿姨，我跟暖暖商量了一下，决定年中办婚礼，12 月的时候再去领证。"

向琳和靳朝闻没打算左右孩子的决定，只是很好奇为什么婚礼和领证要隔半年之久。

骆夏笑了笑，向他们解释："6 月 21 日是我的生日，12 月 21 日是暖暖的生日，我们就想一天办婚礼一天领证。"

其实对向暖和骆夏来说，这两个日子的意义并不仅仅是他们的生日这么简单，更深的意义不用别人知晓，他们两个人懂就够了。

午饭过后，几个人在客厅坐了一会儿，随后两位长辈回了房间去睡午觉。

靳言洲盯着初杏把感冒药吃下去。过了不一会儿，坐在他身边的初杏就因为药效发挥困得睁不开眼睛。

本来还在说话的骆夏和靳言洲渐渐没了声音，停止聊天。

"你把她抱到房间去睡吧。"向暖小声对靳言洲说。

靳言洲本来也正要带初杏回房间。他起身的那一刻，初杏忽然睁开眼睛，目光茫然地望着他。靳言洲没说话，直接弯腰将人抱起来。初杏登时清醒了大半，鹿眼瞪得浑圆，睫毛受惊般颤了颤，双颊以肉眼可见的速度漫上一层红晕。

"放我下来吧……"初杏小声说道，语气特别羞赧。

骆夏和向暖都看着呢……

靳言洲充耳不闻，没有把她放下来。初杏也没闹腾，乖乖地缩在他的怀里装鹌鹑，一路被他抱去了他的房间。

客厅里顿时只剩下向暖和骆夏。两个人看了看对方，不约而同地笑了笑。

向暖问："你要去我的房间看看吗？"

骆夏微挑眉梢，点头应道："好。"

他起身，牵住向暖的手，和她一起上楼，进了她的卧室。

卧室里干净整洁，一看就是有人经常打扫。

书桌上还摆放着向暖高三时期经常用的那盏小台灯，还有放着几根笔的笔筒。蓝色的书立架中间竖着一些书，是她那会儿用得到的作文书和辅导资料。

骆夏走过去，弯腰瞅了瞅书立架中的书，嘴角噙着笑。

向暖在床尾坐下，听到目光在书桌上游移的骆夏问："那些千纸鹤里面的话就是在这儿写的吧？"

向暖的唇边漾开笑意："大部分是，有一小部分是在教室的课桌上写的。"说到这里，向暖想起来什么，继续道，"你还记得那次周佳提议玩游戏，输了的惩罚是翻课桌抽屉吗？"

骆夏转过身来，倚靠住书桌，沉吟了几秒才点头："有点儿印象。"

"本来那次之前，我也会在教室里写，但后来就把东西都拿了回来，只在家里写了。"

向暖说完，起身走到骆夏面前，指着他的身体两侧说："这里，还有这里，曾经堆满了试卷和各种辅导书。

"那个时候我每天晚上都要开着台灯刷题、改错题，然后早上很早起来，背英语，背语文，背各科的知识点。

"很累很累的时候，我就会给自己一首歌的时间放松，听着歌写字条、折纸鹤。"

骆夏扭头看了看干净且有些空荡的桌面，又回过头。

他伸手揽住她的腰，把人往自己怀里带了带，垂眸凝视着她，低声问："晚上学到几点？"

向暖回想了一下，如实回他："大多数时候12点多或者1点多，偶尔会到2点。"

"早上呢？"

"不到5点就起来。"向暖说完就笑着补充，"一开始没这么早，就后来有一段时间这样——"

话音未落，她就被骆夏抱进了怀里。

男人抚着她柔顺的长发，温柔又心疼地低喃："辛苦了。"

听到她的话，他想起了高三那年她在教室里伏案学习的模样，也记起了她为了多省些时间学习而直接剪掉了及腰的长发。

原来，在他看不见的时候，她更加努力。

向暖莞尔，回抱住他，轻声说："其实我很感谢那时候那么拼命的自己，也很感谢你，阿夏。"

骆夏用前额抵着她的，微微抬了抬下巴，在她的唇瓣上啄了一下。

向暖的脸上挂着浅笑，她像说悄悄话似的问他："高三那年，你应该过得还算轻松？"

"嗯……"骆夏组织了一下语言，回她，"也会刷题巩固知识，但远没有你刻苦。"

向暖轻笑着揶揄："你是在安慰我吗？说得这么委婉。"

骆夏也笑。

"哎，"向暖往后仰了仰上半身，手抵在他的胸前，特别好奇地问，"你就没有什么弱点吗？怎么感觉你做什么都信手拈来？"

上学时他是公认的"学神"，各种竞赛奖项拿到手软；半路改变志愿学医，比计划提前回国工作，成了很出色的医生；私下会唱歌会弹钢琴，打篮球也很棒。

好像无论做什么，他都可以很优秀。

骆夏眉目俊朗，笑望着她，说："有啊，只不过我扬长避短，没暴露过弱点。"

向暖更想知道他到底有什么弱点了，眼巴巴地瞅着他问："什么？你告诉我。"

骆夏偏开头笑，摇脑袋："不要。"

"说吧，"向暖把手滑到他的腰上，轻轻拽他的衣服，像在撒娇，"阿夏，说啊。"

骆夏被她央求得无奈，抿了抿嘴唇，又松开，这才开口，如实告诉她："你擅长的。"

向暖一时没听明白，愣了一下。

她擅长的？什么？

骆夏看到她眼神茫然，一副不懂的样子，哭笑不得，伸出手指在她的眉心处轻轻一戳，笑着问："傻了吗？"

"什么我擅——"向暖刚说了半句话，忽地住嘴，格外惊讶地瞪

着他。

骆夏挑了挑眉："理解了？"

"你是说……"向暖怀疑地问，"跳舞？"

骆夏别开头，声音略闷地"嗯"了一声。

向暖还是不敢相信，脸上挂着笑："真的假的？"

"真的，"他无奈地说道，"华尔兹我还勉强能应付，你跳的那种我完全不行，街舞也不行。"

向暖跳的是现代流行舞，可潇洒可性感，节奏感很强，和舞会上舒缓的华尔兹舞步差别很大。

向暖忍不住笑了："别人知道吗？"

"只有家人知道。"他见她笑个不停，十分无奈。

向暖把脸埋在他的胸前，上扬的语调含着明显的笑意："啊……怎么办？你这么说我更想看你跳舞了。"

"你这是什么恶趣味？"他被她气笑了。

向暖从他的怀里仰头，眸子如沁了水一般清透明亮。她的杏眼弯着，嘴角上翘："那等有机会，我们跳支华尔兹吧，好不好？"

骆夏低叹，拒绝道："不要。"

"要。"她鼓了鼓嘴巴，认真地说，"要的，阿夏，我想跟你跳舞。"

骆夏实在拿她没办法，只好答应。

"行吧，"他说，"但我只会慢三步。"

"OK！"向暖开心地比了个手势，"我们就跳慢三。"

"还有可能踩到你。"他给她打预防针。

向暖眉眼弯弯的，毫不在意："没事，我会踩回来的。"

骆夏低头在她的唇瓣上咬了一口，没松嘴。听到向暖吃痛的哼唧声，骆夏从喉间溢出一声闷笑。

后来，两个人躺在床上休息了一会儿。

大概是因为昨晚在医院做手术到很晚才回家，今天又一早就起来准备来靳家，骆夏跟向暖聊着聊着就睡了过去。

向暖给他盖好被子，坐在他身边看了他一会儿，而后蹑手蹑脚地起身，走出卧室。

向琳已经睡醒了，正坐在客厅的沙发上喝水。向暖走过去，在向琳身侧坐下来，也倒了杯水喝。

向琳温和地笑着问：“骆夏呢？”

“睡着了，”向暖说，“昨天有台手术做到凌晨才结束。”

向琳轻叹，心疼道：“当医生确实累。”

沉默了片刻后，向暖时隔多年又一次对向琳提起：“妈，你应该对秋姥姥还有印象吧？”

向琳正蹙眉回想着，向暖又道：“就是兴溪四合院里的那个退休的老师。”

向琳终于记起秋翡：“啊……秋老师，我知道，怎么了吗？”

“骆夏是她的外孙，”向暖对向琳坦言，“我们搬进四合院的那个夏天，他住在秋姥姥那里。

“我之前问你，还记不记得我六岁的时候院子里有个小孩儿经常跟我玩，你说你知道有这么个人，但叫什么、长什么样子都记不清了。”向暖喝了口水，低头看着水杯，缓声说，“是他，是骆夏。”

向琳震惊，好几秒都回不过神。

原来在她深陷婚姻被背叛的痛苦中，忽略了陪伴女儿的那个夏天，一直陪着女儿度过最难熬日子的孩子就是骆夏。

向琳怔怔地望着向暖。向暖冲她浅笑了一下，说：“妈，我觉得我很幸运。”

他像我两次失而复得的宝物。

向琳眼眶泛热地摸了摸向暖的头，有些歉疚地说道：“当年那段时间是妈妈忽略你了——”

那个夏天对向琳来说像一场噩梦，婚姻的不幸让她耗尽所有精力，也没能如之前那般爱护向暖。这件事一直都是向琳心里的一根刺。

向暖打断她，失笑：“我跟你提这个不是怪你，我从没怪过你，妈，我知道你一直都在很尽力地保护我、疼爱我。”

哪怕在那种情况下，在她自己情绪都不受控制的状态下，她依然会在和丈夫争吵时记得将向暖推出房间，不愿向暖听到、看到那些。

“我就是想跟你……分享喜悦，”向暖的唇边噙着笑，“想让你放心，我跟他会很好很好。”

我只是想告诉您，那个最初陪着我的男孩，那个占据了我青春岁月

的少年，最终成了我的，我很开心，也希望您为我开心。

向琳频频点头，嘴里应着：“好，好，妈妈放心，妈妈能看得出来骆夏是个好孩子，你跟他在一起，妈妈很安心。”

母女俩刚说完，初杏就从楼上下来了。她看起来刚睡醒，眼神茫然，表情有点儿呆。

向暖扭头看到她，笑着招招手，唤她：“嫂子，过来坐。”

初杏被向暖对她的称呼弄得清醒大半，涨红了脸，抿嘴浅笑着走过去。

坐下后，她礼貌乖巧地喊向琳：“伯母。”

向琳笑吟吟地点头应下，给初杏倒了杯水。

三个人在客厅聊了一会儿，向琳就起身到厨房给她俩切水果了。

向暖和初杏聊的话题自然躲不开靳言洲。

初杏温软地说：“言言说你们都是高中同学。”

言言。

向暖眨巴了一下眼睛，点点头：“我是高三转到沈城来的，跟他俩只当了一年的高中同学。”

初杏语气羡慕，然后眼巴巴地瞅着向暖：“那也很好啊。暖暖，言言高中的时候和现在差别大不大？”

向暖仔细回想了一下，摇摇头，对初杏说：“他一直就这副样子，傲娇嘴硬，其实心不坏，就是有时候说话噎人了点儿。”

初杏赞同地点了点头，然后眉眼弯弯地笑道：“但是很可爱啊！”

向暖忍不住笑了，不知道靳言洲听到女朋友用“可爱”形容他会是什么反应。

“你们在一起多久了？”向暖有些好奇。

“七年了。”初杏坦言道，“我们是大二时在一起的。”

向暖颇为意外。原来他俩是大学同学。

这些年，虽然向暖和靳言洲的关系好了起来，他在被她一次又一次叫了“哥”后也不再否认，但他俩有着莫名的默契，谁也不向对方提及感情私事。

所以向暖在回国之前并不知道靳言洲有女朋友，即便后来知道了，也没过问过他和他的女朋友的事。

骆夏睡醒后下楼，看到靳言洲坐在落地窗旁边的桌前，正望着外边。他走过去，发现外面已经积了一层厚厚的雪。

骆夏在靳言洲的身侧拉开椅子坐下，靳言洲给他倒了杯温茶水。

他俩面朝落地窗，并排坐在窗前，望着院子里正在堆雪人的两个女人。

半晌，目光锁定在向暖身上的骆夏抿了口茶水，开口问靳言洲："那次你跟我说追向暖要谨慎，她容易当真。你是不是早就知道？"

他没把话说全，知道靳言洲听得懂。

靳言洲淡淡地"嗯"了一声。

"什么时候？"骆夏扭头问他，"怎么知道的？"

靳言洲嫌弃地瞥了骆夏一眼，没有立刻说话，像是懒得回答。

过了片刻，靳言洲将温茶不紧不慢地喝完，在给自己倒茶水时，才回骆夏："能怎么知道？看出来的。她对别人都可以落落大方、镇定自然，唯独对你做不到。那只能是她觉得你重要，很在意你怎么看她，你对她来说是特殊的。"

骆夏望向向暖，嘴唇微抿。她的感情靳言洲都能察觉出来，他却没有察觉到半分。

寡言少语的靳言洲看起来漠视周围的一切，但其实他的直觉敏锐到能捕捉身边所有不同寻常的蛛丝马迹。

作为靳言洲多年的好友，这点骆夏心底很清楚。

其实靳言洲注意到了向暖不经意间露出的很多小破绽。

比如她趁人不注意时偷偷看向骆夏的目光，还有在跟骆夏说话时紧张忐忑的模样。

比如那么拼命学习的她总会有一刻走出教室，出现在运动会场地或者元旦联欢会礼堂，偏偏那一刻赛场上和舞台上的人都是骆夏。

她大概没意识到那夜在 KTV，自己有多频繁地偷偷看向骆夏，但始终坐在旁边当听众的靳言洲把包间里的一切都看得清清楚楚。

甚至她要考的学校和专业都和骆夏被保送的一模一样。

对骆夏的暗恋，向暖不动声色，以为谁也不知道。

靳言洲起初只是不经意间察觉到了端倪，有些不确定的猜测。后

来为了证实自己的猜测，他特意稍稍注意了一下，便越发肯定向暖喜欢骆夏。

但感情的事很私密，向暖不说，骆夏无所察觉，他也不会去透露半分。

“你走的那天，”靳言洲轻描淡写地告诉骆夏，“她在傍晚出了一趟门，不知道去了哪儿，晚上回来的时候，眼睛又肿又红。”

骆夏握紧手中的茶杯，默不作声。

“兜兜转转了这么多年，你们最终能在一起，我替她开心，也为你高兴。”

靳言洲偏头看向骆夏，揶揄道：“哎，你是不是该叫我声‘哥’？”

骆夏轻牵唇角，坦坦荡荡地笑着喊：“哥。”

靳言洲眉梢微抬，对这声“哥”格外受用。

院子里的雪人已经堆好，靳言洲放下茶杯起身，拍了拍骆夏的肩膀，而后就往院子里走去。

靳言洲看到正在和雪人合照的初杏冻得小脸通红，不禁皱紧眉心。

他站到不远处，嗓音冷淡：“初杏，回屋。”

初杏站在雪人旁，同他对望，没动。靳言洲往前迈步，初杏同时后退一步。

她提醒他：“你喊错了。”

靳言洲顿时脸色一沉，没说话。

向暖识趣地打算回屋，把空间让给他俩，一转身就看到骆夏倚靠着门框，正瞅着她笑。

向暖不自觉地莞尔，抬腿朝他走去。

走了几步后，她无意间听到身后的靳言洲低低地唤了声“初初”，声音有几分别扭。

向暖抿住唇强忍着笑，随即就向骆夏小跑而去。

靳言洲喊完这一声就立马恢复成冷冰冰的语气，硬邦邦地命令道：“你过来，跟我回屋。”

初杏这才乖乖地走到他面前，任他拉住自己冰凉的手。

向暖刚来到骆夏面前，就被他伸手拉进怀里。

他把她的双手包裹在掌心里轻轻搓热，低声问：“不嫌冷？”

向暖眉眼弯弯，摇头："不冷。"

"嘴硬，手都快冻僵了。"骆夏无奈地低叹。

向暖一直笑，笑得骆夏莫名其妙，但他又被她感染，嘴角也噙起笑容。

他好笑地问："你笑什么？"

向暖咬了咬嘴唇，让骆夏偏头凑近，在他耳边很小声地咬耳朵，把靳言洲别别扭扭地喊初杏昵称的事说了出来。

她刚说完，靳言洲就拉着初杏从他们旁边走过。向暖若无其事地看了一眼牵手经过的两个人，眼中的笑意还没散去。

晚饭也是在靳家吃的。

晚饭过后，向暖和骆夏又待了一会儿，然后才开车回家。

雪在傍晚时停了一会儿，但晚上又下了起来。

向暖和骆夏回到家，一起泡了个热水澡。

热气氤氲的浴室内，白雾朦胧。

向暖依偎在骆夏怀中，轻抬身子，瞅着他沾了水珠的肌肤，手指在他的脸上轻轻点着、戳着。

骆夏微微侧头，双眸凝视着她，目光温柔又深情。

向暖和他对视了几秒，旋即扬起笑，有些不解地问："怎么了？为什么一直瞅着我？"

骆夏抬起潮湿的手，在她被热水蒸得泛红的脸颊上轻轻摩挲，温声道："喜欢看你。"

向暖莫名其妙，还未说话，他就捧着她的脑袋，让她微微低了些头。

骆夏的薄唇印在她的左眼上，然后是右眼。

靳言洲说，他走的那天，她哭得眼睛红肿。

她到底哭了多久，哭得多凶，才能把眼睛哭成那般？

他的吻很轻柔小心，一个一个地落下。

过了好一会儿，向暖被他箍住腰，两个人坐起来，溅起一片水花。她搂着他的脖子，同他唇瓣厮磨。

向暖没跟骆夏提起过她在他离开的那日一个人去了天台，更没告诉过他，因为和他分别，她躲开所有人大哭了一场。

但他都知道了。

她用最赤诚干净的眼泪，祭奠结束在那日的青春和无疾而终的暗恋。

暖暖，你的喜欢，并不是无疾而终。

元旦过后，高三时的班长亲自给班里的每一位同学打电话，邀请他们参加除夕前的同学聚会。

向暖明确表示会去。骆夏无法给出肯定的答复，只说没工作就会过去，就怕那天赶上值班或者有手术，没办法到场。

后来班长特意拉了一个聚会的群，方便大家交流。

余渡进群后看到成员只有不到二十人，问班长："其他人都不来吗？"

班长发了个苦笑的表情包，回他："能约到近二十个同学，我都觉得已经很不错了。"

余渡一想也是，毕竟他们都已经高中毕业近十年了，高中同学聚会，要想全班到场几乎不可能，班长能叫来快二十人的确很厉害了。

接下来的几天，班长挑选聚会的地方，在群里问大家的意见。订好饭店和包间，他又询问大家偏爱的口味、有没有忌口，把一切都安排得井井有条。

临近年底，向暖的工作室放了假，骆夏还在医院忙。

向暖本来想聚会的时候和骆夏一起出门，但怕什么来什么，骆夏当天排了两台手术，一直到晚上 8 点才能结束。而同学聚会 7 点开始，他俩没办法一起去。

聚会当天，向暖考虑到骆夏到场后肯定要喝酒，回来得由她开车，就没开车，顺路坐了靳言洲的车，跟靳言洲一道去了聚会的饭店。

他们到的时候，包间里已经有不少人了，余渡和邱橙也在。

向暖大方地笑着跟大家打了声招呼，而后就坐到了邱橙旁边。邱橙顺手端过茶壶，给她倒了杯热水。她笑着谢过邱橙，双手掌心贴在玻璃杯的杯壁上，用热乎乎的水杯暖手。

邱橙无意间发现了向暖左手无名指上的戒指，惊讶地凑近她轻声问："骆夏跟你求婚了？"

向暖翻了翻左手，脸上漾开笑，点头：“嗯。”

“他的速度还挺快啊。”邱橙笑着感慨，而后又问，“什么时候办婚礼？”

向暖如实告知：“我俩打算年中他生日那天办。”随即她扭头对邱橙说，“橙子，你要来当我的伴娘啊。”

邱橙讶异地道：“但我已经领证了。”

向暖不在意这些，笑道：“没有那么多规矩啦，反正我给你留了伴娘的位子。”

邱橙无奈，弯眸应下：“嗯，好，我当你的伴娘。除了我，还有谁做你的伴娘？”

“大学舍友夏晚、我哥的女朋友初杏，还有一个认识多年的朋友陈嘉嘉。”向暖勾起嘴角道，“就你们四个。到时候给你们介绍。”

“好。”邱橙点了点头，又问，“那伴郎呢？余渡、你哥，应该还有俩吧？”

向暖望着邱橙轻叹：“还有你家那位。我跟骆夏都觉得，没必要有那么多规矩，我们就想大家一起开开心心的，所以也会请秋学长当伴郎的。”

邱橙莞尔，“嗯”了一声。

“最后一个伴郎是骆夏的师兄，叫贾诚。”向暖对邱橙说。

邱橙了然，点点头。

两个人聊了一会儿，不知不觉就到了时间，包间里的人除了骆夏都到齐了。

有男同学问班长：“班长，你不是说夏哥也来吗？人呢？”

班长无奈地笑道：“夏哥医院有手术，晚点儿过来，我们先吃着。”

吃到中途，有男同学举着酒杯热情地挨个儿敬酒。

轮到向暖时，向暖站起来，充满歉意地说道：“抱歉，我对酒精过敏，就以水代酒吧。”

男同学听到她对酒精过敏，便不再劝酒，爽快地笑着应道：“好。”

两个人碰完杯，男同学在敬邱橙之前，有些意外地说：“向暖，你变了好多。我记得你高三的时候特别文静，也不怎么说话。”

向暖轻笑，不置可否。

就在这时，包间的门被人敲响，随后被推开，骆夏出现在门口。

他的脸上漾着淡笑，语气歉然："抱歉，我迟到了。"

说着，他自然地来到了向暖身边——靳言洲特意给骆夏在向暖身边留了个位子。

骆夏过来后，刚拉开椅子，就被敬酒的男同学拉住。对方嘿嘿笑道："夏哥，来晚罚酒。"

骆夏失笑，没拒绝，给自己倒了一杯酒，爽快地喝掉。而后他偏头，凑近向暖低声笑道："待会儿你开车带我回家。"

向暖嘴角轻翘，点头应允："嗯，好。"

两个人自然亲昵地说着话，惹得从骆夏进来后就注意着他的一群人纷纷震惊。

"夏哥，你跟向暖……什么情况啊？"

敬酒的男同学就立在他们旁边，还没走开，见到这个情景，不免诧异。

骆夏嘴角噙笑道："怎么？"

"你们在……谈？"另一个女同学错愕地问。

余渡接话告诉他们："他俩都要结婚了，同志们，6月都要办婚礼了。"

这下大家全部直接愣住。谁也没想到，当初被那么多女生暗恋仰慕的骆夏，最终和那时在班上几乎没什么存在感的向暖走到了一起。

骆夏大方地说道："婚礼在6月21日举行，大家到时候有空可以来参加。"

说完，他和向暖挨着坐下来。

因为这个重磅消息，接下来好一会儿大家都在谈论骆夏和向暖的事。

敬酒的男同学甚至大胆地问了骆夏和向暖几个感情问题，比如谁先主动的，还有对方起初最吸引你的是什么。

而骆夏和向暖快结婚的消息，在聚会结束前就被饭桌上的同学在高三班级的大群里广而告之了。

本来如死水一般的班级群登时炸开了锅，好多很久不发言的人纷纷发言。

“真的假的？”

“震惊！我蒙了！”

“夏哥啊！和向暖？那个每次考试成绩都能提升一大截的女生吗？”

“好像也在情理之中，我记得那会儿他们经常一起玩吧。”

“不管怎样，祝福啦！祝夏哥和向暖新婚快乐！”

“祝夏哥和向暖新婚快乐！”

…………

聚会结束，大伙儿从饭店出来，很多人意犹未尽。难得聚一场，他们不想就这么各回各家，毕竟下次再聚还不知道要等到什么时候。

班长提议去附近的KTV包间再玩一会儿，瞬间有不少同学应和，但向暖和骆夏婉拒了。

骆夏今天接连做了两台手术，本身就已经很累了，向暖想让他早点儿回家，好好休息。骆夏自己也是这么想的。

邱橙被前来接她的秋程带走，靳言洲要去找女朋友。

最后他们五个人中，只有余渡跟着大伙儿去了KTV。

在向暖开车带骆夏回家的路上，坐在副驾驶座上的骆夏难得点开班级群瞅了一眼。看到大家都在齐刷刷地祝福他和向暖，他回了句“谢谢大家的祝福”，而后很有诚意地在群里发了几个拼手气的最大额红包。随后他关掉手机，侧头看着向暖。

向暖虽然注意着路况，但能察觉到他的视线移了过来。

她努力忽视掉骆夏投过来的灼热视线，镇定如常地开着车，问他：“明天还要去医院吗？”

骆夏低声温和地回道：“明天不去，后天去。”

后天是除夕。

向暖微微蹙眉：“晚上也要在医院？”

“不需要。”他笑了一下，说，“吃过年夜饭我去找你，然后……带你去个地方。”

向暖有点儿好奇，但为了保证惊喜感，没有开口问他要带她去哪儿。

她噙着笑，欣然应允：“好，那到时候我等你。”

到家后，向暖把车开进车库。

她下了车，绕到副驾驶座一侧。骆夏已经解开了安全带，也推开了车门，但坐在座位上没有动。

站在副驾驶座车门旁的向暖以为他头晕不舒服，弯了弯腰探进上半身，喊他："阿夏……"

话音未落，她就被他握住了手腕。

骆夏稍稍用力一拽，向暖就不由自主地趴了过来，跌在他的身上。他把人抱上车，让她坐到他的腿上。

向暖撑着他的肩膀，脸颊泛起红晕，声音放得很轻，略有嗔怪："干吗啊？"

骆夏抬手，轻抚着她的长发，双眼染了笑意。而后他揽住她纤细的腰肢，把人抱在怀里，附在她的耳畔低声呢喃："抱抱你。"

"你醉了吗？"向暖有些不确定地问。

可是他喝得也不是很多啊，应该不至于醉吧。

骆夏说："没有。"

"暖暖，"他温柔地唤她，嗓音清润地询问，"你喜欢什么样的装修风格？"

向暖有些疑惑，不解地问："嗯？"

骆夏笑道："我们的房子，你想装修成什么样？"

向暖微愣，旋即浅笑着回道："清新简洁一点儿的。"

"好。"骆夏应下来，片刻后又问，"想不想尝尝酒的味道？"

说这句话时，骆夏压低声音，像在跟她说悄悄话，暧昧又性感。

向暖在他的怀里轻笑出声，故意跟他唱反调，不答应："不想。"

"想，"骆夏单手捧住她白里透红、带着笑意的脸颊，望进她明亮的眼睛里，仿佛在给她下蛊，"你想。"

向暖没说话，和他对视了几秒。

男人的眼睛乌黑又清澈，恍若一对让她甘愿沉沦的旋涡。

她凑过去，吻了吻他的嘴角，尝到了酒的味道，淡淡的。

"嗯，我想。"她弯起杏眼坦言道。

骆夏听到她的回应，直接扣住她的后脑勺，再次让她的唇贴上来，不容分说地加深了这个吻。

浓烈的酒香侵袭，瞬间灌满她的口腔，向暖登时脸颊红透，仿佛喝醉了一般。

意识模糊时，向暖不知为何回想起聚会时他俩被问的那几个问题。

最活跃的那个男同学好奇地问：“你俩谁主动的？”

骆夏没等向暖回答，就坦荡地笑答：“我。我追的暖暖。”

因为他对向暖的昵称，包间里响起一阵意味深长的调侃声。

“那……对方起初最吸引你的是什么啊？”

向暖不假思索地说：“温柔绅士，有主见，有教养，也有分寸感。”

她身旁的骆夏由喉间溢出一声短促的低笑，想到了她的千纸鹤。

她说她遇到了这个世上最绅士、最温柔、最有教养的男孩子，此生再也不会遇到第二个。她还说她有无数个喜欢他的理由，他那令人舒适的分寸感就是其中之一。

而后，轮到骆夏回答问题。

向暖听到他认真地说了一个词：“坚韧。”

起初，在他自己都没意识到的时候，他最先关注到的，是她对待学习的那股坚韧劲儿。

虽然那时他对她还只是欣赏。

向暖几乎醉在他的吻里。

这个吻结束后，向暖本以为骆夏要抱着她下车回屋。结果他长臂一伸，将敞开的副驾驶座车门关紧。

冰冷的寒气彻底被隔绝在车外，狭小的车厢内，暧昧气氛成倍地增长。

呼吸不稳的向暖再一次被骆夏吻住。

发现千纸鹤的那夜，他在某两只纸鹤上回她的话是：

2019 年 10 月 10 日，向暖，我也遇到了这个世上最美好的你。

2019 年 10 月 10 日，和你一样，我也有无数个喜欢你的理由。而我最爱的，是你刻在骨子里的温暖和善良。

虽然除夕前一天骆夏和向暖都没事，但因为临近除夕，他们的假期

又都有限，所以两个人也没待在一起过，而是各自开车回了家，想多陪陪家人。

向暖昨晚没睡好，回到家吃过午饭后就回房间睡午觉了。

她本来还想在家多陪母亲和靳叔叔聊聊天的，结果力不从心，一觉睡到傍晚。醒来后，她看到骆夏给她发了好几条微信。

四个小时前——

LX："我下午要跟你哥还有余渡打篮球，表哥和学姐也来，你来吗？"

三个小时前——

LX："靳言洲说你在睡觉。你睡吧，好好休息。"

半个小时前——

LX："我回家了，你还没醒？"

LX："小懒猪。"

向暖睡眼惺忪地躺在床上看完他的微信，然后才慢吞吞地打字回复："刚醒。"

下一秒，骆夏就发来了视频通话请求。

向暖点了接受，懒洋洋地侧躺在床上，看着视频那端已经洗完澡换了干净衣服的骆夏，缓慢地眨了几下眼睛。

骆夏语气带笑地问："好点儿了吗？"

向暖的嗓音泛着刚睡醒的沙哑："还想睡。"

"应该快吃晚饭了吧？"骆夏问完后温声道，"先起来吃个饭，吃完饭再继续睡。"

"嗯。"向暖应道。

"阿夏！"他那边传来一声温柔轻唤，是夏知秋，"姥姥找你。"

骆夏回道："好。"

向暖听到后，对他说："你去吧，我再躺会儿就起床。"

"嗯，"他低笑了一下，"晚上睡前泡个热水澡。"

"好。"

挂断视频后，向暖又闭上眼窝在床上睡了过去。直到要吃晚饭，向琳来喊她，她才再次醒来。

隔天是除夕。

向暖在家里帮忙贴“福”字、包饺子，偶尔闲下来，会和骆夏在微信上聊几句。

她给他拍自己包的饺子，骆夏回她：“我也会。”

LX：“以后我包给你吃。”

向暖欣然答应：“好啊。”

骆夏又给她发：“等会儿吃过年夜饭，我去找你。”

XN：“嗯，好。”

吃过年夜饭，向暖坐在客厅的沙发上跟家人一起看春节联欢晚会，但只有向琳和靳朝闻在认真看，旁边的靳言洲一直在低头摁手机，向暖也时不时地拿起手机看两眼。

过了一会儿，靳言洲起身，对他们说：“我出去一趟。”

说着，他已经拿起大衣穿好，往门口走去。不用说他们也知道他要去找初杏。

向暖捧着手机看得更勤。从吃过年夜饭后，她就一直在等骆夏联系她。

接近晚上 8 点的时候，骆夏的微信消息忽然传进来。

LX：“暖暖，出来。”

向暖立刻站了起来，惹得向琳和靳朝闻齐刷刷地望向她。

向暖神色镇定，微红着脸说：“我也出去一下。”

两个长辈心里跟明镜似的，笑着说：“去吧去吧。”

“穿厚点儿，别冻着。”向琳嘱咐向暖。

向暖莞尔，点头应道：“嗯，好。”

她穿上大衣，戴好围巾，从家里一走出来就看到骆夏的车停在门口。他正倚靠着副驾驶座的车门，目中含笑地望着她。

向暖刚走过来，就被他拉进了怀里。

骆夏抱住她，语气略带歉意：“是不是等了很久？”

向暖轻声说：“还好。”

“我要出来的时候姥姥的情况不太好，我就陪了陪她。”他解释道。

他本来吃过年夜饭就打算来找向暖的，但姥姥又一次将他错认成了姥爷，拉着他的手说了好些他们之前的事。

骆夏耐心地陪着姥姥，直到将她安抚好，才把她交给家人照看，得以出门找向暖。

向暖噙着笑，很理解地回他："嗯，该多陪陪姥姥的。"

骆夏捧住她的脸，在她唇边蜻蜓点水般啄了啄，低喃："走吧，上车。"

说完，他松开向暖，替她拉开了车门。向暖坐进副驾驶座，骆夏帮她扣好安全带。

骆夏带向暖去了一间宽敞空荡的舞蹈房。

"你不是说想跟我跳华尔兹吗？"骆夏走到黑胶唱片机前，将黑胶唱片放到转台上，在放下唱针前，扭头笑道，"今天怎么样？"

向暖颇为意外，而后就欣喜地点头答应："好啊。"

她摘下围巾，脱掉大衣，只剩穿在里面的修身线衣和小黑裙，黑裙下是黑色裤袜。

骆夏放好唱针，音乐响起。

他转过身，左手轻抬，握住向暖的右手，右手放在向暖的肩胛骨下侧。

伴随着舒缓的纯音乐声，向暖和骆夏一同运步。

向暖面带浅笑，微微抬头望着骆夏。骆夏也垂眸凝视着她，眼中尽是笑意。

除了中间骆夏真的不小心踩到向暖两次，一支华尔兹舞他们跳得还算圆满。

圆了她的心愿，骆夏搂住向暖，温声道："抱歉，我尽力了。"

但他还是踩到了她两次。

向暖抱着他的腰身，语调轻扬，笑着回道："已经很好了。阿夏，谢谢你满足我的愿望。"

骆夏轻笑，低头在她的前额轻吻了一下。

须臾之后，向暖仰起头来，冲他笑道："但我还是要踩回来。"

骆夏不解："嗯？"

向暖已经抓着他的手臂保持身体平衡，将鞋脱掉。而后，她抬手钩住他的脖子，双脚踩在了他的脚背上。

"重吗？"她轻声问。

“不重。”骆夏稳稳地把她揽在怀里，瞅着她，双眼盈满笑意，说，“很轻。”

唱片机还在放着音乐，骆夏开始慢慢地挪动步子。

向暖在他的怀里仰头，杏眼弯弯地同他对视。骆夏低下头，凑过去吻了一下她的唇角，一触即离。

过了一会儿，他像上瘾了一般忍不住又轻轻地亲了她一下。

每次他吻过来时，向暖就闭一下眼睛。

来回几次后，向暖也开始主动。她微微抬起下巴，迎上他落下来的吻。

她的唇贴一瞬，稍稍离开，再次覆上，同他厮磨。

最后骆夏直接将向暖抵在冰冷的镜子上，两个人搂在一起，吻得难舍难分。

她的细腰被他箍紧，身后就是明亮却易碎的镜子，向暖不敢全然倚靠，只能倾身往他的怀里靠。

骆夏便拥得更用力，吻得也更深。

绵长又激烈的一吻结束时，向暖缺氧到气喘不匀，呼吸不稳。

她窝在骆夏怀里，听到他胸腔里的心脏扑通扑通地快速跳动着，完全不亚于她那颗活蹦乱跳的心脏。

这方天地中流淌着让人心情愉悦的舒缓的轻音乐，不过阻挡不住外面越来越响亮的爆竹声。

骆夏单手搂好向暖，抬起另一只手看向手腕处的表。

时间刚好0点。

骆夏不声不响地从兜里摸出一条项链，双手捏着项链的两端，给向暖戴到脖子上。

脖颈上冰凉的触感让向暖瑟缩了一下，旋即她就低下头，捏起链坠，看了一眼。

这是一条链坠为雨伞形状的钻石项链。

向暖还愣着，骆夏就重新揽住了她的腰。

他的额头与她的轻抵，低沉的嗓音泛哑，听上去格外性感撩人：“新年快乐，暖暖。”

向暖抿嘴笑，微微抬起下巴，在他的唇边碰了碰，娇声回道：“新

年快乐，阿夏。”

从 2011 年起就缺失的“新年快乐”，终于在 2020 年填补回来。

这是我们认识这么久以来，第一次亲口向对方道“新年快乐”。

但这不是最后一次。

以后的每年，我们都能如此。

2 月 14 日情人节当晚，骆夏和向暖在家里一起吃过晚餐后找了一部电影看。

电影里的女主角试婚纱时，骆夏偏头对向暖说：“你的婚纱也定做好了，明天要不要去试试？”

正吃零食的向暖也扭过头，略微不解地问：“你明天不是有台手术吗？我自己去？”

骆夏搂过她的肩膀，把人揽进怀里，温声道：“手术下午 3 点 40 分左右结束，我们到时候在婚纱店碰面。”

向暖点点头，笑着应下来：“好。”

电影还没有看完，向暖就靠在骆夏怀里昏昏欲睡，骆夏也就没再看下去，把人抱起来，回房间休息。

第二天下午，向暖 2 点左右就到了婚纱店附近。她去商场逛了逛，看中了一对男士袖扣，就买了下来。

后来向暖逛得累了，便去一家咖啡馆喝了会儿咖啡。

骆夏做完手术，给她发消息说他这就过来。向暖估算着时间，感觉他差不多到了的时候，便起身去婚纱店。

她本想等骆夏来了之后再试婚纱，但为向暖服务的女店员笑着说她可以先进去试试。

“除了您定做的款式，我们店里还有好多种不同风格的婚纱，您都可以试试。”

向暖还是先试了定做婚纱的其中一款。

两三个女店员跟着向暖一起进试衣间，将帘子拉好，开始帮着她换婚纱。

过了好一会儿，向暖穿好婚纱，轻提裙摆从试衣间里走出来。

她刚要出去照照镜子，身后的一个女店员就把她叫住。向暖转过身，店员却快步走到她的身后，正了正她后背上系好的蝴蝶结。

骆夏来的时候，就看到向暖穿着一袭洁白的婚纱，正背对着他。

半露背的设计让她白皙光滑的肌肤若隐若现，她站在那里，背薄腰细，没有绾起来的长发如瀑披散。

店员看到骆夏，刚要开口讲话，骆夏就做了个“嘘”的手势，让她们不要出声。他走到向暖身后，不顾外人在场，直接伸手将她抱住。

向暖身体僵了一下，意识到是骆夏后瞬间放松，往后扭头看向他时，脸上满是笑意。

店员们已经识趣地退了出去，里间只剩下他俩。

向暖微弯杏眼，轻声问他：“好看吗？”

骆夏吻了吻她的唇角，温柔地回道：“好看。”

向暖转过身正对他，抬手搂住他的腰。骆夏情不自禁地低头去亲她的唇瓣，向暖微微抬头，抬起下巴去迎合他。

绵长的吻结束后，向暖窝在骆夏怀里平复了一下呼吸，而后才被他牵着手走出去。

骆夏把向暖带到镜子前，让她看镜子里的自己有多漂亮。

向暖望着镜子里的他和自己，不由得笑起来。

骆夏走到她身后，将她柔顺的长发用手束起来，问道：“要不要让店里的发型师给你把头发盘起来看看？”

向暖轻眨两下眼睛，点头应允。

向暖在做发型时，骆夏也去换了婚礼时要穿的西装礼服。

他换好礼服出来，又坐在旁边等了向暖一会儿，她才站起来，转过身朝他走来。

向暖的头发被编好盘了起来，她还戴了头纱，比刚才看起来更知性优雅，完全就是要迎接婚礼的新娘子。

骆夏起身，眼睛直直地望着她，一眨不眨。

直到她走到他面前，骆夏很自然地牵过她的手，又一次带她去了镜子前。

镜子里的男女身着定做的西服和婚纱，俨然就是一对璧人。

骆夏把手机递给店员，让店员帮他们拍张照片。

在向暖挽住骆夏的手臂摆好姿势后，另一个女店员觉得少点儿什

么，转身拿了一束捧花递给向暖。

这下他们更像新婚宴尔的小夫妻了。

直到天擦黑了，两个人才从店里出来，随后回家。

吃过晚饭后，向暖从包里拿出新买的袖扣，走到正喝水的骆夏身旁，轻笑道："喏，给你。"

骆夏放下水杯，在接过盒子时有些意外地笑着问："什么？"

向暖笑盈盈地说："袖扣。今天逛街的时候看到的，感觉很衬你，就买了下来。"

骆夏已经打开了盒子，看着里面的一对金边镶墨蓝色宝石的袖扣，脸上漾开笑。他用指腹摩挲了几下袖扣，随即就拿出来递给向暖，而后朝她伸出手。

"帮我戴上试试。"他低笑着说。

向暖接过袖扣，不紧不慢地给他固定好。她的手刚要垂落，就被他握住了手腕。

向暖被骆夏扯进怀里。他拥着她，微微俯身，在她耳边笑着呢喃："结婚那天我就戴这个。"

向暖弯眸，轻笑应道："嗯。"

接下来的几个月，向暖和骆夏除了忙工作外，空闲时间基本被婚礼的事占据了。

5 月 20 日晚上，骆夏下班回到家时，向暖正在客厅里抱着笔记本电脑看他们的婚纱照——她需要选一些出来。见他回来，向暖随手把电脑放到沙发上，起身去厨房盛饭。

两个人和往常一样一起吃过晚饭，骆夏把厨房收拾干净，向暖则上楼去洗澡。

从厨房出来后，骆夏在沙发上坐下，抱过她的电脑，开始看他们的婚纱照。

骆夏本无意查看她的电脑，但手指不小心在触控板上点了一下，将页面最小化，退回了电脑桌面。

电脑桌面上有一个文件夹，名为"向暖"。

骆夏微微蹙眉，好奇地点开。

文件夹里只有一个视频，日期显示的是 2019 年 6 月 30 日。

骆夏点开视频。

视频镜头对着正在喂白鸽的向暖，一点儿一点儿地凑近她。在镜头凑到她身后时，视频里传来他温柔的低笑轻唤声："向暖。"视频中的她回眸，脸上漾着笑容，杏眼弯弯。

骆夏来回播放了好几遍这个视频，看了好多次她的回眸浅笑。

他知道，她之所以把这个文件夹命名为"向暖"，是因为他在视频里喊了她的名字。

骆夏关掉了这个文件夹，却在下一秒又看到另外一个名为"2009 年 12 月 21 日"的文件夹。

2009 年 12 月 21 日，那天是她的生日，他们去了 KTV。

骆夏一边回忆，一边点开了文件夹，里面也只有一个文件，看起来像是音频，日期显示的是 2010 年 9 月 17 日。

他点开它，音频开始播放，这是一首歌的录音，从前奏开始就让他感到格外熟悉。

骆夏听到里面传出来的声音时，顿时愣住。

听到音频中少年爽朗嗓音的那一刹那，骆夏就确定了这是 2009 年 12 月 21 日那晚，他在 KTV 里唱的《葡萄成熟时》。歌声背景中还混有邱橙和余渡的交谈声，让他更加确定自己的想法。

向暖洗完澡下楼的时候，骆夏已经关掉了其他文件夹，正在看他们的婚纱照。

她坐到他的身旁，问他："你喜欢哪张？"

骆夏往回翻，停在他俩凑得很近，几乎要吻上的一张照片上。

"这张。"

向暖抿嘴笑，伸出手，在照片里翻了翻，点开她喜欢的那张：大红色的超级跑车旁，车门敞开，一袭婚纱的她坐在车上，风吹起她的头纱，骆夏则倚靠着车身，两个人偏头，侧脸互望着对方，相视而笑。

骆夏拥住向暖，把她抱在怀里，和她一起商量着选婚纱照。

过了良久，向暖困倦得快睁不开眼，歪倒在他的怀里呢喃："明天再选吧，阿夏，我好困。"

骆夏应了一声，合上笔记本电脑，直接抱着向暖起身，回房间去睡觉。

6月1日，向暖和骆夏回了沈城一中。

很赶巧，这天学校组织了即将高考的高三学生在高台喊话。

当初他们毕业之前学校组织的活动是“喊楼”，全年级合唱一首又一首代表他们青春的歌曲，唱完后将自己手中写有理想院校的纸飞机扔向天空。

现在鼓励学生迎接高考的活动不再是喊楼，也没有了飘向天际的纸飞机，而是让他们在高台上大声说出自己最想说的话，无论是心愿、理想，还是想跟某个人说什么话。

向暖和骆夏手牵着手，看着穿着蓝白色校服的学生一个接一个地上台。

“蒋梦要上北大！”

“张开舒，这一年来谢谢你的帮助和鼓励，我这辈子都不会忘掉有你的青春！”

“孟楠，你一定会去沈大！”

“小桃子，我们一起考清大吧！”

…………

这些承载着心愿的话语充满着青春年少的气息，肆意张扬，激情澎湃，无畏又无惧。

向暖是拿着相机过来的。看到此情此景，她默默地在台下拍了一张又一张照片，把这些学生最美的模样记录下来。

后来，到了放学的时间，高台喊话也结束了，学生们陆陆续续地离开操场。最后，空空荡荡的操场上只剩下向暖和骆夏。

向暖仰头望着高台，有点儿失神又有点儿向往地问骆夏：“如果我们那时候有这个机会，你会说什么啊，阿夏？”

问完她就兀自笑起来，说：“你是不是会祝大家高考顺利、金榜题名？”

骆夏轻挑眉梢，没说话，而是径直上了高台。

他站在台上，低头望着地面上正仰头凝视着他的向暖，嘴角噙笑，而后开口，语气很郑重：“向暖，我在前面等你，你要加油啊！”

我在前面等你，你要加油啊。

向暖登时愣住，随即冲他扬起灿烂的笑，却热泪盈眶。

轮到向暖上高台了，她和下面的骆夏对视着。

沉默须臾后，向暖双手握住栏杆，拼尽全力地冲他喊出声："骆夏，谢谢你！"

所有所有，都谢谢你。

那年你走时没敢让你听到的那句"谢谢"，我现在告诉你。

6 月 21 日，天气晴朗，万里无云。

向暖是从靳家出嫁的。

一大早，骆夏就带着伴郎团来到靳家门口，闯过堵在楼下大门口的陈嘉嘉和夏晚的第一道关卡后，又顺利通过守在向暖卧室门口的初杏和邱橙设置的第二道关卡。

进入向暖的房间后，骆夏被告知要找向暖的鞋子，几个大男人便开始翻箱倒柜地寻找。

过了好一会儿，两只鞋子终于被找齐，由骆夏亲自给向暖穿好。

而后骆夏单膝跪地，将捧花交给向暖，在向暖接过去后起身，弯腰亲了亲她的唇瓣，随即将人直接打横抱起。

在一片欢呼声和起哄声中，骆夏抱着向暖下楼、出门，一路把她抱上车。

向暖和骆夏一同坐在车后座上。

车门关闭前，向暖扭头看向车外，望着站在门口台阶上的母亲，眼睛不由得泛热。在车门被关上的那一刹那，她的眼泪瞬间从眼角滑落。

向暖隔着车窗看着站在家门口一动不动、目光紧盯婚车的向琳，直到车子启动后视野中再也看不到母亲才回过头，眼泪却再也止不住。

骆夏抽了纸巾给她轻拭泪水，无言地握紧她的手，安抚着她。

他俩的婚礼是在沈城一家五星级豪华酒楼里举办的。

临近正午，向暖和骆夏手挽手在门口迎接完前来参加婚礼的亲朋好友，便要准备即将到来的婚礼仪式。

婚礼场地是由骆夏跟策划公司商量着布置的。在他们将要携手走过的红毯上方，是骆夏交代对方搭的葡萄架，架子上缠着翠绿的葡萄藤，

还有一串串紫色的葡萄。

元秋亭亲自为孙子和孙媳妇弹奏《婚礼进行曲》。

在钢琴声响起的那一刻，向暖就挽着骆夏的手臂，手拿捧花，和他一步一步地沿着长长的红毯向前走。

走过红毯，他们在现场所有人的见证下宣誓、交换婚戒、拥吻。

一场婚礼流程繁多又琐碎，到下午的时候，向暖已经疲累到了极点。

最后在回家前，两家人拍了一张大合照。

骆夏还有点儿事要留在酒楼处理，向暖先一步回了家。

她摘掉头纱换下婚纱，把盘好的头发解开披散，去浴室简单冲了个澡，回房间睡了一觉。

等骆夏 4 点多回到家的时候，向暖窝在床上睡得正香。

男人走过去，看到她恬静的睡颜，嘴角微微勾起。他弯腰凑近她，在她的唇边轻轻印了一吻。

随后，骆夏就拿了干净的衣服去洗澡。

从浴室出来后，骆夏去书房拿了给她准备好的新婚礼物，放到她的枕边。

没多久，骆夏接到家里打来的电话，走出卧室接电话。

夏知秋对他说："阿夏，今晚你带暖暖回家吃吧？"

骆夏应下来："好，等会儿我们过去，她现在还在睡。"

夏知秋闻言笑道："办婚礼很累，让暖暖多睡会儿吧，不着急。"

"嗯。"

挂掉电话，骆夏轻轻推门进屋，发现向暖已经醒了过来。

她跪坐在床上，睡眼惺忪地拿着他放在枕边的东西，一脸茫然，像是还没反应过来。

向暖的确还处在茫然的状态中。她手中是一张黑胶唱片，包装上写着一段话。

暖暖：

之前无意间发现了你存的那段录音，所以想给你一版音质更好的。

希望你喜欢。

新婚快乐，老婆。

阿夏
2020 年 6 月 21 日

骆夏刚走过去，向暖就仰起头，讪讪地问：“这里面……是你唱的？”

骆夏嘴角噙笑道：“嗯，给你唱的。”

向暖有些回不过神。

他在床边坐下来，抬手摸摸她的头，失笑道：“还没睡醒？怎么呆呆的？”

向暖扬起浅笑，回他：“有点儿意外。”她把唱片抱进怀里，莞尔道，“很惊喜。”

骆夏从喉间溢出短促又撩人的笑声，跟她说：“妈让我们回家吃饭。”

他拉着她躺到床上，将她抱在怀里，低声道：“你再陪我歇会儿，然后收拾打扮一下，我们就出发。”

向暖点点头：“好。”

向暖又陪骆夏睡了一觉，然后才出门。

他们到夏家时已经快晚上 8 点了。

跟家人一起吃完晚饭后，向暖和夏知秋聊天，随口说起骆夏跳舞是短板的话题。夏知秋笑道：“阿夏跳舞真的不行。他四五岁的时候，我给他报过街舞课，一个月过去，别的小朋友都能完整地跳一段舞了，他还在抠动作。”夏知秋不知道想起什么，笑出声来，随后道，“我记得有他那时候的照片，我去找找。”

过了不一会儿，夏知秋就拿了一本相册回来。她在向暖身旁坐下，翻开相册，一页一页地给向暖看。

相册里全是骆夏的照片，各个年龄段的都有。

向暖无意识地扬起唇。

小时候的他好可爱。

没翻几页，夏知秋就指着一张照片说：“就是这张。”

照片里的小骆夏歪戴着黑色的儿童棒球帽，穿着宽松款式的短袖T恤衫和短裤，脚上踩着一双运动鞋，看起来很有范儿——如果他没噘嘴的话。

向暖忍不住笑出声："怎么感觉要哭了？"

夏知秋也笑："就是要哭了，他跟我说'妈妈，我不学街舞了，我学不会'。不过这孩子倒也不是轻易放弃跳街舞，是真的在这方面很没天分，最基础的舞步别人一学就会，他学起来就很困难。"夏知秋轻叹，"知道他学得费力还不开心，我也就没再让他学。"

向暖一边翻看相册一边说："但阿夏能跳一点儿华尔兹啊。"

走过来的元秋亭闻言，笑道："那是他被我强迫着学的。应该是他十四五岁的时候吧，有一次我需要出席舞会，想找人陪我提前熟悉熟悉舞步，锦游当时不在家，我找不到别人，就每天晚上等阿夏放学回家，拉着他陪我练。这孩子老踩人的脚。"元秋亭最后还吐槽了骆夏一句。

向暖浅笑，对此深有体会。

"暖暖，你跟阿夏打算什么时候要宝宝啊？"元秋亭有点儿好奇地问，语气里带着对曾孙的期待。

向暖被问得脸颊微红。这件事她和骆夏还真的商量过，已经计划好了，婚礼办完就备孕，争取在初秋时节怀上宝宝。

"打算接下来就准备……"向暖红着脸轻声说。

旁边的几位女性长辈听她这么说，都格外高兴。

向暖慢悠悠地看完了记录骆夏成长的相册。

时间已经不早，骆夏和向暖打算回家，临走前被秋翡叫到房间里。

秋翡从抽屉里拿出一个盒子，里面放着一对金镯子。

她把东西递给向暖，笑道："这是你们姥爷跟我结婚的时候送给我的，现在给暖暖。"

向暖惶恐地说："姥姥，您……"

"姥姥也没什么值钱的东西可以送你，"秋翡对向暖说，"收下吧。"

向暖看了一眼骆夏，骆夏对她点点头，向暖这才接过来，诚恳地道谢："谢谢姥姥。"

秋翡脸上挂满笑容，皱纹都变深了些。

回到家，向暖换上舒适的家居服，拿着骆夏送她的那张黑胶唱片去了琴房。那里有台唱片机，可以放歌听。

向暖把唱片放到转台上，拨好唱针，属于骆夏的声音就从唱片机里传了出来。她立在唱片机旁，安静地听着他唱的歌，心脏在不知不觉中加速跳动。

因为听得太过专注，就连骆夏走进来，向暖都没察觉。

男人从后面圈抱住她，吻了吻她的耳垂，本来就被他的声音蛊惑的向暖耳根顿时一片酥麻。

向暖歪了歪头，他的吻又落在她的侧颈，像一簇火星，即将燎原。

骆夏让向暖转过身，用额头抵住她的额头，嗓音微哑地低声问："在这儿还是回房间？"

向暖红着脸，声若蚊蚋地回道："回房间。"

骆夏就笑，闹她："好，我们在这儿。"说着他就把向暖抱了起来。

"阿夏！"向暖羞赧得脸儿乎要滴出血来。

骆夏用鼻尖蹭了蹭她的，低沉的声音泛哑，诱哄道："叫老公。叫声老公，我就带你回去。"

向暖抱着他的脖子，在他耳边乖乖地喊："老公……"

骆夏便不再逗她，抱着人一路往卧室走。

"暖暖，你喜欢男孩儿还是女孩儿？"骆夏压低声音，像在和她说悄悄话般，问道。

向暖一时茫然。虽然他们讨论过要宝宝的事，但没有涉及过喜欢男孩儿还是女孩儿的问题，她也从未想过。她好像没有偏爱男孩儿或者女孩儿，感觉都挺喜欢的。

向暖没有回答，只是有点儿蒙地轻声反问他："你呢？"

骆夏把她放到柔软的大床上，俯身轻吻她的唇瓣，温柔地呢喃："我都喜欢。"

跟你的宝宝，无论男女，我都喜欢。

第十三章

龙凤双全

骆夏和向暖的婚假有九天，他们一直到 6 月底都可以度蜜月。但他俩没有选国外的度假胜地，而是打算在国内逛逛。

他们的第一站就是向暖上大学的城市，首都。

两个人 6 月 22 日上午动身，中午就到了首都。

骆夏和向暖先去预订的酒店办理入住手续、放行李，然后去了酒店的餐厅吃午饭。因为怕向暖太累，在吃过午饭后，骆夏带她回房间睡了个午觉。

下午 3 点多，他们才从酒店动身，前往清大。

外面的阳光依然炙热，连吹过来的风都夹着热浪。

向暖穿了件裙摆在膝盖以上的浅紫色连衣裙，领口两侧有珍珠肩带作为装饰，后背有片镂空，露出她流畅的脊背线条。甜美性感的连衣裙配上白色的高跟鞋和纯白包包，她看起来清新又知性。

骆夏穿着简单休闲的白 T 恤衫、黑裤子和运动鞋，头上戴着白色的棒球帽。除此之外，他手里拎了把紫色的遮阳伞和她出门会经常携带的相机。

两个人坐出租车到清大校门口。

下车后，骆夏把遮阳伞撑开，举在向暖的头顶。

向暖挽着骆夏的手臂，不紧不慢地走进已经五年没来过的大学校园。

她一边走，一边跟骆夏说："这条路我几乎每天都会走，因为我跟晚晚经常来东门这边吃晚饭。"

"你喜欢吃什么？"骆夏问道。

"火锅。"向暖扭头冲骆夏笑了笑，说，"我跟晚晚吃得最多的就是火锅了。"

"那今晚我们也去吃火锅吧，"骆夏顿了顿，补充，"去你们上学时常吃的那家。"

"好。"向暖莞尔答应。

一路走过去，他们看到不少毕业生三五成群，穿着学士服或者其他统一的服装，在忙着拍毕业照。

向暖突发奇想，仰头问骆夏："阿夏，我们要不要穿上学士服拍几张照片？"

骆夏正有这个打算，只是不知道这会儿可以去哪里借学士服穿。

"照相馆应该有学士服可以租借吧？"骆夏不太确定地说。

向暖勾着嘴角，拿出手机，对骆夏说："我找晚晚帮个忙。"

夏晚就在清大任教，找两套建筑系的学士服应该不难。

向暖给夏晚打了通电话，问她有没有空。确认对方这会儿有空，向暖才透露她跟骆夏现在在清大，想找两套学士服穿一下拍几张照片。

夏晚立刻就爽快地答应给他们弄两套干净的拿过来，末了又笑着揶揄："需不需要摄影师啊？"

向暖笑道："需要，你来当吧。"

"行，你们在哪儿？我拿到学士服后过去找你们。"夏晚说。

向暖沉吟了一下，回道："就咱们上建筑学基础的那间阶梯教室吧。"

"好，待会儿见。"

挂了电话后，向暖重新挽住骆夏的胳膊，对他轻笑着说："我们去教室等吧，离这里不远。"

骆夏点了点头，淡笑着应道："好。"

两个人去了阶梯教室。

教室里有零零散散的学生在自习，向暖和骆夏没说话，安静地寻了个靠近后门的位子挨着坐下。

向暖从骆夏手中拿过相机，摆弄了一会儿后，把镜头对准了坐在她身侧的男人，给他拍了一张他坐在她曾经上课的教室里的照片。

骆夏抬眸，望向她时眼睛里染着笑。

就在这时，向暖放在桌上的手机振动了一下。

她怕吵到别人学习，连忙将相机放下，拿起手机想把振动模式关掉，结果就看到了一秒前传进来的微信消息。

陈嘉嘉："救命，余渡跟我告白说喜欢我……"

向暖微微讶异，而后嘴角就漾开浅笑，回她："你呢？"

陈嘉嘉："……"

XN："省略号是什么意思？"

陈嘉嘉："就……嗯……也有感觉吧……"

陈嘉嘉："可是经历过被渣男欺骗感情的事，我现在对谈恋爱有点儿 PTSD（创伤后应激障碍）了。"

XN："余渡不是那个浑蛋，余渡挺好的，你要是真喜欢他，其实可以试着迈出这一步，跟他处处看。"

陈嘉嘉："嗐，我考虑一下。"

向暖结束了和陈嘉嘉的聊天，嘴角止不住地上扬。

骆夏压低声音，很小声地问她："怎么了？"

向暖本想开口跟他说，但又觉得这事几句话说不清楚，就直接把刚才的聊天内容拿给他看。骆夏看完后轻挑眉梢，笑了一下。

夏晚就是在这时候出现的。她拎着一个装学士服的袋子从后门走进来，踩着台阶上来后就看到向暖和骆夏在相视而笑。

向暖随后也看到了夏晚，眼中的笑意深了些，对夏晚招招手。夏晚在她另一侧坐下，把袋子递给她。

向暖和骆夏当即就套上了学士服，而后由夏晚执相机，给他俩拍合照。

从教室出来后，夏晚陪着向暖和骆夏去了几个适合拍照的地方，帮他俩一路拍拍拍。

直到黄昏时分，晚霞染红天际，向暖和骆夏脱下学士服还给夏晚，邀请她一起去吃晚饭。

夏晚却有点儿歉意地说道："今天我有约，就不打扰你们二人世界了，等你们要走的那天，我请你们吃饭。"

"好。"向暖笑着点头，"那到时候我约你。"

跟夏晚分开后，向暖和骆夏又牵手在学校里逛了逛，从教学楼逛到餐厅，又从餐厅去了操场。

所有她曾经独自一个人走过的地方，骆夏这次又跟着她重新走了一遍。

逛完学校，两个人才散步似的往校门口走。他们刚走到东门，就看到换了一身衣服的夏晚打扮得漂漂亮亮的，往路边停车的地方走去。

向暖循着夏晚前进的方向望过去，突然微怔，只见站在车旁的男人居然是顾添。

"师兄？"向暖讶异地出声，扯了扯骆夏的手指，对他说，"我师兄……"

骆夏无奈低笑："看到了。"

向暖和骆夏没过去打扰，在看到夏晚上车后，就转身朝着火锅店走去。

向暖忍不住感叹："要是知道他俩有这缘分，我早几年就介绍他俩认识了。"

骆夏淡笑着说："现在也不晚，有缘分的人，命运总会安排他们相遇的。"

就像我和你，相遇过，走散过，但兜兜转转多年，我们还是走到了一起。

向暖也笑。她没再说话，挽紧了骆夏的手臂。

晚风轻起，拂过他们的脸颊，像一个浅浅的吻。

在向暖大学时期经常吃的那家火锅店吃过晚饭后，两个人沿着马路在学校附近闲逛。他们的周围都是年轻的大学生情侣，感情热烈而奔放，在大街上抱在一起拥吻到难舍难分的情景实在常见。

骆夏牵着向暖的手走了一会儿，而后叫了辆出租车回酒店。

接下来的两天，向暖带骆夏在首都逛了一些景点。

虽然这些地方她全都去过，但当时来逛时，不是自己一个人，就是跟朋友一起，并没有他。

第三天中午，夏晚跟傍晚就要启程去下一站的向暖和骆夏一起吃午饭。

在餐桌上时，夏晚笑着问向暖："暖暖，你实话跟我说，大一刚开学那会儿，你说你喜欢我的名字，是不是因为我的名字里有个'夏'？"

向暖眨巴了一下眼，在骆夏的注视下坦然承认，笑道："嗯，是。"

"所以那年你说的你心里暗恋的人，就是你老公咯？"

向暖无奈地轻叹，失笑道："对啊。"

骆夏在桌子底下攥紧了向暖的手，抬眼看向夏晚，有点儿好奇地问她："暖暖还说什么了？"

向暖率先开口道："也没说什么。"

夏晚点头："确实没透露过什么，我只知道她有个喜欢的人。不过大学的时候，追暖暖的男生很多，各系的系草前仆后继，一个比一个优秀，但暖暖全都拒绝了。然后我才知道，她心里有人。"

夏晚笑着对骆夏说："啊，我突然想起来，我当时问她，你是个怎样的人，居然能让这么优秀的她对你念念不忘。暖暖说，你是比她还要优秀好多好多的男生。"

骆夏的心弦被拨动，震颤不已。他将手指插入她的指缝，不动声色地握紧她的手。

夏晚感叹："我那会儿是真不知道，暖暖口中那么优秀的男生，就是那个被保送到我们学校我们专业，最终却放弃的叫骆夏的男生。怪不得暖暖说你比她还要优秀好多。优秀的人配优秀的人，你俩简直就是天造地设。"

吃过饭后还有些时间可以消磨，他们订的是个雅间，包间里还有沙发和茶几，茶几上放着一些做游戏的道具。

夏晚拿起一沓卡片，问："闲着也是闲着，不如让我对你俩来个默契大考验？"

说着，她就将两块电子写字板分别递给了向暖和骆夏。

夏晚坐在长沙发的中央，骆夏和向暖相对坐在两侧的单人沙发上。

夏晚抽出一张纸牌，上面的问题是："对方最爱吃的早点是什么？"

向暖和骆夏在写字板上写下答案，亮给夏晚看。

两个答案一字不差，都是"李记蟹黄包"。

夏晚啧啧两声，调笑："我说暖暖怎么大学的时候特别爱吃蟹黄包呢。"

说完，她又抽出一张卡片。

这次的问题是："男方最喜欢哪个季节？"

向暖写道："四季。"

她记得他在同学录上写的就是四季。

而骆夏写的是："有她的四季。"

向暖看到他的答案，心脏蓦地重重一跳。

哪怕已经结婚，哪怕已经习惯了他爱她，她还是如此轻易地就被他撩动心弦。

夏晚在旁边哭笑不得："我发现我提议玩这个游戏就是在虐我自己。"

她说着，抽出第三张卡片，继续问："女方最喜欢什么天气？晴天？阴天？下雨天？还是下雪天？"

向暖和骆夏再一次无比默契地回答："都喜欢。"

因为你存在于我的每一天，所以不管天气怎样，有你的每一天，我都喜欢。

蜜月旅行的第二站是他们小时候遇见对方的地方——兴溪。

骆夏早在动身之前就提前预订好了一家四合院民宿。

傍晚，从首都飞往兴溪的航班起飞，向暖和骆夏在飞机上简单地吃了点儿晚饭。

三个小时后，出租车停在民宿的门口。骆夏推着他俩的行李箱和向暖一起走进四合院，办了入住手续，回了房间。

向暖在飞机上睡了一会儿，现在很有精神，到了房间就站在门口看院子里的摆设。

院里没有葡萄架，但有香樟树。

骆夏放好行李也走到门口，从后面拥住她，偏头低声温柔地问：

“饿不饿？”

向暖浅笑着回道：“有点儿。”

“累吗？出去吃还是叫外卖？”骆夏又贴心地问。

“出去吃吧，去逛逛。”向暖让骆夏拿上房卡，两个人只带了各自的手机，其他什么都没装，就这样牵着手出了门。

他们去了一家当地有名的餐厅，点了几道特色菜。

吃过晚饭，向暖和骆夏迎着夜风往回走。

道路两旁每隔一段距离都会有一盏路灯。

当年他们在晚上追逐着踩对方的影子，这会儿退去童稚的模样，手牵着手并肩前行。

骆夏时隔二十多年再次回到小时候来过的城市，同行的依旧是那年夏天陪在他身边的小姑娘。

和已经长大的她走在不再那么熟悉的路上，他想到他们小时候在夏夜里小跑着追逐彼此，固执又幼稚地去踩对方的影子的情景。

忽地，骆夏想起高三那年的某个晚上。

那天放学后下了一场秋雨，她和他被困学校，骆夏当时觉得左右走不掉，便问她要不要补课。于是，他俩在教室里待了半个多小时。

后来雨停，他俩一起走出教学楼。在走到分岔路口前，她突然往前迈了一大步，他当时有些好笑地问她在做什么，她回答的是有水洼。

后来他才从她的千纸鹤里得知，其实当时她不是在跨水洼，而是在踩他的影子。

对那时的向暖来说，那是她一个人的秘密，包括他们小时候就认识。

骆夏松开牵着向暖的手，随后抬起来，揽住她的肩膀。

本来地上两个人的影子仅仅由他们交握的手的影子相连，这下两道影子直接挨在一起，中间毫无缝隙。

向暖在他怀里滑手机屏幕，过了一会儿仰起头来对骆夏说：“有个步行街，街上都是一些兴溪的特色美食，我们明天去逛逛？”

“好。”骆夏欣然应允，然后道，“晚上去坐坐乌篷船吧，夜景应该不错。”

向暖轻笑，回他：“嗯。”

走过一段石板路，向暖虽然穿着平跟鞋，但还是不小心崴了一下脚，好在并没大碍，只是当下有点儿别扭感，让她不太舒服。

骆夏在她面前蹲下，背对着她，温声道："上来。"

向暖便趴到他的背上，被他背着走完了接下来的路。

回到民宿，向暖从行李箱里拿出睡裙，也帮骆夏拿了他的换洗衣服放在床边。

"我先去洗澡了，你——"

向暖的话还没说完，骆夏就道："我跟你一起洗。"

向暖看向他，就见他正轻抬眼皮笑望着她。

他坐在床边没动，而是把她拉过去抱在怀里，低头笑问她："要不要一起洗？"

向暖偏开头，脸颊微红，从喉咙里发出细小的声音回应他："嗯……"

骆夏便起身，直接抱着人进了浴室。

单向磨砂玻璃的另一侧，两个人相拥站在花洒下，被水浇湿。

洗过澡从浴室出来时，向暖被骆夏穷追不舍地吻着。她一边仰头承受着他的亲吻，一边不断地后退，最后直接钩着他的脖子跌入柔软的大床里。

向暖在婚礼当晚后半夜就来了例假，虽然今天已经能简单地淋浴，但并不能做其他事，骆夏只能抱着她亲亲而已。

等他意犹未尽地松开她时，呼吸不稳的向暖身体发软地躺在床上，目光几乎涣散。

骆夏把床上的其他东西收走，将向暖往上抱了抱，让她枕好枕头，而后关灯，上床搂着她睡觉。

第二天白天，向暖和骆夏吃遍了步行街的特色美食，临近傍晚，又去了一趟当年他们住的那座四合院。

院子还在，也依旧有人住，但院子里没了葡萄架，或许早就被人拆了。

从四合院出来，夜幕低垂，骆夏和向暖都不饿，便直接去坐了乌篷船。

乌篷船漂在河中，微微摇晃。他们紧挨着坐在船里，望着河的

两岸。

这座古镇被橘黄色的灯光包围，好些店铺门口挂的大红灯笼也亮了起来。

向暖举着相机，时不时就拍几张照片。

空中不知何时露出了月牙儿。向暖将镜头转过去，拍下这月亮。

等她拍累了，骆夏就帮她拿着相机，搂着她的肩膀让她靠着自己休息。

凉爽的晚风吹拂过来，向暖惬意地闭上眼睛，枕着他的肩膀假寐。

忽地，向暖的唇瓣处接收到一抹微凉的柔软触感，眼睛睁开一瞬，又很快合上。

骆夏亲了亲她的嘴角，稍稍退离，又一次吻上去，慢慢加深。

本来船就晃晃悠悠的，这下向暖被他吻得越发头晕目眩。她的心像在被他勾着不断沉沦，坠落到柔软的地界，连身体都变得软绵绵的。

悠长的一吻结束，也快到下船的时候了。不多时，骆夏牵着向暖的手从船上下来。

他偏头看着脸颊泛红的她，低笑着问："要去吃晚饭吗？"

向暖点了点头。她的眼尾处晕开一片绯色，落入骆夏的眼中，格外撩人，让他情不自禁地去亲吻了一下她的眼角。

在离开兴溪的当天，向暖应骆夏的要求，带他去了一趟她转学之前就读的学校。

逛完学校后，两个人在学校附近的小餐馆吃了顿午饭，然后就回民宿退房，去往下一座城市。

最后一站向暖和骆夏去了他们都很喜欢的一个城市——海城。

去迪士尼乐园的当天，向暖特意穿了一款甜美公主风的连衣裙。

她戴着刚买的米老鼠发箍，在骆夏给她拍照的时候笑着歪头问他："像不像在逃公主？"

骆夏拍下她歪着头俏皮地笑的照片，淡笑着回道："不像。"他走到她跟前，垂眸望着她，低笑道，"你就是公主。"

向暖别开头抿嘴乐，而后挽住他的胳膊，和他一起去玩娱乐项目。

在海城的最后一晚，向暖和骆夏看了一场烟火表演。

回到酒店后，她提前往行李箱里收拾东西，一边叠衣服一边对骆夏说："明天我们去免税店逛逛，给大家带点儿礼物。"

"好。"骆夏应道。

等向暖把行李箱暂时收起来，坐在床尾的骆夏就拥住她向后倒去，两个人齐齐跌到床上。

随即他的吻就落了下来，向暖揪紧他肩膀处的衣料，闭上眼去回应他。

房间里的空调开着，冷气一波一波地往下吹，然而向暖依旧感觉周围的温度在不断攀升。

她被骆夏搂进怀里，头晕目眩，意识涣散，只听到他说了句："不做安全措施了。"

向暖想告诉他，今天其实是安全期，不做措施大概率也不会有事，但最终也没说出话来。

他们明天回到沈城，后天就要重新上班。

两个人今晚闹得有些疯，直到后半夜才渐渐入睡，导致第二天向暖一觉睡到快中午才醒，还是被骆夏喊醒的。

骆夏搂着在他怀里还睁不开眼的向暖，温声说："再不醒就来不及给大家买礼物了。"

骆夏轻声哄道："暖暖？起来了，老婆。"

向暖蹙眉哼唧了几声，才不情不愿地睁开眼。

骆夏耐心地给她把衣服穿好，又将她的长发梳顺，而后弯腰亲了亲她的嘴巴，笑道："乖，去洗漱。"

向暖钩住他的脖子不松手，骆夏无奈地低叹，将人直接抱起来，认命地失笑说："走，老公给你洗漱。"

说完，他还偏头在她侧脸上亲了一口。

从海城回来后，向暖和骆夏投入到工作中。

平常他们各自上班，周末休息的时候就会去他们快要装修好的新房看看进度。

7月底，他们的房子彻底装修好，再过几个月他俩就可以从秋亭苑搬入新家了。

直到 8 月下旬，向暖的例假依然正常到访。

9 月 21 日，向暖因为工作出了趟差。

两天后的晚上，她乘坐出租车到小区门口，在旁边的药店买了两种不同牌子的验孕棒——一向准时的例假这次已经推迟两天了。

向暖买了东西回家，推开家门的时候，见客厅里的灯亮着。

她拎着行李箱走进去，看到骆夏还穿着上班时穿的衬衫和裤子，就躺在沙发上，睡得很熟。

向暖知道他这两天有好几台手术，肯定会很累，不想让他再往机场跑一趟，所以没告诉他自己今晚就回来。

她将行李箱留在原地，悄悄地把包放到旁边，轻手轻脚地走过去，在沙发旁蹲下来，凑到他的嘴边，很温柔地吻了吻他的唇角。

骆夏睁了下眼睛，意识混沌间看到了向暖，嗓音沙哑地呢喃："暖暖。"

这样唤着，他已经很自然地把向暖拉到怀里抱住。向暖索性脱掉拖鞋，也躺到了沙发上，窝进他的怀里。

就在她闭上眼要跟他一起睡的时候，骆夏突然又睁开了眸子。他愣愣地盯了她两秒，才发觉自己不是在做梦，而后吻便落了下去。

向暖平躺着，伸手搂住他的腰身，杏眼含笑地望着上方的男人，在他又一次亲过来时，微微抬头主动迎合他的吻。

过了良久，骆夏才放过她——他记得她的生理期。

直到晚上睡前，骆夏洗过澡从浴室里走出来，问她："你的'大姨妈'还没来？"

向暖抿了抿唇，点头应道："嗯。"

"要不要明天跟我去医院查查？"骆夏又问。

坐在床边的向暖拉开抽屉，从里面拿出验孕棒，对骆夏轻声道："明早我验一下，要是显示有了，就请假跟你去医院做检查。"

他低低地笑了一声："行。"

第二天清早，骆夏在卫生间外间刷牙洗脸，向暖在里间用验孕棒测自己有没有怀孕。几分钟后，她捏着两根验孕棒拉开门出来。

骆夏关掉电动牙刷，漱完口，冷静地问她："怎么样？"

向暖的双颊微微泛红，她没说话，把手里拿的东西递给他看——每根验孕棒上都有两条红色的杠。

向暖之所以选择早上睡醒验孕，就是因为早上验结果更准确些。

这下……

她轻抿了一下唇，又很快松开，语调轻扬："好像……真的有了。"

骆夏放下手中的东西，将手擦干净，从向暖的手中拿过验孕棒，低头看了又看，上面的的确确是两条杠。

他嘴角的笑意不自觉地扩大。骆夏把验孕棒搁到旁边，拉过向暖的手，将她抱进怀里。

向暖笑弯杏眼，回抱住他的腰身，对他轻喃："我跟你去医院吧，做个检查确认一下。"

"好。"骆夏的语气难掩开心，手掌不断地顺着她的长发，他又答应了她一遍，"好。"

向暖就埋头在他的胸前闷笑。

过了好一会儿，两个人才松开，骆夏出去换衣服，向暖一边洗漱一边给顾添打电话请假，说自己要去医院。

顾添像个老大哥般关切地问："怎么了？你身体不舒服？"

向暖笑着回道："不是，我跟阿夏去医院查一下是不是怀孕了。"

顾添讶异了一瞬，而后乐起来："这么迅速？"

向暖刷着牙，含含混混地笑道："嗯。"

"得，你去吧，"顾添说，"要是有好消息告诉我，我给小宝宝包个大红包。"

向暖轻笑："好，谢了，师兄。"

挂断电话，向暖把手机放到旁边，刷完牙后用洗面奶洗干净脸，而后就开始护肤。等穿戴打扮好，她便跟着骆夏一起去了医院。

骆夏今天有门诊，陪向暖挂了妇产科的门诊号后，就得回普外科去准备上班了。

向暖善解人意地说道："你去忙，不用管我，我自己可以的。"

骆夏在她的眉心轻轻吻了吻："等我有空过来找你。"

向暖浅笑着点头："嗯。"

时间一分一秒地流逝，骆夏在坐诊给患者看病时，向暖已经独自在

做检查了。

做完检查后需要等些时间才能拿到结果，向暖就在走廊里找了个座位等着。周围有好多来做定期产检的孕妇，也有跟她一样过来确认是否怀孕的人。

向暖旁边坐着一对年轻夫妻。

丈夫有些兴奋地对他的老婆说：“等会儿做完检查，咱们去母婴店逛逛。”

女方嗔道：“还不确定怀没怀呢，你也太着急了。”

男方“嘿嘿”地乐，开心地说道：“这不是迫不及待吗？想提前准备着。”

母婴店。

向暖在此之前总觉得这种词离她的生活很遥远，母婴店是她原来逛街时连看都不会看的店铺，但这会儿已经在不知不觉中就走进了她的生活。

向暖忽然心血来潮，打算拿到检查结果后也去母婴店逛一圈，正好还可以等骆夏下班。

她正在心里计划着，骆夏就穿着白大褂快步走了过来。

“怎么样？”骆夏问向暖，“有结果了吗？”

向暖仰起头，冲他笑道：“还在等。你怎么有空过来啊？这会儿没病人吗？”

“嗯，”骆夏回她，“抽空过来看看你。”

他们正说着，向暖的检查结果出来了。骆夏替她取了检查单，牵着向暖的手边走边看。

须臾，男人笑了笑。向暖扭头看向他，骆夏也偏头笑着望她。

向暖紧张又忐忑地问：“是不是有了？”

骆夏轻抬眉梢：“我没判断错的话。去听听医生怎么说。”

向暖轻咬嘴唇，满心的欢愉期待，跟着骆夏去找了妇产科的医生。

骆夏把向暖的检查单交给女医生，女医生看了看后，笑道：“恭喜，骆医生、骆太太，你们要当爸爸妈妈了。宝宝大概有一个月了，目前一切正常。”

向暖虽然从今早用验孕棒测过后就有了心理准备，但此时此刻听到医生亲口告诉她肚子里有了宝宝，还是不由得觉得惊喜。

就好像之前只是猜测的事终于得到了肯定的答案。

从妇产科门诊室出来，向暖被骆夏拉着一路往前走。

“阿夏，”向暖问他，“你要带我去哪儿啊？你不回去上班了吗？”

骆夏这才停下来，转过身，对向暖说：“我下午跟同事换班，中午下了班就带你回家。”然后他又用商量的语气问向暖，“你去我的值班室待会儿？”

向暖摇摇头，笑道：“不用，我去医院附近的母婴店转转，在那里等你吧。”

骆夏应允：“好，那你在那里等我，我下了班就过去找你。”

“嗯。”她眉眼弯弯地点头答应。

骆夏临回科室前，又在她唇边轻轻地亲了一下，温柔的吻透着安抚之意。

向暖和他挥挥手，转身离开医院，去了附近的母婴店。

店里都是各种婴儿用品，向暖新奇又好奇，看到漂亮的小衣服差点儿忍不住买下来。可是她转念一想，这才怀孕一个月，距离宝宝出生还有好久，于是作罢，先让自己过过眼瘾。

骆夏下了班赶过来的时候，在心里告诉自己只过眼瘾的向暖已经选了不少东西。

坐在沙发凳上休息的向暖仰起头和停在她身边的男人对视，有点儿不好意思地指了指购物篮里的东西，轻喃：“我选得有点儿多。”

骆夏却笑，拎起她放在旁边的购物篮，语气纵容：“还好。”然后他温和地问，“还有想买的吗？”

向暖拉着他走到挂着婴儿衣服的地方，拿起一条蓝色的小裙子，问他：“这条裙子是不是很好看？”

骆夏挑挑眉：“好看，买吧。”

“可是……”向暖犹豫道，“万一是男孩儿呢？”

“不管男孩儿女孩儿，只要是你喜欢的，都先准备上。”骆夏格外纵容向暖。

最后两个人从母婴店出来时，骆夏拎了两个大袋子。他把东西放到后座，和向暖坐进车里后，开车回家。

“有没有什么想吃的？”骆夏温声问向暖。

向暖想了想，摇头：“也没特别想吃的。”

“那我回去看着做吧。”骆夏说完又问，“下午做什么？”

向暖咬了一下嘴唇，不太确定地回道：“听音乐？看书？或者看电影吧，放松一下午，明天还要继续上班。”

骆夏只低笑，不说话。他不会怂恿她在家里安胎，知道她事业心强，现在宝宝也才一个月而已，向暖是铁定不可能在家里休息的。

况且，孕妇多活动活动也好，只要稍加注意别动了胎气就行。

中午，两个人吃过骆夏做的午饭，依旧和原来一样一起收拾厨房。

骆夏本想让她去歇着，但向暖非要帮忙，让骆夏很无奈。

吃饱饭后，向暖有些犯困，被骆夏抱进房间去午睡。

他搂着她在柔软的床里亲来亲去，惹得向暖止不住地咯咯笑。闹了一会儿，骆夏就拥着向暖，低声哼着歌哄她睡觉。

等她睡熟，他轻手轻脚地下床走出卧室，去了书房。

骆夏打开了向暖放在书房的笔记本电脑，开始在网上搜索孕期的各种注意事项。到底是初为人父，他在这方面懵懂浅知，只能在网上尽可能地多了解一下。他一条一条地看，把所有该注意的事情都记在心里。

不知道查了多久，骆夏看到有人推荐了一个母婴育儿博主的微博，说这个博主经常会在微博发一些给准爸爸准妈妈看的科普文章。

骆夏觉得这个应该有用，便打算注册一个微博账号关注对方，有空就刷刷对方发的科普文章。他点开微博的网页版，正想用自己的手机号注册账号，结果发现微博自动登录了一个账号。

账号叫“2X21”，简介是“夏天拥有温暖”。

骆夏在看到ID的那一刻就想到了学校天台密码锁的密码，心脏蓦地一滞，而后不由自主地狂乱跳动起来。

他移动鼠标，点开她的主页，开始看她的微博。

这似乎是个摄影博主，每次更新都只发照片，并不附什么文字，顶多只带个树叶或者花朵抑或是有趣的表情，看起来很温馨治愈。

最新的一条微博是他们蜜月旅行结束的第二天发的，照片都是他们在度蜜月时拍的，但很少有人像，大多是风景，偶尔有他俩的照片，也只是背影，并不露脸。

骆夏一张一张地点开大图翻看。

有一张他俩穿着学士服背对镜头在夕阳下的照片。他在头顶上方比了个剪刀手，说好两个人都比“剪刀手”的，可她偷偷缩回了中指，只用食指竖了个“1”——是21。

其中还有一张是他俩在兴溪时拍的。晚上，路灯附近，他们的影子被拉长，地上的影子手牵着手，紧紧地连在一起。

这条微博的最后一张照片是一张充满夏天味道的风景照——

翠绿的葡萄架下，木桌周围放着几把竹椅，桌上放着一块三角形奶油蛋糕、一串沾着水珠的紫葡萄、一瓶挂满细小水珠的橘子汽水，还有一块冰镇西瓜。

这是他们在兴溪闲逛时无意间发现的一个葡萄架，当时骆夏借用了住在那里的老奶奶家里的桌椅，买了这些东西放好，才能够让她拍下这一幕。

而这个系列，被她命名为“回到那个夏天”。

这条微博下面的照片是6月初他们回沈城一中时拍的。

充满蓝白色彩的照片被她虚化，模糊掉照片中大家的面容；他站在高台上的那张照片，她特意裁剪了一下，没有让他露脸。

这个系列被她叫作“毕业了，谢谢你”。

再往下是大年初一那天发的微博，只有两张照片。

一张是他们跳华尔兹时那台黑胶唱片机的照片——骆夏记得她当时用手机拍了照。

另一张是戴在她脖颈上的那条雨伞形吊坠的钻石项链，照片上只有她的天鹅颈和项链，以及性感的一字肩和锁骨。

这个系列叫“与他的第一支舞”。

继续往前，是她生日那晚发的微博，还是只有两张照片。

一张是满桌的菜肴、桌中央的生日蛋糕、应景的红酒和高脚杯。

另一张是她戴着求婚钻戒的左手。

这次的系列被她取名为“允许你成为我的夏季”。

…………

骆夏一条微博一条微博地看下去，把她发出来的每一张照片都认认真真地印在了脑海中。

不知道过了多久，骆夏翻到了他们去年夏天才重逢没多久时她拍下来的照片。

那天是周日，他和靳言洲在篮球场上打篮球，她拿着相机拍照。

她放在微博上的四张照片，囊括了他和靳言洲打篮球的身影，篮球场和它对面的李记蟹黄包店铺，他放在长凳上的黑色背包，怕她被长凳烫到给她垫着坐的防晒衣和他的棒球帽，还有她戴上他的棒球帽后在太阳下的投影。

向暖把这个系列命名为“夏天的每个瞬间”。

夏天的每个瞬间。

骆夏不知不觉间勾起唇，第一次觉得这句话透着难以言喻的美感，念起来让人觉得温暖又清爽。

最后，骆夏翻到了主页底部。

她发的第一条微博里，大概是照片太多，有好些拼起来的长图。

照片里好多景色是他所熟悉的街道、教室、图书馆……

乍一看，这些场景和现在无差，但他仔细看，又发现了明显不同，那些曾经他不曾察觉的小细节，都被她藏在了这些照片里。

这些照片里，本来该有的他的身影，却始终是缺失的。

这条微博的发布时间是2010年8月的最后一天，名字叫作“十七八”。

那是属于她的十七八岁，也是他们的十七八岁。

骆夏退出她的账号，注册了一个新账号，就叫“LX21”，简介写着：“你是我此生所向往的温暖。”

他先关注了向暖，然后才关注那个育儿博主。随后他退出微博，关掉电脑，回卧室去找她。

向暖还在睡。骆夏轻手轻脚地上了床，把人慢慢搂进怀里。

向暖的眼睛睁开了一瞬，又在下一秒闭上，她很自然地往他的臂弯里靠了靠，将脸埋在他的胸前。

骆夏轻轻抚着她柔顺的长发，低头去吻她的秀发和耳朵。

须臾，向暖声音慵懒而泛哑地轻声问他：“几点了？”

骆夏抬起手腕看了一眼，温柔地低声告诉她：“快4点了。”

向暖懒洋洋地靠在他怀里，嘀咕：“我睡了这么久啊。”

骆夏轻笑，语气纵容：“没事，还困的话就继续睡。”

向暖呼了口气，而后倦怠地说：“我想喝水。”她刚刚睡醒时的声音软绵绵的，像在撒娇。

骆夏便应道：“好，我去给你倒。”

他起身，走出卧室下楼给她倒温水。

等骆夏端着水回来，向暖正昏昏欲睡，听到他的脚步声，勉强睁开眼，懒洋洋地坐起来。骆夏把水杯递给她，向暖喝了小半杯。

半晌，终于清醒过来的向暖摸过手机，看到顾添好几个小时前就给她发了微信消息，问她结果怎么样。

向暖回了他：“确定怀孕了，一个月左右。”

顾添发来新消息：“这速度很快。”

顾添：“明天来工作室，我给你肚子里的小宝贝塞个红包。”

向暖笑着回他：“那我就先替宝宝谢过顾伯伯啦。”

顾添：“突然就成伯伯辈的了，让我很猝不及防。”

向暖调侃：“你赶紧跟晚晚领证生一个，就不会觉得猝不及防了。”

顾添也开玩笑：“我俩还指望你家孩子当花童呢。”

骆夏喝完向暖剩在水杯里的温水，看她捧着手机一直乐，笑道：“怎么了？”

向暖抬头，杏眼弯着，跟他说：“师兄说明天要给宝宝塞红包。”

骆夏挑眉：“有来有往，等他有孩子，咱也给他包红包。”

“我刚刚还说呢，让他赶紧和晚晚领证生一个，结果他说，指望着咱家孩子给他当花童。”

骆夏低低地笑出声：“他等得及？”

向暖也笑，随后问他：“哎，你跟爸爸妈妈他们说了吗？”

骆夏只顾着看她的微博去了，哪里想得起来告知家人？

“还没，”他说着，拿起自己的手机，“现在说也不晚。”

骆夏在家人群里对家里人说了句向暖怀孕一个月了，而后又找到向琳的微信，特意告知她：“妈，暖暖今天去医院做了检查，已经怀孕一个月了。”

随后，骆夏和向暖的手机纷纷收到了微信语音消息，甚至接到了长辈的电话。

两家的家长都想让他们回家吃饭，各自接电话的向暖和骆夏对视一眼，十分默契地拒绝了两位妈妈。

向暖对向琳说：“明天还得上班呢。我周六休息，回去待一天，行不行？”

向琳应了下来。

骆夏也跟母亲温声商量：“今天跑了一趟医院，暖暖有些累，就先不回去了。周日我带她回家，好吗？”

夏知秋也体谅年轻人，笑盈盈地说道：“好啊，那妈妈等你们哦。爸爸、爷爷、奶奶、姥姥也都等你们。”

骆夏好笑地应道：“嗯，知道了。”

半个月后的早上，国庆节假期后第一天上班。

向暖起床洗漱完下楼去吃早餐，却在闻到煎蛋味道的那一秒突然出现了孕吐反应。她捂着嘴，急忙转身往一楼的卫生间走，关上门后，只呕了一些酸水出来。

骆夏急忙跟过去，蹲在她身旁轻轻地帮她拍背。他眉头皱紧，心疼地问：“很难受？”

向暖拧眉说：“不想吃煎蛋。”

“好，那我撤了。”

骆夏给她递漱口水让她漱口，又拿了纸巾帮她擦干净嘴角。搂着她从卫生间出去后，骆夏先到餐桌旁直接端走了煎蛋。

向暖这才走过去坐下，虽然还是有点儿恶心，但能忍住。她接过骆夏端给她的温牛奶，刚喝了两口，又开始难受。

向暖再一次去了卫生间，这次直接把刚才喝进去的牛奶吐了个干净。

骆夏眉头紧皱，可又无法替她受罪。他能做的只有帮她拍背，给她递漱口水。

等向暖缓得差不多，骆夏温柔地低声问：“你想吃什么？我给你做。或者你想吃哪家的早餐？我去买。”

向暖因为呕吐，眼眶里泛着泪花，双眼通红，嘴巴连同鼻腔都格外不舒服。她被他抱在怀里，轻喃：“没什么想吃的，就想吐。”

骆夏沉默。看到她这样遭罪，他心疼得厉害。

骆夏偏头吻着她的侧脸安抚她，半晌后还是说："那也得吃饭，多少吃一点儿，好不好？"

向暖何尝不知道自己必须吃饭，点点头："嗯。"

骆夏开火给向暖熬了红枣粥，向暖被他一勺一勺地喂，勉强吃了半碗。

送她上班之前，骆夏榨了柠檬汁，调成适口的柠檬水装进她的杯子里，还给她拿了一个洗干净的苹果，让她记得吃。

接下来的一个月，向暖几乎每天都要经历闻到什么味道都会吐，吃了吐，吐了吃这种循环。但为了肚子里的宝宝，她只能强迫自己继续吃。

她有多遭罪，有多难受，在她身边照顾她的骆夏全都看在眼里。

某天晚上，向暖喝过骆夏做给她补充营养的汤后又吐了一顿。

骆夏皱紧眉心，也不再强迫她继续吃，把人抱到床上，让向暖好好休息，自己去厨房收拾。

再回来时，向暖快要睡熟。骆夏洗了个澡，上床，把她搂进怀里。

他亲亲她的唇瓣，低声呢喃："暖暖，我们就要这一个吧？"

他不想再要孩子了。

向暖迷迷糊糊地"嗯"了一声，但其实根本不知道他说了什么，只知道他说了句话，就应了声。

这天晚上，向暖从梦里醒来时，发现骆夏没躺在她旁边。

屋里的灯黑着，她刚睡醒睁开眼，还没适应黑暗，眼前一片漆黑。就在向暖想要打开灯的前一刻，她忽然感觉有个人影靠了过来。

她知道这是骆夏。

向暖还没来得及开口问他怎么没睡，就突然真切地感受到他低头在她还没怎么显怀的小腹上很轻很轻地亲了亲。

隔着薄薄的衣料，他的吻温热又温柔。

随后，向暖听到他一字一顿、压低嗓音缓缓地对她肚子里的宝宝说："小家伙，爸爸请求你，别再让我老婆难受了，疼疼你妈妈，好不好？"

向暖的眼睛登时酸涩不堪，她偏开头眨了眨眸子。

“阿夏，”她轻声唤他，“晚上熬的汤还有没有？帮我热一碗吧，我想喝点儿。”

一晚上没怎么吃进东西的向暖觉得，还是该努力吃一点儿。

向暖的孕吐反应持续了一个月才渐渐缓解，也是在这一个月里，向暖的小腹开始明显地隆起。两个人没太在意，都觉得这是因为她比较瘦，所以显怀也稍微早一点儿。

熬过孕吐后，骆夏陪向暖去做产检，然后被医生告知，向暖有两个孕囊，也就是说，她肚子里是双胞胎。

向暖怀了双胞胎的消息让两家人格外高兴，两个未出生的宝宝也成了向暖和骆夏遇到的最大的意外之喜。

12 月 21 日，骆夏和向暖都请了假，去民政局领证。

两个人清早就开车出发，上午就把“红本本”拿到手了。

今天不仅是他们领证的日子，还是向暖的生日，而且今年向暖的生日又一次赶上了冬至。

两家人早已经约好晚上去酒楼吃饭，庆祝两个孩子领证，也给向暖过个生日。

中午，骆夏在家给向暖做了碗长寿面，又炒了几道她爱吃的菜。

向暖被他亲自喂着吃面条，一边吃一边笑：“怎么这么长啊？”

骆夏也笑：“这一碗面就这一根面条。”

向暖只好继续吃，但最后也没吃完。

“剩下的给你，长寿分你一半。”

骆夏好笑地听她给自己吃不下饭找了个如此冠冕堂皇的借口，直接把她剩下的面条吃完。

吃过午饭后，向暖找了部温馨的电影播放。骆夏在她身侧坐着，把人揽进怀里，搂着她一起看电影。

向暖怀孕后特别嗜睡，尤其是吃饱之后。电影放了还没半个小时，她就已经枕着他的肩膀睡熟了。

骆夏垂眼看着她恬静淡然的睡颜，不禁失笑。他把电影关掉，稍后起身，抱起她上楼回了卧室。

向暖在骆夏将她放到床上的那一瞬醒了一下。

骆夏充满歉意地低声问：“吵醒你了？”

向暖摇摇头，在他给她盖好被子要离开时拉住了他。她往他怀里钻了钻，骆夏无奈地低笑，只好也脱了鞋上床，让她枕着自己的手臂，陪她睡。

向暖很快又睡着了，骆夏也跟着她睡了一个小时。

后来，他小心翼翼地将手臂从她的颈后抽离，轻手轻脚地下了床，离开卧室。

他们打算过几天就从秋亭苑搬走，去住新家，骆夏已经开始收拾并打包东西。

向暖醒过来时，已经是傍晚，但天色昏暗阴沉，似乎已经是晚上。她慢吞吞地坐起来，扭头望向窗外，这才发现下雪了。

向暖穿上拖鞋，走到窗前。她本来想隔着玻璃窗赏赏雪景，却在无意间看到小区里其他独栋别墅门前有小孩子在打雪仗。

向暖望着那几个穿得厚厚实实、在雪地里奔跑追逐的孩子，眼中不知不觉地盈满笑意。

他们活泼俏皮，无忧无虑。

她轻轻地摸了摸自己越来越大的腹部，在心里默念：希望你们以后也这般开心快乐。

过了一会儿，向暖转身，离开卧室去找骆夏。

骆夏正在书房把书装箱，看到向暖进来，淡笑着温声问：“睡饱了？”

向暖轻轻“嗯”了一声，然后就走到他面前，伸手抱住了他的腰。

骆夏没能躲开，只得抬起双手，无奈地低声说：“我身上脏。”

向暖又抱紧了一些，窝在他的怀里，软声道：“外面在下雪。”

骆夏笑着应道：“嗯。你先松开，我去洗一下，洗干净再抱你。”

向暖乖乖地松开他，骆夏去冲澡换衣服。

向暖坐到椅子上，看到被他摆在桌面上的那瓶千纸鹤，还有挂在台灯上的那个旧钥匙扣，有点儿百无聊赖地戳戳钥匙扣，“X”形状的钥匙扣便轻晃起来。

她打开台灯，柔和的光洒落，包围住那瓶千纸鹤。

向暖突然很想拍下这一幕。

这一切都很圆满。

相机不在手边，她的手机也在卧室，手边只有骆夏的手机。

向暖就拿起他的手机，用自己的指纹解开了他的屏幕锁。

骆夏手机的屏保壁纸是他俩穿着学士服、背对镜头用手比“2”和“1”的那张照片，主屏幕的壁纸是去年夏天她在白鸽广场的回眸一笑的图片——这是他后来从那段视频里截下来的。

向暖打开相机，找准角度拍下一张有意境的照片，然后直接在微信上发给了自己。

发完后，向暖想退出微信，结果在滑动时意外发现了骆夏写在手机备忘录里的东西。她轻抿住唇，手指轻滑，界面切到了备忘录的当前页面。

屏幕最上端是文件夹的名称，写的是“暖暖的孕期记录”。

这个备忘录文件的内容是：

暖暖怀孕第 13 周。

早上她吃了一碗南瓜粥、一个鸡蛋、一块鸡蛋饼。

中午她吃了半碗长寿面、一个馒头和一些菜。

老婆午睡好乖。

两个宝宝最近也很乖。

照片上是他在她睡觉时偷偷拍下来的她熟睡的模样。

向暖万万没想到，骆夏连她每天吃什么、喝什么都认真地记录了下来。她点了“返回”，看到这个文件夹里，已经有八十八条备忘录。而从她 9 月 24 日去医院检查出怀孕到今天，刚刚好八十八天。

他每天都有记录。

向暖翻到最下面一条，从头看起。

2020 年 9 月 24 日 23:54。

今天暖暖去医院做检查，确定怀孕一个月了。

中午她吃了一碗米饭、一些红烧肉、素炒青菜，喝了点儿鸡蛋汤。

午睡睡到 4 点，她像小懒猪一样能睡。

晚上她吃了糖醋排骨、醋椒鱼片，喝了一碗小米粥。

晚 10 点半睡着。

…………

2020 年 10 月 8 日 23:54。

暖暖今天开始孕吐了，闻不得鸡蛋和牛奶的味道。

早上她只喝了半碗红枣粥。

…………

2020 年 10 月 30 日 23:54。

今晚喝进去的汤她又全都吐了出来。

小家伙为什么要这么折磨我老婆？

看到这里，向暖又想起那晚深更半夜，骆夏吻着她的小腹低喃着乞求她肚子里的宝宝不要折腾她。她难受煎熬的时候，他心疼得晚上根本睡不着。

2020 年 11 月 15 日 23:54。

今天陪她去产检，被告知是双胞胎。

两个小家伙要对我老婆好点儿啊。

向暖一条一条地看完了所有备忘录。

他记录得很平淡真实，没有一句华丽的语言，没说一句肉麻的话，甚至从没直白地表露过他有多在意她、多心疼她。

或许这在别人眼里只是索然无味的孕期记录，但对向暖来说，他敲下来的每个字，都在替他说他爱她。

骆夏洗完澡回到书房的时候，向暖靠在椅子里，眼眶微红。

他顿时皱紧眉头，快步走过去，弯腰问她："怎么了？不舒服？"

向暖扬唇笑，冲他摇头，轻声道："没有，我很好。"

她抬手钩住他的脖子，抬起下巴凑过去亲亲他的嘴角，闻到刚刚洗过澡的他身上充盈着淡淡的沐浴露香味。

骆夏保持着俯身的姿势，在她亲完后又追过去，把人摁在椅子里吻

了一通。

向暖怀孕后身体比原来还要敏感，仅仅一吻就已经浑身发软。

骆夏把人抱起来，自己坐到椅子里，让向暖坐在他的腿上。他轻轻地用指腹抚摸她染了红晕的眼尾，而后又将吻印了上去。

两个人在书房里温存了一会儿，骆夏就带向暖回了卧室。他们进衣帽间换了衣服，然后出门。

骆夏去车库开车的时候，向暖非要从正门出去，说在门口等他。

她用手机拍了张雪景，拍完时骆夏正好把车停到她面前。向暖就上了车，和他一起去酒楼。

在路上的时候，向暖登录了已经半年左右没登过的微博，想把今天拍的两张照片发上去。

这么久没登录过，她一打开微博就发现增加了几十个新粉丝。向暖没在意，也没立刻点“粉丝”那栏把增加粉丝的提示去掉。

她选中了在书房里拍的那张照片和在门口拍下来的雪景，把它们分为一个系列，叫“冬日温暖”。

发完这条微博，向暖才不紧不慢地返回去，点进“我的粉丝”，习惯性地大致看了一眼新增的粉丝的昵称，刚要退出微博，手指倏地顿住。

向暖看到一个对她来说有特殊寓意的账号——LX21。

她好奇地点进这个账号的主页，里面一条微博也没有，而且只关注了两个人，一个是她，另一个是一位母婴育儿博主。

她点开他的资料，看到这个微博账号注册的时间是2020年9月24日，是她确定怀孕的那天，而他的微博简介写的是：“你是我此生所向往的温暖。”

种种的蛛丝马迹都在告诉向暖，拥有这个账号的人是骆夏。

她没有假装不知道，而是直接也关注了他。

这顿晚饭两家人都到齐了，吃得格外丰盛。

只不过作为寿星的向暖只能看着生日蛋糕过眼瘾，并不能吃。虽然稍微吃点儿也没关系，但向暖很注意，就没碰蛋糕。

长辈们没有给向暖买礼物，而是很实在地给她包了红包。向暖一下子拿到好多生日红包，而她的包包容量有限，差点儿塞不下。

这晚回家后，向暖把红包一个一个地拆开，坐在床上数钱。

点清钱数，她把钱都给了骆夏，对他说：“找个时间存到我们为了宝宝开的那张银行卡里吧。”

骆夏接过来，应道：“嗯，我明天就去存。”

向暖弄完这事，洗了个澡沾到枕头就睡着了，骆夏都没来得及拿出要给她的生日礼物。

男人低叹，走到床边坐下来，把手链从盒子里捏出来。他拉过她的手腕，细心地帮她戴好手链，而后执起她的手，低头在她白皙光滑的手背上吻了吻。

骆夏俯身，在她耳畔呢喃：“生日快乐，暖暖。”

向暖稍微动了动脑袋，仿佛感觉到了他的气息，很自然地靠了过去，往他怀里钻了钻。

骆夏就拥住她，单手耐心温柔地给她盖好被子，轻轻拍着她的脊背哄着她睡。

向暖半夜醒过来，想要喝水。她刚稍微动了一下，骆夏就睁开了眼。

“喝水？”他的嗓音带着刚睡醒的沙哑。

向暖“嗯”了一声。骆夏打开台灯，扶她坐起来，让她坐会儿，然后去倒水。

等他端着水回来时，向暖正茫然地抬着手看挂在手腕上的手链。

那是一条金色的太阳花钻石珍珠手链。

向暖呆呆地仰起头，骆夏笑着把水杯递给她，说：“生日礼物。还以为你得明早才能发现呢。”

向暖的唇边漾开笑。她没有言语，开始喝他倒来的温水。

喝完水，向暖躺回床上。骆夏把水杯放到床头柜上，上床关掉台灯，打算继续睡。

向暖这会儿没了睡意，窝在他怀里和他轻声讲话。

骆夏就闭着眼，耐心温柔地应着她，尽管他很困。

须臾，他低叹道：“元旦假期你回家住几天好不好？到时候我让靳言洲和余渡过来帮忙搬东西。等我收拾好家里，就把你接到新家住。”

向暖乖乖地答应：“好。”

元旦假期，向暖被骆夏送到了靳家，正好靳言洲也带初杏回来住，向暖也有玩伴。

一家人吃午饭的时候，靳言洲说初杏不能吃螃蟹，大家这才知道初杏在元旦前刚刚检查出来怀孕——他俩是去年 8 月份领的证、办的婚礼，虽然婚礼比骆夏和向暖的晚些，但两人领证更早。

向暖笑着问初杏："医生说几个月啦？"

初杏的脸颊微红，她抿嘴笑道："一个多月。"

"那三个宝宝的年纪差不了多少，也就三个月左右。"向暖算了一下时间。

吃过午饭，骆夏和靳言洲开车离开，去秋亭苑搬家。

向暖和初杏在家里跟向琳和靳朝闻聊天，也因此从父母口中得知了不少关于向暖和靳言洲各自小时候的事。

初杏笑盈盈地说："其实骆夏该听听的，暖暖小时候有多可爱。"

向暖就笑，还未说话，向琳突然起身，说："我留着暖暖小时候的照片呢。你们等着，我去拿。"

向琳很快就抱出一本相册，里面全是向暖的照片，从小到大的都在。

向暖六岁之前，向琳每年都会给向暖拍几张照片留作纪念，六岁之后的虽然少了，但隔一两年也还是会有。再往后就没有向暖的单人照了，只剩下她在学校拍的集体照。

向暖翻看着相册，没想到自己小时候居然拍过这么多照片，对其中很多照片都没什么记忆。

但向琳对这些照片记得清楚，指着向暖坐在儿童汽车里、扎着双马尾辫笑得灿烂的照片说："这张是暖暖四岁生日的时候拍的，那天特别冷，她非要穿漂亮的白裙子拍照，不给穿就委屈地哭，穿上后往小车里一坐，立马就笑了。"

向暖哭笑不得：她小时候有这么无理取闹吗？

初杏在向暖的高三毕业照上寻到了靳言洲。

她指着骆夏旁边的靳言洲，用一副果然如此的口吻感叹："言言果然是这副冷淡的样子。"

向暖笑道：“你一说我就想起来了。我们拍毕业照的时候，摄影师特意点了他的名，让他笑一下。然后靳言洲在全班同学的注视下，酷酷地冷着脸说不会。”

初杏乐不可支：“他骗人，他笑起来可好看呢。”

向暖轻笑：“就别扭性子嘛，这个人。我第一次喊他哥的时候，他惊得差点儿摔在楼梯上，然后还要不耐烦地反驳我，回我一句‘谁是你哥’。”

初杏眨巴着眼，不知道想起什么往事，嘴角漾开笑。

“言言最会嘴硬了。”她说着，又轻喃，“但他心软得很，特别善良。”

“嗯，”向暖不能更赞同，“是。”

在靳言洲和余渡的帮忙下，骆夏用了半天时间把东西都运到了新家，接下来就是整理东西了。

假期第二天，骆夏白天在新家整理东西，晚上回靳家吃饭，终于看到了向暖小时候的照片。

儿童时期的她很可爱，笑容透着羞涩腼腆，少女时期的她显得格外清秀文静，笑也只是浅浅的，不露齿。她站在人群中并没有多惹眼，但他能很快就从集体照中找到她。

骆夏一边看一边用手机拍照，把她原来的照片都存在了自己的手机里。

拍完照片后，骆夏心满意足地回向暖的卧室和她一起睡觉。

假期最后一天的时候，骆夏把新家布置好，接向暖回家，并特意请靳言洲和初杏、余渡和陈嘉嘉两对情侣到家里做客吃饭。

秋程和学姐这个假期出去旅行了，不在沈城，说是后半夜才能到机场，所以就没参与这次的聚餐。

吃过晚饭，在领着陈嘉嘉和初杏参观房间时，向暖问陈嘉嘉打算什么时候跟余渡结婚。

陈嘉嘉说：“过年的时候见见家长，差不多就定下来了。”

向暖端起骆夏亲自榨的果汁，和陈嘉嘉还有初杏碰了一下杯。

“你家这大平层可真气派。”陈嘉嘉夸赞道。

向暖笑道：“你喜欢啊？我给你设计一套？”

陈嘉嘉说：“那倒也不用，这些事余渡会操心，我不管。”

初杏在看到宽敞如同卧室的浴室后，笑着说："我超喜欢这种浴室，可舒服了，我家也是这种。"

陈嘉嘉掏出手机："来，让我拍个照片，告诉余渡我们家也要这么弄。"

向暖和初杏在旁边笑。

晚些时候，靳言洲他们都离开了，家里只剩下向暖和骆夏。

向暖有些累了，被骆夏抱着去泡澡。他细致体贴地给她洗头，又帮她打沐浴露洗澡。

两个人洗过澡后，骆夏去给她倒水，向暖裹着睡袍慢吞吞地去了儿童房。

主卧和儿童房之间有一个通道，向暖就是直接推开那扇门走过去的。

儿童房早已被骆夏布置好了。床铺是宽敞的上下铺，一端是可以正常上下的台阶，另一端是滑梯，孩子可以直接从上铺滑下来。

她这段时间从母婴店买回来的东西都已经被骆夏放置好，给宝宝买的小木马和婴儿车都放在这里。

向暖走过去，轻轻地摸了摸孩子的用品，嘴角无意识地上扬。

就在这时，骆夏也走了进来。他从身后把她拥住，将手中的水杯凑到她的嘴边，温声道："喝点儿水。"

向暖便就着他的手喝了些温水，和往常一样，她喝剩下的水由骆夏喝完。

骆夏随手把水杯放到桌上，刚转过身，向暖就突然抓住了他的手指。

"阿夏，"她的声音发颤，语气有些兴奋，惊喜地说道，"阿夏，宝宝在动！"

骆夏愣了一下，旋即手就被向暖抓着覆到了她的肚子上。

骆夏真切地感受到小家伙正在向暖肚子里动，虽然轻微，但掌心接收到的感觉很真实。他拥住向暖，双手贴着她隆起的腹部，偏头亲了亲她的笑脸。

也不知道是哪个小家伙在调皮。

过年的时候，向暖和骆夏在骆家跟几位长辈吃年夜饭。

后来，骆夏陪父亲和爷爷轮流下棋，向暖在客厅看了会儿春晚，就先回房间休息了。

过了不一会儿，骆夏进屋，发现房间里没开灯，隐约能听到压抑的啜泣声，他的心登时提到了半空。

骆夏快步来到床边，一边开灯一边低声问向暖："暖暖？怎么了？"

向暖拉住他要开灯的手，骆夏就作罢。

房间里一片昏暗，只有窗外浅淡的月色洒进来。

骆夏把她抱起来，让她坐在自己的腿上，刻意压低的声音听上去格外温柔："怎么哭了？"

向暖靠在他的怀中，轻声回道："感觉累。"

"嗯？哪里累？"骆夏细心地问，"腰不舒服还是腿难受？"

向暖也说不清，就道："不知道，都不舒服。"

骆夏借着皎洁的月光看清她脸上晶莹的泪珠，抬手帮她擦拭眼泪，轻声哄道："我给你捏捏。"

向暖摇头，带着哭腔说："我想我妈了。"

骆夏哭笑不得，耐心地说："那我现在就带你过去，不到一个小时就到了。不哭了，乖。"

向暖却又不肯回去，把骆夏整得没一点儿办法。

"不回了，反正年初二要过去的，现在去了她肯定会担心。"

过了好一会儿，等情绪彻底平复下来，骆夏还没说什么，向暖就主动开口说："我也不知道我为什么那么委屈。"她在他怀里蹭了蹭，轻声说，"就是想哭，感觉哭出来才舒坦。"

"嗯，"骆夏摸着她的头，温声应道，"这是正常的。"

他一早就知道孕妇的情绪容易波动，她哭一哭也没什么。况且她肚子里是双胞胎，肯定比单胎更累、更不舒服，闹闹情绪再正常不过。

然后他又温柔地说："但下次要记得找老公，别一个人躲起来哭。"

向暖吸了吸鼻子，听话地回他："嗯。"

虽然怀的是双胞胎，但向暖还是倾向于能顺产就顺产。

在做了各项检查后，医生确定她的身体状况适合顺产，向暖便决定

到时候先顺产试试，实在不行再剖宫产。

6 月 11 日午后，向暖开始阵痛。宫口开到三指时，她被推进了产房。骆夏也穿上了无菌衣陪同她生产。

接下来漫长的十多个小时，骆夏和向暖都耗在产房。

向暖满头大汗、浑身湿透，用尽全力跟着医生的节奏配合医生。骆夏亲眼看到向暖分娩的过程有多艰难和痛苦，却什么都做不了，只能干着急。

对她来说，这场生产已经使她一只脚踏入鬼门关。

终于，在第一个孩子顺利出生五六分钟后，第二个孩子也平安降生。

医生在两个婴儿的哇哇哭声中告诉他们："恭喜骆医生、骆太太，龙凤双全，是哥哥和妹妹。"

向暖已经脱力，有气无力地瘫在了手术台上，脸上的泪和汗早已混在一起分不清。

骆夏没有去看孩子，就在手术台旁边守着向暖，紧紧地握着她的手。

骆夏低下头，前额抵着她的，低声呢喃："辛苦了，老婆。"

向暖虚脱地闭着眼，只听到他嗓音低哑，语气克制隐忍地说了一句话，而后就感受到脸上落了一滴冰凉的液体。

她缓缓睁开眼睛，目光撞进了男人那双通红的眼中。

2021 年 6 月 12 日凌晨，骆夏和向暖的两个孩子来到了这个世界。

十一年前的这天，骆夏提前退出了他们在海边的毕业旅行。

两年前的这天，她和他重逢在医院。

6 月 12 日，对向暖和骆夏来说，注定具有特殊意义。

他们孩子的名字是骆夏起的，沿袭了他家的传统，名字里带有父母的姓氏。

哥哥叫骆慕向，寓意为骆夏爱慕向暖。

妹妹叫骆向悠，源于一句古诗："悠悠夏日长。"

骆夏慕向暖。

悠悠夏日长。

第十四章
悠悠夏日长

两个宝宝的小名是向暖取的，哥哥叫年年，妹妹叫岁岁。

从此以后，年年岁岁常相伴。

向暖生宝宝的时间恰好赶上端午节假期，三天的端午节假期，一家人都是在医院过的。

假期结束时，向暖做了检查，确定身体恢复得不错，便出院回家休养去了。

因为向暖和骆夏初为人母人父，在照顾孩子这方面根本没经验，两家妈妈就暂时都住了过来，帮着他们一起照顾宝宝。

骆夏每天照常按时上班，下班回来后就陪老婆和孩子。

为了更好地照顾他们母子三人，骆夏还专门请了专业的月嫂，帮两位母亲减轻负担。

大概是因为有很多人帮着，向暖没觉得有了孩子后自己被绑死，以致没有自己的时间，有时候甚至还能跟顾添聊些工作上的事。

她就是晚上会辛苦些，因为母乳喂养，宝宝们晚上要吃奶，她只能大半夜爬起来喂孩子。

宝宝们的满月酒是在 7 月 13 日办的，当天骆家在沈城的高档宴会厅宴请了所有亲朋好友。

不过向暖和两个宝宝没有出席，而是在家里由向琳和夏知秋还有月嫂陪着，和往常一样吃的是适合她产后调理的营养餐。

宴席结束后，骆夏立刻就开车回了家，跟着他一起来的还有交往密切的几对朋友。

还有两个月左右就要临盆的初杏挺着大肚子，被靳言洲小心地搂着走进来。

向暖连忙招手，关切地说道：“嫂子，快过来坐。”

初杏被靳言洲养得小脸红润，抿嘴笑着走过来，在向暖身侧坐下，后腰垫了个柔软的抱枕。

陈嘉嘉和邱橙随后也来到向暖旁边。

向暖的怀里正抱着妹妹骆向悠，几个女人就围着小公主瞅来瞅去。

初杏新奇地打量着才出生一个月的宝宝，感慨：“她好胖啊。”

向暖轻笑，说：“年年才胖，岁岁比他轻。”

“小姑娘嘛，”邱橙满眼含笑地用指腹在岁岁的脸蛋儿上轻轻点了点，“没有哥哥重很正常。年年肯定比岁岁能吃吧？”

向暖笑着点头。

“光提年年了，人呢？”陈嘉嘉抬眼四处看，找另一个孩子的踪影。

向暖对她说：“在房间里呢，睡着了，能吃能睡的。”

向暖起身带三个朋友去看儿子，一边走一边调侃：“岁岁就比他能折腾，动不动就哭。”

跟在她身边的初杏笑弯了眼睛，声音带着天然的甜软：“女孩子要娇气一点儿。”

“你想要男宝宝还是女宝宝啊，嫂子？”向暖问道。

初杏眨巴了一下眼睛，无法取舍，只能如实说道：“我都挺喜欢的。不管到时候生的是男宝宝还是女宝宝，我都很期待。”

她们进了房间，月嫂和向琳正在守着熟睡的骆慕向。

见向暖带了闺密过来，向琳就和月嫂出去了，让她们几个在屋里聊。

向暖把小丫头放到她哥哥身旁，直起身后甩了甩有点儿酸累的胳膊。

陈嘉嘉弯腰瞅着两个婴儿，左看看右瞧瞧，感慨：“年年明显比岁岁大啊，是不是你怀孕的时候营养都进他的身体里了？”她笑着揶揄。

向暖在床边坐下来，轻声问陈嘉嘉和邱橙：“你俩打算什么时候要宝宝啊？”

陈嘉嘉也坐下来，怕吵到孩子，压低声音说：“我在备孕啦。”

坐在另一边的邱橙正开心地逗着没睡觉的妹妹，听到向暖的问题后沉默了一瞬才开口道：“再等等吧。”

向暖明显能看出邱橙很喜欢小孩子，也察觉到了她说“等等”时语气里的无奈之意，但不好说什么，只暗自轻叹。

骆向悠躺了没多久，就开始抽抽搭搭地哭。

她一发出啼哭声，就把睡梦中的骆慕向也勾了起来，跟着一起哼唧着要哭。

向暖刚把妹妹抱起来轻拍着哄，门就被人从外面敲了敲。随后骆夏把门推开一点儿，看向她。

向暖抱着孩子走过去，骆夏低声问：“喂奶了？”

“才喂过。”

他抱过孩子，温声道：“我来哄。你们好不容易聚一聚，你跟她们多聊会儿，休息休息。年年不用总抱着。”

“嗯。”向暖点了点头，看着骆夏一边逗怀里的小丫头一边往客厅走，而后关好门回来。

没了妹妹在旁边起头，邱橙刚刚又轻轻拍了拍骆慕向，小家伙已经安静下来。小家伙虽然不再睡，但也没哭没闹，大眼睛滴溜溜地转着，干净清澈得如同一汪清泉。他蹬着小腿，还把手指伸进嘴里不断地吃手。

邱橙稍微逗逗他，他就会冲她乐，可爱得让邱橙心肝都在颤。她一直念叨“好可爱”，甚至把持不住地掏出手机开始拍照片。

初杏后来困倦了，就在这间卧室里，躺在年年旁边和小家伙一起睡了一觉。

向暖和邱橙还有陈嘉嘉在旁边轻声说着话，并不会打扰到睡着的一大一小。

骆夏中间抱着岁岁回来了一次，要给孩子换尿不湿。

陈嘉嘉见他动作熟练地帮宝宝换干净的尿不湿，调笑说：“骆医生这个奶爸可以啊，给宝宝换尿不湿换得很熟嘛。”

骆夏失笑，调侃回去：“以后你家余渡也会这么熟练。”

陈嘉嘉忍不住笑：“那敢情好，我会省心不少。”

大家又在骆夏家里吃了晚饭。

有月嫂照看着宝宝，向暖能够和他们一起坐在饭桌前吃晚餐。

其他人为了庆祝两个宝宝满月，都喝了酒，向暖在哺乳期，再加上对酒精过敏，所以滴酒不沾，以温水代酒。

吃过晚饭，向暖和骆夏刚送走亲友，睡觉的两个小家伙就都醒了过来。

向琳和夏知秋直夸这俩宝贝贴心懂事，不耽误爸爸妈妈吃饭。

向暖给宝宝喂过母乳就把孩子交给了母亲和月嫂，然后回了卧室，想去洗个澡。

她刚拿起睡裙，骆夏就走了进来。男人从后面拥住她，把她紧紧地抱在怀里。

向暖好笑地轻声说：“干吗啊？醉了？”

“没，”骆夏弯着腰，脸埋在她的侧颈，低喃，“想抱抱你。一天都没有机会抱你了。”

今天他确实从早忙到晚，没怎么和向暖独处。

向暖嘴角漾开笑，转过身，踮起脚，在他唇边吻了吻，尝到一点儿酒的味道。

骆夏凝视着她，眼睛一眨不眨。须臾，他低下头，薄唇轻贴她的唇瓣，缓慢地厮磨着加深。

向暖微微后倾上半身，仰着头，迎合着他温柔的亲吻。

过了好一会儿，意犹未尽的两个人才恋恋不舍地稍稍分离，骆夏放她去洗澡。

晚上，夫妻俩关了灯要睡觉时，向暖跟骆夏提起白天的事：“今天我问橙子和表哥打算什么时候要宝宝，她好像有什么顾虑，说再等等。橙子真的特别喜欢小孩子，一直在逗年年，不断地拍照片。”

这种事情向暖也只能跟丈夫偷偷念叨两句。

骆夏又将枕着他手臂的女人往怀里搂了搂，低声说：“应该是因为表哥吧。”

向暖不解：“嗯？表哥？他不喜欢孩子啊？”

“嗯。”骆夏从喉咙里发出一个音节，而后笑道，“白天岁岁就是在他怀里拉的。我就是让他暂时帮我抱一会儿，我去喝个水，结果回来的时候，靳言洲和余渡在旁边看着伸直胳膊抱着孩子的表哥笑个不停，表哥的脸都臭死了。”

向暖震惊又意外，随即哭笑不得。

“我真没想过他会不喜欢小孩子，感觉他的性格和你差不多，应该会是很温柔的爸爸。”

骆夏却摇头：“你不了解他。”

向暖确实不怎么了解秋程。她只是被他辅导过功课，仅有的相处经历让她觉得秋程是个很温和的学长。

她最了解的事大概就是秋程有多爱橙子。当年橙子突然出国消失在大家生活中，秋程找她找得近乎疯狂。

夫妻俩的聊天随意又没头没尾，关于橙子和秋程的话题就这么结束了。

向暖靠在骆夏怀里昏昏欲睡，很快就安心地睡熟。

半夜宝宝哭闹，但不是因为饿，骆夏就没喊醒向暖，自己去哄孩子。

向暖产后第四十二天时，由骆夏陪着去医院复查，情况一切都好。

这天正好是周六，明天不用起早上班。

当晚吃过晚饭，向暖在睡前喂饱两个宝宝，就被骆夏拽进卧室洗澡。

两个人已经很久没有泡在浴缸里洗鸳鸯浴了。

之前骆夏怕和她一起洗会出事，就特意避开跟她共浴，现在可以了，就没收着。

禁欲许久的男人在浴室里拉着向暖闹了好久，才把人抱出去，放到床上，让浑身发软的她睡觉。

因为当初是顺产，向暖身体恢复得很快，也恢复得很好，所以产后

第三个月就开始正常地上班了。

向暖上班第一个星期的周末，从清大辞职改来沈大任教的夏晚终于搬到了沈城。

当天向暖和骆夏在家里请夏晚和顾添吃了顿饭。

夏晚第一次见到两个宝宝。已经三个多月的孩子见人就笑，尤其是哥哥年年，非常听话，夏晚抱着他逗的时候，他会伸手抓着夏晚的手指，而且只要听到向暖的声音就会有反应。

夏晚笑着夸道："年年好聪明啊，他好像能辨出暖暖的声音。"

被骆夏抱着的妹妹比哥哥要难带一点儿。小姑娘不喜欢找别人，也不爱被别人抱，只要旁人一抱她，她就会皱眉哭，但骆夏和向暖抱就没事。这几个月过去，家里的月嫂抱她她也可以接受。

后来，夏晚把年年交给顾添抱，和向暖去了旁边聊天。

向暖问夏晚什么时候结婚，夏晚笑道："也不远啦，顾添在筹备。"

向暖弯起杏眼，调侃："我真没想过你俩能有这缘分。"

夏晚也笑，感叹道："我也没想过最后我要嫁的男人是在姐妹你的婚礼上遇到的。"

向暖半开玩笑地说："四舍五入我也算是半个红娘了。"

"哎，"夏晚问她，"带两个孩子累不累？"

"肯定累啊，"向暖叹气，而后又笑道，"不过有不少人帮衬我，其实也还好，只有喂奶不能替，半夜得起来一两次。平常有月嫂，有我妈和阿夏的妈妈，下了班阿夏也会帮着照顾孩子，就……也没那么难熬。"

夏晚莞尔道："这是你遇见了好老公、好婆婆，又有妈妈帮忙。大家都能替你分担一些，自然就没那么累了。"

向暖也笑，揶揄道："你也会有个好老公的。"

夏晚偏头看了一眼正抱着年年逗的顾添，勾起嘴角。

有了宝宝后，向暖和骆夏的二人世界少之又少，他们每天下班后都在围绕着两个宝宝转。

国庆节假期期间，一家人哪儿也没有去，除了要照看宝宝无法出门，还有一个原因是，骆夏在假期前一天做了一个小手术。

向暖也是当天下班回到家后才得知，他白天在医院门诊做了一个很小的手术。

"你早就有打算，怎么不提前告诉我啊？"向暖蹙眉问道。

骆夏笑着拉过她，把人搂进怀里，低声温和地说："现在说也不晚。"

向暖终于明白他为什么在她生产完后没有同意她上环避孕了，这男人一早就计划好了，由他做结扎手术，不用她上环再承受一份不适感。

手术再小，到底也是个手术，骆夏需要休息几天，正好在这个假期结束后就能恢复。

向暖在此之前从没想过他早就有了这个安排，导致现在有些猝不及防，被他弄得又感动又气闷。

好在他恢复得很好，两三天后就没什么事了，一周的假期过完，完全可以正常上班和生活。

10月中旬，向暖正在工作室里忙，突然收到母亲向琳发来的一段视频。

视频里的年年无意识地发出"妈"这个字的音，听起来像在叫"妈妈"。

上个月初杏生了个女孩，向琳这段时间一直在那边帮忙，今天难得有空，就过来向暖这边看看宝宝，谁知正巧撞见小孩子在无意识地发一些音。

向暖靠在办公椅里，来来回回地把这个视频看了好多遍，嘴角止不住地上扬，然后把视频转发给了骆夏。

骆夏正在吃午饭，回得很快。

LX："岁岁呢？还没开口？"

XN："应该是吧。要是她也开口了，我妈肯定也会发过来。"

LX："才四个多月，就开始无意识地发声了，年年还挺聪明的。"

向暖笑着回："是啊，这不是他爸爸的'学神'基因在这儿嘛。"

两个人你来我往地聊了几句，向暖要去吃午饭，骆夏要去午休一会儿，便结束了聊天。

晚上，回到家的向暖和骆夏想亲耳听儿子发"妈"的音，但并没等到。不过很意外的是，他们等到女儿发了一个"啪"的音。

听起来她像是在喊"爸"。

骆夏和向暖齐齐愣了一下，然后立刻打开相机想把这一幕记录下来，然而岁岁小朋友再也没张嘴发声音。

到了 11 月，天气越来越冷。

向暖每次回到家都不敢贸然去抱宝宝，而是等自己身上暖和了才肯把孩子抱过来。

这晚她接连喂过两个孩子后，把宝宝放回婴儿房由月嫂照看，自己拿了衣服进浴室去洗澡。

骆夏还没下班回来，等他吃晚饭的向暖就慢悠悠地泡起了澡。

不多时，向暖听到房间里传来脚步声。即使对方没说话，她也知道是骆夏。不仅仅因为外人不会进他们的卧室，还因为她早就对他的脚步声无比熟悉。

须臾，男人突然推开了浴室的门。

虽然家里很暖和，但此时浴室里的温度更高。门被打开的那一瞬，一股凉气侵袭进来，向暖往浴缸里沉了沉，嗔怪道："关门啊，好冷。"

骆夏踏进来，随手把门关好、反锁。他脱掉衣服，进了浴缸，跟向暖挤在一起。

向暖窝进他怀里，轻声问："可以了？"

骆夏懂她问的是什么，低笑着"嗯"了一声。

没多久，浴室内的温度再一次快速攀升，白雾缭绕间，氤氲的热气把向暖的脸蒸得红通通的，仿佛喝醉了似的。

水花一片片飞溅出来，长发潮湿的向暖紧紧抱着骆夏不撒手。

12 月下旬，向暖生日当天，又是一个冬至。

骆夏给她准备了一个生日蛋糕和一顿他亲手做的丰盛晚餐，还特意包了饺子。

他之前跟她说过的，以后包饺子给她吃，这次终于兑现了承诺。

向暖晚上下班回到家，就看到餐桌上摆了一桌子菜肴。

她摘了围巾脱掉大衣，换好拖鞋走过去，看到生日蛋糕上写着"祝妈妈生日快乐，年年岁岁都爱你"，这是骆夏以两个宝宝的名义写给她的。

骆夏端着热腾腾的饺子从厨房里走出来时，就看到向暖立在餐桌旁，正垂眼盯着生日蛋糕。

骆夏把饺子放下，绕到她身后，从后面圈抱住她，在她的耳畔低喃："老公也爱你。"

向暖莞尔，看向他煮的饺子，好奇地问："你包的？"

"嗯。"骆夏握着她的手轻轻摩挲，温声说，"之前说过要包饺子给你吃。今天冬至，也是你生日，很适合吃饺子。"

向暖转过身，被他抵在餐桌边。她微微抬头，问骆夏："宝宝呢？"

"在房间里，月嫂照顾着呢。"

骆夏说完，凑在她的唇边轻吻一下，而后退开，再迎上去，又亲了一下。几次过后，他终于搂紧怀里的人，不断地加深这个吻。

绵长的拥吻结束，向暖靠在他怀里平复了呼吸，然后才跟他一起去房间看孩子。

吃完生日晚餐，向暖就去了婴儿房喂宝宝。等把孩子喂好哄睡着，她回到房间就躺在床上昏昏欲睡。

不多时，骆夏走进卧室，看到向暖和衣睡着，就把人揽起来，抱到腿上搂进怀里。

向暖困倦得睁不开眼，骆夏笑她："不要生日礼物了？"

向暖闭着眼呢喃："什么啊？"

"你看看。"

向暖靠在他怀里，强撑着睁开眼睛，就看到骆夏拎过一个包——是她喜欢的品牌和款式，但她从没跟他说过想买这款包。

向暖很意外，问："你怎么知道我想买这个包？"

骆夏不答，只笑道："我不只知道你想买这个包。"

他说完，把包递给向暖。

向暖接过来，而后就在包里发现了一个盒子。她把盒子掏出来，打开，就见里面放着一支口红，是她最爱的色号。

向暖更诧异，无论如何都想不通他是怎么知道这些的。

她扭头看向骆夏，又问了一遍："我真的很奇怪，你怎么会知道？"

骆夏嘴角噙笑，回了她一句："我懂你。"

向暖满腹狐疑地盯着他，而后就笑，不信地说道："不，你肯定从谁那里听说了。我跟谁说过？"

她这样说着，认真回想了一下。她也就跟邱橙她们提过这些，毕竟女人喜欢的包包和口红，也只能跟同样是女人的朋友提了。

“你问了谁啊？橙子？”

骆夏摇头。

“初杏？”

他还是摇头。

“陈嘉嘉啊？”

骆夏一直笑，回她：“没有。”

“那总不能是夏晚吧？你跟她就没怎么见过。”

骆夏抬手揉了揉向暖的脑袋，失笑，最终告诉她：“没有问谁，是你自己说的，我刚好听到，就记住了。”

向暖彻底震惊了。

“什么时候？”向暖问完似乎想起来什么，“年年和岁岁满月酒那天？”

骆夏点头。

那天下午，他抱着女儿去房间换尿不湿的时候，向暖刚好在跟邱橙她们谈论什么包什么口红。他对这些没研究，但记住了向暖说的话。

骆夏当时还被陈嘉嘉调侃换尿不湿熟练，虽然那会儿他看起来正在回复陈嘉嘉，但向暖说的话，一字不差地印在了他心里。

“都好几个月了，我自己都忘了。”她笑道。

“我记得就行。”

骆夏在她光滑细腻的脸上轻轻摩挲了两下，然后轻抬她的下巴，轻轻地亲了亲她的唇角。

“生日快乐，老婆。”

向暖莞尔，搂住他的脖子回吻了他一下，语调轻扬像在撒娇：“谢谢老公。”

这年腊月没有三十，二十九就是除夕。

骆夏和向暖带着两个宝宝回到骆家过年。

几个长辈围着两个小宝贝转个不停，向暖和骆夏难得清闲下来。

夫妻俩躲在房间里玩了好一会儿积木，一边拼积木一边闲聊。

“过完年给年年和岁岁断了奶后，我要把家里的舞蹈房利用起来，感觉好久都没跳舞了。”

“好。”骆夏应了一声，而后笑道，“到时候我就带他们看妈妈跳舞，给你当观众。”

向暖揶揄他：“不如你跟我一起跳，给宝宝做个榜样？”

骆夏无奈地低叹：“取笑我？你明知道我跳舞不行。”

向暖趴在桌上，脑袋枕着手臂，偏头望着他，眉眼弯弯的。骆夏还拿着一块积木，垂眸凝视着向暖，和她相视而笑。

须臾，男人倾身，凑到她面前，在她上扬的唇角处印下一吻。

两个人只是轻轻地唇贴唇，谁也没挪开，却让向暖在他吻过来的那一刹那，仿佛回到了十七八岁的时候，莫名感觉青涩又懵懂，心律直接飙升，心脏几乎要从胸腔里蹦出来。

“阿夏，暖暖，出来拍照啦！”夏知秋在外面喊他们俩。

骆夏这才退开，回道：“好，这就来。”

他起身，牵住向暖的手，和她一起出去拍照。

这个除夕，家庭合照里多了两张新面孔。

骆夏抱着体重较沉的儿子，和抱着女儿的向暖紧挨着，站在坐在椅子上的长辈们身后。

他们的怀里，是属于他们的年年岁岁。

骆慕向和骆向悠九个月大的时候已经会开口喊“爸爸妈妈”了，第一声“妈妈”还是骆慕向喊出来的。

那天是周六，在家休息的向暖去了舞蹈室练舞。

虽然怀孕生孩子并没有让她的身材走样，但向暖还是在荒废一年多后重新把舞蹈捡了起来。她是真的喜欢跳舞，跳舞不仅能锻炼身体，还能瘦身塑形，提升气质。

最重要的是，她很爱跳舞时的那种畅快感。

骆夏这天也没班，在家陪孩子。向暖去跳舞，他就推着婴儿车带两个孩子去舞蹈室看向暖跳舞。

向暖在正式跳舞前做了会儿热身，还走过来抱了抱宝宝，又亲了亲他们，而后才回去。

长发被编成了麻花辫，她穿着宽松的紫色卫衣和黑色紧身舞蹈裤，踩了一双轻便的鞋子。

她打开音乐播放器，随后身体就跟着节奏动了起来。

骆夏打开带过来的便携相机，调出视频模式，在她的音乐声中，拍拍老婆再拍拍儿女。他噙着笑地透过镜头望着他们，记录着属于他的平淡又温馨的幸福时光。

而在拍他们的时候，骆夏无意间发现，坐在婴儿车里的女儿会跟着音乐的节奏摇晃身体。他觉得怪有意思的，就多拍了一会儿女儿。

等向暖跳完一首曲子的舞蹈，骆夏对坐在他腿上的骆慕向和坐在婴儿车里的骆向悠说："年年、岁岁，妈妈跳得棒不棒？"

骆慕向似乎捕捉到了什么，突然出声："妈妈……"

骆夏愣了一下，意外地瞅向儿子。

他又试着缓慢地说了一遍："年年，妈妈。"

骆慕向跟着道："妈妈，妈妈……"

向暖刚关掉音乐，就听到儿子喊妈妈。她瞬间转过身，震惊地望向儿子，身体僵在原地一秒，而后立刻快步走过去。

向暖在骆夏跟前蹲下来，兴奋得声音都在发颤，期待地说道："年年，再叫妈妈一次。"

骆慕向笑得眼睛弯弯，拍拍手，奶声奶气地喊："妈妈。"

向暖霎时眼睛通红，剧烈跳动的心脏几乎要从嗓子里蹦出来。

她把儿子抱起来，亲了亲他软软的脸蛋儿，开心地笑道："阿夏，年年喊我了，他会叫妈妈了。"

骆夏用相机把这一幕录了下来。

他也很高兴，把婴儿车里的女儿抱起来后，微微弯腰亲了亲乖儿子，又在向暖的侧脸上轻轻吻了一下，随即才愉悦地低声笑道："嗯，我听到了。"

他转过头，目光温柔地看着还在自己怀里啃小手的宝贝女儿，温声对骆向悠说："宝贝，你什么时候肯叫妈妈？"

小女孩儿眨巴眨巴清亮透澈的眼眸，忽然对骆夏绽开笑容，纯稚的笑颜格外天真动人。骆夏被女儿萌到，在她的前额上很轻地亲了一下。

"乖，要尽快追上哥哥啊。"他低喃。

哥哥都叫妈妈了。

向暖笑弯了杏眼，对着冲她乐的女儿温柔地笑道：“不急，我们岁岁也会喊爸爸妈妈的，就是要比哥哥晚一点儿而已，对吧，宝贝？”

骆向悠冲向暖张开双手，想要妈妈抱。

向暖没办法在抱着儿子的情况下再去抱女儿，只能让骆夏先把相机放下，把儿子交给丈夫，再从丈夫怀里抱过女儿。

骆向悠到了向暖怀里，继续吃小手。

忽然，她看到了骆夏手腕上的手表。大概是表盘上不断走动的指针吸引了她的注意力，小姑娘认真地盯着骆夏的手表，甚至想要伸手去够。

向暖被她逗笑，跟她说话：“你喊爸爸，叫一声爸爸，妈妈就带你去抓爸爸的手表。”

向暖只是随口说说，并没指望女儿真的会喊爸爸或者妈妈，但没想到，骆向悠声音轻轻地唤道：“爸爸……爸爸……”

骆向悠的小奶音瞬间让骆夏的心猛地一颤，好像过了电一般酥麻。他怔怔地望着女儿，小姑娘也正瞅着他，漂亮的眼睛弯弯的，笑得特别可爱。

胸腔里的心脏扑通扑通地快速跳动，有那么一刻，骆夏都不知道该作何反应。

随即，小姑娘就转过脸，冲向暖喊：“妈妈……妈妈……”

向暖也登时愣住。

几秒后，她抱着女儿开心地在原地转圈：“岁岁叫爸爸妈妈啦。”

小姑娘被向暖轻举着，咯咯地笑。

骆夏单手抱稳儿子，弯腰拿起相机。

相机一直在拍摄状态，刚才虽然没有拍摄到画面，但把声音都录了进去。所以，岁岁喊爸爸妈妈的声音也存进了视频中。

他举着相机拍笑得开心的母女俩，又扭头看了一眼被他抱在怀里的儿子，温声说道：“你不打算喊爸爸吗？”

骆慕向扑闪着眼睛，喊：“妈妈。”

骆夏无奈地低叹。

就在他不再抱希望的那一刻，耳边忽然响起一道萌萌的奶音：

“爸爸。”

骆夏身体微僵，梗着脖子看向靠着他肩膀的儿子，小家伙漂亮的桃花眼中星光璀璨。

“我可听到了哦，”骆夏亲了亲儿子的脸，低笑着，温柔地说，“你叫爸爸了。小男子汉不能耍赖，一会儿我把视频拿给你妈妈看。”他忍不住又在小男孩软软的脸上亲了亲，语气愉悦地说，“年年和妹妹都好聪明。”

骆慕向被他亲得笑出声，小手在半空中胡乱地挥舞。

等这两个小家伙玩累了睡着之后，向暖和骆夏就去了书房，开始在电脑上看他录下来的视频。

向暖看到在婴儿车里坐着的女儿跟着音乐摇晃身体的时候，忍不住笑着问骆夏：“老公，你说岁岁以后会不会跳舞很好？”

骆夏眉梢轻挑，嗓音低沉悦耳：“嗯，会，随你。”

向暖笑弯了眼睛，幻想了一下女儿跳舞的场景，笑盈盈地道：“要是岁岁真的跳舞，我就带她一起跳。”

骆夏抬手拨了一下她额前的碎发，温柔地瞅着她，笑道：“好，我无比期待。”

视频从骆慕向开口叫了第一声“妈妈”后，就一直惊喜不断。

虽然女儿叫“爸爸妈妈”的时候镜头没有对准她，但声音都被相机记录得清清楚楚，就连后来儿子在骆夏耳旁轻唤的那声“爸爸”都真真切切。

向暖坐在骆夏的腿上，上扬的嘴角自从听到儿子喊妈妈后就没落下来过。她在电脑上登录了微信账号，把视频发到有两家人的大群里，然后就开始翻看存在电脑里的有关两个宝宝的照片。

她确定怀孕后，每个月都会更新孕肚照。从出生那天，到他们现在九个月大，两个小家伙来到这个世界后的每一天都有印记。

去年才睁开眼看世界的宝宝，现在已经能坐稳，也能靠墙站立，甚至会叫爸爸妈妈了，家人跟他们用简单的话交流也能得到回应。

向暖翻过一张一张照片，一边看着儿子女儿的成长轨迹一边感叹：“他们长得好快啊。”

骆夏轻笑：“小孩子长得都快。”

直到翻到最后一张，向暖才意犹未尽地关掉这个文件夹。

她搂住骆夏的脖子，靠在他怀里感慨："时间过得好快，一眨眼我们当爸爸妈妈都要一年了。"

骆夏没说话，只是低下头，蜻蜓点水般在她的唇瓣上啄了一口，然后才缓声说道："以后还有几十年。暖暖，我会一直陪着你。"

向暖莞尔，点头应道："嗯。"

她撞进他深色的瞳孔中，男人乌黑的眸子清澈透亮，目光温柔似水，惹得她像被勾引了般，忍不住主动朝他凑近，去吻他的唇。

骆夏低垂眼帘，在她的吻落过来后，立刻就给了她回应。他热烈而急切地回吻着她，不一会儿就让向暖意乱情迷。

骆夏掐着她的腰把她放到书桌上。向暖坐在桌上，望着他的杏眼中泛起潋滟水光。

骆夏往前挪动转椅，凑近她，然后抬手扣紧她的后脑勺，抬起下巴去亲她。向暖被他摁着低了头，再一次沦陷在他灼热的吻中。

星星点点的火，很快就燎了原。

桌上玻璃瓶中放的千纸鹤轻微地颤动，仿佛要振翅而飞。挂在台灯上的钥匙扣大幅度地摇晃，犹如钟摆。

向暖被骆夏抱起来，从另一扇直接通往主卧的门离开，回了房间。

平常向暖事后都会困倦，很快就陷入沉睡，但这次她精神得很，迟迟没有睡意。

骆夏好笑地看着刷宝宝照片和视频的她，问："都快12点了，还不睡？"

向暖笑盈盈地说："我睡不着，太开心了。"

一想到今天两个孩子都开口喊了"爸爸妈妈"，她就格外兴奋，哪里还有睡意？

骆夏合上书，翻身凑过来。

男人嘴角微勾，压低的声音显得比平日还要性感："那让你再累点儿？"

向暖的身子慢慢下滑，直到平躺在床上。她往上扯了扯被子，眨巴着眼望着他。

骆夏低了头，在她的唇边轻轻一吻，嗓音撩人抓耳："快睡吧，

晚安。”

向暖便闭上眼睛，试图酝酿睡意，但最终还是入睡失败，被骆夏收拾了一顿。

向暖最开始只是单纯地喜欢拍摄照片。

其实早在高中毕业之前，她就很喜欢摄影。所以那年母亲听到她想报考建筑系时很诧异，因为母亲一直觉得她应该会选择与摄影相关的专业。

虽然后来没能把摄影当成一门专业，但作为业余爱好，她也坚持到了现在。从高中毕业后拥有了第一台相机开始，她就尝试去拍各种照片。直到现在，向暖拍过的风景照不计其数，可拍过的人像屈指可数。

而她的这个爱好，也让她细致地记录了儿子和女儿的成长历程。

骆慕向和骆向悠在十一个月大时就已经能够独立行走了。

6 月 20 日，骆家给这两个小家伙办了周岁宴，但没有大操大办，只请了亲朋好友到饭店吃午饭。

在午饭开始前，按照老一辈留下来的传统，宝宝需要进行“抓周”。

桌子上放了好多物件，有计算器、尺子、颜料、听诊器、毛笔、书，等等。

所有人都关注着他俩，想看看这俩宝贝最终会拿什么。

哥哥骆慕向绕着桌子走了一圈都没拿东西，妹妹骆向悠却很果断地把手伸向了听诊器。

骆夏的眼中登时盛满笑意。

小丫头抓住听诊器就不松手，拿着东西蹒跚地朝爸爸妈妈走过去。

骆夏蹲下，张开双臂，将女儿抱起来。

“你怎么拿了这个呀？”他在跟女儿说话时都格外温柔。

骆向悠笑起来，回答爸爸：“要这个。”

骆夏低笑，抬手揉了揉小丫头的脑袋：“好，那就这个。”

骆慕向两手空空地离开桌旁，也往父母这边走来。然后，所有人都看到，小男孩伸出手去够向暖手中的相机。但他太小了，相机没够到，只抓住了垂落的相机带子。

向暖诧异地睁大眼，目光错愕。她扭头望向老公，骆夏正抱着女儿嘴角噙笑地看着他们母子俩。

向暖不太确定地问："年年要相机？"

骆慕向点点头："要。"

谁也没想到这个孩子会选择向暖手中的相机。

"他选相机寓意是什么啊？"吃饭的时候陈嘉嘉问道，而后自问自答，"长大后当摄影师？"

余渡给她夹菜，回道："差不多就是跟摄影有关的职业吧。"

"小家伙还怪鬼精灵的。"邱橙笑道，"谁也没想到他会去抓相机。"

初杏也笑，接话道："年年真的好聪明，哎，我好喜欢他。"

"岁岁也好可爱，直接就抓听诊器，也太果断了。"

初杏和靳言洲的女儿坐在靳言洲的腿上，被他轻轻抱住，已经七个月大的小姑娘咿咿呀呀地正在学说话。

她仰头望着爸爸，冲靳言洲咿咿呀呀。

靳言洲听不懂，直接说："你不能吃。"

小姑娘继续说："咿咿呀呀。"

靳言洲耐心地回道："等你长大一点儿再给你吃。"

小姑娘依旧咿呀咿呀，靳言洲不厌其烦，格外温柔："乖，来张嘴，吃鸡蛋羹。"

女儿乖乖地张开嘴，被靳言洲喂了一些鸡蛋羹，吧唧吧唧地吃下去。

初杏在旁边看了全程，忍不住笑：这男人好幼稚，自顾自地跟女儿对话。

她侧身凑近靳言洲，在他耳边笑他："你知道她在说什么吗？你就擅自解读回答人家。"

靳言洲表情微僵，然后脸色如常地瞥了一眼初杏，佯装镇定地淡然道："瞎猜而已。"他的耳根却不由得泛了红。

"不知道宝宝以后会抓什么，"初杏好奇地问靳言洲，"你觉得宝宝会抓什么呀？"

靳言洲回她："不知道。随便抓什么吧，全都看不上就是不抓也没事。"

初杏听了直笑，娇娇地哼了一声，揶揄他："你就宠她吧！"

靳言洲反驳："又没溺爱。"

初杏嫌弃死他这副"女儿奴"的模样了，但又觉得，爱女儿的靳言洲真的好帅。

她笑弯了眉眼，别开头去喝温水，而后又扭过头重新看向他，再次凑过去，笑着逗女儿，说："宝宝，爸爸帅不帅呀？爸爸是不是很帅？"

靳言洲无语。

两个宝宝周岁生日过后，时间的车轮和之前一样平稳地往前滚动。

向暖和骆夏照常上班，每天下了班回家后就陪孩子，跟他们玩游戏，试图对他们进行早期教育。

每天睡前，夫妻俩都会轮流给宝宝绘声绘色地讲有趣的小故事哄他们睡觉。

骆夏教他们识字认数，然后发现年年对数字很敏感，而岁岁对古诗很感兴趣，便开始有针对性地教他俩。

一岁半左右时，骆慕向已经能背出 100 以内的数字，而骆向悠学会了第一首古诗。

这天是周六，但向暖去加班了，所以只有骆夏在家陪着孩子们玩。

等晚上向暖回到家，骆夏一手拉着一个小朋友，对她说："年年和岁岁有惊喜要给你。"

向暖意外又好奇，笑着问："什么惊喜？"

骆夏蹲下来，对骆慕向温声道："年年，给妈妈背一下 100 以内的数字。"

骆慕向就听话地开始背，从 1 到 100，一点儿差错都没出。

向暖惊讶地看着儿子，随即就高兴地用手捏了捏小家伙胖嘟嘟的脸，笑道："年年好棒呀，前几天还停在 30 呢，今天就能背到 100 了！宝贝你学得好快啊！"

被母亲夸赞的骆慕向笑弯了眼眸。

旁边的妹妹等不及了，来到向暖面前，抱住她的腿，仰头奶声奶气地说："妈妈，我给你背古诗。"

向暖杏眼中染着笑，温柔地说："好啊，妈妈听岁岁背古诗。"

不知道是不是紧张，小姑娘一下子忘了开头怎么背。她求助般地回头望向父亲，委屈又可怜地说："爸爸，帮起头。"

骆夏失笑，缓慢地念出第一句，给她开了个头："薰风殿阁樱桃节。"

骆向悠立刻就用一口萌萌的小奶音有些口齿不清地背起来："薰风殿阁樱桃节，碧纱窗下沈檀……檀……"

她急得小脸通红，眼睛也红红的，看起来快要掉眼泪了。

向暖格外耐心地轻声哄道："没关系，别着急，慢慢想，想不起来就让爸爸提醒你。"

"檀……爇。"稍微打了个磕巴过后，骆向悠背得流利起来，"小扇引微凉，悠悠夏日长。野人知趣甚，不向炎凉问。老圃好栽培，菊花五月开。"

整首诗词，只有"悠悠夏日长"这几个字她背得飞快又清晰，因为她的名字就是源于这句，所以骆夏教她这句的次数最多。

向暖等女儿背完就拍手鼓掌，鼓励道："宝贝很棒啊！这么难背的古诗都能背下来，你简直太厉害了！"

她把女儿抱起来，让小丫头坐到腿上，然后看看女儿又看看儿子，笑着问："你们表现这么好，想要什么奖励呀？"

小吃货骆向悠急忙道："好吃的！"

哥哥见妹妹提了要求，就没再提。

"好，爸爸妈妈带你们去吃好吃的。"向暖答应了女儿后又问儿子，"年年呢？"

骆慕向想了想，歪头道："两次好吃的。"

这样妹妹就能吃两顿好吃的了。

向暖无奈失笑，轻轻点了点他俩的脑门儿："你们两个小吃货。"

吃过晚饭，向暖给女儿洗澡，骆夏拉着儿子洗澡。

等把这俩小祖宗洗干净又哄睡着，骆夏让月嫂照看着他们，然后牵着向暖的手回了房间。

两个人一起洗澡的时候，骆夏从后面拥着向暖，附在她的耳边声音低哑地问："给我什么奖励？"

向暖一时没反应过来，不解地问："嗯？"

骆夏把她抱得更紧："我也要奖励。"

他低沉沙哑的声音听起来格外性感，让她的心登时酥麻一片。

向暖被他蹭得脖子痒，忍不住歪头躲开。他爽朗的笑声在浴室里弥漫开，像蛊惑人心的迷魂曲。

“你要什么奖励？”

向暖转过身，抬手钩住骆夏的脖子，湿漉漉的脚踩到他的脚背上，被从头上浇下来的水淋了一身。她仰头，在水流下微微眯着眼去看他。

骆夏也浑身湿淋淋的，往前迈了一步，把她抵在冰凉的玻璃上，低头吻下来。

“要你。”在同她耳鬓厮磨时，他发出的声音夹在水声中，含混不清。

向暖给了他奖励。

第二天是周日，都休息的两个人带着两个宝宝出门吃了两顿好吃的。

两个宝宝三岁那年，过完生日后又度过了一个无忧无虑的夏天。

在秋季开学时，他们被骆夏和向暖送去了幼儿园。

兄妹俩穿着同款衣服，背着一蓝一粉的书包，从轿车里下来，被爸爸妈妈牵着手来到幼儿园门口。

在跟老师进园区时，骆向悠怯怯地停下脚步，回头看向骆夏和向暖，奶里奶气地喊他们：“爸爸、妈妈……”

哥哥骆慕向见状，也停下来。

他主动牵住妹妹的手，温柔地安抚妹妹：“跟爸爸妈妈说再见啦，岁岁。”

骆向悠眼里盈满水光，越发显得眼睛清澈透亮。

她咬咬嘴唇，乖乖地听了哥哥的话，眼巴巴地望着父母，轻声说：“爸爸妈妈再见。”

向暖浅笑着对儿子和女儿说：“你们在学校好好的，要乖乖听老师的话，傍晚爸爸妈妈会过来接你们回家。”

“什么时候呀？”骆向悠迫不及待地问。

“下午4点半，你放学的时候呀。”向暖耐心地回答。

“岁岁要乖哦，有事找哥哥和老师，知道吗？”在家里嘱咐过一遍的话，向暖忍不住又对女儿说了一遍。

骆向悠听话地点点头，答应下来：“好。”

等妈妈把话交代完，骆慕向才对着爸爸妈妈挥了挥手，然后牵着妹妹的手，跟着老师进了学校。

向暖站在校门口，一直到两个孩子小小的身影彻底消失在自己的视野中才肯挪动脚步，被骆夏拉着上车。

“唉，”向暖忧心忡忡地道，“不知道他俩能不能适应。阿夏，你说……岁岁会不会哭鼻子啊？”

骆夏无奈地低叹：“有年年在，没事的。”

已经被带去教室的兄妹俩正在做自我介绍。

骆向悠扑闪着清澈的眼睛，大方地说：“我叫骆向悠，骆夏的骆，向暖的向，悠悠夏日长的悠。”

有小男生好奇地问：“骆夏和向暖是什么词啊？我都没听过。”

骆向悠理直气壮地说道：“那是我爸爸妈妈的名字呀！”

旁边的骆慕向只好替妹妹解释：“骆驼的骆，方向的向。”

随后他自我介绍说：“我叫骆慕向，慕是爱慕的慕。”

骆夏爱慕向暖的那个“慕”。

中午吃饭的时候，骆向悠冲哥哥瘪嘴，眼睛一瞬间就红红的，委屈的声音都带上了哭腔，问：“哥哥，爸爸妈妈什么时候来接我们回家呀？”

骆慕向把红烧肉夹给妹妹吃，懂事地安抚她：“下午 4 点半放学就能见到啦。”

“可是我现在就想回家……”

“再坚持一下。”骆慕向特别温柔地对妹妹说，“先乖乖吃饭，哥哥会陪着你。”

骆向悠听话地低头扒饭吃，嘴角不小心沾到米粒，骆慕向就用干净的纸巾给她擦干净。

吃过午饭后，骆向悠躺在骆慕向身边，紧紧牵着哥哥的手睡了一个午觉。

睡醒睁开眼，见满屋子都是不熟悉的小朋友，没有爸爸妈妈，只看

到了哥哥，骆向悠忍不住掉了“金豆豆”。

她抓着骆慕向的手，抽抽搭搭地哭着说：“哥哥，我想回家，呜呜，我要爸爸妈妈……”

骆慕向抬手给妹妹擦眼泪，哄她：“就快啦，还有两个小时，再忍忍就过去了。”

接下来的两个小时，兄妹俩的对话就成了这样——

骆向悠问：“哥哥，几点啦？”

“2 点 50 分。”

骆向悠又问：“哥哥，哥哥，还剩几个小时呀？”

骆慕向耐心地回她：“一个半小时。”

不一会儿，骆向悠又忍不住，眼巴巴地问：“哥哥，快了吗？”

骆慕向点点头：“快了。”

还剩最后一个小时了。

骆向悠不知道，在她一分一秒地熬着等放学时，骆慕向其实也一直在关注着时间。

他也想回家，只不过作为哥哥，他得坚强，不能让妹妹看出自己的想法。

好不容易等到放学，老师让小朋友们在院子里排好队，领着他们到学校门口，亲手把孩子交还给家长。

骆向悠一眼就看到了爸爸妈妈，爸爸正揽着妈妈的肩膀，笑着看她和哥哥。

之前还冲哥哥哭鼻子的小姑娘这会儿瞬间扬起笑，高兴地冲爸爸妈妈挥手。

骆夏也抬手向她挥了挥，回应着女儿。

骆向悠扯着骆慕向的手摇晃：“哥哥，哥哥，哥哥，我看到爸爸妈妈啦！”

早就看到了父母的骆慕向平静地说：“嗯，我也看到了。”

老师笑着喊他们的名字：“慕向，向悠，去找爸爸妈妈吧。”

骆慕向在拉着妹妹的手离开前对老师礼貌地挥手道：“老师再见。”

骆向悠学着哥哥跟老师挥手，开心地说：“老师再见！”

说完，骆向悠就松开了骆慕向的手，撒欢儿似的朝着父母奔去。

骆夏和向暖蹲下，小姑娘的两条胳膊分别搂住爸爸妈妈的脖子，被爸爸妈妈拥进怀里的她开心地咯咯笑。

“岁岁今天乖吗？”向暖关心地笑着问。

小姑娘很诚实地小声说：“午睡醒来没看到爸爸妈妈就哭了，但是我很快就被哥哥哄好啦！这样算乖吗？”

“算。”骆夏嘴角噙笑，温柔地对女儿说，“诚实的岁岁最乖了。”

骆慕向稍后也走过来。

骆夏目光温柔地望着儿子，抬手摸了摸他的脑袋。

起身后，骆夏从两个孩子的肩膀上拿下他们的书包单手拎着，另一只手牵着儿子，和拉着女儿的向暖一起去了路边。

在后座安顿好两个小家伙，向暖坐进副驾驶座，扣安全带的时候问他俩：“年年、岁岁想去吃什么啊？”

一提吃的，骆向悠瞬间就来了精神，张嘴喊：“肯德基！要玩具！”

向暖又看向骆慕向：“年年呢？”

骆慕向懂事地道：“听妹妹的。”

向暖失笑，无奈地说：“你说个你想吃的。我们可以今晚去吃肯德基，明晚带你们去吃你喜欢的。”

骆慕向想了想，说：“麦当劳。”

向暖哭笑不得，虽然心里大概知道了原因，但还是问他：“为什么啊？”

“也有玩具，妹妹会喜欢。”骆慕向如实道。

向暖在心里感叹儿子可真是个“妹控”，从小对妹妹就特别好，比她和骆夏还会宠妹妹。

旁边的骆向悠听到哥哥这么说，扬声道：“哥哥最好了！我爱哥哥！”说完小姑娘又嘴甜地说：“爸爸妈妈也最好了！你们都好！我都爱！”

骆夏低笑：“我们年年、岁岁也都好，爸爸爱你们。”

骆向悠更开心了。

骆慕向正抿嘴笑，骆向悠就主动伸手过来。骆慕向牵住她的手，被妹妹带着晃手手。

在肯德基吃饭的时候，骆夏和向暖问起兄妹俩今天在幼儿园的

活动。

骆向悠发言："我们先自我介绍。"

"那你怎么介绍的自己呀？"向暖带笑的声音轻细又温柔。

骆向悠特别骄傲地说："我说我叫骆向悠，骆夏的骆，向暖的向，悠悠夏日长的悠。"

骆夏和向暖怎么都没想到女儿的自我介绍会这么别致，对视了一眼，同样愣住，而后又不约而同地笑出声。

骆夏抬手在女儿的头顶上轻轻地揉了揉。

岁岁真是好可爱的宝贝。

"年年呢？"向暖好奇地问儿子，"你不会也这样介绍自己吧？"

正低头吃薯条的骆慕向摇摇脑袋，把嘴里的东西咽下去后，才开口对父母说："我说的是，骆驼的骆，爱慕的慕，方向的向。"

时间在这一刻好像倒流回了二十六年前的那个夏天。

"我叫骆夏，骆驼的骆……"

"我叫向暖，方向的向……"

那个时候，还是童稚纯真的小孩子的他们不会想到，在将来的某一天，他们各自的自我介绍，会融在同一个自我介绍里。

"我叫骆慕向，骆驼的骆，方向的向，慕是爱慕的慕。"

这晚，不怎么发生活动态的骆夏难得更新了一条朋友圈，内容只有两句话——

> 妹妹："我叫骆向悠，骆夏的骆，向暖的向，悠悠夏日长的悠。"
> 哥哥："我叫骆慕向，骆驼的骆，方向的向，爱慕的慕。"

宝贝，你们就是爸爸妈妈爱情最美好的见证。

这辈子能拥有你们两个，是我们最大的幸运。

骆夏和向暖很看重孩子的兴趣，于是让兄妹俩自己决定上什么兴趣班。

骆慕向毫不犹豫地选了钢琴。他想学钢琴根本不用请老师，爸爸妈妈都懂些，曾祖母还是专业的。

骆向悠仰头对爸爸妈妈说：“我想学舞蹈，跟妈妈一起跳舞。”

向暖笑弯了杏眼，高兴地说：“好呀，妈妈给你请专业的舞蹈老师来教你好不好？”

“好！”骆向悠开心地不断点头，然后又眼巴巴地道，“那个……我还想学日语。”

向暖和骆夏都挺意外。

骆夏温柔耐心地问：“原因呢？”

骆向悠歪着脑袋，天真地回答：“好多动画片都说日语，我也想学。”

坐在地毯上跟女儿一起玩积木的向暖说：“岁岁想好了？就学日语？”

“一旦给你请了老师，可不能半途而废哦，再难也必须坚持下去，你做得到吗？”她温和又不乏严肃地问女儿。

骆向悠信誓旦旦地说：“我做得到。”

“好，爸爸妈妈给你找老师。但是，”骆夏低笑着摸了摸女儿的脑袋，温声道，“除了你们自己要学的这些，爸爸妈妈也会给你们在课后安排巩固英语和数学的作业，你得乖乖完成。”

骆向悠眨巴着眼睛点头答应。

“不怕累？”骆夏望着女儿问。

“不怕。”骆向悠笑得眼睛弯成了月牙儿。

“玩的时间减少了也没关系？”骆夏又问。

骆向悠稍微犹豫了一下，然后又点头：“嗯，我想学，哪个都舍弃不掉。”

骆夏起身，拿过相机递给向暖，向暖心领神会，接到手里就打开了摄像模式。

骆夏对女儿伸出小拇指，眼含笑意，温柔地说：“那我们拉钩盖章，以视频为证。”

骆向悠伸出自己的小手，用小拇指钩住爸爸的。

“岁岁说要学舞蹈和日语对不对？”

“嗯！”她重重地点头。

“答应了爸爸妈妈会坚持学，不会因为困难就半途而废，对不对？”

“对！”

“好。”骆夏松开和女儿钩着的手指，大拇指的指腹落在女儿的眉心处，笑着说，“盖章，不能反悔了哦。”

骆向悠高兴地咯咯笑：“不反悔！”

从这天起，两个孩子玩的时间明显减少，每天一起上完课，骆向悠就被父母接去兴趣班，骆慕向则去曾祖母那里学钢琴。

周末，向暖和骆夏会带他们出去玩，适当地让孩子放松心情。

骆向悠的日语学习请的是一对一的私人家教，基本是在家里学的，因此骆慕向也对日语有了一点儿了解，能用日语进行简单的对话。

骆慕向除了跟着曾祖母学钢琴，更多时候会由爸爸妈妈轮流陪着在家里练习，骆向悠也因此懂了一点儿钢琴，虽然并不精通。

其实骆向悠也曾因为学习累和难而哭过几次，毕竟她还只是个三四岁的小孩子，这再正常不过。

向暖和骆夏也不会在她情绪不好的时候逼迫她去学。

他们会陪着女儿玩，帮她调节情绪，等她恢复过来，就认真地问她：“岁岁还要不要继续学？”

向暖的语气温和：“你可以选择放弃，但放弃后如果又后悔，想再重新学，爸爸妈妈就不会再帮你找老师了。”

“先别急着做决定，你想好再回答爸爸妈妈。”骆夏安抚道。

虽然岁岁还小，但骆夏和向暖想让孩子从小就意识到，每个人都该为自己做的决定负责，不能做出决定后又说反悔就反悔，以后不会有人给她反悔的机会，有的事错过了就没办法重来，所以每做一个决定，都该慎重考虑。

小姑娘咬着嘴唇很认真地考虑，最后做出决定：“不放弃，我要继续学。”

骆夏目光赞赏地看着女儿，温声应道：“好，听岁岁的。”他在女儿面前蹲下，温柔地低声说，“觉得累了、难了就跟爸爸妈妈说，我们带你休息调整一下。想哭的时候也可以找爸爸妈妈。”

小姑娘扬唇笑着点头：“好的，爸爸。”

把女儿送回舞蹈班，向暖在车上对骆夏感叹：“我还以为她要放弃了，结果居然没有。”

骆夏失笑："对你女儿有点儿信心。"

"我是觉得，"向暖低了低头，喉咙哽了哽，又很快平复，继续说，"她挺累的，放弃了也好。"

她虽然从不说，但心底其实很心疼这么小就这么努力的女儿。

骆夏叹气，对向暖说："暖暖，你不觉得，年年和岁岁都很像你吗？"

向暖疑惑地扭头看向骆夏。

"他们都很能坚持。"骆夏低声道，"那种坚韧的性格，真的很像你。"

骆夏之所以这样说，是因为骆慕向除了日复一日地练钢琴，还在跟着爷爷学书法。自从答应了骆钟元会练书法后，这小家伙每天都会练字，从未间断。除此之外，骆慕向还会坚持看美剧，用看剧巩固英语的学习。这些全都是骆慕向自主学的，向暖和骆夏从没安排，甚至不怎么过问。

骆慕向和骆向悠四岁生日的当天，向暖和骆夏带他们回骆家。

两个孩子到了骆家后就去挨个儿跟长辈打招呼。

"爷爷奶奶好。

"姥姥姥爷也来啦！

"曾祖父曾祖母安康！"

"奶奶，"骆向悠扯着夏知秋的衣角，仰头乖巧地问，"外曾祖母呢？"

夏知秋温柔地笑道："外曾祖母在房间里。"

"那我能跟哥哥去看看她吗？"骆向悠很礼貌地询问。

"当然能啊。"夏知秋笑道，"去吧。"

兄妹俩便牵着手去了秋翡的房间。

骆慕向在门口先敲了敲门，说："外曾祖母，我是年年，和岁岁来看您。"

秋翡没说话。

骆慕向和妹妹对视了一眼，骆向悠小心地把门推开一道缝隙，看到秋翡正坐在床边抱着一个盒子发呆。

两个孩子走进去，慢慢地迈着步子靠近秋翡。

"外曾祖母……"

秋翡这两年的状况越来越差。听到声音后，她抬起头，眼睛浑浊地望着这两个孩子，恍惚间仿佛看到儿子和女儿正朝她走来。

秋翡把盒子放到旁边，伸出手把走到她面前的兄妹俩抱进怀里。

“知秋，望惟，乖孩子，我的乖孩子……”

骆向悠一脸茫然地望着哥哥，冲他快速地眨眼，像在问骆慕向外曾祖母在说什么。

骆慕向轻微地摇摇头，又做了个“嘘”的手势让妹妹不要问。

秋翡絮絮叨叨地拉着他俩说了很多话。

她把这对兄妹当成了自己的孩子，对骆慕向说：“望惟，作业写完了吗？”

骆慕向不太理解这句话，但顺从地点了点头。

“写完了妈妈带你跟妹妹出去吃饭，今天妹妹过生日呢……”

她一手牵着一个孩子，拉着他们的手步履蹒跚地往外走，边走边用苍老的声音说：“爸爸回来会给知秋带礼物，也会给望惟带礼物，我们等爸爸回来。”

她拉着两个孩子来到客厅，径直要往外走，结果被家人看到，拦了下来。

夏知秋搂着秋翡，担忧地轻声问：“妈，您要去哪儿啊？”

秋翡回头望着往骆夏和向暖身边跑的两个孩子，伸出手去，嘴里呢喃：“望惟、知秋，跑慢点儿。你们回来啊，要给妹妹过生日去……”

夏知秋倏地怔在原地，眼眶一下子泛了红。

“妈……”她嗓音哽咽地喊秋翡。

秋程走过来，搀扶着秋翡，对快要哭了的夏知秋温声道：“姑妈，我带奶奶回房间吧。”

夏知秋快速地点了点头，转过身抹了把眼泪。

骆慕向、骆向悠兄妹俩一路跑回爸爸妈妈身边。骆夏的两条腿上各坐了一个孩子，他搂着他俩笑，还没说话，骆向悠就率先问出口：“爸爸，知秋和望惟是谁呀？”

骆夏微愣：“嗯？”

骆慕向解释道：“外曾祖母一直叫我们望惟、知秋。”

“望惟、知秋？”向暖也疑惑地出声。

她知道“知秋”是骆夏的妈妈，那“望惟”是……姥姥的另一个孩子？她从来没听家里人提起过啊。

骆夏叹息，低声跟孩子们说：“知秋是你们奶奶的名字，她叫夏知秋。”

“那望惟呢？”骆向悠歪头问。

“望惟是奶奶的哥哥，叫秋望惟。”骆夏回答。

“为什么奶奶的哥哥和奶奶的姓不一样呀？”骆向悠不解地说，“我跟哥哥就是一样的。”

骆夏解释：“因为奶奶的哥哥随母亲的姓氏，你们外曾祖母就姓秋啊。”

“那……奶奶的哥哥呢？”骆向悠像极了“十万个为什么”，一直问个没完。

骆夏轻抿了一下嘴唇，沉默了片刻，低声跟孩子们说：“奶奶的哥哥在天上。”

向暖的心微沉。

秋望惟，应该就是秋程的父亲，已经去世了？

虽然和骆夏已经结婚好几年了，但向暖从没多问过关于秋程的事，骆夏也没说过，所以她根本不知道秋程的父亲早就离世了。

“咦？”骆向悠好奇宝宝似的，“为什么他可以去天上啊？”

骆夏笑了笑，温柔地缓缓说道：“因为他要守护我们啊。”

“那他好厉害哦。”

后来两个孩子去了别处玩，骆夏和向暖才开口讨论秋程的事。

骆夏对向暖说：“舅舅、舅妈在表哥九岁的时候因为一场意外去世了，表哥是姥姥养大的。”

向暖意外得说不出话。

骆夏叹了口气，搂着向暖低喃：“其实姥姥这辈子挺不容易的，青年守寡，中年丧子。这个病让她近些年只记着原来的美好的事，忘掉了生离死别的痛楚。”

向暖轻声道：“可能对姥姥来说，阿尔茨海默病并没有那么折磨她吧。”

骆慕向和骆向悠六岁生日那天是周六。

虽然这天是周六，但向暖临时有事去了工作室。

休息的骆夏在家一边陪伴两个孩子，一边准备晚上做饭要用的食材。

白天没什么事，骆夏被岁岁缠着给她讲故事。他思来想去，最后决定给他俩讲个别致的故事。

骆夏把笔记本电脑从书房里抱出来，打开存有向暖孕期照片的文件夹，从第一张开始给他俩看。

“这张照片是2020年9月24日那天，爸爸帮妈妈拍下来的。”骆夏的声音温和而缓慢，他对他们说，“那天妈妈跟爸爸去医院做了检查，医生说，妈妈怀孕了。”

他的手指在触控板上滑了滑，屏幕上的光标跟着在照片中向暖的腹部晃了晃。

“你们就在这里，在妈妈的肚子里。不过那个时候，爸爸妈妈还不知道是你们两个小家伙。”

他们以为只有一个宝宝。

他点开下一张照片，继续道：“这张是你们在妈妈肚子里七周的时候拍的，当时是国庆节假期后的第一个工作日。因为怀着你们，妈妈开始孕吐，闻不得好多食物的气味，曾经喜欢的东西也吃不下去，还会不断地呕吐，很难受，根本没胃口吃饭。

“接下来的一个多月，妈妈每天都会这样。”骆夏一边回忆一边说，“但是你们的妈妈很坚强，为了能让你们吸收营养，努力地让自己吃东西，吐了后就继续吃。”

两个宝宝分别坐在骆夏的左右两侧，安安静静地听着，很认真很专注。

骆夏继续往后翻，给他们看向暖的孕肚的照片。

“妈妈的肚子一天天大起来，那是因为在她肚子里的你们在渐渐长大。在妈妈的坚持下，孕吐阶段结束，但随之而来的是腰疼、腿麻、脚水肿。”

骆向悠看着照片中妈妈的大肚子，有点儿怕地问：“妈妈的肚子像气球……好担心会破啊……”

骆夏失笑，摸了摸她的脑袋安抚道：“不会破，你们都很乖。”

照片一张一张地翻过，骆夏继续对他们说向暖怀孕的过程。

“在你们生长的同时，妈妈的肚子越来越大，到后期，妈妈睡觉时翻身都需要爸爸帮她慢慢地转。最后呢，你们要出生了，妈妈被推进手术室，命都悬了起来。她用了十几个小时，直到身体里的力气全部耗光，才生下你们。”

骆夏点开他俩出生当天拍的照片给他们看。

“这就是那时的你们。

“爸爸给你们看这些照片，跟你们说这些话，就是想告诉你们，今天是你们的生日，当然值得庆贺。但同时，今天也是妈妈的受难日。

“七年前她怀上你们后，小心翼翼地孕育了你们十个月，把身体里的养分都供给你们，你们才能在六年前的今天平安顺利地来到这个世界上。”

骆夏抬手搂过两个孩子，轻轻摩挲他们的侧脸，望着他们，温柔地说：“妈妈为了把你们带到这个世界上，吃了很多苦，受了很多累，妈妈很伟大。所以啊，年年和岁岁一定要疼爱你们的妈妈，知道吗？”

骆向悠眼睛红红地软声说：“知道了，爸爸，我一定会好好疼妈妈！”

骆慕向没说别的，只听话地“嗯”了一声。

晚上，向暖拎着给孩子们买的礼物回到家。

她刚把礼物给他们，骆向悠就抱住蹲在地上的她的脖子，在她的侧脸上亲了一大口，清脆的声音格外认真：“妈妈，你是我的宝贝。”

向暖满眼笑意，又觉得很诧异，问道：“嗯？怎么忽然这么说？”

骆向悠坦言：“因为妈妈经常说我是妈妈的宝贝，那妈妈也要当岁岁的宝贝，岁岁一定会好好疼你的。”

向暖欣慰地笑道：“好，我们岁岁好懂事。”

骆慕向没有多说什么，只递给向暖一张贺卡。

向暖有些意外。

在接过贺卡时，她不解地笑着问两个孩子：“今天不是你们过生日吗？怎么搞得跟我过生日一样？”

随即，她打开贺卡。贺卡里面写了一句话，字迹格外工整漂亮。

“这个星球上有几十亿人，而你是我最完美的妈妈。”

向暖登时眼眶泛热，嘴角却止不住地扬了起来。

“这个星球上有几十亿人，而你是我最爱的唯一。”

“阿夏，你也是。”

番外一

年年岁岁

十八岁那年，骆慕向和骆向悠高中毕业。

高考结束后，学校组织了一场毕业晚会，晚会的时间就在兄妹俩生日那天。

当天傍晚，为了上台跳舞而特意换了身“酷妹”装扮的骆向悠和身着西装礼服的骆慕向回了学校。

到礼堂后，骆向悠和骆慕向找到他们的朋友，在他们旁边坐下。

坐在骆向悠旁边的靳初念笑着唤她：“岁岁你终于来了！”而后对上骆慕向温和的目光，她乖巧地笑着喊他：“哥。”

骆慕向微微点头，随即就被另一边的贺言碰了一下胳膊。

“你和悠悠真会卡点，快开始的时候才到。”贺言揶揄。

贺言跟他们从幼儿园时起就认识，都有十多年的交情了，是切切实实的发小儿级别的朋友。

骆慕向轻笑，说：“来早了也是等着，不迟到就行了。”

他正说着，晚会正式开始。

他们这几个人中最先上场的是骆向悠，她要跳独舞。

从三岁就开始接触的舞蹈，让骆向悠哭过、痛过、崩溃过的舞蹈，到现在为止，已经陪她走过了十五年，她一直没有放弃。

而她的第一次表演，是和母亲一起在父亲的镜头下进行的。

她至今都记得当时母亲为了能跟她一起跳舞，特意和她同步学习，还耐心地帮她抠动作。

骆向悠站在舞台上，望了一眼台下黑压压的观众。

虽然她已经参加过多次舞蹈比赛，也不是第一次上台表演，但心脏依然会本能地加速跳动。

她闭了闭眼，再睁开时，忽然捕捉到一道微弱地闪烁着的光。

那是贺言戴在中指和食指上的闪光指扣。他比着“剪刀手”的手臂举高，而后，两根手指弯了弯，像一对兔子耳朵。

骆向悠唇边漾开浅笑，心跳不知不觉间就被安抚得渐渐平缓下来。

在音乐响起来的那一瞬，她的身体就跟着节拍动起来。

整个舞台霎时间成为她的地盘。

贺言单手举着手机，录着骆向悠在台上跳舞的视频。

她的舞蹈动作标准利落，丝毫不拖泥带水，酷酷的劲儿中又有种说不出的性感。

贺言透过手机屏幕直勾勾地盯着骆向悠，嘴角噙上笑意。

十八岁的少女腰细腿直，肆意地在属于她的舞台上发光发热，耀眼得像一束明亮的光。

这些年，她每次登台演出他都会去看，用相机或手机录下她跳舞的视频保存起来。越长大贺言越发现，悠悠是真的浑身上下散发着挡不住的气质和魅力。

直到舞蹈落幕，灯光骤灭，贺言才停止录像，保存下这段视频。坐在他旁边的骆慕向把这一切都看在眼里，但什么都没说。

骆向悠刚回来不一会儿，贺言就起身打算去后台准备了。

他要走的时候，骆向悠仰起头，低声问他：“贺言，你要表演什么啊？”

他的节目在节目单上写着“保密”，到现在都没人知道他到底要上台表演什么。

贺言笑了笑，望向她的眼睛里都泛起了细碎的光，回道：“一会儿

你就知道了。”

骆向悠见问不出来，只好朝他挥挥手，说：“好吧好吧，拜拜，加油哦。”

贺言低笑着“嗯”了一声。

不多时，主持人报幕提到了贺言。

本来在低头玩手机的骆向悠立刻摁灭了手机，抬起头，就见穿着白衬衫、黑裤子的贺言背着一把吉他走上台。

男生身形偏清瘦，身姿挺拔，留着利落的短发，笑容爽朗。

贺言坐到凳子上，抱好吉他，将话筒拉到嘴边。

他望着骆向悠的方向，淡笑道：“我要唱的是一首日语歌，叫《カタオモイ》，毕业快乐。”

他的话听起来像是在对所有人说，可那双乌黑清澈的眼睛始终只看着她。

贺言知道骆向悠从小就学日语。他不知道别人听不听得懂这首歌，也不关心，但知道她肯定听得懂。

カタオモイ，单相思。

骆向悠的心脏不知为何倏地重重一跳，像是被人抻得猛地往下坠了坠。

在吉他声响起的那一刻，他的声音也响起。

还算流畅的日语隐隐透着青涩和生疏的感觉，但基本不会被人察觉到。

他的声音很爽朗，有着这个年纪才会有的干净的感觉，唱起歌来能让人的耳朵跟着酥麻。

骆向悠目光直直地望着台上弹着吉他唱着歌的男生，胸腔里的心脏慌乱得四处乱撞。她甚至不清楚贺言什么时候偷偷学了日语。

他偶尔低头，有时抬头，每每抬眼望向观众席时，温情的视线总会落向她这边，似有若无，有意无意。

她确实能听懂整首歌的歌词。

亲爱的，你的梦想已经实现了吧？

我却寻找不到合适的语言来祝福。

…………

我喜欢你，你知道的，你知道的吧？

…………

即使还有来世，即使与你相遇的方式是最差劲的。

我还是会再爱上你。

我一直都单恋着你，喜欢你。

你是明白的，你是明白的吧？

他用她听得懂的日语唱着歌。每一句歌词，都像在委婉表白。

骆向悠的呼吸越来越不畅，胸脯快速地起伏着，就连靳初念歪头跟她说话她都没有听进去。

贺言唱到最后的副歌部分，眼睛一直凝视着骆向悠。

骆向悠也看着他。

他们一个在台上，一个在台下，隔着一片人海对望。

最后一句，他放缓调子，目光温柔而深情地望着她，用日语唱道："亲爱的，我爱你。"

骆向悠的心跳倏地停滞，脸上蔓开一层绯色，心脏失重般飘在半空，浑身的肌肉、骨骼都变得僵硬。

骆慕向并没系统地学过日语，但这么多年来耳濡目染，早在不知不觉中就掌握了一些。在听到贺言报出歌名后，他就试着搜了搜自己理解的那个意思的歌曲，结果还真被他搜了出来。

骆慕向扫了一眼这首歌的歌词，眯了一下眼睛，从喉咙中发出一声短促的哼笑——贺言这小子，就差直接说他喜欢岁岁了。

这场毕业晚会压轴出场的是骆慕向和靳初念。他俩四手联弹，演奏的曲子很适合毕业季，是《凤凰花开的路口》钢琴版。

晚会结束后，大家都顺着人流往礼堂外走。人群出去后四散开来，却并没有多少人直接离校，好些同学三三两两地闲逛，想最后再看一眼他们度过了三年的高中。

骆向悠本来是和哥哥、贺言还有靳初念同行的，后来不知道怎么的，大家就走散了，她的身边只剩下了贺言，哥哥和初念不知道去了哪里。

骆向悠沉默地和贺言沿着学校操场的塑胶跑道闲逛。

过了好一会儿，贺言鼓起勇气，佯装淡定地闲聊："悠悠，你想报哪所大学？"

骆向悠眨了眨眼，若无其事地回他："清大医学院。怎么啦？"

贺言摇了摇头，笑道："没事，我就问问。"

"你呢？"骆向悠仰起头看向贺言。

操场路灯的光洒下来，落在他的眉眼间，给他平添了几分柔和。

骆向悠看到贺言轻抿了一下嘴唇，又很快松开。

他没有立刻说话，先是男生停了下步子。

他喊她："悠悠。"

骆向悠停下脚步，往后扭头，而后转过身正对着他。

贺言攥了攥垂落在身侧的手，旋即像使出了全部的勇气，低声问骆向悠："我能跟你报一样的院校吗？"

骆向悠的心脏又一次蓦地停跳几拍，她仰头怔怔地望着他。

其实在听到他弹唱的那首日语歌的时候，她就隐约有了猜测。她当时愣愣地看着舞台上的他，有些慌乱，有些忐忑，还有几分说不出来的、陌生的兴奋感。

后来冷静下来，她的心依然被悬在半空，不上不下的。

现在听到他问出这么一句话，骆向悠几乎肯定了自己的猜测。

"贺言，"她唤了他一声，而后目光微微躲闪，似乎有些窘迫地呢喃，"你能不能别让我猜？"

贺言微愣，很快就反应过来，耳根不由自主地泛起红，眼神也乱了一瞬。

"我……"贺言的脸绯红，他又往前挪动了一步，靠近她，随后微微弯腰，在她的耳边低声道，"如你所想，我喜欢你。"

因为他的突然靠近，还有这句"我喜欢你"，骆向悠整个人像被钉在了原地，动弹不得。

他的气息就落在她的耳侧，男生身上干净清爽的味道扑面而来，让骆向悠的脸腾的一下尽染血色。

贺言说完后稍稍退离，垂眸盯着她，紧张又忐忑，可骆向悠不说话。

贺言心里没底，但都到了这个节骨眼上，没有了回头路，只能继续问出口：“悠悠，你让不让？”

骆向悠的脑子还在短路状态，她茫然地瞅着他，耳边依旧回响着他那句低沉的、温柔认真的“如你所想，我喜欢你”。

“让不让我跟你报相同的院校？”他的语气越来越虚。

骆向悠没说话，愣愣地点了点头。

贺言看到她点头，当即怔住。

周围有很多同学，人来人往，操场上热闹至极，喧哗又吵闹，可他的世界突然安静无比，安静到他清晰地听到了自己扑通扑通的心跳声，还有急促的呼吸声。

随后，一道他分外熟悉的清甜嗓音霸道地钻了进来，打破了几乎没有声音的世界。

“我让。”

贺言目不转睛地盯着眼前同样紧张的女孩子，看到她的嘴巴微张，说了句话后，又闭上。

她说：“一起吧，贺言。”

贺言忽然欢喜得不知如何是好。他抬起手，又不知所措，最后在她的头上揉了两下才放下。下一秒，他再次抬起了手。

被摸头的骆向悠还在思绪凌乱，就被贺言抱进了怀里。

他愉悦地笑着，在她耳畔道：“一言为定。”

男生抱着她的动作生涩又僵硬，笨拙中透着几分可爱。骆向悠情不自禁地伸出手，很轻地揪住了他腰间的衣料。

“你什么时候学的日语？”她在他耳边很轻地笑着问。

贺言佯装淡定地坦诚相告：“也没学多长时间，就学了这首歌，想唱给你听。”

骆向悠的脸颊不受控制地热起来。

和两个人走散的骆慕向和靳初念去学校的超市里买了几瓶水，等拿着水回到操场找人时，就看到这个温馨的场景。

骆慕向还没动，被贺言抱着的骆向悠就仿佛感应到他一般抬眼望了过去。在和哥哥似笑非笑的目光对上的那一刻，骆向悠条件反射般推开了贺言。

她快速地眨着眼，乖乖地叫走过来的骆慕向："哥……"

骆慕向没说什么，把手里的水递给贺言。靳初念则递给骆向悠一瓶。

贺言去接骆慕向给他的水，然而没想到这人故意攥得紧，没拿过来。

两个男生各自握住一瓶水的两端。

贺言抬眼看骆慕向，对方也正盯着他。到底是发小，贺言当即就明白了骆慕向的意思，对骆慕向歪了歪头，示意去旁边聊。

"岁岁，念念，"骆慕向语气和平常并无差别，对她俩温声说，"我跟贺言去篮球场看会儿篮球。"

骆向悠点点头，应道："好。"

靳初念也回他："嗯。"

等骆慕向和贺言走开，靳初念和骆向悠找了个空旷的地方坐下。骆向悠直接把她的外套铺在地上垫着，两个姑娘背对背倚靠着对方。

"岁岁，"靳初念笑着问，"你跟贺言在一起啦？"

骆向悠微微抬头望着晴朗灿烂的星空，嘴角不自觉地上扬，莞尔应道："嗯。"

"我和哥看到你们拥抱了。"靳初念也仰头靠着骆向悠的脑袋，感叹，"真好呀。哎，"她微微偏头，问骆向悠，"他怎么说的？"

骆向悠回想了一下刚才的事，忍不住笑起来，也不藏着掖着，直接告诉了这个只小她三个月的妹妹。

"他问能不能跟我报同一所学校，我说不要让我猜他的心思，然后他就说……说如我所想，他喜欢我。"

靳初念轻笑："你也挺大胆的。"

骆向悠有点儿羞赧地嘀咕："我就是想让他直白点儿说出来嘛。"

另一边，贺言和骆慕向来到篮球场。

贺言还没开始坦白，骆慕向就开口道："你就这么把我妹妹给拐走了？"

贺言笑了，纠正道："是悠悠把我俘虏了。"

骆慕向似笑非笑地瞪着贺言。

片刻后，骆慕向叹气，语气一如既往地温和，但格外认真严肃：

“贺言，我们这么多年的交情，我不希望有一天会破裂，你懂我的意思。”

贺言也正色点头回道：“嗯，我懂。”

骆慕向在提醒他，既然踏出了这一步，既然招惹了悠悠，就别伤害她，否则的话，骆慕向和他连朋友都没的做。

“今天是她的十八岁生日。”骆慕向提醒贺言。

贺言笑着调侃：“不是你的？”

骆慕向瞥了他一眼。

贺言从兜里掏出一个小盒子，扔给骆慕向。

骆慕向精准地接住，打开，盒子里面是一对定制耳机。

贺言说：“生日快乐，阿向。”

骆慕向扬起嘴角，晃了晃手中的东西，温声道：“谢了。”

两个人从篮球场回到操场时，坐在草坪上的两个女孩子正背靠背闭着眼“吃”东西。

骆向悠说：“生日蛋糕，奶油绵甜，入口即化……”

靳初念接话：“有水果，一口一个小樱桃……”

骆向悠：“还有肉，红烧肉、糖醋排骨、小酥肉……”

靳初念：“再喝口冰可乐……”

贺言忍着笑清了清嗓子，正在幻想食物的两个女孩子齐齐睁开眼。

骆慕向伸出两只手，要把两个妹妹拉起来。与此同时，贺言也朝骆向悠伸出了手。

靳初念扭头看向骆向悠。

骆慕向就是习惯性地伸手想把妹妹拉起来，一时没想到贺言也会伸手去拉她。看到贺言伸出手的那一刻，骆慕向就打算收回手，但就在他收回手的前一秒，骆向悠抬起双手，一只递给了贺言，一只放在了骆慕向的掌心上。

骆慕向和贺言一起把骆向悠从地上拉起来的同时，骆慕向的视线落向还坐在地上的靳初念身上。

“念念。”他温和地唤了她一声。

靳初念这才转回脸，仰头望着骆慕向。骆慕向伸向她的那只手，修长的手指轻轻勾了勾，示意她把手给他。

靳初念轻咬嘴里的软肉，动作自然地抬起手，把手递给他。随即，她的手指被他握紧。男生的掌心温热，但不灼热，是让人感觉很舒服的温度，干燥又温暖。

骆慕向轻巧一拽，就把靳初念拉了起来。然后他弯腰，捡起被她们铺在地上当坐垫的外套，轻轻抖了几下，随后用食指钩着衣服，搭在肩膀上。

“走吧，回家吃饭。”

今天是他和妹妹的生日，家里还有其他几个弟弟妹妹在等着为他俩庆祝生日。

骆慕向和骆向悠带靳初念和贺言回了家，一起吃生日晚餐。

向暖和骆夏不打扰一群孩子玩闹，把晚饭和生日蛋糕准备好后就开车出门约会了，留一群孩子在家里随便闹腾。

双层的生日蛋糕上，插着十八根蜡烛。

房间里的灯被关上后，只有摇曳的烛火发出微弱的光亮。

骆慕向和骆向悠分别站在桌子的两端，正对着彼此，闭眼许愿。然后，他们不约而同地睁开了眼睛，又默契十足地同时低头和对方一起吹灭蜡烛。

骆慕向作为主人，同时又是除了贺言外年龄最大的哥哥，便亲自切生日蛋糕端给弟弟妹妹们。他注意着谁吃东西够不到，帮他们夹菜，把他们照顾好。

这顿生日餐，有骆向悠想要的生日蛋糕、红烧肉、糖醋排骨和小酥肉。

家里也有樱桃和冰可乐，只不过都在冰箱里，骆慕向不动声色地拿出来，特意放得离靳初念近些。

晚餐过后，几家家长纷纷开车来接孩子回家，最后只剩下靳初念和贺言。

靳初念从包里拿出两个盒子，把粉色的递给骆向悠：“岁岁，给你，生日快乐。”

骆向悠开心地接过来：“谢谢念念。”

随后靳初念把蓝色包装的盒子拿给骆慕向。

“哥，给。”她浅笑着说，“生日快乐。”

骆慕向从她手中接过礼物，温和地说：“谢谢。”

“好啦，那我走啦。”

靳初念刚要离开，骆慕向就说：“念念，等一下。”

他拉开抽屉，把礼物暂时放入抽屉里，而后返身回来，对靳初念温声道：“太晚了，一个女孩子坐车回家不安全，我送你回去。”

靳初念扑闪了两下眼睛，刚要说什么，骆向悠也说：“对啊，念念，让哥送你回去吧。”

靳初念只好点头答应，跟在骆慕向身后出了家门。

家里只剩下贺言和骆向悠，贺言这才拿出要送她的礼物。

“悠悠，生日快乐。”他笑道。

骆向悠大大方方地接过来，直接打开了盒子，只见里面躺着一支口红。

贺言挠了挠头，有点儿不好意思地说：“我第一次买这个，不知道你喜欢什么色号，就让柜姐帮忙推荐。她说这个色号很火，女孩子都很喜欢。”

骆向悠看了一眼，确实是最近大火的热门色号。

她的唇边漾开笑，语调轻快：“嗯，我很喜欢。”

贺言忐忑的心这才稍微放松下来。

他考虑了很久要送她什么，也在网上搜了很多相关词条，最后决定送一支口红给她。

他想让刚成年的悠悠拥有一支口红，更希望她的第一支口红是他给的。

两个人没有在家里待着。

贺言和骆向悠出了门，在她家附近逛了一会儿，最后又绕回她家门前。

时间已经不早了，贺言叫了车要回家。在等车来的几分钟里，他把骆向悠拉进怀里抱着。

一直到车停在她家门前，贺言才松开骆向悠，低喃：“晚安，悠悠。”

说罢，他忽地歪头在她的脸颊上亲了一下，而后快步走到车边，拉开车门坐了进去。

等被他亲蒙的骆向悠转过身，出租车已经驶出去好长一段距离。她站在原地，脸颊红成了苹果。

骆向悠发了会儿呆，抬手轻轻地摸了摸他的嘴唇亲过的地方，抿嘴笑起来。

毕业晚会上，骆慕向和靳初念弹的那首钢琴曲的原版歌曲中，有几句歌词："时光的河入海流，终于我们分头走，没有哪个港口是永远的停留。"

青春就是一场旅行，高中毕业则是这段旅程的终点。

每个人都不可避免地会面临分离，但这个暑假对他们四个来说，没有太多离别的悲伤，因为他们的大学都在同一座城市。

9 月初，骆向悠和贺言一起踏入了清大医学院，被清大医学院的临床医学专业录取。靳初念顺利地被北电表演系录取，而骆慕向进了北电导演系。

番外二

幸福归属

（一）

靳言洲和初杏在一起后的第一次约会在游乐场。

初杏带他坐摩天轮，他带初杏进鬼屋。

初杏在进鬼屋前就如实对靳言洲说：“我害怕鬼，所以……等会儿很可能会抓着你的手不放。”

靳言洲淡定地说：“他们是人。”

与此同时，他已经提前伸出手握住初杏的。初杏讶异，仰起头看他。

男生眉目清俊，冷漠的表情看上去酷酷的，耳根却泛着红。

他这样是因为牵手吗？

初杏漂亮的鹿眼扑闪着，长睫毛不断地颤动。片刻后，她伸出另一只手，轻轻地在他微红的耳根处摩挲了一下。

女孩子纤细柔软的手指触碰到他的耳垂，指腹在耳垂上轻轻地蹭。靳言洲的耳朵登时发起烫来，热意从耳垂蔓延，一路烧到脸颊和脖颈上。

靳言洲立刻歪头躲开她作乱的手。

初杏扬起笑，声音软甜：“言言，你的耳朵红了，好可爱啊。”

靳言洲皱紧眉心，语气略不耐烦，像在威胁，低声道：“不准叫我言言。”

初杏咬咬嘴唇，还未说话，他又没什么情绪地说了句：“也不准夸我可爱。”

初杏很诚实地回他：“可是你真的很可爱啊，言言……”

话音未落，她就立刻抬手捂住了嘴巴。

靳言洲低头垂眸盯着她，见初杏胡乱地眨着眼睛。

她捂着嘴说话，声音听起来闷闷的：“为什么不让我叫言言啊？是觉得不好听吗？”

靳言洲只凝视着她，没说话。

初杏依旧保持着捂嘴的姿势，商量道：“那……既然你不喜欢，我就不叫你言言了，能叫洲洲吗？”

靳言洲一时语塞。他的一只手还和她十指相扣，于是他抬起另一只手，扯下她捂着嘴巴的手，而后低头，在她的嘴边快速地碰了一下。

女孩子的唇很软，甜甜的、香香的。

靳言洲飞快地退离，站直身体，别开脸看向别处。

初杏睁大鹿眼，愣愣地望着他，眼睛眨呀眨的，胸腔里的心脏扑通扑通地跳，心跳声几乎要震碎她的耳膜。

靳言洲眉头微皱，表情紧绷。

“安静会儿。”他的语气听起来和平常一样冷淡，顿了顿，他又别别扭扭地低声道，“没有不喜欢。”

初杏本来还因为他让她安静会儿而心里闷闷的，旋即就听到他又说了句“没有不喜欢”，一时没反应过来，茫然地望着他。

轮到他们进鬼屋了，始终握着她的手的靳言洲牵着她走了进去。

初杏还没从刚才那个吻中回过神来，任由他拉着自己进了鬼屋。因为心不在焉，她起初也没觉得害怕，脑子里还在想他的那句“没有不喜欢”。

他没有不喜欢什么？

她吗？

初杏往前回想他俩刚刚的对话，就在快要捕捉到他那句话的意思时，她的衣角被人从后面拽住。

初杏还以为是靳言洲，本能地伸手去握，然后突然感觉手感不太对。她扭头一看，就见一个穿着白衣服、长发披散、脸上带血的“鬼”正阴森森地冲她笑。

“啊啊啊啊！”初杏登时被吓得魂魄都要飞了，手也立刻弹开。

她一边惊叫，一边转身来到靳言洲跟前，不敢伸手到后面去环住他的腰，只能抓着他胸前的衣料。

“有鬼，鬼来了……”初杏缩在靳言洲怀里瑟瑟发抖，嗓音都在发颤。

靳言洲刚要回抱住她给她安慰，初杏的脚踝又被握住。

她瞬间抬脚胡乱地踢踹，带着哭腔说：“言言，言言，有鬼抓我的脚！”

这么说着，初杏已经行动飞快地跳了起来，手臂钩着他的脖子，双腿紧紧盘住他的腰，整个人都挂在了他的身上。

靳言洲没有防备，甚至整个过程中什么都没来得及做，初杏就已经在他这里找到了避难所。

靳言洲在女孩子像个树袋熊似的挂到自己身上的那一刻，抬起的双手悬在半空，心脏也仿佛突然被抛到了半空中一般，滞住了。他的呼吸都停了一瞬，人僵在原地。

怀里的姑娘很软，身上有很淡的香味，清新又甜美，埋在他颈侧的脸时不时地蹭着他的皮肤，有点儿痒，像小猫爪子在抓挠他的心脏。她呼出的气息温温热热的，一下一下地扑在他的脖颈上，撩得他浑身发烫。

靳言洲愣住，喉结不由自主地滑动了几下，而后才缓慢地拥住她，抱着人继续往前走。可他的步伐轻飘飘的，神思仿佛浮在云层间。

那些捣乱作怪的“鬼”完全影响不到靳言洲，他已经沉浸在了自己的世界里。

初杏躲在他的怀里，吓得哼哼唧唧，不断地问：“快走完了吗？还要多久到出口啊，言言？呜，我不敢抬头……”

靳言洲抬手轻轻摸了摸她柔顺披散的长发，在恐怖诡异的音乐声和

鬼笑音效声中，偏头附在她耳边低声说：“我在。”

初杏因为害怕，没有注意到靳言洲说“我在”时，语气有多温柔。她只是又把他的脖子抱紧了一点儿，埋头在他颈侧闷闷地“嗯”了一声。

过了一会儿，初杏可能稍微适应了鬼屋里的各种音效，情绪渐渐地平复下来，也没有了初始时的慌乱，大脑开始重新运转。

“既然你不喜欢，我就不叫你言言了。”

“没有不喜欢。”

初杏的心一荡。她突然在他怀里抬起头，声音软甜细糯：“言言。”

“嗯。”在怪诞的一闪一闪的血色灯光中，靳言洲回应着她，抱着怀里的姑娘稳稳地往前走。

“你的意思是，喜欢我这样喊你，对吧？”初杏眨巴着眼期待地问。

靳言洲沉默了片刻，最后憋出一句：“我没说。”

“你说了。”初杏开心地说道，“你说你没有不喜欢，那就是喜欢啊！”

初杏的手臂环着他的脖颈，脸贴靠着他的侧脸，她能清晰地感受到他的呼吸好像有点儿急促。

初杏越想越开心，鬼迷心窍般偏过头，将唇瓣印在了他的侧脸上。

这段路正好光线昏暗，几乎看不清四周，应该也不会有“鬼”注意到他们。

靳言洲脚下一顿，心脏瞬间失去控制，跳得飞快，几近疯狂。他收紧手臂，箍着她纤细的腰肢，浑身紧绷，抿唇继续往前走。

从鬼屋出来后，初杏想从他身上下来，却因为靳言洲抱得太用力，完全动弹不得。

周围的游客往他们这边瞅，初杏脸红耳热地扑闪着眼，在他怀里小声提醒：“言言，放我下来呀。”

靳言洲深深地看了她一眼，没说什么，沉默着把人放了下来。

这天晚上他把她送到楼下。

分别时，初杏都转过身要上楼了，忽然又转回来，绞着手指低垂着脑袋问靳言洲：“言言，你要……要晚安吻吗？”而后她就抬起手指戳了戳自己的嘴角，眼神闪躲，有些羞涩地告诉他，“我……我想要……”

靳言洲垂眸凝视她，她却一直低着头，没敢看他。

片刻后，他抬手捧住她的脸，弯腰低头吻了上去。

他白天在鬼屋里被她亲了一口，心蠢蠢欲动到现在，本想放过她，她却主动勾引。

靳言洲没能把持住。

这是他们第一次深吻，而他莽撞又生涩，吻得狠了些，久久不肯放过她。

最后初杏实在受不住，在他怀里推搡他，被霸占着的嘴巴只能发出含混的软音："言……言言……"

等松开她，他才发现她的神态羞涩娇俏。女孩子的双眼中盈着潋滟的水光，眼尾染了一层绯色，似乎被亲得格外委屈。

靳言洲和初杏在一起多年，哪怕已经同住一处住所，也依然保持着一人一间卧室的生活，从未逾矩。

直到2019年夏天，在某个休息日的午后，靳言洲突然提出看电影。

初杏欣然应允。

在他找影片播放时，她合上客厅的窗帘，然后又从冰箱里拿出两瓶冰可乐，这才坐到沙发上，准备好和他一起看电影。

靳言洲走过来坐下。没过一分钟，初杏就瑟瑟发抖地抱过一个抱枕。

她蜷腿缩在他的旁边，眼睛扑闪扑闪的，小声问："你怎么……放了部恐怖片啊？"

靳言洲扭头看着她，淡然又镇定地说："这部不恐怖。"

初杏撇嘴，反驳："现在音乐就已经很恐怖了！"

靳言洲便把电影的声音关掉。

这下电影只剩下画面了，但初杏还是被画面吓得不断地用抱枕挡脸。可她偏偏又好奇，一边挡住一边再慢慢地探头，眯着眼去看电影画面。

靳言洲被她这反应逗得一直强装淡定地忍笑，偶尔实在忍不住了，就偏开头扬唇笑一下。

来回几次后，初杏发现靳言洲在偷偷笑她，鼓了鼓嘴巴，抓着抱枕

打他，不满地嗔怪：“你笑我！”

靳言洲抓住她抡过来的抱枕，将其从她的手中扯过，扔到她的身后。初杏扭头要去拿抱枕，那可是她挡视线的好道具。

然而，她在转身时，刚好看到电影里的鬼凑到了镜头前，看起来像是要从屏幕里钻出来似的。

她“啊”地喊了一嗓子，瞬间别开脑袋，一下子就钻进了靳言洲的怀里。

靳言洲勾着嘴角把她抱起来，搂住。

初杏坐在他的腿上，背对着投影画面，没有再看。靳言洲就这么抱着她，一个人默默地欣赏完这部恐怖片。

等电影结束，他也没告诉初杏电影放完了。她就乖乖地窝在他怀里，百无聊赖地捏着他的耳垂玩。

被靳言洲吻住的那一刻，初杏恍惚了一下，很快就沦陷进去。男人和往常一样，在亲她的时候揉了揉她的腰，也没做别的。

晚上吃过饭，初杏洗了个澡，然后就打算睡了。

结果回到房间关了灯后，初杏躺在床上，一闭上眼就不断地回想起白天看到的电影里的那一幕。

当时电影是用投影仪投影在墙上放的，那个鬼好像要直接从墙里跑出来了。

初杏越想越害怕，越害怕越控制不住地胡思乱想，总感觉鬼会从墙里钻出来。她睁开眼，强撑着打开灯，再也不敢闭眼。

过了好一会儿，初杏有些气馁，今晚没人陪着她根本睡不着。意识到这点，初杏也没犹豫，索性爬起来，就这么穿着睡裙、抱起枕头往靳言洲的卧室跑去，慌张得连拖鞋都没顾得上穿。

初杏在走路时都感觉有鬼在跟着她。她一口气闯进靳言洲的房间，心惊胆战又可怜兮兮地小声问他：“言言，我能跟你一起睡吗？”

正在和骆夏连线打游戏的靳言洲立刻摘掉耳机，并关了语音功能。

她穿着一条薄薄的睡裙，没有穿拖鞋，双手紧紧地抱着枕头，局促地站在那儿，莹白的脚丫直接踩在地板上，脚趾微勾，左右脚互相蹭着。

靳言洲的眼眸暗了暗，他起身朝她走去。

初杏仰头望着他，眼眶红红的，看起来委屈巴巴的。

“鞋呢？”他皱眉问。

初杏轻声说：“我害怕，没来得及穿……”

话音未落，靳言洲就把她抱了起来，初杏登时轻轻咬住嘴巴。

靳言洲将人放到床上，给她盖好薄被。

初杏眨巴着眼看他，懂事地轻喃：“你继续玩游戏吧，我不会吵你的。”

“不玩了——”

他的话还没说完，初杏就急忙说：“玩吧，不会打扰我睡觉的。我听着你敲键盘的声音就知道你在，会觉得安全。”

靳言洲想起自己在游戏里已经组队了，这会儿退了其实很坑队友，便应道：“嗯，那你睡。”

他起身回到电脑前，坐下来重新戴上耳麦，但没有再开语音功能，而是打字跟骆夏说：“再玩一局我就下了。”

骆夏在耳机里低笑着回他：“嗯，行。”

后来两个人一边打游戏一边你打字我说话地交流，骆夏这才得知靳言洲为了让人家跑来跟他睡，做了什么幼稚的事。

对靳言洲的这种幼稚行为，骆夏早就见怪不怪了，毕竟上学的时候他就这样。

初杏躺在床上，怀里抱着自己拿过来的枕头。她枕着他的枕头，盖着他的被子，周围盈满了属于他的清冽淡香，觉得很安心。

初杏侧身望着在电脑前打游戏的他，不知不觉就有了困意，慢慢合上眼，很快就进入了睡梦中。

等靳言洲打完一局游戏，初杏已经蜷缩成一团，抱着她的枕头侧身睡熟。

他走过去，在床边坐下，看着床上的女人。她的小脸白里透红，睫毛浓密乌黑，她安静地睡着，看起来格外恬静。

靳言洲伸出手，轻轻帮她拨开遮在脸上的发丝，心里在想要怎么做才能让她以后都在他的房间睡。

他试图挪开她的胳膊，把她怀里的枕头抽出来。

初杏被打扰到，一下子惊醒，睁开了眼，茫然地望着他，表情呆

呆的。

靳言洲见她醒了，索性就把她的枕头拿走，丢在旁边。初杏立刻抓住他的手指，重新闭上了眼。

良久，就在靳言洲以为她又睡着了时，她突然轻轻呢喃："言言，我以后还能过来找你睡吗？"

靳言洲稍愣。他还没想到要怎么才能继续不动声色又自然地让她睡在这里，她就自己主动提了出来。

初杏等不到他的回答，觉得有点儿尴尬，闭着眼往被子里缩，想躲起来缓解。然而下一秒，被子就被他往下扯了扯。

她刚埋进被子里的脸被迫露出来，红通通的，快要滴血。

初杏默默地咬住嘴里的软肉，不敢睁眼，就假装自己睡着了，假装刚刚的话是她神志不清胡乱说的。

可她感到眼前覆过来一道阴影。

初杏的眉心微蹙，在她慢慢睁开眼的那一瞬间，靳言洲的唇吻在了她的唇瓣上。

初杏登时睁大眼眸，鹿眼浑圆地望着近在咫尺的俊脸，心跳停了几拍，甚至忘记了呼吸。

他的吻像蛊，初杏被他吻得头晕目眩。眼睛睁不开，只能合上，她乖乖地迎合着他。

过了好一会儿，意乱情迷的她感到他亲着她的耳垂，听到他含混不清、声音低哑地问道："你还想再分开睡？"

初杏茫然地眨了眨眼，胸腔里满满胀胀的。

她诚实地摇头，坦然地说："不想，我怕。"

靳言洲把人搂紧，继续吻着她细嫩光滑的肌肤。

"就不怕我？"

初杏应道："嗯，不怕你。"

靳言洲停下来，撑起上半身凝视着她，黑沉的眼眸里情绪翻涌。因为她这句话，他没打算再做什么。

靳言洲刚要起身，初杏就环抱住了他劲瘦的腰。

"我要。"她的小脸通红，眼睛里沁着水光。

她说话总是这样直来直往，心里想什么就会说什么。

靳言洲的心跳漏了一拍，他直勾勾地盯着初杏，开口时嗓音沙哑而性感："要什么？"

他明知故问。

初杏的脸颊绯红，像喝醉了。

"要言言。"她的声音很轻很细。

房间里很安静，安静到他们连彼此的呼吸声都听得清清楚楚，所以她的话，靳言洲听得格外真切。摁在床上的手蜷起收紧，下一秒，他就重新俯身，堵住了她那张总让他心跳失控的嘴巴。

卧室亮堂堂的，初杏的眼泪被靳言洲一颗颗地吻进嘴里，她羞涩地紧紧闭着眼，想要把脸藏起来，靳言洲便关掉灯，让她在黑暗中放松。

初杏后来疲累又安稳地睡了一觉，什么恐怖片什么鬼，通通都被抛到了十万八千里之外，她的脑子里只记得和靳言洲的亲密夜晚。

再醒来时已经是隔天中午，初杏一睁开眼就看到靳言洲坐在她旁边，倚靠着床头在滑平板电脑屏幕，好像在处理工作上的事。

见她醒了，靳言洲暂时搁下平板电脑，端过他放在床头柜上的一杯水，递给她。

初杏撑着身体坐起来，将他准备的水喝下肚，干涩的嗓子和嘴巴终于舒服了一些。

"你的衣服我都放到衣帽间里了，"靳言洲泰然自若地说完，语气变得温和了一点儿，又道，"以后你住这屋。"

初杏眼帘颤了颤，低声应道："嗯。"

然后，她才发现自己的中指上多了一枚戒指。

初杏微怔，而后抿唇笑起来，举起手冲他晃了晃，问："什么时候准备的？"

靳言洲抬起眼皮看了一下，语气如常地说："最近。"

他总是什么都不说，却会细心地顾及着她所有的感受。

他会默默地守在她身边等她醒来，会偷偷给她戴戒指，以此让她明白他对待这段感情的认真和慎重。

他总是什么都不说，偏偏就是能让她无比安心。

而她想要的也不过如此：在她醒来后，他递给她一杯她最需要的温水，和他一样会让她觉得温暖舒适的水。

第一次跟靳言洲回靳家的那几天，初杏很不巧地感冒了。

初杏最怕吃药，因为苦，而靳言洲特意让医生给她配的药，有好几种都没糖衣，吃起来格外痛苦，但又不能不吃。她只能就着水吞下药，药在舌头上留下让她难忍的苦涩味道。

靳言洲塞给她一块糖，初杏立刻吃进嘴里，好歹中和了一些药的苦味。

吃过药后她就开始犯困，迷迷糊糊间被靳言洲抱了起来。初杏立刻睁开了眼，清醒不少。

向暖和骆夏还在看着，初杏觉得很不好意思，红着脸让他把她放下来，靳言洲没听，她也就没再提。

一路被他抱回房间，初杏沾了枕头就睡着。靳言洲搂着她，和她一起睡了个午觉。

初杏醒过来时，男人被她枕着手臂，侧身搂着她，还在睡。她在他怀里仰起头，痴痴地瞅着他，然后悄悄地伸出手，沿着他的轮廓慢慢地描摹。

初杏想起自己在电脑里藏了很多关于他的画，不禁莞尔。现在这一幕，她也要找时间画下来。

睡着的言言看起来好温柔，眉目俊秀，线条流畅，五官精致，像漫画里的男孩子。

她轻手轻脚地从他怀里出来，悄悄地离开了卧室，去跟向暖到院子里堆雪人。

后来，睡醒的靳言洲找过来，站在不远处，在朝她走来的同时冷着脸沉声喊她："初杏。"

初杏不开心地往后退，直接表达不满，说："你喊错了。"

她和他说好要叫她"初初"的。

靳言洲无奈，又拿她没办法，最终妥协，不顾向暖还没走远，别扭地低声唤道："初初。"

初杏这才乖乖地走过去，顺从地被他牵进屋。

回到他的卧室后，初杏说："言言，你刚刚不喊我'初初'，是因为暖暖在，所以不好意思那样叫吗？"

被她说中心思的靳言洲一时语塞，嘴硬地说："不是。"

靳言洲和初杏对视，她清透的眼睛里满是探究，显然不信他的话。

靳言洲就蹩脚地岔开话题："要是感冒加重或者发烧了，别冲我哼唧装委屈。"

说完他就转身出了卧室。

初杏格外了解他，当然听得出来他在关心她，非但没恼，反而笑得眉眼弯弯的。

不一会儿，怕她感冒加重的男人端着一杯热水回来，递到她手中，硬邦邦地命令："喝完。再出去贪玩，看我管不管你。"

初杏接过水杯，笑盈盈地拆穿嘴硬心软的他："你会管的，言言。"

2020 年的情人节是周五。

因为那天是工作日，初杏和靳言洲白天都要上班，就只在晚上吃了顿情人节晚餐，又去电影院看了场电影。

他们从电影院出来时，夜已经深了。

初杏意犹未尽，甚至因情人节没能好好玩一天而有些遗憾。

靳言洲沉默了片刻，忽然问她："明天去欢乐谷吗？"

初杏扭头看向他，有些不解和意外地问："咦，为什么突然想带我去欢乐谷啊？"

靳言洲嘴硬地问道："去不去？不去就算了。"

初杏连忙说："去啊！要去的！我要去玩雅鲁藏布大漂流和奥德赛之旅！"

靳言洲无语："都是水。"

初杏笑弯了眼睛，开心地说："快乐！"然后她又偏头望着他，很自然地冲他撒娇，"你陪我。"

靳言洲叹了口气，像是妥协了。

回到家洗过澡后，初杏就开始提前准备去欢乐谷要带的东西。她把手机充电宝、纸巾等东西都放进包包里，还有身份证……

初杏找到自己的身份证后，又去拿靳言洲的——他的应该放在他的钱包里。

初杏从他的衣兜里摸出钱包，在翻找他的身份证时，意外发现了一

张纸条。

初杏好奇地仔细看了一眼，发现这是某个首饰品牌专柜开的购物发票，他购买的首饰就是现在戴在她手上的戒指。

然而，购买时间根本不是他当时说的“最近”，而是三年前临近她生日的一天，可他直到去年那天才偷偷地将戒指戴在她的手上。

初杏抿住嘴巴，唇角却抑制不住地上扬。

他居然藏了这么久才把戒指给她，好能忍哦。

初杏眼里沁着笑意，偷偷地把发票放回原处，只拿了他的身份证，又把他的钱包塞回他的衣兜里。

她把他们的身份证提前放进包包里，然后从包里拿出一个首饰盒，里面是一枚男戒。

初杏把戒指拿出来，攥进手心，然后就回到床上闭上眼，假装睡着了。

靳言洲洗完澡出来时，就看到初杏盖着被子乖乖地躺在床上，似乎睡熟了。

他眯了一下眼睛。

这肯定是装的。她哪次睡觉这么老实过，还好好地盖着被子？

靳言洲没拆穿初杏，而是擦着头发转身回了卫生间。他关上门，开始用吹风机吹头发。

很快，把短发吹干的男人回来，上床关灯睡觉。他习惯性地伸出手臂，让她枕住，侧身搂住她。初杏就乖乖地窝在他的怀里。

靳言洲闭着眼，等着看她想做什么。

过了好一会儿，初杏大概觉得他睡熟了，就小心翼翼地在他怀里动了动。她动作缓慢地翻了个身，背对着靳言洲。

他的左胳膊被她枕着，手就在她眼前。初杏摸着黑一点儿一点儿地摸他的手，寻找他的中指，找到后，做贼般偷偷地把攥在手心里已经被焐热的戒指一点儿一点儿地套到他的中指上。

初杏给他戴好戒指，唇角漾开笑容，低头凑近他自然摊开的大手，在他的手心轻轻地亲了亲。

下一秒，她身后的人就覆过来，将她紧紧地抱在了怀里。初杏的心跳猛然一滞，身体微僵。

靳言洲吻着她的后侧颈，嗓音沙哑地低喃："你做什么？"

初杏有种偷偷做事被别人发现的窘迫感，慌乱地轻声问："你没睡？"

靳言洲说："你动手动脚、摸来摸去，要我怎么睡？"

初杏的脸登时烫得仿佛快要烧起来。她快速地扑闪着眼睛，在他又吻过来时，情不自禁地缩了缩脖子，感觉有点儿痒，心口也痒痒的。

靳言洲的吻却不停歇，铺天盖地地落下。初杏抓着他的手指，咬住唇乖乖受着，像是有电流胡乱地窜过，她的身上开始起鸡皮疙瘩。

初杏的左手就在他的左手中，手背贴着他的掌心，而后，男人的手指滑入她的指缝中，就这样扣紧她的手。

初杏泫然欲泣地喊他："言言。"

靳言洲低低地应道："嗯。"

过了良久，靳言洲搂着身体酥软的初杏窝在柔软的床上。

"言言，"她娇声笑着问他，"你明天带我去欢乐谷，是不是想给我补过情人节呀？"

靳言洲眼睑微颤，死不承认："你想多了。不过，你要是那么想也由你。"

"那我就要这么想。"初杏笑笑，满足地闭上了眼睛。

她很快就睡熟了，而他毫无睡意，翻来覆去地看她给他的这枚戒指。

半晌，靳言洲的左手扣住她的，依旧是掌心贴手背的同向相扣。

他用手机拍了张他们左手相扣的照片，照片里有他们给彼此戴的戒指。

靳言洲怕设主屏幕壁纸容易被人看到，便默默地把这张照片设置成了专属于他和初杏的聊天背景。

初杏在某天早上被靳言洲拉去了医院。

因为她的例假时间不太准，经常会推迟，初杏并没意识到自己可能怀孕了，但靳言洲对她的例假时间了如指掌——虽然例假确实常常推迟，但从未出现过推迟超过一星期还毫无动静的情况。

他带初杏去医院做了检查，然后就被医生告知，初杏怀孕了。

靳言洲的直觉向来这么准。

初杏呆呆地回不过神，乖乖地被他拉着从医院出来，上车回家，到家后还觉得像做梦一样。

初杏窝在沙发里，看着靳言洲默不作声地收拾屋子。好一会儿，她抱着抱枕，眨巴着眼问他：“言言，你喜欢男孩儿还是女孩儿啊？”

靳言洲的动作顿了一瞬，很快就恢复如常。

他语气淡淡地说道：“都一样。”

初杏觉得靳言洲大概是早就有所猜测和准备，所以在确定她怀孕后也没多兴奋和激动。

然而，这天晚上，初杏半夜醒来，发现靳言洲不在她的身边，也没在卧室里。她披上衣服走出卧室，慢吞吞地往前走。

在经过书房时，她看到门虚掩着，从里面泻出了一束光。

初杏走到书房门口，抬起手刚要推门，就听到了靳言洲雀跃的声音。

“我老婆怀孕了，我当然高兴。”

大半夜被他吵起来的骆夏实在无奈：“所以你就深更半夜打电话骚扰我？”

靳言洲说：“我是给你面子，把你当好兄弟，才第一个告诉你的。”

骆夏好笑地说：“我谢谢你。”

作为前几个月才享受过这种喜悦的准爸爸，骆夏其实对此感同身受。在得知自己要做爸爸的那一刻，他是真的想和全世界分享这份喜悦。况且都已经被靳言洲吵起来了，他索性就和靳言洲多聊了几句。

“哎，你更喜欢男孩儿还是女孩儿？”骆夏好奇地问。

靳言洲倚靠着书桌，正朝门的方向，姿态闲适慵懒，自然又随意。

初杏透过门的缝隙刚好能看到他，而后就看到靳言洲的脸上浮现出笑意，嘴角勾起。

他语气颇为自豪地对对方说：“我当然都喜欢，不管是男是女。”

他这副样子，和白天她问他时那般矜持的样子完全不同。

初杏不自觉地笑弯了眉眼。

她还以为他因为提前猜到她怀孕了，所以没有表现出太大的惊喜，原来不是的。

可能当时的他和她一样处在发蒙的状态中，不知道该怎么表达，或者说，别扭的他只是不擅表达。

初杏莫名地想起他们在一起的那天。

意识到自己喜欢上了靳言洲的她直接对他告白："靳言洲，我喜欢你。你要是也喜欢我的话，就过来抱我一下。"

他却说："谁要抱你。"

说这句话时，他已经来到了她面前。

他确实没有抱她，而是直接弯腰，低头吻了她的唇。

他对她的爱，平常只显露出冰山一角而已，更多的被他藏在心底，默默地融在了他们每一天的相处中。

而他知道她知道他的爱。

（二）

2021 年 7 月 13 日晚，邱橙和秋程在骆夏家吃过晚饭后回家。

在路上的时候，邱橙一直在翻看手机里的年年和岁岁的照片。她一边看一边笑着感叹："年年和岁岁都好可爱啊。"

秋程没说话，打开了车载音乐播放器。邱橙也没再说别的，只是又捧着这些照片看了好一会儿才关掉手机屏幕。

她靠着座椅，偏头望向车窗外，却在车窗上看到了她和秋程的影子。邱橙盯着车窗上映出来的秋程的模样，发起呆来。

一直到家，他们都没交流。

邱橙换了鞋后就径直回卧室，拿了衣服去浴室泡澡。

家里的浴室里有个很宽敞的浴缸，泡起澡来特别舒服。

邱橙放好热水，脱掉衣服踏进浴缸，闭着眼安安静静地泡澡。

她本来想放空大脑，却总是控制不住地想些乱七八糟的事。她跟秋程在生不生孩子这件事上总达不成一致，让邱橙颇为头疼。

她不懂他为什么不想要宝宝，明明小孩子很可爱，而她爱他，所以才更想拥有一个属于他们的孩子。

邱橙正胡思乱想着，秋程推开浴室门走了进来。她睁开眸子，看了他一眼，又收回视线，重新闭上了眼睛。

邱橙因为泡澡，脸颊被蒸得泛红，肌肤白里透红，格外诱人。

秋程关上浴室门，褪去衣服，踏进浴缸，坐到她的对面，眼睛一眨不眨地凝视着闭眼假寐的女人。

从骆夏家出来后他们之间就不对劲，秋程感觉得出来，也知道她为什么跟他闹别扭。他动了动身子，从对面向她靠近。

邱橙在感到眼前覆了道阴影时再次睁开了眼，就见他在她上方，离她很近。

秋程轻抿着唇，没说什么，只低下头来吻她。邱橙也没躲。

他的吻是温柔的，很像他平日里给人的感觉，让邱橙情不自禁地沦陷进去。

她缓缓抬手，搂住他的腰。

不知道过了多久，在他要更进一步时，邱橙忽然开口，直接挑明。

“程哥，”她轻声唤他，认真地说，“我们要个宝宝吧，好不好？”

秋程毫不犹豫地拒绝：“不好。”

简单的一句话，直接将刚刚营造出来的气氛全然打破。

邱橙不死心地问：“为什么？”

秋程说：“不喜欢。”

“可是我好喜欢，”她试图跟他撒娇，放软语气央求，“就要一个嘛。”

秋程没说话，只凑过去吻她。邱橙以为他有所松动，心里多了几分期待，但到最后，他都没有在这件事上往后退一步。

被他吃干抹净的邱橙觉得自己被骗了，气得直接把秋程赶出了主卧。

第二天早上，秋程像没事人一样准备早饭，等她醒了吃，再送她去公司。邱橙跟他怄气，一口饭都不吃，扭头直接就要出门。秋程去拉她，反被邱橙甩开。

“别闹。”秋程再次握住她的手腕，把人扯回自己怀里抱紧，低喃，“小橙子，你乖一点儿。”

邱橙觉得委屈，又突然感觉自己已经没什么力气跟他闹腾了，就任由他紧紧地抱着自己，骨架被勒得生疼都没吭一声。

秋程亲了亲她的脸，把人牵回餐桌旁，让她坐下，亲自喂她吃早饭，甚至不肯让她接过去自己吃。

邱橙无奈地暗自叹了一声，任由他喂她吃。

吃过早饭，秋程开车送她去公司。在邱橙下车前，他解开安全带凑过去恋恋不舍地索要了一个吻，然后才放她下车。

邱橙现在是一名模特，并不怎么出名，在模特界几乎是查无此人的状态，更别说在娱乐圈了。

她离娱乐圈有十万八千里远，自己其实也不想出名混进娱乐圈，而秋程也不想她出名被那么多人簇拥和喜欢。她觉得现在这样拍拍杂志、走走秀就挺好的，反正她也不差钱，能够享受生活。

在乘坐电梯上楼时，她还在因为要孩子的事跟他较劲。

邱橙就是想不明白他为什么不想要宝宝，为什么不喜欢。

等晚上回了家，她一定得问清楚，他说不喜欢，总得有个原因。

然而这天下午，邱橙被经纪人通知立刻去机场，去海城参加明天举办的一场走秀。

“我磨破了嘴皮子才争取到一个位置，不管是颜值还是身材，你都是最出挑的。我让小周订好机票了，你和她赶紧过来为明天的上台做准备。这可是好不容易得来的机会。”

邱橙只好答应，被小助理带去机场。

小助理会提前帮她准备好行李，邱橙不用特意回家拿。她坐车去机场时，给秋程打了电话，但没人接。

邱橙点开手机相册，找到他主动帮她存在相册里的课程表，这才发现今天下午他有课。

他这会儿正在上课，所以没有接电话。

邱橙便给他发微信。

秋橙：“程哥，我有工作要紧急去海城一趟，你下班后直接回家吧，不用来接我了。”

秋程下了课解锁手机就看到了邱橙的未接来电和微信消息。他立刻给她拨电话，但听筒里只传来机械的“您所拨打的号码已关机”的提示音。

秋程站在原地，望着沈大校园里的熟悉景色。

九年前，也是在这所学校，也是在这座教学楼前，他在下课后，突然看到她的分手短信。从此之后，他就联系不上她，也找不到她了。

那时候他打她的手机也是这样的结果，被告知关机，再后来就是

空号。

他的世界似乎随着她的消失而坍塌了。

秋程突然感到胸腔里空落落的。那种久违的、熟悉的，几乎让他喘不过气、直接窒息而死的感觉再一次猛烈地袭来。

明明他们已经领证结婚了，她是他的合法妻子，可他内心深处的不安全感好像还是无法消除。

痛不欲生地经历过一次失去，秋程心里留下了很深很重的阴影，并不能因为一张结婚证就轻易消解。

他快步去了停车场，开车往机场赶。

他的理智很清晰地知道，她已经上飞机走了，但人就跟头脑发热似的，控制不住地追了过去。他把车停在机场的停车场，买了最近一趟航班的机票，飞去海城。

邱橙晚上到了海城，一下飞机就给秋程打电话，却被告知对方手机已关机。

她皱了皱眉，在微信上问他："怎么关机了？手机没电了吗？"

怕他不放心，她特意又跟他说了一遍："我已经到海城了。程哥，别担心。"

邱橙："一会儿到了酒店给你发定位。"

邱橙发完消息就关了手机屏幕。

到酒店后，她住进了经纪人帮她提前安排好的房间，放下东西，给秋程发了个定位，然后就去了浴室洗澡。

再出来时，她拿起手机一看，发现秋程给她打了十几通电话，立刻就给他回拨过去。

正坐车往酒店赶的秋程接起来，问："你在哪个房间？"

邱橙隐约猜到他可能来了这边，但又不是很确定，就直接报了房间号，随后才不太确定地问："你过来了？"

坐在出租车后座上的男人垂下眼，低低地"嗯"了一声。

"我明天工作完就直接回去了……"邱橙有些无奈地说，"你明天的课怎么办？"

他冷静温和，没露出一丝不安的痕迹，说："通知了学生这周另找时间上。"

"行，"邱橙坐到床上，擦着潮湿的头发对他说，"那你一会儿直接上来吧。"

"嗯。"

挂断电话后，邱橙又擦了擦头发，然后打开小助理帮她收拾好的行李箱，想找条相对性感的裙子穿。

翻了半天，邱橙才用手指钩出一条绸质吊带睡裙。

她换上这条睡裙，把半潮湿的头发梳顺、散开，然后百无聊赖地在床上玩着手机等秋程。等到最后，她没抵挡住困意，睡了过去。

房间门被叩响的那一刻，深陷梦中的邱橙一激灵，猛地睁开了眼睛。她下床去开门，但意识还没完全从梦中抽离。

当年的事让她哪怕在梦中都会无法控制情绪，最终哭醒。

邱橙拉开门后，门外的男人登时压低眉头。

秋程盯着她满脸的泪痕，低声问："为什么哭？"

邱橙这才意识到自己的脸上有泪，抬手去擦，吸了吸鼻子，委屈地说："难过。"

秋程走进房间，把公文包随手放到旁边，将她紧紧地搂进怀里。

他一直被吊在半空中的心在这一刻终于安稳落地。

他沉沉地呼了口气，温和地问："为什么难过？"

躲在他怀里的邱橙也不知道为什么，突然就真的觉得很委屈，呜咽着掉眼泪："谁让你不要宝宝？"

她的语气像闹脾气，又仿佛在嗔怪，听起来格外惹人怜爱。

秋程低叹，没说话。

邱橙把眼泪蹭在他的衣服上，不甘心地问他："你为什么不喜欢小孩子？小孩子那么可爱。"她一边抽噎一边不断地念叨，"我跟你的宝宝肯定更可爱，为什么不要？"

"有了孩子，你的爱就会被分走。"秋程终于吐露实情，"你只能是我一个人的，我不准任何人跟我分享你，哪怕是我们的孩子也不行。"

邱橙微愣，而后眼泪掉得更凶。她将手攥成拳头，打他的后背，把脸埋在他的胸前呜咽。

发泄完不满，邱橙又紧紧地箍住他的腰，缓了好一会儿后，认真地安抚他不安的情绪："我是你的，程哥。我只属于你，没有人能把我从

你身边抢走，宝宝也不会分走我对你的爱。我是因为爱你才想要属于我们的孩子的，有了宝宝会让我觉得，他是我们爱的延续。”

秋程低头去吻她，他的亲吻来得汹涌而激烈，邱橙很快就招架不住，被他抱起来丢到床上。

云雨开始前，邱橙钩着他的脖子，目光潋滟地望着他，轻喃：“给我好不好？程哥，我们就要一个宝宝。”

秋程最终妥协，低声应道：“好。”

“我什么都答应你，”他低喃着恳求，“你不准走，哪儿都不许去。”

邱橙眼角滑下一滴泪，嘴角却扬着。她主动凑过去亲他的唇角，望着他情绪翻涌的双眸，一字一顿地告诉他：“你别不安，我不走。我只是你一个人的小橙子，到死都会乖乖地待在你身边。”

他们重逢后在一起的那晚，他就再次暴露了他的偏执本性。

那晚他禁锢着她，说：“小橙子，我不会再让你逃走，你到死都只能乖乖待在我身边。”

她回他：“好。”

曾经，这个男人的占有欲疯狂偏执到让人感到害怕，再一次和他有了交集的邱橙却不再那样认为。

他是温柔的，温柔而小心翼翼地爱着她。

秋程是这世界上，对她最温柔的人。

（三）

2019 年圣诞节晚上。

余渡被父母催婚催得烦不胜烦，一想到元旦还要去见下一个相亲对象就更加郁闷。

成年人排解烦恼的场所无非那么几个，而酒吧是最好的消愁地点之一。

余渡随手在网上搜了一下酒吧，觉得“葡萄里”这个名字挺有感觉，而且距离他住的地方不远，所以就驱车来了这里。

没想到，他一个孤家寡人，居然会在这里遇到骆夏和向暖。

两个人感情好得如胶似漆，连座位都要挨着选在同一边，还得搂着对方才得劲。

余渡不请自来，一屁股坐到他们对面，骆夏和向暖也很意外能在这里遇见他。

和他们都是这么多年的老朋友了，余渡从来不跟他们藏着掖着，所以就冲他俩大吐苦水。

刚说完不一会儿，桌旁就走过来一个人。

女人扎着丸子头，故意将发丝弄得微微凌乱，看起来多了份随性。

大冷的天，虽然酒吧里没室外那么寒冷，但也没到过夏天的温度。可她只穿了一条黑色的V领连衣裙，裙摆在膝盖以上，脚踩着鞋跟几厘米高的黑色马丁靴，看起来挺性感。

他正打量她，对方却率先自然大方地问了骆夏和向暖："你们的朋友啊？"

向暖笑着点头，互相介绍了他俩。

余渡也因此得知她的名字叫陈嘉嘉。他起身，礼貌地和陈嘉嘉握了握手。

女孩子的手指纤细又柔软，余渡很快松了手，在收回手的那一瞬间，连他自己都没意识到，他的手指无意识地轻捻了几下。

后来四个人随意地聊了一会儿，陈嘉嘉就起身要离开，说是快到她上台了。

随即，余渡就在舞台上看到了她的身影。

女孩子把话筒放在立式支架上，调好高度，扭头去跟乐队老师交谈。

很快，音乐声响起。

台上的她看起来游刃有余，似是早已见惯这种场面，丝毫不紧张。

她开口，唱出第一句歌词："深色的海面铺满白色的月光，我出神望着海心不知飞哪去。"

这是陈奕迅为原唱的一首耳熟能详的歌——《不要说话》。

她唱歌时，本就有点儿沙哑的声音更显得厚重、有质感，让人被她的声音所俘虏，成为她的裙下臣。

余渡有点儿出神地望着舞台上正认真专注地唱着歌的她。头顶的灯光来回闪烁，时而打落在她身上，时而又让她隐匿于昏暗中，他却始终

能看清她在音乐中享受的陶醉表情。

她唱那句“我藏起来的秘密，在每一天清晨里，暖成咖啡安静地拿给你”时，余渡的脑海里突然就浮出了一个画面。

他忽然有点儿心慌，感觉自己好像被拉去了一个不知名的地带。他无法控制心跳，也无法控制感情。

余渡怔怔地盯着陈嘉嘉，心里有个声音告诉他：他好像栽了。

陈嘉嘉一连唱了三首歌，然后下台，重新来到他们这桌，很自然地坐在了余渡身旁的位子上。

余渡明显感受到，在她落座到自己身侧的那一刻，胸腔里的心脏倏地往下坠了坠，像某种悸动。

他也不知道怎么搞的，就想跟她说话，然后对她说了句：“你唱歌还蛮好听的。”

陈嘉嘉笑起来，眉眼弯弯地坦然接受了他的赞美，回道：“我也这么觉得。”

余渡没想到这姑娘还挺不谦虚的，被她的回答弄得稍微愣了一下，而后笑了笑。他端起酒杯，掩饰般地喝了口酒缓解情绪，试图让自己冷静下来。

陈嘉嘉说完就倒了杯酒要跟他碰杯，余渡再次端起酒杯，和她碰了碰，在仰头要喝下时，听到她说：“谢谢夸奖。”

骆夏和向暖携手离开时，余渡还不想走，便跟他们打了声招呼，说自己再消遣会儿。

陈嘉嘉每次上台唱几首歌后就下来休息一会儿，然后再登台唱。

余渡在她休息结束准备上台时从她口中得知，歌单是在今天之前就定好的，并不是她随意发挥的。

来回几次后，陈嘉嘉终于在0点下班了，不过酒吧还要再营业三个小时才会关门。

陈嘉嘉套上到脚踝的长款羽绒服外套，拎包准备离开葡萄里时，看到余渡还坐在座位上，正在一个人喝酒。

她走过去，跟他打招呼：“余渡。”

男人抬起眼皮，看向她，对她笑道：“坐啊。”

陈嘉嘉也笑着回道：“不了，我得回家了。”

余渡点点头，问她："怎么走？"

陈嘉嘉随口回答："打车，这个时间没地铁了。"

余渡端起酒杯仰头喝完杯子里的酒水，而后起身，伸手拿了外套和围巾，对她低声道："我有车，送你吧。"

陈嘉嘉受宠若惊，也很意外，连忙道："不用麻烦了。"

她觉得他喝了不少酒，完全可以直接叫代驾送他回家，不用管她。

"不麻烦。"余渡穿上大衣，没有戴围巾，将它挂在手臂上，率先迈步，"走吧。"

陈嘉嘉有那么一瞬在猜余渡是不是对她图谋不轨。

可是他图什么？她一无所有。

而且，这个人既然是暖暖和骆医生的多年好友，就说明人品没什么问题。毕竟人以群分，如果他不是什么好人，暖暖和骆医生就不可能跟他做朋友。所以陈嘉嘉心底其实对余渡还是放心的。

最后她没再推辞，跟着他去了停车的位置。

余渡找了代驾过来，和陈嘉嘉一起坐到了后座。

"你家在哪儿？"余渡问她。

陈嘉嘉报了小区地址，余渡扭头对代驾说："就去这个地方。"

在送陈嘉嘉回家的路上，余渡有点儿没话找话地问她："你名字里的'jiā'是哪个'jiā'啊？"

陈嘉嘉笑着回道："嘉宾的嘉。"

余渡了然地点了点头。

到达陈嘉嘉住的小区门口后，余渡想让代驾把车开进去，直接把她送到楼下，但陈嘉嘉拒绝了。

"别了，外来车辆进小区还得登记，挺麻烦的。就几步路，我自己走过去就行。"陈嘉嘉说着，推开车门要下去，又笑道，"今晚谢谢你了，改天我……"

话还没说完，她就看到余渡跟着她一起下了车。

陈嘉嘉不解地问："还有其他事？"

"没。那个，"余渡嘴角噙笑，顿了顿才说，"我送你进去吧，把你送到楼下。"

陈嘉嘉心中动容，没拒绝，莞尔道："那谢谢啦。"

余渡跟着陈嘉嘉在她住的小区里往前走。她说的“几步路”，其实要走好几分钟，她住的楼在小区的西北角，是这个小区最边缘的一栋楼，距离小区门口最远。小区里有些地方路灯坏了，还挺黑的。

余渡微微蹙眉问：“这盏路灯一直坏着？”

陈嘉嘉点点头：“嗯，我搬过来时就是坏的。”

“你每晚这么晚回来，一个人走夜路不害怕吗？”余渡的眉头压低了些。

她笑了，轻叹道：“还好吧，习惯了。”

余渡有种说不上来的感觉，不知道要怎么形容，只知道心里不太舒服。

一个女孩子独自住在老旧的小区，小区的安保措施不太好，路灯还坏着，怎么看怎么不安全。

到了楼下，陈嘉嘉停下脚步，转过身对余渡笑道：“今晚谢谢你啦。”

余渡翘起嘴角：“不客气，都是应该做的。”

“改天请你吃饭作为答谢，”陈嘉嘉说完又笑道，“以后你再去葡萄里，报我的名字，可以给你打五折。”

余渡轻挑眉梢，低笑，像开玩笑似的说：“好，我会常去的。”

“拜拜，”陈嘉嘉冲他挥挥手，语气轻快，“晚安。”

余渡望着她的背影，回了句：“晚安。”

从她住的楼下离开，余渡回到自己车里，看到座位旁放着他的围巾。他垂眼看着围巾，脸上浮出无奈的笑。他本来是想找机会把围巾给她戴的，但好像没有合适的机会。

余渡对代驾报了自己家的地址，然后就靠着椅背，闭上眼沉沉地呼了口气。

过了一会儿，余渡摸出手机来，给向暖发了条微信消息。

余生渡我：“向暖，能把陈嘉嘉的微信推荐给我吗？”

向暖随后就把陈嘉嘉的微信名片发给了他。

余渡点开名片，点了“前往验证好友”，备注写的是：“我是余渡，圣诞快乐。”

陈嘉嘉回到家后洗了个澡，准备睡觉前拿过手机扫了一眼，就看到了余渡的好友添加请求，还有向暖发给她的余渡跟向暖要她微信号的聊天截图。

陈嘉嘉回了向暖的消息后，点开了余渡的好友添加页面，旋即就看到了他的备注。

“我是余渡，圣诞快乐。”

原来是这个余渡。

陈嘉嘉通过了他的好友请求，给他也回了一句：“圣诞快乐。”

余渡想了片刻，才发出新的消息。

余生渡我：“你每天都会去葡萄里吗？”

陈嘉嘉回复：“不是啊，有时候不去。”

陈嘉嘉：“但节日的时候一般会在。”

余渡轻轻挑眉，回：“这样啊。”他大概了解了。

陈嘉嘉问他：“你快到家了吗？”

余生渡我：“嗯，快了。”

陈嘉嘉：“好，早点儿休息。”

余生渡我：“你也早点儿休息。”

陈嘉嘉：“我刚想说，我这就要睡了。”

余渡盯着手机屏幕低笑，打字回她：“睡吧，晚安。”

陈嘉嘉也回了他一句“晚安”。

第二天天早上，余渡刚睡醒，一拿起手机就看到了母亲一个小时前给他发来的微信消息。

妈：“儿子，我又看了两个姑娘的照片，了解了一下对方的条件，觉得不错。你元旦假期不是有三天吗？加上之前约好假期第一天见面的那个，正好一天见一个，你看怎么样？”

余渡懒得打字，直接发了语音消息过去：“妈，你疯了吗？你别再给我安排相亲了。就元旦当天见面的那个，我到时候见见给你个交代就行了。以后我也不相亲了，你也别再张罗了。”

发完语音消息，余渡就拿着手机，闭上眼想再眯会儿，结果母亲就直接打了电话过来。

余渡无奈，只能接听。

他把手机放到耳朵旁边，闭着眼懒散地说：“妈，一大清早的你干吗啊？”

余母开门见山地问：“儿子，你实话告诉妈妈，你是不是交女朋友了？”

余渡说：“没啊，这都哪儿跟哪儿？”

余母不信：“你一个之前总催我跟你爸给你多找几个相亲对象安排见面的人，突然就说不见了，也不让我张罗你相亲的事了，肯定是有女朋友了，要不就是有喜欢的人了。”

余渡无语。他原来主动催父母给他安排相亲对象其实是反向操作，想让父母比他还抓狂，从而放弃给他安排相亲。

余渡睁开眼，望着天花板，承认道：“嗯，是有喜欢的人了，所以，妈，”他颇为认真地跟母亲说，“别给我安排相亲了。”

余母巴不得儿子赶紧找个喜欢的姑娘去追呢，连忙答应：“哎，好好好，我跟你爸就不操心了，你自己努力追，有需要我们的地方就说话。”

余渡笑了一下，无奈地应道：“好，知道了。”

接下来几天余渡忙着工作，没有和陈嘉嘉联系。他想在最后一个相亲局结束后再正式追她。

元旦那天，余渡按照约定去见了家里给他安排的相亲对象。

对方年纪跟他差不多，研究生毕业，目前在一家外企工作，薪资待遇也很好，长得也不错。

客观来讲，这个姑娘各个方面都比陈嘉嘉优秀，但余渡就是不来电。

他觉得人与人之间可能真的有磁场感应，陈嘉嘉的磁场就是吸引他的那个。

余渡礼貌地跟对方吃了顿饭，在结束时挑明说：“林小姐，你各个方面都很优秀，我很佩服，但我觉得，我们之间可能没那个缘分，所以……抱歉。”

对方面露遗憾之色，惋惜地说：“这样，那好吧。我本来觉得你还挺不错，想试着多了解了解。”

余渡露出适当的笑意，客气道：“实在不好意思，我可能没办法……”

“理解。”对方表现得得体大度，笑道，“我不是第一次相亲了，反而很喜欢你这种坦诚说开、不拖泥带水的男方。祝你早日找到跟你有缘的那个她。”

余渡淡笑着回道：“也祝你早日遇见有缘人。”

等对方离开，余渡终于松了一口气，如释重负般靠在沙发里。

一想到接下来没有任何相亲安排，可以全心全意地去追求陈嘉嘉，余渡就有些开心。只不过，他开心不过三秒，笑容就凝固在了脸上。

陈嘉嘉停在他面前，垂眼望着他，笑着打招呼：“嘿，余渡。”

余渡立刻坐正，然后起身。

他快速地眨着眼，心里忐忑地问道：“你——”

他还没说完，陈嘉嘉就坦然地回他：“我刚才就坐在那边啦，看到你跟朋友在吃饭，就没过来打扰。”

“不是朋友。”余渡急忙解释，“只是一个相亲对象，今天第一次见面，也是最后一次。”

“啊？”陈嘉嘉问，“没聊成啊？”

余渡点头，“嗯”了一声。

“你吃饭了吗？”他问。

陈嘉嘉笑弯了眼，语调轻扬，回道：“吃了，正要走。”

余渡拿了放在桌上的手机，说：“我也正要走，一起吧。”

陈嘉嘉眨了眨眼，跟余渡一起出了饭店。

“你去哪儿？”他问。

陈嘉嘉说：“丰汇。”

“我送你过去吧，”余渡语气自然地说，“正巧顺路。”

陈嘉嘉没跟他客气，笑着道谢：“谢啦。”

余渡轻笑：“不客气。”

他把陈嘉嘉送到丰汇大厦楼前，陈嘉嘉下车后就进了楼里，去音乐中心。

余渡说顺路，只是借口而已，就是想送她过来。

看着陈嘉嘉走进大厦，直到纤瘦的背影消失在视野中，余渡才发动车子离开。

当晚，余渡在家里吃过晚饭，又处理了一会儿工作上的事，等闲下来时，已经晚上 9 点多了。

余渡突然想起来，陈嘉嘉前几天提过一嘴，说节日的时候她一般会在葡萄里。

那今晚……她会不会在？

余渡这样想着，已经起身拿了大衣往外走，想去碰碰运气。

余渡开车去了葡萄里。

他到的时候，陈嘉嘉正被一个男人堵在角落里纠缠。

这一幕是余渡在被服务生引往座位的路上不经意间瞥到的。

清吧本来就偏安静一些，人也不会特别多，而通往卫生间的那条路上，并没几个人。

那个男人堵着陈嘉嘉，甚至还动手动脚，想要跟她有肢体接触。

陈嘉嘉表情不耐烦，甚至有些愠怒，但在极力克制。

余渡直接转了方向，迈着大步朝着他们走去。

余渡走到那个男人身后，把男人往旁边推开，然后伸手拉过陈嘉嘉，把人护在自己的身后。

男人转过身看到余渡后，目光透出不屑的意味。

他的视线越过余渡，落在陈嘉嘉身上。他轻蔑地问："嘉嘉，这人是谁啊？"

陈嘉嘉冷冷地冲他喊："你管得着吗？！"

她这种语气并没让男人恼怒，对方反而笑得更欢，说："别这么呛，跟个小辣椒似的。"

陈嘉嘉懒得理这渣男，对余渡低声说："谢谢你了，我得上台了，一会儿再找你。"

余渡向后偏头听她说话，然后微微颔首，应道："嗯，你去忙。"

陈嘉嘉转身离开，余渡也要走，那男人跟在后面，试图越过余渡去追陈嘉嘉。

余渡故意挡着他，不让他得逞，他只好在后面喊："嘉嘉，今晚我就在这儿等你，等你工作结束就跟我回家吧！"

余渡皱紧眉，心里登时格外不舒坦。

什么叫跟他回家？他是陈嘉嘉的谁？

男人说完，抬手拨了一下余渡的胳膊，挑衅般地威胁：“我是她男朋友，你最好别插手我们的私事。”

余渡停下来，转身，冷淡而理智地说：“我从来不信垃圾说的垃圾话。”

说完，他就大步朝前走去。

余渡的手在转身离开的一刹那攥紧，他发现自己无法不在意陈嘉嘉的事，尤其是那个男人说自己是陈嘉嘉的男朋友，让他很郁闷。

余渡最后在正对着舞台的那张桌子旁落座，抬眸望向舞台。

陈嘉嘉已经站在上面准备就绪了。

“晚上好。”她的嗓音通过话筒和音响传播出来，听上去很独特，“一首《怎么说我不爱你》送给大家。”

音乐声响起，陈嘉嘉在等前奏进歌时抬眸看了一眼台下，猝不及防地撞上了深深凝望着她的余渡的目光。

两个人的视线撞到一起，余渡冲她微微一笑。

陈嘉嘉的唇边也漾开了浅笑。

随即，她动人的嗓音精准地混入音乐：“捡了一回那刺激浪漫当下的欲望，过了一程那冲动盲目之下的疯狂……”

余渡专注地望着陈嘉嘉，认真地听着她唱歌。

如果不是余渡之前就知道她的歌单都是提前定好的，这首歌的歌词……怎么听怎么像是说给刚才那个男人的。

到副歌部分，陈嘉嘉的高音几乎撕心裂肺：“我要怎么说我不爱你，我要怎么做才能死心，我们一再一再地证明，只有互相伤害的较劲。”

余渡目不转睛地望着她，心已经乱成了一团。他迫不及待地想让她结束演唱下台，想找她问清楚。可今晚陈嘉嘉中途没有休息，也没有从舞台上下来过。

余渡等不及了，直接给向暖发了微信。

余生渡我：“向暖，陈嘉嘉是单身吗？”

向暖回他：“嗯，是啊，单身好多年了。”

不用再多解释什么，余渡已经确定，那个男人在说谎。

就算那男人真的和陈嘉嘉有点儿什么，也是过去有过什么。

余渡不在乎陈嘉嘉有什么过去。

每个人都有过去，这没什么好探究的，也没什么好纠结的。

今晚不是陈嘉嘉的专场，她唱完后还有别的歌手上台演唱，所以中途没有下台休息，而是一口气唱完自己要唱的所有歌才走下舞台。

陈嘉嘉走过去，在余渡对面坐下。

她的情绪并没有因为刚才那个男人而受影响，她翘着嘴角，笑道："刚才多谢你。"

余渡望着她，眼睛里藏了很多情绪，最终只是克制地说："不客气。那人是……？"

"他是我的前男友，"陈嘉嘉坦然地对余渡说了出来，"前些年少不更事，遇人不淑，被这么个祸害给骗了，不过也怪我太过轻易地相信他。"

余渡皱紧眉，问："被……骗？"

陈嘉嘉坦坦荡荡地"嗯"了一声。

"跟他在一起的时候，我挣钱给他花，甚至他租房子的房租都是我交的。我做家务、忙工作，他吃喝玩乐，然后还总说我的不是。

"有段时间我真的觉得都是我的错，是我做得不够好，所以他才对我不满，甚至因为他洗脑我的话，想按照他说的去改正。

"当初我把他当作全世界，他拿我当用人、保姆、取款机，只可惜我那会儿傻，根本不知道那就是洗脑。"

陈嘉嘉轻扯嘴角，笑得无奈又释然："但好在我最终没成为他的傀儡，现在的陈嘉嘉很清醒。"

陈嘉嘉说完倒了杯酒，举起杯对余渡笑着说："干一个吧，余渡。"

余渡没言语，不知道该说什么，只是听了她的话，和她碰杯。

陈嘉嘉笑道："元旦快乐。"

余渡回她："元旦快乐。"

而后两个人各自将酒一饮而尽。

"今晚算我请客，"陈嘉嘉笑道，"你总帮我，这次别跟我抢。"

余渡就笑，无奈地摇了摇头。

余渡今晚话很少，陈嘉嘉见他总发呆，好奇地弯眸问："你在想什么啊？工作不顺还是为相亲烦恼？怎么一直走神？"

余渡低了低头，没立刻回答她。

我在想——

如果我在你的过去就好了。

那样，我一定会尽我所能，让你免受他带给你的种种伤害。

两个人在酒吧里坐了一会儿，聊了聊天。没等太晚，余渡就和陈嘉嘉一起走出了葡萄里。

他们刚踏出门，蹲在旁边台阶上抽烟的男人就立刻起身。

"嘉嘉……"

陈嘉嘉听到有人喊她，本能地扭头看了一眼，而后就面无表情地收回视线，完全不想搭理这个人。

她偏头，轻快地对余渡说："我们走吧，余渡。"

男人却突然上前一步，想要去抓陈嘉嘉的手腕，被余渡手疾眼快地挡住。与此同时，余渡已经把陈嘉嘉拉到自己身后护住。

他甩开男人的手，语气冷淡："管好你的手。"

男人不屑道："你算什么东西？"

"柯逸，"陈嘉嘉从余渡身后走出来，冷笑着反问他，"你又算什么东西？刚刚在酒吧里，所以我没跟你起冲突，现在我下班了，打个架也没什么。正巧，我学了几年跆拳道还没用武之地。"

陈嘉嘉攥紧拳头，转了转手腕，一副跃跃欲试的姿态，仿佛随时都能朝着柯逸挥出拳头。

柯逸根本不信陈嘉嘉的话，在他眼里，这只是陈嘉嘉吓唬人的伎俩。他好笑地看着猫扮老虎的陈嘉嘉，完全没把她的警告放在心上，说："嘉嘉，你不会——"

陈嘉嘉二话不说，一拳捶在他的脸上，柯逸瞬间捂着脸后退了几步，本能地发出痛呼声，表情也扭曲得有些狰狞。

陈嘉嘉揪住余渡的衣袖，拉着人转身就走。余渡都看愣了，还没回过神来，就被她拽着走开了。

在往停车位走的时候，余渡忍不住笑了，问她："你真会跆拳道啊？"

陈嘉嘉点头，坦然地说："会啊，学了好几年了。"

刚才挥出的那只手一直悬着，陈嘉嘉在开车门的时候问余渡："你

车上有湿巾吗？打了他一拳，我都嫌脏了我的手。”

余渡好笑地说：“有矿泉水，要不给你洗洗手？”

陈嘉嘉在车边由余渡给她倒水洗了洗手，这才上车。

“要不是在酒吧里顾及着我的工作不能丢，”陈嘉嘉哼道，“我早就把他揍出去了。”

余渡低笑——这姑娘的脾气还挺暴。

余渡开车把陈嘉嘉送到小区门口，然后步行陪她到楼下。

在经过那段没有路灯的、一片黑暗的路时，余渡突然开口问她：“他不知道你住这里吧？”

陈嘉嘉说：“不知道。其实我早就跟他没联系了，是他有一次去酒吧玩，看到我在台上唱歌，才知道我在那里工作的。”

“以后还是小心些吧，”余渡提醒，“毕竟你是一个女孩子。”

陈嘉嘉笑道：“嗯，谢谢了。”

到了楼下，她停下来，转身眉眼含笑地对余渡说：“我都麻烦你好几次了，改天请你吃饭吧。”

余渡欣然答应：“好啊，随时联系我。”

“嗯，”陈嘉嘉笑着挥了挥手，“拜拜。”

余渡笑望着她，回了句：“晚安。”

接下来的两天，余渡每晚都会去葡萄里。

他猜中了，元旦期间陈嘉嘉果然每晚都在葡萄里唱歌。而那个叫柯逸的男人，没有再出现过。

来往了几次，陈嘉嘉早就和余渡熟络了，也把他纳入了可真心结交的朋友的行列。

一周后的周六晚上，陈嘉嘉约了余渡吃饭，余渡特意问了她在哪儿，想去接她。

陈嘉嘉笑道：“我在丰汇，你直接过来吧，吃饭的地方就在附近。”

“行，”余渡轻快地应道，“一会儿见。”

“嗯。”陈嘉嘉说，“开车注意安全，路上慢点儿，不着急的。”

她可能只是随口一说而已，但在余渡听来，这就是关心。他心里欢欣雀跃不已，声音含笑，故意拉长音：“好——”

他的语气听起来无奈中带着宠溺。

陈嘉嘉隔着手机听到他带笑的声音低沉又有磁性，耳朵不禁泛热。

挂断电话后，她无意识地抬手揉了揉酥麻的耳根，被声音蛊惑的酥麻感却久久不散。

陈嘉嘉请余渡吃饭的餐厅是一家生意很好的店。

两个人到了陈嘉嘉提前预订好的桌位落座，陈嘉嘉让余渡点菜。

余渡没有推辞，拿过菜单，一边看一边问她："你能吃辣吗？"

"可以啊。"她笑着回道。

"有没有什么忌口？"余渡也笑，"别点了你不爱吃的。"

陈嘉嘉无奈地说："是我请你，你尽管点你喜欢的就好了。"

余渡摇头，又问了一遍："没有忌口吗？"

"哎，"她好笑地叹气，"没有没有，放心点吧。"

余渡这才放开了点菜。

吃到中途，余渡放下筷子，对陈嘉嘉说："我去趟卫生间。"

陈嘉嘉点头："好。"

余渡在去卫生间前到前台偷偷付了饭钱，然后才转身往卫生间走。

然而，冤家路窄，他一进去就在洗手池旁看到了陈嘉嘉的前男友柯逸。柯逸从镜子里望着他，轻嗤了一声。

余渡没搭理他，目不斜视地进去放水。等他再出来，这人还没走。余渡对这个人的存在视若无睹，径直去洗手。

柯逸在旁边勾唇笑着问："跟嘉嘉来的？"

嘉嘉。

余渡冷笑了一声。

柯逸炫耀似的对余渡说："你应该不知道嘉嘉怀过我的孩子吧？"

余渡的心猛地抽搐了一下，他扭头盯着柯逸，平静地反问："所以呢？"

"你甘心要我玩剩下的？"

余渡已经默默攥紧了拳头。如此粗鄙下流、丝毫不尊重女性的话让余渡怒火攻心。

他突然一拳挥上去，砸在男人才好不久的脸上，然后又是一拳，击中对方的腹部。

余渡咬紧后槽牙，用尽力气把人摔到墙壁上，让柯逸的后背狠狠地

撞在墙上。

他揪着柯逸的衣领，眼神暴戾，咬牙切齿地说："但凡是个人，都不会这么说别人，更何况对方是自己爱过的姑娘，可见你不是人，甚至猪狗不如。要不是因为喜欢，你觉得她能把自己交给你？"余渡狠狠地说，"可你不珍惜，还反过来嘲讽她。你这副得不到也不让对方好过的恶心嘴脸，真的令人作呕。"

余渡冷酷地警告柯逸："别让我再看到你纠缠嘉嘉，再有下一次，我会让你趴在地上爬不起来。"

他说完，嫌恶地松开手，又回到洗手池前把手洗干净，而后迈着大步离开卫生间。

从卫生间回来后，余渡发现陈嘉嘉正用异样的眼神看着他。

她一直盯着他，像知道了什么，等着他主动开口。

余渡被她看得心跳加快，有点儿忐忑地问："怎么了？"

"你刚才是不是做了什么事？"陈嘉嘉问。

余渡心里咯噔一下。

因为卫生间里的插曲，余渡这会儿脑子还不太清醒，下意识地觉得陈嘉嘉指的是他和柯逸起冲突的事情。

可他忘了，她一个姑娘怎么可能知道男卫生间里发生的事？

他快速地眨了几下眼，沉吟了几秒，试图解释："嗯……谁让他说你。"

陈嘉嘉蹙眉，没明白他的意思，不解地问："嗯？"

"你别因为他的话受影响，结婚前和男朋友同居什么的不要太正常，这种连说话都不会尊重女性的男人早晚会遭报应。"

陈嘉嘉的眉头皱得更紧，她刚想问余渡在说什么，结果就看到了不远处从卫生间方向走出来的柯逸。

陈嘉嘉几乎不用再想就明白了余渡为什么会这么说。

"柯逸跟你说我跟他同居？"陈嘉嘉像是听到了笑话，好笑地问，"他不会还告诉你，我怀过他的孩子吧？"

余渡微愣。

在陈嘉嘉开口的那一瞬间他就确定，柯逸说的是假的。那个男人应该是故意挑拨离间，想刺激他离开陈嘉嘉。

但余渡没想过要放弃追她，就算她之前真的怀过孕。

陈嘉嘉叹了口气，有些头疼。她的目光落到回到座位上坐下来的柯逸身上，他对面坐了一个姑娘。

啧。

陈嘉嘉的目光落到面前的餐桌上。

“余渡，你还吃吗？”陈嘉嘉问。

余渡说：“不吃了。怎么了？走吗？”

陈嘉嘉一边往高脚杯里倒了大半杯红酒，一边扬眉“嗯”了一声。

她在起身的时候对余渡轻笑着说：“麻烦帮我拿上大衣和包。”

说着，陈嘉嘉端起一盘他俩没吃完的菜和一杯红酒，朝着柯逸的方向走去。

余渡急忙拿上陈嘉嘉的衣服和包包，再转身时，就看到陈嘉嘉将盘子里的剩菜拍在了柯逸的脸上，然后又将一杯红酒从他头顶往下浇。

陈嘉嘉做完这些后，把盘子和酒杯扔到他们的餐桌上，不紧不慢地抽了张纸巾，一边擦手一边骂柯逸：“臭渣男，这个就当我请你吃的最后一顿饭。”

说完，她把纸巾丢在柯逸脸上，迈步离开。

余渡追着陈嘉嘉走出去。

外面气温很低，他急忙展开大衣给她披上，低声说：“穿好衣服，别着凉。”

陈嘉嘉默不作声地穿好大衣，而后吐出一口气，扬起笑来，对余渡说：“呼，舒坦了。”

余渡望着面带笑意的她，没有说话。

陈嘉嘉有些不好意思地对他说：“抱歉啊，余渡，本来今天是我请你吃饭的，结果让你付了钱，还遇上了败类，扰了你吃饭的兴致。”

余渡随和地笑道：“那你以后再请我吃一顿吧。”

陈嘉嘉爽快地答应：“可以啊，但是你不准再偷偷买单。”

余渡眼中盈着笑意，点头应允：“成。”

这天之后，余渡和陈嘉嘉再次见面是在除夕夜。

余渡跟家人吃过年夜饭后，在微信上和陈嘉嘉聊天。

余生渡我：“新年快乐。”

陈嘉嘉：“新年快乐啊。”

余渡问她：“今晚吃的什么？”

陈嘉嘉给他发了张满桌子菜肴的照片，然后问：“你呢？”

余渡也回了她一张照片。

陈嘉嘉看着照片边角处露出来的几只拿筷子的手，感叹：“真好啊。”

余渡以为她在说菜做得好，笑着回复：“你不是也有吗？羡慕什么呢？”

陈嘉嘉没有立刻回他。她躺在床上，点开相册，里面有一张过年时拍的餐桌照，上面是满桌子菜肴，那还是父亲在世时她拍的。

现在没有了，她什么都没有，没有年夜饭，没有家人。

她自己在租的房子里，吃了一袋泡面、几个饺子，这就是她的除夕夜。

陈嘉嘉返回微信，若无其事地回余渡：“就羡慕，别人家的就是最好的。”

余生渡我：“确实是这么个心理。”

过了一会儿，余渡跟骆夏和向暖他们在群里聊天，问他们他要不要去找陈嘉嘉。

唯一知道陈嘉嘉情况的向暖对他说：“去吧，她一个人怪孤单的，你过去陪陪她，她肯定会很高兴。”

余生渡我：“一个人？”

他直接和向暖私聊，问她：“怎么会是一个人？”

向暖告诉他：“嘉嘉没家人了。”

XN：“其他的事你自己问她吧。”

余渡瞬间起身，拿着手机和车钥匙就出了门。

他以为她会回家里跟家人一起过年，但现在看来，她应该还在那个小区的出租屋里。

余渡一路疾驰到陈嘉嘉住的小区外。

他把车停好，步行进去，到了她住的楼前。但他不知道她住哪层，只能给陈嘉嘉打微信电话。

快要睡着的陈嘉嘉被手机振动惊醒，看到微信来电显示后还很意外。

她接起电话，声音带着困倦，听起来比平时软绵几分：“余渡？”

余渡被她的声音惹得心口发麻，清了清嗓子，问：“你在干吗？”

陈嘉嘉茫然地问："嗯？"

"没事的话，要不要出来玩？"余渡抿了一下嘴唇，"我在你家楼下。"

陈嘉嘉的心蓦地一滞，她有点儿蒙地问："啊？"随后人就从床上下来。

陈嘉嘉走到窗边往下看了看，就见楼下站着一个男人，他穿着毛呢风衣，戴着围巾，立在楼前，身形颀长。

"啊……我看到你了。"陈嘉嘉慢慢地回过神来，对他说，"等一下啊，我这就下来。"

"嗯。"余渡声音里含上笑意。

挂断通话后，陈嘉嘉急忙换下睡衣，在出门前还特意抹了个口红。

从楼里出去，陈嘉嘉一眼就看到了等在旁边的余渡。

她笑着问："去哪儿啊？"

余渡神秘兮兮地说："保密。"

陈嘉嘉笑起来，觉得他好幼稚，但还是跟着他一起出了小区，上了他的车。

余渡开车带陈嘉嘉去了一家饭店的包间。

他俩到的时候，包间里还在陆陆续续地上菜。

在等她下楼的那段时间里，余渡联系了饭店，把陈嘉嘉发在微信上的照片发了过去，要他们做照片里的那些菜。

陈嘉嘉愣愣地跟着余渡进去，直到坐下后都没回过神，只是怔怔地望着桌上那些熟悉的菜肴。

好一会儿，等菜都被端上桌，服务员全部退出去，陈嘉嘉都没说一句话。

余渡温声笑道："不尝尝？"

陈嘉嘉这才拿起筷子，夹了一口菜吃。

"怎么样？"余渡忐忑地问。

"好吃。"她眉眼弯弯，强忍着汹涌翻腾的心绪，眸子里盈着水光，莞尔道，"好吃。"

"慢慢吃。"余渡也拿起筷子，不紧不慢地吃了两口菜。

吃了一会儿东西，陈嘉嘉的情绪也稍微平复下来，她放下筷子，端起酒杯喝了口酒。

而后她才开口对余渡说："那张照片里是之前我跟我爸一起过年时吃的年夜饭，不是我今年吃的。"她抿嘴笑，因为骗了他而有点儿不好意思。

余渡望着她，只是"嗯"了一声，温和地说："没事，我没介意。"

大概因为余渡太好了，他总是能让陈嘉嘉卸下防备，对他吐露她的遭遇。

这顿属于他俩的年夜饭后，余渡彻底地了解了陈嘉嘉的过去——她亲口告诉他的。

陈嘉嘉的母亲在生她的时候难产去世，她是被父亲抚养长大的。

她十几岁的时候，父亲做生意赚了点儿钱，后来的将近十年里，父亲的事业越来越好。但是在她二十二岁的时候，父亲生意不顺，公司倒闭，在卖房还完欠款后，因为抑郁症发作跳楼自杀了，只给她留了一笔一百万元的存款。

陈嘉嘉从十八岁上大学起就跟柯逸在一起。一开始柯逸对她极好，把她宠成了小公主，什么都依着她，任劳任怨。

后来陈嘉嘉才发现，那只是柯逸伪装出的模样。在一起后，他装得累了，索性就不再装，真实面目渐渐显露，不再对陈嘉嘉上心，反而要求她做这做那。

大多数情侣是女孩子随着交往时间爱得越来越深，而男方越来越敷衍。

就像网上说的，在一段感情里，女方在做加法，而男方在做减法。他追求你的时候，就是最爱你的时候，在一起后他就不那么爱你了。

陈嘉嘉那时候不信，也不懂这些。

大三、大四期间，柯逸在校外租了房子，陈嘉嘉白天会过去做做家务，但从未在他那里过夜，也没跟他发生过实质性的关系。

大学期间，陈嘉嘉会找兼职工作挣钱，虽然她并不缺钱。而她赚的那些钱，基本花在了柯逸身上。

柯逸一个大男人，暴露真实面目后，就像个米虫，好吃懒做，还总说她不对，动不动就给她洗脑。

那会儿陈嘉嘉傻，还觉得他说的是对的，想方设法地按照他的要求改变自己，直到父亲去世。

那段时间所有事情撞到了一块儿，一波未平一波又起。

父亲去世时，陈嘉嘉一个人跑前跑后为父亲办后事，伤心的情绪难以消解，柯逸却在那几天消失了。她想找他都找不到，更别说他会陪着她、安慰她。

处理完父亲的后事，陈嘉嘉一回到学校就被舍友心慌意乱地拉去药店买验孕棒，最后舍友测出了怀孕。

舍友哭着说不知道要怎么办，陈嘉嘉让她找男方谈清楚是领证结婚还是怎样。而那个验孕棒，因为舍友当时没有带包包，就放在了陈嘉嘉的包里。

舍友因为意外怀孕而思绪混乱，陈嘉嘉也还没从失去父亲的悲痛中缓过来，两个人都忘了这个东西该让舍友拿去给舍友的男朋友看，反而就这么被陈嘉嘉带去了柯逸的出租屋。

柯逸看到这个东西后，以为是他前些天喝醉后跟陈嘉嘉发生了关系，导致她怀孕了。

其实那晚陈嘉嘉只是照顾了他一夜。她确实给他换了衣服，也穿了他的衣服，可那是因为他吐到了他俩身上。

柯逸当即就对陈嘉嘉翻脸说分手。

陈嘉嘉后来冷静下来重新梳理这段关系，才发觉柯逸从一开始就是看中了她的钱。她家里发生变故，父亲去世后，他躲起来不见她，估计就已经在打算跟她分手了。正巧又闹了一出怀孕乌龙，他根本等不及，直接就提出了分手。

为了和已经没有利用价值的陈嘉嘉划清界限，他甚至对陈嘉嘉说："孩子我不会要，我根本没跟你做过，你肚子里的孩子还不知道是你跟谁的。"

就在那一瞬间，陈嘉嘉好像忽然从一种混沌状态中清醒了过来。她觉得爱她的那个男人其实根本就不爱她，那几年，她一直活在他的洗脑和自我欺骗中。

她当即明确地告诉了柯逸，她没跟他发生一丁点儿关系，那验孕棒根本不是她的，然后跟柯逸彻底断绝了关系。

陈嘉嘉开始做自己喜欢和擅长的事，用了好长时间才让自己完全从被洗脑的状态中走出来，重新建立自信。

而她之所以租住在便宜的老旧小区里，是因为她的工资有限，加上每个月的交通费和生活费，只能暂时住在现在住的出租屋里。

她是有钱，但那笔钱她一直没有动，一分都没有动。

陈嘉嘉一边跟余渡说这些过往，一边喝酒。最后事情全都告诉他了，她也醉了。

余渡起身来到她身边，在她身侧拉开椅子坐下。

“陈嘉嘉。”他试着喊她，然而没用。

陈嘉嘉靠在椅子里，身体慢慢歪斜，眼看就要倒向另一边，余渡伸出手把她揽回来，陈嘉嘉一瞬间就靠进他的怀里。她身上的酒气很浓，呼出来的气息温热。

余渡无奈地看着她，搀扶着她站起来，离开包间。

从饭店出来，外面飘起了雪花，夜晚的气温让他感受到了刺骨的冷意。

陈嘉嘉被冻得缩着脖子微微发抖，余渡让她站好，扯下自己的围巾给她戴上。陈嘉嘉醉眼蒙眬地望着眼前这个往她脖子上缠围巾的男人，伸手轻轻推了他一把。

“别碰我。”她一本正经地警告，“不准碰姑奶奶。”

余渡被她气笑了。

“我偏碰，”他在她泛红的脸上摩挲了一下，低声问，“会怎样？”

陈嘉嘉说：“姑奶奶打得你找不着家！”

余渡忍不住笑了。

她总是凶巴巴的，是因为被伤害过，所以才这么警惕地防备别人吧。她不过是想要保护好自己。

他稍微弯腰，凑近她，和她对视。

半晌，余渡低喃：“你明天会记得今晚的事吗？”

陈嘉嘉眨巴眨巴眼，直接用脑门儿撞他。

余渡蹙眉，心想这姑娘可真狠。但他没让她退开，而是直接抬手扣住了她的后脑勺，吻了她柔软的唇。

“新年快乐，陈嘉嘉。谢谢你肯告诉我你曾经遭受的所有事。”

我真想回到过去，去抱抱你啊。

因为余渡不知道陈嘉嘉具体住几层几室，所以只好把人带回他住的地方。

他将她抱进自己的卧室，帮她把鞋子和大衣脱掉，给她盖好被子。

做完这些，余渡把椅子搬过来，很轻很轻地放到床边，坐下来，垂眼瞅着睡得安稳的她。因为喝了酒，她的脸一片酡红，整个人看上去秀色可餐。

余渡回想起陈嘉嘉跟他讲她的过往时的情景。

她是笑着说的，说那些并不美好的曾经时，她的嘴角始终挂着淡淡的笑意。那些事把她磨砺成了一个很坚强的姑娘，连在人前掉眼泪都不肯，不管是被柯逸纠缠时，还是被柯逸诬蔑时，抑或是提起已经过世的最爱的亲人时。

但余渡总觉得，看起来坚不可摧的陈嘉嘉私下里大概也会像小女孩一样哭鼻子，只不过她会先藏起来。

余渡从小到大都过得很开心、幸福。他的家庭美满，父母恩爱，长辈健康，朋友真心。算起来，除了上学时被学习折磨，余渡算是无忧无虑长大的。

年少时，他的性子就很没心没肺，现在进入社会参加了工作，才在这几年里渐渐成熟稳重了些。

他没经历过亲人意外去世时痛不欲生的日子，也没有被爱的人欺骗、折磨、抛弃过，所以无法对陈嘉嘉的遭遇感同身受，但这并不妨碍他心疼她。

目光落在她的嘴巴上，余渡无意识地笑了笑。

要是明早她记得今晚的事，会不会把他打进医院啊？她应该……会手下留情吧？

陈嘉嘉做了一场很长很长的梦。

梦里父亲带她去她想去的游乐场玩，给她买她想要的吉他和其他乐器。

梦里柯逸对她无微不至，把她宠成小公主。

她却突然往后退，拉开了和柯逸的距离，直白冷静地指出："你装的，你根本不爱我。"

柯逸笑着说："嘉嘉，你在说什么啊？"

她坚持道："你是骗子，你不爱我。我家破产了，我现在身无分文，你还爱我吗？"

柯逸登时变了脸色，把手中给她拎着的奶茶直接丢在地上，嘲讽

道："谁会伺候你这个一无所有的蠢货啊？"

梦里的她好像是现在的她，明明知道一切，可在柯逸变了脸贬低她的那一刻，还是很难过。

他说她一无所有，现在的她确实一无所有。

他骂她蠢，曾经的她真的挺蠢的。

然后莫名其妙地，余渡突然出现在她的身边，温和地笑着说："陈嘉嘉，你有我啊。"

陈嘉嘉蓦地睁开眼，从梦中惊醒。

外面已经天光大亮，她茫然地环视着这间陌生的卧室，有些紧张地看了看自己身上的衣服——还好只是睡了一觉。她的衣服都还在，大衣被挂在了衣架上，鞋子就在床边。

陈嘉嘉抬手拍了拍脑袋，努力回想昨晚发生了什么。

余渡来找她，把她带去饭店，请她吃了一顿丰盛的年夜饭。她喝了酒，把自己的事告诉了他。然后……然后呢？

陈嘉嘉的头有点儿疼，昏昏沉沉的。之后的事她都记不得了。

陈嘉嘉扭头，看到床头柜上放着一个相框，里面是余渡的单人照——男人穿着笔挺的西装，一表人才，脸上漾着笑容。

这是……余渡的卧室？这里是他家？

陈嘉嘉立刻穿上鞋，抱起大衣就往外走。到客厅后，她发现屋子里除了自己好像没有别人。

陈嘉嘉放缓脚步，快速地观察了一下他家的客厅。他家里东西不多，干净整洁。

她没多停留，朝着门口走去，结果在拉开门之前，看到了贴在门板上的便利贴，上面写着他留给她的话：

陈嘉嘉，厨房里有给你温的饭，把早饭吃了再走。我要去拜访亲戚，就先回家了。新年快乐。

余渡

陈嘉嘉揭下便利贴，看着上面工整漂亮的字，嘴角轻轻上扬了几分。她把便利贴放进自己的包里，转身回到客厅，放下包包和大衣，去了厨房。

余渡一早给她熬了热粥，还给她煎了一盘煎饺。

陈嘉嘉吃了他准备的早饭，把餐具洗干净放好，这才从他家里离开。

回家时，她坐在地铁上给余渡发微信。

陈嘉嘉：“谢谢昨晚的年夜饭和今天的早餐。”

陈嘉嘉：“还有昨夜的收留。”

过了一会儿，余渡回复：“头疼吗？”

陈嘉嘉的心跳泄露了些许异样，她没在意，回他：“还好。”

陈嘉嘉：“好久没这么喝酒了，昨晚还挺过瘾的。”

余渡说：“偶尔放纵一下就行了，平时别这么喝。”

陈嘉嘉嘴角噙笑地打字：“嗯，知道。”

她也不是跟谁都会这么毫无防备地喝醉的。

余渡：“我有点儿事，有空了再去找你。”

陈嘉嘉：“好，你忙。”

这天之后，余渡和陈嘉嘉走得越来越近。

他有事没事就去葡萄里碰运气，大多时候能见到她。

两个人时不时就会约饭。陈嘉嘉很擅长寻找好吃的店，余渡从上学时就很爱吃，两个人在吃这方面一拍即合。

骆夏和向暖的婚礼已经敲定了伴郎和伴娘的人选，而余渡和陈嘉嘉都在其中。

余渡曾经跟骆夏和向暖半开玩笑地说，也许能在他们的婚礼上找到他未来的媳妇儿。

现在看来，不是也许，因为他喜欢的姑娘就是伴娘之一。

骆夏和向暖的婚礼当天，余渡作为伴郎，跟着新郎到新娘家里去接亲，不可避免地碰上了陈嘉嘉。

陈嘉嘉穿着紫色的伴娘服，化着恰到好处的妆容，长发被编成好看的造型，看起来性感又优雅。

余渡在空闲时总会望向她，而陈嘉嘉看着新郎和新娘温馨的互动，嘴角挂着笑容。

她大概没意识到，她的眼睛里充满了对幸福婚姻的向往。

当天中午的敬酒环节，因为向暖不能沾酒，她的酒基本是骆夏和伴娘代喝的。

陈嘉嘉喝了不少酒，但这次没有醉得那么彻底。直到婚宴结束，她走路还算稳，和平时比起来只不过是更爱笑了，话也有点儿多。其他人顾不上她，只有余渡时刻跟在她身边，陪着她。

“余渡，你为什么总跟着我？”她眨巴着眼睛问他。

余渡叹气，说：“怕你摔着。”

“我不会摔。”陈嘉嘉摇头说，“我还能走直线呢，我走给你看。”

她说完就开始试图走直线，然后走出一道弧线。

余渡把手握成拳，放到嘴边掩饰笑意。

陈嘉嘉仰起头，冲他笑得灿烂：“你看！”

“看到了。”余渡好笑地说，“走了，送你回家休息。”他拉过她的手腕，牵着她往外走。

陈嘉嘉歪头问他：“你为什么对我这么好呢？”

“你想知道？”他偏头看向她。

“嗯。”陈嘉嘉乖巧地点头。

“等你酒醒了我就告诉你。”

陈嘉嘉茫然地被余渡牵着手出了酒楼。

第二天，余渡找上门来。

陈嘉嘉穿着舒适的居家服，披头散发地给他开门，意外地问：“你有事啊？怎么突然过来了？”

余渡盯着她说：“昨天说好等你酒醒了告诉你的。”

陈嘉嘉茫然道：“告诉我什么？”

“我为什么对你好。”

陈嘉嘉顿时身体僵住，表情微滞。

她的心脏不受控制地狂跳起来，但她有点儿不敢面对，本能地想要退缩：“余渡，我觉得我们——”

“陈嘉嘉，”余渡打断她，低声认真地说，“我不想让你一个人过下半生，更不想你跟别人过下半生。

“我知道因为以前的一些事，你对待感情胆怯、谨慎，甚至逃避，自我保护意识也很强，所以我从去年年底认识你到现在，都在努力地让你了解我。

“我不是他，不会做伤害你的事，在你面前也从未伪装过半分。我对你说的每句话、对你做的每件事都是真心的。我心疼你、喜欢你，所以才对你好。你认真地考虑一下我，好不好？”

他这一番话说完，陈嘉嘉已经听蒙了。她红着脸，目光躲闪着不看他，胡乱地不断点头，然后就“哐”的一声关了门。

猝不及防地被关在门外的余渡一时无语。

陈嘉嘉转身要去找手机，但是慌得只会在家里乱撞，像只无头苍蝇似的。好不容易拿到手机，她才发现自己的手在发抖。

陈嘉嘉的指尖颤得厉害，好不容易打了一句话，却错字连篇。她写写删删，终于给向暖发了微信消息过去。

向暖很快就回复了她。

陈嘉嘉看着向暖的微信，咬着唇在客厅里站了片刻，随即把手机往沙发上一丢，快步往门口跑去。

她之所以找向暖，不过是想寻个支持者罢了。

她的心早已经被余渡偷走了，她也早就成了他的俘虏。

陈嘉嘉有些忐忑，怕他已经走了，结果门一打开，她都不用往外追，余渡就在门口。

陈嘉嘉愣住，呆呆地仰头望着他。

余渡什么都没说，直接捧住她的脸，低头吻住了她的唇。

她在关了门后又打开门，答案已经很明显了。

唇上的触感柔软温热，她眼前的人是真实存在的，却又恍若在梦里才能够拥有。

陈嘉嘉突然莫名地感到委屈，眼泪扑簌簌地掉了下来。

为什么她没有早点儿遇到他？要是她再早点儿遇到余渡该多好。

“以后你想哭就哭，不用强撑着笑，也不用自己保护自己，我会保护好、照顾好你，陈嘉嘉。”

余生，我来渡你。

—全文完—